BEST 嚴選

奇幻基地出版

刺客系列

弄臣與蜚滋2

The Fitz and The Fool Trilogy

弄臣遠征・下冊

Fool's Quest

羅蘋・荷布 著
李鐳 譯

Robin Hobb

瞻遠家族家系表

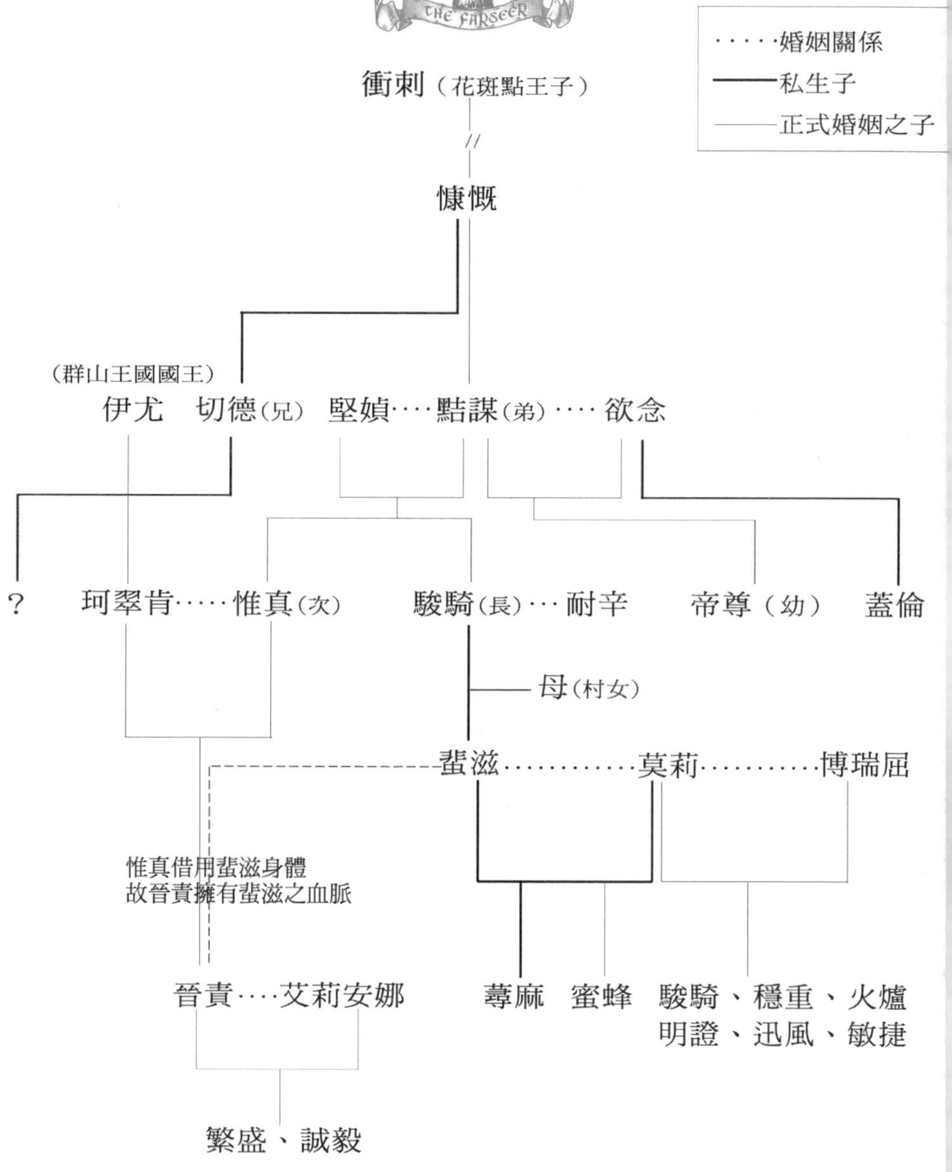

·····婚姻關係
私生子
正式婚姻之子
衡刺（花斑點王子）
慷慨
（群山王國國王）
伊尤
切德（兄）
堅媜····黠謀（弟）····欲念
?
珂翠肯·····惟真（次）
駿騎（長）···耐辛
帝尊（幼）
蓋倫
母（村女）
蜚滋·············莫莉···········博瑞屈
惟真借用蜚滋身體
故晉責擁有蜚滋之血脈
晉責····艾莉安娜
蕁麻
蜜蜂
駿騎、穩重、火爐
明證、迅風、敏捷
繁盛、誠毅

弄臣遠征

目錄

下冊

上冊

六大公國
冰礁淺灘
國界
烽火臺
白島
近鄉群島
群鷗島
鉤島
海豹灣
貝歇島
高陵地
公鹿
鹿角島
冶煉鎮
帘布島
淺潮小島
爪島
潔宜灣
瑞本
守望島
蛋島
N
W
E
S

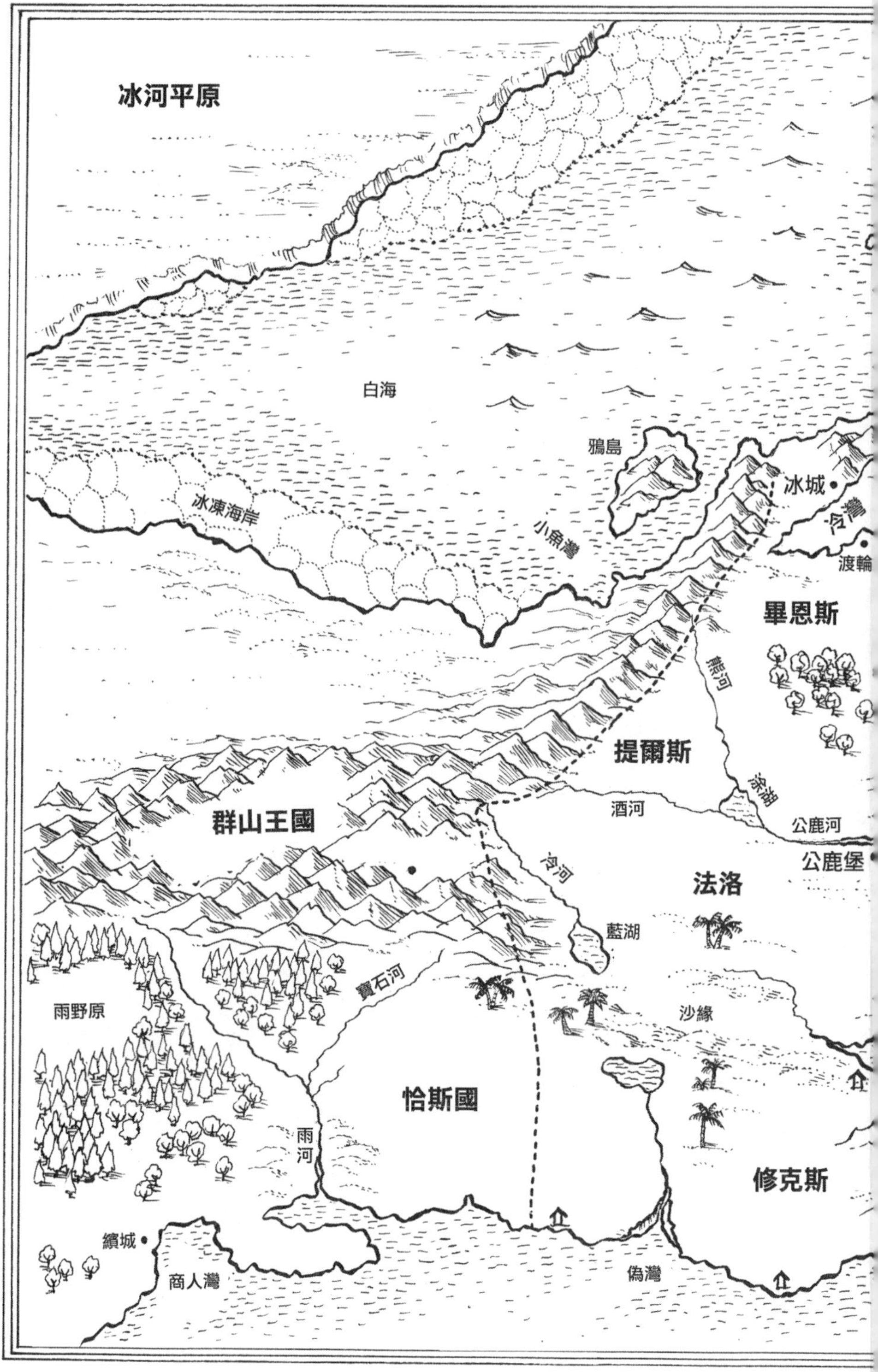
冰河平原
白海
鴉島
冰凍海岸
小魚灣
冰城
冷灣
渡輪
畢恩斯
熊河
提爾斯
涂湖
酒河
公鹿河
公鹿堡
群山王國
冷河
法洛
藍湖
寶石河
沙緣
雨野原
恰斯國
雨河
修克斯
繽城
商人灣
偽灣

20

停滯

在迫不得已的情況下，帶一個沒有精技的人穿過門石是可行的。但這對於精技使用者和被帶過去的人都極度危險。精技使用者必須將精神焦點分散在目的地和他護送的人身上。親密的身體接觸能夠讓這種傳送更容易一些。對於非常熟識的兩個人，推薦使用的方式是只需要握緊雙手就已足夠。

在一種非常罕見的情況下，一名精技使用者需要護送不止一個無精技者穿過門石。而每多一個人或者是生物，精技使用者和被護送者所承擔的風險都會增加。一名學徒絕對不應該進行這種嘗試。即使是正式的精技使用者一次也只能護送兩個人或生物，而且只有在最急迫的情況下才能如此。對於精技師傅，被護送者的數量可以更多，但建議也不要超過五個生物。

這其中的危險不止一端：精技旅行也許無法完成，所有人都會迷失在石柱之中。精技使用者會耗盡體力，甚至在旅行之後不久就瀕臨死亡（實例有精技

師傅艾蒙德之死，記錄人為精技使用者鈴聲）。而被護送的人也會精神錯亂，甚至無法從精技石柱中出來。

加大精技旅行成功的概率有幾種方法：最好精技使用者曾經使用過那區塊的門石，對它很熟悉；如果精技使用者和被他護送的人非常瞭解彼此，他們的旅行也會更加安全。

懷孕的女子絕不應該進行任何精技旅行。她從精技石柱中出來的時候，很可能子宮已經空了。帶一個失去知覺的人穿過精技石柱也是應該竭力避免的，帶很小的孩子進入石柱，情況也不會好多少。奇怪的是，動物似乎遠比人類更適合被帶入精技石柱。

——《精技石柱和穿越》，精技師傅弧光

要阻止自己思考，我所知道的最好的方法就是拿起一把斧頭，用它去殺掉某個東西。在這附近沒有什麼應該殺的目標，但我一直都很善於想像。我走到訓練場，想找到狐狸手套。

天空清澈，空氣冷冽。狐狸手套裝束嚴整。她的部下在督促下一遍又一遍地進行訓練，身上已經冒出了熱氣。她手中擎著一柄木製練習劍，在衛兵之間遊走，靈活自如地揮舞著木劍。「這條臂膀完全沒有防衛，這麼亂甩根本就是在求對手把它砍下來。」她對一名衛兵說道，同時狠狠

打了他一下，好讓他能記住這個教訓。我走過去，站在不遠處，等待她注意到我。

我相信她已經察覺到我了，只是又讓我旁觀她所做的事情一段時間後，才向我走過來。我發現她已經讓五名新的衛兵佩戴我的私生子徽章。她讓那些新兵稍事休息，然後轉身穿過訓練場，來到我面前。「嗯，訓練成果還沒辦法讓我滿意。不過他們正在進步。我早已傳話出去，希望接納一些有經驗的衛兵。我們已經吸引了一些因為年紀過大或者受傷而離開行伍的人。我會給他們一個機會，看看誰能留下。」

「有斧手嗎？」我問她。

狐狸手套挑起一道眉弓，「百合。她說她是用斧頭的。我還沒見她演練過，所以仍無法確定。活力看上去有這方面的潛質，不過他還需要更多時間。怎麼了？是不是你認為衛隊裡需要用斧頭的衛兵？」

「我想要找一個能和我對練的人。」

狐狸手套盯著我，半晌沒有說話。然後她深吸了一口氣，向前邁步，毫不猶豫地摸了摸我的右上臂、前臂，回手給了我肚子一拳。我沒有防備她的突襲，不過也沒有被她把我肚子裡的空氣打出來。「你確定想要這麼做？這可不像是親王的風格。」我只是看著她。又過了一會兒，她點點頭，「好吧，百合！」

她召喚的那個女人差不多和我一樣高，全身肌肉發達。狐狸手套分別給了我們一把頭部加重

的木製練習斧頭，又問了我一句：「就穿這身衣服？」

我不想回房裡去換衣服，那需要花太多時間。而現在正有太多的思緒壅塞在我的腦海裡，幾乎要將我的腦殼炸碎。「這樣就好。」我回答說。

「不，不行。裝備室裡有一些皮革短上衣。快去換上，不要讓百合在這裡空等。」我轉身走開時，她又對我說：「你可要想清楚，你的意識會記得該如何做，你會以為你還能那麼做。你的身體會努力去嘗試，但還是會出紕漏，不要弄傷自己。今天留下的傷患以後還會來找你。也許它們回來得不會很快，也不會全部回來，但肯定夠你受的。」

我不相信她的話。但遠沒有等到她對新兵的訓練結束，我就相信了。百合狠狠教訓了我。就算是把她想像成搶走我的小女兒的恰斯國傭兵，我還是無法打敗她。木製練習斧頭在頭部灌了鉛，握在我的手裡就像一匹馬一樣重。我不知道狐狸手套將百合叫去和活力對練，是出於對我的仁慈還是憐憫。百合一離開，她就建議我去蒸氣浴室，好好休息一下。我離開的時候，盡量不讓自己顯出從失敗中溜走的樣子。無論如何，這次對打的確讓我完全沒有感覺到他們對切德進行的治療，但也讓我的心中多了一點陰鬱。與之相比，精靈樹皮帶給我的黑暗，簡直就像是一場愉快的雪橇滑行。我剛剛向自己證明，即使我此刻有機會找到女兒，她也只能看著我在戰鬥中被殺死。我鬱悶的表情大概是把蒸氣浴室裡所有想要和我交談的人都嚇跑了。在人們眼裡，我應該只是一個三十多歲的壯年男子，但我身為一名身體強健的斧手和戰士，已經是三十年多以前的事情

了。那時我剛剛二十多歲。在過去二十年裡，我只是一名富有的鄉紳。我的身體早已適應了這種平靜的生活。

當我一瘸一拐地走到房間門口時，發現穩重正靠在門邊。我打開門鎖，他便一言不發地跟我走進了房間。我一關上門，他就說道：「明天我肯定會有兩隻黑眼圈了。」

「也許吧。」我看著博瑞屈和莫莉的兒子，激動與懷念撕裂了腳下的地面，讓我墜落下去。博瑞屈的眼睛、莫莉的嘴……「我不知道該如何拯救你的小妹妹。今天，有那麼一瞬間，我們從切德那裡得到了一個機會。但現在它又消失無蹤了。我不知道蜜蜂在哪裡，甚至就算是我知道，也沒有信心能把她奪回來。我的精技支離破碎，我也不再像以前那樣，能夠揮舞刀劍勇猛作戰。當她最需要我的時候，我卻不能幫她。」這些無用而愚蠢的話語從我的嘴裡一連串地翻滾出來，穩重則只是面無表情地聽著。突然間，他兩步走到我面前，抓住我的上臂，將我拉到他面前。「停下，」他向我吼道，「你正在將我們全部沉沒在絕望之中，而我們現在需要讓自己變得強大。蜚滋，在我的父親死後，你來到我們身邊，是你教會我成為一個男人。以埃爾之名，堅持住！將你的牆豎立起來！讓他們堅持住。」

我覺得自己就像是突然發覺錢包被扒手割走了。在突如其來的驚訝中，我急忙檢查自己，看看我是不是搞錯了。不，我的牆壁的確是崩塌了，我正在讓自己的情緒如同洪水一般肆意氾濫。我用力豎起牆壁，又察覺到我在這樣做的時候汲取了穩重的力量。穩重人如其名，他站立在我面

前，就像一塊屹立不倒的岩石，一雙有力的手緊抓著我的手臂。「穩住了嗎？」他用粗重的聲音問我。我點點頭。「那就堅持下去。」他發出命令，鬆開手，向後退去。我覺得他有些踉蹌。但在我關切的注視中，他露出了微笑，「你的地毯勾住了我的腳跟，僅此而已。」

我坐到床邊，再次查看我豎起的精技牆。「它們夠緊嗎？」我問他，他緩慢地點點頭，「我不再是自己了。」我說道，同時又在痛恨這種無聊的藉口。

「你的確不是原來的自己了。湯姆……蜚滋。我們全都痛恨等待，希望能得到訊息，但現在我們只能等待。沒有人會因為已經發生的事情而責備你。怎麼可能會有人預見到這樣的災禍？當紅船上的敵人冶煉我們的城鎮時，我們不是也曾經要對抗一種無比強大的魔法？」他又露出一點微笑，「至少我是這樣認為的，畢竟那時我還沒有出生。」

我向他點點頭，但並沒有感到安慰。

他坐到我身邊。「你還記得在你們穿過精技石柱時，發生了什麼不同尋常的事情嗎？」

「我覺得切德將我拉進石柱之後就暈了過去，所以他未能使用精技幫助我們進行這次旅行。」我不喜歡回憶那時的情景。「我相信，我們在穿越的途中，感覺到一種以前穿過精技石柱時從未有過的自我身分認知。我竭盡全力握持住切德，維持住他的完整。但為了這樣做，我不得不放開自己的牆。希望你明白我的意思。」

穩重點點頭，並皺起了雙眉。他緩緩地說：「你知道，我沒有使用精技的天賦。我能夠感覺

到它。我能借出許多力量，但我無法引導它。我能幫助別人操控精技，卻無法自己引發精技能流。」

我點點頭。

「我覺得我可能一點精技天賦都沒有，也許我只能借出自己的力量，就像我的父親一樣。」

我又點了點頭。「博瑞屈在這方面做得非常好。」

穩重嚥了一口唾沫。「對於我的小妹妹，我幾乎不瞭解。細柳林距離我很遠，她似乎並不是我生活的一部分。我見過她幾次，只是覺得她，嗯，過於單純。似乎她並不具有完備的心智。所以我也沒有真正想要去瞭解她。現在我很後悔。我希望你知道，如果你需要力量，無論如何，你都只需要對我提出要求就好。」

我知道他是認真的，我也知道他實在為我做不了什麼。「照看好你的姐姐，無論發生什麼事，都要保護好她。我不知道有什麼在前面等著我。而你必須留在這裡，保護好她。」

「當然。」他看著我，彷彿我半瘋了，「她是我的姐姐，我是國王御用的精技小組成員。我還會去哪裡？」

是啊，他還會去哪裡？我感覺自己有一點愚蠢。「你離開切德的時候，他有沒有好一點？」

穩重的面色嚴肅起來。他低了一下頭，然後抬起頭，直視我的眼睛。「不，他沒有。」他用手指爬梳了一下頭髮，深吸一口氣，向我問道：「對於他所做的與精技石和門石有關的事情，你

知道多少？」

我的心沉了下去。「我想，差不多應該是一無所知。」

「他對於艾斯雷弗嘉一直有著特殊的興趣，他相信古靈在那些小塊的記憶石和那些牆壁的雕刻中留存了大量的智慧，所以他會到那裡去。起初他還會讓精技小組知道他的目的地以及他打算離開多久，但隨著他的行程愈來愈頻繁，蕁麻已經開始竭力約束他。姐姐說，身為精技女士，她有權力這樣做。切德則反駁說那裡所蘊藏的智慧值得『一個老頭子』冒些風險。最後還是晉責國王介入才阻止了他不停地前往當地。

「或者只是我們以為他罷手了。他不再離開公鹿堡，前往見證石。不，他其實是透過對於那些石柱符文的研究，發現這裡還有另一區塊門石。那塊石頭似乎已經成為了建造公鹿堡城的一塊岩石。或許它一開始就是在這裡的。我們找到了線索，表明這座城堡中真的存在有門石。一些情報讓我們相信，在恰斯大公的王座大廳中就有一圈門石。我們的間諜說那些門石早已傾覆……哦，抱歉。讓我還是說公鹿堡。就在這座城堡地牢裡的一面牆壁上有一塊石頭，上面雕刻著代表艾斯雷弗嘉的符文。切德使用過它，而且使用過許多次。為了隱瞞自己的行蹤，他總是在深夜離開公鹿堡，到了早晨就會回來。」

我的指甲深深地陷進掌心裡。根據普立卡的見解，這是使用門石最糟糕、最危險的辦法。多年以前他就提醒我，不要在兩天時間內連續兩次這樣進入門石。我沒有聽他的話，於是我在精技

石柱中迷失了數個星期。切德的確是在冒很大的風險。

「直到有一天他突然消失了蹤影，我們才發現這件事。在連續一天半的時間裡，我們找不到他，然後他步履蹣跚地從地牢中走出來，幾乎要失去神智，肩膀上還扛著一袋記憶石。」

我感到一陣憤怒。「沒有人想到要將這件事告訴我嗎？」

穩重看起來有些驚訝。「這不是我的決定。我完全不知道你為什麼沒有被告知。也許是切德懇求他們不要告訴你。蕁麻、晉責和珂翠肯都對這件事感到極為憤怒和害怕。我相信，切德就是在那個時候真正停止了他的實驗。」說到這裡，穩重搖搖頭，「只是他依然花費了大量的時間研究他帶回來的那些記憶石小方塊。他將它們放在他的寓所裡。我們相信他是在應該睡覺的時候使用它們。蕁麻曾經因為他的心神散亂而與他進行過嚴肅的對話，他向蕁麻解釋了他所做的事情。當蕁麻命人將所有記憶石搬運到圖書館，並限制了他研究那些石塊的時間，切德大為光火。但他的那一次生氣不太像男人發怒，倒更像是一個孩子被剝奪了心愛的玩具。那已經是一年以前的事情了。我們認為他已經控制住了對於精技的渴望。也許如此，但也許最近這兩次在時間上過於靠近的穿越，再次喚醒了他的這種欲望。」

我想到切德那幾次去細柳林看我。他帶著謎語一起穿過精技石柱。我相信，蕁麻知道切德的那幾次穿越，因為謎語一直在切德身邊。她知道嗎？

「切德是否知道自己的身上發生了什麼事？他知道自己在做什麼嗎？」

「我們不清楚。他並不算很清醒。他能夠說話。他會談起過去的事情，並且會因之而歡笑。

蕁麻覺得他在重溫自己的舊日回憶，再將這些記憶釋放到精技洪流中去。

「我被派來找你有兩個原因：首先是幫助你砌牢你的牆壁。蕁麻非常害怕切德會抓住你，將你的知覺一同帶走。第二個原因是向你要岱文樹皮，那種來自於外島的強效藥劑，它能夠讓服用者徹底與自身的精技隔絕。」

「我這裡沒有剩下多少了，我們把大部分那種樹皮都給細柳林人服用了。」

穩重的眼神變得有些擔憂。但他還是說道：「那麼，你剩下多少，我們就用多少。」

那些藥還在我的行囊中。自從他們將切德和我送回到我們各自的寓所中以後，我的行囊就沒有被動過。我找到它，發現蜜蜂的夢境日記還在行囊的最底下。我小心地從行囊中翻找出兩只小包裹，將這兩包草藥看了又看，我才不情願地把它們交了出去。這對我來說是一個非常艱難的決定。這些藥能拯救切德嗎？它們是否會摧毀切德用了這麼多年苦心經營才建立起來的、那一點格外珍貴的精技能力？如果他無法使用精技，他該怎麼幫助我在精技洪流中找到閃耀，並用關鍵字為閃耀打開封鎖？我咬緊了牙。現在我只能信任蕁麻，我應該尊重她辛苦習得的精技智慧，但我還是禁不住要叮囑穩重：「小心，它的效能非常強。」

穩重接過兩只小包裹。「這正是我們所希望的。蕁麻認為如果我們能夠將切德與精技隔開，他也許就能再一次找到自己的中心。這樣的話，也許我們還可以將他剩餘的部分保留下來。謝謝

你。」

我看著穩重走出房間，關閉屋門。他剩餘的部分……我站起身，雙手捧著蜜蜂的日記，然後又緩緩坐下。以切德現在的狀況，他肯定不可能幫助我找到閃耀。第一步必須讓他穩定下來，說服他告訴我們解開閃耀封鎖的那個關鍵的詞。對此我無能為力。此時此刻，我能做的只有等待。

我不喜歡等待。等待只會撕裂我的心。我總是不由自主地想起蜜蜂，想像她可能經歷的一切，這讓我感到無比痛苦。我一遍又一遍地告訴自己，想像她處在痛苦、恐懼、寒冷和饑餓中只是一種對我自己毫無意義的折磨。現在控制她的人極其殘忍。但這毫無意義。我努力讓自己思考能做些什麼將她救回來，我又該如何殺死那些劫走他的人。

我用力攥緊了蜜蜂的日記，一雙眼睛直直地看著它。這是我送給蜜蜂的禮物——一本用品質上乘的紙張裝訂而成的簿子，用皮革作為封面，上面印著雛菊花紋。我坐穩身子，將它放在膝頭，打開它的第一頁。未經許可就窺看她的私人紀錄，我是否違背了她對我的信任？好吧，我知道她有多少次窺看我的隱私！

每一頁都以簡潔的文字描述了一個夢。一些文字幾乎像詩歌一樣優美。蜜蜂還為很多描述配了插畫——一個女人睡在花園裡，許多蜜蜂在她的周圍飛舞。另一頁則畫了一頭狼。我不由自主地露出微笑。很明顯，這頭狼的原型，是多年以來一直擺放在我的書房壁爐臺正中間，那尊雕像上的夜眼。這頭狼的下面是一段關於西方之狼的詩歌故事。只要那頭狼的臣民向牠發出呼喊，牠

就會飛奔而至，去援助落難的臣民。再下一頁的內容要簡單許多，只有一些簡單的圓環和輪狀圖案，還有關於某個人命運的一句話：「他能夢到的一切，他能恐懼的一切，都在一年之中給了他。」隨後幾頁都是關於花朵和橡果的詩歌。然後有一頁布滿了各種絢爛的色彩。是她夢到了那個蝴蝶人。在蜜蜂的插畫中，那個蝴蝶人的確是一名男性，面色蒼白、靜如止水，背後生著一對蝴蝶翅膀。

我合上日記。那個夢變成了現實，就像弄臣小時候一樣，蜜蜂記錄下一個夢，它就變成了預言。弄臣說蜜蜂是他的女兒，是天生的白色先知——這些瘋話本已經被我深深埋葬了。而現在，我所看到的正是無法否認的證據。

我搖搖頭。我又曾有多少次指責弄臣篡改他的預言，讓它們能夠對應隨後發生的事實？而這一次的情況也不能算是完全符合。蜜蜂夢到的信使結果並不是一個「蝴蝶男人」，而是一個女人，而且她也只是披著蝴蝶圖案的斗篷。我用懷疑的大錘狠狠砸掉了心中的不安。蜜蜂是我的，是我的小女兒，我會帶她回家，她會長大成為瞻遠的小公主。但這個想法只是讓我的心再一次抽搐。我又坐了一會兒，找回自己的呼吸，將蜜蜂的日記抱在懷中，彷彿它就是我的孩子。「我會找到妳，蜜蜂。我會帶妳回家。」我的承諾就像呼吸的空氣一樣空洞。

我存活在兩段時間的空隙中。前一段時間裡，蜜蜂是安全的，後一段時間裡，她將再一次得

到安全。我則只是活在一個由懷疑和未知形成的恐怖深淵中。我從希望一直跌入絕望，卻依然找不到這座深淵的底部在哪裡。走廊裡傳來的所有腳步聲，都可能預示著一名信使帶來了關於我的孩子的訊息。我的心隨著一陣陣腳步聲提起，在得知那只是僕人為某人送來了新外衣之後，便又再一次墜入絕望。不確定的未來齧咬著我，無助感如同鐵銹一般摩擦著我的皮膚。但我不能將它們顯露出來。

隨後三天，是我到現在為止度過的最漫長的三天。我在絕望和希望中來回踱步，如同在一道工事後面永遠都在巡邏的哨兵。身為蜚滋駿騎親王，我和我的家人一同用餐，在大廳中讓眾人能夠看到我。這讓我總是在想，瞻遠王室到底還能剩下多少隱私。我收到了許多邀請。灰燼依然在幫我打理房間，將不同的信函分門別類。失去了切德的指引，我只能將灰燼認為重要的函件拿到珂翠肯那裡去尋求建議——正如同我曾經建議她該如何在公鹿堡政壇的險惡亂流中航行，現在她開始建議我必須接受哪些邀請；哪些邀請我可以禮貌地拒絕，哪一些可以做延宕處理。

所以，在清晨與我的衛兵們練習過用斧頭作戰之後，我隨同來自公鹿公國其他城堡的兩名低階貴族一同騎馬巡遊，並接受邀請在當天晚上玩了一局牌。那一整天裡，我都在記憶名字和興趣嗜好，進行毫無意義的交談。我的臉上帶著禮貌的微笑，避開了絕大部分問題，盡可能為瞻遠王權做事，而不是成為王室的累贅。與此同時，對小女兒的思念一直在我的心中沸騰。

至今為止，我們成功地壓制住了謠言的傳播，讓細柳林發生的事情還夠不上一絲微弱的耳

語。但等到那些鬥士返回公鹿堡之後，我就無法確定還能將這件事保密多久了。我感覺，人們遲早會將湯姆・獾毛和蜚滋駿騎・瞻遠聯想在一起。而一旦這件事廣為人知，我們又該怎麼辦？

沒有人知道瞻遠家族的一個女兒被偷走了，更不可能有人知道那正是蕁麻的妹妹。我們將這個訊息嚴格封鎖在家族內部。讓人們知道恰斯國傭兵能夠滲透進公鹿公國腹地，還能隨意在我們的道路上行進卻無人發現，這一定會導致眾人的恐慌與憤怒。人們會指責國王無法保護他們。但這種隱瞞，無法將我的悲劇說出口，這就像是將混和胃酸的嘔吐物嚥回到肚子裡。我鄙視那個將愉悅的表情硬掛在自己臉上的男人，他有時在手裡拿著一副紙牌，有時在某位貴族女士談論純種馬價格的時候點頭稱是。這就是蜚滋駿騎親王，我從不曾希望成為的人物。我還記得珂翠肯在她反叛的兒子晉責消失無蹤的那些日子裡高昂起頭，鎮定若素的樣子。我想到了艾莉安娜和她的叔叔皮奧崔。當艾莉安娜以謹慎的態度與晉責定下婚約的時候，他們還保守著親人被劫為人質的祕密。想到指揮襲擊細柳林，和綁架艾莉安娜的母親與妹妹的正是同一夥人，我就感到分外苦澀。但我不是第一個要隱瞞這份痛苦的人，所以我能夠做到。每天早晨，我都會看著鏡子，讓我的臉孔恢復平靜。我割斷臉上的髭鬚，而不是我的喉嚨，我發誓我能夠將這件事做好。

我每天都會去探望切德。這就像是去探看一棵我喜愛的樹。岱文樹皮熄滅了他的精技。他不再向精技中流散，但能夠恢復多少，還需要繼續觀察。穩重一直在照看切德。我只能不斷和他重複一些舊話。他會認真傾聽，但很少會有回應。一名僕人為我們三個送來食物。切德能夠自己吃

飯，但有時會停下來，彷彿忘了自己正在做什麼。當我提起閃耀的時候，他只是表現出一些禮貌的興趣。我直接問他，是否能回憶起他用來封鎖閃耀精技的那個詞。聽到這個問題，他的表情中更多是困惑，而不是不安。當我想要逼問他，想要努力讓他至少能回憶起自己的女兒時，穩重阻止了我。「你必須讓他自己回來。他只能自己找回屬於他的碎片，把它們拼合起來。」

「你怎麼會知道這種事？」我問穩重。

「切德帶回來的那些小塊的記憶石向我們提供了各種智慧。蕁麻認為它們被雕琢成小塊正是為了能夠安全使用。我們不會讓任何人體驗太多塊記憶石，不會讓任何人單獨探索它們。我們不同的人研究不同的記憶石，並將學習到的智慧記錄下來。我被分配到的一塊石頭裡面記錄了那些為了追尋智慧而迷失自己的人。我將學習到的一切記錄了下來。蕁麻和我相信切德大人遭遇的情況和那塊石頭中的紀錄非常相似。我們希望，如果給他足夠的時間和休息，確保他不會再有滲漏，他就能恢復成他自己。」

穩重停頓了一下，繼續說道：「蜚滋，我只能猜測他對於你的意義。當我失去父親的時候，你並沒有試圖取代他的位置。但你竭盡全力保護了我的母親、兄弟們和蕁麻。我不認為這只是因為你對於我母親的愛。我認為你理解我們失去了什麼。我一直都覺得對你有虧欠。我答應你，我會盡全力將切德帶回來。我知道你相信他有能夠救回蜜蜂的鑰匙。我們現在只能無可奈何地等待關於蜜蜂的消息，這是我們最痛恨不過的。請相信我現在所做的事情，我這樣做是因為我相信這

是讓切德恢復神智，讓他能夠幫助我們的最快辦法。」

穩重的話讓我感到安慰，儘管這種安慰實在是過於無力，但也是我在這些探望中能得到的最好收穫。

那天晚上，當我輾轉難眠的時候，我試著想要做些事情。我閱讀了幾份關於精技的卷軸，這些都是來自於記憶石智慧的紀錄。珂翠肯和艾莉安娜已經率領書記員搜遍了整座公鹿堡圖書館，尋找任何與克拉利斯和白色先知有關的文獻。這樣的卷軸一共有四份。我將它們一一閱讀。都是一些謠言和傳奇，其中盡是迷信的成分。我將這些卷軸放到一旁，打算讓灰燼讀給弄臣聽。然後我開始想像自己在克拉利斯所有的水井中投入劇毒，以此來安慰自己。這樣做所需的毒藥劑量要由那裡的地下水徑流量來判斷。我一邊計算，一邊陷入沉睡。

第二天緩緩地到來了。我度過了那一天，就像我度過前一天一樣。然後又是一天。風暴和大雪將會延遲鬥士衛隊的回歸。沒有任何原智者報告在道路上發現了騎馬的武裝人員。晉責派遣的巡邏隊也一無所獲。要對這種搜索寄予希望是很難的，而放棄這一點希望就更加困難。我告訴自己，如果風暴止歇，阿憨就能回來，我們就可以從切德那裡找出閃耀的關鍵字，用精技聯絡到閃耀。我盡可能讓自己忙碌，但每一個瞬間對我來說都像一整天那樣漫長。

我每天至少去看弄臣兩次。龍血還在對他產生影響。身體迅速發生變化，快得讓人感到害

怕。他臉上的疤痕、臉頰和額頭上那些被行刑者故意留下的傷損都在漸漸平復。他的手指變得愈來愈直。儘管他的腳步還是有些跛，但已經不會在邁步時因為疼痛而瑟縮了。他的胃口完全能和衛兵們媲美。灰燼則確保他一直能夠得到足夠的美食。

在已經屬於弄臣的房間裡，火星在絕大部分時間裡還是灰燼，不過我已經能瞥到她以火星的身分在城堡中行動。她的變化讓我不由得感到驚歎。那並不僅僅是衣著的改變，或者是多戴上一頂有鈕釦的褶邊小帽。她彷彿是兩個完全不同的人。身為灰燼，她勤勉靈便，思慮細密；但偶爾浮現在她臉上的微笑完全是屬於火星的。她用眼角流光的一瞥沒有挑逗的情愫，倒是顯得頗具幾分神祕。有幾次，我在切德的房間裡遇到她在做一些細碎的清潔工作，或者是帶來清水注滿房間裡的大水罐。在這樣的相遇中，她總是會躲避我的目光，我也從未提起過我知道她另一個偽裝。我很想知道，除了切德、弄臣和我之外，是否還有其他人知道她的雙重身分。

一天早晨，在我完成了每天都不會停歇的戰鬥操練之後，我爬上樓梯，遇到了灰燼。我是來探視弄臣的。我發現弄臣穿上了一件華麗的黑白色長袍，正坐在切德的工作臺旁。而灰燼則盡心竭力地梳理著弄臣正在變長的頭髮。看到他穿上這樣一身衣服，我不由得想起了他身為黠謀小丑的日子。他新長出的頭髮直立在頭皮上，就像是剛出殼的小雞頭頂的絨毛。而他以前殘留的稀疏頭髮，聚成一個個細長的髮卷，零亂地垂掛在頭側。我登上最後一級臺階的時候，正好聽見灰燼說：「沒希望了，我要把它們剪成一樣長短才好。」

「我認為這是最好的解決辦法，」弄臣表示同意。

灰燼剪掉了一個個髮卷，把它們放在桌面上。那隻烏鴉立刻開始調查它們。我無聲地向他們靠近，但弄臣立刻就向我問道：「我的新頭髮是什麼顏色？」

「就像等待收割的小麥，」不等我回答，灰燼已經搶先說道。「或者更像是蒲公英的絨毛。」

「我們還是男孩的時候，他的這些頭髮總是飄散在臉上。我覺得你很快就會像是一朵即將散發出種子的蒲公英了。除非等到你的頭髮足夠長，能夠紮起來的時候。」

弄臣抬手想要摸摸自己的頭頂。灰燼推開他的手，同時氣惱地哼了一聲。「這麼多改變，速度又是這麼快。但直到現在，每一次我醒來的時候，我都會為自己的潔淨、溫暖和飽足而感到驚訝。我的身體還是不停作痛，但這種癒合中的疼痛完全是可以承受的。我幾乎愛上了這種深沉的痛楚，甚至還有那種強烈的陣痛，因為每一次疼痛都在告訴我，我的身體又好了一些。」

「你的視力呢？」我大著膽子問道。

弄臣那對光華旋繞的龍眼轉向了我。「我能看到光明和黑暗，比以前更明確了一點。昨天，當灰燼走到我和壁爐之間的時候，我感覺到他從我面前經過的影子。這種改善還遠遠不夠，但也的確是一種進展。我正在努力保持耐心。切德如何了？」

我搖搖頭，然後才想起弄臣看不見我的動作。「我看不出什麼變化。他受的劍傷正在癒合，但癒合速度很慢。岱文樹皮將他和魔法阻隔開了。但我知道，他一直都在使用精技來維持他的身

體。我懷疑他還服用了其他藥物。而現在，他無法再使用這些手段了。我覺得他臉上的皺紋在變深，臉頰在變得乾癟，我不知道這是不是我的想像，但……」

「這不是你的想像，」灰燼低聲說，「每一次我進入他的房間，他似乎都變老了一些，彷彿他用魔法對自己造成的每一點改變都在消失，他真正的年齡正在一點點俘虜他。」這時他已經完成了整理頭髮的任務，放下了剪刀。小丑啄了幾下那些閃光的髮綹，然後決定轉而梳理自己的羽毛。「就算他們能夠阻止他死於精技，但如果他因此而死於自己的年齡，那又有什麼用？」

對此我沒有答案。我還沒有想過這件事。

灰燼又問了一個問題：「如果他死了，我又會如何？我知道現在想這種事很自私，但我還是忍不住會想。他是我的教師和在公鹿堡的保護者。如果他死了，我會怎樣？」

我不希望去思考這樣的結果，但我還是盡力做出回答。「迷迭香女士會繼承他的權位，而妳將繼續作為迷迭香女士的學徒。」

灰燼搖搖頭。「我不確定她是否願意留下我。我認為她不喜歡我，因為切德大人很喜歡我。我知道，她認為切德大人對我很仁慈。我相信，如果切德大人過世了，她一定會趕走我，轉而招攬對她更加忠順的學徒。」然後他又用微弱的聲音說，「到那時，我就只能以我曾經學習過的另一種職業謀生了。」

「不。」弄臣在我之前開了口。

「那麼，您會接受我作為您的僕人嗎？」灰燼用我聽過最懇切的聲音問。

「我不能，」弄臣遺憾地說，「但我相信蜚滋會在我們出發之前，給你找一個好位置。」

「去哪裡？」灰燼問的也是我想要問的。

「到我來的地方去，去完成一個只屬於我們自己的可怕任務。」弄臣用一雙盲眼看著我，「我不認為我們要繼續等待你的精技和我的視力慢慢復元，蜚滋。再過幾天，我相信我就能夠進行長途旅行了。我們必須儘快出發。」

「灰燼有沒有為你讀過我留給你的卷軸？或者是火星？」那個女孩微微一笑。但我突兀的問題並沒有難住弄臣。

「那些卷軸毫無價值。這一點你也很清楚，蜚滋。你不需要古舊的卷軸和地圖。你有我。治好我，恢復我的視力，我們就能出發。我能帶你去那裡，去克拉利斯。你帶我穿過門石，直接到那裡去，就像普立卡帶我前往克拉利斯那樣。」

我停頓一下，深吸了一口氣。要有耐心。現在弄臣一心只想摧毀克拉利斯。我也和他一樣。但邏輯和愛依然將我束縛在這裡，讓我只能苦苦等待。我不知道理性是否能說服他，但我要盡力一試。「弄臣，難道你完全不明白切德的遭遇，還有它對我的影響嗎？我不敢嘗試使用精技，不敢治療你，也不敢單獨進入精技石柱。帶著你？不，我們將再也無法從精技石柱中出來。」

弄臣開口想要說話，但我立刻提高了聲音。

「我不會離開公鹿堡，直到能在六大公國境內找到蜜蜂的希望徹底破滅。現在原智者們正在尋找她。切德也還有機會恢復神智，幫助我們找到閃耀。如果我現在就撲向克拉利斯，我就要乘船走上幾個月。那樣的話，蜜蜂在這些日子裡就要任那些暴徒魚肉。而關於她的訊息隨時都可能從公鹿公國或者瑞本公國傳來。我知道你正急不可耐地想要出發。在這裡無所作為，只能靜待訊息的感覺就像是被活著慢慢烤熟。但我願意忍受這種痛苦，而不是魯莽地衝殺出去，卻把她丟棄在這裡。而且，當我們前往克拉利斯的時候，當我們向他們復仇的時候，我們最好是乘坐一艘載滿軍隊的戰艦。還是你真的相信我能夠孤身前往一座遙遠的城市，摧毀那裡的城牆，殺死你痛恨的那些人，再活著將被他們劫走的親人完好無損地帶回來？」

弄臣露出微笑，當他輕聲說話的時候，話語讓我感到恐懼。「是的。是的，我相信我們能做到。不僅如此，我還相信我們必須做到。因為我知道，當軍隊會被打敗的時候，一名刺客和一個瞭解敵人的人則會取得勝利。」

「所以你要讓我成為一名刺客！弄臣，我會為我們復仇，我們一定會復仇，我對於那些人的憎恨就像你一樣熾烈！但我的仇恨不是肆意燃燒的林火，而是鐵匠爐中被精心照料的赤炭。如果你想要我以刺客的手段做這件事，你就必須允許我遵循受過的訓練。我們的行動必須有效，要讓行動有效，我的血必須像冰一樣冷。」

「但……」

「不。聽我說。我已經說過，我會讓他們鮮血橫流，我會的。但我們的復仇不能以蜜蜂為代價。我要找到她，我要帶她回家，我會一直陪伴她，直到她充分恢復，沒有我也能生活一段時間。蜜蜂是第一位的。我們要接受必要的耽擱，聰明地利用現有的條件。你要重建身體，恢復健康，我則要利用這段時間磨礪我的舊日技藝。」

火焰嗶剝作響。灰燼安靜地站立著，只發出微微顫抖的呼吸聲。他的目光從弄臣轉向我，又轉回到弄臣身上。

「不。」弄臣最後說道。他依然很頑固。

「難道你一個字也沒有聽進去嗎？」我質問他。

這次是他提高了聲音。「我聽了你說的每一句話，你的一些話是有道理的。我們要等待一段時間，儘管我認為這種等待將毫無結果——我是多麼希望這樣的等待能有一點益處啊。那對我們兩個、對我們三個將是多麼好的一件事！我曾經將她抱在臂彎裡，只是短短一瞬，但就在那個時刻，我們建立了連結。我不知道該如何向你形容那種感覺。我又能看見了，不是用我的眼睛，而是我對未來的感知。所有可能的未來和絕大部分關鍵的轉捩點。平生第一次，我懷抱著一個能和我分享這一切的人，一個我能將自己所知的全部傾囊相授的人，一個將要繼承我的人，一位沒有被僕人腐蝕的、真正的白色先知。」

我沒有說一個字。愧疚感阻塞了我的喉嚨。是我破壞了那場擁抱，將蜜蜂從他的懷中奪走，

又用我的匕首刺進他的身體，一次又一次。

「但如果今晚，你得到了關於她的下落的訊息，如果你在明天找回蜜蜂，我們就應該在後天啟程。」

「我不會再丟棄她了！」

「當然不會。我也不會。她會在最安全的地方。她和我們一起走。」

我瞠目結舌地看著他。「你瘋了嗎？」

「我當然瘋了！這一點你很清楚！酷刑當然會把一個人逼瘋！」他發出毫無幽默感的笑聲，「聽我說，如果蜜蜂真的是你的女兒，如果她也有你的火種，那麼她就會想要和我們一起走，去摧毀那個惡魔的巢穴。」

「如果？」氣憤讓我說不出一句完整的話。

一種可怕的微笑點亮了他的臉。他的聲音低沉下去。「並且，如果她是我的孩子，就像我所確信的那樣，那麼當你找到她的時候，就會發現她已經知道她必須幫助我們。她已經看到了她的道路。」

「不，我不在乎她『看見』了什麼，或者你會說些什麼。我絕不會帶著我的孩子去殺人！」

弄臣的微笑只是變得更加燦爛。「你不必帶她，她會帶你去的。」

「你瘋了！而我已經累壞了。」

我從他面前走開，到了房間的另一頭。自從弄臣回來以後，我們還沒有過這樣接近於爭吵的對話。在所有人中，他本應該最能理解我的痛苦。我現在不想和他發生爭執。而當他向我提出質疑的時候，我對自己和我的判斷卻已沒有了多少信心，這種感覺就像是遭到了狠狠一擊。

我聽到灰燼在對他悄聲說話。「您知道他是對的。首先，您必須恢復體力和精力。這方面我能幫助您。」

我沒有聽清弄臣含混的回答，但我聽到灰燼又說道：「這件事上我也能出一點力。等時機一到，一切都會準備好。」

我開了口，知道自己控制住聲音，沒有顯露出憤怒和受傷的悲苦。「告訴我，追隨那個女人的都是誰。不是她僱的傭兵，而是那些白色的人。他們讓我感到困惑。他們是白者，或者有白者的血統。如果僕人對待白者那樣惡劣，他們為什麼還會追隨她，聽從她的命令？為什麼我們必須殺死他們？他們肯定會希望有人將他們從那個女人手中解救出來吧？」

弄臣緩慢地搖搖頭。他的聲音很平靜，如同在敘述一段古早的智慧。他真的像我一樣，希望能妥善消弭這場災禍嗎？「孩子們都相信他們所說的，蜚滋，他們相信自己正在『一條道路』上。除了服從她，他們別無所知。如果他們對她沒有了用處，他們就真的不會有任何用處了。而無用的東西只會被拋棄。一些孩子在小時候會被安樂死，如果他們走運，這個過程會很輕柔。他們會看到同伴在夜晚得到一劑毒藥。那些不聽話的和沒有任何天賦的人會成為奴隸。天賦很弱的

人如果聽話，才會被留下。一些人開始相信他們被告知的一切。為了服從她的命令，他們能做出任何冷酷無情的事，哪怕是犧牲自己的生命，或者是剝奪對手的生命。蜚滋，他們非常狂熱。向他們表露任何憐憫，都會讓他們找到辦法殺死你。」

我靜靜地沉思了片刻。灰燼始終一言不發地傾聽著我們的交談，彷彿在努力記住我們所說的每一個字。我清了清嗓子。「那麼，他們就不可能起而反抗德瓦利婭了。要說服他們幫助我們是沒有希望的。」

「如果你找到劫走她的那些人……我說的不是他們僱用的那些傭兵，而是制定這個計畫的人，那些蟄伏者，德瓦利婭。他們會非常和善地對待你。這些人看上去要比實際上年輕得多，他們會誤導你，讓你以為他們只是單純的僕從，只知道服從命令。不要信任他們。不要相信他們。不要對他們有任何仁慈或憐憫。他們之中的每一個人都夢想著攫取更大的權力，每一個人都曾親眼見過僕人對他們伙伴的所作所為。而他們每一個都選擇侍奉而非反抗僕人。他們每一個都比你能想像的更奸詐狡猾。」

我陷入了沉默。劫走蜜蜂的就是這樣一些人？我能夠率領我的新衛兵去和他們作戰，或者請求晉責派出作戰經驗豐富的軍隊。但一想到蜜蜂，我心中的怒火就冷卻下來。她還是那麼小，卻必然將在我們的瘋狂搏殺中尋求庇護。亂踏的馬蹄、揮舞的鋼刃。德瓦利婭和她的蟄伏者會不會寧可殺死我的孩子，也不要讓我們將她救回來？我沒辦法讓自己問出這個問題。

「他們永遠都不會反抗德瓦利婭，」弄臣承認這個事實的時候也顯得很不情願，「我認為你很難在六大公國境內追上他們，即使你做到了，他們也會拚死奮戰。這些人被灌輸過許多關於外部世界的謠言，所以他們害怕被俘更甚於死亡。」

隨後，弄臣也陷入了靜默的沉思。灰燼已經收起剪刀，正在收拾剪落的頭髮。「聽著，我們已經爭吵夠了。我們必須達成一致，要前往克拉利斯。現在要確定的是要在何時出發，還有要如何到達那裡。我們要盡量制定出周詳的計畫。一旦到達克拉利斯之後，必須突破學院設立的防禦系統。就算是進入了學院，也必須以最聰明的手段才能徹底剷除那個邪惡的蜘蛛巢。我相信，我們所依賴的只能是祕密行動和狡猾機智，而不是大規模的軍隊。」

「我很狡猾。」灰燼低聲說，「我覺得，我對於你們的任務也許會很有用。」

弄臣朝灰燼投去若有所思的一瞥。「不，」我明確地說道，「也許你學到了不少東西，但你還太年輕。我不能讓你這樣的孩子捲進這種事裡。我們說的不是黑暗中的一把刀子，或者是放進湯裡的一劑毒藥。弄臣已經說過了，那裡有幾十個，也許是上百個凶殘的敵人。那不是年輕人應該去的地方。」

我坐到桌邊的一把椅子裡。「弄臣，你要我去做的不是一個輕鬆的任務。即使我認同每一名僕人都必須死，我還是會懷疑自己是否能做到這種事。我是一個生鏽的刺客，一個蹩腳的斧手！我會竭盡全力去完成這個任務。這一點你很清楚。是的，那些人劫走了蜜蜂和閃耀，他們闖進我

的家，肆意殺人。他們必須死，但這絕不能危及我的女兒和閃耀。是的，那些傷害你的人也該殺。但我們該怎麼去殺？你一直在說要殺死他們所有人。在你的想像裡，我的能力是不是要遠比他們強大？」我的聲音低沉了下去，不得不繼續說道：「尤其是在我不計代價製造死亡的時候。但是，等到我們到達克拉利斯時，他們真的全都應該被殺掉嗎？」

我無法看懂從他的臉上飛速閃過的一連串表情。那裡面有恐懼、有絕望、有懷疑。我知道，他在懷疑我不相信他的判斷。但他最後只是悲哀地搖搖頭。「蜚滋，你認為，如果還有別的辦法，我能這樣要求你嗎？也許你認為我這樣要求只是為了自己的安全，或者是復仇，但事實絕不是這樣。我們必須殺死許多人，因為在懵懂無知中成為他們奴隸的人更是他們的十倍、二十倍。我們有可能解救那些人，讓他們擁有自己的人生。那些孩子生活得像牲畜一樣，他們不斷地被近親配種，深陷在複雜的血親羅網之中。而他們生下的嬰兒如果是畸形，或者沒有白者血脈的外表，都會被毫不在意地殺死，就像你在夏天的花園裡鋤掉一株雜草。」弄臣的聲音在顫抖，他按住桌面的雙手也抖動個不停。灰燼向他伸出手。我朝灰燼搖搖頭。我不相信弄臣在這個時刻願意被碰觸。

弄臣的話停頓下來。他將雙手緊握。我能看出他正在努力讓自己鎮定下來。小丑停止梳理羽毛，跳到弄臣身邊。「弄臣？弄臣？」

「我在這裡，小丑，」聽弄臣的口氣，彷彿小丑是他的孩子。他向烏鴉發出聲音的地方伸出

手。小丑跳到他的手腕上。他絲毫沒有退縮，小丑順著他的袖子，用喙和爪子一直向上爬，最終站到了他的肩膀上，然後開始撥弄他的頭髮。我看到弄臣緊咬的牙關鬆弛下來，但他的聲音還是那麼冷峻死板。「蜚滋，你是否明白他們對蜜蜂、對我們的孩子到底有什麼目的？對於他們的配種工作，她是一個非常有價值的種源，能為他們提供一股他們還不曾擁有過的白者血脈。也許他們現在還沒有推證出她就是我的孩子，但應該就快了。」

灰燼猛地睜大了眼睛。他想要說話，但我嚴厲地一揮手，阻止了他。我將手掌按在胸口上，竭力讓心臟平靜下來，然後吸了一口氣，問出我的問題：「那麼，前往克拉利斯要多長時間？」

「實際上，我也不清楚。當我第一次離開學院來公鹿堡的時候，我繞了很多路。那時我還很年輕，不止一次迷路，或者乘船到達了錯誤的港口，在那些港口中，我往往找不到前往公鹿公國的船。有時候，我會在一個地方滯留幾個月，才賺到能供我繼續旅行的錢。有兩次，我失去了人身自由。那時我的資源非常有限。六大公國對我來說不過是一個傳說。當我隨同普立卡返回克拉利斯的時候，我們借助門石省去了不少路程。無論如何，我們到那裡需要相當長的一段時間。」

弄臣的聲音再一次停頓。他是不是希望我會提出帶他穿過門石？如果是這樣，他也要等待很長一段時間了。我首先必須回復對精技的控制。切德的流失狀態只會讓我更加不願意進入門石。

「無論我們怎麼過去，最好儘快開始。灰燼給我服用的龍血對我的健康大有裨益。如果我的身體狀況繼續好轉，如果你能幫助我恢復視力……哦，即使這兩件事都沒有發生，我們也可以上

路了。現在我們會等待你所盼望的訊息。但我們要等多久？十天？」

現在和他講理沒有任何意義。我也不會給他虛假的承諾。「就讓我們等待那些鬥士帶著阿憨和蜚滋機敏回來吧。這不需要幾天。也許到那時，你的眼睛和身體的其餘部位也都能進一步恢復。如果不行，我們會向阿憨和蕁麻精技小組的其餘成員提出請求，看看他們能不能恢復你的視力。」

「你不行嗎？」

「在蕁麻判斷我的精技恢復了控制之前，不行。我會在這裡陪你，但我無法救治你。」我高聲重複了對自己做出的承諾，「現在我應該真心服從她身為精技女士的權威了。我必須尊重她的智慧。她已經警告我，不要接觸精技，所以我不會那樣做，但其他人能為你治療。」

「但我……不，那麼，不。」弄臣突然抬起一隻滿是傷痕的手，捂住了自己的嘴。他說話的時候，手指和聲音都在顫抖，「我不能。我不能讓他們……我必須等待你恢復，蜚滋。你瞭解我。但其他那些人……他們能夠將力量借給你，但只有你才能碰觸我。要等到……不，我將只能等待。」他猛然閉上嘴，用力將雙臂抱緊在胸前，拱起肩膀。我幾乎能看到希望離開他的身體。他閉起失明的雙眼，我將視線從他的臉上移開，竭力給他一些空間，讓他能冷靜下來。服下龍血還沒有多久，他已經失去了龍血給他的勇氣。我幾乎希望他還能和我爭吵。看到他突然再一次因為恐懼而顫抖，就像是風箱朝我心中憤怒的炭火鼓起陣陣強風。我會殺死他們，他們每一個人。

小丑朝弄臣咕噥了幾句。我站起身，從桌邊走開。我再次開口的時候，有意讓他聽出我已經不在他的身邊，不再注視他。

「灰燼，我看你用剪刀的樣子很靈巧。你覺得你能去掉我額頭上的這些縫針嗎？它們太緊了。」

「它們看上去像是做壞的裙子上糟糕的針腳。」灰燼對我說，「來吧，坐到靠近壁爐的地方來，這裡更亮一些。」

灰燼一邊幫我去掉縫線一邊和我說話，不時給我一個小警告，說他要把縫線抽出來了，或者要我擦掉從針孔中滲出的血。我們全都假裝不再注意弄臣，任由他自己輕輕將烏鴉放到桌子上，小心地摸索著向臥床走去。等到灰燼幫我清理完縫線，弄臣已經安穩地躺到床上。我看不出他是真的睡著了，還是只不過在裝睡。

一天天緩慢地過去了。每當發現自己在踱步的時候，我都會去操練場。我曾有機會遇到佈雷德的孫子，並敗給了他。他幾乎無法掩飾得意的神色。當我第二次接受他的邀請，和他切磋棍棒技巧的時候，他差一點把我打得毫無還手之力。狐狸手套將我拉到一旁，語氣尖刻地問我是否很喜歡這樣挨打。我告訴她，我當然不喜歡。我只是竭力想要恢復一些自己曾經掌握的技巧。隨後，我一瘸一拐地走向蒸氣浴室。我知道自己說了謊。我的愧疚在要求我承受痛苦，只有身體的疼痛能讓我暫時不去想蜜蜂。我知道這是一種不健康的心態，但這樣能讓我磨練自己的技藝，當

我有機會用刀劍對付那些綁架蜜蜂的匪徒時，我也許終究能恢復一些往日的力量。

所以，我便是在操練場上聽到了報告鬥士衛隊返回的喊聲。我將手中的木製劍刃插在地上，向我的對練伙伴表示投降，然後就朝那一隊剛剛返回的人馬走去。鬥士們的隊伍相當散亂，他們的身上散發出頹敗和憤怒的氣息。他們帶回了同伴的坐騎，但那些馬背上沒有屍體。很可能已經將那些死去的同伴焚化了。我有些好奇，當他們發現一名鬥士被挑斷腿筋、割開喉嚨的時候，會有些什麼想法。不過也許在那一片狼藉之中，沒有人會注意到他特別的傷口。

他們牽著馬去了馬廄，並沒有理睬我。蜚滋機敏已經下了馬，手握韁繩站在一旁，等待有人過來照料他的坐騎。阿憨看上去又老又疲倦，還非常冷，只是無力地坐在他健壯的坐騎背上。我走到他身旁。「下來吧，老朋友。把你的手搭在我的肩膀上。」

他抬起臉看著我。我已經有很長時間不曾看到他顯露出這樣悲苦的神情了。「他們好下流。回家的路上，他們一直在拿我取樂。我喝茶的時候，他們從背後撞我，讓我把茶水全潑在胸口上。在客棧裡，他們讓兩個女孩來戲弄我，說我不敢碰她們的胸，我碰了她們，卻又被她們抽了耳光。」淚水湧進了他的小眼睛。

他是這樣誠懇地向我講述他的苦難。我壓下心中的怒火，溫和地向他承諾：「你回家了，沒有人能夠再傷害你。你在朋友中間了。下來吧。」

「我竭盡全力保護他。」機敏在我身後說道，「但他總是沒辦法躲開那些折磨他的人，也沒

辦法忽略他們。」

我不止一次照料過阿憨，所以對此非常清楚。這個小傢伙似乎總是很擅長讓自己落進他能找到的最大麻煩裡：儘管已經有了一些年紀，他卻還是很難區分戲弄和善意的玩笑，總是在受了苦之後才知道對方是惡意的。就像一隻貓，他不可避免地會吸引那些對他最不寬容的人，那些最喜歡折磨他的人。

但他其實有能力避免遭受真正的肉體傷害。

我用非常輕的聲音對他說：「你不能用精技對他們說『不要看我，不要看我』嗎？」

他向我皺起眉頭。「他們騙了我。他們之中的一個人說：『哦，我喜歡你，做我的朋友吧。』但他們其實只想欺負我。他們說那些女孩會喜歡我，只要我碰碰她們，那會很有趣。然後女孩就打了我。」

阿憨受傷的眼神和下垂的嘴唇讓我瑟縮了一下。他咳嗽了一聲，那是帶著痰音的咳嗽。這很不好。

「我認為他們之中的每一個人都應該被狠狠地抽打一頓，主人。」我轉過身，看到堅韌不屈向我走來。他牽著三匹馬——那匹花斑馬，嚴謹，還有一匹我的馬廄中的斑紋騸馬，牠的名字是星點。

「你在這裡幹什麼？」我開口問道，卻又立刻注意到這個男孩的臉。他的右眼周圍多了一圈

烏青，面頰腫脹起來。我知道那是有人用拳頭打在他臉上造成的——我很熟悉這種傷痕。「你出了什麼事？」不等他回答我的第一個問題，我已經在追問他了。

「他們也打了小堅。」阿憨主動說道。

機敏面色一紅。「那天晚上在客棧的時候，他想要阻止他們。我告訴他這只會讓情況變得更糟糕，而事實的確如此。」

我的面前是一個沒有能力的人、一個沒有經驗的孩子和一個傻瓜。看著阿憨哀傷的臉，我又在腦子裡把「傻瓜」換成了「天真的孩子」。阿憨從來都不曾脫離自己天真的童年時代。我靜靜地幫助他下了馬。阿憨又咳嗽了一聲，他的咳嗽似乎無法停下來了。「機敏會帶你去廚房，給你準備一杯熱甜飲。小堅和我會把馬帶去馬廄。然後，機敏，我建議你去向晉責國王彙報。同時阿憨也會向國王做出報告。」

機敏看起來很驚訝。「不是去向切德大人報告嗎？」

「現在他的身體狀況很不好。」阿憨還在咳嗽。又過了一會，他才吃力地吸了一口氣。我讓自己的語氣稍稍柔和了一些。「確保讓阿憨吃飽肚子，然後帶他去蒸氣浴室。我會和國王一同聽取你的報告。」

「獾毛，我認為……」

「蜚滋駿騎親王，」我糾正了他，然後上下打量了他一眼，「不要再犯這種錯誤。」

「蜚滋駿騎親王。」他接受了我的糾正，又張了張嘴，但沒有說話，就閉上了嘴。

我轉過身，抓住他和阿憨的馬轡。「我說的不是這個錯誤，」我頭也不回地說道，「我的意思是你要懂得努力去思考。當然，也不要再用那個名字稱呼我了。在這裡不行。我們還沒有準備好讓普通人都知道獾毛和蜚滋駿騎是同一個人。」

小堅發出一點窒息的聲音，我沒有看他。「牽上這些馬，堅韌不屈。等我們把牠們安頓好，你會有足夠的時間解釋你的狀況。」

那些鬥士走進了依然被我認為是「新」的馬廄。它是在紅船之戰之後建造起來的。現在我不想讓他們在我的眼前亂晃。我希望在冷靜之後再處理他們——不僅僅是表面上的冷靜。小堅牽著馬，跟隨著我繞過新馬廄，向博瑞屈的馬廄走去。那裡正是我長大的地方。現在這座馬廄已經不再那樣頻繁地被使用了，但我很高興地看到它被保持得非常整潔，被空置的畜欄彷彿正等待著我們將馬牽進去。這裡的馬僮對我都充滿敬畏，紛紛跑過來照顧我的馬匹，讓小堅一下子變得無事可做了。那些馬僮似乎認為小堅也是他們之中的一員，而他臉上的傷很可能是被我打出來的，所以他們對我都極盡恭敬。

「這不是德里克大人的花斑馬嗎？」一名馬僮鼓起勇氣問我。

「已經不是他的了。」我對那名馬僮說。那匹花斑馬這時忽然給了我一個溫暖的訊號，讓我不由得嚇了一跳——我的騎手。

「牠喜歡你，」小堅在旁邊的畜欄裡對我說。他正在替嚴謹刷洗。他讓其他男孩去照顧星點，但嚴謹要由他親自來照料。

我沒有問他是怎麼知道的。「你來這裡做什麼？」

「牠身上都是泥，主人。我們走過一條冰封的小溪時，蹄子下面的冰破了，結果牠的腿全陷進了泥裡。我在為牠刷洗乾淨。」

從技術上來說，這是一個真實的答案。雖然有些不高興，但我還是很欣賞這個男孩。「堅韌不屈，為什麼你要來公鹿堡？」

堅韌不屈直起身子，越過畜欄看著我。若出現在他臉上的不是真心的驚訝，那他一定是非常善於偽裝。「主人，我已經向您立下了誓言。我還應該去哪裡？我知道您一定想要您的馬，我也不信任那些……衛兵能善待牠。我還知道，您同樣需要嚴謹。當我們追上那些雜種，把蜜蜂救回來的時候，她一定想要騎自己的馬回家。請原諒，主人。蜜蜂女士，我要說的是蜜蜂女士。」他將下唇收在牙齒之間，狠狠地咬了一下。

我想要斥責他，命令他回家。但是當一名年輕人以成年人的口吻說話的時候，像對待孩子那樣對待他就不應該了。一名馬廄女孩剛剛提了一桶水走過來。我轉頭問她：「妳叫什麼名字？」

「耐辛，殿下。」

這讓我愣了一下。「那麼，耐辛，等到小堅忙完之後，妳是否能帶他去吃一頓熱餐，並告訴

他蒸氣浴室在哪裡？然後為他找一張床，就在……」

「我更願意留在這些馬的旁邊，主人，如果您不介意的話。」

我很明白他的心情。「那就幫他找一套床褥。你能睡在空畜欄裡，如果你想這樣的話。」

「謝謝您，主人，我正想如此。」

「我是不是應該為他的臉找一點藥膏？我知道有一種藥，能讓他明天早晨就消腫。」耐辛似乎非常喜歡照顧堅韌不屈。

「妳能找到藥？那好吧，這件事也交給妳，我很想看看妳的藥到明天早晨會有什麼效果。」

我轉身打算離開，忽然又想起這個男孩的傲氣，便又轉回身對他說，「堅韌不屈，你要遠遠躲開那些鬥士。我的話你明白嗎？」

堅韌不屈低下頭，不高興地回答道：「是，主人。」

「他們將得到應有的處置，但不是由你來動手。」

「他們是一群壞蛋。」堅韌不屈低聲說。

「躲開他們。」我同時給了面前的男孩和女孩警告，然後就離開了馬廄。

21

文德里亞

那麼，讓我們來談談遺忘。我們全都會記得遺忘過一些事；我們曾經錯過與朋友相聚、烤焦麵包，或者怎麼也想不起將某樣東西放到什麼地方去了。這就是我們所知道的遺忘。

但還有另一種遺忘，一種我們很少會想起的遺忘。比如我提起月亮的盈虧時，它很可能並不在你的意識之中。你正在想著你吃的食物，或者是腳下的道路。你的意識裡沒有月亮。於是，在此時此刻，你忘記了它。或者，更確切地說，你這時並沒有想到那件事情。

如果我走進房間時，你正在穿鞋，我可以說：「今晚的月亮很美。」然後你就能將它召喚進你的意識裡。但在我說話之前，你已經遺忘了月亮。

任何人都能很快就明白，在我們一生中的大部分時刻，都幾乎忘記了周圍的世界，佔據我們心智的，只有當前所感興趣的事物。

那些部分白者的天賦大多是能夠在夢中瞥到未來。只有極少的幾個人能夠找到近在我們眼前的未來。在那樣的未來中，我們想要躲避的人將不會記得我們。只有很少數能夠讓一個人持續處在這種「不會想到」的狀態。正因如此，擁有這種罕見天賦的人能夠讓一件事或一個人處於幾乎隱形、幾乎完全被遺忘的狀態。我們的文獻中記載，部分白者能夠讓一個人保持此種狀態；還有極少數幾個能讓最多六個人持續忘記某件事。但遇到年輕的學生文德里亞時，我相信我們找到了一個真正天賦異稟的人。只有七歲的時候，他已經能控制我的十二名學生的心智，讓他們忘記饑餓。於是我要求將他交給我，由我特別訓練他的這種能力。

——靈思拓．德瓦利婭，摘自僕人的檔案紀錄

我的身體狀況在好轉。每一個人在這樣告訴我，就連深隱也不例外。我不知道他們說的是否正確，但和他們爭論會引來太多麻煩。我的皮膚已經不再剝落，我也不再發燒、不再顫抖，走路時也不會再踉蹌。但聽別人說話對我來說卻變得愈來愈困難，尤其是當不止一個人同時說話的時候。

這場旅行變得愈來愈艱難。德瓦利婭和埃里克之間的關係愈來愈緊張。我們不得不渡過一條

河流，他們浪費了一個黃昏的大部分時間為此而爭吵。這是我第一次看到他們發生衝突。他們站在我們的營地和恰斯國人營地中間，對著一張地圖指手畫腳，爭吵不休。此地有一個村莊，村莊是有渡口的。德瓦利婭堅持認為那對文德里亞太困難了。「他不僅要使所有等待渡河的人遺忘我們，還必須徹底蒙蔽船夫。而且讓全部人馬和雪橇渡河，至少需要往返三趟。」

德瓦利婭想要走一座橋。但要到達那裡，我們必須穿過一座大市鎮。「那裡是伏擊的理想場所，」埃里克表示反對，「如果他不能蒙蔽那些船夫，他又怎麼能蒙蔽一座城市？」

「我們在夜最深的時候經過那裡，迅速穿過城市，從橋上過河，再迅速通過河對面的貿易市集離開。」

我靠在深隱的身上。她的整個身子都繃緊了，集中精神偷聽那兩個人的對話。我則厭倦了他們的爭吵，只希望能安靜一下。我需要安靜和真正的食物。他們沿途狩獵的情況很不理想，我們已經連續兩天只能吃到燕麥粥和那種褐色的湯了。雪橇上已經裝載好貨物，馬匹也都上好了鞍轡。恰斯國人騎在馬背上，排成佇列等待著命令。蟄伏者們都站在他們的坐騎旁邊。所有人都在等待埃里克和德瓦利婭達成共識。是今晚走那座橋，還是明天去渡口？我不在乎。「他們一開始是怎麼到河這邊來的？」我低聲問深隱。

「閉嘴。」深隱用只有我能聽到的聲音說。於是我只好努力撐起耳朵，想要多聽到一些他們的對話。

德瓦利婭正在說話。我能聽出她很緊張。她的兩隻手握成拳頭，交握在胸前。「那個渡口太靠近公鹿堡了。我們需要迅速過河，離開這裡。渡過河之後，我們就能穿過丘陵……」

「又是丘陵。如果妳不在道路上行進，雪橇肯定會陷進沒有被壓實的積雪裡。」埃里克惱恨地說，「丟掉雪橇吧。自從妳偷到它們之後，它們只是減慢了我們的速度。」

「我們已經沒有車輛了。這樣我們將不得不放棄帳篷。」

「那就也把帳篷丟掉。」埃里克聳聳肩，「沒有了那些東西，我們能走得更快。妳們女人總是要過得舒服，但這樣只會扯我們的後腿。」

「不要看他們。」深隱在我的耳邊低聲說。我的確一直在盯著他們。他們從沒有吵過這麼久。如果他們發生爭執，通常都會是文德里亞走過去，微笑著點點頭，我們就會按照德瓦利婭的決定去做了。我瞇起眼睛，裝作打盹的樣子。我能看出德瓦利婭的挫敗感。她回頭瞥了我們一眼。深隱向前俯過身，捅了捅即將熄滅的篝火。

這時，文德里亞不疾不徐地走了過來。他還像以往一樣面帶微笑，在我們的篝火旁停下腳步，向周圍望了一圈，顯得有些困惑。「為什麼妳們不在雪橇上？難道我們不是馬上就要離開了嗎？」天色愈來愈黑，通常這個時候我們早就離開白天的宿營地了。

德瓦利婭提起聲音回應他：「是的，我們很快就會離開。耐心一些，文德里亞。到我身邊來。埃里克會決定我們必須如何做。」

然後，我第一次仔細觀察並看清楚了文德里亞做了什麼。他微笑著，就像一個圓胖的小男孩一樣扭動著身子，悄悄溜到德瓦利婭身旁。他看著埃里克，側過頭。那個男人則對他怒目而視。德瓦利婭輕聲說道：「那麼，就像這位大人說過的，他認為渡口太危險，是不能去的。那裡太靠近公鹿堡了。而如果我們的速度夠快，他說我們就能在今晚到達那座橋。我們能平安過橋，也許在太陽還沒有升到很高的時候就能進入丘陵地帶。從那裡，我們可以一路趕到製鹽者深灣，乘船出海。」

埃里克緊皺起眉頭，怒氣衝衝地說道：「我不是這樣說的。」

德瓦利婭立刻很突兀地道了歉。她將握緊的雙手放到喉頭，低下了頭：「我很抱歉。您是怎樣決定的？」

看到德瓦利婭屈服的樣子，埃里克顯得很高興。「我決定我們要去那座橋。就在今晚。如果妳能夠召集起妳那些懶傢伙，讓他們上馬出發，我們也許能趕在太陽升到很高之前進入丘陵地帶。」

「當然，」德瓦利婭說，「就像你說的一樣，這是唯一合理的計畫。蟄伏者們！上馬！埃里克指揮官已經做出了決定！奧黛莎！讓夏思姆立刻上雪橇。蘇拉和睿頻，把剩下的東西全裝上雪橇！埃里克指揮官希望我們現在就出發。」

埃里克站在原地，臉上帶著滿意的微笑，看著我們手忙腳亂地執行他的命令。積雪被踢到了

篝火堆上，我被匆匆抱上了雪橇。我裝出一副孱弱的樣子。蟄伏者很快就將照顧我的任務交給深隱。文德里亞和德瓦利婭是最後上雪橇的。我從沒有見過比他們更心滿意足的人。

埃里克吼出命令，整支隊伍開始移動。當我們走出一段路之後，我悄聲問深隱：「妳看出來了嗎？」

深隱誤會了我的意思。「是的，我們距離公鹿堡不遠。安靜。」

我沒有再說話。

我們在那一晚過了河。靠近河邊的那座城鎮時，文德里亞離開了雪橇，騎上一匹馬，和埃里克一起走在隊伍最前面。隨後一天的上午，當我們終於進入丘陵林地，紮下營地的時候，埃里克開始向所有人吹噓這有多麼簡單。「現在，我們已經到了公鹿河的北邊，一路上只有這些丘陵和不多的幾座小鎮了。我早就告訴過你們，那座橋是我們最好的選擇。」

德瓦利婭微笑著表示同意。

不管她和文德里亞讓那個恰斯國人多麼相信橋是比渡口更好的選擇，我們穿過丘陵地帶的旅程依然是困難重重。埃里克原先對於雪橇的評價是正確的。德瓦利婭堅持我們必須竭盡全力避開大路，於是那些士兵和他們的馬不得不一直為雪橇開路。讓沉重的馱馬能將更加沉重的雪橇拉過去。我們前進的每一步都很不容易。我能看出，埃里克一直在為我們可憐的行進速度而惱恨不已。

深隱和我幾乎沒有什麼時間可以進行私密的談話。「他們提到了船。」有一次當我們蹲在灌木叢中解手的時候她這樣對我說，「那也許能給我們一個逃脫的機會，即使是我們必須跳進水裡去。無論發生了什麼，我們都絕不能讓他們把我們帶過大海。」

我同意她的看法，但又懷疑我們是否能有機會逃走。

我的身體恢復得很慢，營養匱乏的食物、持續不斷地趕路和在寒冷環境裡的睡眠，彷彿在對我製造出更多的疾病。一天晚上，當我們依照常規起來準備上路的時候，我幾乎感到有些暈眩，我知道這是饑餓導致的。我的身體迫切需要一些比燕麥粥更充實的食物。當我跟隨深隱走出帳篷來到篝火邊的時候，我毫不在意地對她說：「如果不能真正吃上一頓飯，我很快就要死了。」

其他幾個人都停住腳步，轉過頭來盯著我。奧拉利婭用手捂住了嘴。我沒有理會那些盯著我的白癡。像以往一樣，那些蟄伏者堆起兩處篝火，一處供我們使用，一處給那些士兵。烹飪食物的工作完全由蟄伏者完成，但我們不會和那些士兵一同用餐。每一次都是兩名蟄伏者將一罐熱氣騰騰的燕麥粥抬到士兵那裡去。我們自己吃另一罐。今晚，士兵們捕到了一些獵物，正在篝火上將它們烤熟。他們的篝火距離我們比平時更近，我們之間只有一小片空地。肉的香味非常誘人，我不停地嗅著寒冷夜風中那股濃郁的芬芳。

對此也要小心，狼父親警告我。我向周圍望了一眼，不由自主地皺起眉。「文德里亞去哪裡了？」我問道。

「他走在我們前面。今晚我們必須在大路上行進了。我們會穿過一座小鎮，他先要去為我們安撫好鎮民。」德瓦利婭對我說。

我相信，她對我說話只是希望能夠讓我對她說些什麼。我抓住了這個機會，大聲吸了吸鼻子。「肉的味道好香啊，」說完，我又歎了口氣。

德瓦利婭抿住嘴唇。「那樣一份肉食可不是我們現在能負擔得起的。」她有些沒好氣地說。

我沒有意識到那些士兵正在聽我們說話。一個士兵發出粗野的笑聲。「只要給我們那個公鹿女人的一塊肉，我就給你們這隻兔子的一塊肉！」那些士兵全都笑了起來。深隱正和我一起坐在一根原木上。她抱緊自己，讓身子縮得更小。恐慌的情緒在我的心中滋長。她是成年人，我的父親曾經命令她照看我。我不知道她臉上的表情是憤怒還是恐懼。如果她也在害怕，我還能比她更害怕嗎？是的，我的確比以往任何時候都更加害怕，也更加憤怒。我站起了身。

「不！」我向那些眼神中充滿惡意的男人喊道，「在我見到的未來中，這樣的事情從未出現過。就算是當她那個隱藏的父親讓你們每一個人都變成殘破的血塊時，我也沒見到她掉過一塊肉！」我搖晃了一下，突然坐倒下去。如果不是深隱在我倒向她的時候抱住了我，我一定會癱軟成一堆。我感到一陣陣噁心。我剛剛釋放了一份能力。我並不想將那個夢告訴別人。它對我來說依然沒有任何意義。在那個夢裡，他們並不是人，而是一面面小三角旗，破爛不堪，懸掛在一根晾衣繩上，不停地滴著血。這是一個毫無意義的夢。我也不知道自己為什麼會說出一個隱藏的父

親。

「夏思姆！」

德瓦利婭的聲音中充滿了震驚。我向她轉過臉，看到她眼神中深深的反感。我只能竭力裝成一個做了壞事突然被抓到的小孩子。

「夏思姆，我們絕不應該這樣隨意對別人提起那些夢。夢是珍貴而且私密的，是我們在許多條道路中能藉以前進的路標。而在這些道路中進行選擇需要非常偉大的智慧。等我們到達克拉利斯之後，你會學到許多知識。其中最重要的一件事，就是你要私密地記錄下你的夢，或者只能讓選定給你的書記員為你記錄。」

「克拉利斯？」那個名叫埃里克的老兵站到了德瓦利婭的身後。他的身子挺得筆直，但肚子還是從外衣裡面凸了出來。在火光中，他的面色蒼白得就像是陰影中的雪。「我們上船之後會直接駛向恰斯，去鐵塞灣。我們已經就此達成了協定。」

「當然。」德瓦利婭毫不遲疑地回應道。雖然身軀肥胖，她依然以優雅的動作起身站在埃里克面前。她是要避免讓埃里克居高臨下地俯視她嗎？

「我可不會讓別人詛咒我和我的人。尤其是有他那種月亮眼睛的小伙子。」

「那個男孩只是在胡說。你不必太在意。」

埃里克向德瓦利婭笑了笑，那是一個邪惡的老男人充滿自信的笑容。「我什麼都不在意。」

然後，他毫無預警地踢中了我的胸口。我從原木上飛了出去，背朝下落在雪中。我肺裡的空氣完全被擠光了。我只能躺在地上，吃力地想要吸進一點空氣。深隱跳起來——我覺得她是要逃跑——但埃里克反手打在她的臉上，把她打進了一群蟄伏者中間。那些人就像一群受驚的鳥，一齊竄起來要幫助我們。我以為他們要撲到那個士兵頭領的身上，將他壓倒，把他死死按在地上，就像他們對付那名英俊的強姦犯一樣。但他們只是抓住了深隱，拖走了她。

我感覺到恐懼在德瓦利婭的身上急速膨脹。轉瞬之間，我明白了這全是因為那個迷霧男孩離開了營地，要去告訴前面鎮上的人，他們不會注意到我們在今天夜裡經過他們的村鎮。文德里亞現在沒辦法用他的力量壓制埃里克指揮官，德瓦利婭只能自己單獨對抗他。奧黛莎繞過原木，伸手撐住我的腋下，將我在雪地上向後拖去。德瓦利婭還在向埃里克說話。她看上去很平靜。難道沒有別人能感覺到正在她胸中瘋狂呼嘯的恐懼？

「他只是個男孩，男孩氣憤的時候都會那樣喊叫，或者是害怕的時候也會那麼喊。難道你不也曾經是個男孩嗎？」

埃里克面無表情地看著她，對她的說辭完全無動於衷。「我曾經是個男孩，曾經親眼看到我的父親掐死我哥哥，因為他沒能向我父親表示尊敬。我是個聰明的男孩。我只需要一次教訓，就明白了我的位置。」

奧黛莎將我拉了起來。她站在我身後，雙臂環抱住我，支撐著我。我還是無法呼吸。當埃里

克指揮官用他生著粗大指甲的手指點中我的時候，我放棄了一切吸氣的想法。「學會，或者去死。我不在乎他們管你叫什麼，也不在乎他們認為你有多麼珍貴。管住你的舌頭，否則你和照顧你的那個婊子都會被扔給我的手下。」他轉過身，大步走開了。

終於，我將一口氣吸進肺裡。我非常需要用它趕走我的恐懼。

這時，德瓦利婭說話了。她大著膽子朝那個正在走遠的武人喊道：「我們對此沒有達成協議，埃里克指揮官。如果這個男孩遭受到任何傷害，我們在到達鐵塞灣之後不會給你任何報酬。要給你的黃金還在另一個人的手裡，除非我活著告訴他可以把酬金給你，否則你什麼都得不到。除非這個男孩在到達那裡的時候毫髮未傷，否則我就不會讓他付給你酬金。」

德瓦利婭的聲音堅定而充滿理性。如果換做是別人，也許這番話能夠有用。但看到埃里克轉向她的那張扭曲面孔，我突然知道了，德瓦利婭不應該提到錢，不應該以為錢會對他產生多麼大的誘惑。

「等我們到了恰斯，我有不止一種方法能將妳和妳那些白色的僕人，還有那個珍貴的男孩變成黃金。恰斯的每一個港口都仍然有奴隸貿易。」他瞥了一眼周圍那些盯著他的蟄伏者，用充滿輕蔑的口氣說：「你們漂亮的白馬，也許能比你們這些沒有血色的女僕和奶油一樣的男人更值錢。」

德瓦利婭面色慘白，一動不動地站在原地。

埃里克提高聲音。他的話語充斥在我們周圍的黑夜裡。「我是恰斯國人，是軍隊的指揮官，是一位貴族。這不是我出生時便擁有的，而是我用自己揮劍的手臂贏來的。哭哭啼啼的女人控制不了我，裝神弄鬼的女神棍也別想嚇唬我。我認為怎樣最好，就會怎樣做，我會考慮的只有我自己和向我宣誓效忠的人。」

德瓦利婭站直身體。她的隨從們像綿羊一樣聚成一群，每個人都努力想要躲到別人身後。奧黛莎依然將我抱在她的身前。她是在勇敢地保護我，還是將我當做盾牌？深隱已經恢復過來，正一個人站在蟄伏者的人群之外，惡狠狠地瞪著那些恰斯國人。我的肺裡有了空氣，我已經做好了逃跑的準備。

不要動，就像獵人那樣一動也不要動，仔細傾聽。

我在紋絲不動的軀體中安定下來。德瓦利婭控制住她的恐懼，又開始對埃里克說話。她瘋了嗎？還是她習慣了處在發號施令的位置上，完全看不出她所處的位置有多麼脆弱？「你的人向你立誓效忠。就是他們給了你承諾？他們給你承諾，就像我們在達成交易的時候，你給我承諾？你相信他們的承諾，同時卻不會遵守自己的，維護自己的榮譽？我們給你格外豐厚的報酬，這樣你就不必進行搶掠。但你們還是做了，完全無視我的命令。你承諾那裡不會有非必要的暴力，但暴力還是發生了。愚蠢的破壞、屋門被撞碎、織錦掛毯被割裂。到處都是我們到過那裡的痕跡，那些本來都是不應該出現的。你們更是進行了沒有必要的殺戮，以及毫無益處的強姦。」

埃里克盯著她，然後仰頭大笑起來。片刻之間，我彷彿看到了他年輕時的樣子——狂野且魯莽。「毫無益處？」他重複了一遍，又發出一陣大笑。他的人三三兩兩地走過來，看著這兩個人的交鋒，分享著指揮官的愉悅。我知道埃里克的這副樣子是要做給他的屬下看的，「怪不得人們都說，女人不知道她們在這個世界上真正的用處是什麼。但讓我告訴妳，我相信我的人都認為那些女人很有益處。」

「你違背了你對我的承諾！」德瓦利婭竭力讓自己的聲音顯得篤定，充滿譴責的力量。但她實在只是像一個哭喊嗚咽的孩子。

埃里克歪過頭看著德瓦利婭。我從他的表情中能看出來，德瓦利婭在他的眼裡更沒有什麼權威了。她變得那麼無足輕重，讓埃里克甚至不屑於向她解釋這個世界。「一個男人知道自己要做出怎樣的承諾。他會把自己的承諾交給另一個男人，他們都明白這代表著什麼。一個男人有自己的榮譽，違背對另一個男人的承諾就汙損了他的榮譽。男人違背諾言往往意味著死亡。但所有人都知道，女人不可能向任何人做出承諾，因為女人不能擁有榮譽。女人就算答應了什麼，以後她們也會說：『我不明白，我不是那個意思，我認為那些話是別的意思。』所以女人的話毫無價值。她們能違背自己的諾言，而且總是在這樣做，因為她沒有榮譽會被汙損。」他嘲諷地哼了一聲，「違背自己諾言的女人甚至不值得被殺死，因為女人就是這種樣子。」

德瓦利婭瞠目結舌地盯著他。我有些可憐她，並為我們這些人感到害怕。就連我，一個孩

子，也知道這正是恰斯國人的處世之道。我閱讀過的每一份關於恰斯國的卷軸，父親每一次對他們的描述，都表明他們正是那種一直都會想辦法違背自己諾言的人。他們會和奴隸生下孩子，然後將親生子女賣掉。德瓦利婭怎麼可能不知道她在和什麼樣的人做交易？她的蟄伏者們聚集到我們的身後，就像是埃里克背後那些士兵蒼白的鏡影。埃里克的恰斯國士兵都張開雙腿，高高挺起胸膛，雙手扠腰或者交叉在胸前。我們的潛伏者則縮成一團，彼此依偎在一起，竊竊私語，就像是一陣風吹過白楊樹林。德瓦利婭顯然已經無話可說了。

「我怎麼可能向妳做出承諾？我就算是將男人的諾言和我的榮譽給了你，又能換來什麼？妳的愚蠢的小腦袋裡那一刻的想法？」他輕蔑地乾笑了一聲，「妳知不知道妳的話聽起來有多麼愚蠢？」然後他搖搖頭，「妳將我們一路帶到這裡，愈來愈深入危險地域，為了什麼？不是財寶，不是金錢，也不是珍貴的貨物。而是一個男孩，還有他的女僕。我的人跟隨我，所以我得到的一切都有他們一份。我們又能從這裡得到什麼？幾個鄉下姑娘、幾把好劍、一些燻肉和鹹魚，還有幾匹馬。妳說我的人進行了搶掠，但那種搶掠就是個笑話！這種情況很不好。他們一定都在懷疑，他們走了這麼遠，經過這麼多危險地區，為什麼卻只有這麼一點收穫？他們一定在懷疑我。而現在，當我們如此深入敵人的國土時，我們必須做些什麼？我們在雪地裡爬行，躲避道路和村莊。本來幾天就能走完的路，我們卻要耽擱上一整個月。

「我們偷來的這個男孩竟敢嘲諷我。為什麼？為什麼他對我沒有一點尊敬？也許他認為我很

愚蠢，而這種印象都是妳造成的。我並不愚蠢。我在一遍一遍地思考。我不是一個被女人控制的男人。不是一個能夠用黃金收買的男人。我不是會向僱主唯命是從的傭兵。我是指揮軍隊的人，我的軍隊會接受任務，並以我認為最有利的方式去完成。但是，當我一次又一次地檢討這次行動，我發現我一直在向妳的意願低頭。每一次我回頭去看，都發現我的決定很不合理。我一直都在屈從於妳的意願。為什麼？我認為我已經明白了其中的關鍵。」

埃里克帶著凶惡的神情抬手戟指德瓦利婭：「我知道妳的法術，女人。是那個一直被妳留在身邊的白色男孩，那個說話的樣子就像個女人的男孩。他做了某種手腳，對不對？妳派他到前面去穿過小鎮，然後我們經過那裡的時候就不會有人注意我們。這是一種很不錯的手段，非常不錯。我本來很欣賞他的能耐。但我現在明白了，他一直都在用這種手段對付我，是不是？」

如果換做是我，我會說謊，會帶著驚愕的表情看著埃里克，說我不明白他是什麼意思，要他再給一些解釋。德瓦利婭只是像一條魚一樣不停地張著嘴，過了一會兒才虛弱地說道：「這樣的事情沒有發生過。」

「真的？」埃里克冷冷地問她。

一陣聲音響起，所有人，甚至包括我在內，都向聲音傳來的方向轉過頭。有馬匹向這裡跑來。文德里亞和他的隨從們回來了。德瓦利婭犯下了她的第二個錯誤。希望的光彩在她的眼中閃爍起來。

埃里克像我一樣清晰地讀懂了這個胖女人的心思。他露出了我見過最殘忍的微笑。「是的，這樣的事情的確不會發生了。」他轉向他的士兵。那些人已經全部集結在他的身後。他們在壓抑心中的渴望，就如同被獵人牽在手中的獵犬。「去迎上他們，攔住他們。帶走文德里亞。告訴他，我們知道他的能耐。告訴他我們都對他感到吃驚，認為他實在是棒極了。誇大他的虛榮心，就像你們吹噓自己一樣！」埃里克發出一陣粗野的大笑，他的人紛紛應和，「告訴他，這個女人讓你們傳命令給他，不要再將他的能力用在我們身上，因為他的道路和我們的不同。帶他去我們的帳篷，把他留在那裡。給他我們擁有的全部好東西。讚美他，拍他的肩膀，讓他覺得自己是個男人。但也要對他保持警惕。如果你們覺得自己的決心有任何減弱，就殺死他。不過盡量不要這樣做。他非常有用，遠比這個老婊子能給我們的任何黃金都有價值。他是我們要帶回家的真正的戰利品。」埃里克將注意力轉回到德瓦利婭身上，「他甚至比一個準備好要被強姦的女人更有用。」

22

正面迎擊

國王、王后和男女親王們能夠正面施壓、提出要求、進行威脅，甚至發布最後通牒。外交家和侍者會居中斡旋，進行協調或者談判。但皇家刺客，那些執行國王裁決的人完全沒有這些工具。她是統治者的工具，完全服從瞻遠國王或女王的指令。當刺客得到君主的命令開始行動的時候，她自己的意志將不在被考慮的範疇之內。她是棋盤上的一枚棋子，從某方面來說非常強大；但從另一個方面來看又毫無力量。她要做的只是行動，完成任務；但她不會進行任何判斷，也不會復仇。

只有這樣，她才能維護自己的品行，才能免於觸犯真正的罪行。她從不會為了自己的意願而殺人。皇家刺客之手不是用來殺戮，只是用來執行判決。她的劍上沒有任何罪責。

——對刺客的教導，佚名

「我不知道該如何阻止他們。」蜚滋機敏筆直地站在一個怪異的審判法庭面前。我們被召集到惟真塔中。我的國王曾在這裡抵禦紅船劫匪，保衛六大公國的海岸。在那以後，切德和晉責和我在此竭盡全力利用有限的一點資訊控制精技魔法。這些年裡，它發生了這麼巨大的改變！當惟真第一次利用它作為瞭望塔觀察海面，尋找攻擊我們的紅船時，它已經被長期廢棄，落滿了灰塵，只是一個堆放破舊家具的地方。而現在，擺放在這個房間正中心的深褐色圓桌被精心拋光，閃爍著溫暖的色澤。環繞圓桌的椅子有著高高的靠背，上面雕刻著公鹿圖案。我很可憐那些扛著這些沉重家具，一路爬上漫長的螺旋形臺階的僕人。機敏站在房間裡，坐在桌邊的有國王、王后、珂翠肯王后、蕁麻和我。

迷迭香女士和灰燼也在這裡。他們都穿著藍色的衣服，在昏暗的光線中更像是一身黑衣。兩人也都背靠牆壁一動不動地站立著，沒有任何聲音。他們在等待，就像收進刀鞘的利刃。

晉責歎了口氣。「我本來希望他們能有更好的表現。希望在他們之中的叛徒被清除出去之後，剩下的這些鬥士還值得繼續履行他們的責任。但看樣子，他們終究無法擔負。」他一直在看著自己的雙手，現在，他的視線轉到機敏的身上，「他們有沒有威脅到你？或者有任何跡象表明他們知道刺殺切德大人的陰謀？」

機敏站得更直了。「當我和他們一同騎行的時候，我還不完全知道切德大人和蜚滋駿騎親王遭遇的變故。如果我能夠得到更多訊息，也許就會以不同的方式應對他們了。我會更加謹慎，更

仔細地監視他們的所有言行。」

「這樣應該有些用處。」晉責國王表示同意。我卻再一次感覺到這更像是機敏在接受審訊，而不是提供能夠決定那些鬥士命運的證詞。阿憨已經被交給一名治療師去照料。那名治療師為阿憨列出了一長串各種傷病的名單，這些都是那些本應該保護阿憨的人對他造成的。阿憨一直想要躺到自己的床上去。蒸氣浴室讓他徹底暖和了過來，但他在離開我們的時候還是咳嗽個不停。堅韌不屈被傳喚到這個威嚴的場所時面色煞白，顯得非常緊張。他證實了阿憨所遭遇的一切。

艾莉安娜王后說話了。她沒有提高聲音，但口中說出的每一字一句都無比清晰：「先生，你有沒有在某個時刻明確地制止他們的不良行為？你有沒有提醒他們，阿憨是被託付給他們照料的？」

機敏進行了片刻的思考。我的心為他沉了下去。他沒有。「我責備過他們。我曾向他們指出，他們的行為應該符合衛兵的身分，尤其是在客棧這樣的公開場合。這樣做沒有產生什麼效果。沒有了軍官之後，他們似乎沒有任何自律的意識。」

晉責皺起雙眉。「難道你從沒有直接命令過他們，停止對阿憨的虐待？」

「我……沒有。」機敏清了清嗓子。「我不知道自己還有那樣的權力，陛下。」

「如果你沒有，那麼又會是誰有？」國王嗓音沉重地說。機敏沒有回答。晉責又歎了口氣，

「你可以走了。」

機敏邁著僵硬的步伐向屋外走去。還沒等他走到屋門口，我開口了：「我是否能說一句，陛下？」

「可以。」

「我想要指出，蜚滋機敏到達細柳林之前，剛剛在公鹿堡城遭受了嚴重的毆打。當細柳林受到攻擊的時候，他的精神和肉體又再一次承受了重創。」

「他的行為並不會在這裡接受評判，蜚滋駿騎親王。」國王說道。但是停步在屋門口的機敏還是用夾雜著羞愧和感激的目光看了我一眼。門口的衛兵為他打開了屋門。隨著晉責的一個手勢，那名衛兵跟隨機敏走出房間，並在身後將屋門關好。

「那麼，我們該如何處置那些人？」

「解散他們，鞭打那些虐待阿憨的人。讓他們背負羞恥，永遠被趕出公鹿公國。」艾莉安娜冷如冰霜地說道。我毫不懷疑，在外島，這就是這種人的命運。

「並非他們之中的每一個人都虐待了阿憨。找出那些背負罪責的人，分別審判他們。」珂翠肯平靜地說。

「但那些沒有直接傷害阿憨的人也不曾反對同伴的惡行！」艾莉安娜表示反對。

國王搖搖頭。「我沒有為他們安排好清晰的指揮體系。部分罪責肯定在我的身上。我早就應該任命蜚滋機敏負責指揮他們，並將這個任命告知他們所有人。」

我說話了：「我懷疑他們不會接受蜚滋機敏的指揮。他們從來都不是真正的軍人。這些人是衛兵部隊的渣滓，都是其他部隊所丟棄出來的人。他們最沒有紀律，被最粗野且最沒有榮譽感的軍官們管轄，無論如何他們都應該被解散。其中一些人也許能夠在其他衛兵部隊中找到自己的位置。將他們保留在一支部隊裡只會鼓勵他們繼續作惡。」我用平靜而寬仁的語氣說出這番話。但在內心中，我已經開始計畫要對阿憨告訴我名字的那些人，行使一點親王的裁決了。

晉責看著我，彷彿是能聽到我的心聲。我急忙檢查了一下我的精技牆。不，我的意識裡只有自己。晉責只是太過於瞭解我了。「也許你想要和他們每一個人單獨談話，看看他們是否符合你的標準，能夠被招募進你的新衛兵部隊？」

「然後他就對我微笑。」我對國王的氣惱絲毫沒有因為綻放在弄臣臉上的微笑而有所減少。

「他的確是非常清楚你，所以才會把這個任務交給你。我打賭，在那一桶爛蘋果中，你會找到幾粒非常漂亮的。當你給了他們最後一個機會，你就永遠贏得了他們的忠誠。」

「他們可不是那種我會放心留在背後的人。」我表示反對，「我也不想將他們交給狐狸手套，奢望她能將他們管理好。我希望我的榮譽衛兵能夠是真正有榮譽感的戰士。」

「那些人戲耍了阿憨，還打了你的馬僮，所以你認為他們沒有任何榮譽感？」

我吸了一口氣，想要說話，卻又猛然吃了一驚——一道精技如同羽箭一般從蕁麻那裡射來，

毫不費力地刺穿了我的屏障。王后花園，有蜜蜂和閃耀的訊息，快來。不要用精技回覆我。

希望在我的心中閃耀。「蕁麻叫我去王后花園。」我一邊對弄臣說著，一邊站起了身，「他們也許已經得知了蜜蜂的下落。」我驚訝地發現，突然襲來的希望正如同恐懼一樣給我帶來了劇烈的痛楚。

「光！空氣！」烏鴉在我站起身的時候提出要求。

「我會儘快趕回來。」我說道。沒有理會弄臣失望的眼神。甚至當小丑一振翅膀從桌子上躍起，落到我的肩膀上時也沒有反對。到了我的房間裡，我只是稍作停頓，將烏鴉從我的窗口放飛出去，就急匆匆地趕往王后花園找蕁麻去了。

王后花園並不是傳統意義上的花園，而是一座塔樓的頂部。我跑過半個公鹿堡城，又氣喘吁吁地爬上那座塔樓。在夏天，遍布這個地方的花盆中會生滿綠色植物，綻放出各色芬芳的花朵。一些樹上還能結出小水果，再加上一些簡單的雕像和幾張散處於各個角落中的長椅，這就是珂翠肯躲避喧囂的宮廷，獨處靜思之地。但當我來到這座塔樓頂端的時候，迎接我的只有冬季的寒風。大雪埋住了這裡的草木，讓它們免於遭受冬季最殘酷的利齒。我本以為只有蕁麻在這裡等著我。但我也看到了身穿厚重斗篷的珂翠肯，還有晉責和艾莉安娜王后。我又用了一點時間才認出儒雅·貝馨嘉。這個男孩現在已經長成男人了。他看到我認出了他，便莊重地向我鞠了一躬，但

並沒有說話。我一直在奇怪他們為什麼會選擇王后花園作為見面的地點。但看到晉責的獵犬和一頭小猞猁在雪中打滾，我明白了。這是兩隻原智伴侶，而且顯然相互很熟悉。牠們突然竄進了周圍的草木叢中。而我的心中不由得生出一陣強烈的羨慕之情。

「我們得到了訊息。」晉責對我開了口。

他格外嚴肅，甚至讓我懷疑是不是找到了屍體。我不顧禮節，直接問道：「什麼訊息？」

「還不能確定，」晉責提醒我。但儒雅已經等不及了。

「按照國王的要求，我傳出了謹慎的質詢，尤其是對那些與食肉禽鳥相牽繫的原血者。我相信您能理解，原智伴侶不會過於注意與他們不相干的事物。但有兩個人向我送回了報告。」

「昨天一隻信鴿從卡特・維克那裡給我帶回一封信，那是一個與烏鴉相牽繫的原血者。那隻烏鴉找到了一隊在森林中紮營的人馬。當牠想要撥弄一下他們吃剩的兔子骨頭時，他們朝牠投擲樹枝。牠說，他們的隊伍裡有白馬。」

「他們在哪裡？」

儒雅豎起一根手指，示意我不要急於發問。「今天，一位名叫桔梗的年輕原智者又給我們送來訊息。她的原智鳥伴是一隻灰背隼。那隻隼抱怨說一些人破壞了牠的狩獵，因為他們在白天時停到了牠經常捉老鼠的一片空地上。那些白馬踩亂了積雪，讓鑽出地洞在雪上尋找草籽的老鼠更容易躲藏了。」

「在哪裡？」我又問了一遍，我的脾氣正隨著急躁的情緒一同滋長。終於，我終於能採取一些行動了。為什麼他們仍然只是站在這裡？

「蜚滋！」晉責厲聲說道。他的語氣更像是我的親屬，而不是國王，「冷靜下來。等你聽完了全部報告再說。那些原智伴侶給了我們兩個可能的線索，它們有一天的間隔，出現的地點都在公鹿公國境內。一個在冒險橋的另一側；另一個靠近黃丘。這讓我感到非常困惑，他們的移動速度很慢。」

我咬住腮邊的肉，阻止自己質問我為什麼沒有在訊息到達時就得到通知。晉責還在說話：「現在我有理由相信，我們知道了他們所在的位置。他們只可能是在向海岸前進。在他們附近只有三座能夠讓大型海船停泊的港口。如果他們有四十人，還有馬匹，他們就需要大型船舶才能出海。」

「我們在那一片海岸區域的所有古老瞭望塔上都有精技使用者駐紮。我已經分別派遣三組人騎馬前往冶煉鎮、不甚灣和製鹽者深灣。每組兩個人，其中一個人服用了精靈樹皮。在製鹽者深灣，我們找到了要找的東西。那裡有一艘船就繫在碼頭上。除了我的被隔絕精技的使者，其他所有人都對那艘船視而不見。小組中的另一個人完全無法看到它。沒有人知道它是什麼時候到達的，運來了什麼貨物，又在等待誰。一些人宣稱完全不知道有一艘大船就停泊在他們面前；另一些人則對此毫無興趣。不幸的是，當地駐軍無法扣留他們看不見的東西。但我已經向駐紮在鈴丘

塔的國王衛隊發出命令，要他們去取得精靈樹皮，讓士兵們全體服用，然後趕往製鹽者深灣，擄獲那艘船。」晉責的嘴角露出勝利的笑容，「我們抓住他們了。我們切斷了他們的退路！」

我的腸子一陣抽緊。我一直更喜歡祕密行動，而不是正面對抗。如果那些綁架犯到達製鹽者深灣，發現他們的退路被切斷，又會有什麼事發生？我應該怎麼做？「那些恰斯國傭兵會陷入絕望。如果他們發現自己的形跡暴露了，也許會殺死俘虜，至少他們會有這樣的想法。」

「有這種可能。」晉責承認了我的質疑，「但看這裡。」他打開一張夾在手臂下面的地圖。儒雅一言不發地伸手接過地圖，為我們撐開。晉責指著地圖說：「環丘衛隊會在兩天之內趕到製鹽者深灣。恰斯國人要潛行匿蹤，所以行進速度很慢。我們認為他們需要三天或者四天才能到達。那座港灣周圍全都是茂密的森林。騎馬的人也許能在其中穿行，但雪橇是無法通過的。他們將不得不走上道路，或者是丟棄雪橇。環丘衛隊控制了那艘船之後就會分頭行動。一些衛兵會封鎖通向港口的道路；另一些人會繞過丘陵，從背後包抄那夥匪徒。」晉責的手指按在地圖的一個點上，那正是道路從丘陵地帶延伸下來，通向製鹽者深灣岩石海岸的中繼點。「他們會抓住匪徒，救出蜜蜂和閃耀。」

我不停地搖頭。「不，我必須去那裡。必須是我去。」我能夠聽出自己的話有多麼愚蠢，所以我又急切地說道：「是我丟失了她們，我必須把她們帶回來。」

晉責和珂翠肯交換了一個眼神，「我就料到你會這樣說。」晉責平靜地說道，「我們都知道

這有多麼荒唐。不過我能理解你。如果我的一個孩子被劫走，我又有什麼不會做？如果你明天早晨帶著你的衛隊騎馬出發，會在環丘衛隊到達之後不久就趕到那裡。你可以護送她回家。」

「難道環丘和製鹽者深灣附近沒有精技石柱嗎？」

「這就不是荒唐，而是明確的愚蠢了。你現在根本不可能安全地使用精技，更不要說帶著部隊穿過門石了。環丘衛隊有足夠的兵力，他們之中還有我們的一名精技使用者。她會將那裡發生的一切報告給我們。蜚滋，你知道這才是最好的策略。你一個人怎麼可能對抗二十個恰斯傭兵？」他停頓一下，給了我表示同意的機會。但我無法開口。他只得歎了口氣，「我知道你在動什麼心思，但我很高興地告訴你，那裡沒有門石。我們所掌握的任何精技石柱都不可能縮短你的這段旅程。」

我盯著地圖，又沉默了一段時間。然後我轉頭望向窗外。鋪展在我眼前的是惟真曾經努力尋找敵人的海面。製鹽者深灣。我必須到那裡去。晉責在我身後說：「蜚滋，你很清楚，任何軍事行動都必須保持每一個步驟的精準。所有人都必須服從命令。如果每一名士兵都按照自己的心願去做事，那最後的結果只能是一場鬥毆，而絕不會是有計畫的戰爭。」他清了清嗓子，「在這次行動中，我是指揮。我已經下達了命令。一切都需要按照我的計畫進行。」

「你是對的。」我承認道，但我沒有看他。

「蜚滋，難道我必須提醒你，我是你的國王嗎？」晉責鄭重地向我說道。

我看著他的眼睛，若有所思地說：「我一直都明白這一點，國王陛下。」

他們的人數比我多，智謀比我強。他們限制我得到情報。更糟糕的是，一切邏輯和道理都在他們那一邊。他們不會將這些重要的訊息告訴任何沒有必要知道的人。他們的計畫很優秀。我知道，如果只從邏輯和理性角度來考慮，他們是正確的。但我有一個作為父親的心，所以我知道他們是錯的。我站在他們面前，被我的國王和女兒教訓，被他們告知計畫已經制定好，我唯一的選擇只有贊同並服從命令，這讓我感覺很不好。我突然覺得自己很老、很蠢、很沒用。我努力想再一次感覺自己是一名戰士，為此我受了很多瘀傷，我的肌肉在每一個動作中向我哀號，這一切都只證明了我的無能、軟弱與老邁。我失去了女兒和閃耀，只因為我沒辦法多向前考慮幾步。我回頭去看，發現了十幾種簡單的辦法能夠讓我避免這次綁架。連續幾天，我急不可耐地想要糾正這一切，彌補我的錯誤，讓生活繼續向前，永遠、永遠不再讓我的小女兒陷入這樣的危險之中。

而今天，我有可能採取行動了。這種可能性就像一塊鮮肉掛在我的面前。但我卻被告知，會有其他人去解救她，將她送還給我。會有另外的人找到她，將她用力抱起，告訴她危險過去了。幾天之後，她將回到我的身邊，就像是一只丟失的錢袋。我會坐在家裡的火爐旁，等待她回來；或者是帶著我的衛兵騎馬趕去和救援她的人會合。

我離開他們，下了那座塔樓去和我那一小隊太年少、或者太老邁的衛兵們見面，告訴他們我們明天就會騎馬出發。我被允許告訴他們，我們有可能遭遇真正的敵人，但晉責、艾莉安娜、珂

翠肯和蕁麻一致決定，最好將警報在公鹿公國境內控制在較低的水準，直到事件得以解決。環丘衛隊是一支訓練有素的部隊，對於追剿偶爾會在國王大道上為非作歹的強盜團夥非常有經驗。他們是完成這個任務最理想的人選。就算是有匪徒從他們的手中逃脫，我的衛隊也會在不久之後到達，殲滅任何逃亡的罪犯。那些恰斯國人只能投降，否則兩支部隊組成的鋼鉗就會緊緊咬合在一起，將他們夾死。

我的蜜蜂也會和他們一同落在這把鋼鉗的利齒之中。

我去找了切德。我是不是每一次遇到事情都會跑到他那裡去尋求建議？我敲了他的屋門，卻沒有聽到應答，便悄悄溜了進去。讓我失望的是，穩重正在屋中。他坐在火爐旁的一把椅子裡，不停地切削著什麼，並將削下來的碎片扔進火中。看到我，他沒有任何驚訝的表情。蕁麻也許已經警告過他我會來這裡。「他睡著了。」不等我問話，穩重便說道。

「是否有人告訴他，我們知道了蜜蜂和閃耀在哪裡？我們馬上就要去救回他們了？」

穩重皺了皺眉。他是國王精技小組的成員。我的訊息並不讓他感到驚訝，但也許他吃驚的是我現在才知道這件事。他輕聲說：「我被告知，這件事必須嚴格保密。讓敵人措手不及是此次行動的關鍵。至於說切德大人，我不確定他是否還能管住他的舌頭。我也不認為我們應該讓他產生多餘的希望或焦慮。我們在努力讓他保持平靜與安穩，讓他能夠找回自己。」

我搖搖頭，並沒有放低聲音。「你真的認為，當他的女兒還在恰斯國傭兵手中的時候，他能

讓心情平靜下來？當我的周圍寂靜無聲的時候，我的心裡只有為你的小妹妹感到的恐懼，那是無法遏制的驚濤駭浪。自從我知道她被劫走之後，我就沒有一刻平靜過。」

穩重注視著我，顯然深受震撼。切德在床上發出一陣老年人醒來時常會有的呻吟。我走向他，握住他的手。他極為輕微地動了一下。片刻之後，他向我轉過頭，半睜開眼睛。

「我們有訊息了，切德。那些綁架犯已經被發現。我們相信，他們正在前往製鹽者深灣的路上。晉責已經派遣部隊去追剿他們。我們會控制住正在等待他們的船隻，再從背後包抄他們。」

切德緩慢地眨了眨眼。我感覺到一陣精技拂過我的意識，比蝴蝶翅膀還要輕柔。現在就出發。「機敏，」他說道。他的聲音有一點乾澀，「帶著機敏。他的內心充滿了愧疚。他們劫走了她，卻丟下他獨自苟活。」切德停頓一下，嚥了一口唾沫，「要挽救他的自尊心。他的自尊心受到了沉重的打擊。」

「我會把訊息告訴機敏。」我向切德承諾。片刻之間，我們目光相會。他的眼神幾乎完全反映了我的心思。他躺在床上，衰老、病弱，他的女兒卻命懸一線。甚至沒有人告訴他，閃耀已經有了得到救援的希望。大家都唯恐這樣的訊息會驚嚇到他，或者促使他採取過激行為。「我必須走了，」我向他道歉。他明白，這是我對他做出的承諾。「我需要向我的衛兵下達命令，為明天出發做好準備。」

片刻之間，他的目光明亮起來。「把他們徹底殺光，」他對我說。他的一側眼皮垂了下來，

隨後他又立刻將雙眼睜大，「我們還沒有完，孩子，你和我，我們的事還沒有完。」

然後，他閉上眼睛，重重歎了一口氣。他的呼吸又變得規律起來。我在他身邊又站了一會兒，將他的手握在我的手中，向穩重瞥了一眼，「我不認為他會洩露我們的祕密。」然後，我將他的手放進被子裡，無聲地離開房間。

機敏回到公鹿堡之後，我就沒有見到過他幾次，也沒有真正想到過他。他至多只是在我的思緒中留下了一種不愉快的氣味，無情地提醒著我的各種失敗。我未能保護他、保護深隱，更沒有保護我的小女兒。儘管知道他的力量很有限，但一想到他沒有用自己的生命保護蜜蜂，任由蜜蜂被劫走，怒火還是會在我心中的一個黑暗角落裡猛烈地燃燒。

一名侍者從我身邊經過，懷中抱著要洗的衣服。「小姑娘，等妳完成手頭的工作，我有一個任務要給你。」

那個女孩差一點翻起白眼珠。不過她很快就認出了我。「當然，蜚滋駿騎親王。」抱著那麼多衣服，任何人都很難行屈膝禮，但她依然做到了。

「謝謝，請去找到蜚滋機敏大人，告訴他我有緊急的訊息要通知他，並提醒他今天去探望切德大人。」

「好的，親王殿下。」

親王殿下——今天，我不是任何人的親王，我是一名父親。

我徑直走向操練場，發現狐狸手套正坐在武器庫房旁邊的一張長凳上，用藥劑擦抹雙手和手腕。自從我任命她為我的衛隊長之後，她就發生了變化。她的灰髮被編成整齊的武士長辮，身上的衣服也從以布帛為主變成了以皮革為主。看著她不停地用藥膏按摩遍布青色血管的手腕和手，我清了清喉嚨，她立刻抬起頭向我看來。不等她站起身，我已經坐到了她身邊的長凳上，對她說：「我必須請妳命令衛兵們做好準備，明天一早跟隨我出發。」

狐狸手套一下子睜大了眼睛。我抬起一隻手，止住她的問題，然後以盡可能快捷簡單的話語將一切事情告訴了她。她是我的衛隊長，我的左膀右臂。要她盲目地追隨我是不正確的。我懷疑我們可能不會進行正面戰鬥。我們要做的只是及時趕到那裡，接到被營救出來的蜜蜂。但只要我們有可能和敵人刀劍相向，我希望她知道是為什麼，也知道這會有什麼樣的風險。

狐狸手套是一位優秀的副指揮官。她認真傾聽我的講述，接受了我告訴她的一切。然後，她向自己的靴子瞥了一眼，開口道：「如果我可以選擇，我不會這樣應對當前的狀況。」

「我在聽。」

「要在暗中行動。在他們休息或者睡覺的時候發動突襲。先找到俘虜所在。首要任務是保護俘虜。甚至可以直接和他們進行交易。他們是傭兵。傭兵是可以收買的。無論原先的僱主給他們什麼價，我們都可以給他們更多，還能承諾他們可以安全離開。然後，等到女孩們安全了，我們可以決定是否要遵守給他們的承諾。如果我們的承諾是讓他們活著離開六大公國，那麼我們就可

以在船上的食物儲備中下毒，讓他們快快樂樂地上路。」

我沉默地看了她一會兒。然後，我帶著由衷的欽佩說：「我喜歡妳的想法。」

狐狸手套從鼻孔中哼出一聲笑。「你真的喜歡？我可要有一點驚訝了。我知道，當你要求我接下這份責任的時候，你認為這對我而言只是一個榮譽職位，而且也能讓你自己不再被這件事拖累。但我經歷過戰爭，也經歷過和平，我很清楚，這世界上不會有一個時代只有戰爭或者只有和平。如果你真的希望得到和平，那麼就必須先為戰爭做好準備。所以，儘管我訓練他們才只有幾天時間，但我很注重訓練品質，我已經看到了他們的許多進步。只是我要告訴你，如果我們要策馬衝進戰場，我們還沒有足夠的士兵，現有的士兵也還沒有做好戰鬥準備，他們都會死掉。」

狐狸手套的語氣彷彿是在說種子會落進泥土，生根發芽，而不是談論她的孫兒們的生死。

「我可以招募更多士兵，」我不情願地說，「晉責國王將鬥士衛隊的命運交到了我手裡。如果他們之中有值得被編入衛隊的，妳都可以留下。」

狐狸手套做了個鬼臉。「身為男人，他們一錢不值。但作為劍士，他們都值得被要過來。他們不會尊敬我。說實話，我不知道如果不殺死他們之中的一個，我能不能贏得他們的尊敬。我從沒有殺死過任何身穿藍衣的人。我不想在這個年歲的時候卻要做這種事。」

我站起身。我知道她在向我要求什麼，所以我沒有等她將這個要求付諸言語。「我會要他們準備好明天騎馬出發，我也會確保他們尊敬我們。」

狐狸手套用力一點頭。

任何耽擱都令人無比惱恨。我已經得到了切德的委託。所以這件事現在只能由我自己來做，而且速度必須快，即使我要用些不光彩的手段。將它處理好，儘快啟程。做不好的話，我的衛隊將遭受損失。做好了，狐狸手套就欠我一個人情。

一陣苦悶的負罪感在我的心中升起。晉責是我的國王。難道我不應該服從他嗎？我決定，以親王的身分，我要服從他，但蜜蜂的父親並不需要如此。

當我從狐狸手套身邊走開的時候，我還在懷疑自己是不是真的能勝任可能到來的戰鬥。當我拿起訓練用斧的時候，狐狸手套的部下還是能痛揍我一番，只有在我用劍的時候才能抵擋住他們的攻勢。六十年的歲月一起壓在我的肩頭。畢竟我已經有許多年不曾有過真正戰鬥的經歷了。我在今天早些時候感受到的氣餒在悄聲對我耳語。也許晉責和蕁麻是對的，我能夠做到的只有好好安慰我的孩子。我知道從這裡到製鹽者深灣有多遠。一個人如果騎上一匹好馬全速趕路，從荒野中穿行，而不是沿道路前進，那麼他能在一天半之內趕到那裡。如果是蜚滋年輕的時候，他只要聽到那個地名，就一定會立刻跳上馬鞍。

而我，我計算了自己的人馬和敵人的力量，並憑藉一個老人的經驗知道，那樣我將活不到能回到蜜蜂身邊的時候。她會看著我戰死，然後又有誰能去救她？不要犯傻——我告誡自己。率領我的衛兵，明天清晨時出發，我們至少還有機會支援環丘衛隊。這是晉責能為我做的一切。

智慧的味道就像是腐臭的肉。我需要那些鬥士。我不想要他們，但狐狸手套會需要他們。我回了一下自己的房間，便去找他們了。

他們不在操練場，不在蒸氣浴室，甚至不在衛兵食堂。我很不高興自己浪費了這麼多時間。我從馬廄裡牽出一匹馬，向山下跑去。我沒有必要跑遍整個公鹿堡城，在城鎮向外擴展的邊緣地帶，我走進一家名叫「健壯公鹿」的酒館。它就在被燒成一片灰燼的「下流鮭魚」酒館旁邊。這個地方和我預料中完全一樣。它的門板無法完全嵌合在門框裡面。一道門只有被從鉸鏈上砸下許多次，才會如此歪歪斜斜地掛在門框上。酒館中的蠟燭很少，有很多角落都被陰影籠罩。空氣中充斥著廉價的熏煙氣味，還有灑落的酒漿長久沒有得到清洗而產生的酸腐味道。我剛剛走進去的時候，一個女人向我露出疲憊的微笑。她的一隻眼睛高高腫起，幾乎要睜不開了。我只能對她感到憐憫。我不知道她是不是因為欠債才會流落到此地。我向她搖搖頭，站在酒館門口，讓眼睛適應一下大堂中昏暗的光線。

鬥士們正分散坐在屋中各處。他們只是一支規模很小的部隊，而我和切德讓他們遭受的損失使他們顯得更加勢單力薄。我只看到了二十七名穿深藍色制服的士兵。除了他們，酒館中還有另一些酒客，來自其他衛兵部隊的屈指可數的幾名士兵、幾名疲憊的妓女。但身穿深色外衣、表情比服色更加陰暗的鬥士還是佔據了這裡絕大多數的座位。有一、兩個人轉過頭來看了看我。我則繼續審視他們，盡量對他們做出評估。

「鬥士們，聽我的命令！」

這一聲喝令至少應該能讓他們站起身。他們向我轉過了頭，有一些人只是用矇矓的醉眼盯著我。只有幾個人搖搖晃晃地站了起來。我懷疑他們從細柳林回來，把坐騎送到馬廄之後就一直待在這裡。我沒有重複命令，只是向他們問道：「誰負責指揮？我知道你們的軍官在水邊橡林附近犧牲了。好手在哪裡？」

我本以為會有一名年紀較大的衛兵站起身，但接話的是一個鬍鬚稀疏的年輕人。他甚至沒有站起來，依然將兩隻腳放在桌角上。「我在這裡。」

我等待有人發出哄笑，或者高聲向我挑釁。沒有人這樣做，很好。「好手，召集你的部隊，將他們帶到操練場去。我需要向他們訓話。」隨後我便轉身向外走去。

「今天不行，」那個年輕人在我背後說道，「我們騎馬走了很長的路，剛剛回到家，而且我們還在哀悼之中。也許過兩天吧。」

這番話引起了一陣竊笑。

對付這種水準的抗命有一百種方法。我一邊轉回身，一邊考慮了所有方法，然後不慌不忙地走過一張張酒桌，同時摘下了我左手的手套。我向他露出微笑，分享著他的幽默感。他紋絲未動。

「啊，我想，我聽說過你。」我緩步向他走去，「我的馬僮，堅韌不屈提起過你。我記得，

當他要保護國王的伙伴阿憨的時候，是你打了他。」

他發出一陣大笑。「就是那個國王的笨蛋嘛！」

「就是那個人。」我的笑容沒有從臉上消失，但速度突然加快了。他的腳才剛從桌上放到地板上，我已經來到他身邊。他還在衝我冷笑的時候，我已經狠狠打中了他。我感覺到他的顴骨在我的拳頭下面碎裂了。他失去了平衡。當他還在椅子上搖晃的時候，我一腳踢翻了椅子。他栽倒在地。我狠狠一腳踏在他的肚子上。那裡沒有肋骨的保護。他一下子緊緊蜷縮起來。

「現在，你們要聽我的指揮。」我告訴他。

壓抑在酒館中的寂靜不是一件好事。空氣中閃爍著怒意，我便對著這陣怒意說道：「晉責國王將你們交給我，由我來決定你們的去留。現在，我正好能用到你們的劍。如果你們想要繼續成為某一支衛隊的成員，就整隊到操練場去，向狐狸手套隊長報到，對她保持尊敬。她將會從你們中間挑選出能夠擔當起衛兵職責的人。現在，任何不願站入隊伍的人將被驅逐出公鹿堡衛隊，永遠。」

我繼續一動不動地站了一會兒，然後從容不迫地向大廳門口走去。我的每一種感官都保持在高度的警覺狀態，以免有人會從背後攻擊我。當我重新站到積雪的街道上時，我聽到一個女人說：「那曾經就是原智私生子，就是他。和他過去幹過的勾當相比，今天他還真是夠溫和呢。他沒有變成狼，撕碎你們的喉嚨，你們的運氣真是太好了。」

我微微一笑，戴上了左手套，騎上馬轉頭離開。在厚重的騎馬手套中，我的右拳依然隱隱作痛，如果沒有手套保護，肯定會疼得更厲害。切德教過我，永遠都要注意保護自己的指節。

現在就出發——我的心在催促我。先做好準備——我的頭腦在對我說。

我改變心態，選擇了更加明智的建議。

我小心地秤量精靈樹皮，為自己泡茶，同時並沒有去想自己在做什麼。這不是外島樹皮，而是我們在六大公國收穫的藥效較弱的種類，是我剛剛從城牆外老井旁邊的一棵精靈樹上收集來的。冬季的精靈樹皮藥效總是會更強一些，但不能太強，否則我就將從精技小組的知覺中完全消失。藥效需要保證我可以不必再持續不斷地想到我的精技屏障，要足以麻木我的精技，但我的原智要完全不受影響。

我喝下精靈樹皮茶，然後上樓去找弄臣。我發現他正平躺在地板上。「我沒事。」不等我出聲示警，他就對我說道。在我的注視下，他將雙腳抬離地面，雙腿伸直，雙腳盡量抬高，但仍然無法距離地面太遠。看到他屏住呼吸，堅持抬高雙腿的樣子，我不由得感到一陣難過。直到他把腳放回到地板上，我才開始對他說話。

「我現在沒辦法平靜下來。我大概要騎馬走很長一段路。想要跟我一起走嗎？」

弄臣向我轉過頭。「還不行。但感謝你會想到我。我感覺自己更加強壯，也……更加有勇氣

了。那些夢幫助了我。」

「夢？」

「我做了龍的夢，蜚滋。我在夢中為了一個我所渴望的伴侶而戰鬥。而且我贏了。」一種非常詭異的微笑浮現在他的臉上，「我贏了。」他又說了一遍，聲音很輕。他再一次將雙腳抬離地面，腳尖平伸，腳持續懸在地板上。雙腳開始顫抖的時候，他又將它們放下，然後彎曲膝蓋，盡量伸手要摸到腳。他在讓自己的身體恢復柔韌。現在就連我也比他靈活許多，但他會為此而努力奮戰。我聽到了他的呻吟。

「不要把自己逼得太緊。」

他放下雙腳。「我必須如此。當我認為這樣太難，就會想想我的女兒。那會讓我找到決心。」

我本打算去完成我的任務，卻被他的這句話釘在原地。

「你要做什麼？」他問我。

「切德草藥和藥劑架有些亂。我需要提醒灰燼更小心一些。」這是一個非常不公平的謊言。我能夠立刻找到各種手段來干擾他的心神。「很高興你能做那樣的夢。我只是想讓你知道，也許你今晚無法見到我了。」

弄臣的微笑有些扭曲。「就算你在這裡，我還是無法見到你。」他提醒我。

我呻吟了一聲。弄臣向我大笑起來。我離開了他的房間。

我的鞍囊並不算重。卡芮絲籽和精靈樹皮都很輕。再加上一些帶我走、柳樹皮、纈草。但我還是祈禱蜜蜂不會需要這些。我挑了一件更加暖和的斗篷，將加硬騎馬手套換成了更加保暖的手套，一條厚實的羊毛圍巾繞在我的喉嚨上，還有為蜜蜂準備的衣服。只有一些最基本的東西，這樣就夠了。

我關上屋門，轉過身，看到機敏剛剛上了樓梯，向我跑過來。我該死的運氣。

「蜚滋！」機敏高聲叫喊著，停在距我幾步遠之處，一隻手還抓著尚未癒合的傷口。

「先平穩住呼吸。」我向他建議，然後又壓低聲音說，「說話小聲一些。」

機敏還在喘氣。「好的。」他伸手扶住牆壁，「我去看了切德。他的房間裡有兩名治療師。他要我來找你過去。」

我沒有時間再和他虛與委蛇，於是我低聲說道：「我們得到訊息，那些劫走閃耀和蜜蜂的傭兵可能已經被找到了。環丘衛隊會包圍他們，向他們發動伏擊。在明天第一縷陽光亮起的時候，我的衛隊會出發去製鹽者深灣。他們也許無法在環丘衛隊與那些傭兵作戰時趕到，但至少他們能向蜜蜂和閃耀提供一些保護和安慰。」

「閃耀。」機敏說道，各種相互衝突的情緒在他臉上激蕩，「當然。我當然想要一起去。」

「切德大人認為你可以跟我去。但你是否確定已準備好進行如此長時間的騎馬行軍？如果你跟不上……」

「我知道，你就會丟下我。你當然必須如此！聽著，我會做好準備，在曙光乍現的時候和你一起出發。」

「很好。那到時候見。我還有一些事要做準備。」我向前走去，希望他能扶著牆壁再站一會兒。但他只是發出一聲呻吟，又咕噥了幾句，便勉力站直身子跟上了我。他靜靜地走在我身邊，直到氣氛開始變得有些尷尬時，他才開口說道：

「我不知道她是我的妹妹。」

甜美的艾達啊，請不要讓他向我吐露任何祕密吧！「我也不知道，機敏。我甚至沒有意識到你們兩個有親緣關係。」

「親緣關係。」機敏輕聲說道，彷彿他從不曾想到過這件事。然後，他緩緩地說：「當我們再見面的時候，一定會很尷尬……」

我現在根本無心去想這種事。「如果那時能找到私人空間，我會先和她談談。但如果不行，你就只能小心應對了。尤其是如果當時還有別人在的話。」

「我不想傷害她。」

我歎了口氣。「機敏，我知道你一直在想這件事。但我最擔心的是她已經遭受了嚴重的傷害。或者環丘衛隊可能無法取勝。或者那些傭兵會傷害人質，殺死她們，利用她們作為談判的籌碼。我現在要想的是這些事。」

聽到我的話，機敏的面色變得更加蒼白了。這個年輕人是在平靜溫和的環境中被養育長大的。我突然確信，不應該讓他跟隨我闖進任何武裝衝突中，更不要說那可能會是環丘衛隊和恰斯國傭兵之間一場你死我活的廝殺。我需要將全部注意力集中在蜜蜂身上，而不是在同時還要分心去保護機敏。我停住腳步。機敏顯露出感激的神情。「你確定你的傷勢已經恢復到可以和我們一同騎馬行軍的程度了?也能夠揮劍了?」

「我必須去，」他說道。他知道我的想法，自尊讓他挺直了脊樑，「我必須去，若我沒有跟上，請不要管我。但我必須試一試。我在細柳林沒有能保護好深隱，我不能再讓她失望了。」

我咬緊牙關，點了一下頭。他甚至沒有提起蜜蜂。我的憤怒是無意義的：他對我的孩子從來都是視而不見。我提醒自己，他是切德的兒子，而且蕁麻對他評價很好。我強迫自己去回憶幸運在他這個年紀的時候曾經有多麼傻。然後我不得不承認，我曾經比他們兩個都更加頑固和愚蠢。我抬手按住他的肩頭。「機敏。也許正是為了她，也為了你，你不應該去那裡。現在去找治療師，給肩膀換一下藥。安心休養，為我照顧好切德。」

我拍了拍他的肩膀就走開了。當我走遠的時候，我聽到他對空氣說：「如果是你，也會留下嗎?我很懷疑。」

鬥士們已經在操練場上集結完畢。我在去馬廄的時候見到了他們。狐狸手套陪在我身邊。好

手沒有來。我懷疑我們不會再見到他了。在這裡集結成隊的一共是二十一人。其中有一些我在細柳林見過；另一些則是新面孔。我向他們宣布狐狸手套是他們的新指揮官，然後讓他們隊伍中三名最資深的士兵上前。也許正是他們漫長的行伍生涯讓他們的臉都有些變形了，但他們掉落的牙齒和殘缺的耳朵顯然更有可能是來自於鬥毆，而不是戰場。這沒有關係。他們就是我擁有的力量。狐狸手套登記了他們的名字，為他們安排好職銜。他們都顯得不太高興，但沒有人和狐狸手套爭辯。隨後，這三個人就跟隨狐狸手套檢閱鬥士們的隊伍。其中四個人立刻被淘汰。我沒有反對狐狸手套的決定。

在那以後，我讓狐狸手套繼續向他們發布命令。他們將在黎明時跨上戰馬，做好出發的準備。每個人要攜帶四天份的軍糧，準備好冬季行軍的衣物，適合近身戰鬥的武器。並從現在起就不能再飲酒，以防騎馬時發生意外。提到武器的時候，我發現他們的眼睛裡亮起了感興趣的火苗。但我沒有給他們更多訊息。我只說了我想告訴他們的事情：「晉責國王將你們交到我的手裡。在隨後十天裡，表現良好的人將繼續留在我的衛隊中。但你們不會再穿上鬥士衛隊的制服，鬥士衛隊的編制將被取消。你們之中懦弱、懶惰，或者只是愚蠢的人會被遣散。這就是我要對你們說的。」然後，狐狸手套命令他們解散。我們看著他們慢吞吞地四散走開。

「現在，他們都恨你。」狐狸手套說。

「我不在乎。」

「如果你的背後插上了一枝箭，你就會在乎了。」

一絲凶狠的微笑扭曲了我的嘴角。「妳以為我會率領他們衝鋒？」我仔細地考慮了一下，才繼續說道：「黎明時出發。我會追上你們。不要讓任何已經戴上我的私生子徽章的人有背後中箭的機會。讓這些鬥士走在最前面。」

「衝鋒公鹿衛隊將做好準備。」狐狸手套向我承諾，同時也對我的說法做出了糾正。我向她點點頭。她則斜睨了我一眼，額頭上的皺紋也變得更深了，「你有什麼計畫，蜚滋？」

「我計畫帶我的女兒回來。」

我轉過身，只留下狐狸手套還在緊皺眉頭地看著我。

在馬廄裡，我給花斑馬上了鞍，又捆好我的鞍囊。我發現自己在愉快地哼著小調。能做些事情，不必再空自等待的感覺太好了。我裝好一袋供花斑馬食用的穀物，把它和我的輜重綁在一起。剛剛做完這件事，堅韌不屈就從角落中走了過來。

「這是我應該為您做的。」他忿忿不平地說。

我向他露出微笑。「你會願意讓別人給你的馬上鞍嗎？」

他的憤慨之情變得更強烈了。「當然不願意！」

「那麼我也一樣。」我笑著說。他看上去有些驚訝。我想，他以前可能從沒有聽到過我笑。

「您要做什麼？」他問我。

「騎馬出行，走很長的一段路。我是在這裡長大的，但我已經很長時間沒有在這裡的丘陵中巡行過了。我也許會過相當長的一段時間才會回來。我還年輕的時候，曾經常常在靠近河邊的一家客棧過夜。今晚我想去那裡用餐。」

「還要帶著戰斧？」

「哦，這個。我要把它交給狐狸手套喜歡的一個鐵匠。狐狸手套想要給它安上一根長柄。」

隨後是一次心跳時間的寂靜。我向堅韌不屈挑起一道眉毛。他稍稍有些退縮。

「那麼好吧，主人。您想要我和您一起去嗎？」

「不，不。不需要如此。」

他又用更輕微的聲音問我：「有沒有關於蜜蜂的訊息，主人？蜜蜂女士？」

我深吸一口氣。不要說謊。「我們已經派出各種人去尋找。」堅韌不屈點點頭，為我打開了馬廄門。我牽著花斑馬走了出去。牠正因為興奮而抖動不停，彷彿要甩掉肩頭的蒼蠅。

我，也很興奮，我對牠說，我，也很興奮。

23

牽繫和連結

我相信這是這座精技圖書館中最古老的卷軸，我已經指派我的學生和學者們將它翻譯成十二種不同的語言。其中兩位學者是遮瑪里亞的莎神牧師；另外兩位是外島賢者。在這十二名譯員中，有兩個人認為這份卷軸只是一件精細的贗品，製造出來的目的只是為了騙取錢財。

如果我們相信這份原始卷軸是真實的，那麼它很有可能是一份更加古老許多的文獻的譯本，甚至有可能正是精技石柱的製造者們書寫了最初的那份遠古文獻。

在王位覬覦者帝尊於紅船之戰時將它售賣以前，我相信它是完整的。而現在它的殘缺所造成的資訊損失是無法挽回的，就算時間已經過去了這麼久，這一點依然令人氣憤難平。隨後的部分是我對於卷軸中存留內容盡力做出的闡解。我發現這份卷軸的時候，它被丟棄在艾斯雷弗嘉一座廳室的地板上，已經

被燒焦，殘餘的部分也開始腐壞。火焚讓它只剩下開頭和結尾的部分能夠閱讀。根據蜚滋機敏．瞻遠的報告，這份卷軸所遭受的火焚也許是蒼白之女最後的報復行動。這對我們來說是一個極為巨大的損失。卷軸上殘存的部分只能告訴我們以下這些：

題目：關於門石的建造和使用

「建造一座新的門石必須極為謹慎，並與古靈達成充分的一致。絕不要忽視一個重要的事實：所有魔法都是一種交換、一個契約、一次購買。從切割岩石到選擇位置，再到最終雕刻符文，製造門石的過程是危險的。那些為此而工作的人們更是會在肉體和精神上遭受嚴重的損耗。那些參與此種辛勞任務的人都應該得到相應的獎勵。為了後來人的福祉，他們必須奉獻出多年的健康。當他們的青春逝去時，他們依然應該受到照料和尊敬。他們的家人不應再承擔任何勞役，因為必須讓他們盡心竭力照料這些將身體和心智都獻給門石建造的人們。」

這份卷軸的主要部分遭受了嚴重的損壞。能夠從被燒焦的部分切實分辨出來並予以翻譯的詞彙只有如下一點：

作為，沉重代價，肉體的，語言，強調，「有意的連結」，陪伴，親屬，

血，符文，龍，牽繫，關係，手，碰觸，「付出以血」，儲藏，意願，永恆，「身體接觸」，首先，進入，隱匿。

譯員們只能對缺失的資訊進行猜測。有些人相信文字中講述了應該如何建造和安全地使用門石。有些人認為這些還可以分辨的詞彙的意思，應該是跟隨一個人走進門石，與第一個人的關係愈近就愈安全，這種關係包括血緣和情感的連結。無論如何，以下對於這些零散詞彙的解釋也許完全是不正確的：

「一個人使用門石就必須付出代價。每一區塊門石所要求的代價都不一樣。打開門石的人付出的代價最大，他應該是完全健康的，能夠承受得起這份代價，尤其是當他還需要護送其他能力更弱、不足以為這段穿行付出代價的人時。在使用門石之前和之後，從中獲益的人都應該進行片刻的停頓，深思那些開闢通道的人所做的犧牲。無論是否身處於他們構建的走廊之中，都應該不吝於給予他們各種溢美之辭。」

——切德・秋星

當我騎上花斑馬的時候，感覺到牠心懷喜悅，意氣昂揚。

我在離開馬廄的時候沒有讓馬快跑起來，但我的心中早已充滿了全速飛馳的欲望。不。我要

穩穩地坐在馬背上，就像是要進行一場輕鬆自在的遠遊，我的臉上應該顯露出一點茫然無聊的神情。一些騎馬出城的衛兵向蜚滋駿騎親王道日安，我也和藹地向他們點頭。我很快就走上了離開公鹿堡城通向河邊大道的道路，並且依然讓花斑以安閒的步伐前進。我能感覺到坐騎的急切心情。因為牠感受到了我前進的欲望，並非常願意滿足我的心願。

不用太久了，我向牠承諾。

我們會飛馳向前，全力戰鬥！成為一體！

我的心重重擊打著我。這是不忠。

對誰不忠？

馬，我很抱歉，我不想開始，這不是我應該有的牽繫。

我不是「馬」，我是飛躍。

我保持著沉默，但牠沒有。

我等了你很久。曾經有五個人要佔有我，但他們都做不到。我相信，他們也全都明白這一點。否則為什麼要將如此完美的我換成金錢？他們買不到我的心，所以將我一次又一次地賣掉。然後，你在那一刻看見了我。你知道我就是為你準備的。只邁出兩步，你便擁有了我，我們兩個都知道，這樣才是對的，這一直都是對的。不要對我說，你能抹去已經存在的事實。

我嚴守著自己的思緒。我不想要這份依戀。這樣的關係不能存在。我向心中摸索我的狼，尋

找夜眼，但我的心沒有絲毫動靜。我騎在牠的背上，紋絲不動，就像是一口袋穀物。我在思考其他所有事情。在我讓牠開始狂奔以前，我還應該再走多遠？我從記憶中找出地圖，查看我要在哪裡離開國王大道，穿過荒野，前往製鹽者深灣。我將那份地圖記得很清楚，只希望它的內容是準確的。我相當確定，這匹花斑馬能夠在荒野中全速奔跑很長時間。如果我錯了……

我可以。有一段時間，我曾經是一名獵人的坐騎。

我開始在腦海中仔細清查我選擇的武器。我盡量考慮到了所有可能發生的情況。長劍和匕首；一份能夠潑撒出去的粉末狀毒藥；一份適合混入食物的毒藥——也許我能抓住敵人進食的機會；六支淬有強力毒藥的小飛鏢；一副投石索——我不知道能不能用它擊中敵人，我已經有許多年不曾練習過了。

我是你最好的武器。那個訓練我的人和你一樣。他拒絕了我。那時我還很年輕，不知道他也曾對另外三匹馬花費過同樣多的時間。他們全都是公馬。他的朋友們因為他訓練我而嘲笑他，說我永遠都不可能學會踢踹和跳躍。只有公馬知道如何戰鬥。他證明了他們是錯誤的。在那個夏季結束之前，他就贏得了賭注，並把我賣掉了。

一匹馬怎麼會懂得像賭注這樣的事？這個想法在我來得及予以壓制之前，便從我的思緒中溜了出去。

牠一揚頭，多扯走了一點韁繩。我順著牠的力氣把韁繩放給牠一些。你以為馬廄裡的男孩子

們在等待命令的時候會做些什麼？他們拋擲骨頭籌碼，大呼小叫，把錢幣給來給去。對於那個訓練我戰鬥的人，這就是我的價值——為他贏得籌碼。

我對牠感到一陣同情。馬，我們可以……

飛躍。我不是「馬」或者「花斑」。我是飛躍。

飛躍。我不情願地接受了這個名字，並感覺到當我這樣做的時候，這一份牽繫變得更加緊密了。我們可以成為朋友。但我並不想要……

你的名字是什麼？

我慢慢呼了一口氣。

當你想到它的時候，我感覺到了它的形狀。我必須猜出它嗎？

我聽到身後急驟的馬蹄聲。不止一匹馬，不止兩匹。移到路旁邊，不要被注意到。還沒等我牽動韁繩，飛躍已經跑到了路邊，並放慢了速度。牠和我協調一致的速度太快了。要將牠捨棄簡直就像是要甩掉黏滿蜂蜜的手指上的一根羽毛。

那麼，你是改變者？

不。這樣是不允許的。我將自己對牠封鎖住。

我以為背後跑來的騎手也許是信使，或者是幾個出來跑馬的小子。我偷偷回頭瞥了一眼，看到堅韌不屈正向我衝過來，手中還牽著一匹沒有騎手的馬。我的心沉了下去。是嚴謹，蜜蜂的

馬。而另一名騎手在向我靠近了一些之後才被我認出來。看到機敏，我極為驚訝，甚至幾乎有些憤怒。他在我身旁勒住坐騎。我看到他面色蒼白，顯示出身體的痛楚。我今天還有可能遇到更多麻煩嗎？

「你應該休養身體，而不是騎在馬背上狂奔。」我對他說。在堅韌不屈的面前，我竭力讓自己的語氣保持平穩。

機敏的表情變得難看起來。「難道你不應該在公鹿堡，準備明天和你的衛隊一同出發嗎？」我可以用一百種謊言回答這個問題。其中最可信的是我要遛一遛馬，讓坐騎和我自己的身體能夠適應明天的長途跋涉。

「我要去找我的女兒，」我說道，「現在就要去。」

機敏盯著我，用力一點頭，說道：「還有深隱女士。」

我看著堅韌不屈。他平靜地接受了我的瞪視。「蜜蜂女士一定想騎著她自己的馬回家。」飛躍恢復了迅捷的步速。另外兩個人跟在我身邊。我很想問他們一些事，但我只是靜靜地等待著。

機敏首先堅持不住了。「我去探望了切德大人，讓他知道我明天早晨就會出發。每天至少探望他一次是我的習慣，就算是他還無法有條理地進行交談。我不希望他以為我放棄了這份禮節。我今天去見他的時候，他對我說，如果還想追上你，我最好立刻去馬廄。」

「當他要我為他的馬上鞍的時候，我思考了一下。」堅韌不屈平靜地說，「然後就跟上來了。」

我將要說出口的話咬在牙齒後面。我不想讓他們兩個跟著我。我並不知道自己會遭遇什麼，是不是真的能找到那些劫匪。我想要單獨行動，這樣速度才是最快的，而且我能夠在必要的情況下選擇隱祕行動或者狂野突擊。我帶了卡芮絲籽，那是為我自己準備的。我不想把它給機敏服用。機敏的身上還有傷。我更是絕不會給還是孩子的堅韌不屈吃這種東西。等我能夠控住自己的聲音之後，我平靜地說道：

「我告訴過你，機敏，如果你的傷讓你被落下，我不會等你。這話現在還有效。還有，堅韌不屈，你現在就回公鹿堡去。」

「我明白。」機敏說道。但他的語氣中流露出了受辱後的氣憤。對此我很難有所顧忌。

「堅韌不屈？」

「主人。」堅韌不屈沒有放慢坐騎的腳步，也沒有看我。

「你聽到我的命令了嗎？」

「聽到了，主人。」

「那麼就服從我。」

堅韌不屈向我抬起頭。他的眼睛非常明亮。我知道他在努力不讓淚水凝聚在眼眶裡。「主

人，我不能。我向樂惟管家立過誓。那時他發現我在教蜜蜂女士騎馬。他不知道是不是應該贊同我這樣做。我向他承諾我會保護蜜蜂不在騎馬時受傷，他說他認為沒有必要報告我們所做的事情。當我們在書記員機敏那裡的課程即將開始時，樂惟管家又找到我，命令我必須時刻準備好保衛蜜蜂女士，無論是在教室裡，還是細柳林的任何地方。我再一次向他承諾。我會保衛蜜蜂。即使她在幾天以前剛剛和我發生了一點爭執。其實我在宣誓向您效忠之前，已經首先立誓向她效忠了。所以我認為只有她能夠命令我丟棄她。」

「這是我聽到過最令人費解的邏輯。」但這並不是。弄臣在擺布自己的道理時做得比他更好。

堅韌不屈沒有再說話。我思考是否應該用更加嚴厲的話語命令他回去。如果他依然拒絕，那又該怎麼辦？把他踢下馬？用我的劍把他戳下去？這個男孩絕不是用「頑固」這樣一個簡單的詞可以形容的。他要成為一個男人。飛躍和我能夠迅速甩掉他們，然後堅韌不屈就能幫助機敏返回公鹿堡。我是一位親王。我甚至沒辦法讓一個馬僮服從我。我努力讓自己硬起心腸，打算這樣做。

我的原智讓我察覺到牠。僅僅在心跳一下之後，牠的重量就落在我的肩膀上。牠的著陸讓我打了個哆嗦。飛躍探詢地向後一豎耳朵。

「蜚滋——機敏。」烏鴉高聲說道。牠的爪子牢牢抓住了我的外衣，又用喙將蓋住牠的衣領撥開。

「妳來這裡幹什麼？」我問她。當然，我沒有期待牠會給我答案。

「牠說話了！」堅韌不屈喊道。

「牠是一隻烏鴉！」機敏也高喊著，就好像我們沒有注意到一樣。然後他喘著粗氣問道：

「牠是你的原智伴侶嗎？」

「不。牠不是。」我從沒有問過現在人們會怎樣稱呼原血者的伴侶，我也沒有時間去思考為什麼現在要糾纏這種問題。因為堅韌不屈立刻用懇求的語氣對我說：「你覺得牠能接受我嗎？牠可真漂亮。」

小丑向前一俯身，輕啄我的面頰，大聲叫著：「好男孩！」

小堅睜大眼睛，充滿希望地向牠伸出手臂，就好像牠是一隻獵鷹。小丑幾乎沒有抬起翅膀，就從我的肩頭跳到了小堅的手臂上。

「你不是也很好嗎？」小堅將手臂舉到面前，仔細欣賞這隻烏鴉。

「很好，」烏鴉顯然也在欣賞這個男孩。我突然有些期望牠能夠就此找到一個更加穩固的家，這是弄臣和我都無法給牠的。

「你想要照顧牠嗎？牠有幾根白羽毛。正因為如此，其他烏鴉一直都在欺負牠。現在白羽毛被我用墨水塗成了黑色。如果那些墨水褪色了，你就必須再為牠塗黑。」

「真的？」小堅就像是從我這裡得到了一份光榮的任務，「這個可憐的小東西！牠叫什麼名

字？您是怎樣得到牠的？」
「我們稱她為小丑。她的主人去世了。我的一位好友問我是否能夠照看牠一段時間。」
「小丑。那麼，妳還好嗎？妳願意站到我的肩頭上來嗎？願意嗎？」
那隻鳥用明亮的眼睛注視著我，幾乎就像是在請求原諒或者是徵詢許可。然後，隨著堅韌不屈慢慢放下手腕，牠便沿著他的手臂爬了上去，最終站到了他的肩膀上。小堅朝我一笑。但是他很快又想起我們的任務，笑容從他的臉上消失了。「主人？我們要去做什麼？是不是已經找到蜜蜂了？她還好嗎？」小堅向我背上的戰斧一歪頭，「它並不需要新的握柄，對不對？」
「是的，它不需要。我不知道我們要去做什麼，也不知道蜜蜂現在情況怎麼樣。所以我認為你們兩個都不適合跟著我。」我覺得這些話就像石頭一樣從我的口中掉落出去。
機敏突然在我的另一邊說道：「那麼，無論你知道什麼，我也想要知道。我們上次談話之後，你是不是得到了更多訊息？我只知道切德大人要我追上你。」
我的話大半是衝著那個男孩，而不是機敏。「我們已經得到報告，綁架她的人正騎馬向海岸行進。他們想要藉以逃走的船隻已經被控制住了。我們相信，我們知道他們計畫中的逃亡路線。國王的軍隊正在追趕他們，要將他們在中途截住。我們也許能夠在國王的軍隊之前找到那些劫匪。或者國王的軍隊會比我們更快。無論如何，我知道我必須到那裡去。」我簡要地講述了所有細節。之後我們又在沉默中向前趕了一段路。

小堅慢慢地開了口：「那麼，我們真的是必須搶在您的衛隊前面了，對不對？您希望搶在國王的軍隊之前找到那些匪徒？您希望我們與他們戰鬥，由我們自己把她救出來？」

「這太瘋狂了！」機敏說，「那些傭兵至少有二十人，還不算那些白皮膚的人。」

小堅的擔憂則更加具體：「我只帶著日常用的小刀。」

機敏哼了一聲。「小子，我們可不能只舉著你的小刀和蜚滋機敏的斧頭，衝進一隊訓練有素的傭兵裡面。我相信他一定有更好的計畫。」

但我沒有。

說謊突然變得太過吃力，也毫無意義。「實際上，我並沒有計畫。等我找到他們，我才能決定該怎樣做。所以你們兩個應該回去。現在就回去。」我轉過頭看著機敏，「明天隨同我的衛隊一起出發。你可以告訴狐狸手套，我已經提前出發去探測敵情了。如果你能為我把這個訊息帶給狐狸手套，你就發揮了很大的作用。」

機敏顯露出思考的神情。我希望這樣能給他一個體面的藉口，讓他不必再跟隨我。畢竟我現在進行的冒險實在是有欠考慮。在不長的一段時間裡，我只能聽到馬蹄踏在路面積雪上的聲音、鞍韉皮革的摩擦聲、寒風吹過荒野雪原的哨音。我眺望遠方的樹木，然後是天空。天空中一片陰霾。今晚不要下雪——我在心中強烈地希望著。

我們登上一座小山丘，俯瞰寬闊的公鹿河形成的屏障。這條河的邊緣完全處在凍結狀態，但

在河川中心處還有一股深色的流水。經過這條路與公鹿河的交會點之後，我就要離開道路，開始穿越原野了。我能看到自己前行的路徑。一輛農莊大車正由數匹灰色的高頭大馬拖曳著，從另外一邊向渡口靠近。時間正合適。在河的另一邊有三幢房子和幾個大圍欄。這座渡口已經相當老舊，通常只是供農夫和想要帶畜群過河的牧人使用。我們策馬跑下山丘，來到碼頭上——搭建成這座碼頭的原木都已經嚴重裂開了。我們勒住韁繩，靜靜地坐在馬背上，等待渡船在河中顛簸著向我們駛來。我向同伴們瞥了一眼。機敏看上去很沮喪，小堅的神情有些遲疑。渡口碼頭被包裹了一層冰。嚴謹不停地向上甩著頭。

渡船慢慢靠近岸邊，終於碰到了碼頭。一個小子跳下船，先後用兩條纜繩把船拴好。船上的馬車夫抬手向我們致意，隨後便不再理會我們，只是催起他的馬匹，默默地駕車駛過碼頭的原木步道。馬車在原木上不停地顛簸著，粼粼的車輪聲和河水湍流的聲音交織在一起，掩蓋了另一匹馬的蹄聲。只有我的原智讓我回過頭，看到了趕來的人。

是的，我今天還有更多的麻煩。

「蜚滋！」謎語很氣惱地喊道。他用力勒住了胯下那匹又高又瘦的白色騸馬。「你在想什麼，竟然還帶著這兩個傢伙？機敏應該好好休息，接受治療！這個小伙子還只是一個孩子！」

「我沒有『帶』他們來。是他們追上了我。」我看到了謎語在厚重的羊毛斗篷下面披掛的輕皮甲，他的劍也絕不是機敏腰間那種專供紳士們炫耀的精質佩飾。謎語已經認真做好了戰鬥準

備。「是蕁麻派你來的？」我猜測。

他愧疚地低下頭。「不，她不知道我出來了。我告訴她，我明天想要和你一起出發，她同意了，但很不情願。不過我沒有找到你，那匹花斑馬也不在馬廄裡，我立刻就知道了。所以我才追了過來。」他的表情突然一變，「感謝埃爾！我真是厭倦了空坐在城堡裡，滿心憂慮地等待訊息。」

我本來還在害怕謎語是要來帶我回去。這種擔心一消失，我便抑制不住地露出了笑容。「等你回到公鹿堡，就要去面對一個怒氣衝天的女人了。」

「難道我不知道嗎？現在我得到寬恕的唯一希望，就是帶著她的小妹妹回去。」

我們雖然分享著微笑，卻還是看出了對方神情中的緊張。儘管口中說著笑話，但我們都知道，蕁麻的怒火肯定是我們無法逃避的一場風暴。在我的意識中一個模糊的角落裡，我依稀覺得她的憤怒是應當的。我知道自己為了營救蜜蜂而這樣衝出來肯定是莽撞之舉。一個人怎麼能對抗一隊傭兵？我只能為自己找藉口，告訴自己我並沒有直接反抗我的國王。在晉責認為他必須以確切無疑的旨令要求我遵循他的方案以前，我就停止了和他的爭論。我不可能信任一隊衛兵能援救我的孩子，我不能無所事事地等待著別人把她帶回到我身邊。

所以我還是違抗了國王的命令。但現在，我有了三個幫手，其中兩個是貴族，這種情況在我看來就完全不同了。對於晉責國王而言，這兩種情形絕對是大不一樣的。單獨一個親人不服從國

王的命令是一回事；而現在我很像是在領導一場叛變。我向謎語瞥了一眼，從他緊緊抿起的嘴唇和嘴角的紋路中讀出了同樣的想法。他沒有看我，只是開口說道：「過了渡口不遠就有一條大車道一直通向夏季草場。如果我們離開大路，沿這條道路前進，我們也許能在丘陵中的牧羊人小屋過夜，然後趕往製鹽者深灣。」

「或者不必夜宿，一直趕路。」我提出建議。

「離開大路？」機敏有些驚慌地問。

謎語有一種天賦，就是不必轉過目光便能瞥到一個人。他溫和地對機敏說：「我認為你現在應該回頭了。這個男孩。如果你一定要來，就在明天和狐狸手套一同出發。如果我們要和敵人發生正面衝突，我們四個人肯定不足以對抗一支傭兵部隊。而只有蜚滋和我兩個人的話，我們就能進行更加……隱祕的行動。在目前情況下，兩個人要比四個人五匹馬更容易隱藏自己。」

機敏什麼都沒有說。我很想知道他真實的心思。他的傷口現在一定還隱隱作痛。到底他的哪一種創傷更嚴重？是他因為在蜜蜂和閃耀被劫走時無所作為而受傷的自尊？還是他身上的劍傷？他又有多麼害怕見到閃耀，讓她知道他們不可能成為佳偶，因為他們是親兄妹？就在我覺得他即將轉過身的時候，堅韌不屈說話了。

「書記員機敏，如果你需要的話，大可以回去。沒有人會指責你。但我不能和你一起走。當我們找到蜜蜂的時候，她肯定會想要她的馬。是我沒有能照顧好她，讓她被劫走了，我必須是那

個救她回來的人。」他看著我，也許是意識到自己的話太過失禮，便又壓低聲音說：「或者至少我必須參與救援她的行動。」

這時船夫說話了：「你們到底想不想過河？」

「我們要過河。」我說著下了馬。船夫伸出手，我把船錢給他，便牽著飛躍向船上走去。牠的蹄子踏在碼頭的原木上，眼睛死死盯著碼頭和渡船之間的空隙。但是我一邁上渡船，牠就跟了上來。渡船因為我們的重量而稍稍下沉，我牽著牠來到這艘平底船的正中央，沒有回頭去看其他人。我希望他們全都不要上船。

但我很快就聽見謎語對他的坐騎低聲說了幾句話，隨後渡船便因為他們走上來而輕輕晃動了一下。堅韌不屈牽著他的兩匹馬也上了船。嚴謹很不高興，抖動了幾下身子，但小堅用輕柔的聲音安撫了牠。堅韌不屈自己的坐騎則很平靜地跨過了船和碼頭的空隙。「我是和他們一起的。」他對船夫說。船夫讓他走進船中，沒有向他要錢。我回頭瞥了一眼。

機敏正在搖頭。他歎了口氣。「我也去。」然後便又給了船夫一些錢幣，並牽著他的馬上了船。渡船上的男孩解開了船纜。

我看著水面和對岸。河水在渡船周圍湧動，不斷推擠著這艘船，但船夫和他的男孩們穩穩地操控渡船，將我們送過河面。飛躍一動不動地站在船中，但嚴謹一直在翻著白眼，不停扯動著韁繩。

謎語牽著馬站在我身邊。

隨著渡船靠近河岸，謎語坦率地對機敏說：「我們的馬更快，我們不可能等你和這個孩子。你們可以追趕我們，否則就回公鹿堡去。但我們不會等你們。準備好了嗎，蜚滋？」

我已經跨上了飛躍的馬鞍。「準備好了。」我回答道。

「等等！」堅韌不屈高聲喊叫。我感到自己背叛了他，但還是搖了搖頭。機敏說了些什麼，我沒有聽清楚。但我聽到謎語對他說：「那就盡力追上來吧。」緊接著，我們的馬就從渡船上一躍而起，上了對岸，如閃電般衝過岸邊的幾棟小房子。馬蹄敲擊在冰冷的石子路面上，發出響亮的震音。在那些小房子後面，一輛大車正離開主路。飛躍沒有等待我的指引，直接下了主路，先開始是大步慢跑，漸漸變成全速奔馳。這匹花斑馬整個下午都在等待著這一刻。謎語坐騎的鼻子就探在我的馬鐙旁邊，這顯然刺激了牠進一步加快速度。馬車輪壓實的積雪讓兩匹馬能夠縱情馳騁。我的面頰開始在強風的抽打中感到火辣辣的疼痛。

跑！我對飛躍說道，並感覺到牠的喜悅與贊同。牠不停地向前猛衝，整個世界在我們身邊閃過。

沒過多久，身後有馬蹄聲傳來。我回頭瞥了一眼，看見堅韌不屈的坐騎正奮蹄疾馳，一點點縮小著我們之間的距離。機敏跟在他身後，一隻手抓著韁繩，另一隻手握住了肩頭的傷口，面色異常嚴峻。我下定決心，不去管他們。我們就這樣向前飛馳。

我的身體完全適應了飛躍的節奏，我們如同一個生物般縱躍馳騁。牠真是一匹俊美非凡的馬，我對牠情不自禁的欣賞肯定也滲透了牠的心。*我們在一起很好，我們兩個。*牠說道。對此我無法否認。我感覺到牠在我們的奔跑中生出的喜悅。牠邁著大步，衝在謎語和他的坐騎前面。我的心神跳到許多年以前。那時發生了另一場跨越原野的奔馳。我還只是一個少年，跟隨切德衝破森林，躍上山丘，直到冶煉鎮，並在那裡第一次遇到了被冶煉的人。我將游離的思緒從記憶中收束回來，讓自己專注於現在的這一天、這匹馬，還有掠過我面孔的風。

我放開了一切。我們只是在奔跑，我們兩個，只有我們兩個。我只要思考如何讓我們兩個奔跑得更好。我讓牠穩定住步伐。我們的速度減慢下來，牠開始調整呼吸，然後再次加速。我們驚起了一隻口中叼著兔子的狐狸。在一片小斜坡底下，飛躍直接跳過一條小溪。*我是飛躍！*牠歡呼雀躍，我分享著牠的快樂。

冬日的黃昏在雪原上投下一片蒼藍色的影子。我們遇到了一輛由黑色大馱馬拖曳的馬車，趕車的男孩幾乎不比堅韌不屈大，車上裝滿了薪柴。我們繞過這輛車，飛躍在車轍旁的厚雪中踏出通道，謎語和他的坐騎緊隨其後。

我不必催趕飛躍。牠知道我想要的是速度，牠全心全意要達成我的想望。機敏很快就被遠遠地甩在後面，堅韌不屈也慢慢落後了，只有謎語還能跟上我。他已經不在我旁邊，但每當我回頭瞥上一眼，我就能看見他的臉。他雙頰通紅，帶著寒風鞭打的痕跡，一雙深褐色的眼睛中閃爍著

堅毅的光芒。每一次我回頭看他，他都會僵硬地向我一點頭，我們便繼續向前飛馳。陽光緩緩流逝，將天地間的各種色彩一同帶走。我們周圍的寒意愈來愈重，風也愈來愈凜冽。我不由自主地想，為什麼我似乎總是在迎頭衝向寒風，而不是被風推動？我的臉已經漸漸麻木，嘴唇皸裂，手指末端已經愈來愈感覺不到寒冷了。

但我們還是在向前疾馳。當我們進入丘陵的時候，飛躍的步伐緩慢下來。天空中陰霾密布，我的視野愈來愈模糊，只能更加倚仗飛躍的眼睛。我們繼續沿馬車小路前進，半靠眼睛，半憑感覺。沒過多久，我們進入了一片樹林。陰森的樹木讓夜色變得更加黑暗。馬車小路在這裡變得更加崎嶇不平。我開始感覺到身體的衰老、天氣的寒冷和我的愚蠢。我是不是曾以為自己能夠憑藉卡芮絲籽燃起的火焰飛馳過黑夜，救出蜜蜂？我幾乎看不到眼前自己的雙手。我的脊骨在寒風中隱隱作痛。我們跑過了伐木者留下的空地。在空地的另一邊，我們一直依循的小路變成了雪地中的一段段凹痕。

當我們將森林坡地甩在身後的時候，寒冷迎面撲來，但強風也將一些烏雲撕開了。星光灑落在地面，顯示出被風掃平的雪原。我們抵達夏季牧場了。沒有被輾實的雪迫使飛躍減慢了速度，但牠還是低著頭，堅持不懈地向前猛衝。

我嗅到了一座畜欄的氣味。不，是飛躍嗅到了畜欄或者某種牲畜圈舍的氣味，並將這種感覺與我分享。這與夜眼和我分享的感覺並不相同。狼所在意的永遠都是狩獵、殺戮和食物。馬則會

嗅到家的氣味，尋找到可以休憩的庇護所。是的，休息，牠累了，而且非常冷。現在應該躲避寒風，應該找一些清水。在我們前方被白色覆蓋的山麓上有建築物：一個三面有斜坡屋頂的牲畜圍欄。它的旁邊還有一個大雪堆，那應該是一堆乾草。另外還有一幢簡樸的小屋與圍欄共用了一道牆壁。

我沒有必要勒住飛躍的韁繩。牠自動停住腳步，肋側稍有起伏，鼻孔吸進了這裡所有的氣味。羊、舊糞、乾草。我僵硬地下了馬，向圍欄走去，同時感覺到身體各處的肌肉難以運動，熱量隨著我的腳步慢慢流回到腳部。我的屁股很痛，後背在我每邁出一步的時候都會叫嚷。我是否曾以為我可以整夜奔馳，然後還能夠如幽影般潛行？還能奮勇作戰？

我是個白癡。

我找到了進入圍欄的門，抬起門閂，竭力推動擋住門板的積雪，將門拉開。當門開啟到能讓一匹馬通過的時候，我牽著飛躍走了進去。飛躍自己躲進了棚子裡。我則扒開積雪，抱了滿滿一把乾草出來，將它放進棚子的食槽，又這樣往返三次，將食槽堆滿。飛躍很高興自己不必再受風吹了。我又摸索著從鞍囊上解下那只穀物袋子。

水呢？

我去找找看。

我將飛躍單獨留在棚子裡，繼續去探索這個地方。我一邊走，一邊用雙手拍打大腿，竭力讓

兩條腿裡多一些熱量，以便能從在飛躍背上的僵直狀態中恢復過來。天上的雲層正在變得稀疏，暗淡的月光掀開了我周圍的夜幕。這裡有一口井，也有水桶和絞盤。我將水桶放進井裡的時候，聽到桶底砸碎薄冰和桶裡灌滿水的聲音。我轉動絞盤，將水桶提起來的時候，謎語到了。我在寂靜中抬起一隻手向他致意。他下了馬，牽著馬走進圍欄。我跟在他身後，把桶舉到飛躍面前，讓牠喝水，然後又給謎語的馬飲水。

「我去屋裡生火。」他說。

「我照顧馬。」我應聲道。

我用僵硬的手指努力掰開更加僵硬的皮革和帶釦。兩匹馬湊在一起，分享著牠們的體溫。等我讓牠們能相對舒服地度過這個黑夜時，小屋門板和門框之間的裂縫中也透出了昏暗的燈光。我又打了一桶水，向小屋走去。我的鞍囊掛在我的肩膀上。小屋裡面和外面一樣簡樸，但在這樣的寒夜裡卻不失為一個溫暖的避難所。它有厚木板鋪成的地面和石砌的壁爐，謎語在壁爐中升起了旺盛的火焰。這裡的家具很簡單，一張桌子、兩張凳子，在房間的一端用木板搭起了一座平臺，應該是睡覺的地方。一個架子上放著兩個有著提把、可以掛在爐火上烹煮食物的罐子，還有一盞插蠟燭的燈、兩只陶杯和兩個陶碗。牧人們在屋旁的空地上留下了燒火用的木柴。我回到乾草堆那裡，抱回大把的乾草鋪在木板平臺上。謎語將井水倒進罐子裡在火上加熱。

謎語和我一直在房間中忙碌，卻幾乎不說任何話。我們在此時回到了舊日的關係裡，不想也

不需要有太多言語的交流。謎語用熱水泡了茶。我將乾草在木板上鋪平，拿了一張凳子放到壁爐前坐下，彎下腰，將靴子從麻木的腳上拉下來——現在這也變成了一件非常費力氣的事。慢慢地，火焰的溫度開始充滿了整個房間，並滲透進我冰冷的皮膚裡，只是這速度實在有些太慢了。謎語抹去一只杯子上的灰塵，在裡面倒滿茶水。我接過杯子。我的臉又僵又痛。只是一天的快速行軍，寒冷就已經對我造成了嚴重的消耗。我的小女兒又在經受些什麼？她還活著嗎？不！不要有這樣的想法。堅韌不屈見到她被抱上了一架雪橇，被包裹在裘皮和毯子裡。他們很重視她，會好好照料她。

而我會因為他們所做的一切殺死他們！這個想法以爐火和熱茶做不到的方式溫暖了我。

我聽到了馬蹄聲，那匹馬在堅持不懈地向前小跑。我僵硬地站起身，但謎語不等我站直身子就已經走到房間門口，打開了屋門。他的手中還舉著那盞蠟燭燈。借助微弱的燭光，我看到機敏正騎馬走進小屋前的空地。堅韌不屈已經下了馬。

「你看上去很糟糕。」謎語向機敏說道。

機敏沒有回話。當他的腳落在地面上的時候，他吃力地痛哼了一聲。

「進去吧，到火邊取取暖。」謎語一邊對他說，一邊接過了他的韁繩。

「這件事我可以做，先生。」堅韌不屈說道。謎語把韁繩遞給他，向他致謝，又給了他手中的蠟燭燈。

「想要幫忙嗎？」我在門口問道。其實我很害怕將靴子再穿回來。

「不，謝謝，主人。」他有些對我生氣。那麼，就讓他去做吧。小堅牽著三匹馬走進了圍欄。機敏緩慢地走進小屋。我向後退去，為他讓開道路。他的動作僵硬，臉色因為寒冷和疼痛而變得紅白交雜。他走進來，坐到我放在火邊的凳子上，沒有看我。謎語將自己的茶杯遞給他，機敏一言不發地接過茶杯。「你應該聰明一些，回公鹿堡去。」我對他說。

「也許吧，」他說道，「但切德的期待對我來說非常重要。」

對此我無話可說。當小堅在門外將靴子上的雪跺掉，走進房間的時候，謎語把另一張凳子給了他。那隻烏鴉一直站在他的肩膀上，這時才振翅飛起，落在桌面上，抖動羽毛，並開始梳理它們，沒有發出一點聲音。我將手中的茶杯倒滿，遞給小堅。小堅接過去，低頭向我道謝。

「水！」小丑說道，「食物。食物，食物，食物！」

謎語和我帶了一些食物。我本來以為只需要帶夠自己的補給就好。機敏什麼都沒有帶。也許他以為我們會在沿途的村莊或者客棧歇宿。堅韌不屈帶了餵馬的穀物。「我爸爸總是說，要先照顧好馬。因為馬能馱你，但你不能馱馬。如果有必要，就煮一些穀物餵自己，不必因此而覺得丟臉。如果穀物不夠乾淨，讓你無法下嚥，那麼你也不應該用這樣的穀物餵你的馬。」小堅一邊說，一邊將一小袋燕麥放到了桌子上。這時我已經拿出了隨身攜帶的乾肉和幾粒乾蘋果。博瑞屈一定會喜歡你和你的父親，我在心中想道。

謎語朝我數量有限的食物搖搖頭，然後從鞍囊中拿出一大塊黑色的甜麵包、乾酪和很厚的一片火腿，還有一袋杏乾。對於我們兩個，這會是很豐盛的一頓飯。由我們四個人分享也足夠了。小丑快活地吃著食物碎屑。我又煮了一罐茶。當機敏和小堅懶洋洋地坐在爐火前的時候，我出去拿了更多木柴，好將爐火燒旺，準備過夜。

我回來的時候，他們都在打哈欠。「我們明天有什麼計畫？」謎語疲倦地問我。

「早起，騎馬趕路，找到蜜蜂和深隱。殺死劫走她們的人。帶女孩們回家。」

「這就是計畫？」機敏難以置信地問。

「根據我所知道的，這是我能做出的最好的計畫。」我對他說。謎語點頭表示贊同，同時壓抑了一個巨大的哈欠。小堅已經開始在爐火前一下一下地點著頭了。我將半杯茶從他無力的手指中接過來，對他說：「去床上吧。記住，明天就是另外一天了。」他打了個哈欠，站起身，有些蹣跚地向木板平臺走去。幾乎是剛一躺下，他就穿著靴子睡著了。

「傷口如何，機敏？」我問道。

「都在痛，」機敏嘟囔著，「到處都還在痛。我在今天一開始的時候就已經很累了。現在則是一點力氣都沒有了。」

「這很正常。」我對他說，「你的身體還在恢復。如果切德神智清醒，他就會明白，不應該讓你來。這沒什麼好羞愧的。你需要盡量休息。」

我不知道自己為什麼想要安慰他，但我還是這樣做了。愧疚感。他因為沒有能保護閃耀而感到愧疚，現在又因為幾乎無法參與援救她的任務而更加愧疚。我知道，明天他的感受會更糟糕。我看著他從凳子上站起身，踉蹌了兩步，才吃力地向木板床走去，躺倒在上面，用斗篷把自己裹緊，就不再動了。

「蜚滋？」謎語用有些含混的聲音問。

「我很抱歉。」我在他站起身的時候說了謊。當他頹然倒下的時候，我抱住他，把他放在地板上，抓住他的肩膀，將他拖到火爐旁邊，然後抖開斗篷，蓋住他的身子。他只是努力想要睜開眼睛。

「照顧好機敏和那個男孩，」我對他說，「這是你能給我的最大幫助。我相信，我必須做的這件事最好由我一個人去做。不要有不好的感覺。我一直都是個狡詐的私生子，這一點你很清楚。」

「蜚……滋……」謎語掙扎著說道。他的眼睛卻已經閉了起來。我重重地歎了口氣。

「哦，蜚滋。」烏鴉的語氣像極了弄臣。這一點讓我著實有些吃驚。聽牠的語氣，彷彿是在責備我。

「我只能如此，」我對烏鴉說，「我也不會帶著妳。」

我將一塊木柴放進火裡。

然後我躺倒在謎語旁邊，背靠著他，用我的斗篷蓋住我們兩個，合上眼。我不能允許自己睡著。我無法享受這種奢侈。我只讓自己休息到支撐在壁爐中的原木柴滾落的時候。

一聽到那根原木落下，我便站起身，將一些種子撒在一片麵包上，向馬廄走去。我的動作很輕，同時以手和意識喚醒了飛躍。

我沒有欺騙牠：「如果妳吃下這個，就會有力氣馱著我在今晚和明天一直全速飛奔。」

我覺得牠會質疑我，夜眼一定也會。但牠毫不猶豫地用嘴唇從我的手中夾走了這片麵包，牠的信任讓我感到羞愧，我相信這不會對牠造成任何真正的傷害，但這樣做並不讓我感到安心。我回到小屋裡，也讓種子對我的身體發揮作用。

我吃得很輕鬆，將卡芮絲籽放進謎語剩下的乾酪裡，再把乾酪塗到發乾的麵包上。卡芮絲籽經常被用在宴會的蛋糕上，以提振人們的體力和精神。對於它的效果，我非常清楚。它經常會突然就失去作用。我還清楚地記得曾經有一次，切德在大量使用卡芮絲籽之後一下子變得異常頹廢。麵包、融化的乳酪和藥效強烈的種子非常美味，我幾乎是立刻就感覺到它的刺激效果。我在小屋中走動，心情變得無比輕鬆。另外三個人已經沉沉睡去，可能要到明天午後才能醒來。我給烏鴉切了一小塊麵包，又在一個杯子裡為牠倒滿水。在離開之前，我查看了一下堅韌不屈。我有些擔心他可能喝了太多的茶。不過他的呼吸很有力，當我摸到他脖子上強勁的脈搏時，他甚至還咕噥了幾聲。他沒事。我非常仔細地洗淨杯子，並在水罐裡裝滿積雪，加熱雪水之後，我將隨身

攜帶的岱文樹皮全都煮了進去。該是我從精技洪流中消失的時候了。我沒有告訴切德，我為自己保留了一份岱文樹皮。現在看來，這是一個好主意。當我喝下這種苦澀的藥劑時，我知道，沒有人再能夠將我的女兒在我眼前藏起來，或者蒙蔽我的意識。我感覺到我的精技立刻被熄滅了，同時也感覺到它讓我的情緒低落，卻又給了我非同尋常的體力。我又在罐子裡裝滿雪，將它放回到桌面上，然後打包好一些食物，並為他們在壁爐中添好柴。當我走出屋門的時候，我聽到飛快的振翅聲音，感覺到黑色羽毛掃過我的面頰。那隻烏鴉飛了出去。牠一直飛到圍欄頂上，落在那裡，踢下了一些雪。月亮現在完全升起來了，但那隻烏鴉只是黑色夜空下一個更黑的黑點。我抬起頭看著牠。

「妳確定想要待在外面？他們可是很久都不會醒來的。」

烏鴉沒有理我。我決定也不去理睬牠。牠是一隻烏鴉，能夠照看自己。牠可以等待其他人醒來，或者直接飛回公鹿堡。我給所有馬匹飲了水，將更多乾草放進食槽裡，然後才騎上了飛躍。

「準備好了嗎？」我問牠，感覺到牠歡快的回應。我有些好奇，牠是不是能感覺到卡芮絲籽的能量在我的身體中湧動，而這又是否會影響到牠完成任務的意志。我已經明顯感覺到了卡芮絲籽對牠的影響。

能跑起來真好，牠對我說。

「能做些事情的確是很好。」我表示同意。我接受了自己的挫折與無助，將它們當做燃料，

讓我對那些劫走蜜蜂的匪徒的怒火愈發熾烈。我們還需要攀登一點山路，然後就會穿過被稱為處女纖腰的隘口，進入一片山谷。在這些山丘對面有一座村莊，可能還有一條平整的大路。我依然不知道自己能不能搶在國王的軍隊之前找到他們，但我和他們的距離應該不遠了。「我必須去那裡。」我對飛躍說。

那我們就去，飛躍贊同我的決定。我鬆開牠的韁繩。牧人小屋轉眼間就消失在我們的背後。

24

分道揚鑣

夢開始的時候，遠方傳來了鐘聲。在這個夢裡，我就是自己。我在竭力逃離什麼，但我只能繞著圈奔跑。我以最快的速度狂奔，想要遠遠地逃走，卻總是發現自己直接跑回了最危險的地方。當我衝得過於靠近他們時，他們就伸出手抓住了我。我看不見他們是誰，只知道我被抓住了。那裡有一道黑石樓梯。她戴上一隻手套，將她的手插進他的痛苦之中。她打開通向樓梯的門，抓住我的手腕，將我拉下去。門在我們身後猛然關閉，卻沒有任何聲音。

我們在一個地方，那裡的空無實際上是由許多人組成的。他們同時開始對我說話，但我堵住耳朵，閉起了眼睛。

——《蜜蜂．瞻遠的夢境日誌》

當埃里克控制住文德里亞之後，一切都改變了。我不確定他為什麼要這樣做。不過他看起來

很享受那些潛伏者和德瓦利婭困苦的樣子。那天晚上，他將迷霧男孩留在他的營地裡。我們沒有在雪橇上裝好物資繼續趕路。他什麼都沒有說，只是讓我們等待。

埃里克去與他的士兵和文德里亞會合了。他歡迎文德里亞坐到他的篝火旁，吃他的部下在那一天捕捉到的獵物。一些士兵排列成環形站在周圍，讓我們無法看到他們在做些什麼。靈思拓·德瓦利婭站在我們的火光邊緣，愣愣地盯著他們，卻沒有想要過去和他們打交道的意思。埃里克一直壓低了聲音。我們只能聽到他在說話，然後文德里亞在努力回答他。一開始，埃里克的語氣很和藹，然後變得嚴厲起來，最後又顯得怒不可遏。很快，我們就能聽到文德里亞在抽泣，他的聲音愈來愈高。但我還是無從分辨他對他們說了些什麼。我沒有聽到任何聲音能表明他們毆打了他。但有時候，那些人會爆發出一陣哄笑。德瓦利婭的拳頭緊攥著她的裙襬，但沒有對我們任何人說話。兩個埃里克的士兵一直站在我們的篝火旁邊，看管著德瓦利婭。有一次，德瓦利婭向對面的篝火邁出兩步，一名士兵立刻拔出了劍。他這樣做的時候臉上帶著微笑，彷彿在邀請德瓦利婭再靠近一些。德瓦利婭停下腳步。當她轉身回到我們的篝火旁時，兩名士兵都大笑起來。

這是一個非常漫長的夜晚。等到天亮的時候，德瓦利婭也許是以為他們會將文德里亞還給我們。但他們沒有。半數士兵去睡覺了，但另外一半在篝火中放了更多木柴，繼續看著迷霧男孩。在確認埃里克也去睡覺了之後，德瓦利婭轉向我們。「去睡吧，」她氣惱地命令道，「今晚，我們將繼續趕路，你們應該休息一下了。」

但我們幾乎都沒有睡著。等到冬季的太陽靠近天頂的時候，我們全都醒了過來，在篝火旁緊張地來回活動。埃里克也醒了。我們看到文德里亞周圍的衛兵和看管我們的衛兵都換了人。那些皮膚蒼白的僕人都竭力不去看他們。沒有人想要被注意。我們只能用眼角偷瞥另一邊的營地，並豎起耳朵，聽到埃里克命令士兵們：「在這裡看好他們。」他一邊高喊，一邊上了馬，「等我回來的時候，我希望看到這裡和我離開的時候完全一樣。」然後他又命令為文德里亞備好一匹馬，這讓德瓦利婭一下子變得無比焦慮。我們滿心驚懼地看著埃里克策馬離去，身後跟著被四名士兵環繞的文德里亞。他們在天色明亮的時候便向那座城鎮跑去了。

我覺得這是最令人害怕的一天。埃里克離開了，只有他的士兵在看管著我們。誰又知道他們在打什麼主意。他們不停地打量我們，臉上帶著充滿惡意的笑容，朝一些蟄伏者指指點點，用手比劃她們的胸部和臀部。他們就是這樣看管著我們，不跟我們說話，也沒有用手碰我們，這樣反而讓他們的目光和交頭接耳更令人膽寒。

不過，埃里克的士兵還是遵守了他的命令。他命令他們「暫時」不要碰我們。但我們都不知道他會在什麼時候取消或改變，這種恐怖的未知一直懸掛在我們的頭頂上。整個下午，蟄伏者們都面色陰冷地做著各種事情，只有他們的眼神不時飄向臨接的營地，觀察那些士兵在做些什麼。我有兩次聽到他們在悄聲議論：「這樣的情景從沒有被見到過，從沒有被預言過！這怎麼可能？」他們都在努力思索自己還記得的文獻，引用各種紀錄相互印證，想要找到新的解釋，讓他

們能夠相信現在發生的事情被預見或者預言過。我看到德瓦利婭在盡可能阻止這樣的交談，命令僕人們去融雪燒水，或者撿來更多木柴。他們服從了她的命令，只是每次出行的時候都會三三兩兩走在一起，以保證自身的安全，不過我覺得，他們這樣也是為了能夠繼續悄聲交談。

當德瓦利婭在盡力讓我們營地中的人忙碌起來的時候，埃里克的人卻只是無所事事地盯著我們，對女人們品頭論足，彷彿她們是被拍賣的馬。我們營地中的男性也絲毫不顯輕鬆。他們都在擔心德瓦利婭是否會命令他們保衛我們。他們絕對不是強悍的戰士，也許只是一些書記員：腦子裡裝滿了學識和想法，但就像柳枝一樣細瘦，像魚一樣沒有血性。至少他們能夠進行狩獵，保持食物供給。德瓦利婭也在命令他們去做這件事。當我看到幾名士兵站起身，跟到他們後面的時候，我的血變冷了。那些士兵臉上的笑容顯得格外凶殘，他們聚在一起，發出了低沉的笑聲。

我們在篝火周圍等待著，寒冷卻以火焰無法溫暖的方式侵入了我們的心。終於，我們的獵人帶著兩隻瘦弱的冬兔回來了，看來都不太愉快。他們沒有遭到攻擊，但那些士兵一直跟隨在後，用剛好能傳進他們耳朵的聲音談論能夠怎樣處置他們，而且那些士兵先後有三次在他們放箭的時候嚇跑了獵物。

我盡可能久地待在篝火旁邊，但最後我實在是忍不住了。我去找深隱。眼前的狀況讓她非常氣惱，也極度絕望。我們一起向遠處走去，同時不停地回頭觀望。終於，我們找到了一個稍稍隱祕些的地方。我還是先裝作站著小解，然後才和她一起蹲到雪地中。現在我更熟練一些了，不會

再尿到靴子背面。我們解完手，正在將衣服整理好的時候，一個影子在我們身邊動了一下。深隱猛吸一口氣，彷彿是要喊叫。

「不要，」他輕聲說道，語氣更像是懇求，而不是命令。他向我們走近一步，我在愈來愈陰暗的天色中只能看出他是一名年輕士兵。我記得當我們離開細柳林的時候，他曾經睜大了一雙眼睛盯著深隱。現在他說話很快，也很輕：「我只想告訴妳，我會保護妳。我寧死也不會讓任何人傷害妳，或者傷害她。」

「謝謝。」我輕聲說道。我更傾向於認為他是在對我說話，而不是對深隱。

在微弱的光線中，我看不清他的眼睛，但我看到他的嘴角出現了一絲微笑。「並且我不會出賣妳的祕密，」他又說了這一句，就退回到常綠樹木的陰影中。我們又在原地站了一段時間，才小心翼翼地朝那個樹叢走去。那裡已經沒有人了。

「他以前和我說過話。」深隱承認道。我睜大了眼睛看著她，「的確有幾個士兵和我說過話。就像那些白皮膚的人給他們送去食物或為他們收拾碗碟時，他們也會對那些人說幾句汙言穢語。」深隱盯著那個年輕人消失後留下的黑影，「但只有他對我說過和善的話。」

「妳相信他嗎？相信他說的嗎？」

深隱看著我，「他會保護我們？一個人對抗那麼多惡人？他不能。但既然他認為有必要保護我們，抵擋那些同夥，我推測他也許是知道馬上會有不好的事情發生。」

「這個我們全都知道。」我低聲說。我們走回到營地。我想要握住她的手，想要得到別人的支持，但我知道，她不喜歡這樣。

當埃里克和他的人回來的時候，已是暮色昏沉。德瓦利婭看到文德里亞和他們在一起，身上也沒有傷口，立刻大大鬆了一口氣。所有馬匹的鞍囊都很鼓，埃里克的部下來到火邊的時候，向他們的同夥又笑又叫。「我們光天化日地搶劫了一座城鎮，那裡卻沒有一個人明白是怎麼回事！」一個人喊道。這讓篝火旁的士兵們全都跑過去，要看他們搶來了什麼。

他們從鞍囊裡拿出了酒瓶和豐富的食物、火腿，加了香料、點綴紅醋栗的大塊麵包，燻魚和冬季的蘋果。「就在大太陽底下！」我聽到一個人說道。另一個人將一條家織裙子甩到半空中，「我把它從她身上扯下來的時候，她一動不動地站著，就像是一頭等著擠奶的母牛！可惜我沒玩幾下，時間不夠了！我們離開的時候，她的丈夫牽著她的手臂，就那樣走過城鎮，甚至都沒有回頭瞥上一眼！」

德瓦利婭在恐懼中張大了嘴。我以為她是被這些匪徒的所作所為嚇到了，但我順著她的目光望過去，才看見文德里亞還騎在馬背上，身邊是面帶笑容的埃里克。迷霧之人的臉上能看到一點不確定的微笑，脖子上戴著一條珍珠項鍊，頭上有一頂裘皮帽子，一條色彩鮮豔的圍巾包裹住了他的脖子，他的手上戴著一雙裝飾流蘇的紅色皮革手套。就在我們眼前，另一名與他同行的士兵拍了拍他的大腿，對他說：「這才剛剛開始！」文德里亞的微笑變得更加燦爛，也更加有信心。

我認為這讓德瓦利婭下定了決心。她高聲喊道：「文德里亞！記住道路！不要偏離已經被預見的道路！」

埃里克調轉馬頭，徑直衝向德瓦利婭，將她向後逼退。德瓦利婭踉蹌著，差一點跌進篝火堆。

「現在他是我的了！不許對他說話！」

但文德里亞胖臉上的微笑消失了，他驚慌地看著埃里克俯身狠狠打了德瓦利婭一拳。德瓦利婭沒有移動，接受了那一記毆打。很勇敢，或者她是害怕如果躲避，下場只會更慘？

埃里克惡狠狠地瞪著德瓦利婭，直到她低垂下目光。然後，那個老暴徒回到自己的篝火堆旁，高聲宣布：「今晚，我們盡情慶祝！等到明天，我們會再次測試我們好朋友的力量！」

一些僕人充滿渴望地望著士兵營地。埃里克下馬的時候，他的人向他獻上了最好的戰利品。有那麼一段時間，驚駭的文德里亞看著我們的營地，就像是一條狗渴望回到他熟悉的犬舍裡去。但埃里克的人將他團團圍繞，遞給他一瓶打開的酒和一塊甜蛋糕。片刻之後，他就坐了下去。一個曾和他騎馬同行的士兵親熱地將一隻手臂搭在他的肩膀上，把他拉進了士兵群中。我想起自己做過的一個夢——一把匕首沉沒在珠寶和食物形成的漩渦中。

我的心中生出一股寒意。他們都不曾預見到這番情景。但我預見到了，只有我。

我不明白為什麼會是這樣，但突然間，我知道我必須明白。如果我不能理解這些夢，那麼就

會發生巨大的危險。我是唯一能夠握住舵柄，為船隻糾正方向的人，但我卻不知道該如何做。

安靜，狼父親嚴厲地告誡我，什麼都不要說，不要對這些人說。

我必須知道。

妳不必知道。妳不必如此。吸氣，現在呼吸，嗅出現在的氣味。對現在的危險保持警覺。否則妳就永遠都不需要害怕明天的危險了。牠的警告有一個哀傷的結尾，似乎牠太過明白這其中的含義。我壓下問題，讓自己向周圍發生的一切張開知覺。

「他們至少沒有做出比撕掉她的衣服更可怕的事。」奧黛莎低聲說。

德瓦利婭沮喪地坐在我們的篝火旁，試著對眼前的情況進行梳理：「在他們知道文德里亞力量的極限之前，不會冒險讓那個鎮上所有的人突然變成他們的敵人。但當他們對商人們玩弄各種惡作劇的時候，我們卻只能毫無保護地坐在這裡。任何穿過這片森林的人都有可能發現我們。我們現在不再是隱形的，隨時都有可能發生各種意外。」

奧黛莎的眉毛緊皺在一起。「各種意外？」似乎是這個詞的意思讓她感到困惑。

德瓦利婭顯得神情萎靡。「各種意外。我們距離道路太遠，我不知道如何繼續趕路，也不知道是應該採取行動，還是耐心等待，希望道路能再次回到我們腳下。我們無論做什麼都有可能遠離正確的選擇。」

奧黛莎幾乎是熱切地點了點頭。「我們在學院裡都學過：『相信白色先知之路。避免極端的

舉動。只有先知透過她的催化劑才能實現最好的未來。』但是我們距離道路已經這樣遠，這依然是正確的嗎？」

「所以我們必須相信。」德瓦利婭回答道。但在我聽來，她早已沒有信心。她的蟄伏者們在她說話的時候都漸漸聚攏過來，簇擁在她的周圍，就像是一群綿羊要貼近牧羊人。我回想起一個黑暗的夢。我咬緊了牙，感覺到自己更像是在壓抑嘔吐的欲望，而非控制在我腦海中迴蕩的講述那個夢的話語。綿羊四處逃竄，被丟棄給寒風的牙齒；牧羊人卻帶著小狼逃走了。

我聽到另一堆篝火旁有喊聲響起：「為什麼？為什麼不？我們要好好慶祝一下！你在鎮上測試這個男孩的時候，我們可是有很多人只能悶等在這裡。」

「他們是我們的。」埃里克回答道。他的語氣很嚴厲，卻又隱藏著愉快的情緒，「等到將他們換成了錢，每個人都能得到一份。難道我在這種事上有欺騙過你們嗎？」

「沒有，但……」

我轉過頭。說話的是那個英俊的強姦犯。在火光中，他的鼻子和面頰都在紅通通地發亮，那不是被寒風吹的。他們都喝了偷來的酒。我瞥到了文德里亞。他正坐在雪地裡，臉上帶著愚蠢的微笑。

「這全都是他的錯。」德瓦利婭用惡毒的聲音說。我以為她是在說埃里克，但她只是茫然地盯著黑暗的森林。「他竟然這樣對我們。他無法滿足於自身的角色。我們對他很好，他根本沒有

理由逃走，自己選一個催化劑，用他的任性毀掉了道路。我感覺到他對現在的影響，卻不知道他是如何做到的。無論如何，我相信原因就是如此。我詛咒他的名字。」

「那就給我們兩個，就算是一個也行！」豪根大膽地提出要求，「你的錢袋上不會因為少了一個人就會多一個大窟窿，指揮官！」

我以為埃里克一定會因為這個要求而發火，但也許是酒精和今天的收穫讓他的心情好了許多。「指揮官？不，是大公。有了這個男孩，我會再次成為大公。從現在開始就這樣稱呼我！」

隨著他的這番話，他的一些部下開始歡呼。

豪根是否也認為美酒和勝利讓埃里克變得慷慨了？他以誇張的動作向埃里克鞠了一躬，裝出一副文雅的強調說道：「埃里克大公殿下，您最忠誠的臣僕向您乞求一份賞賜。難道你不願意將那邊的一個女人賞給我們，讓我們在這個寒冷的夜晚得到一些歡愉嗎？」

士兵群中爆發出一陣哄笑和歡呼，埃里克大公也高聲大笑。他用力拍了拍豪根的脊背，用洪亮清晰的聲音說：「豪根，我很瞭解你。一個人對你是肯定不夠的。如果你們都用掉一個，就沒有人能送到市場去了。」

「那就給我們兩個，這樣她們的工作量就能減半了！」豪根繼續大膽地說道。至少有三個人高喊著對他表示贊同。

我感覺到身邊的深隱身體變得僵硬。她的手放在我的肩膀上，就像是一隻爪子。她彎腰在我

的耳邊說：「來吧，蜜蜂，妳一定已經很累了。我們去休息。」然後她抓住我的外衣肩部，幾乎是把我直接拉起來拖走。在我們旁邊，蟄伏者們都一動不動地蜷伏在篝火周圍，只是將視線轉向另外一堆篝火。他們的眼睛在蒼白的面孔上變得愈來愈大。

「難道我們不能逃走嗎？」我聽到一個人悄聲說，「如果我們逃進森林，也許能有一些人逃掉！」

「什麼都不要做，」德瓦利婭低聲說道，「什麼都不要做。」

但深隱完全不在意她的話。她拉著我站起身，我們悄然離開了篝火的光亮。陷入恐懼中的蟄伏者們似乎沒有注意到我們的離開。只有德瓦利婭注意到了。她向我們瞥了一眼，但什麼都沒有做，幾乎就像是在希望我們逃走。

我聽不清另外一堆篝火旁的對話了。但一陣陣粗啞的笑聲只讓我感到恐懼，而不是歡愉。埃里克提高聲音，語氣中帶著容忍，卻也彷彿有些快活。

「哦，很好，豪根。這裡的人都知道，你的老二想要插東西的時候，你的大腦是無法工作的。我會給你一個，只有一個，特別為你挑選的。來吧，臣子們！跟隨你們的大公。」

我停住腳步。深隱惱怒地從牙縫中吸了一口氣，也只得停下。我回頭望過去。現在我很害怕，但我必須看清楚發生了什麼。深隱用力抓住我的肩膀，但她也不再試圖拖拉我。我認為她也和我有著一樣的好奇、一樣的驚慌和恐懼。

埃里克走向我們的篝火，滿是皺紋的老臉上帶著酒醉後的微笑。他的手按在豪根的肩膀上，彷彿在引領這個人的方向，但我相信他是要依靠豪根的支撐，才能踉踉蹌蹌地走在雪中。這個強姦犯像以往一樣英俊，他的金髮在火光中熠熠生輝，當他微笑的時候就會露出平整潔白的牙齒。他是這麼英俊，又是這樣殘忍。一些蟄伏者坐在篝火周圍他們的包裹上。當埃里克走過來的時候，他們紛紛起身後退，但沒有退出太遠，只是簇擁在德瓦利婭周圍，彷彿她會提供保護。我知道她不會。

「什麼都不要做。」德瓦利婭用嚴厲的口吻警告他們。埃里克正在向他們靠近。他的士兵跟隨在他身後。那個英俊的強姦犯也在其中。他們滿臉貪婪，就像一群急不可耐的狗。豪根張大了嘴，口水直接流了出來。他的左手鬆鬆地抓著胯部，彷彿這樣會讓他感到滿足。他的一雙淺色眼睛逐一瞄過蟄伏者們，就像是一個乞兒盯著擺滿甜品的櫥櫃。白者們像兔子一樣紋絲不動。深隱從喉嚨深處發出一陣聲音，伏低身子，我任由她帶著我躲到了幾株小柳樹的後面。我們全都緊盯著篝火周圍。

「就是她！她就是你的愛人，豪根！」

埃里克伸出手，似乎要指向一個臉色像月亮一樣白皙的苗條女孩。她發出一聲微弱的哭喊，更用力地貼緊德瓦利婭。德瓦利婭什麼都沒有做，只是面無表情地盯著豪根和埃里克，沒有發出半點聲音。在最後一刻，埃里克的手向旁邊一伸，抓住了奧黛莎的外衣前襟，把她從人叢中拉出

來，就像是挑出了一隻小豬，準備串在烤肉叉上。奧黛莎的嘴鬆垂下來，彷彿變成了一個充滿悲哀的洞穴，她平凡又帶有殘缺的面孔完全扭曲了。而埃里克此時已經將她拖到了他的部下中間。那些士兵不停地發出嘲諷的噓聲，豪根則失望地喊道：「她醜得就像是狗屁股。我不想要她！」

豪根的抗議讓他身後的所有人都哄然大笑。埃里克大笑著，直到面孔變成了亮紅色，然後他才喘息著喊道：「你的老二又沒有眼睛！她能滿足你。畢竟她就算是被送到市場上也換不來什麼！」

奧黛莎已經快暈過去了。她頹然跪倒在地，只是因為那個乾瘦的老人揪住了她的衣領，才沒有讓她倒下去。埃里克要比看上去強壯得多。他猛一用力，將奧黛莎拉起來，把她甩給豪根，讓豪根不得不將她抱住。「抓住她，你這個狗崽子！」所有愉悅的表情突然從這名指揮官的臉上消失了。他凶橫地說道：「給我好好記住今天晚上，我會將她的價錢從你的那一份中扣除。孩子，不要以為你能哭哭啼啼地和我討價還價。價錢都是我來定的。這塊醜陋的破抹布就是你今晚從我這裡得到的。」

豪根越過奧黛莎低垂的頭盯著他的指揮官。奧黛莎恢復了一點知覺，開始無力地掙扎，兩隻手在豪根的襯衫前襟上無力地胡亂划動。豪根的臉色因為憤怒而陰沉。但是當他看到埃里克的眼睛，視線又立刻低垂了下去。「愚蠢的母狗。」他輕蔑地說道。我以為他會將奧黛莎扔回到蟄伏者的人群中。但他卻一隻手揪住奧黛莎的衣領，把她拉走了。其他士兵在指揮官嚴厲的瞪視下紛

紛散開。但不久之後，他們就在豪根身邊叫嚷起來，紛紛下著各種賭注，或者要求在豪根之後上她。

德瓦利婭什麼都沒有做。她的追隨者們繼續像綿羊一樣擁擠在她身後。我很想知道她們是否都在暗中慶幸被狼拖走的是奧黛莎，而不是她們。

不是狼。狼在饑餓的時候進食，但不會強姦。

我很抱歉。我知道，我侮辱了狼父親。

「來吧，」深隱將我拉到一片被積雪覆蓋的灌木叢後面。「他們不會因為她而罷手的。我們必須現在逃走。」

「但我們什麼都沒有……」

在另一堆篝火旁邊，我們聽到短促的尖叫聲。隨著這一聲聲尖叫，那些男人也在不斷地嘲笑奧黛莎。深隱抓住我肩膀的手開始顫抖。「我們還有我們的性命，」她在氣憤中悄聲說道，「至少能帶走我們的命。」我能聽出來，她幾乎已經無法呼吸了。她非常害怕，同時還在試圖拯救我。

我沒辦法讓自己的視線離開那些擠在一起的蟄伏者。德瓦利婭站立在火光中，彷彿只是一道黑影。突然間，她有了動作。「埃里克！」她憤怒地向黑夜中呼喊老匪徒的名字，「我們有協議！你給過我們承諾！你不能這樣做！」然後，我看見受到埃里克指派負責看守蟄伏者的人，向

德瓦利婭走過來。她向他們高聲喊喝：「不要擋我的道！」

「這太……愚蠢了。」深隱的聲音顫抖著從她的口中落下，「我們必須逃走，必須現在就跑。他們會殺死她。然後他們就不會再有任何顧忌了。」

「是的，」我仔細傾聽狼父親的話，「絕不能留下腳印，要在雪已經被踩硬的地方移動。在他們無暇分神的時候盡可能遠離營地。找到一個大樹下的雪井——一些常綠大樹的枝椏會被積雪壓彎而低垂，但樹幹周圍的地面上卻幾乎沒有雪。藏在那裡，緊挨在一起。」

我伸手牽住了她的手腕。她放開我的衣領。突然間，我開始拉著深隱向遠處奔跑，遠離德瓦利婭和她那些癱瘓的蟄伏者，遠離篝火，進入黑暗。奧黛莎的尖叫聲停止了。我拒絕去思考是為什麼。我們鬼鬼祟祟地向前挪動，一直來到營地的邊緣。深隱沒有說話，只是跟著我。我帶著她來到了馬匹和雪橇開闢出的小道上。我們沿著雪橇和馬蹄小道向回走，盡量保持著步履的平穩，但呼吸都因為恐懼而顫抖。森林很黑，雪則是純白色。我看到一頭野獸走過這條小道的足印。我們轉向，跟隨著這道足跡，不留下任何新的足印。現在我們像鹿一樣低垂著頭，從被積雪壓低的樹枝下面鑽過去。「不要碰那些樹枝。不要讓任何一點雪落下來。」我警告深隱。我在左側的一片高地上看見了一叢常綠植物。「這邊，」我悄聲說道。我走在前面，踏進了深雪。我們留下了腳印，對此我們無能為力。

在更深的森林中，雪會變淺。向前走，小狼。直到妳太過疲倦，無法繼續向前跑的時候再躲

藏。

我點點頭，盡力以更快的速度前進。積雪似乎抓住了我的靴子。深隱發出的聲音也太大了。他們會聽見我們逃走，他們會追上我們。

然後我們聽到了德瓦利婭的呼號。那不是尖叫，而是一種嘶啞的、充滿恐懼的喊聲。她再一次發出呼號，然後喊道：「文德里亞！回到我們中間來！文德……」她的聲音被打斷了，就像是一枝火把被迅速熄滅。

我聽到令人膽寒的聲音，有人在喊嚷，有人在尖叫，許多人在提問，就像是一群雞在黑夜中醒來。是那些蟄伏者。

「馬上逃走。我們必須馬上逃走！」

「他們要對她做什麼？」

「文德里亞！他必須幫我們。」

在我們身後的黑夜中，我聽到德瓦利婭的聲音再次響起，那是急切而哽咽的哭號聲：「這絕不應該發生！這絕不應該發生！停止這一切，文德里亞！這是你回到正確道路上的唯一機會。忘記埃里克對你說的話！那不是真的！忘記埃里克！」然後，她的聲音變得絕望而沙啞：「文德里亞，救救我！阻止他們！」

然後，另一種喊叫聲撕裂了夜空。那不是一種聲音。感覺到它讓我感到受傷、讓我噁心。恐

懼在空氣中流散，浸透了我。我害怕得完全無法移動。深隱僵立在原地。我想要說話，想要告訴她我們必須跑得更遠，但我沒辦法讓自己發出聲音。我的兩條腿完全無法支撐。我頹然倒在積雪中，深隱壓在我的身上。在那陣號叫過去之後，森林中充滿了死一樣的寂靜。沒有夜鳥啁啾，沒有任何活物發出聲音。一切都是那麼靜，讓我甚至能聽到篝火的嗶剝作響。

然後，一個淒厲卻清晰的喊聲響起：「跑！逃走！」

緊接著是許多男人沙啞的吼聲：「抓住他們！不要讓他們偷馬！」

「殺死他，把他們全殺光！叛徒！」

「阻止他們，不要讓他們跑到鎮上去！」

「雜種！叛逆的雜種！」

黑夜中充滿了各種聲音，尖叫聲、哭喊聲、男人的咆哮和喊嚷、發號施令聲、尖細的求饒聲。

深隱站起身，把我拉起來。「跑。」她嗚咽著說道。我努力按照她的話去做，但兩條腿彷彿變成了果凍，根本支撐不住我們的體重。

深隱將我拖過積雪，我踉蹌著邁動雙腿。

我們在一片愈來愈響亮的喊聲中逃進黑暗。

25

紅雪

我只是在敘述我聽到的傳聞和街談巷議。這個故事實在是過於不可思議，很難被認為是真實的，但既然您命令我，我就只好聽命行事。我得到的訊息是，恰斯大公已經不復存在，一群龍載著穿戴盔甲的騎手從荒野中出現，攻擊了恰斯城。巨龍噴吐火焰和其他具有同樣毀滅性的物質，環繞那座城市飛行，將它一片片摧毀。最後，他們瞄準了大公本人的宮殿，用龍息的噴吐、翅膀的揮動和尾巴的抽打讓它變成一片瓦礫。據說高聳的城堡要塞只剩下了原先四分之一的高度，而且再也無法供人居住了。

據說，年老體衰的恰斯大公走出宮殿，站在他的軍隊面前。一座塔樓傾倒，埋住了他和許多士兵。不過他一直最為信任的首席大臣埃里克和從年輕時起就效忠於埃里克的一隊劍士活了下來。恰斯軍隊只得撤退，而撤退最終演變成一場潰敗。

到了第二天早晨，恰斯大公的女兒以巨龍和巨龍騎士的盟友身分出現了。她宣布自己是「合法」的恰斯女大公。埃里克則宣布他才是大公選擇的繼承人，並指控所謂的女大公行使巫術。一個名叫紅手・洛克托的人，曾經是恰斯西部靠近海思特門的一名低階貴族，他也發起了爭奪恰斯大公爵位的挑戰。他的軍事力量在恰斯國遭受的攻擊中毫髮未損。在我看來，他很可能會贏得最終的勝利。恰斯人不太可能接受一位女性統治者，即使她得到了巨龍的垂青。埃里克大公的軍力在巨龍摧毀恰斯城的時候遭到了重創，況且他也未能保護恰斯城，現在大概只有神的力量才能幫助他恢復權勢和影響力了。恰斯的「女大公」正在重金懸賞他的頭顱。恰斯城的人們都說他是懦夫，將他們丟棄給了巨龍。

——交予切德・秋星大人的未署名報告

飛躍和我前進的速度很快。月光給皚皚白雪撒上了一層銀色。我一直利用星星來確認方向。馬車小道很快就與一條更寬的道路會合在一起。我們已經接近了處女纖腰隘口。處在連綿起伏的丘陵中的這條道路很寬，但並不好走。不過飛躍很高興能再一次踏到被踩實的雪地。花斑馬邁開長腿，背著我爬上最後一段山路，然後大步慢跑過一片常綠森林，又在許多枝幹光禿的橡樹和榿

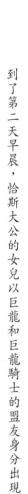

樹中間左右穿梭，沿著一條蜿蜒曲折的狹窄小徑向山下跑去。遲來的冬日黎明漸漸照亮了我們的道路。飛躍放慢腳步，一邊調整呼吸，一邊向前走去。小路漸漸變寬，路邊出現了幾幢小農舍。炊煙從煙囪中冒起，窗口中透出的燭光表明農夫們很早就已醒來，只是屋外還看不到一個人。

清晨的陽光愈來愈明亮。我催促飛躍慢跑起來。當清晨過去的時候，小路變成了大路。我策馬跑過一個小村莊，但沒有做片刻的停留。一片片小農場和田地從我身邊掠過。這裡的土地還在平緩的大雪覆被下面做著被耕耘的夢。飛躍的步伐變為小跑，大步慢跑，又是小跑。前方出現了更多的森林。我們跑過一座橋。路上已經出現了幾名旅人：一位匠人駕著他裝滿了小刀和剪刀的彩繪馬車。一名農婦和她的兒子們騎著騾子，引領著一隊馱著沉重口袋的牲畜。那些口袋中飄出了馬鈴薯的泥土氣息。還有一名年輕女子，我向她喊了一聲：「下午好。」她只是朝我皺了皺眉。

蜜蜂在受什麼苦？晉責對我的抗命會如何反應？謎語該有多麼氣憤？蕁麻又會有多麼惱火？所有這些陰暗的念頭無時無刻不在困擾著我。我竭力將它們壓下去。精靈樹皮給我帶來哀傷的回憶，譴責我的愚蠢和各種失敗。但只是片刻之後，卡芮絲籽幾乎讓我相信，我是勇猛無敵的，讓我幻想著殺死那二十個恰斯國人，讓我高聲對奔跑的飛躍歌唱。

鎮定。謹慎。我能感覺到我的心在胸腔中跳動，耳朵幾乎能聽到它跳躍的聲音。

還是森林。小跑，大步慢跑，小跑。我在一條溪流前讓牠停住，飲水。*妳有多累了？*

一點也不累。

我需要速度。妳如果累了，會告訴我嗎？

我是飛躍。在我的騎手疲憊之前，我是不會累的。

妳會的。妳必須讓我知道。

牠哼了一聲。當我跨回到馬鞍上的時候，牠昂首騰躍了幾步。我笑了，讓牠自己決定要怎樣跑。牠快速奔馳了一小段路，隨後又恢復成輕鬆而且富有節律的大步慢跑。

我進入了一個更加熱鬧的城鎮。這裡有一家客棧、一家旅店和三家酒館。現在正是街上人多的時候。在城鎮邊緣上，我經過了一座少見的艾達神壇。這位女神安坐在白雪幔帳下面，她的雙手在膝頭張開。有人將她的手心擦淨，在裡面放滿粟米。小鳥落在她的手指上。我們繼續前行，大路變得更寬、更平，成為國王大道。我在腦海中回想著地圖，沒有絲毫停頓。這條大道又寬又直，正通向製鹽者深灣，是到達那裡最短的路徑。

如果我帶著俘虜和一隊恰斯國傭兵要逃出六大公國，我絕不會選這條路徑。弄臣的話回到我的耳邊。他堅持認為我無法找到他們。唯一救回我女兒的辦法就是直接去那些歹徒一定會帶我女兒去的地方。我又吃下一撮卡芮絲籽，用牙齒將它們咬碎，同時繼續策馬前行。那些種子在我的嘴裡泛起一股甜味，是一種充滿刺激性、令人興奮的味道。片刻之間，我感覺到了力量，還有它一直都能帶來的感官清晰。

最可能，最不可能，最可能，最不可能……這些念頭在我的腦海中如同敲擊的鼓點，伴隨著飛躍馬蹄的節律不斷震響。我能夠沿著這條大道直達製鹽者深灣。如果在路上沒有發現，我就能與環丘衛隊會合，在被俘的敵船附近等待。或者我能選擇一條不常用的路線，希望能夠交好運，與敵人遭遇。或者在偏僻的道路上進行查找。我繼續前進，經過一條岔路。我決定，等到下一條岔路的時候，我會選擇它。

我突然聽到一陣烏鴉的鳴叫。抬起頭張望，一隻烏鴉正張開雙翼，從天空中向我滑行過來。突然間，我認出牠是小丑，便挺起身子準備讓牠降落。但牠只是從我的身邊掠過，繞了一個大圈。「紅雪！」牠用突兀而清晰的聲音向我喊道，「紅雪！」

我看著牠再次繞圈，然後轉向飛走了。我勒住飛躍的韁繩。牠是什麼意思？是不是想要我跟上牠？牠飛走的方向沒有路，只有開闊的原野，更遠處是稀疏的樺樹林和幾株常綠樹，後面則是真正的森林。我看著小丑在天空中滑翔，又傾過翅膀，用力拍打，朝我折回來。我站在馬鐙上。「小丑！」我高聲喝喊，並向牠伸出手臂。但牠再一次從低空掠過我的身邊，讓飛躍也不得不向旁邊躲了一步。

「愚蠢！」烏鴉向我喊道，「愚蠢蜚滋！紅雪。紅雪！」

我扯動韁繩，讓飛躍離開大路。我們跟牠走，我對馬說。

我不喜歡牠。

我們跟牠走。我堅持著。飛躍服從了我的意志。但牠顯然不喜歡這樣。我們離開被踩實了積雪的平坦路面，越過多刺的灌木籬牆，進入了農夫的田地。這裡的雪完全沒有被踩過。風將積雪吹平，下面堅硬的凍土卻是坑坑窪窪。儘管我希望能夠大步疾馳，速度卻不可避免地減慢下來。如果不是飛躍的話，我們的速度只會更慢。我只能盡量壓抑自己的急躁心情。

烏鴉從我頭頂飛走，進入了那片樹林中。我們以穩定的速度向牠消失的地方移動。沒過多久，牠又向我們繞回來，又再次飛走。這一次，牠似乎很滿意我們跟上了牠，沒有再罵我。

我們找到了一條小徑：不是道路，只是一點離開農田、蜿蜒進入稀疏樹林的平地。也許是伐木者踏出來的，或者是牛去喝水的路徑。我仔細看了一眼這條路。它最近有被使用過嗎？很難判斷。在這一片被風吹平的積雪下面有沒有更深的坑洞？我催馬上了這條路。

當我們到達樺樹林邊緣的時候，我看見了在大路上不可能看見的東西——這匹白馬從遠處看只會被認作為一個雪堆。一直走到白馬近前，我才看到摔落在地上、穿著裘皮衣服的騎手。只有天空中的烏鴉才有可能看見雪地上以這匹馬為起點，一直延伸進森林的紅色和粉色的斑點。

這匹馬顯然是死了。牠還睜著眼睛，冰霜綴滿在牠鼻子的絨毛上，覆蓋了牠伸出的舌頭。血滴在牠的嘴邊凍成冰粒。一枝箭插在牠的胸部，就在前腿後面。這一箭準確地射穿了牠的肺，不過另一側的肺葉並沒有受到損傷。我知道，如果我將這匹馬切割開，就會看到牠的體腔裡充滿了血液。這匹馬的背上沒有馬鞍，只在口邊繫著轡繩。牠的騎手在逃跑時應該相當匆忙。儘管飛躍

厭惡死亡的氣味，我還是勒住韁繩下了馬。躺在馬旁邊的屍體太大了，不可能是蜜蜂，我一邊在深雪中掙扎邁步，一邊這樣告誡自己。白色裘皮帽下面的頭髮顏色和蜜蜂相似，但那不可能是蜜蜂的。不可能。我走到她身邊，將她翻轉過來。的確不是。這個白皮膚的年輕人就像她的馬一樣，已經死透了。她身前的裘皮被染成了紅色。也許有一枝箭穿透了她。她是一名白者，或者至少是半個白者。她在掉落到雪中之後又過了一小段時間才死去。她的嘴旁邊結了一層厚厚的冰霜，那是她最後呼出的氣息。她霧藍色的眼睛透過一層冰看著我。我放開手，讓她重新倒進積雪中。

顫抖的心臟讓我無法呼吸。「蜜蜂，妳在哪裡？」我的話甚至連耳語都算不上，因為我根本沒有氣息將它們從口中推出來。我想要沿著這道血跡跑進森林，呼喊她的名字。我想要跨上飛躍，以最快的速度向前奔馳。我想要使用精技向天空發出吼叫，呼籲援助。我需要六大公國的每一個人來幫助我拯救我的孩子。但我只能強迫自己站立著，滿身汗水，不停地抖動，什麼都不要做，直到這股莽撞的情緒過去。然後，我向坐騎走過去。

我剛剛抬起腳要踩進馬鐙，飛躍忽然前腿一彎，跪倒下去。*累，太累了。*牠的全身都在抖動，後腿也跪了下去。*太累了。*

*飛躍！*驚慌的情緒塞住了我的喉嚨。我不應該如此放任牠，相信牠會在身體疲憊的時候告知我。卡芮絲籽會讓服用者體力充沛，但在失效的時候又會讓服用者徹底筋疲力竭。*不要倒在雪*

中。站起來，站起來，我的女孩。來啊，來啊。

牠向我翻翻眼睛。片刻之間，我很擔心牠的頭也會低垂下去。然後，牠抖動了一下身體，站立起來。我牽著牠慢慢走過小徑，站到一片常綠樹下。這些樹下的積雪薄了很多。留在這裡，好好休息。我會回來的。

你要把我留在這裡？

我必須如此。但這只是暫時的。我會回來找妳。

我不明白。

只要休息就好。我會回來的。留在這裡，求妳。然後我關閉了對牠的意識。我從沒有讓一匹馬徹底耗盡力氣。羞愧感充塞在我的胸膛中。但這是沒有意義的。我只是在做我不得不做的事。我從鞍囊中拿出我可能需要的物品，並關閉了思念蜜蜂的心。我沒有回憶莫莉，去想她會怎麼說、怎麼想、怎麼做。我將弄臣和他的一切警告與建議從腦海中剝離，推開了博瑞屈希望我成為的那個人。我將獾毛管理人從我的心中割去，把蜚滋駿騎親王趕進他多年以來一直存身的暗影中。我挺起肩膀，徹底封鎖了我的心。

在我的心底深處有另外一個人。切德的孩子。我吸了一口氣，喚回那些記憶。我完全回憶起了切德將我塑造成的那個人。我是一名執行任務的刺客。我會把他們全部殺光，以可能的最高效率，沒有任何憐憫和情感。這是一個需要在絕對的冷酷中臻於完美的行動。就像我十四歲的時候

殺死橋增雙子；十五歲的時候殺死胡佛．網琳。我已經記不起那個被我毒死的客棧老闆。他的名字並不屬於那個任務的一部分。

我想到了那時發生的各種細節。當任務完成時，我就會將這些細節從腦海中逐走。我從來都不允許這些隱祕的工作成為我的記憶或想像的一部分。現在我將它們召喚回來，允許它們流入我的思維。我回憶起跟隨切德穿過黑暗，或者依照他的命令單獨行動。切德曾經警告我，像我們這樣的刺客不會相互詢問殺人的事情，更不會炫耀或者記錄它們。我回憶起的殺人案件沒上百，只有幾十樁。黠謀國王不是冷血嗜殺的國王。切德和我是他最後的手段，只有當其他一切方法都沒有效果，他才會使用我們。那對雙胞胎是兩名強姦犯，而且有著非同尋常的殘忍。他們曾經兩次站在國王的王座前，接受判決與懲罰，並承諾會痛改前非。但他們的父親不能或不願管束他們，於是國王派出了我。儘管很不情願，但他必須派出獵人消滅那兩條瘋狗。我一直都不知道胡佛做了什麼，也不知道那名客棧老闆為什麼要死。我得到任務，就要完成它，悄無聲息，乾淨俐落，沒有判決，做完便徹底脫身，將關於他們的一切想法都棄置腦後。

刺客之間不會分享這種殘酷的小勝利。但我們會保留它們。我毫不懷疑，切德有時也會做我現在做的事。現在我覺得我知道他為什麼要警告我將這些棄置一旁。當你十四歲的時候，你割開了一個二十三歲男人的喉嚨，這看上去是一場平等的戰鬥。但四十多年以後，當一個人回首往事，他看到一個男孩殺死了一個愚蠢到在錯誤的酒館喝了太多的酒，穿過黑暗小巷回家的年輕

人。我告訴自己，即便如此，我的行動仍然是完美無缺的。當我要求我的馬留下休息的時候，當我戴上兜帽，勒緊前臂的袖管的時候，我點數了我的技巧，回憶了我真正能使用的手段。就像弄臣提醒我的，這才是我所擅長的。

我沒有沿著白女孩和白馬留下的血跡追溯過去。我穿過樹林，確保那星星點點的紅色和馬蹄印在我的視野之內，但又絕不會過於靠近它們。我讓思維只考慮我所確切知曉的情報。這個女孩是劫走蜜蜂的那些人中的一員。她和馬被箭射中了，很有可能當時正在匆忙奔逃。他們已經死了相當長的一段時間，屍體上甚至結出了冰霜。我的心情有一點振奮。我的敵人少了一個，需要殺掉的人也少了一個。也許環丘衛隊已經與那些恰斯國人遭遇了。寂靜的森林告訴我，戰鬥已經結束。也許蜜蜂和閃耀已經獲得了安全。我現在很後悔使用了精靈樹皮。這裡有事情發生，一定會有人用精技或者信鴿把這裡的狀況報告給晉責。如果我沒有被隔絕掉精技，毫無疑問我也會知道。我的多慮反而耽誤了自己。不過我還有一個選擇，一直跟蹤這道血跡。被射中肺的馬一般都不會跑很遠。我在沉思中皺起眉頭。或者是戰鬥結束，參加戰鬥的人都離開了，或者是發生了非常古怪的事情。

在查知確實的情況以前，我只能保持謹慎。我悄無聲息地移動著，以不規則的路線在那條小徑附近潛行。我的眼睛注意著周圍的一切動靜，尤其是重複出現的。我的腳步很輕，不時會停下來稍作等待。我的呼吸沒有任何聲音。空氣從鼻腔裡通過，我從中尋找著一切煙火或者其他表明

營地存在的氣味。我聽到遠方烏鴉的叫聲，緊接著又是一聲，我看見了牠，牠從低空中飛過森林。小丑也幾乎是立刻就看見了我，便落在我頭頂上方的一根樹枝上。我只能繼續沿著血痕潛行，同時希望牠不會暴露我的所在。

我聽到樹枝間輕柔的風聲，偶爾響起的積雪掉落聲和遠處的鳥鳴。隨後，冬季森林中的寂靜被更多鳥鳴聲打破了。先是一隻被驚擾的渡鴉沙啞的呱呱聲，然後是更多烏鴉的叫嚷。我的烏鴉則落到了我的肩頭，輕得就像朋友按下的一隻手。「紅雪，」牠再一次低聲說道，「屍體。」

我想我知道會找到什麼，但我沒有放鬆警惕。我繼續前進，又看到了其他馬蹄印。這些馬曾經在積雪中蹬刨，跑過大樹之間的空隙，有時又會撞進灌木叢。牠們之中至少有一匹流了血。我沒有因為這些馬蹄印而轉向。我的首要目標是找到這些逃散的馬匹原來所在的地方。也許我能在那裡知道牠們要逃避什麼。我繼續著潛行。

我來到這些人的營地邊緣時停住了腳步。仔細觀察過能看到的一切之後，才再次開始移動。我查看了倒落的帳篷和一些白色裘皮衣服。烏鴉群和三隻渡鴉來到這裡吃光了屍骨上的肉。一隻忙碌的狐狸抬起頭，注目審視一動不動的我，然後又低頭去撕咬一個男人的手，想要將一隻多肉的小臂扯下來。兩隻站在屍體肚子上的烏鴉正在將喙探進體腔中。狐狸的動作驚擾了牠們，讓牠們發出低聲抗議。這個男人臉上的軟組織已經完全消失了。仁慈的寒冷壓制住了死亡的臭氣。我判斷這場屠殺至少已經是一天以前的事情了。

這不像是環丘衛隊幹的。時間不對，而且他們會燒掉屍體。那殺人的又是誰？哦，蜜蜂。

我緩步前進。烏鴉依然站在我的肩膀上。我在營地中繞了一圈。三架雪橇被丟棄在這裡，它們的樣式華麗精緻，與這裡的環境很不協調。白霜覆蓋了它們紅色的側面。我點數了一下這裡的屍體，四個白者。是五個。六個士兵。是七個。八個士兵，六個白者。我壓抑住從心中湧出的失望情緒。我想要親手殺死他們。

我沒有看到和蜜蜂體型相當的屍體，也沒有屍體有著閃耀那樣華美的頭髮。我繞過整座營地。一共是九個死亡的士兵，十一個死亡的白者。白者的屍體分布很零散。六個死掉的傭兵則成對在一起，似乎他們曾相互攻擊，同歸於盡。我皺起眉頭。這肯定不是環丘衛隊幹的。我繼續查看。三匹死馬。一匹白色的，兩匹褐色的。兩頂倒塌的白色帳篷。還有三頂更小一些的帳篷。三匹褐色的馬還被拴在絆索上。其中一匹抬起頭看著我。我從肩頭取下烏鴉，對牠說：「悄悄地飛。」牠照我的話做了。那匹馬的眼睛一直跟隨著飛走的烏鴉。我則繞到了這些白色帳篷的後面。

我從背後接近第一頂帳篷。我的原智告訴我，這裡沒有活物。我俯下身，用匕首割開一道裂口。在帳篷裡面，我看到了雜亂的毯子和當做被褥的裘皮。還有一具屍體。她仰面平躺著，張開的雙腿表明了她的命運。在昏暗的光線中，她的頭髮看起來是灰色的。不是閃耀。十二個死掉的白者。她的喉嚨被割開。黑色的血液凝結在她淺色的長髮上。這座營地中發生了很可怕的事。蜜

蜂當時正在這裡。我退出帳篷，向另一頂白色帳篷走去。

這一頂倒塌得不算厲害。我對它進行探查，也沒有感覺到生命的跡象。我用匕首割開帆布，發出輕微的撕裂聲。透過足以讓光線射入的裂口，我向帳篷中望進去。沒有人，只有毯子和裘皮、一只水囊、一把梳子，一只厚襪子，還有一頂被丟棄的帽子。這裡有一股氣味，不是蜜蜂的。蜜蜂幾乎沒有氣味。這裡有閃耀的氣味。是她喜歡的那種濃烈的香水氣味，正在漸漸消散。汗味籠罩了這裡的一切，但我能肯定，她曾經在這裡居住過。我將帳篷進一步割開，鑽了進去。角落中的香水氣味最重。在這股氣味旁邊的裘皮上，我找到了微弱的一點令我無法忘記的蜜蜂的氣息。我拿起一條毯子，將它捂在臉上，深深地吸著她的味道。蜜蜂。這上面有疾病的味道。我的孩子生病了。

被俘，患病，無影無蹤。我心中冷酷的刺客開始和慌亂的父親搏鬥。突然間，他們融合為一體。我能夠做什麼，必須做什麼，才能將蜜蜂救回來？——所有這些疑慮都徹底消失了。無論是什麼，無論做什麼，我都要救我的孩子回來。無論任何事。

我聽到帳篷外面有聲音。我的身體完全停止行動，呼吸也沒有了聲音。然後，我悄悄回到帳篷外，對營地進行觀察。一名恰斯國士兵將一些木柴扔到了那些小帳篷旁邊已經熄滅的篝火堆旁。他的身子倚著一把劍。就在我的注視下，他呻吟一聲，單膝跪倒。他的另一條腿上紮著繃帶，顯得很僵硬，妨礙了他俯身去撥動炭灰。他低下頭，向那些木炭吹氣。過了一會兒，一點青

煙從炭火上冒起來。

他折斷抱來的樹枝，將它們放進火焰裡。當他再次俯身吹火的時候，頭髮垂掛下來。那是一條金色的大辮子。他咒罵一聲，將頭髮從火上撥開，塞進他的帽子裡。

另一頂帳篷裡突然傳出動靜。一個老人從帳篷裡走出來。他的灰髮凌亂地披散在羊毛帽子下面。他的腳步也很僵硬。「你！豪根！給我準備食物。」

生起篝火的人沒有回應。他似乎不是有意不理睬那個老人，而是聽不到老人的聲音。聾了？這裡發生了什麼事？

老人用力喊叫著，聲音憤怒而尖利：「聽我說話！豪根！給我煮些熱飯。其他人在哪裡？回答我！」

被他稱作豪根的人依然沒有轉頭。他只是揀起自己的劍，笨拙地用它撐起身體，一瘸一拐地向那些馬走去。自始至終他都沒有瞥那個喊叫的老人一眼。他查看了一下絆索，又向森林中張望了一下，彷彿在等什麼人。然後他跛著腳走向一棵倒下的大樹。那棵樹的樹枝從積雪中伸出來。他慢慢走過平緩的雪地，來到大樹的樹冠前，開始從上面折下更多柴枝。他只能用一隻手工作，另一隻手還要撐住劍。不，那不是他的劍，是我的劍。我愣了一下，認出那正是一直懸掛在我的莊園書房壁爐上的劍。現在它變成了一名恰斯國傭兵的拐杖。

「回答我！！」老人向對他全不在意的士兵咆哮著。過了不久，他停止了咆哮，一動不動地

站在原地，胸口在盛怒中劇烈地起伏。然後，他大步走到篝火旁，向篝火張開滿是節瘤的手，又在上面扔了一段柴枝。篝火旁的地面上放著一只皮口袋。老人在皮口袋中翻檢了幾下，拿出一塊乾肉。他一邊大口咬著乾肉，一邊盯著那名士兵。「等你回到這堆火旁邊，我就殺了你。我要用我的劍刺穿你的肚子，你這個叛逆的懦夫！讓你看看忽視我會有怎樣的下場。」他深吸一口氣，又咆哮道，「我是你的指揮官！」

我從背上取下戰斧，將斧柄在手中握緊。然後我走出藏身之地，躡手躡腳地穿過營地中未被踩踏過的雪地。那個老人只顧著向那名士兵叫嚷恰斯語髒話，直到我幾乎靠近到可以用戰斧發動攻擊的距離之內，他才發現我。很顯然，他不習慣被別人忽視或者違抗命令。那麼他就是一名軍官。他瞥到我的時候愣了一下，高聲喊喝向豪根示警。我朝豪根那裡看了一眼，豪根依然像是完全沒有聽到他喊話。這名老軍人將目光轉回到我身上。我與他四目對視，沒有發出半點聲音。

「你能看見我！」

我微笑著向他一點頭。

「我不是幽靈！」他高聲說道。

我又向他聳聳肩，低聲說道：「現在還不是。」然後我用力舉起戰斧。

「豪根！」他號叫著，「到我這裡來！到我這裡來！」

豪根正在努力彎折一根樹枝，不停地將它前後扳動，要把它從樹幹上拉下來，卻徒勞無功。

我的微笑變得更加燦爛了。

老人抽出佩劍。我發現自己正在看著惟真的劍尖。我從沒有在這個角度看過它。我的叔叔的劍，他送給我的最後一件禮物，被我收藏了許多年。而現在，它在威脅我的生命。我後退了一步。我很高興能將這個人砍成碎塊，但我不想損傷這把好劍。我明顯的退卻點亮了老人眼中的火星。「懦夫！」他向我喊道。

我低聲對他說：「你襲擊了我的家。你手中握的是我的劍。你從我的家中劫走了一個女人和一個小女孩。我要把她們救回來。」

我的悄聲低語激怒了他。他緊皺眉頭，竭力分辨我的話語，然後又喊道：「豪根！」

我的聲音比風更輕。「我相信他聽不到你的話，也看不見你。」我說出了我的猜測，「我認為他們的魔法之人讓你對他隱形了。」

他的嘴稍稍張開，又用力閉上。我用言語做成的倒鉤正扎在他的心上。「我要殺了你！」他惡狠狠地說道。

我向他搖搖頭，「她們在哪裡？你從我家中劫走的那兩個人。」我一邊低聲質問他，一邊悄然向他的身側移動。他眼睛緊盯著我，手中舉劍，做好了戰鬥準備。我不知道他的戰力如何。但我注意到了他的年紀和僵硬的動作。

「死了！死了，或者和其他人一起逃走了。」他又轉過頭喊道：「豪根！」

我在微笑中露出了大部分牙齒。我彎腰抓起一把雪，捏成雪球向他擲過去。他閃身躲避，但速度不夠快。雪球擊中了他的肩膀。他的動作僵硬而且遲緩。

他舉起劍向我邁出一步，高聲喝喊：「來和我一戰！」

我繞到了帳篷的另一邊，離開豪根的視野。那個老人緩慢地跟著我，手舉長劍，眼睛緊盯著我。我將斧頭暫時放在雪地上，看看是否能引誘他向我衝過來。但他只是穩穩地保持著自己的位置。我將一隻手放在斧頭上，抽出匕首，插進他的帳篷，割出一道長長的裂口。帳篷隨之塌落下去。「不要那樣！」他看到自己的庇護所被摧毀，再次發出咆哮，「像個男人一樣和我戰鬥！」

我向豪根瞥了一眼。金髮士兵正一邊咒罵著，一邊和樹枝進行角力，對我們完全視而不見。

我將帳篷的裂口又割開了一些。老人繼續向我逼近。我彎腰把手伸進裂口，將他的補給拿出來，扔到雪中。我找到一袋食物，便抓住袋底，無聲地將裡面的東西撒進深深的積雪裡。然後我繼續盯著他，再伸手到帳篷裡摸索，又找到一捲毯子。我把它拉出來，扔到遠處。

我的行為激怒了他。「豪根！」他尖聲號叫著那名士兵的名字，「有闖入者在襲擊我們的營地！你不能做些什麼嗎？」然後他惱恨地瞥了我一眼，突然調轉方向，朝豪根跑去。這不是我想要的。

放下斧頭，收起匕首，我脫下手套，拿出投石索，小心地挑選帶在身上的石子。都是很合用的圓形石子。投石索會發出聲音，但不會很響。那個老人一邊喊叫一邊奔跑。我希望他發出的聲

音能夠遮蓋投石索甩動的聲音，也希望能夠擊中他。我將繩索繞在手指上，把石子放進兜囊裡，抓緊繩索另一端的硬結，用力甩動投石索。隨著一聲鞭響，我的彈丸飛了出去。打偏了。「你打偏了！」老人喊了一聲，竭力加快腳步。我又選了一粒石子，將它甩出去，石子飛過了樹林。

豪根正吃力地向營地中走過來。他笨拙地將我的劍當做拐杖，另一條手臂下面夾著幾根大樹枝，要把它們拖回到篝火旁。我的第三塊石頭擊中了樹幹，發出響亮的聲音！豪根朝聲音傳來的方向扭過頭，盯著那裡。那個老人也循著他的視線望過去，又轉頭看了看我。我的第四粒石子從他的頭側擦過。

老人在半暈眩中倒了下去。豪根則繼續拖著樹枝走向營地。他就從距離他倒下的指揮官一臂之遙的地方走過，卻沒有朝身邊看上一眼。我利用帳篷當做掩護，向森林溜去，繞過營地。我的獵物已經躺倒在深雪中，正在無力地掙扎。他已經失去了判斷力，但還沒有陷入昏迷。豪根正背對著我們。他將樹枝扔到篝火旁，開始驚愕地查看被割破的帳篷和散落的物資。我朝倒地的老人跑過去。

老人掙扎著想要坐起來，但我已經撲到了他身邊。他發出一聲無言的號叫，想要摸到那把劍。錯誤的策略。我已經進入了攻擊範圍，將我的全部怒火都灌注在雙拳上。我狠狠一拳砸在他的下巴上。他的眼睛立刻就失去了焦距。還沒等他恢復過來，我已經將他面朝下按在雪地裡，抓住他的一隻還在揮動的手，用投石索緊緊捆住手腕。我必須將一隻膝蓋抵在他的肩胛骨上，用了

很大力氣才控制住他的另一隻手臂。他年紀很老，神智不清，但還是強橫地為了活命而戰鬥。終於抓緊他的另一隻手臂之後，我用投石索在他的臂肘處用力纏了兩圈。這種綁法很不好看，我希望它也會同樣不舒服。我繫緊繩結，然後再把他翻過來，讓他的身子壓住被綁在背後的雙臂。隨後，我拿起惟真的劍，抓住他脖頸處的衣領，把這個還在拚命踢蹬的老人拉過雪地。他的神智已經恢復到可以向我罵髒話，並用幾種不同的方式罵我是私生子的程度了——這一點倒是沒有錯。我對他的叫嚷並不反感。反正豪根是聽不見的，而他的喊聲剛好遮蓋了我行動時發出的細小聲音。最後，我喘著粗氣，把他拉到了距離營地很遠的地方。

直到看不見帳篷和營火，我才停下腳步，放開他，站直身子。我將雙手撐在膝蓋上，盡量調整呼吸。我試著判斷已經在他身上花費了多少時間。其他傭兵有可能會回來，或者遇到環丘衛隊。謎語、機敏和堅韌不屈也許會來，也許不會。他們很有可能會選擇直達製鹽者深灣的大路。我將這些想法趕出腦海，蹲到我的俘虜身邊的雪地中，將我的原智知覺壓抑下去。我並不願意這樣做。因為我知道，這會讓我更容易遭受暗中敵人的襲擊。但為了我隨後要做的事，熄滅共用知覺是有必要的。

「現在，我們要談談了。這可以是一場友好的談話，也可能充滿痛苦。對於那些白色的人所知道的一切，我希望你全部告訴我。我想要知道你攻擊我的家園那一天所發生的每一件事。最重要的是，我想要知道你從我家中劫走的女人和女孩去哪裡了。」

他又開始咒罵我。但他已經罵不出什麼花樣了。我聽厭了之後，就拿起一大把雪，按在他的臉上。他不停地吐著唾沫，喊叫著，我又按下了更多的雪，直到他安靜下來。我重新蹲好。他晃晃腦袋，吐出了一些雪水。一些雪融化了，沿著他被浸濕的通紅臉龐流淌下來。「這看起來並不舒服，現在你願意和我說話了嗎？」他抬起頭和肩膀，彷彿是要坐起來。我將他按回到雪地上，向他搖搖頭，「不，就躺在這裡。告訴我你知道的一切。」

「等我的人回來了，他們會把你割成碎段。一刀一刀地慢慢割。」

我又搖搖頭，用恰斯語說：「他們不會回來了。你的一半手下已經死在營地裡。剩下的那個也聽不到你、看不到你。現在那些逃出去的人應該已經撞見公鹿堡的軍隊了。就算是能逃到製鹽者深灣，他們也會發現那艘船不在原地了。你想要活下來嗎？告訴我你從我家劫走的人怎麼了。」

我站起身，將惟真的劍鋒抵在他胸骨下面柔軟的凹陷處。然後我將身子靠上去，力量還不夠讓劍尖穿透他身上的裘皮和羊毛，但也足以讓他感到疼痛。他狂野地踢蹬著雙腳，尖叫了一聲。然後又突然躺倒在雪地裡，惡狠狠地瞪著我，頑固地閉緊嘴唇。

我面無表情地說：「如果你不和我說話，你就沒有用處了。我現在就了結你，然後去找豪根。」

烏鴉在空中發出響亮的叫聲，突然俯衝下來，落在我的肩頭。牠側過頭，用一隻明亮的黑眼

睛盯著我的俘虜，興奮地說道：「紅雪！」

我微笑著向牠一點頭。「我相信牠也許是餓了。我們是否可以先餵牠一根手指？」

小丑向我的頭邊靠了靠，高興地提出建議：「眼睛！眼睛！眼睛！」

我竭力不顯露出這讓我有多麼焦躁不安。我沒有將體重從劍上移開。劍尖緩慢卻又無可阻擋地穿透了一層層保護他的衣服。我注意觀察他的眼角和嘴唇。他在嚥口水，並且試圖從劍下翻滾出去。我用盡全力一腳踢在他的肋骨與柔軟腹部交接的地方。劍鋒穿透衣服，進入了皮膚。我沒有讓它刺得太深。「不要動。」我的話語就像是一聲愉快的警告。

我讓惟真的劍停留在他的傷口中，俯身向他提出建議：「現在，從最開始說起。告訴我你是如何接受僱用的。只要你說話，我就不會傷害你。當你停止說話的時候，我就會傷害你，那會是很厲害的傷。開始。」

我看著他的眼睛。他再一次瞥向營地。又瞥了一眼烏鴉。他已經一無所有，於是只好舔舔皸裂的嘴唇，開始緩慢地說起話來。我知道他是在爭取時間。對此我並不在乎。

「是從一封信開始的。差不多是一年以前。一個膚色蒼白的信使找到了我。我們很驚訝，完全不知道他怎麼能找到我們的營地。但他的確找到了。他提出會給我們大量黃金作為酬勞，只要我願意為一群自稱為『僕人』的人做事。他們來自於一個很遙遠的國度。我問這些遠方來的人怎麼會聽說我。那名信使說我出現在他們宗教的很多預言中。他說他們看見了我的未來，一次又一

次，他們看到如果我按照他們的意願做事，不僅他們會得到很大的好處，我也能獲得我應有的權利。在他們的預言中，我是一個造成改變之人。如果我照他們的話做，就能改變整個世界的未來。」

他停頓一下，顯然是因為僕人對他的評價而感到得意，也許還希望能借此嚇住我。他在等待。我盯著他。也許我應該讓手中的劍再抖動一下。

他哼了一聲，有些喘不過氣來。我向他露出微笑。他又開始講述：「那名信使向我保證，只要幫助他們完成任務，我也就能踏上通向榮耀與權勢之路。道路。他們經常會提起『道路』。他帶來了不少金錢，要求我揀選出精良的士兵隨同他前往海盜群島的一座港口。在那裡，他有一大夥算命師和做夢的人。他們能夠指引我們贏得勝利，因為他們能夠預言出我們最好的策略。他們能夠挑選出『眾多道路中的那一條』，引領我們走向成功。信使還暗示，他們之中還有一個非常特殊的人，能夠讓我們無法被看見，也無法被追蹤。」

我聽到了短柄斧劈砍木柴的聲音。那個傢伙終於找到了工具。烏鴉落到了我的俘虜頭頂上方的樹枝上，向他發出嘲諷的叫聲。

「你相信了？」

這名恰斯老者幾乎是帶著挑釁的神情看著我，「那是真的。他們向我們展示了那種力量。當我們前往海盜群島的時候，那個人讓我的一名部下忘記了通向房間的門在哪裡，又讓另一個人忘

了自己的名字。他們能夠將桌上的食物在我們眼前隱藏起來，又讓我們看見。我們都驚呆了。他們已經在那裡備好了一艘船和船上的水手，並且依照約定，給了我們只要去海盜群島見他們就能拿到的黃金。他們承諾，如果我們幫他們找到意外之子，就會給我們更多黃金，要比我們已經到手的多得多。」恰斯老者的面色陰沉下來。

「但有一件事我不喜歡。那個在海盜群島和我們達成交易的是個女人。我們沒有想到這一點。他們最初派來見我們的信使是一個男人。我們見到的那個能施行魔法的也是一個男人。但他是個柔弱肥胖的傢伙，總是打著哆嗦，對那個女人俯首貼耳。這讓我們完全無法理解。為什麼擁有這種力量的男人不能在這個世界上為所欲為？」

這讓我也感到奇怪，但我沒有說出口。

「我很冷。」恰斯老者對一言不發的我說，「就像你說的，我已經老了。從昨天起我就沒有吃過東西。」

「這是一個殘酷的世界。有的孩子會被強姦犯撕裂身體。你對那個孩子有多少仁慈，我對你就有多少。」

「我沒有對孩子下過手！」

「你允許了這樣的事情發生。你是指揮官。」

「那不是我幹的。你有沒有上過戰場？在戰場上每時每刻都會有一千件事發生。」

「這不是一場戰爭。這是一場針對和平家園的襲擊。你偷走了一個小姑娘，我的孩子，還有一個受到我保護的女人。」

「嗨，你不能這樣責怪我，是你沒能保護好她們。」

「這話沒有錯。」我又讓劍鋒向他的胸部深入了一根手指的寬度。他大聲尖叫起來。「我不喜歡有人提醒我這件事。」我對他說，「為什麼你不繼續你的故事？關於恰斯士兵是多麼驕傲地將自己像妓女一樣出賣給一個女僕人和一個軟胖子，換了不少黃金。」

他沒有再說話。我在他的胸口中輕輕轉動劍身。他發出一陣彷彿是嘔吐的聲音。

「我不只是一位指揮官。我可不是普通人！」他吸著氣。我將劍刃稍稍提起。鮮血湧流出來。他抬頭看到自己流血，開始喘起粗氣。「我是埃里克，地位僅次於恰斯大公。他向我承諾，我會在他去世之後統治恰斯國。我本應該成為恰斯國的埃里克大公。那時那些該死的龍來了。還有他的那個婊子女兒。她的父親本來已經把她給了我，她卻背叛了人民，自封為女大公！她竊取了應該屬於我的王座！所以我只能出賣我的劍，只有這樣，我才能奪回屬於我的東西！它最終一定會屬於我。」

「你讓我感到厭煩。」我蹲到他身邊，把劍放到一旁，拿出匕首，舉到眼前，細看它的鋒刃。這把匕首很長、很鋒利。冬日的陽光映射在鋼刃上，我傾斜匕首，讓這道寒光在刃上遊走。

「那麼，說說那個女人和那個孩子。」

恰斯老者又喘息了片刻。我一揮匕首，他急忙用力搖了搖頭。他拚命吸氣，用短促的話音說：「我們上了一艘船，藏起武器。她的人將船駛入港口。我們以為碼頭上會有人盤查……畢竟他們要收……關稅。但沒有任何人阻攔我們。就好像我們根本不在那裡一樣。那個軟胖的男人領著我們……下了船……卸下馬匹，然後……就穿過了城鎮。沒有人轉過頭看我們一眼。我們就像是一群幽靈。就算是我們放聲大笑……就算是向街上的人喊叫，也沒有人看見我們。」

有那麼一瞬間，他翻起了眼睛，露出大片眼白。我是不是用刑過度了？從劍傷中流出的鮮血已經浸透了他的襯衫。他又喘了一口氣，看著我。

「她給我們指路。那個男孩負責隱藏我們。我們很快就開始對這種情形感到惱火了。我們偷了雪橇和拉雪橇的馬。那些白皮膚的人很清楚該在哪裡找到它們。我們經過一座座城鎮，始終沒有被人發現。那些都是富得流油的城鎮，我們本來能搶到很多東西。但那個女人總是說不，不，不。而每一次我也都對我的部下說『不』。他們都聽從我的命令，但他們在看低我，我的威信在他們心中愈來愈弱，我覺得……很奇怪。」

他停頓下來，沉默了一段時間。響亮的吸氣聲不斷從他的鼻腔裡傳出來。「我很冷。」他又說道。

「說。」

「我們本可以隨心所欲地搶劫，能夠一直殺向公鹿堡。如果那個男孩聽我指揮，我就能把王

冠從你的國王的腦袋上摘下來。我們還能回到恰斯國，一直走到那個竊取我王座的婊子面前，殺掉她。如果那個男孩喜歡我們，而不是那個胖女人，我們就能做到這些。我的人都清楚這一點。我們在不停地談論這件事。但我無法這樣做。我們只是在聽從那個胖女人的吩咐，去了她指引的那個地方，那幢大房子。」他沒有抬頭，只是向上翻起眼珠看著我。「那是你的家，對不對？你的領地？」他舔舔嘴唇。片刻之間，貪婪的光在他的眼中閃爍。「那裡很富有。有很多值得搶掠的東西。我們卻留下了那麼多。好馬、成桶的白蘭地。『只帶走意外之子。』她這樣對我們說。我們像奴隸一樣服從了她。我們帶走了那個男孩和他的侍女，就轉頭要回到船上，像偷偷摸摸的懦夫一樣溜過你們的土地。」

他眨眨眼。現在他的臉色變得更加蒼白了。我發現自己一點都不在乎。

「就在那時，我知道了。她使用那個男孩對付我，蒙蔽了我的心智，讓我軟弱，奴役我！於是我等待著。我們制定計畫。我的意識也有清晰的時候，因為那個男孩有時要將他的力量用在其他人身上。所以我等待著，直到那個魔法男孩遠離了她和我。我知道這個時機會到來的，是我讓它出現的。我派他和我的人離開營地。當他在鎮上施行魔法，無暇控制我的時候，我向那個女人動手了。我控制住她，奪走了她的魔法男孩。這很容易。我告訴我的人該如何對那個男孩說話。他相信了我們。我們將他留在自己的篝火旁，盡力喚醒他的男子氣概。第二天，我們測試了他。我們洗劫了那個村鎮，就在光天化日之下。鎮上的居民沒有任何反抗。我們只是告訴文德里亞，

是那個女人要他這樣做的，要讓他在那一天盡情享受。他可以在那個鎮裡拿走任何他想要的東西，吃他想吃的任何食物。他問我們現在這是不是他真正的道路。我們告訴他正是如此。這太容易了。他很愚蠢，幾乎是個白癡。他相信了我們。」

恰斯老者咳嗽了幾聲。「一切本來都很順利，如果不是那個愚蠢的女人。那個愚蠢的女人，她本來擁有真正的寶物，那個男孩能夠遮蔽任何人的意識，但她卻沒有對那個男孩善加利用。她只想要……你的兒子。」

我沒有糾正他。「你們劫走的人怎樣了？那個女人，還有那個孩子？」

「那隻無禮的小老鼠，我把他踢倒在地上。醜陋的小雜種！他的那雙眼睛一直在盯著我，是他把一切都搞砸了。」

我用盡全力才沒有將匕首刺進他的眼睛。「你傷害他了嗎？」

「把他踢倒在地上，就是這樣。我應該給他一點更厲害的教訓，沒有人……那樣……對我說話。」

他忽然開始大口喘氣。他的嘴唇變成了灰白色。

「他怎麼了？」

恰斯老者發出一陣笑聲。「我不知道。那天晚上一切都亂了。那個該死的豪根。他只知道在女人身上嗚嗚叫，就像是家裡養的哈巴狗。於是我給了他一個，一個他應得的女人。那個女人不

停地尖叫。有人帶來了魔法男孩，那個男孩一下子愣住了。我們問他是不是也想玩一把。就在那時，那個叫德瓦利婭的女人跑過來，叫嚷著說我們恬不知恥，根本不是男人。」恰斯老者向我翻翻眼珠，「我再也忍受不了她了。我的兩個部下抓住了她，因為她竟然伸出指甲來抓我。看到她的樣子，我忍不住大笑了起來。她被兩個男人夾在中間，還拚命掙扎著，兩隻豐滿的乳房和一個大肚子就像布丁一樣來回晃動。我告訴她，我相信我們能向她證明我們是男人。我們開始剝掉她的衣服。那時一切……都變糟了。恐懼。我相信一定是那個男孩造成的。他和那個女人之間的關係要比我們以為的更緊密。他讓我們深陷在他自己的恐懼之中。每一個人都嚇壞了。白皮膚的人在尖叫，像兔子一樣逃散。那個叫德瓦利婭的女人向他們呼喊，又向她的魔法男孩呼喊。要他忘記我們向他承諾的一切，忘記我，回到道路上去。」

恰斯老者轉過頭看著我。他的灰髮從羊毛帽子裡垂下來，被汗水浸透，貼在臉上。「我的部下忘記了我。我站在他們面前，向他們大聲喝令，但他們只是從我眼前跑過，彷彿我完全不存在一樣。他們放開了德瓦利婭。也許他們也看不見她了。德瓦利婭召喚那個魔法男孩，魔法男孩立刻跑到她身邊，就像是一條被鞭子打了的狗。」

他搖了搖枕在積雪上的頭。「沒有人能聽到我的聲音。一個人撞到了我，立刻爬起來繼續奔跑。他們開始追逐那些白皮膚的人。那些白皮膚的人就像是一群瘋子。馬也都跑散了。然後……然後我的人開始相互殘殺，我大聲喊出命令，但他們根本不服從我。他們聽不見我的聲音，也看

不見我。我只能眼睜睜地看著他們。我的人，我所挑選的武士們，在四年多的時間裡同生共死……他們之中有一些被彼此殺死，有一些跑掉了。是那個男孩把他們逼瘋了，也讓我徹底從他們的眼睛裡消失。也許德瓦利婭和那個男孩沒有意識到，我才是能夠控制那些人的關鍵。沒有了我……德瓦利婭逃走了，留下了其他人自生自滅。我相信他就是這麼幹的。」

「從我家裡被劫走的那個女人和孩子，她們怎麼樣了？那些白皮膚的人有沒有帶走她們？」恰斯老者向我露出微笑，我將匕首刃按在他的喉嚨上，「告訴我你知道的一切。」

「我知道的……我知道得非常清楚……」他的眼睛死死盯住了我。他的聲音變成耳語。我向他俯過身，才聽清楚他的話，「我知道如何死得像一名武士。」他猛然向我的匕首撲過來，似乎是要在刀刃上割斷自己的喉嚨。我收回匕首，插入鞘中。

「不，」我愉快地對他說，「你還沒有死。你也不會死得像武士一樣。」我站起來，轉過身不再理他，他像一頭被綁起來等待宰殺的豬一樣被丟在雪地裡。

我聽到他喘了一口粗氣，又開始咆哮：「豪根！」我一隻手握著惟真的劍，另一隻手伸出一根手指，向他擺動了幾下以示警告。不過我並不打算再去管他，讓他想怎麼喊就怎麼喊吧。我已經將注意力轉移到了第二個目標身上。用劍還是斧頭？突然間，我似乎覺得惟真的劍是唯一的選擇。

豪根抬起頭，正透過森林望向遠方的大路。他在等其他人回來。現在正是下手的時機，我可

不打算一次對付超過一個人。

多年的隱祕行動經驗讓我相信，驚動我的目標經常是我最擅長做的事情。我抽出劍，悄悄向他靠近。是什麼讓他轉過了頭？也許是許多武士多年征戰培養出的直覺，一種可能與精技和原智有關的感知能力。這並不重要，現在我已經失去了突襲的優勢。

也許我第二擅長做的事情，就是向一個要倚靠從我的家中搶走的劍才能站立的匪徒挑戰了。豪根看見了我，丟掉短柄斧，抓住他插在雪地裡的長劍，要用它和我作戰。我一動不動地站立著，看著他將體重壓在唯一完好的腿上，握住劍柄，做好準備。我向他露出微笑。除非我主動攻擊，否則他是不會和我交手的。他既無法衝鋒，也無法撤退。一條腿無法使用，手中的劍也不能被當做拐杖，他根本無法移動。我看著他，直到他手中的劍鋒下垂，碰到積雪。他竭力不過於明顯地讓自己的身子靠在上面。

「有什麼事？」他問我。

「你偷走了我的東西。我想找回來。」

他盯著我。我審視著他。一個英俊的男人，牙齒雪白，雙眼如同藍天，麥草色的長髮被編成兩條光滑的辮子，上面還綴著一些裝飾。我看出了他是誰，這讓我全身的每一根寒毛都倒豎起來。那個強姦了細柳林女人的「英俊的匪徒」。那個曾經攻擊閃耀，並因此而遭到白者打壓的人。現在，他是我的了。

「我這裡沒有你的東西。」

我向他搖搖頭。「你們燒毀了我的馬廄，衝進我的家。你搶走了我的堂親機敏的劍，強姦了我的領地的女人。你們離開的時候還帶走了一個女人和一個孩子。我要她們回來。」

片刻之間，他只是不眨眼地瞪著我。我向前邁出一步。他舉起了長劍，但疼痛的表情已經出現在他的臉上。這讓我感到很是快意。「你還能拿著那把劍，用一條腿站多久？我相信我們很快就會知道了。」我開始緩步繞著他打轉，就像一頭狼環繞一頭被咬斷了後腿筋的鹿。豪根則不得不用一條腿跳著轉動身體，確保能一直用正面對著我。他手中的劍刃開始晃動。我一邊走一邊向他說話：「我剛剛和埃里克指揮官進行了一次良好的談話。你不記得他了，對不對？你不記得那個率領你們離開恰斯國的人。那個說服你們為僕人做事，來到我的家，綁架了一個孩子和一個女人的人。埃里克。這個名字對你毫無意義，對不對？那個人曾經自以為是恰斯國大公。」

每一次我提起「埃里克」這個名字，他都會全身瑟縮。彷彿被狠狠地戳了一下。他變成了一隻綿羊，我則是牧羊人林恩的牧羊犬。他一瘸一拐地從篝火旁向後退，離開積雪被踩平的營地，朝森林中依然完整的雪地退去。

我繼續說著話：「你還記得對我家的那場襲擊嗎？你想要強姦的那個女人，那個穿著紅色裙子、有一雙綠色眼睛的美麗女孩。你還記得她嗎？記得嗎？」

一絲警惕閃過豪根的雙眼。他垂下的嘴唇抽動著，顯得有些驚慌。

「我是來以血還血的，豪根。哦，是的，我知道你的名字。是埃里克指揮官告訴我的。我要來拿走你們的血，把痛苦給你們，因為你們曾經就是這樣做的。我還要幫你回憶起來，你的同夥讓你的腿受了傷，他們曾經發誓要保護你，你們發誓要保護彼此。當然，你們也曾經向埃里克發誓。埃里克指揮官。他以為自己是埃里克公爵。」

敵人的畏縮和精神渙散正是我希求的。我在第三次說出那個名字的時候發動了攻擊。豪根的劍尖已經垂落在地上，他拖曳著傷腿想要與我正面相對。我突然前衝，突破他的防禦，砍斷了他三根手指。豪根的長劍掉落在雪中。他大聲哀號著，將受傷的手捂在胸口，又俯身下去想要用另一隻手抓住劍柄。但我已經逼近到他的面前，一腳踢在他的胸膛上。他向後倒進深雪裡。我彎下腰，抓起掉在地上的劍，握在手中。我的兩把劍都奪回來了。但我希望奪回來的是我的孩子。

「告訴我，」我快意地對他說，「把你們劫走人質的事情都告訴我。她們現在怎麼樣了？那個女人和那個小女孩？」

他坐在一道雪堤上，盯著我。「我們沒有劫走什麼小女孩。」似乎是憑藉直覺，他緊緊握住了殘手的手腕，把它按在胸前，不停地前後搖擺，彷彿那是他的孩子。他說話的時候一直緊咬著牙，「懦夫！你攻擊一個受傷的人，既沒有榮譽，也沒有勇氣。」

我將兩口劍插在我的身後，再次拔出匕首，蹲在他的身邊。他還想從我的面前退開，但厚實的積雪擋住了他。那條纏在繃帶裡僵直的腿也讓他難以行動。我微笑著向他的胯部一揮匕首。他

的臉色立刻變得更加蒼白。我們全都知道。他現在已經完全聽憑我的處置了。我從手套上甩掉他的血，讓血滴打在他的臉上，然後我用不算很高但異常清晰的聲音，說出盡可能明白的恰斯語：「你闖進我的家，偷走了我的劍，你強姦了我的領地中的女人。我不會殺死你，但等我做完之後，你就再也不可能強姦任何人了。」

豪根的下巴垂下來。我在嘴唇前豎起一根手指，「安靜，我要問你一個問題，你馬上就要回答，明白嗎？」

豪根開始喘息。

「你還有一個機會成為一個完整的男人。」這是個謊言，卻是一個他渴望相信的謊言。我看到希望在他的眼睛裡閃爍。「你們從我的家裡劫走了一個孩子。我要將她帶回去。她在哪裡？」

豪根盯著我的眼睛睜得更大了。然後他搖搖頭。恐懼幾乎讓他說不出話來。「不，我們沒有劫走小女孩。」

我瞪著他。在我的褲腿上擦去匕首上的血跡。他看著我的動作。「你們幹了。許多人都看到了。我知道你們幹了。」哦，我可真是個蠢貨，「你們以為她是個男孩。你們劫走了一個女人，還劫走了我的小女兒。她們在哪裡？」

豪根愣了一下，然後才開了口。他說話的速度很慢，也許是因為疼痛，也許是為了確保我能夠聽明白。「發生了一場激烈的戰鬥，我們之中有許多人瘋了，我們讓俘虜……」他的眼神忽然

變得困惑起來，「她們逃走了，其他人去追趕她們。抓住她們之後，那些人就會回來。」

我微微一笑。「對此我表示懷疑。我打賭，他們也不記得埃里克指揮官了。我認為他們只會盡可能掠取能找到的東西，將其佔為己有。他們為什麼還要回來和你分享？你對他們有什麼好處？哦，這裡還有些馬。他們也許會回來將這些馬從你手裡搶走，然後他們就會把你丟在這裡。「把你們劫走的那個孩子的事情告訴我。還有你想要強姦的那個女人。」我仔細地用恰斯語說出每一個詞。

他搖搖頭。「我不能。沒有什麼小女孩。我們只帶走了……」

我向前俯過身，面帶著微笑。「我認為一個強姦犯就應該是強姦犯的樣子，而不是這麼英俊。」我將匕首抵在他的左眼窩下面。他屏住呼吸，一動也不敢動，以為我只是在嚇唬他。愚蠢的傢伙。我的匕首從他的眼窩一直劃到下巴。他尖叫一聲，拚命掙扎著想要躲開我。血順著他的下巴流到頸側。我看到他的眼睛向上翻。他在努力不讓自己因為疼痛而昏過去。我知道，昏迷和勇氣無關，足夠強烈的劇痛能夠讓任何人陷入昏迷。我不希望他失去知覺，但想讓他害怕。我靠近他，將匕首尖頂在他的腹股溝上。現在他知道了我的手段不只是恐嚇。

「不！」他高聲叫喊著，向一旁移動身體。

「我只想知道穿紅裙的女人和與她在一起的那個孩子。」

豪根又慢又淺地吸了三口氣。

「說實話，」我向他提出建議，同時在匕首上加了一點力量。我的匕首一直都非常鋒利，刀刃切開了他的褲子。

他竭力在積雪中向後蹭。我又加了一分力量，他不敢動了。

「把一切都告訴我。」我說道。

他看著自己的腹股溝，一點一點吸著氣。「那幢房子裡有小女孩。番多很喜歡她們。他強姦了一個，也許還有更多。我覺得他沒有殺人。我們也沒有劫走任何小女孩。」他忽然皺起眉頭，「我們從那幢房子裡搶走的東西很少。我拿走了那把劍。我們一共只有兩個俘虜，一個男孩和他的僕人。就是這些。」我看到了他眼神中的困惑。他在竭力搜尋自己關於那場襲擊的記憶，但他卻無法想起埃里克。

「那個男孩在哪裡，還有他的僕人？」我的匕首將他的褲子又割開了一些。

「那個男孩？」他說道。彷彿已經記不起剛剛對我說過什麼了，「那個男孩跑掉了，和其他人一起逃走了。他們朝四面八方逃跑，一邊跑一邊尖叫。」

「停，」我抬手示意他住口，「清楚地告訴我，你們丟失俘虜的那一天都發生了什麼。從一開始說起。」

我拿起匕首。他顫抖著長吸了一口氣。但我像貓一樣竄到他面前，將匕首尖抵在他的另一個眼窩下面。他舉起帶血的雙手，想要保護自己。「不要動，」我對他說著，迫使他躺倒在雪地

裡。然後我在他的臉上一劃。傷口不是很深，但也足以讓他發出一點尖叫。

「聽話，快說。」

「那是晚上。我們都喝醉了。在慶祝。」他忽然停了下來。

他是否認為應該向我保守什麼祕密？「慶祝什麼？」

他吸了幾口氣。「我們有了一個俘虜，一個能用魔法的俘虜，他能讓人們看不見我們……」他的聲音變得微弱，彷彿在努力想要搞清楚腦海中那些破碎凌亂的記憶。

「我憎恨你，」我親切地對他說，「我很喜歡傷害你。你也許不想給我理由，讓你流更多的血吧。」我向他歪過頭，「強姦犯不需要英俊。強姦犯也不需要鼻子，或者耳朵。」

他立刻繼續說道：「我們控制了那個又肥又軟的男人。那個男人看上去就像是個男孩。文德里亞，他能夠讓你忘記許多事。我們將他從那些白皮膚的人中間隔離出來，說服他要享受人生，用他的魔法做想要做的事。我們想讓他變得像我們一樣，把我們當做他的朋友。這個辦法奏效了。他比其他任何人都更有價值，比他們能給的任何報酬都更值錢。我們要帶他們所有人回恰斯國去，在市場上賣掉他們，只留下那個會魔法的人。」

這個故事比我料想的要大，但並不是我所關心的。「你們在慶祝，然後發生了什麼？」

「我想要一個女人，我本來不應該要什麼女人的，但她們都是戰利品，我有權利得到我那一份。而且她們人數很多，我卻一個都沒得到……」他的話語再一次變得滯澀。想不起埃里克，他

就無法搞清楚他們為什麼要為一個女人做事，更不要說他為什麼不能強姦那些女人了。他自顧自地皺了皺眉。「我只能得到最醜的那一個，那個我們都認為也許根本就不是女人的東西。但我也只得到了那一個……」他再一次困惑地停住話頭。我讓他竭力去理清思路。

「我甚至還沒有碰她，她就開始尖叫。我要扒掉她的衣服時，她拚命反抗。如果她不是那樣，我本來……我只是把她當做一個女人，又沒有做什麼出格的事。我又不是要殺死她！但她只是不停地尖叫又尖叫……有人帶來了文德里亞，我覺得……他們也想讓他來一下。我不知道。發生了一些事。哦。一個女人，上了年紀，很肉感。我們打算上了她。但那時……所有人都發瘋了。我們追逐、獵殺他們，開始流血……自相殘殺。我們是一同出生入死的兄弟。過去四年裡，我們分享食物，肩並肩地戰鬥。但那個胖女人帶在身邊的男人，那個能夠讓鎮民看不見我們的男人呢？他改變了我們，讓我們忘記了我們是兄弟。我的記憶裡只剩下一些零零碎碎的東西——他們在玩骰子的時候欺騙我，搶走了我想要的女人，或是在分享美食的時候吃得更多。我想要殺死他們每一個人。我殺了兩個。我的兩個兄弟，曾經一同和我立誓的人。其中一個在我殺死他之前砍傷了我的腿。克里迪克。就是他。我認識他已經有五年了。但我和他戰鬥，殺死了他。」

他開始滔滔不絕地說話，完全不在意身上的傷痛。我沒有打斷他。在那個瘋狂的夜晚，我的小女兒在哪裡？蜜蜂和閃耀在哪裡？是不是就在營地外面，渾身鮮血地躺在冰雪中？還是再一次被俘，被逃亡的傭兵拖走了？

「那些僱用我們的人，那些白皮膚、白衣服的人呢？他們沒有攻擊我們。他們絕不可能和我們作戰。他們很軟弱，不懂得使用武器，也沒有多少力氣能在這種寒冷中跑遠。他們總是哀求我們走慢一些，多休息一下，多找到一點食物。而我們總是聽話。為什麼？為什麼武士要服從哭哭啼啼的女人和弱不禁風的男人？因為他們向我們施放了骯髒的魔法，讓我們不再是武士，他們羞辱我們，最後又讓我們自相殘殺。」豪根發出一種介於啜泣和號哭之間的聲音，「他們奪走了我們的榮譽！」

他是否希望贏得我的同情？他很可憐，但他不可能得到我的任何憐憫。「我不在乎你們失去的榮譽。你們綁架了一個女人和一個孩子。她們怎樣了？」

他再一次開始張口結舌。我的匕首一動，劃開了他的鼻子。鼻子裡的血很多。他仰頭躲開我的匕首，抬起雙手想要抵擋。我在他的兩隻手上各劃開一道血口。他發出一連串的號叫。

「雜種！你這個懦弱的雜種！你根本沒有武士的榮譽！你知道我無法戰鬥，否則你就不可能這樣明目張膽地對我。」

我沒有笑。我將匕首抵在他的喉嚨下面，向前一推。他立刻在雪地中躺平了。我對他說：「我的領地中的那些女人被你們強姦的時候，知道你們的武士榮譽嗎？我的廚房小女僕在蹣跚著從你的朋友番多面前逃走的時候，會認為你們有榮譽嗎？當你們割開雙手空空的馬夫的喉嚨時，你們有任何榮譽嗎？」

他想要躲開我的匕首，但我匕首尖一直緊跟著他。他瘸了一條腿，不可能比我的廚房小女僕跑得更快。他抬起血淋淋的雙手。我將一邊膝蓋壓在他受傷的腿上。他在劇痛中喘息著，語無倫次地說道：「他們不是武士！他們沒有武士的榮譽。所有人都知道，女人是沒有榮譽的。她們是軟弱的！除了男人給她們的，她們的生命毫無意義。其他那些人，那些男人，他們是僕人，是奴隸。不是武士。她甚至連女人都不算！那麼醜，甚至連女人都不算！」

豪根哀號著，我的匕首則咬得更深，在他的脖子上切開了一道傷口。我很小心，現在還不能讓他死。

「奇怪，」在豪根喘不過氣來的時候，我低聲說道。我的匕首移到了他的臉上。他又舉起雙手。我搖了搖頭。「我的女人卻讓我的生命有了意義：無論是誰傷害過我的人，我就要傷害他們。無論他們如何想像自己的榮譽。強姦和濫殺無辜的武士沒有榮譽。傷害孩子的武士沒有榮譽。如果不是因為我的女人，不是因為我的領地和僕從們的女人，我會認為這樣對你的確會有損我的榮譽。告訴我。你強姦我的領地中的一個女人要用多長時間？像我的匕首在你臉上劃過的時間一樣長嗎？」

他努力想躲避我，卻不小心又劃傷了他的臉。我從他的身邊站起，準備拿起惟真的劍。他所知道的情報已經被我榨乾了。現在是徹底了結他的時候。他看著我，明白了這一點。

「那天晚上，那天晚上他們都逃掉了。科爾夫也許知道。他一直都很喜歡那個穿紅裙子的女

人，總是繞著那個女人打轉，就像小孩離不開媽媽。我們都因此嘲笑他。他一直都在盯著那女人，還溜進灌木叢裡去看她小便。」

「科爾夫。」一個不算很重要的情報，「那個魔法男孩和控制他的那個女人。他們怎樣了？」

「我不知道。那時只有瘋狂、戰鬥和鮮血。也許都被殺了，也許逃走了。」豪根突然抽噎起來，「我要死在這裡，死在六大公國了！我甚至都不記得為什麼要來這裡！」

有兩件事在同時發生。我聽到一匹馬在嘶鳴，營地中被拴住的馬紛紛發出回應。那隻烏鴉高聲叫道：「小心你的背後！」

我受到壓抑的原智沒有警告我，但舊日的訓練發揮了作用。絕不要讓敵人繞到你的背後。我割斷了豪根的喉嚨，俯身竄向一旁，迅速轉過身。

我低估了那個老人。他的手臂一定很靈活，竟然掙脫了投石索。被他偷走的劍揮砍過來，正好被我擋住。他的樣子很糟糕，浸透了汗水的散亂灰髮緊貼在他的臉上。他的兩排牙齒在憤怒中完全露出唇外。從他頭側擦過的那一粒石子在額頭上留下了一道紫色的傷痕，還讓他的一隻眼睛充了血。鮮血浸染了他的大片襯衫。我的手中只有一把匕首，我能看到惟真的劍就在他身後，依然收在鞘中，被插在雪堤上。我把它留在那裡，真是愚蠢透頂。埃里克哼了一聲，我們的刀刃咬在一起，發出刺耳的摩擦聲。然後他後退一步，吸一口氣，再次向我揮砍。我並不很輕鬆地擋開了他的劍，向前邁步，用刀刃逼迫他後退。然後我又向後一躍。他露出凶狠的笑容，衝了上來。

我就要沒命了。他已經進入了攻擊範圍。

我一直後退，他獰笑著步步緊逼。埃里克已然老邁，但受損的自尊和對復仇的渴望增添了他的力量。當他再一次發動魯莽的進攻時，我明白，他還渴望著武士的死亡。我可不想幫他實現這個心願。我再次後退。他一直在流血。我估計只要放任他這樣不停地攻擊，他的體力很快就會耗盡。不過對此我沒有絕對的把握。我竭力想要繞到惟真的劍旁，他卻擋住了我。他的笑容變得更加陰險。他沒有將自己吃力的喘息浪費在話語上，而是突然躍起，讓我吃了一驚。我不得不閃身躲避，繼續後退。

馬蹄聲，因為被積雪遮蓋而顯得很模糊。我能夠從聲音大致判斷身後來了多少人，能否與他們一戰，我很沒有信心。我也不敢回頭去看跑來的是恰斯人還是環丘衛隊。就在這時，有人用恰斯語喊道：「去換馬！」

埃里克向側旁瞥了一眼。「到我這裡來！」他對那些人高喊，「到我這裡來！」

我強迫自己相信他們不能也不會回應埃里克的喊叫。我必須採取這個恰斯指揮官意料之外的行動，一些換做其他時候會顯得很愚蠢的行動。我前進一步，用力將匕首砍在他的劍上，差一點將長劍從他的手中打出去。但他也進逼一步，用我沒有想到的力量推開了我的匕首。這讓我大吃一驚，甚至感到有些眼花。我向後跳去，脫出僵局，卻又不得不承受他的譏笑。他又高聲喊道：

「你們！快過來！快過來！」

恰斯人飛馬而至。我相信他們根本不在意他們的指揮官，因為他們根本就無法感知到他。甚至有一個人就從埃里克的背後策馬馳過，差一點將他撞倒。他們一定看見了我，但他們沒有時間向我發起挑戰。他們在逃命。我聽到更遠處傳來喊聲：「這邊，他們從這邊跑了！」那一定是追擊而來的環丘衛隊。

恰斯國傭兵來這裡只是為了更換馬匹。他們徑直衝向還拴在絆索上的那些馬匹，跳下已經用光力氣的坐騎，急切地想要抓住一匹新馬繼續逃遁。被拴住的馬都被他們的瘋狂模樣嚇壞了，開始用力跳動，揪扯拴住牠們的繩子，差一點踩到那些來抓他們的恰斯人。恰斯人的數量太多，不可能都得到新馬。

「蜚滋駿騎！蜚滋駿騎親王！」喊聲從我身後傳來。我認識這個聲音。堅韌不屈正向我衝過來。

「堅韌不屈！等等！」那是謎語的聲音。他的警告中帶著瘋狂。

「別過來！」我喊道。就在我分神的時候，埃里克抓住了機會。他不顧一切地跳過來，顯然是決意殺死我，或者迫使我殺掉他。我竭力從他面前後退，但深雪和一叢紛亂的灌木叢後面擋住了我的腳。一陣可怕的暈眩湧過我的腦海。我差一點栽倒在地。我踉蹌著向一旁退去。更深的雪困住了我。疲憊感將我緊緊纏繞，讓我無法脫身。我感覺到自己全身的肌肉都鬆弛了。我的匕首從無力的手中落下，膝蓋開始打彎。我搖搖晃晃地不住後退，雪和荊棘接納了我。

埃里克沒有浪費時間思考自己為什麼會有如此好運。他蹣跚著向我衝殺過來。曾被我珍藏在家中的劍刺向了我的胸口。

「主人！蜚滋駿騎！」隨著這一聲喊叫，我抬起頭恰好看到堅韌不屈。他策馬衝鋒而至，俯身拔出了插在雪堤中的惟真長劍，把劍夾在肋下，彷彿那是一柄騎槍。我能看出來，他以前從沒有拿起過武器。「讓開！」我喊道。埃里克這時已經轉過身，舉劍準備迎戰這個衝過來的男孩。惟真的劍對這名馬僮來說太沉重了，但這也讓他不必使用任何技巧。長劍本身的重量再加上快馬衝鋒的動能，讓小堅一舉戳穿了埃里克。這個本應該是大公的人丟下手中的劍，握緊了插進自己胸膛的劍刃。堅韌不屈高叫一聲，我看到怒火和恐懼同時充滿在他的臉上。他跳下馬，緊握劍柄，將自己和長劍都壓在癱倒的埃里克身上。

卡芮絲籽的反作用力在壓迫我。我的心臟如同一條咬住釣鉤的魚，在我的胸腔中狂亂地跳動。我努力想要吸進一口氣，掙扎著要從雪中脫身。我能聽到人們在喊叫，卻搞不清楚到底發生了什麼。我只知道一個解決辦法。我丟下匕首，伸手到腰間去找那裡的口袋。一個紙包，最裡面還有一些種子。我將一點種子倒進嘴裡，用牙齒碾碎。我的全身開始顫抖，覺得自己要吐了。世界完全變成白色，開始旋轉。到處都是聲音，無比寒冷，然後，一切在突然之間變得明亮、輕盈和清澈起來。

我向堅韌不屈伸出手，抓住他的衣領，把他從瀕死的埃里克身上拉起來，讓他站穩。然後我

彎下腰，在雪中摸到匕首，插回到鞘內，又轉頭查看周圍的狀況。我看到機敏揮起他喜愛的佩劍，砍斷了一個恰斯人握劍的手臂。更讓我吃驚的是，謎語栽倒在地上。恰斯人將他從馬背上拉下來，想要搶奪他的坐騎。是機敏救了謎語。

我將惟真的劍從埃里克的胸口拔出來。恰斯指揮官哼了一聲。他還沒有死。我的又一劍最終了結了他。堅韌不屈在看著我。他的嘴大張著，胸口在劇烈地起伏。我有些害怕他會哭出來。「拿起地上的劍！」我向他喊道，「跟著我！跟著我，小子！」讓我驚訝的是，他立刻就服從了我的命令。他拿起本來掛在細柳林牆壁上的那把劍，離開埃里克的屍體，「跟我來，」我命令道。他便跟隨我向謎語和機敏走過去。他們正在驅散想要奪取機敏坐騎的恰斯人。小堅吹了一聲口哨，他的馬立刻跑了過來。嚴謹緊隨在後，鼻翼和雙眼都大張著。「守住這些馬。」我命令小堅，然後又對機敏說：「幫助他。我不希望這些雜種騎著有力氣的馬逃走。」

我聽見一陣狂野的吶喊，轉過頭看見鬥士們跟在環丘衛隊身後殺了過來。在他們身後是狐狸手套和我其餘的衛兵。

「隊長！捉活的！」我用自己的全部力氣喊道。但已經有一個恰斯人被砍倒了，兩名環丘衛兵從兩側同時向他發動了攻擊。不等我吸口氣再喊，又有兩個傭兵倒下了。最後一個人終於從絆索上解開一匹馬，差一點就能騎上這匹慌亂的牲畜逃走。當我向戰場跑過去的時候，他已經從馬背上摔跌下來，又被馬蹄踩了一下。

「停下！」我喊道。我不知道是否有人聽見了我的喊聲，但沒有人在意我。我的一名鬥士從馬背上跳下來，用劍接連刺穿了兩個倒在地上的恰斯人。等我終於跑到她身邊的時候，發現第三個人已經不需要由她來處決了。那個恰斯人已經死了。

「注意！」謎語喊道，「這位是蜚滋駿騎親王！衛兵們！舉劍致敬！」

我從沒有聽到他這樣呼喊過。他已經重新上了馬，催馬擋在我和那些還在狂亂戰鬥的人中間。我差一點就衝進那些拚死廝殺的人群中。

「蜚滋親王！」有其他的人在高呼。突然間，我的鬥士都轉向了我，面帶笑容，揮動帶著血的長劍，驕傲得就像是剛剛咬死了穀倉貓的一群小狗。我盯著他們。過度疲勞讓我全身顫抖，雙眼昏花，藥劑刺激產生的絕望感湧過我的全身。我伸手抓住謎語的大腿，沒有倒下去。

「蜜蜂在這裡嗎？她安全嗎？」堅韌不屈高亢的男孩聲音中滿是焦慮。

「不，」我說道，「蜜蜂不在這裡，閃耀也不在。她們至少不在這座營地裡。」我凝聚起體內殘存的每一點力量。我的膝蓋在搖晃，深吸一口氣，感覺到卡芮絲籽的副作用不斷上湧，「我們要進行搜查，馬上。」

26 手套

對於那個名叫小親親的自然生育的人，我們只有一個很簡短的譜系。這全都是因為在大門口接納這個孩子的僕人的粗心大意。儘管他宣稱已經對這個孩子的父母和兄弟姐妹進行了完整的記錄，但相關紀錄可能根本不存在，或者就是沒有和這個孩子放在一起，結果在這個孩子適應這裡的時候，紀錄被不慎遺失了。有人認為是這位候選者本身偷走並銷毀了相關紀錄，但我發現這不太可能。他的聰慧被太多照看他的人高估了。

一開始，這個孩子非常高興能來到克拉利斯，也很聽話。因為他的家人已經明確地告訴他，克拉利斯正是屬於他的地方。他將在這裡得到照料。但一天天過去，他開始變得孤僻和冷漠。對於試圖探詢他血統傳承的人，他幾乎沒有透露過任何資訊。我們能夠在一定程度上確定，他和父母共同生活了超過二十年，直到他的三位父母都已老邁，無法再照料自己，更不可能照顧好小親親。

他最初一直在說，他有兩位姐妹令他思念至深。後來，他又否認自己有任何兄弟姐妹。我們也曾努力尋找過他的姐妹，希望能夠尋獲她們的後代，用以和我們現有的白者配種群進行交配，但這一努力並未成功。

所以，小親親依然是他這條血脈中有案可查的唯一一人。我們一直希望讓小親親能夠為我們的配種群貢獻一個孩子，只是這個希望也落空了。他很頑固，偶爾還會以暴力進行反抗。如果允許他和其他白者進行接觸，他更是會以詭辯之術煽動那些白者和他一同反抗我們。當我們決定，應該在他的身上留下標記，使他無論去任何地方都容易被辨認出來的時候，他又拒絕接受紋身，甚至試圖燒掉他背上已經完成的標記。

儘管這是一種極端的手段，但在我看來，他應該被徹底抹除。就連他的夢境紀錄也應該從常規清單中被剔除出去，單獨編輯。因為我認為他的這些報告並不可靠。他的叛逆是沒有限度的，他對我們沒有半點尊重。根據我的見解，他對我們沒有任何用處。不僅如此，他會造成破壞，煽動叛亂，擾亂克拉利斯的秩序與和平。

——僕人亞瑞勒

逃出德瓦利婭手心之後，最初的一天半時間對於深隱和我來說相當艱苦。我們在第一個晚上找到了一個大樹下的雪井。在那裡，我們擁抱在一起，因為恐懼和寒冷不停地顫抖。在這棵大雲杉樹的樹幹周圍，地面上沒有積雪，而是堆積了無數歲月中不斷落下的厚厚松針。低垂下來的枝杈就像是一頂帳篷。我們沒辦法藏住鑽進來時留下的痕跡，只能希望沒有人跟蹤我們。

我們能聽到遠處傳來的尖叫聲和怒吼聲，還有一種特殊的聲音，一開始我還不知道那是什麼。「是劍和劍撞擊的聲音嗎？」我悄聲問深隱。

「那些白皮膚的人沒有武器。」

「也許他們搶了一些。」

「我不相信。來吧，把妳的外衣鋪在地上，我們坐上去。我打開我的外衣，妳坐在我懷裡，讓我用外衣把妳裹住。這樣我們能更暖和一些。」

我不由得被嚇了一跳——這個提議是這麼友善，又是這麼實用。當我們按照深隱的提議安頓下來的時候，我問她：「妳是怎麼學到這種辦法的？」

「我還非常小的時候，我的外祖母帶我去拜訪客人。回家時我們的馬車輪落進路面上的一個坑裡，撞壞了。那時正是冬天的夜晚。我們的馬車夫不得不離開車去尋求援助。外祖母將我抱在外衣裡，給我保暖。」她在我的頭頂上說道。

原來她的童年還坐過馬車，有一位愛她的外祖母。「那麼，妳的生活並不都是很糟糕的。」

我說道。

「並不糟糕，只是最近這四、五年才如此。」

「我希望妳能過得更好，」我悄聲說道。奇怪的是，我這句話是真心的。我感覺和她的距離更近了，就好像我在這個夜晚變得更年長，而她更年輕了。

「噓，」她警告我，我立刻閉上嘴。急切和憤怒的喊聲仍然在這片森林的夜空中迴蕩。一陣悠長的尖叫聲響起又消失，又再次響起。我覺得那叫聲永遠也不會停歇了。我將臉埋在深隱的胸前，她將我抱得更緊。儘管擁抱在一起，我們還是覺得很冷。幽暗的森林是如此巨大，我覺得我們只不過是一顆堅果，被它攥在冰冷的手中，要將我們捏碎。我聽到一匹馬從不遠處跑過。儘管和我們還有一段距離，我還是在恐懼中劇烈地顫抖著。我以為隨時都會有人高聲叫嚷說找到我們了。他們會抓住並將我們拖出去。這一次，不再會有德瓦利婭的保護，她不會再讓文德里亞施展那種迷霧謊言，向我伸出那雙柔軟而殘忍的手，宣稱我們是屬於僕人的。我緊緊閉上眼睛，同時希望自己也能將耳朵關閉。

不，小狼，耳朵要在眼睛入睡的時候繼續保持警戒。所以，睡吧，但要保持警惕。

「如果可以，我們應該睡覺。」我悄聲說道，「明天我們還需要走得很快、很遠。」

深隱背靠在樹幹上，「那就睡吧，」她說，「我來守夜。」

我不知道現在守夜有沒有什麼意義。如果他們找到我們，我們能戰鬥或逃走嗎？但也許找過

來的人只有一、兩個。也許我們還能逃走。或者真的進行一場戰鬥，殺死他們。我很冷，在不停地打著哆嗦，但我還是睡著了。

我在半夜中醒來過一次，是深隱把我搖醒的。她在我的耳邊悄聲說：「動一動，我的兩條腿都麻了！」

我不想離開她的大腿。當我移動的時候，她的外衣被碰開了。我身體周圍儲存的一點點熱量溜進了黑夜裡。她也動了一下，發出一點聲音，將兩條腿換到另一個位置。「坐到我身邊吧，」她一邊說，一邊伸出一隻手掀起白色的裘皮外衣。我鑽了進去，將一隻手臂伸進外衣的空袖管裡。她用手臂環抱住我。我的屁股不喜歡堅硬冰冷的地面。我拉了拉屁股下面的外衣，拉出足夠的長度，在我們的周圍裹了一圈。我們就這樣擠在一起。黑夜愈來愈冷，愈來愈黑，愈來愈寂靜。兩隻貓頭鷹開始交談，我再一次鑽進了不斷打著哆嗦的睡眠中。

我醒來的時候，身子抖得非常厲害。腳趾麻木了，屁股很痛，脊椎骨像是插進背後的一根痛苦的冰柱。我一直將臉埋在裘皮外衣裡，但我的一隻耳朵被凍得生疼。晨光正從覆滿白雪的枝杈間滲進來。正是這些樹枝和上面厚厚的積雪在寒夜中保護了我們。我仔細傾聽，只能聽到清晨鳥雀的鳴叫。

「深隱，妳醒了嗎？」深隱沒有動。我感到一陣恐慌。她會不會在昨天晚上凍死了？「深隱！」我搖晃她，動作很輕，但一直不停。她突然抬起頭盯著我，彷彿根本不認識我一樣。然後

她用力搖搖頭，才認出了我。

「聽聽外面有什麼動靜！」她悄聲對我說。

「我聽了。」我也壓低了聲音，「除了鳥叫聲，什麼都沒有。我想，我們應該馬上出發，盡可能遠離這裡。」

我們全都開始僵硬地挪動身體。在樹枝下面，我們無法站直。甚至從她的外衣裡鑽出來也讓我感到異常困難。從她的身下拉出我的外衣，將自己包裹在裡面就更不容易了。這件衣服變得很冷，而且上面全是松針。我突然感到又餓又渴。

我帶頭爬出雪井。深隱跟在我身後。冬季的天空明亮清澈，讓我不由得眨了眨眼睛。然後，我捧起一把雪放進嘴裡。它們融化成很少的一點水。我彎下腰想要再捧些雪。

「不要一次吃太多。妳會凍壞自己的。」

深隱的建議很有道理。但我說不清為什麼這反而讓我感到氣惱。我又捧了一點雪，放進嘴裡。她又說道：「我們必須回家。不能沿著雪橇軌跡往回走。如果他們在找我們，首先就會預測到我們要這樣做。」

「如果他們在找我們？他們可能不找我們嗎？」

「我認為那些士兵和僕人發生了衝突。但只要有僕人活下來，他們肯定還會想要妳。至少我們能夠希望士兵們已經不在乎我們了。」

「難道我們不能去那個鎮上尋求救助嗎？或者找一幢農舍？」

深隱緩慢地搖搖頭。「他們在那個鎮上做了很壞的事情，而且還讓鎮民忘記他們曾出現在那裡。我認為我們不應該到那個鎮上去。他們會預料到我們打算這樣做。向這附近的農夫求助也一樣危險。我認為今天我們應該走得盡可能遠，離開這裡，但不能走在容易被發現的大路上，不能讓這裡的人看到我們。他們也許會向人詢問是否見過我們這樣的兩個人。」

深隱說的一切都很有道理，但我不想讓她控制我們的一切行動。我努力思考，竭力像她一樣聰明。「我們應該走雪橇和馬匹難以通行的道路。穿過灌木叢茂密的地方，還有陡峭的山坡。」

「妳認為哪一邊是回家的方向？」

「我不確定。」我說道。

她向周圍掃視了一圈，幾乎是隨便指著一個方向說：「我們走那邊。」

「朝這邊走會不會更加深入森林，讓我們死在寒冷和饑餓中？」

深隱看了我一眼。「我倒更傾向於多思考一下，如果他們找到我們會發生什麼。如果妳想要沿著舊路回去，看看他們是不是會抓住妳，那就去吧。我要走這邊。」

她開始走了。片刻之後，我就追上了她。走在被她踏出的足印上，要比由我自己在積雪中跋涉稍微容易一些。深隱選擇的道路讓我們爬上一座山丘，我們準備翻過這座山，遠離傭兵營地。這時來看，一切都還不錯。但隨著我們繼續前進，山坡變得愈來愈陡峭，荊棘叢也愈來愈茂密。

「這座山下應該有一條溪流，」我做出預測。深隱表示同意：「也許吧。但雪橇不可能朝這邊走，我估計馬在這裡也派不上用場。」

在我們走到山下之前，陡峭的山坡已經讓我們滑跌了幾次。我很害怕會一直滾落下去，最後掉進水裡。但是在山腳下，我們只發現了一條幾乎被完全凍住的小溪。河道中間僅存的涓涓細流被我們很輕鬆地跳了過去。流水又讓我想到了自己的乾渴。但我沒有赤手伸進水裡去，只是又吃了一點雪。我穿著厚重的裘皮外衣，覺得自己就像是在扛著一頂帳篷走路。外衣下襬落在地上，掛上了不少冰雪，更增加了我的負擔。

深隱在前面帶路，沿著溪水旁邊的小徑逆流而上，終於找到一個相對平緩的地方，爬上了堤岸。這一段路好走一點，但也說不上有多容易。溪水邊緣的荊棘叢格外茂密，生滿了棘刺。我們爬上陡峭的堤岸時已經滿身汗水，我拉開了外衣的領口。

「我餓了。」我說道。

「不要談論這種事。」她勸誡我。我們繼續前行。

當我們又爬上一座山丘的時候，我的饑餓開始撕扯內臟，彷彿我吞下了一隻貓。我感到衰弱和憤怒，然後是一陣陣噁心。我想要變成一頭狼。我向被白雪覆蓋的山林掃視了一圈，竭力尋找一些能吃的東西。這座山丘上面沒有什麼樹木，到了夏天也許會被用作放羊的牧場。但現在，雪地上就連一株野草都看不見。沒有任何東西能幫助我們遮擋迎面撲來的寒風。如果我能看見一隻

老鼠，我相信我一定能撲向牠，把牠整隻生吞下去。但這裡沒有老鼠，只有沒用的淚水膽大地從我的臉上滑落。鹽水刺痛了我冰冷乾裂的面頰。會過去的，狼父親悄聲對我說。

「饑餓會過去嗎？」我大聲問道。

「是的，會的。」我驚訝地聽到深隱的回答。「首先妳會非常『餓』。然後妳會覺得很想嘔吐，但妳沒有可以吐出來的東西。有時妳會很想哭，或者很憤怒。但如果妳繼續忍耐下去，饑餓就會離開，至少離開一段時間。」

我辛苦地跟在她身後。她領著我越過崎嶇的山頂，走向一座林地山谷。我們進入到樹叢中的時候，風也變小了。我抓了一點雪潤潤嘴唇。我的嘴唇都裂開了，只能盡力不去舔它們。「妳怎麼會這樣瞭解饑餓？」

深隱的聲音中帶著一點情緒。「我還很小的時候，如果我過於頑皮，外祖父就會讓我回房間去，不能吃晚餐。和妳差不多大時，我以為這是最可怕的懲罰，因為我們有一個非常優秀的廚師，他做的日常料理，要比妳吃過的最豐盛的節日筵席還要美味。」

她吃力地向前走著。這裡的山坡又變得陡峭。於是我們徑直下到谷底。然後她轉而沿著平坦的谷底前進，而不是攀登對面的雪丘。對此我很是感激，但我還是不得不問她：「我們是在找路回家嗎？」

「最終我們一定要回家。現在，我只是要讓我們盡可能遠離那些綁架犯。」

我想要走回到細柳林去。我希望邁出的每一步都能讓我更靠近我的家、溫暖的床和一片塗著牛油的烤麵包。但我再也不想爬滿是積雪的山坡了。所以我沒有和深隱爭論。又過了一會兒，深隱對我說：

「但我在外祖父母的家裡從沒有真正捱過餓。直到他們去世之後，我被送去和我的母親還有她的丈夫一同生活，我才有了連續幾天得不到食物的經歷。如果我說了或者做了任何讓母親的丈夫認為失禮的事情，他就會讓我回房間，並將我鎖在裡面，不再管我。有時候房門會一連被鎖上幾天。有一次我以為我要死了。於是三天以後，我從窗口跳了出去。不過那時是冬天，下面的灌木叢上覆蓋了厚厚的積雪。我滿身都是刮傷，連續十天都沒辦法走路，但那並沒有讓我死掉。我的母親很擔心。不是為了我，而是害怕她的朋友們會到處亂說我就要死了，或者是失蹤了。她已經計畫要把我嫁出去。其中一個求婚者比我的外祖父還要老；另一個男人的嘴裡不停地流著口水，盯著我就像是盯著碟子裡最後一塊甜點；還有一個家族的兒子，根本就不喜歡女人，卻願意娶我，因為這樣他的父母就不會再找他和他朋友們的麻煩了。」

我從沒有聽深隱說過這麼多話。她走路的時候並沒有看我，只是注視前方，循著邁步的節奏一句一句地說著她的往事。我保持著沉默，聽著她說起因為傲慢而被掮耳光，她的一個弟弟總是偷偷捏她、推她。她在母親身邊度過了一年多這種悲慘的日子。在她堅定地拒絕了兩名求婚者之後，她的繼父開始對她產生了興趣，甚至會在她走過時伸手去摸她的屁股，或者在她讀書的時候

站在她身邊俯視她。她繼父的膽子愈來愈大，已經開始將手按在她的胸脯上了。她不得不縮在自己的房間裡，拴上門，在那裡度過大部分時間。

然後有一天，她收到一封信，隨後便在深夜裡溜出母親的房子。她在花園深處遇到了一個牽著兩匹馬的女人，便隨著那個女人一同逃走了。說到這裡，深隱突然停住話頭。她沉重地喘息著問我：「妳能在前面走一段時間嗎？」

我走到了前面。這讓我立刻開始感激她從黎明時就在前面領路。我領著她走上了一條更加蜿蜒的路徑，在樹冠下面和灌木叢中尋找雪比較淺的地方。即使是這樣，我還是感到要比剛才吃力得多。汗水開始沿著脊背流淌下來。我根本沒有氣息可以說話，而深隱似乎也講完了自己的故事。我思考著她告訴我的這些事。如果她一開始和我們在一起的時候告訴我這些就好了，如果我更加瞭解她，也許就能夠喜歡她。當我們停下休息的時候，汗水已經在我的身上變冷。我不住地打著哆嗦，直到我們重新上路。

我沒能像深隱走得那樣久。我告訴自己，這是因為我的身子更小，每一步都必須將腿抬得更高才能邁出積雪，而且我的外衣一直在拖累我。當速度慢到讓深隱感到不耐煩的時候，她又走在前面，領著我走進一座愈來愈寬的山谷。我急切地希望能夠看見一幢牧羊人小屋或農舍。但我沒有看到炊煙，聽到的也只有鳥叫聲。也許這裡是夏季牧場，曾經來到這裡的牛羊現在都被趕回圈裡去過冬了。

隨著太陽的移動，旁邊山峰的影子變得愈來愈長，壓在我們的頭頂上。我意識到我們正在向東移動。我試著確定這是否意味著我們正在靠近細柳林，但我太累了，饑餓感又爬了回來，將爪子按在我的肚子裡，又一直爬上喉嚨。「我們應該儘快找到庇護所。」深隱說道。

我抬起眼睛。我一直只是看著她的兩條腿。這裡沒有常綠喬木，不過我在南邊看到一條河道旁邊有一些一片葉子也沒有的柳樹。那些灰色的柳樹有許多細枝，擋住了不少落雪，所以樹冠下的積雪很薄。「也許在那些柳樹下面？」我說道，深隱表示同意：「我們可能找不到更好的地方了。」我們便向那裡走去。

天色開始變暗。曾經幾乎是和藹可親的天空，似乎正變得愈來愈殘忍。寒冷開始從天空中落下。前方有一道灌木叢，那是另一條河道，正擋在我們的路上。

我們的運氣很好，這條溪流在春天的時候顯然非常狂野湍急，在草原上切出了一道深深的溝槽，所以它現在只是平靜地流淌在冰層下面。在這裡的河岸上，樹根下的泥土也被水沖走，使得這些樹根後面出現了許多空洞，這些樹根像簾幕一樣垂掛下來。我們撣去黏在外衣下襬上的雪，將樹根撥到一旁，擠進了一個黑暗的土洞裡。

*這裡很好。在這裡休息是安全的。*我感覺到狼父親在我的心中放鬆下來。

「我還是很餓。」我低聲說。

深隱已經開始休息了。她用兜帽把頭裹好，坐下來，將雙腳收進外衣裡。我照她的樣子做

了。

「那就睡覺吧。至少等妳睡著以後，妳就不會想到食物了。」她對我說。

看起來這是一個好建議。我照她的話去做。將前額靠在膝蓋上，閉起了眼睛。我實在是累壞了，非常想要把靴子脫下來。我在心中幻想著用熱水洗浴，還有柔軟的羽毛床。然後，我睡著了。我夢到了父親在喊我，又夢到我在家裡，廚房中的肉叉上烤著肉。我能嗅到烤肉的香氣，還能聽到油脂滴落在火上發出的滋滋聲。

醒來，小狼，但不要發出聲音。整理好自己，準備逃走或戰鬥。

我睜開眼睛。已經是黑夜了。透過兜帽的下簷和樹根簾幕，我看到一些火焰。我眨眨眼，那是溪流邊緣的一小堆營火。一隻鳥被插在火焰上炙烤。我從沒有嗅到過這樣美妙的氣味。隨後，一個男人的影子出現在我和篝火之間。一個恰斯國傭兵。他們找到我們了。

我能夠從我們的巢穴中無聲地溜出去，慢慢潛行離開。但我將手伸進深隱的兜帽裡，按住了她的嘴唇，當她醒來的時候又徹底捂住她的嘴。深隱掙扎了一下，立刻又不動了。我沒有發出任何聲音。她此時已將兜帽從臉上掀起。火光在她的臉上映出一道道陰影。她向前俯過身，在我的耳邊說道：「是科爾夫。那個自稱會幫助我們的人。」

謹慎，狼父親警告我。

「我不相信他。」我悄聲回應。

「我也不相信。但他有食物。」

深隱竭力悄然無聲地將雙腳從外衣裡邁出來，但科爾夫還是轉向了我們。「我知道妳們在這裡。不要害怕，我是來帶妳們回家的，回到妳們自己的家。出來吃些東西吧。」

儘管帶著恰斯國的口音，但他的聲音渾厚柔和。哦，我是多麼想要相信他啊。但深隱輕輕把我向旁邊推了一下，示意她先走。然後她就撥開樹根簾幕，站起身。「我有刀子，」她說了謊，「如果你想要碰我，我就殺了你。」

「我不喜歡那樣，」科爾夫向她保證，「我不強姦女人。」

深隱發出一陣短促又難聽的笑聲。「你是在說，你不是恰斯國人嗎？還是你不是男人？」深隱的聲音中帶著怒意。哦，我可不想讓深隱激怒他。我們難道不應該裝成信任他的樣子，其他事情等我們吃到那隻鳥以後再說？

「我是恰斯國人，更是男人。」科爾夫承認。他的笑聲更加難聽、更加苦澀，還很蒼老，「不過我的父親也許會認為妳問得有道理。他說我待在母親身邊的時間太久了，他應該在我七歲的時候就把我帶走，就像他其他兒子一樣。但他那時正在參加戰爭，所以母親一直把我養育到十四歲。看到他回家的時候，母親和我都很不高興。」說到這裡，科爾夫沉默了一段時間，然後單膝跪在篝火旁，將那隻鳥轉動了一下。「連續五年，我都讓他感到羞恥和失望。他讓我跟隨兄長行動，參加一場襲擊，好讓我成為一個男人。」科爾夫搖搖頭。

他沒有看我們。深隱打了一個小手勢，示意我也可以走出土洞了。我輕輕走出去，站在後面的影子裡。「我要去再找些柴火來，讓火燒得旺一點。」他說完這句話就走進了夜幕裡。我們聽到一匹馬在打響鼻，跺了幾下蹄子。他和那匹馬說了幾句話便走遠了。深隱快步跑過去，跳過溪流。我緊跟在她身後。

她跪到篝火旁：「我覺得它還沒烤熟。」

「我不在乎，」我回答。

她從篝火上拿起插著烤鳥的樹枝，搖晃兩下，讓鳥肉涼一點。鳥肉脫離樹枝，落在雪地裡。我撲過去，抓起它，撕成兩半。它有些地方還很燙，有些地方已經被雪浸冷了，有些地方還是生的。我們就站在篝火旁吃掉了它，在碰到熱的地方時才發出一點吸氣的聲音。我能聽到深隱吞嚥的聲音，還有她吃到骨頭末端時咬碎軟骨的聲音。這種鳥並不很大，很快就消失在我們的肚子裡，但我還是因為饑餓得到緩解而發出了寬慰的喘息聲。「那匹馬，」深隱說道。我不想離開篝火，但我知道，深隱是對的。吃了他的食物，偷了他的馬，我一點也不感到羞愧。我跟著深隱跑到馬匹發出聲音的地方。在火光以外，我用了一點時間才調整好視力。兩匹馬。一匹褐色的，一匹白色的，全都拴在絆索上。他們的馬鞍就堆放在一旁。我看著深隱。以前我從沒有給馬上過鞍，也不懂得該怎樣解開絆索。

「小心，」我悄聲說道。深隱已經蹲到了白馬的腿前面。我看到她正在摸索那些繩子。

「我不知道要怎樣解開它們。」

「先把妳的連指手套脫下來。」我一邊說，一邊努力要拿起馬鞍。我幾乎抬不起來，又該怎麼把它們放到馬背上？

「這些繩子是被繫住的嗎？」

「不，它們是被扣起來的。」科爾夫在我們身後說道。「等我把柴放到火裡，我會為妳們把它解開，如果妳們真的想要在黑夜裡騎馬的話。」

我們一下子僵在原地。我只感覺到一點點羞愧。深隱站起身。「我不欠你什麼。你和那些綁架我們的人是一夥的。所以就算你願意幫我們，我們也不欠你任何東西。」

「我明白。」他走到篝火旁，放下柴枝，蹲下身小心地向火中添柴。他彷彿完全沒有注意到我們吃掉了他烤在火上的鳥。「我來這裡有一個原因，就是帶妳們去找妳們的人。」

「難道你不是想用你的『恩惠』來取得我的回報？」深隱用嘲諷的聲音問。

「不。」科爾夫誠實地看著她，「我不會否認，我認為妳很美麗。我想妳一定已經從我看妳的目光中明白了這一點。但我明白妳不欠我任何東西，我不會借機佔妳的便宜。」

我們所有的武器彷彿都被他偷走了。我們慢慢走回到他的篝火旁。我向火焰伸出我的髒手，感覺到溫暖撲到臉上。他的行裝很周全。他打開一塊帆布，這樣深隱和我就能睡在篝火旁邊。帆布並不大，我們只好擠在一起。但這樣就暖和多了。他還有另一塊帆布。他將那塊帆布鋪到篝火

的另一邊，自己睡在上面。

「我還是不相信他。」我在將睡未睡的時候悄聲對深隱說。深隱沒有回應。

他知道如何獲取食物。第二天早晨我們醒來的時候，他已經將篝火撥旺，在火上烤了一隻冬天的瘦兔子。我一動不動地蜷縮在對我來說實在太大，又很厚重的外衣下面，看著他整理自己的弓和劍，宰殺那隻野兔。我有些想知道，是不是他在我們逃走時射穿了堅韌不屈的肩膀？那個射傷我的朋友的人？關於那一天的許多事，我直到現在還是很難回憶起來。迷霧之人將精神集中在我身上的那個時刻彷彿完全消失了，但我知道他們並沒有仔細尋找被射傷的男孩，後來我只是瞥到了他一眼。我希望他回到細柳林，沒有受重傷。突然間，我想起了樂惟管家。他死在走廊裡。我突然從喉嚨深處發出啜泣的聲音。這吵醒了深隱。

「出了什麼事？」深隱立刻坐起身，盯著科爾夫。

「他們殺死了樂惟管家。」我哽咽著說。

深隱的目光向我閃動了一下，又轉回到科爾夫身上。「他們殺死了樂惟？」她用毫無情緒的聲音問，但這並不是一個真正的問題。深隱和我很少會談起那一天我們經歷和見到的事情。我們一路上總是要喝下那種褐色湯汁，又總是將精神集中在眼前的狀況上。我們沒有足夠多的私密時間能夠分享彼此的回憶，更不想在綁架我們的匪徒面前暴露傷口。「不要哭了。」深隱對我說。

聽到這句話中嚴厲的責備意味，我知道她仍然將科爾夫看做是敵人。不要在他面前顯示自己的軟弱。

她是對的。

我將臉在兜帽上滾了滾，抹去眼淚。從帆布上爬起來的時候，我覺得好難受。我的肌肉痠痛得要命，而且一動身子，冷風就會從外衣的縫隙中鑽進來。我想要哭泣，我想撲倒在地號啕痛哭，大聲尖叫。

「我只有一個杯子，」科爾夫向我們道歉，「我們只能輪流使用它。」

「你有什麼可以用杯子喝的？」深隱問他。

「熱湯。雪水和妳們昨天丟棄的鳥骨。但我們一次只能燒一杯湯。」

深隱沒有說話，沒有致謝也沒有道歉。我們站起身，穿好外衣，又一起抖了抖那塊帆布，把它捲起來。深隱將帆布捲交給我拿著，似乎是提醒科爾夫，現在這東西是我們的了。我不知道科爾夫是否察覺到了這種微妙的宣告，但他肯定沒有理會我們。

我們沒有再說什麼話。深隱和我除了吃掉兔子，喝下他給我們煮的湯以外，我們沒有為準備旅行做任何事。科爾夫在一只小杯子裡融化了雪水，將鳥骨加進去，在火上燒熱。深隱先喝了湯，然後他為我煮了一份。這湯的味道好極了，還讓我的肚子暖和起來。我喝乾淨了最後一滴湯之後，他就給馬上了鞍子，又把所有用品收拾好。我看著他將行李放到馬背上，心中漾起一種模

糊的不快，但我不知道為什麼自己會感覺這其中有問題。

「妳騎白馬，我騎褐色馬，小女孩可以坐在我身後。褐色馬更強壯，也受過更好的訓練。」

我感到一陣噁心。我不想和這個人一起騎任何馬。

「所以蜜蜂和我要一起騎那匹褐色的馬。」深隱堅定地說。她沒有等待科爾夫的回應，徑直走向那匹褐馬，以令我嫉妒的輕盈身子跨到馬背上。然後她俯下身，向我伸出手。我握住她的手，決定就算是要沿著馬腿爬上去，也要成功騎上馬背。但還沒等我用力，科爾夫已經從後面托住我，將我舉上了馬背。我只能坐在馬鞍後面，除了抓住深隱的外衣，我沒有任何可以抓握的地方。我在沉默中坐著，因為他碰了我而心中滿是忿懣。

「就依妳們。」他沒好氣地說了一句，就轉過身騎上那匹白馬，扯起韁繩，沿著溪流向前走去。過了一會兒，深隱也踢了一下褐色馬，我們跟上了他。「為什麼我們要走這條路？」我問深隱。

「從這邊走能更方便馬匹爬上堤岸。」科爾夫回答了我。他是對的。陡峭的堤岸逐漸變得平緩起來。我們跟著他，走在一條也許是他昨晚剛剛踏出的小徑上。到達平地上之後，他就開始循著足跡向回走。

「你在帶我們回到我們來的地方！」深隱帶著譴責的語氣說。

「妳們走錯了方向，」科爾夫平靜地回答道。

「我怎麼知道你不是在帶我們返回營地，回到其他士兵那裡去？」

「因為我沒有這樣做。我在帶妳們去找妳們的人。」

我們一言不發地騎馬走在他身後。看到馬在積雪中輕鬆地前進，我實在是覺得有些氣悶。昨天就是這些雪讓我們舉步維艱。一點微風吹起，將一片灰色的雲團推過藍天，向我們這裡湧來。等到上午快過去一半的時候，他向天空中瞥了一眼，讓坐騎走上被踏出的小路。「這樣做對嗎？」我悄聲問深隱。深隱回答道：「我不確定。我只知道我們又回去了。」這讓我的心沉了下去。

科爾夫回頭瞥了我們一眼。「我承諾會帶妳們回到妳們的人那裡。我知道信任我並不容易。但這就是我要做的。」

馬匹在未遭破壞的積雪中移動速度明顯慢了下來。我們一直登上一座山丘頂端，看到了山下的一片稀疏草原。我看見遠方有一條大道，路的另一邊是一座小農場。灰白色的嫋嫋煙柱正從煙囪裡升起來，消散在冷風中。我渴望著到那裡去，去乞求農莊的主人讓我們在屋子裡享受一點溫暖，休息一下。彷彿是聽到了我的心聲，科爾夫說：「我們必須躲開大路，也不能穿過村鎮，或者在房屋前停留。恰斯國人在你們的土地上不受歡迎。」他再一次調轉馬頭。我們跟著他沿起伏平緩的山脊前行。

太陽經過了天頂，在整個下午，雲色逐漸變暗。深隱高聲說：「如果開始下雪，我們就不應

該在山上滯留。而且我們已經騎馬走了一整天，現在應該儘快找到過夜的營地，而不是繼續這樣趕路直到天黑。」

科爾夫歎了口氣：「我當兵已經有四年了。相信我。我會給我們找一個好地方過夜的。記住，我正在帶妳們回去。和妳們的人在一起才是安全的。」他向前一指，對我們說：「就在那邊，看到那些常綠樹了嗎？我們要去那座山谷中過夜。」我看著那片草木叢生的山坡。那裡的林間雪地中散布著許多大塊岩石。就在這時，我想到了之前一直讓我感到煩擾的是什麼了。

我拉了拉深隱的外衣，湊近她，在她的耳邊說：「那天晚上，所有人都在喊叫、戰鬥、逃走。為什麼他會有兩匹馬和旅行所需的一切？」

「並非是所需的一切。」深隱低聲回應，「沒有食物，沒有煮食用的鍋子。我認為他能抓住兩匹馬只是因為好運氣。」

「也許，」我不甘心地表示同意。開始下雪了，大片雪花落在我們的外衣上，黏在我的臉上。我將臉貼在深隱的背上，我的臉變得暖和了。馬匹行進的單調節奏讓我昏昏欲睡。但我感覺到節奏發生了變化，便抬起頭。我們開始下山了。現在兩邊都是高大的雲杉樹，到處都能看到凸出地表的石塊。我發現這些石塊都經過了雕琢，似乎這裡在古早時候有過牆壁，甚至是建築物。我們在這些傾倒的石塊和低垂的樹枝之間迂迴行進。這裡的雪要淺一些，但有時候我們碰到被壓彎的樹枝，上面的積雪就會滑落到頭頂上。

「沒有多遠了，」科爾夫回頭朝我們喊道。我感到很慶幸。我實在是太累了，只想睡覺。周圍的大樹遮蔽了大部分陽光。

深隱的身子在馬鞍上一僵。「沒有多遠就到哪裡了？」她問道。

科爾夫回頭向我們一瞥：「就到妳們的人那裡了。」

我透過樹枝瞥到了火光。深隱用力調轉馬頭。我緊緊抓住她的外衣，差一點從馬背上滑下去。她用力一踢馬腹，高喊著：「走，走，走！」

但已經太晚了。他們的白色外衣在昏暗的光線中幾乎無法從積雪中分辨出來。他們就在這裡。兩個人一下子擋住了我們身後的小徑。深隱牽扯馬轡想要從他們旁邊繞過去。睿頻跳起來，抓住了她的轡繩。深隱竭力驅趕坐騎要將她撞開，但褐馬噴著鼻息揚起了前蹄。我抓住深隱的外衣的手鬆開了。另一名白者抓住我，將我從馬背上拉了下來。「我抓住他了！我抓住廈思姆了！」奧拉利婭喊道。

「不要傷害他！」德瓦利婭一邊高聲喝令，一邊向我們走來。深隱正尖叫著，用力踢踹那名抓住馬頭的蟄伏者。科爾夫則向她喊道：「鎮定！現在安全了！我已經將妳們帶回到妳們的人中間！」

「你這個雜種！」深隱向他喊道，「你這個狡詐的混球！我恨你！我恨你們所有人！」她再一次嘗試讓馬跑起來，但科爾夫已經下馬拉住了她，並對她說道：「這又有什麼關係？妳們已經

回到了妳們的人中間，現在安全了！」

我停止了掙扎，但深隱還在繼續抗爭。她不停地喊叫、踢蹬。文德里亞也在這裡，正在用溫暖的微笑歡迎我。這讓我明白了科爾夫為什麼會被德瓦利婭利用來對付我們。奧拉利婭控制著我，用力抓住我背上的外衣和一隻手臂，將我向那一小堆篝火拉過去。我很怕看到那裡還有士兵。不過那裡只有一匹馬，一條毯子從樹上掛下來，末端固定在地面上，形成了一個小棚子。照亮這裡的篝火也不大。德瓦利婭的臉上帶著瘀傷。她跑向我，抓住了我的另一隻手臂。

「快一點！」她向其他人悄聲喊道，「他們還在追獵我們。就在不久以前，他們之中的兩個人剛剛從山下經過。我們必須儘快帶廈思姆離開這裡。」她抓住我的袖子，用力搖晃了一下。「不要再裝成男孩了！一個女孩。不是我們要找的人。但妳是我們能夠在回去之後得到克拉利斯恩寵的唯一籌碼了。快！控制住她！不要讓她尖叫！她會把他們招引過來的，也許他們已經注意到我們了！」

他們將深隱從馬背上拉下來。科爾夫牢牢抓住了深隱的手腕。「妳到底是怎麼了？現在妳們安全了！」他不停地說著。深隱向他露出牙齒，同時還在不停地掙扎。

「抓好她！」德瓦利婭命令兩名蟄伏者，然後將我塞給他們。奧拉利婭抓住了我的手腕，睿頻抓住了我的另一隻手臂。她們將我夾在中間，幾乎把我提離了地面。然後德瓦利婭從腰間的口袋裡掏出一束卷軸和一隻奇怪的手套。我不知道這手套是用什麼做的。它色澤很淺、很輕薄，幾

乎是透明的，只有在三個指尖處貼著三片皺縮乾枯的銀色。

「我甚至不知道這東西有沒有用，」德瓦利婭說話的時候聲音還在不住地顫抖。她在那一小堆篝火旁打開卷軸。這堆篝火被他們用雪圍起來，以免我們在過來的時候過早看到它。德瓦利婭不得不彎下腰，將卷軸湊近火苗閱讀上面的內容。過了許久她才直起身命令道：「把她帶過來。把她們兩個都帶到這塊石頭前面。我先走，然後是文德里亞。奧拉利婭，握住文德里亞的手，另一隻手抓住睿頻。睿頻，妳抓緊夏思姆。科爾夫抓緊夏思姆的另一隻手，再抓住那個女人。蘇拉，妳是最後一個。我們只能把馬留在這裡了。」

我的頭腦在飛快地旋轉著。我被他們抓住了，正在被拖進更加巨大的危險中。我想像不出能有什麼好結果。我不知道她為什麼要我們把手握在一起。睿頻抓住我的手腕，就像是要將它捏斷一樣。也許她真的想這麼做。科爾夫沒有那麼凶狠，但也脫下連指手套，抓住了我的另一隻手腕。現在我絕不可能掙脫了。但我還是試了試。看著我掙扎，科爾夫只是露出了親切的微笑。我怎麼一直都沒看出他的神智是多麼昏亂？

我聽到樹林中傳出聲音。是恰斯人。他們正在用恰斯語彼此呼喊。「快！」德瓦利婭的聲音幾乎有些歇斯底里。我想不通她打算做什麼。這時我才看清了面前這根搖搖欲墜的石柱，緊貼著它長起的大雲杉樹幾乎就要將它擠倒在地了。

「不！」我喊道。德瓦利婭抓住文德里亞，用戴著手套的手向石柱上已然消退的符文摸過

去。「不，這很危險！我的父親說過這很危險！」但她的手已經碰到了石柱。我看見她被吸了進去。文德里亞隨即被她拉進石柱，然後是奧拉利婭。我尖叫著，也聽到深隱在發出尖叫。然後，在電光火石的一剎那，我明白了。我完全理解了。改變它。一個極其微小的機會可以改變它。不是為了我。我能夠逃離的可能性已經非常微小。睿頻絕對不會放開我，就算她鬆手，他們也會回來找我。但我能改變深隱的命運。我突然低下頭，張口咬住了科爾夫抓住我手腕的手。我用盡全力狠咬他的食指，讓牙齒深深插進他的第二個指關節。在他的號叫聲中，我嚐到了血的味道。他放開深隱來打我，但我只是用牙齒和手指緊緊抓住他，將他拖進一片在遙遠地方點綴著點點星光的無盡黑暗中。

27

餘波

黑色先知很可能正是我們幾近失敗的禍根。沒有他的助力，小親親的叛逆也許根本無法取得任何成功。普立卡在許多個世代以前就從我們的紀錄中消失了。我們毫不懷疑，紀錄的消失是有人故意為之。我們發現他是自然生育出來的，而不是克拉利斯繁殖工作的成果。他在我們學院的時間太短，無法確定他的忠誠。

也許這場災難中最令人驚訝的部分，就是普立卡和小親親竟然自願回到了克拉利斯。最開始，他和小親親都願意向我們真實完整地報告，但我們的一些問題，讓兩人很快就開始不再順從我們。溫和的手段不再有成效，我們無法再平息他們的情緒，讓他們對所處的環境感到滿足。於是我們只能轉而採用更加主動的手段對他們進行審問。所有人都知道，以此種手段獲得的情報往往是不可信的。我們分別記錄了審問小親親和普立卡得到的情報，只有這兩份紀錄中

可以相互印證的部分，才是可靠的。

對於旅行石的知識，關於它們是由誰，以及使用什麼方法建立的，甚至是它們上面的符文所表明的地點，我們的瞭解依然殘缺不全，但僅僅是我們掌握的這一點智慧，已經令人心馳神往了。

——《北國拾遺》，靈思拓．德瓦利婭

漫長而冰冷的白天正在慢慢結束。

唯一活下來的那個恰斯人很快就死了。我竭力向他詢問關於蜜蜂的事，他只是不斷地搖著頭，發出呻吟。其他人也許知道一些什麼，但那些情報都已經隨著他們的生命一同消失。

我站起身，搖了搖頭。環丘衛隊的指揮官名叫司珀曼。他命令部下將屍體集中起來。狐狸手套騎馬來到我身邊。她下馬的時候，臉上還充滿了希望。「沒有，」我輕聲回答了她沒有說出口的問題，「她曾經在這裡，深隱也是。但恰斯傭兵和他們的雇主在一天前或者更早的時候發生了衝突。在恰斯人互相殘殺的時候，蜜蜂和閃耀逃走了。她們離開這裡至少有一天，或者是兩天了。現在沒有人知道她們在哪裡。」

「我會組織搜索，」狐狸手套鎮定地回答道，「她們不可能走得很遠。蜚滋，我們會找到她們的。」

「我們全都希望如此，」我轉向我的衛兵，提高聲音：「狐狸手套隊長會分派你們搜索逃走的恰斯人。要注意他們是否有俘虜，或者有沒有其他逃散的人。」然後我盯住了那些鬥士。他們站在我的衛隊之外，自己組成了一支不算整齊的隊伍。「要確保他們活著。」我警告他們，「尤其是穿白色裘皮衣服、皮膚白皙的人，還有他們的俘虜，以及任何恰斯傭兵，只要找到他們，就把他們活著帶回來。」

狐狸手套搖搖頭。「不太可能。我們已經看見了兩具穿白色裘皮衣服的屍體，他們看上去都像是自己割斷了喉嚨，也許他們寧死也不願意被恰斯人抓到。我們在通向船隻的路上伏擊了一些恰斯人，又追擊剩餘的人直到這裡。」

「還是盡力去做吧。」我低聲說。

我讓狐狸手套組織搜查行動，自己回到蜜蜂和閃耀曾經睡過的帳篷。對這裡又進行了一番細緻的搜查之後，我沒有發現任何與她們相關的物品。面色蒼白的機敏跟在我身後。他一直盯著她們睡覺的角落。

「你怎麼知道她們曾經在這裡？」他問我。此時謎語正走進帳篷。

我揀起一條毯子，扔給機敏。「閃耀的香水還殘留在這裡。氣味不強，但還沒有消失。」

機敏緩慢地點點頭，將那條毯子抱在胸前，然後就那樣慢慢轉過身，離開了帳篷。「他不應該來這裡。」謎語壓低聲音對我說。

「對於這一點，我們沒有異議。」

「我指的是他受傷的身體和心。而不是他缺少某些能力。」

我保持著沉默。

「你對他太嚴厲了，蜚滋。他只能做出這種選擇，對於一些事，他無法退縮。而我個人很高興他沒有退縮。我非常高興他在不久之前的揮劍奮戰。蕁麻在成為一位母親之前，差一點就成了寡婦。」

「我並非不喜歡他。」我說道，但心中對於這句話的真實性並沒有多大信心，「只不過他不是我現在需要的人。」

「那麼，我想我也不是。」

我盯著謎語。他轉過身，走出了帳篷。我跟著他出去。在暗淡的冬日陽光中，他直起腰，轉身看著我。「你給我們下了藥，然後就離開了，好像我們是一些被丟棄的行李。我理解你為什麼要丟下另外兩個人。小堅還只是個孩子，機敏受了傷。但為什麼要丟下我？」

「如果不讓你喝，我也沒辦法讓他們喝。」

謎語的視線從我臉上移開。「不，蜚滋。我能想到十幾種解決這個問題的辦法。你只需要在我要喝下藥的時候碰一下我的手臂，就能讓我明白你打算幹什麼。」

這是一個很難承認的事實。「我不希望你們之中的任何人見到我可能要做的事。我不想讓你

們看見我……真實的樣子，我在今天必須顯露出來的那種樣子。」我朝豪根屍體曾經的所在瞥了一眼。狐狸手套正在指揮環丘衛兵將那具屍體拖到已經集中起來的屍堆去，準備進行焚燒。我有些好奇是否有人注意到我對他施加的殘害。

「我認為我知道你是什麼樣子。」

我看著謎語的眼睛，誠實地對他說：「也許你知道，但我並不會因為讓你看見而感到驕傲，更不要說讓你看著我一點一點去做我必須要做的事。」我轉過頭不去看他，「我希望我女兒的丈夫、我外孫的父親不會參與這種事。」

他繼續看著我。

我竭力向他解釋：「當一個人成為父親，他就必須努力去做一個比真正的他更好的人。」

謎語愣了一下，然後笑了。「你說的是我嗎？」

「不，不，不是你。我是指我自己。對此我一直在盡力。」

謎語拍拍我的肩膀。「卡芮絲籽正在對你產生影響，蜚滋。但我明白你的意思。」

「你怎麼知道的？」

「你的呼吸裡全是那東西的臭氣。」

「我需要它。」我為自己辯解。

「那麼，就給我一些。我們還是應該自己來搜索。如果你是蜜蜂和閃耀，並且能夠逃走，你

會朝哪裡逃？」

「我也許會折回到那座城鎮，如果他們曾經從那裡通過的話。」我將裝有卡芮絲籽的紙包遞給謎語。他抖抖紙包，把裡面剩下的種子倒進掌心裡，放入口中，開始咀嚼。

「我也是。」他表示同意。「讓我們派機敏和那個男孩去找那裡的精技使用者，將情況報告給蕁麻和晉責，你和我開始搜查。」

我和謎語騎馬通過鈴丘堡的大門時，天已經黑了。我們的搜索毫無結果。狐狸手套的士兵們也沒有任何發現。謎語和我連續四次找到了足跡。這些足跡讓我們發現了一匹沒有主人的馬、一具恰斯人的屍體。有兩次，我們跟蹤的足跡到了積雪被完全踩平的大路上。我們在附近的村莊中進行了查找，拜訪了四個獨立的農場。沒有人見過任何特別的事情和陌生人。我們最後一次回到那片營地的時候，那裡已經被反覆踩踏，再也找不到任何值得追蹤的足跡了。已經在逐漸熄滅的火葬堆散發出一股油膩的氣息。黑夜正在降臨，我在這裡完全無事可做了。

環丘城堡正如其名，它的壁壘圍繞著一座能夠俯瞰公鹿公國海岸的山丘而建。從這裡能夠監視進出冶煉鎮、製鹽者深灣和分布在這片海岸上的各個小漁村進出的船隻。這座要塞不算很大，但就像公鹿公國的許多居民聚落一樣，這裡的規模正在逐步擴大。我們讓馬僮牽走了坐騎。我騎的是堅韌不屈的馬。那個孩子騎著嚴謹，並且把飛躍也帶到了這裡。我本想查看一下飛躍的狀

況，但就像我料想到的那樣，卡芮絲籽讓我徹底耗竭了。我陷入過度透支體力後的疲憊中。精靈樹皮造成的情緒陰影完全籠罩了我。

當城堡指揮官來迎接我的時候，我竭盡全力不失禮儀。司珀曼指揮官邀請凱舍爾・謎語和我共進已經有些遲誤的晚餐。在此之前，他們已經為我們準備好了城堡中最舒適的房間，並促請我們盡情使用蒸氣浴室。我根本無心洗浴，但還是強迫自己做完這些。我們和大約十幾名衛兵一同分享這間蒸氣浴室，這些士兵直到現在還沉浸在鮮血和戰鬥的情緒中。我努力讓自己不受到他們的注意，但這種努力毫無效果。我還是不得不接受他們的祝賀。

當我們走進餐廳的時候，我發現聚集在這裡的不僅有司珀曼，還有他的幾名軍官、狐狸手套、機敏和另外幾個人。我本以為這只會是一次簡單的晚飯，但司珀曼為此準備了城堡中能提供的最好的一切。片刻之間，我感到有些困惑。然後我才想起自己是一位親王。卡芮絲籽。我的頭腦遲鈍得就像是塞滿了羊毛。現在我只能繃緊自己的神經，對所有事情都保持謹慎。

我不知道自己是怎樣熬過那一餐的。我相信保持沉默要比胡言亂語更好。我只希望在吃完這頓飯之後能夠躺倒在床上好好睡一覺，但在公鹿公國境內剿滅恰斯人似乎是一件很值得仔細討論的事。司珀曼和他的軍官們一遍又一遍對這些恰斯人的大膽行動感到驚歎，並不厭其煩地探討他們那些特殊的同夥到底是什麼人、他們來這裡又想要獲得什麼。謎語、機敏和狐狸手套全都對此表示全然不知，我則保持著貴族風格的沉默。隨著談話漸漸止歇，鈴丘堡的精技使用者趁機將謎

語和我拉到了一旁。「大人們，在你們休息之前，我還有一個私人訊息要向你們稟報，現在你們還不是太睏倦吧？」

我已經累得雙耳一直在嗡鳴，但我們還是向每一個人道過晚安，離開了餐廳。那名精技使用者立刻追上了我們。我們一直走到其他人都聽不到我們說話的地方。她帶著窘迫的神情對我們說：「我被要求以最強有力的用辭告知兩位大人，請你們儘快返回公鹿堡。」

謎語和我交換了一個眼神。「這個訊息是來自於精技女士蕁麻，還是晉責國王？」

「是的。蕁麻女士說這是國王的意思。」

我感謝了這名精技使用者。謎語和我都緩步向我們的房間走去。在走廊的一個轉角，我問他：「你覺得，蕁麻有多憤怒？」

「非常。」謎語只回答了兩個字。從這兩個字裡，我感覺到他不想過多地討論我們的這次慘敗。我沉默下來。蕁麻懷孕了，本應該在快樂平靜的生活中等待孩子的降生。我卻在她和謎語之間打進了一個楔子。我竭力告訴自己，這不是我能控制的。蕁麻的妹妹被偷走了，是那些歹徒破壞了我們所有人的平靜和快樂。但我沒辦法說服自己相信這種事。

我的步履更加緩慢了。「在我們返回公鹿堡之前，我想要看看他們乘坐的那艘船。」

謎語搖搖頭。「那艘船已經不在製鹽者深灣了。它在數天以前就被查抄了。司珀曼告訴我，他們移走了那艘船。這是他們伏擊計畫的一部分。船上的水手說他們只是受到僱用，並且得到了

豐厚的薪水。他們要做的只是在製鹽者深灣停靠，等待乘客返回。除此之外，他們對於那些乘客一無所知。他們都來自於海盜群島，是剛剛被僱到那艘船上的，彼此之間也不熟識。他們之中的大多數人似乎都很高興能夠離開那艘船。」

「沒有前往克拉利斯的海圖嗎？」我半開玩笑地問。但謎語認真向我作了回答。

「沒有。絕對沒有。船上連一件衣服、一樣飾物、一條鞋帶都找不到。只有那些水手和他們不多的私人物品。沒有任何東西能夠表明船上乘客的身分。」

絕望如同一口枯井，在我面前張大了嘴。但我不能讓自己落進去。我不能咒罵，也不能哭泣。這些行為會讓人停止思考。我需要清晰的思維。我握住房間的門把，將門打開。謎語跟著我走進了房間。

「那麼，我們明天返回公鹿堡。」他對我說。

「我也如此計畫。」

「蜚滋，我們被命令要回去。這有一點不同。」

「哦。」我用了一點時間才想到這意味著什麼。蜚滋駿騎親王，最近剛剛得到任命，他的功績也正在被眾人稱頌。而他現在如同抗命的僕人一樣被召回公鹿堡，這不會讓任何人感到高興。我突然明白了，當切德抓住我的手臂，將我帶到王庭前的時候，我的個人自由就已經消失了。以前我和他們只是家人的關係，儘管他們一直在請求我不要自作主張，我卻可以一直迴避他們。而

現在，我成為了親王，我的放肆就等同於直接違抗國王的令旨。晉責已經提醒過我，他是我的國王，我也承認了他對我的權威。然後我卻依然我行我素，彷彿我還只不過是湯姆．獾毛。不，就算是湯姆．獾毛也不應該這樣違抗自己的國王。我咬住了自己的下唇。

謎語坐到我的床邊上。「能看出來，你已經明白了。」

我走到窗前，望著製鹽者深灣的點點燈光。「真希望你沒有被拖進來。」

「哦，蜚滋，是我自己把自己拖進來的。我本可以直接報告說我懷疑你打算一個人行動。那樣，公鹿堡的衛兵就會帶你回去。」

我轉身盯著他。「真的？」

謎語聳聳肩。「不知道。也許他們只會讓我悄悄把你帶回來。這樣的任務我們都不會喜歡。」然後，謎語微微歎了口氣，「不，是我自己讓自己陷進來的。」

「抱歉讓你落得這步田地。」是忠於我，還是忠於蕁麻。他選擇了我。這其實對我們都不太好。那麼我呢？我選擇了作為父親的責任，拋棄了親王的責任。如果重來一次，我還會這樣選擇。我必須這樣。

蜜蜂，妳在哪裡？我的心在呼喚她。羞愧沖刷著我的心。為什麼我找不到、救不了我的孩子？我們已經如此接近她了。我甚至發現了她幾天前睡覺的地方。

謎語的聲音喚醒了我。「蜚滋。我要問一個可怕的問題，但我必須問。在什麼情況下，我們

能夠接受再也找不回蜜蜂和閃耀了？」

我用有些狂亂的眼睛盯著謎語。「不要這麼說！」

「我必須這樣說，必須有人這樣說。你像我一樣清楚，她們兩個可能已經死了，死在森林深處。我們再沒有足跡可以追尋，僕人和恰斯人全都死了，或者逃走了。」謎語來到我身邊，和我一起站在窗前，「我們失去了所有線索。現在我們最大的希望，就是她們能在某個農場或旅店中現身。」

「而最糟糕的情形就是現在這樣，我們根本不知道她們境況如何。」

我們在窗前陷入了沉默。我竭力尋找一絲一縷的希望。「我們還沒有找到德瓦利婭和文德里亞。」我提醒謎語。

「他們也許都已經是森林中的屍體了，或者是像以前那樣把自己藏了起來。他們沒有留下任何可以追蹤的痕跡。」

他是對的。現實和精靈樹皮的陰影從我的心中湧出來，就像埃里克胸前湧出的鮮血。「我真是沒能耐，」這句話從我的嘴裡蹦出來，「謎語，我只能到這裡來找她。冬季慶的時候她就失蹤了，我卻什麼都做不了！什麼都做不了！而現在，我甚至找不到能夠追尋她的足跡。」苦惱和憤怒在我的心中合併成一股力量。我只想把這個房間裡的一切都砸碎，更想毀掉無能的自己。莫莉去世的時候，我已經剃掉了頭髮，這象徵著對我的摧毀和懲罰，因為我沒有能挽救她。而現在，

我想要割開自己的臉，在牆上撞碎自己的顱骨，把自己從窗口扔出去。我恨我自己，恨我不可饒恕的失職。我是這麼沒用，因為我的沒用才會產生這樣邪惡的後果。我是一名刺客，只擅長製造痛苦。我是一個不具備任何善良的人，但就連我的邪惡其實也是軟弱無能的，它已經讓我一無所有了。

「我不喜歡你臉上的表情，」謎語輕聲說道，「蜚滋，你不能把一切責任都歸罪到自己身上。你遭遇了這件事，但這並不是你做的。」他的聲音中充滿了同情。

「這件事的發生正是因為我什麼都沒有做。我忽視了自己的責任。」我低聲說著，向窗口轉回身，朝下面望去。這裡距離地面不算很遠。就算是我一時衝動，也不會有任何結果。

謎語太瞭解我了。「如果是這樣，就算我們找到她，她得到的第一個關於你的訊息，就會是這樣嗎？」

我慢慢從輕鬆解脫的道路上轉回身。「明天，我們回公鹿堡。」

謎語緩慢地點點頭。

不管我們怎樣希望，清晨總是會到來。我將身子從床上拉起，期待我被草藥攪亂的心神能夠和我一起甦醒過來。早餐顯得無比漫長，充滿了我幾乎無法跟上的歡愉交談。有人認出埃里克是恰斯國的首席大臣。不知為什麼，一名公鹿堡的馬僮殺死這樣一個老人，讓眾人顯得無比興奮。

司珀曼兩次向我保證，他已經向公鹿堡送去消息，詳細地向國王報告是誰指揮了這場對於公鹿公國特殊的入侵。我疲倦的意識沒有向我提供任何恰當的應對之辭，所以我只是點了點頭。

經過漫長的等待，我們終於能夠從鈴丘堡出發了。我騎馬走在衛隊的最前面，謎語陪伴在我身邊，堅韌不屈跟在我們身後，蜜蜂的嚴謹依然被他牽在手中。他神情沮喪，面色蒼白。機敏騎馬走在他旁邊。謎語俯過身，低聲告訴我，那個孩子昨晚第一次在晚上和男人們一同暢飲。人們都祝賀他成為英雄，「第一次上陣殺敵。」然後謎語又向機敏一歪頭。「那個小子很幸運，他第一次嘔吐的時候，機敏就插手了。他禁止小堅再喝任何酒精飲料，直接送小堅去睡覺了。不過我估計那孩子今天還是會有些頭痛。」

我騎在飛躍的背上。這匹馬似乎從我對牠的摧殘中恢復了過來。但和牠之前迫不及待想要取悅我的樣子相比，現在的牠還是顯得有些疲憊了。我讓牠感覺到我很後悔那樣粗暴地使用牠，但並沒有進入牠的思想。

狐狸手套率領衛隊走在我們身後。她不喜歡那些鬥士，對我也顯得很冷淡。我能感覺出來，她將那些鬥士和我的衛隊融為一體的努力並不順利。昨天，這些鬥士顯然不聽從她的指揮。今天，儘管成為了我的衛隊，他們卻還是單獨組成一隊，走在隊伍的最後。我覺得狐狸手套很不高興我把這樣一群麻煩的傢伙塞給她。我們沒有走出多遠，機敏忽然催馬來到我身邊。他目視前方，對我說道：「你羞辱了我。你用藥讓我昏睡，彷彿我是一個孩子。」

你的確是孩子。我搖搖頭。「機敏，我讓你昏睡是因為你受了重傷，不應該被派來參加這樣的任務。正如同堅韌不屈也不應該到這裡來。」我又找到一個可以安撫他的藉口，「我更不能讓那個男孩獨自留下。你的傷口如何了？」

我突然轉變了話題，這讓他感到一陣困惑。「傷口正在癒合。」他生硬地說。

「很好。這需要時間。機敏，我有一個建議。這是一個強烈的建議。當我們返回公鹿堡的時候，你去找狐狸手套隊長，讓她指導你的劍術。你要慢慢來，讓肌肉逐漸強壯。我並不是提議你成為軍人，或者是我的衛隊成員。」該如何表達我的意思？成為一個男人？我尋找著合適的詞彙。

「那麼他們就能因為我的孱弱而嘲笑我了？我就會再一次令你失望？」

他怎麼會成為這樣一個以自我為中心，只知道自怨自艾的孩子？這又是一個我不想擔負的修正任務。「機敏，你胸部的肌肉被割斷了。它們需要癒合，變得強壯。讓狐狸手套幫你。這就是我的建議。」

機敏沉默了一段時間，然後說道：「我的父親會非常失望的。」

「對我們兩個都很失望。」我向他指出。

他坐在馬鞍裡。我覺得我的話讓他得到了特殊的安慰。

如果換做別的時候，今天也許會是令人愉悅的一天。雖然還在深冬，但天氣很溫和。飛躍的

精神已經恢復了很多，現在很想跑在其他馬的前面。我很樂意放任牠如此。小丑飛翔在我們的前方，又繞回來，落到小堅的肩頭，站立片刻之後又飛了出去。牠在今天似乎只是一隻寵物烏鴉，在眾人的頭頂上方發出呱呱的叫聲，沒有任何具體的言詞。又一次，當牠落在小堅的肩膀上時，我問牠：「妳知道多少個詞？」

牠側過頭看著我問：「你知道多少個詞？」

小堅幾乎微笑著說道：「牠說話的樣子就像你一樣。」

保養良好的大道繞過丘陵地帶，蜿蜒穿過幾座小鎮。在每一個聚落中，我們都會停下來詢問是否有蜜蜂和閃耀的訊息，並叮囑每一名旅店老闆，只要找到那兩個女孩，就能得到一大筆酬金。但沒有人見過她們。

那天晚上，我們在一家旅店歇宿。謎語、狐狸手套、機敏和我的房間在廚房上方。這樣的房間都很暖和。我的衛兵和堅韌不屈住進了馬廄上方的閣樓裡。鬥士們會在大廳睡覺。我享用了一頓精心準備的飯食和一杯麥酒，在乾淨的床上早早睡去了。到深夜時分，我又參加了一場鬥毆，因為我的鬥士們沒有睡覺，而是開始吵鬧。他們的喧譁驚醒了我。我穿上褲子，一步兩階地跑下樓。等謎語到來的時候，我已經有了一個黑眼圈，把兩個人打倒在地，又將第三個人逼到了角落裡。我們將那三個人全都趕進馬廄，讓他們在那裡過夜，並向旅店老闆承諾他的一切損失都將得到賠償。當我們爬回到樓梯上的時候，謎語說：「通常親王都不會做這種事的。」

「我並不擅長扮演這種角色，對不對？我一直都在想，如果能擁有合法的身分，在公鹿堡被承認是瞻遠的一員，那又會是什麼樣子？我發現這更像是一種責任，而不是一種特權。」

「你會習慣的，」謎語有些含混地向我承諾。

等到了早晨，跟隨我的鬥士少了兩個。好吧，至少狐狸手套需要應付的麻煩少了兩個。他們帶走了馬，留下了他們的衛兵制服。我認為這不算是很大的損失。昨天大廳裡的吵鬧和武鬥並沒有吵醒狐狸手套。我也沒有把那些事告訴她。我相信，她很快就會聽到傳聞了。

天空中開始被預示著降雪的雲團覆蓋。一陣微風不時會將一些冰晶吹到我們的臉上。謎語和我肩並肩地策馬而行。不好的預感讓我們全都無話可說。我覺得我們兩個都很害怕回到城堡去。我們恢復了前一天的隊形，機敏和堅韌不屈並肩走在謎語和我身後。我聽到他們的幾段交談，他們是在討論不久前的戰鬥，那些經驗對他們產生了一些共同的影響。男孩依舊牽著嚴謹。每當我回頭去看的時候，都會因為那匹馬空蕩蕩的馬鞍而感到心碎。

我覺得自己就像一條夾著尾巴回家的狗。我的蜜蜂就在這裡的某個地方，而我卻完全無從得知她更加具體的位置。整個上午，謎語和我都沒有說上幾句話。有時烏鴉會飛過我們的頭頂，一直向前飛出很遠，又轉回頭來，彷彿是要確認我們還在跟著牠。我已經完全習慣了牠的存在，幾乎不會再去注意牠了。牠經常會落在小堅的肩膀上。不過讓我有一點驚訝的是，有一次我看見牠落到了機敏的肩上。

我們沿著道路登上了一片緩坡。看見一個人騎著褐色馬出現在我們前方。他的身邊還跟著一匹白馬。當他向我們靠近的時候，我審視了這一人兩馬。這名騎手身材矮壯，用兜帽完全遮住了面孔。兩匹馬似乎只是在以穩定的小跑前進。但在很遠以外我就能看出，那匹褐色馬曾經被催趕著拚命奔馳過，現在體力已經將近耗竭了。牠每跑出一步，頭都會劇烈地擺動。牠想要試著慢下來，但牠的騎手只是用力踢牠。這時謎語說道：「白馬。」我同時應聲：「白色的衣服。」

我回頭喊狐狸手套。「跟著我，但讓衛隊保持和我們的距離，我們停下，就讓衛隊停下。如果我抬手，就全速奔馳。我不抬手，你們就和我們保持距離。」狐狸手套點點頭，接受了我的命令。但她顯然在因為無法跟隨我而感到不高興。謎語和我催馬小跑向前。機敏想要跟著我們。我知道如果接納了他，堅韌不屈也不會被落下。我希望他們都不要過來。我的視線一直沒有離開那名騎手。一開始，他似乎並沒有注意到我們。他的白色裘皮外衣讓我相信，他正是逃脫屠殺的僕人之一。隨著我們逐漸靠近。他才彷彿從茫然之中醒轉過來。他抬起頭看看我們，尖叫一聲，猛力一踢褐色馬，同時又狂亂地想要調轉馬頭。褐色馬依從主人的命令，轉頭小跑起來。但我們已經開始行動。不等褐色馬將步子邁得更大，我們已經來到牠的兩側。謎語俯身抓住了褐色馬的轡繩，用力勒住這匹馬。他的騎手還在不停地號叫，踢蹬。我認出了那叫聲。

「閃耀！閃耀，停下！妳安全了！閃耀，是我，蜚滋……獾毛！還有謎語。我們就是來找妳，帶妳回家的。妳安全了！閃耀。蜜蜂在哪裡？她和妳在一起嗎？」

背著空馬鞍的白馬小步向旁邊跑開。很明顯，牠會跟隨褐色馬只是因為牠不知道還有哪裡可以去。謎語勒住自己的坐騎，匆忙下了馬，向閃耀靠近。閃耀用腳踢謎語，再一次發出尖叫。然後就落下馬背，栽進謎語的懷中。我也下了馬，牽住閃耀坐騎的韁繩，愚蠢地站在一旁，看著謎語輕拍閃耀的後背，告訴她一切都好，她安全了。現在她安全了。

閃耀的哭號慢慢變成深深的抽噎，然後又變成讓她喘不過氣的、顫抖的嗚咽。「蜜蜂呢？閃耀，蜜蜂在哪裡？閃耀，看著我。妳知道蜜蜂在哪裡嗎？」

對於謎語溫和的問話，閃耀只是用力搖著頭，同時哭得更響了。一種可怕的推斷慢慢出現在我的心中。白馬向我靠近。我沒有理會牠，直到牠平靜地站立在我身邊，只要我邁出一步，就能抓住牠的韁繩。兩匹馬、兩套馬鞍、一名騎手。蜜蜂不在這裡。褐色馬的馬鞍明顯是恰斯國風格。白馬的馬鞍則是我從沒有見過的——鞍前端很高，背後很矮。在我看來，它一定很不舒適。

蜜蜂，妳在哪裡？妳曾經騎過這匹馬嗎？

「湯姆．獾毛。」

我驚訝地轉過身。閃耀的聲音因為哭泣而沙啞。她已經掀起兜帽，頭髮纏結在一起，一片片掛在臉上。她明顯瘦了。凸出在面部的骨骼稜線讓她看上去更像是切德。她的嘴唇上全是裂口，面頰呈現出赭紅色。她呼吸依然很吃力，但她已經離開了謎語。穿在她身上的白色裘皮外衣過於寬大，鬆鬆垮垮地垂掛在她的身上。她的兩隻手抓緊自己的前臂，用力抱住身體，就好像她的身

子隨時會碎裂開來。她面對著我，一直看進我的眼睛深處。在冬季慶之前，她曾經要求我們必須為她買到綠色長襪，否則一切生活都要停止。但站在我眼前的已經不再是那個女人了。

「蜜蜂。」她說，「他們帶走了蜜蜂。」

「我知道。」我說道，竭力讓自己的聲音保持鎮定與平和，「他們帶走了妳，也帶走了蜜蜂。但妳現在安全了。」我吸了一口氣，「蜜蜂。妳知道蜜蜂在哪裡嗎？」

「他們帶走了她，」她重複著剛才的話，「他們帶她進入了一塊石頭。」

28

後果

這頭龍造成的破壞相當於一支小規模軍隊的入侵。我被告知，以龍的標準而言，這頭怪物算是「小」的。但牠的胃口卻彷彿根本無法填滿。牧人們不敢將他們的畜群趕往牧草更加茂盛的夏季草場。因為就算是有人和狗看護，這頭龍還是會從半空中撲落，隨意抓走牠喜歡的牲畜。許多牛羊喪命在牠的利爪下，還有許多牛羊被驚嚇逃散，不知所蹤。為了安全起見，最好的牛和馬可以暫時被關在畜欄和馬廄裡。但這並不是長久之計。我已經得到三份報告，向我控訴這頭龍使用利爪和強有力的尾巴摧毀房舍，攫取裡面的牛隻。

牠隨後會攻擊住家和人類嗎？這種情況是完全無法容忍的。作為國王，您必須為我們提供解決之道，不管是與其協商，還是以軍事手段回應。有傳聞說，精技小組能夠和巨龍進行交流。我的牧人和農夫都很勇敢，他們願意挑選足夠的家畜餵養這頭龍；也願意與牠一戰，只是現在他們的訴求得不到任何回

應。您難道不能至少派遣一位精技小組的成員來這裡，嘗試說服這頭怪獸嗎？

——法洛大公致晉責國王

我站在原地，全身都好像變成了冰塊。為了讓自己說出話，我竭盡了全力。「這是什麼意思？」我終於問道，我其實已經知道了。這似乎很不可能，但這只有一個解釋。

「就像你一樣。」閃耀回答，「他們進入了一塊石頭，就像你一樣。他們把蜜蜂帶走了。」我感覺周圍的世界完全停滯下來。我的耳朵在不停地鳴響。「什麼石頭？在哪裡？」我找不到足夠的氣息，我的話音微弱得如同耳語。

閃耀眨眨眼，帶著困惑的語氣低聲說：「他騙了我們，那個恰斯人裝出一副善良的樣子，他找到我們，卻把我們帶到了德瓦利婭那裡，那裡還有文德里亞和另外幾個人。他們藏了起來，因為恰斯人就在附近。一看到我們，她就讓手下的人緊緊抓住了我們的手。」閃耀突然皺起眉頭，「就好像那是一場遊戲。一個小孩子的遊戲。蘇拉非常用力地抓住我的手腕，指甲都扎進了我的肉裡。那個婊子……」

她的聲音低沉下去。我屏住呼吸，等待她說話。我沒有追問她，因為我能看出她現在有多麼脆弱，維繫住她的理智的精神繩索是多麼纖細。她突然向謎語伸出一隻顫抖的手，聲音中帶著喘息，「德瓦利婭拿出一束卷軸，還有一只手套。一只非常薄、指尖是銀色的手套。但那手套一點

也不好看。她戴上手套，碰了那塊石頭，然後……」

「深隱！讚美甜蜜的艾達！是妳！深隱！」

狐狸手套將我的衛兵約束在一定距離以外，鬥士們更被她擋在身後。機敏和堅韌不屈騎馬過來，想要看看他們為什麼停止了前進。現在，他正跳下馬背，向閃耀跑過來。

「機敏！」閃耀驚呼一聲，然後又發出一連串的叫喊，「機敏！機敏！」她撲進機敏的懷裡，我完全不想看到飛掠過機敏面孔的那些可怕的情緒。我希望沒有人知道那意味著什麼。機敏抱住了閃耀，但並不像閃耀抱得那麼緊。機敏抱住她，像是抱住一樣他已經得不到的寶物；而她緊緊貼在機敏的懷裡，就好像她終於安全地回家了。

「我還以為你死了！我看到他們殺了你。接著他們就綁架了我！」閃耀遲鈍的平靜完全消失了，安全地倒在機敏的懷中，她的情緒又高漲起來。

「閃耀，什麼石頭？在哪裡？」謎語繼續催問。他握住閃耀的肩膀，讓她轉過身。閃耀還想要抓緊機敏的襯衫，但隨著謎語警告的一瞥，機敏放開了她，向後退去。當閃耀從他的懷中被拉走的時候，他是否顯示出了寬慰的神情？閃耀則顯得困惑又驚慌。但謎語已經用手指挑起她的下巴，讓她看著自己。

「閃耀。看著我。我們也許能夠很快就把蜜蜂救回來。他們進入了什麼石頭？是多久以前的事？」

閃耀瞪著謎語，眨了一下眼，彷彿在竭力理清自己的回憶。我知道這種感覺。她的哭喊太過激烈，甚至讓她流不出淚水。她的鼻子在不住地抽動，面頰和鼻尖都是一片亮紅色。終於，她開口了：「昨天晚上，德瓦利婭領著他們，他們全都手拉著手。我在隊伍後面，科爾夫抓著我。蘇拉抓著我的另一隻手。在最後一刻，蜜蜂俯下身咬了科爾夫的手腕。科爾夫驚訝得放開了我的手。但蜜蜂並沒有放開他，她把科爾夫拖進了石頭，科爾夫最後還發出了一陣號叫。」說出最後這一句話的時候，閃耀的聲音高昂起來，彷彿這讓她感到非常滿意。她向機敏轉回身，顯然還在為機敏將她放開而感到大惑不解。

謎語又把她拉回來，讓她看著自己。

我拚命讓自己保持鎮定如常。「閃耀。妳必須帶我們回去找到那塊石頭。現在就去。我必須去追蜜蜂。」

閃耀的目光慢慢從謎語的臉上轉移到我的臉上。她的眼神變得剛硬，聲音卻更顯得孩子氣：「你丟下我們，走過一塊石頭。然後他們來了。你不應該丟下我們。」

「這個我知道，我非常抱歉。但妳現在安全了。我們需要找到蜜蜂，讓她也能夠安全。」我的用辭很簡單，彷彿閃耀是一個孩子。我想起那些關於折磨和苦難環境的記憶殘片。向她吼叫不會有任何好處。

閃耀向我俯過身，悄聲說道：「不，我們必須逃到很遠、很遠的地方。他們會從那塊石頭裡

回來。那片森林裡還會有匪徒在遊蕩。我讓篝火繼續燃燒好引誘他們，我則騎上馬，盡可能安靜地離開了。我希望那匹白馬沒有跟著我，牠在黑夜裡太容易被發現了。如果我有刀子，我一定會殺死牠，以免牠繼續跟著我。但我什麼都沒有。所以我找了一片茂密的樹林，藏在那裡直到天亮。」說到這裡，她吸了一口氣，「我騎馬穿過森林，終於找到了大路。我們拚命向前跑，向前跑，直到這匹愚蠢的馬再也跑不動了。然後，我找到了你們。」

「妳必須帶我們回去找那塊石頭。看到我們帶領的這些衛兵了嗎？這一次，他們會保護妳。」

深隱抬起眼睛，看了看等在後面的部隊。然後她的臉又皺縮起來。「我找不到那個地方了。就算我想要回去也找不到了。求求你。我們必須遠遠地離開那裡。」

「我們會的，」謎語向她保證，「但首先，我們必須回去找蜜蜂。」

深隱盯著他，一口一口深深地吸著氣，直到我開始擔心她會高聲尖叫起來。「你不明白。我不能回去！」她的眼睛變得又圓又黑，「在蜜蜂把科爾夫拖進去以後，我們，我們……那裡的恰斯人愈來愈多。德瓦利婭是這樣說的。但他們進入了石頭，丟下了我們：蘇拉和我。蘇拉開始尖叫，打我，想要跟著他們進入石頭，我不得不讓她安靜下來，而且……她和他們是一夥的。他們毀掉了我們的家，接走了我們。所以我……我殺了她，我相信我殺了她。」

「妳不得不殺她，」我說道。我不能讓她陷入到這種回憶裡，「妳只能殺死她。妳的父親會為妳所做的一切感到驕傲的。閃耀，妳的選擇是正確的。那塊石頭在哪裡？」我的心臟在狂跳。

蕁麻和晉責告訴我，這片區域中沒有關於精技門石的紀錄。他們是不是對我說了謊？我感到一陣怒火湧過心頭，緊接著我又非常害怕那塊石頭不為我們所知，是因為它存在缺陷。

但我安慰閃耀，讓她集中精神的努力出現了嚴重的紕漏。

她慢慢將頭轉向我，遲鈍地問：「我的父親？」

「我們的父親。」機敏的話語讓我只想狠狠揍他。現在不行，現在不行。但機敏還是繼續說道：「切德大人是妳的父親。」

閃耀向機敏眨眨眼。她臉上的神情讓我想到了一頭落入陷阱的野獸。她很快就會垮掉，我找到蜜蜂的機會也會隨之化為泡影。她緩緩地說：「你的意思是，切德大人是你的父親。在那一晚之前……你告訴了我你的祕密……」

閃耀瞪大了眼睛。不，不要讓她的思緒回到她被強姦和綁架的那一天。我竭力讓自己的聲音保持平靜：「我必須知道那塊石頭在哪裡，閃耀！」

機敏抬起一隻顫抖的手。「讓我說。在你的衛兵過來之前，我要把一切都說出來。我要告訴她，了結這一切！我再也受不了了。」機敏看著閃耀，臉上充滿了悲劇的意味。「深隱……閃耀，妳是我的妹妹，閃耀．秋星。切德大人是我們兩個人的父親。」

閃耀瞪大眼睛，目光從我轉向謎語，又轉向機敏。「這真是個糟糕的玩笑。」她也用破碎的聲音說，下唇在不住地顫抖。「如果你還愛我，就會帶我離開這裡，用最快的速度，我們走得越

遠越好。」

機敏給了我一個痛苦的眼神。

有時候，還是用最快的速度揭掉繃帶會好一些。「他當然愛妳，」我安慰閃耀，「他是妳的兄長。他絕不會讓妳受到傷害。」

閃耀猛地轉過頭盯著我。「我的兄長？」

謎語驚駭地盯著我們。一些祕密根本就不應該費力去保守，尤其是當它可能造成恐怖的後果時。我低聲說：「切德大人是你們兩個人的父親。」我深吸一口氣，竭力讓自己的聲音更加溫和一些，「現在，妳必須帶我們回到那塊石頭去，去蜜蜂消失的那個地方。」

閃耀張大了嘴看著我，然後她又轉過頭看著她的兄長。她看到了什麼？是不是就像我看到的一樣？因為她也知道了應該去看什麼。「機敏，」她的聲音漸漸微弱，就好像她是在從很遠的地方喊他。然後，她癱軟下去，倒在路面上。厚重的裘皮外衣堆積在她的身上。看著這一幕，我突然想到了在冬季被殺死的非常瘦弱的鹿。謎語單膝跪倒在她身旁，將手指放在她的喉嚨側面，然後抬起頭望向我。「她承受得太多了，暫時不可能醒過來，我們不能等到她恢復知覺，我們必須循著她的足跡去找。叫狐狸手套來照顧她？」

機敏發出一陣懊悔和痛苦的聲音。我在他跪倒下去之前抓住了他的上臂，在他耳邊說：「這不是你的錯。現在你最好讓別人來照顧她。等她醒來之後，你在一段時間之內也不應該再和她見

面。她需要時間，就像你一樣。」機敏竭力想從我的手裡掙脫出去，但我依然緊緊抓著他，將我的拇指按在他手臂肌肉之間一個特殊的點上。這肯定會讓他感到極不舒服。就像我希望的那樣，他的情緒在不到一次心跳的時間裡就從哀傷轉成憤怒。謎語已經抱起了閃耀。我抬起另一隻手，召喚狐狸手套和她的部隊過來。

「放開我！」機敏低聲喝道。至少他還懂得不要過分張揚。

我微笑著慢慢放鬆對他手臂的壓力，同時開始低聲說話，彷彿在談一些與閃耀有關的事。「等你能控制住自己的時候，我就不會再控制你了。這裡有太多人會看到你控制不住自己的情緒。如果你再和閃耀談論你們的父親是誰、這對她意味著什麼，他們也會聽見。所以，你要騎上馬，走在謎語和我旁邊。你要幫助我們追蹤閃耀的足跡，找到那塊石頭。狐狸手套和我的衛兵會照顧好她。明白嗎？」

他不喜歡這樣。但我不在乎他的心情。我看著他的臉，直到他明白道理在我這一邊。他停止了抗爭。我將他留在馬旁邊，我自己向狐狸手套和謎語走去。閃耀也許已經醒了，但她沒有半點動作。她的眼睛只睜開兩道縫隙。當我請求狐狸手套為閃耀製作一架雪橇的時候，閃耀什麼話都沒有說。狐狸手套嚴肅地點點頭，開始命令部下去採集堅固的樹枝以及當做柴火的枯樹枝。一邊製作雪橇，一邊搭起一個篝火堆，為閃耀烹煮一些熱食和熱飲。這些我都任由狐狸手套去安排。我帶著機敏、謎語和剩下的鬥士，開始沿大路策馬緩步朝閃耀過來的方向前進。我有意不去注意

跟在我們後面的堅韌不屈。小丑還停在他的肩膀上。這個男孩看到了機敏向閃耀講明她的血緣關係的那一幕，以後我還要把這件事處理好。這一段國王大道穿過一片林地，其中零星分布著幾處農舍和幾片小農田。短促的冬季白晝很快就要過去了。我不知道閃耀和她的褐色馬一開始有多疲憊，所以也無從推斷她騎著褐色馬快跑了多遠。我想要加快速度，但我更不能錯失閃耀留下的足跡。

我讓鬥士們兩人一組，在每一條岔路口都向小路派出一組人。如果有人看到兩匹馬離開森林來到路面上的痕跡，就必須有一名鬥士留在痕跡附近，另一個人馬上回來報信。這些鬥士都快馬加鞭地飛奔出去，也許是想要向我表示他們的贖罪之心。

機敏、謎語和我只是在沉默中慢慢加大了坐騎的步伐，同時仔細查看道路兩旁的狀況。堅韌不屈依然牽著蜜蜂的馬，跟在我們後面。我審視著道路左側被大雪覆蓋的原野。謎語負責右側。我心中一直想著蜜蜂。昨天晚上，她還騎在馬背上，和閃耀在一起。她咬了一個人，幫助閃耀逃出敵手。為什麼她沒有能讓自己逃出來？她再一次從我身邊被奪走了，消失了，可能是穿過了一座精技石柱。哀傷和絕望深深浸透了我，殘留的精靈樹皮效果讓我更加沉鬱。我們不只是尋找閃耀的足跡，任何可能意味著雪橇或馬隊經過的痕跡都在我們的搜尋之列，任何可能與我的小女兒有關的痕跡都不能放過。過了一段時間，謎語高聲說道：「如果我沒有問，我就不能算是人了。」

我知道他的問題。「是真的。切德是他們的父親。」

「我知道機敏的事，但不知道那個女孩。為什麼切德要對此保密？」

「嗯，因為他是切德。他在幾天以前才告訴我機敏是他的兒子。不過我在看到那個男孩的時候就應該想到這一點了。」

謎語點點頭。「我認為在公鹿堡知道這件事的人要比切德料想的更多。他從一開始對待機敏的態度就已經表明了一切。那麼，他為什麼又要保密閃耀的事呢？」

我沉默了片刻。機敏不高興地問：「你們是否希望我走在前面？這樣你們就能不受打擾地談論我和我同父異母妹妹的出身了。」

我看著他。「機敏，謎語娶了我的女兒，精技女士蕁麻，你的堂親。所以我認為他現在是我們的家人。」

謎語努力抑制住臉上的笑容。「實際上，我正在討論你的父親切德，而不是你。我真的很吃驚！」無論他怎樣努力，笑容終於還是綻放在他的臉上。

「切德。」我向他做出確認。一陣笑聲衝破我陰暗的情緒，從我嘴裡爆發出來。我們全都搖著頭，大聲笑了起來。

過了不久，機敏問：「為什麼他要向閃耀隱瞞？他將我帶到了公鹿堡，讓我知道他是我的父親。為什麼他不告訴閃耀？」

他現在這樣問也許要比在閃耀知道事實之前問更好些。但我回答時的語氣依然沉重，顯示出了我的不情願：「切德不讓她知道這些，並將她藏匿起來，是因為暴露她的身分對於切德和她都有危險。閃耀的家人不想養育切德的私生女，他們留下閃耀只是因為切德會向他們支付撫養以及教育閃耀所需的資金。而他們顯然沒有將這些金錢用在她的身上。切德只能偶爾去探望她。一開始，閃耀由她的外祖父母照料。也許那兩位老人對她的養育算不上很好，但他們對她至少不壞。他們去世之後，閃耀就被交給了她的母親和她母親的丈夫……」

「對此我知道一些。」機敏急忙插口道。

謎語向我挑起一道眉弓。

「那是你能想像到的最可怕的生活。」我對機敏說道，同時看見他瑟縮了一下。

「你認為，切德現在會如何對待她？」機敏又問我。

「我不知道。我甚至不知道他是否還有足夠清醒的意識，能認出閃耀來。但我認為公鹿堡會是她最安全的家。也許珂翠肯會照顧她。她一直都渴望著進入宮廷。而且，如果她得到宮廷的接納，我估計當她的母族還想要觸犯切德大人心意時，至少會更謹慎一點。」

蜚滋機敏吸了一口氣，還想提問，但我知道我不想回答他的問題。這時我高興地聽到一陣快馬疾馳的聲音，看到我的一名鬥士向我們全速跑來。「他們一定有發現！」我用腳跟碰了一下飛躍。牠勉力跑了起來。謎語的馬從我身邊一閃而過。我立刻感覺到了飛躍的心：不！我是飛躍。

我要跑在最前面。

讓他們看看！我向馬提出建議。飛躍立刻邁開輕盈的大步。牠不允許牠的意識再和我接觸。我也沒有用力去探詢牠。我不想再次建立任何形式的牽繫，不過我很高興對牠的殘酷壓榨沒有破壞牠的精神。

跑來的鬥士名叫索耶。不等靠近我們，他已經高聲喊道：「我們找到她的足跡了。我要瑞珀留在原地，但我不知道他會不會自己先沿著足跡去搜索。」

「幹得好。」我對他說。

索耶調轉馬頭，為我們領路。儘管飛躍很不高興跟在他身後，但能夠採取行動的感覺實在是太好了。我們很快就來到一段繞過密林的路上，另一名鬥士正在那裡等我們，他正站在他躁動不安的坐騎旁邊。「我們能開始追蹤了嗎？」他問道。我沒有立刻回答，而是抬腿下了馬。只是心跳一下之後，謎語已經站到我身邊。我邁步走進那些足跡旁邊沒有被破壞過的積雪中。「兩匹馬，一匹在另一匹之後。」謎語斷言道。

「我也是這麼看的。」我回答道。然後我回到了馬背上，「小心！」我警告其他人，「深隱說過，這片區域裡還有恰斯傭兵。如果看到他們，必須活捉。我需要和他們談談。」

索耶緊張地一點頭。他的同伴「嗯」了一聲作為應答。我在無意中察覺到他們的身子都站得更直了一點，還交換了一個滿意的眼神。看樣子，這兩個人也許在為能夠完成這個任務而感到了

一點自豪。他們也許還是能夠挽救的。

這段足跡很容易跟蹤。我將注意力集中在它上面，催趕飛躍儘快前進，直到牠體力的極限。馬蹄印在這裡的深雪中很明顯，不過並沒有踏出一條小徑。我不時抬起頭，觀察周圍的森林，尋找恰斯傭兵的痕跡。謎語和機敏兩次離開隊伍，去查看我們發現的其他足跡。不過他們兩次找到的都只是鹿蹄印。我有些懷疑，是不是被嚇壞的深隱想像恰斯人追趕她，就像她想像自己房間裡有幽靈一樣。

森林愈來愈密。高大的常綠樹伸展枝杈，擋住了下午灰白色的陽光。這裡的雪更淺了一些，不過蹄印還是很明顯。我們跟蹤蹄印上了一道山坡。這裡有許多凸出在地面上的石塊。一些樹歪歪斜斜地生長出來，將不少石塊擠倒了。在這些大樹巨石下面幾乎沒有什麼灌木草叢。

「蜚滋！」機敏喊道。我催趕飛躍跑過去，以為他遇到了危險。但他只是在馬背上傾過身子，伸手拂掉了石頭上的積雪。「這裡曾經有一座城市，或者至少是一個聚落。看看這堵石牆有多直。」

「他是對的。」不等我說話，謎語已經給予了機敏確認，「這座城市的大部分都埋在泥土和積雪中了。不過，看這裡，這裡的樹很稀少。現在這條通道很窄了，但它很可能曾經是一條大路。」

「沒錯。」我一邊說，一邊調轉飛躍，回到了足跡旁邊。古代建築。在群山王國中，我們經

常會在靠近古靈遺跡的地方找到矗立的石柱。

「我能嗅到篝火的氣味。」謎語說道。就在這時，索耶喊道：「這裡的足跡更多，大人。看樣子，他們走的正是這個方向！」

我將一切謹慎拋到腦後，催趕飛躍向前。飛躍以強有力的步伐在崎嶇的小路上飛奔。突然間，一片被遺棄的營地出現在我們面前。用常綠樹枝匆匆搭建的防風棚子圍繞著一片燒黑的土地。那應該是一小堆篝火。「停！」我向其他人喊道。我們下了馬，堅韌不屈留在馬旁邊。我們緩步向前移動。我用原智進行探索，但沒有感覺到附近還有其他人。如果昨晚有恰斯人追趕閃耀，他們現在肯定不在這裡了。我蹲下身，仔細查看這座由松枝搭建的臨時庇護所。有一些人曾經擠在這裡。這是我唯一能確定的。

「蜚滋，」謎語的聲音很輕，但非常急促。他用戴著手套的手指了指。

白色的外衣，白皙的皮膚，淺色的頭髮。死了，四肢攤開，仰臥在雪中。一點從她口中流出的血是唯一的色彩。謎語和我向她俯下身。我們的頭湊在一起。我伸手到她的脖子下面，將她抬起來。脖子沒有斷。

「手指非常有力，」謎語說，「我很驚訝。」

我點點頭。切德的女兒。她從後面握住這個人的脖子，手指深深扣進去，壓碎了這個人的氣管。她被自己的血嗆住，無法呼吸。這不是最快的死法，也不是最安靜的，但很有用。

我讓屍體倒進雪中，站起身。我看到它了。它就在我的面前。

我剛才就看見了這塊巨石，卻沒有認出它來。生長在它旁邊的大樹幾乎要將它擠倒。這塊石頭歪斜地立在營地邊緣，一面已經碰到了圍繞它的積雪。地衣正漸漸蠶食它的邊緣。我慢慢走過去，彷彿這是一個捉迷藏的遊戲。機敏和謎語跟隨著我。兩名鬥士則和堅韌不屈站在一起，彷彿他們兩個能感覺到危險。

最近剛剛有人清理了這塊石頭最上面的部分。上百個問題同時在我的心中炸開。僕人是怎麼知道這塊石頭的？他們能夠使用它，是否意味著他們能夠操縱精技？他們是否比我們更瞭解精技魔法？我被告知，這一帶沒有精技石柱。為什麼僕人知道這個地方，我們卻不知道？這些問題都很有意義，它們的答案無疑更加有意義，但現在去思考它們就是浪費時間。

「你知道它通向哪裡嗎？你認得這個符文嗎？」

「是的。」這是少數幾個我非常熟悉的符文之一，「它通向群山王國以外一個位於十字路口的市集。在我們尋找惟真國王的路上，我們曾經走上一條通向那裡的古靈大道。它距離我們找到沉睡石龍的地方不遠。」我清楚地記得那裡。那裡的記憶石非常強大。他彷彿變成了另外一個人，一位年代久遠的白者，曾經走過那條路，一位詩人，或者小丑……

我脫下了手套。

「蜚滋，不！先和蕁麻聯絡。讓她知道你的打算……」

我伸手按在冰冷的黑色石塊上。

什麼都沒有發生。我感到驚訝，還有噁心。

「也許它破碎了。」謎語有些猶疑地說。我聽出他完全不贊同我這樣做。

「閃耀說他們走進了這塊石頭。」我將手掌按在符文上，用指尖抓撓著冰冷粗糙的岩石，用力去推它。依然什麼都沒有發生。我在這塊石頭上什麼都感覺不到。

精靈樹皮。

不，我不能允許自己現在與精技隔絕。不能這樣，不要在蜜蜂和我之間可能只隔著兩步黑暗的時候。「不。不！」

我的手掌擦過冰冷而飽受風雪侵蝕的岩石表面，感覺到皮膚被擦破，老繭掉落。「不！」我高聲呼喊。

「蜚滋，這有可能……」

我不記得謎語說了些什麼，只是不停地推著石頭，用拳頭擊打它。我陷入狂怒。我的視野邊緣變成紅色，又變成黑色。當我擺脫怒火的時候，我已經在這座精技石柱上毀掉了一把戰斧。我甚至想不起自己是怎樣把它從背上拉下來的。我的手臂、後背和肩膀都因為用力過度而疼痛難忍，但這塊石頭上卻幾乎沒有留下什麼遭受攻擊的痕跡，至多只是在黑色表面上多了幾道灰色的條紋。我喘不過氣，汗水從我的脊背上滾落，正如同惱恨挫敗的淚水滑過我的面頰。我發現自己

的聲音已經因為咆哮咒罵而變得沙啞了。

我將無用的武器丟在雪中，站起身。我的肺在拚命吸進空氣。受傷的雙手撐在膝蓋上。當我能站直身子，向周圍環顧的時候，我發現我的同伴們都在圍繞著我，卻又全部躲在絕對的安全距離之外。

「蜚滋？」謎語的話音很輕。

「什麼？」

「為什麼你不離那把斧頭遠一些？」

我俯下身，將斧頭撿了起來，審視它翻捲的鋒刃，然後把它掛回到背上，又俯身用擦傷的手掌捧了一把雪，吃進口中。雪水滋潤了我的喉嚨。「我沒事了。」我疲憊地對他們說。

「出了什麼事？」機敏問。

「非常愚蠢的事。」我告訴他，「我喝了精靈樹皮茶，以免他們用魔法藏住蜜蜂，讓我找不到她。而我也無法使用精技，無法通過門石。蜜蜂也許就在兩步以外，我卻追不上他們！」

「那現在該怎麼辦，大人？」我的一名鬥士問。

現在該怎麼辦？我坐在雪上。這裡很冷，但我不在乎。我竭力控制自己的神智，這件事也用了我很長時間。我抬起頭看著依然和我保持著距離的謎語。

「我就留在這裡。堅韌不屈，帶飛躍走，牠的速度很快，騎著牠趕回公鹿堡。謎語和機敏，

儘快跟上堅韌不屈，如果你們能做到的話。不過我打賭，那個男孩肯定會第一個到公鹿堡。直接去找精技女士蕁麻。告訴她這裡發生了什麼事，請她給我派有使用門石經驗的精技使用者來，他還必須知道如何使用武器。謎語和機敏，如果你們願意，就將這裡的一切仔仔細細報告給晉責國王。」

小堅憂心忡忡地說道：「主人，我不知道哪條路最快。」

他還牽著馬韁。我望向飛躍。妳知道去公鹿堡馬廄最快的路嗎？妳能跑那麼遠嗎？

可以。飛躍在原智中克制著自己，你還說我們不能有牽繫？而你卻向我提這樣的要求？

是的。

那麼你就要還我這個情，當我要求你的時候。

我答應妳。我謙卑地回答。牠什麼都不欠我，我卻非常需要牠幫助我。我屏住了呼吸。

我會帶這個男孩去公鹿堡。

好好背著他，飛躍。

我可不知道還有別的方式。牠一甩頭，不再理我。

思維的速度很快，我們在眨眼間就定下了契約。我轉頭看著注視我的小堅。「相信飛躍，牠知道路，現在就出發。」

片刻之間，我們四目相對。然後小堅將其他馬的韁繩交給機敏，自己騎上了飛躍，調轉馬

頭。飛躍立刻馱著他飛馳而去。我對其他人說：「索耶和瑞珀，你們回去找狐狸手套隊長，告訴她，她和我的衛隊要以最快的速度將閃耀女士送回到公鹿堡。索耶，在鬥士中挑選出六名最優秀的士兵，帶他們回這裡，還有你們能找到的一切在曠野宿營所需的物資。」我看著謎語，想讓他提醒一下我有沒有忘記什麼。

謎語緊皺雙眉。「我不喜歡將你丟在這裡。」

「你留下來也不能為我做什麼。」

他一歪頭，「那具屍體呢？」

我只是看著他。

謎語緩慢地點點頭。「我會告訴索耶和他的人，回來之後把屍體燒掉。」

我不在乎。謎語轉身離開我，去下達命令了。

他們都離開之後，森林彷彿變成了一個全然不同的世界。我派遣身體最輕的部下騎著我最快的馬去報信了。小堅在天黑之前就能趕到公鹿堡，我相信蕁麻會聽取他的報告，而機敏和謎語很快也會趕到那裡。等到明天下午，就應該有能夠使用門石的人到來。會有別人走過門石，代替我去應對這塊石頭對面的一切。我也許讓他們鑽進了敵人的伏擊圈，或者他們只會遇到一群因為精技旅行而變得精神錯亂的人。他們也許會發現，我的孩子已經永遠失去了神智，在精技中不斷洩

漏自己。他們也許只會發現通向遠處的足跡。德瓦利婭是否知道她要去哪裡，或者她只是在無可奈何之下漫無目的地逃亡？她是否真的知道如何使用精技石柱？她的精技力量是否夠強，能不能平安帶領這麼多人穿過精技石柱？

如果她成功地穿越了過去，那我們就要對付一個力量無比強大的敵人。如果她失敗了，我的孩子也許再也不會認得我了。

我知道我應該堆起篝火，為即將到來的黑夜做好準備。從天空中掉落的雪花還無法穿透我頭頂上方錯綜複雜的樹枝，但也快了。照射進森林中的陽光愈發昏暗，色彩也隨之消退。淺灰，灰色，深灰，黑色。我看著周圍愈來愈濃重的陰影，什麼都沒有做。不止一次，我將手放在石柱的符文上，心中湧起希望，卻依然一無所獲。

我聽到了鬥士們到來的聲音，隨後才看見他們。我能從他們交談的語氣中聽出來，他們只能在野外宿營過夜，而他們的同伴卻返回公鹿堡舒適的軍營，這讓他們很不高興。他們舉著火把，也許是來自於狐狸手套早先點燃的煮食篝火。隨著他們的靠近，臨時火把發出的光亮也不停地在我的視野中搖曳跳動。

索耶和瑞珀都回來了，還帶著另外六名鬥士。「紮營，」我對他們說。他們立刻開始執行命令。他們重新燃起德瓦利婭的篝火，並迅速用松樹枝搭建起三個窩棚。他們還帶來了被褥捲，將被褥鋪在棚子下的地面上。他們一同吃起帶來的食物。我沒有胃口。但是當他們融雪煮水的時

候，我為眾人煮了些茶。他們交換了一個眼神，直到我第一個喝了茶，他們才開始喝。很明顯，蜚滋機敏或者是堅韌不屈已經向他們抱怨過我的詭計了。

在他們入睡之後，我依然久久地坐在篝火旁，盯著火焰。我不知道自己有多少次站起來，走到石柱前，將手按在上面。這很愚蠢。我能感覺到自己的精技還沒有半點反應。當我在艾斯雷弗嘉第一次無意中服用了外島精靈樹皮的時候，我就有這種彷彿被塞住耳朵的精神孤立感。我竭力用精技向外伸展，卻始終都不成功。我展開自己的原智，感覺到那些熟睡的士兵，還有一隻貓頭鷹在附近捕獵，差不多也就是這些。直到黎明，我才爬進僕人留下的一個搖搖欲墜的窩棚，睡了過去。在其他人醒來之後很久我才醒過來。我的頭很痛，精神更是消沉得厲害。我又冷又餓，還對自己充滿了怨怒。

我走到精技石柱前，將手放在符文上。

什麼都沒有發生。

整個上午過去了。雪一直在下。我派遣四名鬥士去狩獵。我不餓，但他們必須有事可做。我們在森林中沒有發現其他人的蹤跡。鬥士們都因為無聊而愈來愈焦躁。雲層遮住了太陽，只透出一點暗淡的陽光。獵人們帶著兩隻松雞回來了。他們將松雞烤熟吃掉。我只是在喝茶。漫長的下午一點點向黃昏靠近。我們等待得太久了，現在還沒有人來嗎？

當他們到達的時候，陽光已經完全消失了。我看出了他們為什麼用了這麼長時間。謎語當頭

領路，蕁麻騎馬跟在他後面。在蕁麻的身後還跟著一架轎椅，也許它是被蕁麻棄置在身後了。再後面是由六名精技使用者組成的一整支精技小組，全都裝備著武器和盔甲。隨後還有輜重隊伍，以及符合蕁麻身分的隨從隊伍。我走過去迎接他們。蕁麻在公開場合對我保持著克制，但我能夠在她的臉上看到憤怒、疲憊、失望和哀傷。謎語只是一言不發地站在旁邊。

蕁麻讓謎語將她從馬背上扶下來，但我感覺到了他們之間的寒意，並知道這都是因為我。蕁麻沒有看謎語，只是盯著我問：「精技石柱呢？」

我一言不發地在前面領路。在我們周圍，蕁麻的隨從正忙著為她搭建起牢固的帳篷。我聽到短柄斧砍伐木柴的聲音。馬匹都被牽到一旁。蕁麻的精技小組跟隨著她，小組成員全都面色肅穆。當我們到達精技石柱前的時候，我再一次碰觸了符文。「我知道它是通向哪裡的。」「通向岩石巨龍道路上的古代市集。」蕁麻說道。她和我對視著，「你認為我會不知道？」「我想要向精技小組說明這一點，這樣他們就知道走過這個石柱會遇到什麼了。」「行動吧。但我們全都知道，沒有人能保證對面的石柱不會傾覆。我們也不可能知道那裡是否有人，還是處在被荒廢的狀態。獵鹿小組的成員是在冒生命危險營救蜜蜂女士。」

我轉過身，莊重地向這六個我不認識的精技使用者鞠了一躬。「感謝你們。」我的確對他們心懷感激，但我也有一點恨他們能夠做我無力做到的事情。我對他們仔細講解了我最後一次見到的石柱對面的情形。那裡的石柱矗立在一片古老的環形建築群中，那也許是一座古代的市場，曾

經存在於那裡的城鎮早已化為廢墟。我最後一次見到它的時候，它被森林環繞，看不到任何人居的跡象。它位於群山之中，所以冬季一定會很寒冷。他們一邊聽一邊點頭。他們的首領名叫泉步。她緊皺眉頭，認真地聽我講述，然後讓她的小組排好隊形，彷彿他們是一支軍事巡邏隊。他們每個人都將左手搭在前方隊員的肩膀上，右手持握武器，就這樣一直走到精技石柱前，然後轉頭望向蕁麻。

蕁麻嚴肅地點點頭。隨後我看到了一副以前從未見過的場景：一隊精技使用者一個接一個地被黑色的岩石吞沒。精技石柱的外形沒有絲毫變化。精技小組只是走進石頭，不見了蹤影。當他們之中的最後一個人消失在岩石中之後，我將臉埋進手掌中，面對著眼前的黑暗深深吸氣，想像出一千種可能性。

「蜚滋。」

我抬起頭。蕁麻的表情很奇怪。我看到她嚥了一口唾沫，然後才繼續說道：

「泉步已經用精技聯絡了我。他們沒有找到任何人。只有你描述的那座市場。那裡的積雪沒有遭到任何破壞，沒有從石柱出發向外延伸的足跡。那裡沒有人。」

我盯著蕁麻。「他們一定是已經走了！被風吹動的雪一定覆蓋了他們的腳印。」

蕁麻閉起眼睛。我看到她眉宇間的皺紋在變深。她在使用精技。她緩慢地搖搖頭，再一次與我對視：「泉步不這樣認為。她報告說那裡非常平靜，黃昏中的夜空很晴朗。那裡的雪並不是新

落下的，雪面上有兔子的腳印、落葉和松針。所有跡象都表明，那裡在這段時間沒有下雪，也沒有風。蜚滋，泉步不認為他們曾經從那裡的精技石柱中出來過。」

我的話語中沒有了氣息。

「難道他們完全不曾感覺到她？在穿過石柱的時候？」

蕁麻緩慢地搖搖頭，又用精技和他們聯絡。

「當切德和我在石柱中耽擱的時候，晉責找到了我們。他們不能……」

蕁麻抬起雙手，戴著手套的手指張開。「他們在努力，爸爸。但他們在那裡什麼都感覺不到。現在就算是用精技和我聯絡，對他們來說也是一種挑戰，那就像是在一條湍急的大河中呼喊。他們說，那裡的精技源泉極難駕馭。」

謎語伸出手臂抱住蕁麻，支持著她。我一個人站在他們對面，非常孤獨。一支受過訓練的精技小組在那裡也幾乎無能為力，一個沒有受過訓練的女人卻要帶著許多人穿過精技石柱到那裡去。他們可能遭遇到什麼？「那麼……她真的是迷失了？」

「他們會繼續努力尋找。」蕁麻對我說。但我已經大聲說出了那個讓我不能去想像的後果。迷失了，徹底被淹沒在精技的湍流中。

蕁麻還在說話。她說精技小組帶了五天的補給，會在那裡停留至少三天，然後再用精技石柱返回。這支精技小組在擅長使用精技的同時也擅用武器。蕁麻依然希望德瓦利婭還有可能帶著那

些人從精技石柱中出來。他們可能只是耽擱了，但並沒有迷失。我有過這樣的經驗。我知道這種情況是有可能的。蕁麻提醒我，古老傳說中有許多故事講述了人們在不經意間進入岩石，又在幾個月，甚至幾年之後走出來，並沒有因為歲月的流逝而老去。但她的話對我來說就像是流過冰冷岩石的溪水聲一樣毫無意義。我已經很久不曾有過這樣的好運了。

過了一段時間，我察覺到她不再說話了。她也陷入了沉默。最後一點陽光照亮了從她面頰上滑落的銀色淚水。謎語站在她身邊，毫無顧忌地哭泣著。沒有人說話。我們已經無話可說。

我們站立著，等待著。蕁麻用精技聯絡她的精技小組。我嘗試使用精技，仍然毫無結果。終於，疲憊壓垮了她。謎語引領她走向一頂厚實的帳篷。那裡已經為她準備好熱餐。我坐下來，背靠在冰冷的石柱上，等待著。我用了一整個晚上盯著面前無盡的黑暗。

29

家人

這是一份對於本案的真實紀錄。執筆者為書記員西墨爾，講述者為吟遊歌者樂鼓。這位吟遊歌者沒有受過教育，但他已經立誓只會講述事實。

基特尼·摩斯被指控為殺害其年輕妻子的兇手，在春季慶後的第十五天，他被拖到公鹿堡附近的見證石前。他並非自願前往。他妻子的兄長——匠人強勇要求基特尼在那裡和他用棍棒和拳頭進行決鬥，以證明事實。強勇認為基特尼在酒後扼死了他的妻子織女。基特尼承認在那一晚喝醉了，但堅持說當他回到家裡的時候，發現織女已經死了，並且因為哀痛而昏厥過去。直到他們的兒子發現母親死去，發出恐懼的尖叫時他才被驚醒。

強勇指控基特尼犯有謀殺罪，並要求得到妹妹兒子的撫養權。

決鬥開始之後，基特尼很快就被強勇打得毫無招架之力。當基特尼的棍子折斷時，強勇大笑著承諾他會死得很痛快。基特尼喊道：「艾達在上，我發誓

我沒有做這種可怕的事情。我向女神尋求保護。」

他舉起雙手，轉身開始奔跑。一些當時在場的人說他只是想要逃走。但七位見證人和吟遊歌者樂鼓說他明顯是有意向一塊矗立的石碑衝了過去。然後他消失了，就好像衝進了深水之中。

整個夏季過去了，依然沒有人見到基特尼．摩斯或者聽說關於他的訊息。但有人發現磨坊主塔格有曾經屬於織女的一條銀鏈和一枚戒指。於是他的家被徹底搜查，又有一些被偷竊的物品得以重見天日。現在我們可以推斷，可能是織女發現塔格在她的家中進行偷竊的時候遭到了塔格的殺害。基特尼．摩斯顯然是無辜的。

——書記員西墨爾，《對於基特尼．摩斯案件的紀錄》

我們到達公鹿堡的時候，時間已經過了中午。

為了照顧蕁麻，我們的行進速度很慢。謎語走在她的身旁。她對我的一切憤怒都已經煙消雲散。我們現在分擔著無比可怕的失落，其他一切與之相比都是那樣無足輕重。通過精技，蕁麻已經將我們的悲劇告知了晉責和其他人。我依然無法觸及精技，除了深深的失落感，我的心對其他一切知覺都已經麻木了。

我們在那片古跡遺址中紮營住了五天。蕁麻又從公鹿堡召來一支精技小組。他們盡全力嘗試從我們所在地點的精技石柱中尋找蜜蜂，但就算是耗盡了力氣也一無所獲。當他們回來見我們的時候，身上都帶著凍傷，眼睛全部陷進了眼窩裡。蕁麻向他們表示了感謝，更感謝了獵鹿小組的英勇行為。我們最終不得不收起營帳，離開了那座被淹沒在冬日森林陰影中的精技石柱。但那裡的寒冷依舊重重地壓在我的身上。

我騎著堅韌不屈的馬。這匹馬被訓練得非常好，甚至不需要我費力去駕馭他。頹唐而沉默的我帶著我的鬥士們走在隊伍的最後。我的心中沒有了任何想法。每次當一片希望出現在我心中的時候，我都會將它連根拔除。拒絕去思考我做錯了什麼，我還能做些什麼。我拒絕去思考任何事。

我們在白天騎馬行進，但在我的眼中，一切都是昏暗無光的。有時候，我會慶幸莫莉已經去世，不會在這裡見到我犯下了多麼巨大的錯誤。有時候，我又在猜測自己受到這樣的懲罰是不是因為我對莫莉愛得不夠；當她年紀幼小、軟弱無力、孤苦無依的時候，我卻拋棄了她。然後我又會將我的意識推回到毫無思考的虛無中。

公鹿堡衛兵未加阻攔便讓我們進了城。我們一直來到城堡的場院裡。蕁麻的坐騎周圍彷彿刮起了一場風暴，許多僕人都跑出來歡迎她回家，將她護送入城堡。陷入麻木中的我有些驚訝地發現我的鬥士們站成一排，手握馬韁，正在等待解散的命令。我命令他們返回軍營，並在明天向狐

狸手套報告。該是狐狸手套將他們合併入衛隊的時候了。狐狸手套需要給他們改換制服，並教導他們各種紀律。我沒有餘暇處理這種事情。

我很想知道自己為什麼會回到這裡來，很想知道如果我這就上馬離開又會怎樣。我靜靜地站立了很長時間，知道謎語就站在我身旁，但我沒有轉頭去看他。

他低聲說道：「晉責國王召喚我們所有人去他的私人覲見室。」

我的抗命行為肯定會遭受到國王的斥責，而且他還需要我的報告。對於這些我都不在乎。但謎語在我身邊，實實在在地突顯在我的原智知覺裡。我沒有轉身去看他，只是說道：「我需要先照顧好這匹馬。」

他沉默了片刻，然後說：「我會告訴他，你很快就能過來。」

我牽著馬走進老馬廄。我甚至還不知道這匹馬的名字。我在飛躍和嚴謹之間找到一個空的欄位，便把牠牽進這裡，除掉鞍韉，為牠盛好水，並從一直存放穀物的地方為牠拿來穀物。名叫耐辛的女馬僮走過來看著我，然後又默默地走開了。此後就再沒有人來找我，直到堅韌不屈出現在我面前。他越過馬廄圍欄看著我，「這是我應該做的。」

「這一次不是。」小堅沒有再說話，只是看著我一絲不苟地完成每一個細小的工作。這些都是被過度使用的馬匹回到馬廄之後應有的待遇。我知道這個孩子看到其他人照顧他的馬，一定手癢得厲害。但我需要做好這些事。我需要至少能把這件小事做好。

「牠跑得就像風一樣。我是說飛躍。你借來的這匹馬。」

「是的，牠是一匹好馬。」飛躍也正在越過牠的欄位看著我。我已經做完了，這裡再沒有我需要做的事情，再沒有可以耽擱的藉口。我在身後關上馬廄門，不知道自己可以去什麼地方。

「蜚滋駿騎親王？主人？」小堅悄聲問道，「怎麼樣了？蜜蜂在哪裡？」

「迷失了，永遠地走了。」我大聲說出不停在我腦海中迴蕩的這幾個字。「他們帶她進了精技石柱。孩子，他們在精技魔法中迷失了。他們永遠也無法從另一端出來了。」

堅韌不屈盯著我。然後他抬起雙手，抓住他的頭髮，彷彿要將頭髮從頭皮上扯下來。他的頭低垂到胸前，用緊繃到幾乎尖細的聲音說：「蜜蜂，我的小蜜蜂，我一直在教她騎馬。」

我伸出一隻手按在他的肩頭上。他突然向我撞過來，將他的臉埋進我的懷中。「我拚命想要救她，主人！」這是一陣充滿壓抑的哭聲，他在我的襯衫中不停地抽噎，「我真的很想救她，主人，真的很想。」

「我知道，孩子。我知道你盡了全力。」我背靠著馬廄的牆壁，但我的膝蓋開始彎曲。我滑了下去，坐在乾草上。堅韌不屈癱倒在我身旁。他蜷縮起身子，狠狠地哭泣著。我疲憊地坐著，拍撫著他，希望我能讓自己的悲傷化為淚水、哭泣或號叫，但它只是一劑充滿我身體的黑色毒藥。

小堅的馬越過馬廄俯視著他，又伸長脖子，嗅了嗅這個孩子的頭髮，用嘴唇輕輕撫觸他。堅

韌不屈向上伸出手。「我沒事。」他用沉悶的聲音對那匹馬說。這個孩子很會說謊。飛躍的心緒向我伸展過來。

現在不行，馬，我不行。我已經沒有可以給妳或者和妳分享的東西了。我感覺到牠的困惑。不要有羈絆。如果你沒有羈絆，就不會失落。不要接受飛躍，不要接受堅韌不屈。現在就切斷和他們的一切關係，不要讓這羈絆陷得更深。這才是負責任的方式。

我猛地站起身，對這名馬僮說：「我必須走了。」

他點點頭。我邁步離開。我一直沒有吃東西，也沒有睡覺。我的全身都痛得厲害。我不在乎。我走進廚房門，彷彿自己還是那個無名的小伙子。我遲鈍地向前走，一直走到晉責私人覲見室的門口。這裡曾經是黠謀國王的私人房間。它見證過無數次判決，許多施加在貴族身上的懲戒令旨。在古早時代，不止一名親王在這裡接受流放，通姦的公主從這裡出發前往她們被放逐的偏遠城堡。晉責為我準備了什麼樣的命運？我再一次對自己返回公鹿堡的行為感到費解。也許是因為思考其他可以做的事情太困難了。我面前的兩扇大門很高，是用我所喜愛的群山橡樹雕刻而成的。它們只是虛掩著。我推開它們，走了進去。

雖然在公鹿堡的權力架構中舉足輕重，但這實在只是一個簡樸的房間。房間盡頭的臺基上安放著一把毫無裝飾的椅子，這是為國王或者女王準備的判決王座。房間兩旁也擺放著座椅，它們是為國王的諫臣們準備的。另外一些高背橡木椅靠牆壁排列，如果某些罪行的判決需要有見證人

或是告發罪行的人要參與審判，就會坐在那裡。在房間正中，一圈低矮的木欄杆圍繞著一座矮木臺。受控告的人會跪在那裡，等待君主的裁決。這裡的地板和牆壁都是赤裸的岩石。房間中唯一的裝飾是判決王座背後懸掛的一塊大幅織錦，上面繪製著瞻遠公鹿。房間另一端的大壁爐中燃燒著火焰，但那並不足以驅走這裡的寒冷，或是消散房間中因為久未使用而積存的霉味。

他們正在等我。晉責和艾莉安娜，還有誠毅和繁盛王子、蕁麻和謎語。珂翠肯穿著樸素的黑衣，戴著禦寒的頭巾。和我上次見她時相比，她顯得老了許多。切德也坐在這裡。蜷縮在切德身邊、戴著厚實的羊毛圍巾，彷彿永遠也無法暖和起來的正是閃耀。她靠著自己的父親，彷彿是一個孩子。她的面頰、鼻子和額頭依然帶著嚴寒留下的紅色烙印。機敏筆直地坐在切德的另一邊。切德看著我，但他的目光中什麼都沒有。我注意到阿憨也坐在這裡，正瞪著一雙圓眼睛觀望四周。晉責國王還沒有在判決王座上落坐，但他穿著正式的禮服，戴著王冠。他的王后艾莉安娜頭綁一塊裝飾了鈕釦、刺繡著精緻的獨角鯨圖案的頭巾，上面戴著后冠，看上去莊重而神祕。蕁麻也更換了衣服，但看上去還是很冷、很疲倦。謎語穿著鑲黑邊的公鹿藍色衣服，站在她的身旁，用手臂扶持著蕁麻——我從不曾這樣照顧過她。蕁麻的弟弟穩重也在蕁麻身側，彷彿在將自己的力量給予姐姐。

我挺起肩膀，站直身子，等待著。聽到有別人走進來的時候，我吃了一驚。我轉過頭，看見了幸運，我的繼子。他從頭頂摘下羊毛帽子，被冷風吹過的面頰依然通紅。迅風也隨即跟了進

來，他身後是他的雙胞胎兄弟敏捷。一定也要讓他們見證我恥辱的失職嗎？駿騎，博瑞屈的長子跟著他們進來了。引領他們而來的侍者深鞠一躬便退了出去，並關上屋門。沒有人說話。駿騎用飽含哀痛的眼睛看了看我，才加入到他們的兄弟之中。迅風和敏捷來到了蕁麻身邊。他們擁抱在一起。幸運看著我，但我沒有看他的眼睛。他猶豫了一下，也走過去站在蕁麻和她的弟弟們旁邊。

只有我一個人站立著。

我轉過頭看著晉責，但他只是看著門口。有人小心地敲了敲門，然後才緩緩將門推開。火星走了進來，身上穿著柔和的公鹿堡藍色侍女制服。緩步走在她身邊，將白皙的手掌搭在她肩頭的，是弄臣。他穿著袖子寬鬆的白色襯衫，外面罩著一件黑色束腰外衣，下身是黑色緊身長褲和短筒鞋。一頂柔軟的黑色帽子遮住了他只有一層短絨毛的頭頂。他那雙失明的眼睛掃過整個房間，但我知道為他指引方向的是他放在火星肩頭的手。火星帶著他走到牆邊的一把椅子前，幫助他坐到那裡。穩重環顧了一下房間中的眾人，然後轉頭望向晉責國王。國王略一點頭。穩重走到屋門前，將屋門關緊。

我等待著。這種情形我只見到過一次。那時我才十二歲，而且那時的情景我是透過牆壁上的一個窺視孔看到的。我還清楚地記得那時發生的一切。我知道晉責會走到臺基上的椅子前，坐入王座。其他人會紛紛坐進靠牆的椅子。我會被命令站在房間中央的欄杆後面，解釋我所做的一

切——我的一切錯誤和失職。

晉責顫抖著深吸了一口氣。我有些想知道這對於他會是多麼困難。突然間，我為了將他拖進這場判決而感到深深的懊悔。在此之前，我從沒有想到過他們，從不曾對他們有任何歉意，我想到的只有我沒能救出我的女兒。晉責的聲音並不大，但房間裡的每一個人都能聽見。「相信大家都到齊了。很抱歉我們必須以這樣的方式齊集一堂。在現今這樣的情況下，我們只能以這種祕密的方式見面。我們只能和家人一起面對這場危難。」

這種極不正式的開場白讓我吃了一驚。他轉過頭，沒有看我，而是看著幸運、駿騎和敏捷。「我們給你們送去訊息，告訴你們蜜蜂被綁架了。今天，我們只能給你們更加可怕的訊息。我們失去了她。」

「不！」駿騎拒絕接受這個訊息，他的聲音低沉而顫抖，「出了什麼事？她是怎樣被劫走的？你們怎麼可能沒有抓到綁架她的人？」

幸運的眼睛看過每一個人。他經過訓練的聲音變得沙啞而凌亂：「她是那麼小，那麼柔弱。」

閃耀壓抑住一聲啜泣。晉責說道：「蜚滋，你想要告訴他們嗎？還是由我來說？」

是啊，在宣判之前需要當眾進行懺悔。這才是合乎程序的。晉責沒有擔任好他的角色，但我知道審判該如何進行下去。我走到圍欄後面，將雙手按在上面。「一切是從冬季慶前兩天開始

的。我想要讓蜜蜂度過特別的一天。她……在我們的莊園裡過得並不好。」我猶豫了一下。我到底想要造成多少痛苦？還是盡量少一些吧。切德、機敏和閃耀已經體驗過了太多悲傷。無論他們怎樣辜負了我，我辜負他們的只有更多。

於是我將一切責任攬到了我身上。我沒有提及機敏作為教師的缺陷，也對閃耀的貪婪和孩子氣絕口不言。對於我所做的一切，我都實話實說，從我介入那條狗的死亡到我為了救弄臣而將女兒丟棄給其他人照管。我承認我一直拒絕在我的家中安排一名精技使用者，以便當我不在家的時候方便聯絡，我也從沒有想到有必要安排衛兵守護家園。

我不帶任何感情地講述了我離開家的時候家中發生的一切。我沒有因為閃耀喘息的抽噎而停止。我報告了細柳林的傷亡，還有我在尋找蜜蜂時經歷的一切失敗。我只說我所審問的那兩個恰斯國人所供認的和細柳林人告訴我們的完全吻合。我並沒有說恰斯人為什麼會坦承不諱。我承認，我服用了精靈樹皮，所以無法跟隨我的女兒進入精技石柱。對於從未使用過精技石柱的人們，我詳細解釋了我們為什麼再也不可能找到蜜蜂。她不是死了。不，並不像死亡那樣簡單。迷失，消逝，消散在精技洪流中。一切挽救她的努力都失敗了。

終於，我把該說的都說完了。我搖晃了一下，低頭看著面前的木欄杆，意識到我跪倒了下去。在我供認到一半的時候，我的膝蓋已經彎曲，我正蜷縮在木臺上。

「蜚滋？」晉責問道。他的聲音中只有關心，「蜚滋？你感覺不好嗎？」

「他當然感覺不好！我們全都很不好。現在沒有一件事是正確的。更糟糕的是，我們只能祕密聚集在這裡，悄悄哀悼我們失去的孩子。蜚滋，用你的手臂抱住我的肩頭。來，站起來。」

將我扶起的是珂翠肯。她抬起我的手臂，放在她的肩膀上，然後才站起身。她這樣做很吃力。歲月對她的壓迫要比對我沉重得多。我在她的扶持下蹣跚著走到壁爐旁的一把椅子前，坐下去，感覺到前所未有的困惑和蒼老。我不明白發生了什麼事，直到她的頭巾落下，我看到她剪掉了頭髮。

其他人也聚集到我周圍。晉責輕聲說：「哦，母親，我告訴過您，我們必須有所克制。」

「克制？」說話的是艾莉安娜。她從頭頂抓下后冠和頭巾，露出頭頂。她光可鑒人的黑色秀髮也被剪短了。「克制？」她提起后冠，彷彿要將它狠狠摔在地上。繁盛抱住她的手臂。她沒有從兒子的手中掙脫出來，只是坐到地板上，任由華麗的裙襬堆積在身周。她用雙手捂住臉，透過指縫說道：「我們失去了一個孩子，一個小女兒！瞻遠的女兒！就這樣走了，就像我的小妹妹。難道我們還要經歷這樣的苦痛嗎？還要像許多年以前那樣隱瞞？將悲傷藏在心底？就這樣走了！我們卻只能克制？」

她仰起頭，露出修長的脖頸，就像是一頭為了失去的小狼而哀慟長號的狼。繁盛跪倒在她身旁，用手臂抱住了母親的肩膀。

駿騎提高了聲音：「我們能確定她是永遠地消失了嗎？我們都知道那些故事，關於人們在多

年以後從石柱中走出來……」

蕁麻回答道：「她沒有經過訓練，而且她又是和幾個未經訓練的人一起進入了石柱。她會像是一滴酒落入湍急的河流中。我沒辦法抱有虛假的希望。我們只能接受她已離開的事實。」

我發現自己在顫抖。珂翠肯坐到了我身邊，用手臂抱住我，彷彿是在保護我。「這全都是我的錯，」我向她承認。

「哦，蜚滋，你總是這樣……」她欲言又止。然後，她用更溫柔的聲音說：「沒有人歸罪於你。」

「我在歸罪於自己。」

「你當然會這麼做。」珂翠肯說道。就好像我是一個堅持說月亮是乳酪的小孩子。

艾莉安娜聽到了我們的對話。「不！這一切的罪行都是他們幹的！那些奪走她的人。他們必須被徹底獵殺！就像尖叫的豬一樣，要被拖到屠夫的刀下去殺死！」

「艾莉安娜，蜚滋殺死了他找到的罪犯，石柱吞掉了剩下的罪犯。」晉責竭力安慰自己的妻子。我抬起頭。無論是否失明，弄臣的眼睛和我對視在一起。他站起身，伸手去找火星的肩膀。火星湊到弄臣的手掌下，彷彿這是她早已熟悉的一種技巧。我看到弄臣的嘴唇歙動著，知道他正在悄聲對火星說話。他要去艾莉安娜那裡。這個盟友是預料之外的，又像切德的火藥罐那樣極具爆炸性。

「親人們，」晉責說道。他的聲音中帶有那種控制局面的人所具有的模糊餘韻，「請節哀。我們聚集在這裡，為了小蜜蜂而哀悼。但我們必須隱藏我們的哀傷，直到我們查清楚敵人使用什麼樣的魔法侵害我們，那些隱形的敵人是否還會攻擊我們，對我們構成威脅。一旦我們找到目標，明確了戰術，就會予以反擊。在那以前，我們必須搜集情報，制定計畫。我們不應該驚動各國大公，直到我們能夠向他們提供禦敵的手段。」他搖搖頭，面色嚴峻，緊咬牙關。

「我們不止在一個方面遭受威脅。一頭巨大的綠龍一直在侵襲法洛公國，牠不僅掠食放養的牲畜，甚至還會毀壞畜欄，搶掠藏在裡面的牲畜。另外兩頭龍正在威脅畢恩斯。同時巨龍商人們宣稱他們無法控制那些龍，並威脅會對任何攻擊他們的人進行報復。海盜群島對我們的貿易船隻的稅收增加了百分之三十，並堅持說這些稅款只能用黃金或者沙緣白蘭地支付。提爾司報告發生了一場瘟疫，那裡的羊群和狗正在大批死亡。還有在群山……」

「一直都是如此，」珂翠肯打斷了晉責羅列的壞訊息，「一場悲劇的發生不意味著其他問題就會停止。但你是對的，晉責。我們在這裡是為了失去家人而哀悼，盡我們所能給予彼此一點安慰，無論這安慰是多麼微小。」她站起身，向兒子的妻子伸出一隻手。艾莉安娜握住那隻手，珂翠肯把她扶了起來。「來吧。」

兩位王后領頭，其他所有人跟隨他們來到壁爐前。駿騎——博瑞屈和莫莉的兒子——來到我面前，將手臂遞給我，「你能走路嗎？」他的問話中並沒有憐憫的意味。

「我可以。」但我還是接受了他的手臂，扶著他站起身。他站到了我身邊。

火星在圍裙的口袋裡帶著剪刀。珂翠肯和艾莉安娜已經將她們剪下的頭髮放入絲綢口袋中。隨著這些髮絲被火焰吞噬，房間裡充滿了一股焦臭氣味。這味道讓我想起蜜蜂和我焚燒信使屍體的時候。我的小女兒在那一夜是那樣勇敢。我的喉頭突然感到一陣哽咽。關於我的小女兒的這段記憶，讓我對她充滿了愛憐，卻是她幫助我隱藏一起謀殺案。當每一個人都剪下一縷頭髮，放進火焰中，說起對蜜蜂的回憶，表達自己的悲痛，或者只是默默無言地低下頭的時候，我無法發出任何聲音。幸運提到他送給蜜蜂的一件裙子。為了讓他高興而穿上那件裙子的蜜蜂就像是「節日中的一塊小蛋糕，上面撒滿了糖霜和香料」。珂翠肯帶著深深的遺憾說起自己在看到嬰兒的蜜蜂時曾誤以為她甚至無法長大。蕁麻分享了一件我從不知道的事情：她有一次經過一個房間，看見蜜蜂在那裡跳舞，只有蜜蜂一個人，看著窗外飄落的雪花翩翩起舞。而輪到我的時候，我能做的只有搖搖頭。

晉責接過火星的剪刀，從我的頸後不顯眼的地方剪了一綹頭髮，把他交給我，讓我放入火中。他也為其他人做了同樣的事。珂翠肯和艾莉安娜的頭髮明顯被剪短了，但我們不能顯示出太多會讓其他人感到奇怪的跡象。當弄臣走過來，我要剪下他的一綹頭髮，他伸手按住我的手臂，低聲說：「以後吧。」

這就是我們全部的哀悼了。沒有幼小的屍體被放在火葬堆上，只有我們哀痛的心情。我們小

小的道別儀式並沒有能完成，而且一直都不會完成。在我的家人中間，我卻感覺到前所未有的孤獨。蕁麻擁抱了我。珂翠肯牽著我的兩隻手，看著我的眼睛，只是搖了搖頭。火星走過來，將我帶到切德面前。切德向我微笑著，用很輕的聲音感謝我救回了他的女兒。我不知道他是否真的明白，我已經永遠失去了蜜蜂。

他們每一個人都來到我面前，和我說幾句話，伸手碰碰我，然後就安靜地離開覲見室。蕁麻被弟弟們扶著走了。謎語跟在他們身後。切德的孩子帶著切德回了他的房間。火星引領弄臣離開。幸運跟隨他們溜出房間，可能是想和弄臣說幾句話。我鄭重地向艾莉安娜王后道別，淚水還掛在她的面頰上，她的兒子們護送她離開。

留在這個冰冷房間中的只有我、晉責和珂翠肯了。晉責哀傷地看著我。「我必須離開了。我的三位大公已經趕來公鹿堡，要和我討論巨龍造成的破壞，以及該如何應對他們。」

他吸了一口氣，還想說些什麼，但我只是搖搖頭。「你必須走了，去履行國王的責任。這一點我很清楚。」我的確清楚這一點。但我會催促他回到國王的生活裡，只是因為我渴望著能夠一個人留下。他離開了，走得很哀傷。我轉向了珂翠肯王后。

「不。」珂翠肯堅定地說。

「請原諒，妳在說什麼？」她簡單的這一個字讓我吃了一驚。

「你要送我回到我的起居室去。那裡已經準備好了食物。蜚滋，你不能離開。我也不會允許

你這樣頹廢下去。我能看到你臉上的每一塊骨頭。你的雙手也幾乎只剩下骨架。來吧，跟我走。」

我不想跟她去。我想要回到我的房間，永遠地沉睡。或者騎上一匹馬，衝進寒冬的黑夜。但珂翠肯握住了我的手臂，我們並肩走過公鹿堡的走廊，登上階梯，來到她的起居室門前。這裡緊鄰著她的臥室。我們走進去。她遣走了正在那裡等待她的兩位女士。

桌子上果然已經為我們擺放好了食物和熱茶。湯碗上加了蓋子用於保溫。麵包柔軟而新鮮。茶中加了薄荷和甘菊，以及一種我不知道的、味道馥郁的香料。我毫無胃口地吃著，因為這樣要比拒絕珂翠肯更容易。我喝下熱茶，感覺自己就像一匹拚命奔馳了很遠路程的馬，終於回到了馬廄。我的哀傷並沒有得到撫慰，只是暫時被疲憊所壓倒。珂翠肯向爐火中又放了一根原木，然後回到桌邊，卻沒有坐下，而是走到了我身後，將雙手放在我的肩頭，開始為我按摩。她碰觸我的時候，我的身子一僵。她俯下身，在我的耳邊說道：「該是你停止思考的時候了。現在這段時間是屬於你自己的。低下頭。」

我聽從了她的吩咐。她揉捏我的肩膀和脖頸，談起了過去的事情。她讓我回憶起了群山王國，還有我們第一次相遇的時候，她是如何想要給我下毒。她說到了我們尋找惟真的漫長旅程，和我一同回憶我的狼，我們如何融合為一體。她向我描述找到惟真，發現他發生了那麼大的變化時感到的痛苦。在她的敘述中，我和她一同追憶將自己完全交給了龍的惟真。

爐火漸漸變低。在高窄的窗戶外，冬日的陽光正變得黯淡。「起來吧，你需要好好睡一覺。」她領我去了她的臥室，拉起華麗的紫色床罩，露出潔淨的白色亞麻床單。「就在這裡休息，沒有人會來找你，或者問你問題，好好睡吧。」

「妳的茶。」我說道。她點點頭。

「是為了你好。」她回答道，「而且你既然這樣對待過謎語，那麼這對你也是合適的。」

我沒有理由反駁她，只能穿著多日以來都沒有脫下過的衣服躺倒在她一塵不染的床單上。她從我的腳上脫下靴子，為我蓋好被，彷彿我是一個孩子。

在午夜時分，我動了一下，隨即便醒了過來。我是一只盛滿了哀傷的杯子，但這哀傷是靜止不動的，就像是受傷的人只要不動，傷口就不會那麼痛。慢慢地，我意識到並不在自己的房間裡。珂翠肯的氣味包圍了我。我感覺到溫暖和來自背部的壓力。她就睡在我身旁，靠在我的背上，用手臂環抱著我。這很不對，卻又是這麼好。我將她的雙手握在我的手中，按到胸前。除了被擁抱，有人能睡在我身邊，守護我的背後，我別無所求。她深吸了一口氣，歎息著說出一個詞：「惟真。」

哀傷和失落永不會死去。我們可以將它收進櫃子裡，再把櫃子牢牢鎖住。但每當櫃子被打開的時候，哪怕只是開啟了一條縫隙，失落的氣息就會飄散出來，沉甸甸地充滿我們的胸腔。惟真，就像蜜蜂一樣迷失在精技中。有時候，分享相同的痛楚最接近於治傷的藥膏。我想念我的國

王，希望我能夠有他的力量。「惟真，」我低聲表示贊同，又說道：「還有蜜蜂。」然後我閉起眼睛，睡眠再度帶走了我。

在黎明之前，她將我喚醒。她穿著厚實的冬季睡衣，短髮立在粉紅色的頭皮上，如同一圈灰色的光環。「你應該從祕門離開。」她說道，我點點頭。晉責已經有了太多麻煩，不需要他的母親和堂親之間再出現任何緋聞了。我感到全身各處隱隱作痛。我沒有穿上靴子，而是將它們拿在手中。她跟隨我來到更衣室的門邊。祕門就在這個小房間的牆壁上。在這裡，她抓住我的手臂，將我拉回來，再一次擁抱了我。我親吻了她的額頭，然後是她的面頰。當我放開她的時候，她靠過來親吻了我的嘴唇。「不要懲罰你自己，蜚滋。哀傷不可避免，但不要懲罰你自己。也求你不要逃離我們。我們需要你在這裡，比以往任何時候都更加需要。」

我點點頭，但並沒有回答。她是否知道她剛剛給我戴上了一副怎樣的重軛？

我經過的走廊就像珂翠肯碰過的一切地方，乾淨而樸素。沒有老鼠糞，沒有蜘蛛網，我摸索著一直走到了切德的舊巢穴，盡可能輕巧地走入其中，希望不要驚醒弄臣。

但他正坐在爐火前的椅子裡，將雙手舉在面前，在躍動的火光中活動自己的手指。「你來了。」他對我說道，「你一直沒回來，讓我很擔心。」

我停下腳步。「你以為我逃走了。」意識到我的朋友們都在相信我會這樣做，不由得讓我有些氣餒。

弄臣不以為然地搖搖頭：「你總是這樣。」

「我只這樣做過一次！」

他抿起嘴唇，什麼都沒有說。只有他的手指在繼續跳動。

「你能看見你的手指嗎？」

「我在一片稍亮的背景中看到了黑影。這樣做是為了讓它們更加靈活，儘管這實在很痛。」

他又將手指活動了幾下，「蜚滋，言語是不能表達……」

「是的，它們不能表達，所以我們就不要嘗試了。」

「很好。」隨後是一片安靜。

蜜蜂。蜜蜂。蜜蜂。蜜蜂。想想別的。「我很高興看到你昨天能夠起身離開房間。」

「這讓我很害怕。我想要去找你。和艾莉安娜說話。但……嗯，還不行。我知道我必須逼自己一下。我不能成為一隻牆裡的老鼠，我需要再一次變得柔韌強壯。這樣我們才能返回克拉利斯，結束那裡的罪惡，為我們的孩子復仇。」就像一股突然騰起的烈火，他的憤怒、憎恨和痛苦從他的聲音中爆發出來。

我不能帶著他。我用一種像是謊言的方式告訴了他這個事實：「我現在沒有心情進行謀劃，弄臣。現在我能感覺到的只有哀傷。」還有羞愧。我瞭解這種寂靜。它讓我想起了帝尊的刑訊室。一個人變得一動不動，因為他在評估自己受的傷有多麼嚴重。一個人在問自己，如果我動一

下，會不會死去？

「我明白，蜚滋。如果有必要，就哀悼吧。你的哀慟是種子，它將成長為熾烈的怒火。我會等到你準備好的時候。但想到在那裡受苦的人，想到他們正在等待我們，我便會感到無比心痛。」他又恢復了平靜的外表。

他的眼睛轉向我。他依然是失明的，但我能從他的目光中感覺到責備。我刻板地說：「這樣不好，弄臣。你正在用馬刺扎一匹死馬。」

「那麼，你不抱任何希望了？」

「不了。」我不想談論這件事。

「我本以為你會去追她。」我缺乏怒火的聲音讓他感到傷痛，也讓他困惑。

「如果可以，我會的。我喝了精靈樹皮茶，為的是抵抗敵人的隱蔽魔法。這遮擋了我的精技。我現在像你一樣無法穿過精技石柱。」

弄臣的手指停止了跳動。他將覆蓋傷疤的指尖攏在一起，一邊揉搓它們一邊說：「啊，但我曾經是能夠進去的。」

「現在我們都進不去了。」

「但你的限制會過去的。你的精技會回來的。」

「我覺得它會回來，不過我並不確定。一些古早的卷軸中記錄了讓濫用精技的人永遠失去這

種能力的辦法。那辦法就是使用精靈樹皮。」

「你喝了多少？」

「兩劑。其中一劑是在這裡服用的較弱的精靈樹皮，一劑是我靠近他們的時候服用了岱文樹皮。我相信藥效會過去的。但我不知道它還會持續多長時間。」

弄臣沉默了一段時間。「我本打算前往克拉利斯的第一段旅程通過門石來完成，就像普立卡和我前往那裡的時候一樣。」然後他又沉默了。

「看樣子，你已經全計畫好了。」

火光在他的皮膚上閃耀著怪異的色澤。他搖搖頭。「不，我只是考慮了可能性。至於有什麼是不可能的，我還不清楚。」

「真的？」

「是的。我們將從公鹿堡的地牢離開。我已經從灰燼那裡知道，他曾經數次受命在一條走廊中等待切德大人返回。又一次，他悄悄走過去，繞過牆角偷看了一眼，看到他的主人從一片石牆中出來。一片上面雕刻著符文的石牆。」

「那是通向艾斯雷弗嘉的。」

弄臣氣惱地哼了一聲。「你至少應該裝出一點驚訝吧。」

我忽然明白了，就像窗簾一下子被拉開，陽光透射進來。他正在努力分散我的心神，不讓我

的心裡只有哀思。他想將我從我們一同陷入的痛苦深潭中推出去。我竭力想要找一些新的事情告訴他：「那也是切德垮掉的原因之一：他的好奇心。他太過頻繁地使用門石，在暗中前往艾斯雷弗嘉，在那裡的廊道中尋找更多精技學識。他完全沒有依從兩次使用門石至少要間隔三天時間的規條，往往只是一夜之間就進行一次往返。有時候，他會連續幾個晚上這樣做。」

「無論多少好奇心也無法將我引誘回那個地方。」他說道。聲音中帶著舊日恐懼的陰影。爐火嗶剝作響，我們全都在回憶曾經遭受的折磨。

「但你還是會回到那裡，作為你返回克拉利斯的第一步？」

「我會的。這是我的決心，也是我的需要。」

我什麼都沒有說。只有爐火在寂靜中不斷悄聲耳語，在燃燒到樹脂的時候才會發出一下響亮的爆裂聲。

「那麼，好吧，」弄臣最後說道，「如果你不接受我的這個計畫，你要怎樣做，蜚滋？你要如何計畫你的餘生？」他輕蔑地微微哼了一聲，又問道，「你明天要做什麼？」

他的問題如同一盆冷水澆在我的臉上。我要做什麼？我沒有女人可以照料、可以保護，沒有孩子可以養育。「我剛剛醒過來。我甚至不知道今天要做什麼。」

他皺起眉頭。「現在是早晨了？不是深夜？」

「早晨，黎明。」蜜蜂離開的又一天。今晚又會是同樣的另一個晚上，明天同樣會是一個空

蕩蕩的黎明。我現在應該如何對待我的生活？我知道。但這不是一個我想要與其他任何人分享的選擇。

在織錦掛毯移動的前一個瞬間，我察覺到了她。我看著掛毯一角掀起，火星穿著她整潔的公鹿堡藍色長裙出現在我眼前。今天她的頭上戴了一頂白色的小帽，邊緣鑲綴蕾絲，還裝飾著一圈亮藍色的角質鈕釦。她是即將長大成為可愛女子的漂亮女孩。

而蜜蜂永遠都不會長大了。

「請原諒，大人。我帶著早餐托盤去了您的房間，並把它放在了那裡。但……」她猶豫了一下。我知道她為什麼感到不快。我一直都沒有去過那裡，我的床沒有被睡過。

「我在這裡。我下去的時候會去拿早餐。不必太擔心，火星。」

「哦，大人，我說的不是食物。侍者給了我一個訊息，要我在您醒來的時候就告知您。」

「然後呢？」

「國王會在今天上午與法洛大公見面，在他的私人房間。他非常希望您能夠在前廳等候，他隨後想和您談談。」

「好的，謝謝，火星。」

「很願意為您效勞，大人。」她又猶豫了一下。她本打算向我致以哀悼，但我不想要。我不希望任何人再說起蜜蜂的離去讓他們感到多麼悲傷。她看到了我的神情，只是點點頭。然後她對

弄臣說：「大人，您是否想要現在用早餐，還是再等一下？」

弄臣發出一點介於感到有趣和厭惡之間的聲音。「實際上，我正要去睡覺。也許等一下吧，火星？」

「好的，大人。」火星輕盈地行了一個屈膝禮。我覺得我的臉上閃過了一抹微笑，彷彿這是一個讓她感到快樂的新技巧。然後她就快步離開了。

「好吧，晉責在今天救了你。但我警告你，蜚滋，如果你不決定好你的餘生要做些什麼，會有別人為你做出決定的。」

「這種情況對我來說已經不新鮮了。」我提醒他，「我最好還是去等著晉責的召喚吧。」

「在你去覲見國王之前，最好先去一趟蒸氣浴室。我在聽到你之前就已經聞到你了。」

「哦。」我皺起眉頭，意識到我還穿著離開鈴丘堡時的衣服。我就是這樣睡在珂翠肯的床上的。

「有一件事一直在令我感到困擾。」弄臣突然說道。他靠進椅子裡，手指再一次在火光中躍舞。那些白皙的手指幾乎閃耀著金色的光澤。

「什麼？」

「閃耀告訴你，是德瓦利婭領著他們進入了精技石柱，而不是文德里亞。我相信是文德里亞擁有精技或者是類似的魔法能力，而不是德瓦利婭。我認識她，她是一名僕人，徹頭徹尾的僕

人。她的身上沒有一滴白者的血液，肯定不會精技。她是如何做到的？」

這又有什麼關係？她那樣做了。我開始回想深隱所說的種種細節：「閃耀說，德瓦利婭讓他們一個個手拉手。然後她戴上了一只手套，才去碰觸了石柱。那是一只非常薄的手套，指尖是銀色的……」

我們同時明白了。我瞪大了眼睛，看著他將被傷疤覆蓋的指尖轉向自己，彷彿能看到那幾個被剝去表皮的指尖。「我一直都不明白，他們為什麼要剝下這裡的皮膚。現在我明白了。」

僕人剝掉了弄臣指尖的精技，把它們縫在一只手套上，用它帶我的孩子進入了石柱。我只能努力回憶才能想起該如何呼吸。我感覺到一陣強烈的噁心，眨眼之間，怒火就炸裂了我的哀傷。

我不得不將目光暫時轉向一旁。當我轉回頭的時候，他又在將傷痕累累的指尖併在一起不停地摩擦，彷彿在回憶它們連同上面的魔法被切掉的時刻。

30

蜚滋駿騎親王

點謀國王的時代，精技大師蓋倫認為精技和一切與使用精技相關的智慧都必須受到限制，只能由盡可能少的使用者掌握。蕁麻女士與之完全相反，她剛一成為精技女士時，便建議即使是那些能力不夠強的精技掌握者也應該予以保留，並交予他們力所能及的任務。在她的領導下，召集精技學員的活動每過十年就會進行一次，當學徒們成為正式的精技使用者時，便會組成新的精技小組。

所以，現在一共有十餘個精技小組以及將近二十名精技獨行者效忠於瞻遠王權。海岸線和恰斯國邊界附近的每一座瞭望塔的戍衛部隊中都有一名精技使用者。每一個公國都有一支精技小組為其服務。精技使用者被納入前往外島、繽城和遮瑪里亞的外交使團中。因為能夠即時交流訊息，王國可以更加迅速地派遣軍隊應對各種威脅，被洪水沖斷的橋樑、攔路劫匪和海盜等問題也都能夠得到及時處理，很少會再對王國造成嚴重破壞了。

——書記員塔特索爾，《關於精技女士蕁麻的精技使用紀錄》

在我的房間裡，我找到了正在變冷的早餐和為我準備好的衣服。我盯著食物，沒有半點胃口。然後我將它們撥散一些，彷彿我已經吃過了它們，同時卻又奇怪自己為什麼要這樣做。我是否認為火星或者灰燼會向什麼人報告說我沒有吃飯？她會向誰報告？太荒謬了。

我走下樓，前往公鹿堡的蒸氣浴室，手臂下面夾著我的乾淨衣服。這間蒸氣浴室是公鹿堡裡一個宏大又古老的房間，一個咆哮火焰與冰寒清水相撞擊的地方。這裡有一個洗浴的房間，一個在蒸氣中出汗的房間，還有一個洗掉汗水、穿起衣服的地方。這裡有一部分是供衛兵和僕人使用的。另外一系列房間我從沒有去過，使用它們的是貴族，包括王室成員。今天，我去了那裡。

我在那裡看到一名僕人正等待著接下我的衣服，無論是乾淨的還是骯髒的。我站進浴池中的時候，他將熱水澆在我的身上，為我塗抹肥皂，用布巾擦洗我的身子，然後再用熱水沖洗我。接著他將水潑到燒熱的鐵室中，為我製造出蒸氣。這一切都讓我感到煩亂和氣惱。在大部分時間裡，我對他盡職盡責的服務只是冷漠以對。我竭力不表現出陰鬱或者忿恨的樣子。但這很難。蒸氣浴室曾經是我能夠一個人靜靜思考，或者享受衛兵們粗獷的同伴友情之處。現在這一切都不復存在了。

清潔並擦乾身體之後，我向那名僕人確認我能自己穿衣服，揮手示意他離開小更衣室。這個房間裡有一張長椅，一面平整的大鏡子和一些髮刷。我用這些東西對自己進行了一番整理。

晉責覲見室的前廳是一個很舒服的房間，壁爐中跳動著火焰，長椅和椅子上都有軟墊。描繪

了狩獵場景的大幅織錦被裝裱在鍍金畫框裡，裝飾在岩石牆壁上。等候者可以在這裡吸煙或者喝一杯茶。兩名僕人站在這裡，準備滿足客人的一應需求。我並不是唯一等待晉責的人。一位年長的婦人穿著裝飾許多鈕釦的長裙，頭戴精緻的帽子，已經喝了不止一杯茶。一個衣著樸素的人在桌面上攤開了數束卷軸，正一邊等待覲見，一邊在卷軸上寫著什麼。兩名年輕貴族坐在一張長椅的兩端，彼此瞪視著。他們一定是帶來了需要晉責調解的爭端。

終於，覲見室的屋門開啟，法洛公爵帶著他的諮政走了出來。他的兩名僕人從外面進來迎接主子。他匆匆向我一點頭，便走了出去。與大公一同出來的侍者隨即示意我進入覲見室，這讓我吃了一驚。畢竟在我之前還有其他人等待。一個早就在等待覲見的人清了清喉嚨，但那名侍者完全沒有理睬他，只是快步陪同我進入了覲見室。

這個房間經過精心布置，比前廳顯示出了更多的軍人風格。壁掛的畫面是戰爭和英雄。壁掛之間的牆壁上裝飾著在戰爭中繳獲的武器。房間正中的基臺上擺放著王座。在房間的另一端有一張小桌子，周圍是幾把舒適的椅子。它們緊挨著一座溫暖的壁爐，桌上擺放著各種飲料和點心。

晉責並不在桌邊。

他坐在王座中，身披長袍，頭戴王冠。我不可能不明白，我正在覲見六大公國的晉責國王，而不是與我的親戚相會。我緩步走入房間，回頭瞥了一眼，發現那名侍者已經消失不見了。晉責沒有歡迎的微笑，也沒有非正式的招呼，這讓我無法感到安心。

當我判斷自己已經走到適切的位置上，便鞠了一躬。「國王陛下。」

「蜚滋駿騎親王。」高高在上的王座讓坐在其中的晉責依然能夠俯視我。我等待著。他平靜地說道：「你找到了閃耀．秋星並帶她回了家。我的母親已經在負責照管她。她能夠回到切德大人身邊，給切德大人帶來了莫大的安慰，讓他的病情也舒緩了許多。感謝你的勤勉效勞。」

我低垂下頭。「這正是我出行的目的之一。」

他並沒有回應我的話，而是話鋒一轉，「在你祕密離開公鹿堡之前，我們最後一次聚集在惟真塔討論這次綁架，我曾問過你，你是否還記得我是你的國王。」

我緩慢地點了點頭。

又過了更長的一段時間，他只是在沉默中看著我。然後他緩緩搖頭說道：「蜚滋駿騎親王，我作為你的君主對你說話。今天我將你召喚至此，是為了再一次提醒你，我是你的國王；也要提醒你，你是蜚滋駿騎親王，這是你現在全體公眾心目中的身分。當我們還處在哀痛中的時候討論這件事讓我感到遺憾，但我們必須如此。我不敢放任你繼續這樣下去！」他停頓一下，我能看出他正在努力保持鎮定。

「我重複昨天我說過的話。公鹿堡正在面對各種挑戰，我們的問題絕不只是我們的個人悲劇，也不只是切德大人的離散和你不可預期的精技潮湧。蕁麻真實身分的公開、她的婚姻和即將到來的孩子；湯姆．獾毛和蜚滋駿騎親王的關係；機敏依然有被刺殺的風險；閃耀的繼父還在謀

害切德大人；六大公國和群山王國更是一幅巨大的棋盤，許多枚棋子一直在不間斷地移動著；在我們的邊境以外，我們要對付恰斯國和外島、繽城和遮瑪里亞；我們還要應對龍的壓迫，每一頭巨龍似乎都對一個不同的公國感興趣，我們必須讓牠們全都對和平協商感興趣。」

他的聲音開始顫抖。他停頓片刻，我感覺到他正在努力控制住自己的情緒。但當他再次開口的時候，心痛更超過了他對我的不悅。

「以前，我一直都能依靠你，知道你對六大公國非常關心。而且你總是對我很真誠，就算說出口的話會讓我感到難受，你還是不會隱瞞。我一直都覺得我能夠信任你。至少我知道你不會做任何有礙於我治理國家的事。我不會忘記你為我做的一切。當欠缺考慮的我逃往原血眾的時候，是你把我帶了回來；是你陪伴我解放了冰華，贏得了我的王后。我知道你曾與我的母親和切德大人一同干涉過我的行動，以確保我成為實至名歸的國王。我能夠在這個王座上坐穩，部分原因正是你的努力。」

他停頓了下來。我只是看著我們兩個之間的地面。他一直等待著，直到我抬起頭，和他的目光相對。「蜚滋駿騎．瞻遠，為什麼你要擅自行動？你本可以向我提出質疑，給我你的理由。我會認真傾聽，就像你傾聽我說話。為什麼你不信任我，將你的計畫告訴我？」

我對他說了實話：「我知道你會禁止我那樣做。然後我將不得不違抗你的命令。」

他在王座上稍稍挺直了身子。「你的確違抗了我。這一點你很清楚。」

國王說得沒有錯。我為自己分辨：「不是直接的。」這句話讓我覺得自己很孩子氣。

晉責翻翻眼睛：「哦，求你不要這樣。這對我們兩個都沒有榮譽可言。蜚滋。你必須走出陰影，來到陽光下。你所做的一切也應該能夠昭示在別人的面前。因為你現在重新回到了我們中間，就算是你最微小的舉動也會引起人們巨大的興趣，成為街談巷議的資料。我不是切德，無法立刻創造出一副面具，體面地掩飾住你所做的一切。」在我的靜默中，他深吸了一口氣，「向我報告吧，不要有任何遺漏。告訴我你沒有向我的母親和你的女兒說出的一切。向我報告，就如同我是切德。」

我一時忘記了自己的問題。「切德怎樣了？」

「好些了。你從這裡出去之後，也許應該去一趟他的房間親自看看。不過這事先不著急。蜚滋駿騎・瞻遠親王，現在不是我向你報告。你必須向我詳細描述你自從決定離開公鹿堡之後的一切行動。不要有任何隱瞞。」

我迅速做出了決定。也許現在該是讓我的國王真正瞭解我的時候了，也許他的刺客們不應該隱瞞他們為王權所做的一切骯髒勾當。這是我能夠為自己做的。於是我告訴了他，沒有遺漏任何細節。我提到了向同伴用藥，我是如何兩次服用卡芮絲籽和精靈樹皮。然後我又詳詳細細地告訴了他我對那個英俊的強姦犯和埃里克「大公」所做的一切。

他沒有打斷我的講述。他的臉上看不到任何表情。我說完之後，他繼續沉默了片刻。我竭力

以不明顯的動作移動著身體的中心。他俯視著我。他是否在評估我，認為我是不合格的？他是否希望他沒有將我從暗影中拉出來？

「蜚滋駿騎．瞻遠親王。你曾親眼見證我試圖逃離自己的生活。是你讓我明白我的責任，將我帶回來履行這份責任。

「我知道你一直都沒有被當做親王對待。你被賦予了不符合你的血脈的責任，被訓練去完成絕不應該與你有關聯的任務。切德也是如此。我知道正是出於我祖父的意願，你們兩個才被安排在這條道路上。

「現在，出於我的意願，我要讓你離開這條道路。」他等了一會兒，讓我能夠明白他話中的含義。「你明白嗎？我看出你並不明白。那麼好吧，蜚滋駿騎．瞻遠親王，你永遠都不能再將你自己視作刺客。你永遠都不再是那個完成所謂的『無聲任務』或者實現『國王的正義』的人。我的正義應該被放在天日之下、世人面前；而不是依靠黑暗中的毒藥和匕首去實現。現在，你明白我的意思了嗎？」

我緩慢地點點頭。我的頭在旋轉。在我數十年的人生中，我那麼多次曾決定，我絕不想再殺人。一次又一次，我告訴自己不再是一名刺客。但現在，我的國王將這個名號和這些責任全部褫奪了，同時很像是在責備我。我眨了眨眼。我不再是一名丈夫，幾乎算不上一位父親，現在也不是刺客了。我還剩下了什麼？

他是否感覺到了我的問題？「你將履行瞻遠親王的各種職責，以榮譽和高貴的方式，遵循禮儀，充滿善意。你需要將你在漫長歲月中累積的智慧與我的兒子們分享，幫助並指導他們順利度過他們的早期人生。如果我派遣你完成外交任務，你將妥善進行談判，而不是毒殺某人！這就是蜚滋駿騎．瞻遠親王的人生。」

他每一次說出我的全名，連同我的封號，我幾乎都覺得他在重複一種約束性的魔法咒語。彷彿他在我周圍設立了一種界限。我發現我在緩慢地點頭。這就是弄臣話中的意思嗎？會有人為我找到一種人生。晉責的描述並沒有那麼可怕，但為什麼我又感覺如此空虛？

他還在注視著我。

我莊重地一鞠躬：「我明白，我的國王。」

「那就說出來。」國王的話異常僵硬，充滿了命令的威嚴。

我深吸一口氣。彷彿叛徒一般說道：「我不再是你的刺客，晉責國王。我的一舉一動應該永遠符合蜚滋駿騎．瞻遠親王的身分。」

「不。」國王明確地說，「不是『身分』。你就是。你就是蜚滋駿騎．瞻遠親王。」

我猶豫了一下。「迷迭香女士……」

「就是迷迭香女士。」終於說到這一點了。

各種問題在我的腦子裡跳動，就好像被困在桶中的魚。

「蜚滋駿騎親王，我期待著在今晚的宴會上看到你。」

想到將要重新被塞進宮廷生活之中，我不由得瑟縮了一下。然後晉責又壓低聲音：「你要和你的家人在一起，蜚滋駿騎。我們必須共同擔負起這些事。」

我知道他的意思是讓我離開。我又鞠了一躬，說道：「是，陛下。」然後就退出了房間。

當我經過前廳，回到公鹿堡的走廊中時，我的心神依舊是一片混亂。就在我感覺無處可去的時候，一陣輕微又匆忙的腳步聲在我身後響起。我轉過身，看到火星正向我快步走來。「大人，求你，等一下！」她的面頰呈現出兩片嫣粉，我的心中不由得升起一陣恐懼。弄臣出了什麼事？

不過當火星再次向我開口的時候，她的訊息並沒有我想像的那樣可怕。「大人，我希望您知道，我已經將您的物品搬進您的新房間了。」

「我的新房間？」

「更適合您身分的寓所，嗯，我是指您的新身分，大人。」火星對這件事顯然像我一樣感到不安。她向我搖晃著一枚掛在編織絲帶上閃閃發光的黃銅鑰匙，「您現在住進向日葵寓所了。」

我盯住了她。

「我被告知，那套寓所曾經為耐辛女士和她的隨從所有。」

她的隨從只是一名侍女。那個套房當然要比我的臥室更寬大，和切德的房間在同一條走廊，並沒有能進入間諜巢穴的捷徑。我依然在盯著火星。

「當然，在耐辛女士離開那裡之後，那些房間都經過了翻新。而且我認為應該經過了不止一次翻新。大人，它們非常不錯，有能夠眺望大海的絕佳景致。您還能從那裡俯瞰城堡的花園。」

「是的。我知道。」我無力地說。

「您的朋友將住進曾經由黃金大人居住的房間。他一定很熟悉那些房間，不過這一點我不會向除了您以外的任何人透露。現在我的責任是侍奉他，當然，還有為您服務。我在他的套房中得到了一個房間。」

一個曾經由我居住的房間。我終於找回了說話的能力：「聽起來妳的職責也發生了變化。」

火星搖搖頭，一縷鬈髮從她的軟帽中掉落出來，在她的秀眉之間晃動。「哦，不，大人，我在來到公鹿堡之後就一直是一名侍女。」她微微一笑，但她的眼睛裡依然帶著擔憂。我們有著共同的憂慮。

「當然，的確如此，謝謝妳。」

「哦，這是您的鑰匙，大人。請收下，並前往您的新寓所吧。」

「謝謝。」我鄭重地接過鑰匙，「我認為現在應該去探望一下切德大人了。」

「如您所願，大人，我也是這樣想的。」她又行了一個屈膝禮。這一次她的動作更顯華麗了一些，然後她轉身快步走開了。我向切德的房間走去。我有些懷疑我們住所的變更是切德做出的安排，而箇中原因可能只有切德自己知道，我希望他會將這一切解釋給我聽。

我敲了敲他的房門，一名僕人為我將門打開。我向他的臥室走去，但那名僕人擺手示意我去客廳。我寬慰地吁出一口氣。看來他真的是在好轉了。

切德的客廳色調是苔蘚綠色和橡子褐色。壁爐上懸掛著一幅黠謀國王盛年時英俊形象的繪畫。一只冒著熱氣的罐子裡散發出溫暖芬芳的氣息，縈繞在整個房間裡。切德身穿質地柔軟的華麗長袍，正坐在爐火旁。閃耀坐在他對面的軟墊椅中，雙手捧著一只杯子。她身上的長裙簡單樸素，色調正如同她綠色的眼睛。她的頭髮編成了辮子，盤結在頸後。我相信這是受了珂翠肯的影響。我走進房間的時候，他們全都轉頭看我。閃耀在我眼中顯得憂心忡忡。

但讓我止住腳步的是切德。他露出慈祥的微笑。那是一種只屬於老人的溫和卻又茫然的笑容。和我不久之前見到他的樣子相比，他老多了。我能夠從他臉上乾癟的皮肉中看到他整個頭顱輪廓。他的眼睛幾乎像玻璃珠一樣沒有神彩。有那麼一瞬間，我甚至不知道他是否認出了我。然後他說道：「哦，你來了，我的孩子。來得正好。閃耀為我們煮了茶。味道很香。你想喝一些嗎？」

「這是什麼茶？我還不認識這種香氣。」我緩步走進房間。切德向他身邊的椅子指了指。我小心地坐了進去。

「哦，要知道，這是茶。是用香料和其他東西製成的。我想，這裡還有薑。也許還有甘草根？這很甜，也有些辛辣。在寒冷的日子喝是非常令人愉悅的。」

「謝謝，」我說道。因為深隱此時已經為我倒了一杯茶，並遞到我面前。我微笑著接過茶杯，「就好像你們正在等我過來。」

「哦，能夠有人陪伴終歸是一件好事。我正希望機敏也能來看看我。你見過我的機敏了嗎？」

「是的，是的我見過了。你派他去細柳林找我，還記得嗎？讓他成為我的小女兒的教師，蜜蜂的教師。」

「是嗎？是的，是的，一名教師。機敏一定能做得很好。他是一個心地善良的人。」

切德一邊說話一邊點頭。不，他不是在點頭。那是一種類似於中風的麻痹狀態，一種頭部的顫抖。我向閃耀瞥了一眼。閃耀看著我的眼睛，卻什麼都沒有說。

「切德，求你。」我這樣說著，卻不知道要求他什麼，「你還好嗎？」

「他沒有事，」閃耀警告我，「只要沒有人讓他煩惱，或者提起不愉快的事情。」我懷疑閃耀現在的心情和切德完全不同。

我將茶杯舉到唇邊嗅了一下。沒有我所知道的醫用草藥。我看著閃耀吮了一口茶。她一直都在看著我的眼睛。「這茶裡有一些鎮靜草藥，不過它們都非常溫和。」

「非常溫和。」切德表示同意，並再一次向我露出了讓我感到緊張的和藹笑容。

我將目光從切德身上轉開，直接盯住閃耀：「他出了什麼事？」

閃耀給了我一個困惑的眼神。「在我看來，我的父親沒有問題。他很高興我在這裡陪他。」

切德點點頭表示同意：「我很高興。」

閃耀平靜地說：「他已經不再使用精技隱藏他的年齡，他不能再使用那種魔法了，也不能再使用他過去一直在用的草藥。」

我讓自己的視線在整個房間中遊蕩，竭力壓抑住心中湧起的慌亂。黠謀國王正從肖像中俯視著我。他犀利的目光和剛強的瞻遠下頜只是在讓我更加清晰地回憶起他在去世之前，因為那種退化性的疾病而漸漸變得衰弱無力、意識恍惚、飽受痛苦。為了壓制這種疾病，他服用了許多藥物。不過閃耀的話語又從另一個方面觸動了我的思緒。

「妳是怎麼知道的？妳怎麼會知道他不能使用精技？」

閃耀似乎有一點吃驚，彷彿我問了一個非常無禮的問題。「精技女士蕁麻告訴我的。她告訴我，我的父親曾經過度使用精技，甚至超越了他控制此種魔法的能力。她說她無法很清楚地向我解釋這件事，因為我不具備此種魔法。不過她能確定，我的父親現在非常脆弱，絕對不能嘗試使用精技，其他人也絕對不能嘗試對他使用精技。」

我回答了閃耀沒有問出口的問題。「我對他沒有危險。我喝下了非常強力的精靈樹皮茶，為了確保文德里亞不會欺騙我的心智，蒙蔽我的知覺。這也讓我沒有了使用精技的能力，現在我的精技還沒有恢復。」

「文德里亞。」閃耀說出這個名字的時候，面色立時變白了。她平靜的外表出現了裂縫，我

看到一個飽受虐待的女人拚命地想要從潔淨的衣服、溫暖的床和有規律的三餐中尋得安慰。一個人一旦知道了殘酷的人們會怎樣做，她就不可能完全忘記那些慘痛的經歷，她將一直想起會有怎樣的可能落在自己身上。

「妳是安全的。」我知道自己的話並沒有什麼用。

她看著我，低聲說：「暫時是。但蜜蜂沒能回來，她咬住他，才讓我得到自由。我卻逃走了。」

「這件事已經結束了。」我木然說道，「不要再去想它了。」

房間中陷入了沉寂。切德還在微笑。我有些想知道閃耀還用了其他什麼草藥。

閃耀突然說道：「獾……蜚滋駿騎親王。我想說，我很抱歉。」

我的眼睛躲開了她。「妳已經說過了，閃耀，當我們第一次找到妳的時候。他們搶走蜜蜂不是妳的錯。」

「我要道歉的不只是這件事。」閃耀低聲說。

我想將話題轉移開。「妳知道蜜蜂為什麼會咬抓住你的人，而不是那個抓住她的白者嗎？」

閃耀搖搖頭。房間中再一次陷入沉默，我只是任由這段沉默持續下去。一些事情就算說出來也不會變得更好。

「精技，」我低聲說。這讓閃耀的目光向我轉了回來，「是否有人和妳說起過？作為瞻遠一族的成員，妳也許繼承了這種天賦？」

閃耀看起來吃了一驚。「沒有。」

「嗯。」我要如何應對這件事？很明顯，切德還沒有移除他施加給閃耀的封鎖。蕁麻知道閃耀擁有精技，也知道她被封鎖了。那麼我該插手這件事嗎？我深吸一口氣，選了一條更加安全的路徑，「那麼，妳也許同樣擁有這種能力。等到他們認為時機已到，他們就會測試妳的精技能力。如果妳真的擁有精技，他們會訓練妳掌握它。」我相信，他們給予閃耀的訓練，肯定會和我曾經接受的嚴酷教訓完全不同。

「她擁有精技。」

我們全都轉頭看著切德。他的頭還在不停地微微擺動，幾乎就像點頭一樣。

「是嗎？」閃耀的面色一下子明亮起來，眼眸中也煥發出興奮的光彩。

「是的，妳當然擁有。而且妳的力量很強。」切德的微笑變得更加有力。他專注地看著自己的女兒。有那麼一瞬間，他的綠眼睛又像以往一樣犀利了。「難道妳不記得曾在我的夢中找到過我嗎？沒有受過訓練，甚至不知道自己的能力，妳又是如何使用妳的瞻遠魔法找到我的？我的……親愛的……女兒。」他一字一頓，清晰地說出這句話中的每一個詞。他的目光一直沒有離開閃耀的臉。某種東西在這對父女之間流過，那是一種特殊而私密的東西。我突然知道了他在做什麼。閃耀的精技封印一定是切德確信只有他會對閃耀說出的言辭。除了切德以外，還有誰會同時對閃耀說出「親愛的」和「女兒」這兩個詞？

他們的目光緊鎖在一起，我意識到他們的呼吸節律也完全一樣。閃耀的嘴唇形成了一個沒有聲音的詞，爸爸。寂靜無聲的房間就如同一座深潭。我看著他們，不明白到底發生了什麼，也無法確定眼前的一切是神奇還是恐怖。

我聽到切德寓所的房門被打開，穩重的聲音在他之前進入了房間。「你知道他不應該接觸精技的，蜚滋！」

「不是我。」我應聲道。我看見了走進房間的穩重臉上驚駭的表情。他先看著切德，又轉向閃耀，並在看到閃耀的同時睜大了眼睛。我知道他在呼喚蕁麻。他的目光又閃回到我身上。「她必須停下來！閃耀女士，求妳，請停下來。這也許會殺死他。」

「停下？」閃耀的聲音就如同一個熟睡的人在夢中的囈語，「他是我爸爸。我以為他已經忘記了我，拋棄了我。」

「從未如此。」切德嚴肅地說道。他聲音中的力量讓我覺得他的女兒正在幫助他恢復，而不是摧毀他。

「我不知道該怎麼辦！」穩重無奈地承認。

「我也不知道。」我對他說。彷彿又過了很長一段時間，我才再次聽到切德的屋門被打開。這一次走進來的是蕁麻。她的面頰充盈著血色，彷彿變成了一個我從不曾見過的高大女子。看樣子，她只瞥了一眼就明白了房間中發生的一切。蕁麻又看了一眼她的弟弟。「我們要把他們分

開，動作要非常輕柔。我會幫助切德大人築起他的牆壁。看看你是否能幫助那個女孩。穩重。準備好幫忙。」我的女兒又看了我一眼。「如果你不在這裡應該會更好些。我能感覺到他又在牽扯你，想要把你拉進湍流之中。」

「我會走的。」我一邊說，一邊壓抑住心中的恐懼和不情願。我完全沒有用，而我在這裡甚至比沒用更糟。我只是他們的妨礙。我毫不懷疑蕁麻會對我說這樣的話，但聽到她要我走開，好讓她能安心做她的事情，我的自尊還是感到一陣刺痛。博瑞屈是怎麼說的？就像公牛的乳頭一樣沒用。那就是我。自己的無用和無能讓我感到非常疲乏。

但要讓我離開這個房間還是很難，更困難的則是知道該去什麼地方。我向我的新住處走去。鑰匙在鎖眼中平滑地轉動，我隨即走進了房間。這是一個怪異陌生的地方。所有耐辛和蕾細的痕跡都早已被抹消乾淨。這些房間就像公鹿堡其餘的房間一樣，遠比我還是受耐辛照顧的一個小男孩的時候更加豪華。有人用石膏抹平了凹凸不平的岩石牆壁，並塗上了色調柔和的黃漆——這讓我想到了陳舊的顱骨。這裡主屋的地面上鋪著邊框繪製花卉的地毯。壁爐很乾淨，裡面點起了不算很旺盛的火焰，旁邊整齊地堆著原木柴供我使用。這裡還有刺繡軟墊的椅子，一張貓腳小桌子。沒有任何東西能表明我住在這個房間裡。

在比原先那個巢穴更大的臥室中，我發現我的衣服被整齊地收放在衣櫃裡。這幾件衣服不像長石大人的衣服那樣華而不實，顯然是灰燼為我挑選的。我轉過身，才看見惟真的劍就掛在我床

頭的牆壁上。那個小子真是把一切都想到了。或許這些都是火星想到的——我這樣告訴自己，同時又奇怪自己為什麼這麼難把他們兩個看成是一個人。我從細柳林帶來的背包也在這裡。確認過我的毒藥、小工具、武器和蜜蜂的日記都還在，我不由得鬆了一口氣。這只飽經風雨的舊背包裡裝著我在這些房間中真正擁有的東西。我將它提起來，打開雪松木箱，把背包放在一層層柔軟的羊毛毯子下面。

我在房間四處踱步，就像一頭狼查看囚禁牠的牢籠。在僕人房中有有一副窄床架，一個裝衣服的小箱子、水盆和大水罐。衣箱是空的。毫無疑問，灰燼和火星肯定覺得留在弄臣身邊更舒服。

這裡有一間令人喜悅的小客廳，不過還是要比我記憶中更大。耐辛雜亂無章的書堆顯然讓我記憶中的這裡變得狹小了許多。對牆壁進行了一番粗略檢查，我沒有找到隱藏的門戶。不過我注意到了石膏牆壁上的一個小缺口。那可能是一個窺視孔。我坐在椅子裡，向窗外望去，感覺到腦子空空，雙手也無事可做。沒有任何東西能分散一下我的心神，讓我不去想蜜蜂。我該如何應對餘生中那無數個空虛的時刻？我離開自己乏味的住處，走到弄臣的寓所前，敲了敲門。

我等待了一段時間，聽到門鎖被打開的聲音。房門開啟了一條縫，隨後，灰燼帶著寬慰的神情將房門完全拉開。「真高興你來了。」灰燼急切地向我表示問候，「我完全不知道該如何應付他現在的狀態。」

「出什麼事了？」

我一走進房間，灰燼便關緊房門，並上了鎖，然後對我說：「他很害怕，不想離開那個隱祕的房間，但迷迭香女士堅持要他搬出來。迷迭香女士……我已經不再是那裡的學徒了。我很高興能夠在公鹿堡中做一名簡單的僕人。我知道切德大人……但現在不是我用自己的事情煩擾您的時候。為了讓他安心住在這裡，我能做的一切事情都已經做了。但他還是害怕得發抖，唯恐自己性命有危險。我不知道該如何安慰他。」

這個孩子抬起頭看著我。我臉上的怒容嚇得他後退了一步。「她怎麼敢如此！」我吼道，「弄臣在哪裡？」

「他在臥室。我從密道帶他來了這裡，並盡量將他熟悉的一切都拿了過來。從身體上來說，他肯定比原先好多了，但這次搬家給他帶來了很大困擾……」

我熟悉這套寓所的結構。當弄臣偽裝成黃金大人的時候，我曾經扮作他的僕人湯姆・獾毛住在這裡。與奢侈的黃金大人住在這裡時相比，現在這些房間的裝潢要簡樸得多。我走到臥室門前，響亮地敲門並說道：「是我，蜚滋。我要進來了。」

沒有回應。我慢慢打開門，發現整個房間都處在一片昏暗之中。百葉窗緊緊關閉著，壁爐中的火苗是房間裡唯一的光源。弄臣正坐在面對門口的椅子裡，手中握著一把匕首。「你一個人嗎？」他用顫抖的聲音問。

「現在是。如果我們需要什麼，灰燼就在門外。」我盡可能讓自己的聲音平穩鎮定。

「我知道你們全都認為我很傻。但蜚滋，我向你保證，危險是真實的。」

「我想什麼並不重要。對我來說，重要的是你能感覺到安全。這樣你的身體才能繼續恢復。實際上，我們在這裡的環境已經改變了。沒有人還會加害我們，但我知道，你現在非常不安。」我竭力保持著話音的流暢安穩，一邊向弄臣靠近。我希望他知道我在什麼地方。「當我搬出我的舊房間時，我像你一樣驚訝。今天，晉責國王非常正式地告訴我，我是一名親王，不是刺客。要知道，我也發生了改變。但就像我剛才說過的，重要的是我想讓你感覺到安全。所以，告訴我，我要怎麼做？」

弄臣握住匕首的手鬆開了。「你不生我的氣？不氣惱我的軟弱？」

我吃了一驚。「當然不！」

「你走得那麼突然，甚至沒有回來和我說一聲。我還以為……我還以為你已經厭倦了我一切都要依賴你。」

「不，完全不是。我以為我得到了一個拯救蜜蜂的機會，我必須立刻抓緊它，如果我能早出發一天……」

「不要，你會把自己逼瘋。」弄臣搖搖頭。「她不可能就這樣消失，蜚滋。不可能！」

這是有可能的。我們兩個全都清楚這一點。我讓自己的思緒離開這條道路。「怎麼做能讓你覺得更安全？」

「你已經在做了。只要留在這裡。」他幾乎是用一個抽搐的動作將匕首噹啷一聲放在桌上。「就是這樣。」

「我不能一直留在這裡。但我會盡量經常過來。還有什麼？」

「灰燼有武器嗎？他有沒有學習過格鬥？」

「我不知道。但這樣的事情是可以安排的。據我理解，現在他就是你的貼身僕人了。我可以訓練他成為你的貼身保鏢。」

「這……讓人安心多了。」

「還有什麼？」

「蜚滋，我需要能夠看見。這是我最需要的，能夠看見！你能使用精技恢復我的視力嗎？」

「我不能。恐怕現在還不行。弄臣，我服用了精靈樹皮，這一點你知道。我第一次向晉責報告的時候你也在場。」

「但精靈樹皮的效果會過去的，不是嗎？就像在艾斯雷弗嘉時那樣？」

「我也這樣認為。這件事我已經和你說過了。」現在還不能告訴他，這樣的治療會對我造成怎樣的消耗，「自從灰燼讓你服用龍血之後，你的身體狀況已經大為好轉。也許你的視力也會逐漸恢復。現在你身上的疼痛如何了？」

「好多了，我還能感覺到我的身體……在改變。它的確在逐漸恢復，但這種修復在讓我復元的

同時也對我造成了同樣強烈的改變。灰燼已經告訴我，我的眼睛和原來不一樣了。我的皮膚也是。」

「你現在看起來更像是古靈。」我實話實說，「這副樣子不是那麼吸引人。」

他的臉上閃動起驚訝的光澤。他伸出雙手撫摸臉上已經變得平滑的皮膚。「真是虛榮啊。」他責備自己。我們同時大笑起來。我覺得我們都因為對方的笑聲而吃了一驚。

「我希望你能這樣，」我對他說，「我希望你能好好進食、休息，讓身體進一步好轉。當你覺得你已經做好準備，當我確信如此，我才會讓你在公鹿堡中走動。你會再一次發現生命的美好。品嚐美食、聆聽音樂，甚至走出城堡。」

「不。」他用很輕卻很有力的聲音說道。

我讓自己的聲音變得更加柔和。「我說了，要等到你準備好。而且我會在你身邊……」

「不。」他的聲音變得更加嚴厲。他在椅子裡挺直了身子。當他再說話的時候，語氣格外嚴肅，幾乎有些冰冷。「不，蜚滋。不要溺愛我。他們奪走了我們的孩子，又毀掉了她。我卻因為改換居所而顫抖、哭泣。我沒有勇氣，但這不重要。雙目失明也不重要。我就是在雙目失明的情況下一直來到這裡的。如果我必須帶著一雙瞎眼去殺死他們，那麼我也要行動。蜚滋。我們必須去克拉利斯，我們必須把他們全殺了。」他平靜地將雙手按在身前的桌面上。

我緊咬住牙，壓低聲音向他承諾：「是的。」我發現自己像他一樣平靜，「是的。我會殺死

他們。為了我們所有人。」我俯過身，讓手在桌面上輕敲著向弄臣靠近，將他細瘦的手握在我的手中。他抖動了一下，但沒有抽走。「但我不會拿著鈍掉的刀刃就去完成這個任務，帶著一個正從重傷中恢復的人去完成這個任務就更不應該了。所以，注意聽我說。我們要做好準備。我還有許多事要做，你也一樣。找回你的健康，你的勇氣也就會回來。從在公鹿堡內部活動開始。想想你要給自己一個什麼樣的身分。再次成為黃金大人？」

一抹淺淺的微笑浮現在弄臣的嘴角。「我倒是想要知道，他的債主們是不是還像我逃走的時候一樣憤怒。」

「我不知道。我要去查查看嗎？」

「不，不，我認為我應該為自己設計一個新的角色了。」弄臣停頓了一下，「哦，蜚滋，切德怎麼樣了？他遭遇了什麼。如果沒有了他，你要怎麼辦？我知道你一直在依靠他的幫助。實際上，我也是。」

「我希望他能恢復。但就算沒有他，我們也能做事。」我竭力讓自己的聲音顯得更加樂觀，充滿豪氣。但弄臣臉上的沮喪神情只是變得更沉重了。

「我希望能夠去看看他。」

我吃了一驚。「你可以。你應該去。也許明天吧，我們可以一起去。」

弄臣拚命地搖著頭。他的淺色頭髮又變長了一點，但還沒辦法垂下來。他每一點輕微的動作

都會讓它們來回晃動。「不，我不能。蜚滋，我不能。」他深吸了一口氣，盯著我，臉上寫滿了痛苦。然後他不情願地說道：「是的，我必須。我知道我必須有個開始，而且要快。」

我緩慢地回應他。「確實，你必須。」我靜靜地等待著。

「明天，」他最後說道。「明天我們會一起去探望切德。」他深吸了一口氣，「現在，我要到床上去了。」

「不，」我用愉悅的語氣說道，「現在是白天，既然我暫時無事可做，我決定你要醒著，和我說話。」我走到窗簾低垂、百葉窗緊閉的窗前，拉起窗簾，將老式的內開百葉窗完全打開。冬日陽光透過厚實的螺旋紋玻璃照射進來。「外面的天氣也很不好。風暴吹過水面，激起了大片的白色浪花。」

弄臣站起身，小心地邁動腳步，雙手摸索面前的空氣。他找到我，又沿著我的手臂摸到窗戶，用失明的眼睛盯著窗外。「我能看到光，能感覺到玻璃上的寒氣。我記得這裡的景色。」他突然露出微笑，「窗戶下面就是陡立的牆壁，對不對？」

「是的，無法爬上來。」我站在他身旁，直到他突然歎了口氣，我感覺到他的身子不再像剛才那樣緊張了。我的腦子裡冒出一個主意。「你還記得我的養子嗎，幸運？」

「我從來都沒有能好好認識他，不過我記得他。」

「他也來公鹿堡了，是為了參加對蜜蜂的哀悼。我一直都沒有太多時間陪他。實際上，我幾

乎還沒有和他說過話。今晚我想要請他為我唱歌。唱些老歌，一些蜜蜂喜歡的歌。」

「音樂很能撫慰人心。」

「我想請他到這裡來。」

弄臣按在我身上的手臂繃緊了。過了一會兒，他用非常輕的聲音說：「很好。」

「也許珂翠肯能和我們一起。」

弄臣依然有些顫抖地吸了一口氣。「我想，這樣應該會令人高興的。」他的手緊緊抓住了我的袖子。

「我也這樣想。」

我感覺到自己振奮的心情，這讓我吃了一驚。耐辛曾經告訴我，停止自怨自艾最好的辦法是為別人做些事。也許我已經在不經意間發現，在短時間之內我的人生可以做些什麼：帶弄臣脫離這種飽受恐懼打擊的狀態，回到能享受一點娛樂的人生中。如果我能夠實現這個目標，當我出發的時候，我的良心可能也會有些安慰。所以我用了一個小時的時間和弄臣計畫今晚的聚會。灰燼很高興被派去通知廚房為晚上的聚會準備餐點，然後再去找幸運，向他轉達我的請求。另外，他還被派到老馬廄去找堅韌不屈，把烏鴉帶到弄臣的新寓所來。當我最後離開弄臣的房間時，恰好遇到那兩個男孩走上樓梯，烏鴉正站在小堅的手臂上，就好像是一隻獵隼。兩個男孩一邊走，一邊熱絡地交談著。我相信，將小堅介紹給弄臣，成為他在這裡不多的幾位朋友，對他們都會是一

件好事。

我沿著走廊向我的新房間緩步走去。幸運會在那裡和我見面。我感到一陣強烈的懊悔。我到底出了什麼問題？在蜜蜂迷失之後僅僅幾天就在弄臣的房間裡安排這樣一場聚會。我的哀傷一定會再一次如洪水般湧來，徹底凍結我的心，讓我重新陷入號啕痛哭之中。我在哀悼蜜蜂，但這是一種不確定的哀悼，畢竟我們無法證實她真正死去了。自從冬季慶之後，她就已經失蹤了。她離開我的時間絕不僅僅只是這幾天。

我搜尋內心。我真的相信她死了嗎？她離開了，就像惟真離開了珂翠肯。我們無法再與惟真聯絡，再也看不見他。在我無法進入的精技洪流中，蜜蜂也許還有絲絲縷縷的存留。我很想知道，蜜蜂現在是否會遇到惟真，她的曾祖父黠謀國王是否會從她的點點殘餘中認出這個曾孫女。

只是個美好的幻想而已——我如此責備自己。一個孩子氣的自我安慰。莫莉的死對我來說曾經是那樣難以相信，但時間會掃除我的懷疑。蜜蜂終究是走了。這個白天剩下的時間如同涓滴細流般緩慢地消逝著。幸運在我面前用雙手捂住臉，痛哭不止，又讓我看了他在夏末就為蜜蜂準備好的禮物。那是一個玩偶娃娃，用一粒乾蘋果做頭，用細小的樹枝編成雙手，有一雙海貝眼睛，翹起的嘴唇綻放出笑容。我從沒有見過這麼奇特的玩偶，覺得它有一種古怪的魅力。幸運將這個玩偶給了我，我把它放到床頭櫃上。在這個玩偶的注視下，我懷疑自己是不是還能睡得著。

那天晚上，在弄臣的房間裡，幸運唱了蜜蜂最喜歡的一些歌曲，其中有古早的歌謠，數數

歌，還有曾經讓蜜蜂大笑不止的呆瓜歌。烏鴉一直照著節拍點頭，有一次還高喊：「再來一個，再來一個！」珂翠肯坐在弄臣旁邊，握著弄臣瘦骨嶙峋的手。我們享用了薑餅和接骨木酒。也許喝的酒有一點太多了。幸運祝賀我成為親王，擺脫了原智私生子的身分。我則祝賀他成為了著名的吟遊歌者，而不再是有著奇異眼眸的紅船私生子。此時此刻，我們兩個真是有趣得可怕。灰燼只是驚訝地盯著我們；受到邀請參加聚會的堅韌不屈則彷彿因為我的行為而遭到了羞辱。

那天晚上，我睡著了。第二天早晨，我和弄臣共進早餐，然後接受邀請與誠毅和繁盛進行賭博。我不想去，但他們不容許我拒絕。我知道他們是出於好意，希望能夠讓我從悲痛中分心。我穿著惱人的衣服，沒有隨身藏匿匕首和毒藥，和他們一起拋擲用翡翠和赤鐵做成的骰子，在我一直沒有搞明白規矩的賭局中輸得很慘。我的賭注是小枚的銀幣，而不是我年輕時在酒館裡用的銅錢。那天晚上，我去看弄臣，發現幸運正在那裡給灰燼和小堅唱著一些非常傻的歌曲。我坐下來，傾聽著，臉上帶著喜悅的表情。

做出決定，實際上，只要做出一個決定。弄臣是對的。如果我不選擇該如何度過我的餘生，就會有其他人為我做決定。我覺得自己就像一塊礦石，被打碎成粉末，又被加熱，直到我完全融化，從坩堝中被傾倒出來。而現在，我被鍛打成了某種全新的東西。我慢慢意識到我會成為什麼，就像遭受過沉重的一擊之後，麻木感正一點點消退。這個過程是不可阻擋的。在無眠的夜裡，我的計畫逐漸成形。我知道我必須做什麼，根據我冰冷的評估，我知道我只能一個人去做。

我告訴自己，在我開始之前，我將不得不做出了結。一天深夜，我發現自己露出乖戾的微笑，那時我正在回憶弄臣是如何結束他作為黃金大人這個角色的。他的脫身計畫和他的想像並不很一樣。他不得不沒命地從債主們的糾纏中逃掉了。我決定，我要從容和緩地離開，肯定不會像弄臣失蹤時那樣令人惱火。

漸漸地，我跌跌撞撞地進入了一種特別的常態生活中。我認真觀察每一個我要離開的人，仔細考慮他們每一個的需要，以及我該如何為行動做準備。我履行了對弄臣的承諾，將灰燼帶到操練場中，把他交給狐狸手套。狐狸手套要求我再提供一名和灰燼體型相當的訓練同伴，我給了她堅韌不屈。她從教他們使用木劍開始，並以比我快得多的速度看穿了灰燼的偽裝。開始訓練這兩個孩子的第二天，她就將我拉到一旁，拐彎抹角地問我是不是注意到灰燼身上有一些「奇怪」的地方。我回答說，我自己的事情，我知道該如何處理。這讓狐狸手套露出微笑並點了點頭。我沒有看出她因此對灰燼的訓練做了什麼改動。

我將我的衛兵完全交給狐狸手套管理。最後剩下的幾名鬥士也都接受了她反覆的紀律捶打，開始成為了有用的衛兵。狐狸手套要求他們繳出鬥士制服，和我的衛隊成為一體。私下裡，我請求狐狸手套，如果切德大人提出要他們完成任何特別的任務，也請他們盡力去完成。切德的間諜網和以前供他驅遣的人都已經不再為他所用。我覺得他也應該為自己建立一支衛隊，但這位老刺客根本不為自己做這種考量。狐狸手套嚴肅地向我點點頭。我也完全信任她的能力。

繁盛和誠毅再次邀請我和他們賭博的時候，我反而邀請他們去操練場。在那裡，我探了一下他們的底。他們並不是某些人以為的那種驕縱的城堡貓咪。在木劍和木劍的對抗中，我確認了他們是男人，是我的同族。而且他們是很優秀的男人。繁盛已經有了愛人，並且期待著能夠按照他的意願向世人公布她。誠毅並沒有王儲冠冕的負擔，正有十幾位貴族女士爭著要和他一同騎馬、對弈和享用美酒。我能給他們的正像惟真能夠給予我的一樣。我成為了那個比他們的父親更老的人，向他們講述祖父的故事——當然，只有那些我認為他們應該知道的故事。

我任由自己以這樣的方式道別。公鹿堡的冬季帶我回到了我的孩提時代。確實，如果我現在想要，大可以加入到身著華服、噴著香水的貴族中間，玩玩骰子或者其他賭局。這裡還有來自遮瑪里亞的歌手和香料群島的詩人。但在大火爐前面，獵人們正在箭桿上黏好尾羽，女人們在紡布或者刺繡。人們在火光中工作，同時傾聽著年輕一代的吟遊歌者歌唱，或者觀看學徒們無休止地排演著他們的木偶戲。當我還是個小男孩的時候，即使是私生子也會在這裡受到歡迎。

我在這裡感到很舒適，能夠從容來去，享受這裡的音樂，看著年輕的僕人笨拙地彼此追求，男孩女孩們玩著各種惡作劇。這裡的火光很溫柔，人們的步履很輕緩。我不止一次在這裡看到灰燼和堅韌不屈。有兩次我看見了火星。她從遠處看著那位灰燼的朋友，臉上帶著一種憂傷的表情。

切德依舊處在那種親切卻又糊塗的狀態。他在自己的房間裡用餐。我去看他的時候，他會歡迎我，卻從沒有顯示出他清楚地記得我是誰、我們兩個之間有什麼關係。他的身邊總是有人陪

伴，經常是穩重或閃耀，有時候是一個名叫迎潔的漂亮精技學徒。切德總是很喜歡她在身邊，而她看起來也很喜歡切德。我有一次走進切德的房間，發現迎潔正在為切德梳理白髮，並唱著一首關於七隻狐狸的歌。有幾次，我想和切德進行私密交談，便讓她去做些小事情。她總是很快就趕回來，我甚至沒有一點時間能夠從切德那裡得到任何真正的回應。

珂翠肯已經將閃耀控制在手中。這個女孩的穿著變得更加穩重，也更加優雅。每當我瞥到她的時候，她都在忙碌著。蕁麻開始了對她的精技教導。閃耀似乎很滿足於宮廷生活，成為珂翠肯的小圈子裡的一份子。沒有年輕男人被允許向她獻媚。珂翠肯選擇勤勉聰慧的年輕女子作為她的同伴，閃耀正在王后的恩澤與光輝中絢爛綻放。有一件事我不能確定，不過我猜測她的寧靜神情一部分來自於藥草茶的功效。在找到了自己的父親，並得到父親的寵溺之後，她似乎接受了失去機敏這個愛人的事實。在心情陰暗的時候，我會思考是不是閃耀在恰斯人手中的經歷讓她失去了接受男性伴侶的熱情。而我只能得出一個更加陰暗的結論——如果是這樣，那麼我是完全無能為力的。

我知道我不得不從她那裡得到更加全面的關於那些綁架犯的情報。我向蕁麻提出請求，因為我擔心讓她回答令人不安的問題，也許會觸發她體內的某種精技風暴。蕁麻立刻對我的請求表示贊同，她也認為我們必須瞭解她所經歷的一切。珂翠肯則不太願意讓閃耀接受過於詳細的詢問。但是當這件事被擺在晉責面前的時候，他同意這樣做是有必要的，但也建議我們要盡可能溫和地

進行詢問。我準備了一張問題清單，但提問的人將是珂翠肯。蕁麻也會在場，監測閃耀的情緒波動。我也將參與詢問，但我要躲在一面牆壁之後，重新使用舊日的窺視孔。在那裡，我能聽到她們的交談，進行記錄，又不會因為我的出現而增加閃耀的焦慮。

詢問進行得很順利，不過當時的情形完全是我沒想到的。珂翠肯叫來閃耀，要她幫忙分揀一大籃子糾纏在一起的彩色紗線。蕁麻也加入其中，似乎只是偶然來探望王后。就像女人們常會有的反應那樣，她自然而然地坐下來，開始將那些紗線分開，重新纏繞整齊。她們不停地談著各種瑣碎的事情，直到等待情報的我覺得自己要瘋了。不過珂翠肯終於將閃耀的思緒引回到了那個可怕的日子——那個閃耀被徹底帶出她往昔人生的日子。然後，珂翠肯就沒有再說話，只是傾聽，偶爾會發出同情的喟歎或者是用一、兩個詞引導女孩繼續說下去。

我覺得閃耀在說出自己的遭遇之後變得輕鬆了許多。她的話語一開始還有些猶豫，然後就變得滔滔不絕。我知道了一些綁架犯的名字，並在極度的心痛中聽到他們是如何無視我重病中的孩子。直到閃耀提起蜜蜂脫皮的事，我才明白發生了什麼。就像弄臣一樣。看樣子，蜜蜂已經接觸到了她命中注定要做的事。她的膚色變深了。但聽閃耀的敘述，蜜蜂的膚色卻是變淺了。我將這其中可能的意義拋在一邊，頑固地告誡自己，我必須先用心聽取閃耀所說的每一個字。以後我會再去思考它們對於我意味著什麼、對於弄臣意味著什麼。

我小心地記錄下每一個令我感到椎心疼痛的細節。想到那個英俊的強姦犯和埃里克大公都在

我的手中不得好死，我總算還是稍稍高興了一點。但就在閃耀的講述即將結束的時候，令我感到恐慌的是，她再一次向珂翠肯和蕁麻承認，當她發現被她視為愛人的那個男人其實是她的兄長時，她是多麼痛苦。那時她開始哭泣。一個心碎的女孩在漫長的噩夢結束之後痛哭失聲，因為她醒來時，發現她愛的那個男人永遠不可能如她所願地屬於她。

蕁麻掩飾了自己的震驚。珂翠肯簡單地說，他們兩個那時都是不可能知道這件事的。這兩位成熟的女性沒有責備閃耀，也沒有給她建議。她們只是任由她盡情地哭泣，然後在大軟椅上沉沉睡去。蕁麻為她蓋好被子，便離開房間。珂翠肯則繼續分揀籃子裡的紗線。

蜚滋機敏則無法以安寧的姿態接受他和閃耀是兄妹的事實。讓我感到驚訝的是，他並沒有拋棄自己的私生子之名，接受切德的姓氏。連續幾個星期裡，他只是處在陰鬱的沉默中，和我們沒有任何交流。和閃耀同桌而食的時候，他只是盯著自己的食物，完全不參與交談。我很慶幸切德大部分時間都在自己的房間裡用餐，閃耀也會經常去那裡陪他。否則年老的切德一定會很快察覺到機敏的糟糕狀態。當機敏和閃耀在走廊裡擦肩而過的時候，他向閃耀背影投去的目光中明顯無疑的情感讓我感到很不舒服。我不敢插手他們的事情，但就在我確信不得不進行干預的時候，謎語行動了。

一天晚上，謎語讓機敏坐到我們兩個之間，要和機敏談論一下他喜歡的公鹿堡城中的酒館。這導致我們進行了一場深夜探險。我們一共去了三家酒館，在夜晚即將過去的時候，我們三個踉

踉蹌地回到了公鹿堡。當我們一同在黑暗冰冷的道路上摸索的時候，機敏突然號叫起來：「根本沒有人明白出了什麼事，我又是什麼感受！」謎語轉頭看著他，直白地說：「你已經很幸運了。你關心的人也已經很幸運了。把這些放到腦後，二十年以後再去想它。無論發生了什麼，你都已經無法改變。所以，不要再死死抓住它們，讓時間和距離來解決你的問題吧。」

我在黑暗中深一腳淺一腳地走在他們身旁。夜晚的冰冷空氣讓我的臉彷彿罩上了一層僵硬的面具。我努力想要進行思考。就在這時，謎語唱起了那首關於伐木者兒子的古老歌謠。在他唱過第二段之後，機敏和我都加入進來。第二天晚上，當機敏來到餐桌前的時候，他宣布說他白天乘著小艇釣魚，釣到了一條小孩子那麼大的鯿魚。當機敏低頭進餐時，我看見蕁麻給了謎語一個非常特別的微笑，也不由得在心中感到高興。在這一餐中，機敏顯示出了從冬季慶之後就不曾有過的好胃口。

緩慢的冬季月份終於一點一滴地離開了我們。我比之前人生中的任何時刻都更加孤獨，這很適合我。我也在營造我的獨居環境。我不讓任何事物和我有太深的接觸。孤身一人，我制定了我的計畫。帶著一顆獵人的心，我等待冬天過去，更適合遠行的季節到來。我寫了幾封非常長的信，一封給幸運，一封給珂翠肯，另一封給蕁麻和謎語。我還考慮寫一封信給我未出世的外孫，又認為這只是我自己在感情用事。給切德的信是最難寫的，因為我不知道他是否能以健全的心智讀這封信。就像惟真一樣，我在信尾簽下名字，封錮妥當，才把它們收起來。

每一天我都在忍耐、等待。慢慢地，破碎的東西開始癒合。我的精技回來了。先是偶然間的一點一滴，然後是絲絲縷縷。一開始，我盡可能少地使用它——我應該尊重女兒的建議和心願。然後，我開始練習使用它，但還是嚴格遵守訓誡，只向阿憨發出私密的訊息，或者向蕁麻發出一般性的交談。我開始察覺到公鹿堡內的各個精技小組，並不知羞恥地偷聽他們的不加防備的交流。無論是建立自己的精技約束，還是重建身體肌肉和戰鬥技巧，我都做得有條不紊。白天的時候，我在操練場上為自己增添傷痕；到了晚上，我練習投擲小刀和從袖口中投灑毒藥。我期待著天氣變得適宜出行，也在等候我自己變得更加致命。

對於由我負責的每一隻生物，我都給予牠們妥善的照管。小丑成為了弄臣房間中快活的一份子。堅韌不屈每天都會帶著牠來探望弄臣。對於弄臣而言，牠成為了一個人類無法替代的伴侶。有時會，我幾乎會好奇是不是已經有一根原智絲線將他們連在了一起。小丑會揀選弄臣話中的字詞，就像鴿子啄食穀粒。儘管雙目失明，弄臣卻不遺餘力地教導牠說話的技巧。有一天，弄臣對牠說：「拿走蜚滋的勺子。」牠立刻迅捷地跳過桌面，將我的勺子偷走，交給了弄臣。我從沒有感到如此驚訝過。小丑似乎不會回應我的原智，但牠的語言能力和識別語言的能力只有接受原智牽繫的動物才可能擁有。牠讓我感到困惑。

至於說飛躍，當我居住在城堡裡的時候，就幾乎用不到馬匹。我偶爾還是會去馬廄看牠。有幾次，我發現耐辛正靠在飛躍的欄位門前，顯然是在欣賞這匹馬。於是，有一天飛躍向我晃起腦

袋的時候，我絲毫不感到驚訝。

你欠我的情？

提要求吧。

我找到了我的同伴。你要讓我和她在一起。

成交。

事情就這樣決定了。在那以後，飛躍便徹底鄙棄了我。當我要求那個女孩負責照料飛躍，並每天遛馬的時候，堅韌不屈有一點生氣。不過我拒絕改變主意。我看到了那個女孩在接過這份責任時眼睛裡的光彩，便知道她一定會因為照看這匹馬而感到快樂，並向這匹馬完全敞開心扉——這是我做不到的。我去馬廄的次數愈來愈少。我已經看到飛躍和耐辛建立了牽繫。我不會再介入他們。那位被我冷落的伙伴將自己完全獻給了另一個人。我應該承受因此而感到的懊悔。想要改變這一切已經太晚了，而且就算我能改變，也不會那樣去做。

弄臣的身體還在持續恢復，但速度非常緩慢。一天傍晚，我正在城堡大廳的壁爐前，他來到我身邊。我感覺到一陣寬慰。灰燼顯然為他挑選了衣服。我能看出他在為自己導致的騷動感到愉快。他穿著一件風格屬於半個世紀以前的長袍，上面鑲嵌著用另一種布料做成的月亮和星星。他戴著曾經屬於長石大人的鬆垂帽子。現在這頂帽子上還裝飾著綠色的鈕釦和黃銅與錫的小魔符。

他拄著一根手杖，上面雕刻著長蛇和龍。那是他自己的作品。我很高興看見他又拾起了舊日的手藝。小丑站在他的肩頭，讓他顯得更為與眾不同。灰燼引領他來到我身邊的座位。對於那些向他打招呼的人，他自我介紹是灰白，一名來自於塞梯恩的旅行者。他沒有給自己加上「大人」的頭銜，而是說自己是一位賢者，來到公鹿堡是為了研究瞻遠一族的傳奇魔法。他的穿著充分表明了他的身分，更與他金色雙眼和帶著傷痕的面孔正相吻合。在走出房間的第一個夜晚，他並沒有逗留太久。不過，隨著冬季過去，他也漸漸開始在公鹿堡各處走動了。作為灰賢者，他沒有結交新朋友，不過他會去拜訪認識他的人。我能看出他在這個新角色中找到了一點樂趣。灰燼和火星也都非常喜歡為此而幫助他。我覺得，這兩個年輕人應該能照顧好我的老友。所以，即使是對於弄臣，我也封閉了我的心情和想法。

我看著蕁麻的身子愈來愈重。謎語也對她愈發關心。珂翠肯和艾莉安娜都無法掩飾為她感到的喜悅。我很高興她能夠被愛她的人們環繞著，儘管我只能小心地保持著和她的距離。如果我不讓任何人依賴我，我就不會辜負任何人。

在大多數夜晚，睡眠都在逃避我。不過我並不真的在乎這種事。在黑夜中，公鹿堡的圖書館變得空空蕩蕩，只剩下我和我的油燈。我開始謹慎地檢索這裡收藏的文獻。曾幾何時，切德發展出了一種被他稱為白色先知信仰的迷戀。我找到他搜集的卷軸，將其中的一些重新翻譯，另一些則一絲不苟地進行謄寫。終於，我找到了我所需要的資訊。克拉利斯非常遙遠，比我去過的任何

地方都更加遠離公鹿堡。關於前往那個地方的記載都很古老，有時甚至是相互矛盾的。我沒有與任何人討論我的工作。搜集情報的工作非常緩慢，佔用了我大量時間。

我也會抽時間去公鹿堡城，到水手們聚集的幾家酒館去。我找到那些去過遙遠地方的海員，向他們詢問是否知道一個名叫克拉利斯的地方。有三個人聽說過那個地方，但只有一個人自稱曾經去過那個遙遠的港口。那時他還是一個男孩，那是他最早的一次出海旅行。儘管這位嘮嘮叨叨的老人竭盡全力想要告訴我那附近的港口，但時間、嚴酷的生活和許多朗姆酒已經侵蝕了他的記憶。「去香料群島吧，」他對我說，「那裡的人會和白島僕人做生意。他們會帶你駛上正確的航程的。」這是一個很小的線索，但它至少讓我的旅程有了起點。

讓我感到安慰的是，我的刺客技藝已經不再屬於我的國王了。我甚至將這種寬慰的心情告訴了晉責。那是一天黃昏時，在切德房間裡的一次私人晚餐中。我的老導師無精打采地挑揀著食物。我們的國王則在解釋他讓我們搬出密室的決定。「我知道這會讓你感到不舒服，蜚滋，但你的身分需要合適的寓所。一個瞻遠王室的兒子不應該潛藏在祕密通道裡，窺視他的臣民。」他歎了口氣，放下叉子，給了我一個疲憊的微笑，「蜚滋，我已經受夠祕密了。看看這些祕密把我們帶到了哪裡。想想它們是如何扭曲了閃耀和機敏的童年，更不要說你了。他們在不知道彼此關係的時候相逢，這差一點導致了災難。」

我緩慢地咀嚼著晉責的話，眼睛盯著食物，不知道他是如何看出了這件事，同時又希望切德不會注意到國王的這句話。

「想想你的冠冕，還有我父親留給你的信。它們被藏匿了這麼多年，只有切德知道。如果切德在紅船之戰中犧牲，就沒有人知道惟真對你的心願了。我看著切德現在的樣子，看著他不停地微笑、點頭，我不由得會想，他還知道一些什麼，同時又沒有忘記？又有哪些瞻遠歷史的關鍵資訊永遠都不會從他的口中說出了？」

我抬起眼睛，想要看看切德是如何接受這個指責的。但他似乎只是專心地將盤子裡的豌豆分成兩堆。他察覺到我的目光，也抬頭看著我。他的左眼皮慢慢落下，又睜開來。我停止了咀嚼。他是在向我眨眼嗎？或者那只是因為他五官的萎靡？片刻之間，我們的目光交會，但他的綠眼睛就像海水一樣渾濁不清。

晉責還在說話：「我知道這對於弄臣很難，但我認為這是一個明智的決定。也許他永遠都不會像他作為黃金大人時那樣歡快了，但他也不再只是畏縮在黑暗中，他現在肯定要比躲藏在切德陰暗的舊巢穴中好得多。」

「那些房間會怎麼處理？」

「哦，最終，我們會挪走百里香女士房間裡的衣櫃，恢復那裡的屋門。迷迭香女士已經開始整理那裡的物品了。她告訴我，那裡的一些東西必須被謹慎處置。這件事不能著急。畢竟這座淩

亂的老城堡中一個或幾個空房間，絕對不會像畢恩斯的一頭龍那樣值得被關注。關於那頭名叫巴力佩爾的龍，你覺得我們有什麼可以做的？」

「我應該會很高興能幫忙整理那個舊巢穴。迷迭香是對的，那裡一定有一些東西是必須謹慎處置的。我可以在這件事上出些力。」其中應該有許多東西對我是有用的。不過我已經計畫儘早做這件事了。我知道幾個監視密道的入口。但現在不是細說這件事的時候，否則晉責有可能會意識到我的思考方向。我在臉上擺出一副若有所思的神情。

「至於說你的龍，嗯，肯定會有人想要殺死牠。但既然牠能夠跟一些人類對話，而且牠在克爾辛拉龍群中還有親屬，殺死牠也許不是最好的解決手段。」

「確實，這是我們的最後手段。如果我們殺死一頭龍，我們的大公們就會將此視為最容易的解決手段。現在我已經禁止對任何龍採取任何近於戰爭的手段。」

「嗯，那麼唯一的手段就是像對待不禮貌的客人那樣對待牠。選擇你能給牠的，盡量向牠提供，希望牠能夠因此而感到滿意。不要讓牠很舒服。希望牠只會停留不長的一段時間。」我竭力思索新的手段，「將牠們襲擊過的農場和牠們不曾碰過的農場做比較，找出牠們更喜歡哪些環境，不要讓這樣的環境出現。」

「牠們吃得那麼多。」晉責沮喪地嘟囔著。

「太多了！」切德突然附和國王。我們全都向他轉過頭。他的眼睛明亮，裡面燃燒著怒火。

他直盯著我。「這隻鳥裡的迷迭香太多了！它不合我的胃口。有什麼能比一個自以為比主廚懂得更多的助理廚師更糟糕的！笨手笨腳的！她就是這幅德行！」

「切德大人，這不是家禽，而是鹿肉。我根本吃不出任何迷迭香的味道！」晉責溫和地說道。只是這對於切德的抱怨沒有任何用處。

「呸！」切德將碟子推到一旁，用一根滿是節瘤的手指指著我，「我相信，我的孩子肯定會同意我！他從來都不喜歡那個助理廚師攪動鍋子。蜚滋不喜歡。」他緩慢地掃視房間，「蜚滋在哪裡？我的孩子在哪裡？」

「我就在這裡。」我絕望地說。

他猛地將目光轉向我。「哦，我可不信。」他慢慢喝了一口葡萄酒，放下酒杯，再次看著我說：「我瞭解我的孩子。他知道他的責任。他早已經走了，他會走的。」

我找到一點笑容，拍拍他的手。「那個舉著劍跑過公鹿堡的衝動男孩嗎？他的確早已經走掉了，切德大人。」

切德哆嗦了一下。片刻之間，他的綠色眼睛緊緊盯住我。然後他露出空洞的微笑。「這樣也好。」他緩緩歎了口氣，「只是有時候我真的很想念他。」

31

有始有終

在這個夢裡，一切都散發著臭氣。我在一個可怕的地方。在這裡走來走去的動物都沒有了皮膚。他們看上去很像是懸掛在屠宰架子上的鹿，已經被獵人們放乾血，剝掉了皮。我不知道我是怎麼知道這種事的，畢竟我從沒有見過獵人們狩獵，也沒有見過鹿被懸掛起來、在被剝皮前放血。這些動物的身體是黑紅色、紫色和粉色，還夾雜著閃亮的白色筋腱。最可怕的是牠們圓睜的眼睛。牠們不能眨眼。

在街道上，男人和女人們披著動物的皮。這顯然是不對的，但在沃特樹的所有人都認為這是世界上再平常不過的事。我不想在那裡。在水面上，一隻有著寬闊白翼的巨大海鳥召喚我們快一些。牠們要我離開。

——《蜜蜂瞻遠的夢境日誌》

那天晚上，我完全沒有睡著。我跟自己爭論，又拿出蜜蜂的日記，一頁一頁地緩緩翻動它，對她的精美插圖和怪異幻想感到驚歎。但就連這些也無法吸引我的心神。切德是對的。過去那個莽撞的男孩在一個月以前就會出發了。我提醒自己，我有多少次因為衝動而把事情弄糟。第一次，我落進了帝尊的地牢；第二次，帝尊的精技小組差一點殺了我。這一次我不能犯錯。我很清楚這是我最後一次行動了。所以我仔細檢查了各項資源：我的精技恢復了，我的身體變得強悍，武器也準備好了。春天很快就會到來。我已經盡力在公鹿堡做好了各項安排，我還會安排好細柳林的事項，然後再離開。

第二天，我宣布我要暫時返回細柳林。沒有人反對。蕁麻裝了滿滿兩馱籃禮物，要我送給細柳林的僕人們。堅韌不屈要跟我一起去。我相信他應該去探望他的母親，也許就此留在那裡。

我們出發的那一天清晨，天空碧藍清澈。我邀請弄臣和我同行。他拒絕了。這不出我的預料。讓我驚訝的是他說話時聲音中暗含的怒意：「在你猶豫不決、四處亂逛的時候，我必須為了返回克拉利斯做準備。當你說你因為蜜蜂不能跟我走的時候，我理解。當你說她被偷走了，在她被救回來之前你不能離開的時候，我理解。但他們已經毀掉了我們的孩子，你卻依然無所事事。」

他等待著我的回應，我相信我的沉默只是讓他更加憤怒。「我不再明白你了。」他低聲說，「他們毀掉了我們的孩子。我清醒地躺在床上，計畫著復仇。我催逼我的身體變得強壯。日復一

日，我努力承擔起這一切。我已經做好了準備，只等著你說我們要離開這裡，開始遠征。到最後，你卻建議我和你一起旅行，去細柳林。」他的嗓音裡充滿了厭惡。

我對他說了實話。「我還無法相信你的健康狀況能夠讓你返回克拉利斯，更不要說進行你所渴望的復仇了。你還沒有準備好，弄臣。」我沒有說出，他可能永遠也不會開始這場遠征了。

「不管有沒有你，這是我必須做的事。我別無選擇，所以我制定了我自己的計畫。」

「我們一直都是有選擇的，儘管它們看上去都不是好選擇。」

「我只有一條路。」弄臣堅持道。他搖了搖頭，伸手撫弄了一下那一頭雲霧般的淺色短髮。他的聲音發生了變化，「蜚滋，我又開始做夢了，就像我還是孩子的時候一樣。」

「我們全都會做夢。」

「不。並不是所有人都會做這種夢。這些夢較之於普通的夢，就如同飲下葡萄酒跟只是聞一聞酒香的區別！它們的非凡意義是無庸置疑的。」

「它們是來自於龍血嗎？我記得你告訴過我，你做了龍的夢，捕獵和飛行的夢。」

弄臣擺了擺纖長的手指，否定了我的問題。「不。那是不一樣的。那些是……蜚滋，我知道我們前面有些什麼。我瞥到了它們。我們必須出發了。我夢到了從西方來的狼。」

他一邊說話，一邊謹慎地看著我。這些話在我耳中顯得很熟悉，但我不知道以前在哪裡聽到過它們。這一次輪到我搖頭了。「我必須走了，弄臣。有些事情我必須去處理好。」

弄臣抿起嘴唇。「無論有你還是沒有你，老朋友，無論有你還是沒有你。」

於是我離開了他。這實在是一次很糟糕的分離，我們騎馬走出公鹿堡的時候，我一直保持著沉默。我騎著一匹強壯的母馬。牠不介意馱籃有多重。堅韌不屈騎馬走在我身旁，同樣保持著沉默。我覺得回家這件事更讓他感到害怕，而不是歡喜。

我們的旅途平淡無事。天氣一直很好，我的衛兵在客棧中也都行為良好。狐狸手套似乎對他們感到很滿意。愈靠近細柳林，我的心也就變得愈發沉重。堅韌不屈更是悶悶不樂。當我們離開大道，走上通向細柳林的馬車道時，被積雪壓彎的樺樹枝低垂下來，遮住了天空。堅韌不屈轉過頭向路邊望去。我知道這裡正是他被恰斯人用箭射下馬的地方。我們都沒有提起這件事。

我們先看到了被燒毀的馬廄，然後才是主屋。我已經下令將馬廄的殘餘和遇害者的骨骸在這裡一同焚化。現在這些灰燼早已被移走，只剩下一片黑灰色的岩石地基。地基周圍的雪都被踩亂了。新的木料正在被豎起，馬廄一邊的結構已經完成。一隻牛頭犬朝我們發出凶狠的吠叫。一個女孩跑出來抓住狗的項圈，把牠拖了回去。

「主人回來了！」有人在馬廄那裡喊道。我看見人們紛紛跑來。數隻手伸過來，接下了我和狐狸手套的馬，並指引衛兵們去了能夠安頓他們坐騎的地方。我放任堅韌不屈去幫助他們。

管家迪克遜穿著裝飾有黃色和綠色骨質鈕釦的外衣出來迎接我。顯然，他很享受自己地位的提升。而我只能想到他不是樂惟。他告訴我，所有人都在因為深隱女士的獲救而感到高興，他希

望深隱女士能夠一切安好。提起閃耀的時候，他的語氣中充滿了關愛。他希望深隱女士能夠很快回來。我低聲告訴他，深隱女士現在已經在公鹿堡安家了。他又詢問了蜚滋機敏的狀況，並說他非常想念蜚滋機敏。我回答說蜚滋機敏也會在公鹿堡長住了。然後，他語氣一變，低垂下雙眼，說所有人得知蜜蜂女士失蹤的訊息都很哀傷。「她還那麼小，又是那樣可愛，儘管有一點點奇特。有人會說，她本就不應該留在這個殘酷的世界裡。」我盯著他。他的面色一紅，忽然又問我是否想休息，還是吃些東西，但我只是要他帶我看一下我不在的時候人們在這裡都做了什麼。我已經注意到，主屋的正門得到了修繕，而且工匠的手藝很好。

於是管家迪克遜帶我看了修復的鉸鏈、一些被移除的掛毯、等待修理的地板、得到加固的門柱，還有不再能看見刀痕的牆壁。

我的臥室已經得到整理。收藏我的個人物品，被牢牢鎖住的箱子在那場襲擊中並沒有遭到破壞。隨後是蜜蜂的房間。迪克遜說話的聲音變得軟弱無力，就好像他變成了一個將死之人。「我允許她的女僕對這裡進行了整理，主人，將所有的東西恢復原位……」他的聲音徹底消失了。他為我打開門，等待我走進去。我看著平整光潔的床單，掛在衣鉤上的小斗篷，放在壁爐前的那雙軟鞋。一切都是這麼潔淨整齊。一切都在這裡，只有我的女兒不在。我從迪克遜身邊走過，出了房間，關上屋門，對他說：「請把鑰匙給我。」迪克遜拿出大鑰匙環，向我指明那把鑰匙。我伸出手。他愣了一下，才有些遲鈍地將那把鑰匙從鑰匙環上解下來。我鎖上門，把鑰匙放進衣袋。

「繼續。」我對他說。我們去了深隱的房間。這裡也被整理得一絲不苟。她在這裡居住的時候，這些房間從沒有如此整齊過。「把所有東西都打包。」我對不幸的管家說，「送到公鹿堡去。」

「如您所願，主人。」迪克遜歎了口氣。他知道自己剛剛接受了一個相當艱巨的任務。

我又吩咐他也同樣處理機敏的行李。迪克遜問我是否會派遣一名新的書記員過來教導這裡的孩子，並幫助記帳。深陷在哀痛中的我根本沒有想過這種事。莊園中的孩子們應該得到更好的照料。我向他承諾我會的。

我在我的私人書房門口遣走了他。這裡被損壞的門鎖也被匠人的巧手修整如新。房間裡，弄臣的雕刻還安放在壁爐架上。擺放卷軸的書架也被修復，還有人整理了我的書桌。但我現在沒有心思去查看書桌上的變動。我關上門，將門鎖好，便走開了。

為了歡迎我們，迪克遜讓廚房準備了豐盛的餐點。狐狸手套向他和廚房表示感謝，誇獎食物很美味。迪克遜的臉上立刻煥發出光彩。我吃過飯，回到臥室。整個夜晚，我都只是看著我和莫莉的房間的天花板。我從不是一個喜歡祈禱的人。如果我祈禱過，那麼聽到我聲音的也總是無情的海洋之神埃爾，而不是溫柔的原野之神艾達。但在那個晚上，我對某個人、某件事，或者就是對莫莉傾訴了我的歉意，說我深深渴望著能夠為自己贖罪。我承諾會付出對等的代價：用痛苦換痛苦，用血換血。但我又覺得沒有任何東西、任何人聽到我的傾訴。直到那個晚上最黑暗的時

刻，我感覺到蕁麻觸及了我的思緒。

你還好嗎？

妳知道，我不好。

是的，我知道。豎起你的牆壁，爸爸。你正在歌唱你的哀傷，就像是阿憨的旋律。

細柳林的孩子們需要一位新教師，一個非常溫柔善良的人。

你是對的。我會為他們找一個。

妳和孩子都還好嗎？

是的。我兩天沒有嘔吐了，而且我能再一次享受食物的美味和飽足感了。

很高興聽到妳這樣說。那麼，晚安。

我豎起牆壁，感覺到自己的心撞擊在上面，撞得粉碎。就像一場風暴撞在港口的防波堤上。在黑暗中，我不知道自己除了痛苦和愧疚，還會不會有其他的感覺。

我在黎明前就起身，依照我的老習慣去了廚房。塔維婭和輕柔已經在努力工作了。幫助她們一起做事的還有一個叫草坪的年輕女孩和一名新的廚房女僕——栗子。我問起廚房中的人們，塔維婭回答說榆樹在喝下「那種記憶茶」之後，就失去了理智。她現在非常害怕男人，就連她的父親和兄弟都怕。在她安靜的時候，她們會讓她在火爐旁削馬鈴薯皮或者做些容易的雜務。今天，知道我也許會走進廚房，她們就將她送到別的地方去了。因為看到成年男人也許會讓她尖叫。草

坪開始哭泣。我不想再聽下去了。

我們的老廚娘肉豆蔻昨天做過晚餐之後現在才回到廚房，她開始無情地嘮叨起了這裡的每一個僕人。牧羊人林恩把大家嚇壞了。他想要自殺，幸好被他的一個兒子及時發現。他說那只是因為他的一時絕望，他不會再那樣做，但現在他們還是將他看管得更緊了。他經常會做噩夢，在夢中將屍體拋進燃燒的馬廄。輕盈是看管果園的一個女人。她溺水而死。有人說她是故意走到薄冰上，還有人說她是已經有些瘋癲了。不少僕人都離開了。莊園僱用了一些新僕人。肉豆蔻不厭其煩地描述著每一個可怕的細節。儘管心中只想逃走，我還是強迫自己一動不動地坐著，傾聽她所說的每一個字。我必須聽完。如果我自己沒有足夠的決心，這些事便會成為我復仇之火的燃料。

肉豆蔻說話的時候，塔維婭一直面色蒼白，保持著沉默。草坪不停地攪拌著爐火上冒泡的罐子，我不知道她通紅的面孔是因為火焰的烘烤還是強自壓抑的情緒。一名園丁也被那些歹徒強姦了。他開始酗酒，已經幾乎完全不能工作。「那些該死的混蛋。」肉豆蔻面色陰沉地說，「現在那個男人幾乎不敢吃東西，因為害怕拉屎。但他不停地喝酒。哦，那個男人可真能喝！那些鎮上的人都不明白發生了什麼。他的兄弟勸他不要喝了。他說：『我應該在他們那樣對我之前就戰死。』但鎮上的人終究還是不明白，只有我們能夠理解他。」她揉捏著做麵包的麵團，突然用盡全力把麵團摔在砧板上，把我嚇了一跳。她轉過身來看著我，一雙蒼老的眼睛裡充滿了淚水。

「我們知道你會讓他們付出代價，主人。我們聽說了你抓住埃里克以後做的事。那時他騎著

高頭大馬，俯視著我們所有人。還有那個長相英俊的男孩子，把一頭黃髮編起來，就像是個新娘。他卻不停地強姦女孩，彷彿根本不知道滿足。你對他們兩個做得很好。我們都聽說了。他們完全值得被那樣對待，甚至那樣也不夠！」

她的聲音彷彿是從非常遠的地方傳來。誰……當然。他一直都和我在一起。他見到了那些屍體。那個男孩當然會把這一切告訴他的家人和朋友。我的衛兵們也會向他們大肆吹噓，所有衛兵都是這樣。

「我們為您感到驕傲。我們知道您會繼續去追殺剩下的那些匪徒。一直找到他們的巢穴，燒掉他們的老窩，殺光他們。埃里克是小堅殺的，但他告訴了我們，在他一劍刺穿那個混蛋之前，是您讓他為他所做的事情付出了代價。」

為我感到驕傲。我卻只想嘔吐。

我覺得塔維婭看出了我的狀態很糟。她提醒我，狐狸手套正在等我去共進早餐，並請我先離開廚房。我感激地出了廚房。在走廊裡，我遇到了堅韌不屈。他面色蒼白，眼圈發紅。我告訴他，他要和我們一起吃飯，便帶著他去餐桌旁邊等待狐狸手套。我沒有問他向細柳林人講述了怎樣的故事，只是問了問他的母親情況如何。

他緩慢地吸了一口氣。「嗯，她已經不住在細柳林了，主人。她告訴牧羊人林恩，這裡對她來說除了噩夢和失落之外，已經什麼都沒有了。她搬到了鎮上，與她的妹妹和妹夫住在一起。她

的妹妹有六個孩子，所以那裡的人口很多，她說那樣很好。她的妹妹也很歡迎她去幫忙。因為她最小的孩子有疝氣病，而我的母親總是很有耐心。她在那裡還會做一些縫補衣物的事情。我去看了她，但是她一打開屋門看見我就哭了起來。她抱住我，說她愛我，但昨晚她很早就上了床。我的姨娘說看見我讓她感到很難過，我讓她想起了她失去的一切，而且她無法原諒自己曾經不認識我，將我趕出門外。」小堅突然挺起肩膀，「如果可以，主人，您離開的時候，我想要和您一同返回公鹿堡。我將我的薪水給了我的姨娘，讓她轉交給我的母親。她說這會對他們有很大幫助。她的丈夫是一個好人，但六個孩子，再加上我的母親……我需要承擔起我的責任。我認為我掙的錢是能給她的最好幫助。」

這在我聽來一點也不對，但小堅臉上的一些東西讓我相信只能如此。草坪為我們送來了茶。看到堅韌不屈坐在我的身邊，她一下子睜大了眼睛。小堅身上穿著做工精良的制服，胸前有我的衝鋒公鹿的紋章。草坪向小堅露出羞赧的微笑。小堅隨意地拉了拉自己的短上衣。我突然覺得他的樣子變了。他已經不再是那名馬僮，而是變成了一位效忠於親王的年輕人。一個曾經殺死過敵人，並帶著薪水回到家中探望母親的年輕人。

狐狸手套來到我們身邊的時候，面色顯得格外嚴肅，並一直保持著沉默。草坪也為她上了茶，為我們擺放好早餐麵包以及牛油和果醬。等到那個女孩離開房間之後，狐狸手套才說道：「我原先並不知道這裡發生了什麼，蜚滋。不過現在我能理解你返回公鹿堡的時候為什麼顯得那

樣茫然無措了。那個照顧我的女孩曾經是閃耀女士的侍女。她說她也負責照料你的小女兒。哦，蜚滋！你們在這裡遭遇的事情，我一點也不知道。請原諒我。」

我只是困惑地看著狐狸手套。草坪送來了燕麥粥，又離開了。「請原諒，妳在說什麼？」

「蜚滋……我看到你對那兩個恰斯人的所作所為之後，一直盡量遠離你。現在我明白了。我想說的就是這個。」

我點點頭，彷彿是表示同意。我只希望所有人都能不再說那件事。食物在我的嘴裡如同嚼蠟。

那一天隨後的時間顯得更加漫長。我做了我應該對細柳林做的事。我查看了馬廄的重建，要求做出一些改變。我在村中找到一個懂得馴狗的人，請他幫助那名女馬僮將那頭鬥牛犬變成一頭有用的狗。然後我又看視了馬匹和牛羊，清點了被燒死、需要補充的牲畜。我請求駐守在這裡的精技使用者將我的決定告知蕁麻女士。我還告訴馬夫肚帶，現在他被正式任命為馬廄主管了。其他馬夫得知終於有適當的人能管理馬廄事務，也都鬆了一口氣。我又安排好清償細柳鎮和水邊橡林各種款項的事務，並感謝商人允許我們將這些債務拖延了這麼久。

所有這些日常事務都一直被我忽略掉了。我現在要讓細柳林恢復秩序。我安排將帳單每月寄給公鹿堡的謎語。我需要在離開之前把每一件事都處理好。迪克遜的工作完全合乎管家的標準，他讓我看了整齊有序的帳目，我決定將管家的工作完全交託給他。他不是樂惟，但這絕不是他的錯。他只是接下了一位死者的工作，我不應該因此就不喜歡他。

我本來預期自己會在細柳林停留十天。但到了第二天，我已經準備返回公鹿堡了。那天晚上，我正在我的私人巢穴中，收拾要帶回公鹿堡的物品。壁爐中跳動著明亮的火焰。我不斷地將舊卷軸扔了進去。這裡不會再有任何屬於我的東西，我也不會再回到這裡來生活。我已經從我房間的箱子裡收集我的一切重要物品，那裡有莫莉的遺物，還有很少的幾件蜜蜂的物品。我將它們仔細打包，和弄臣的雕刻以及切德寄來要我翻譯的珍貴卷軸放在一起。

我看著這些整理完備，準備和我一起返回公鹿堡的物品。這一點可憐的收藏定義了一個男人的一生。弄臣那段美好的時光中為我做的雕像、莫莉為我縫製的最後一件襯衫——它太珍貴了，我從沒有穿過它。

我想到了只能留在這裡的那些物品。我交給蜜蜂的每一件莫莉的物品都將留在她的房間裡。她的髮刷和梳子、那本有著彩繪浮雕的草藥書，莫莉曾經用它來教導蜜蜂閱讀。我想像著蜜蜂被劫走的時候一定還繫著莫莉的腰帶，佩著她的小刀。毫無疑問，現在那把小刀肯定已經被匪徒們丟棄，永遠不知所蹤了。我閉上眼睛，想要嗅到蜜蜂的氣息。我讓蜜蜂保留所有蠟燭，她將蠟燭都收藏在她的房間裡。帶走幾根。我決定。我只會帶走幾根，作為對她們兩個的紀念。

我走過安靜的莊園。這是一個寒冷空曠的地方。一個沒有了果仁的堅果殼，一只空酒瓶。房間裡充斥著燭光無法驅走的黑暗。我在蜜蜂的屋門前停下腳步，試著想要在這一瞬間假裝她正溫暖安全地睡在她的床上。但我打開門鎖，只看見一個寒冷的房間，裡面只有被遺棄的氣味。

我首先看到的是樂惟為蜜蜂製作的那個精緻的新衣櫃。它是如此整潔，完全沒有被一個孩子使用過的痕跡。我的心臟在重重地擊打我。淚水沿著我的面頰滾落。我看到她的侍女細辛已經將那一天我在市集上為我的小女兒購買的寶物妥善收好。這裡的一個小抽屜裡裝滿了海貝。紅色的腰帶上點綴著花朵。還有那雙對她來說有些太大的靴子。我從公鹿堡寄給她的那只裝滿禮物的袋子掛在一個鉤子上，從沒有被打開過，從沒有人為它而驚歎過。她的新靴子，一雙專門為小女孩製作的美麗靴子再不會有人穿上了。她在逃亡時只能穿著她在那一天穿的鞋，一雙居家便鞋。沒有溫暖的斗篷、沒有手套。我一直都沒有想過這件事，她只能穿著那一天上課時穿的衣服在深深的積雪中奔逃。

我關上衣櫃門。不，那些蠟燭不在這裡。

她有一個床頭櫃，那是從她的舊房間搬過來的。在床頭櫃的燭臺上還有一根燒了半截、滿是淚痕的蠟燭。我將它拿起來，嗅到微弱的薰衣草香氣。打開這個小櫃子，我看見了那些蠟燭。它們被整齊地排列著，如同蠟製的哨兵。薰衣草、金銀花、丁香和玫瑰。我承諾，我只會帶走四根蠟燭。我就像無法做出選擇的孩子，閉上眼睛，把手伸進櫃子，隨機拿取它們。

但我的手指卻碰到了紙張。我俯身向櫃子裡望去。蠟燭的一旁塞著一疊有些陳舊的紙。那是當蜜蜂第一次寫下字母的時候我給她的。我點燃燭臺上的蠟燭，坐到地板上，開始翻看蜜蜂的簿子。我看到了她描繪的花朵、鳥雀和昆蟲，所有墨水的痕跡都是那樣精細準確。我翻了一頁又一

頁，突然看到一頁文字。那不是她關於夢的日記，而是她每天生活的紀錄。我非常緩慢地閱讀這些文字，第一次知道了她如何解放自己受到束縛的舌頭。她從沒有對我說過這件事。她還記錄了一隻小貓。當她再遇到那隻貓的時候，小貓已經長大了。我也是第一次知道了狼父親的事，以及她是如何在我去和切德見面的那個夜晚，在監視密道中迷了路。狼父親？夜眼，還是一個孩子的想像？不。原智不是這樣運作的。然後我翻到一頁，看到機敏是如何在其他孩子面前羞辱她，嘲諷她。我的心中又燃起怒火。

我又翻過一頁。在這裡，她的筆跡變得更加有力。她記下了我向她做出的承諾：「他說他永遠都會支持我。無論是對還是錯。」

烈焰在我的心頭奔湧。延遲了幾個星期，但它終於在我的胸中爆發了。撕裂喉嚨的哀傷、無法克制的眼淚、需要鮮血才能澆滅的怒火。我需要將敵人撕裂。我不能改變犯下的錯誤，但我能讓一些人為這個錯誤付出代價。是他們讓我辜負了她。我沒能和她在一起，沒能支持她，她被偷走了，我卻無能為力。現在，她徹底消失了，在精技石柱中成為了散落的絲線。他們拷打弄臣，毀掉弄臣的雙眼，剝奪他的勇氣，扼殺他的快樂。我又做了什麼？什麼都沒做。在一個遙遠的地方，他們安心地吃飯、飲酒、睡覺，完全不會想一下他們到底犯下了怎樣可怕的罪行。

蜜蜂一直都信任著我。從我那一天的話語中尋求安慰和勇氣。就像弄臣一樣。他走了很遠的路，孤獨一人，滿身創傷，忍受寒冷和饑餓，只為了向我尋求正義。正義已經遲誤了太久。驟然

爆發的怒火和為他們復仇的堅定決心充滿在我體內，比任何熱病都更加熾熱。我的淚水已經乾了。

爸爸？

蕁麻打破了我的思緒。我感覺到她的困惑和憂慮。我一定又在向外逸散了。我無法收斂我的心情，本應該被深藏心底的決定卻在肆意爆發。我不能再耽擱了。我無法看到妳的孩子出世，也無法將我的第一個外孫抱進懷裡了。蕁麻，我很抱歉。我必須走了。我必須去為她復仇。我必須找到那些派出殺手的人，必須為她報仇。我不知道我要走多遠，但我必須走了。

很長一段時間裡，我完全不知道蕁麻的心思。她緊緊將自己收束住，讓我只能感覺到她的存在。我只能聽到一些來自於她的回音，就如同將一只海螺放在耳邊。我等待著。

我知道你會的。我希望……好吧。我知道你必須走。謎語告訴了我你不得不去。她又沉默了一段時間，如果你必須走，你必須現在就為她去復仇。那就從精技石柱過來吧。

我會的。

又是一陣停頓。我會去找晉責國王，告訴他為什麼我認為他不應該反對你。說實話，就算他反對你恐怕也不會有用。我能在你離開之前再見到你嗎？

我會使用精技石柱。所以，我們會見面的。我首先必須返回公鹿堡。我試著理清自己的思路。我會騎馬返回公鹿堡。我需要先和弄臣商量，確定我的路線。所以，妳會在我離開之前見到我。

沉默，我們兩個都在懷疑我是否真的會回去。

實際上，我今晚找你正是要告訴你弄臣的訊息。而我一下子就撞進了你的風暴。

弄臣的訊息？

他不見了。

我感到一陣突兀的失落。無論有你還是沒有你。這就是他那時對我說的。他不會不帶著我就出發，他會嗎？他一直在擔心，也厭倦了等待我行動。他失蹤多久了？

我不知道。至少他在今天上午就不見了。珂翠肯去看他，他已經不在房間裡了。一開始珂翠肯很高興，認為他是去探望切德，或者終於決定要去呼吸一些新鮮空氣了。但直到晚上，當珂翠肯再去弄臣的房間時，他還是不在。切德也不記得弄臣去找過他。沒有人見到過他。

妳有沒有問過他的僕人灰燼？

弄臣派他去城裡辦事，購買燻魚。灰燼在我們開始搜索弄臣之後才回來。他現在像我們一樣擔心。

我想要對蕁麻說謊，卻又阻止了自己。也許我也像晉責一樣厭倦了祕密。也許我只是需要儘快得到答案。去城堡下層找找。去地牢。

什麼？為什麼？

弄臣知道切德在那裡找到了什麼。一座被砌進地基裡的精技石柱，上面有一個符文，能帶他

去艾斯雷弗嘉。

但他沒有精技！他也沒有理由去艾斯雷弗嘉。

無論如何，妳能派人去搜尋一下那片區域嗎？

我會去查看的，但蜚滋，我不認為你需要擔心。晉責已經在那條走廊的末端安裝了一道鐵柵門，為的是能讓切德比較容易遵守他的諾言，不再使用那座門石。那道門一直都是被鎖住的。只有晉責和我有鑰匙。

對於那道門的效能，我感到懷疑。我瞭解切德，所以我知道公鹿堡中沒有他打不開的門。但這並不意味著弄臣就能得到鑰匙。除非切德曾經的學徒知道有這樣的鑰匙。不過，即使他們通過了那道鎖住的門，弄臣也的確沒有精技能進入那座石柱。

求妳，只需要問問典獄長，是否見到弄臣去過那裡。我猶豫了一下，雖然不想說，但我知道自己此時不能有所保留，還求妳去查查看，是不是妳的某位精技使用者也失蹤了。也許是一名學徒，或者是一個有能力的精技獨行者。也許會有人不甘平靜，被弄臣說服去進行某種試驗。

我感覺到這番話讓蕁麻感到很難受。也許的確有這樣的人，她不情願地承認，能使用精技的人總會有些古怪的想法。我會盡力去確認是否有人失蹤了。不過現在已經很晚了，城堡中大部分人都睡了。我也許要到明天才能知道。

我想在明天黎明時出發。如果有任何訊息，就用精技告訴我。

我會的。我能感覺到蕁麻的思緒和我分開，她最後的聲音就像是我腦海中的一絲耳語，你還記得你變成狼，進入到我夢中的時候嗎？

她往昔對我的認知和感覺如同一陣微風吹過我們分開的思維。在她對我的想像中，我曾經是神祕而強大的，幾乎充滿著一種浪漫色彩。想到我對她而言變得這麼普通，我不由得感到一陣失落的刺痛。我記得。她的精技首先就是透過她控制夢境的能力而顯現的。她能夠控制自己的夢和別人的夢。我記得她的玻璃高塔、她的蝴蝶長裙。

我還記得影狼。我知道牠一定會去獵殺那些攻擊了牠的狼群的敵人。我知道你會再一次變成牠。當你孤獨得夠久的時候。我們的交談停頓了片刻，彷彿她在思考不會和我分享的私事。我能感覺到她已經被迫接受了我的決定。這讓我感到痛心。然後，我聽到了一段令我感到震驚的話，我希望我能認識她更多一些。我希望能給她更多時間。我一直都以為我們能夠有更多的時間做一對姐妹。她突然爆發的憤怒如同一根火柱擊中了我，我希望我能和你一起去，幫助你殺光他們！

精技中陷入沉默。我呆若木雞。難道我忘記了，和我對話的正是那個還很小的時候便屹立在婷黛莉雅面前的女孩？當她的意識再次與我接觸的時候，她對自己完美的控制讓我想起了她的曾祖父。

謎語會知道該為你的行程準備什麼。我會讓他去完成這個任務。我還會準備讓晉責接受你的決定。

隨著這一點想法，她離開了我。從我的思維中飄走了，就像是冰冷房間中一根被熄滅的蠟燭最後的一點氣味般逸散無蹤。我收起雙腳，緩緩站起身，珍惜地抱著蜜蜂的日記——因為我無法再抱起我的女兒。我又思考片刻，然後吹熄燭火，在黑暗中盲目地挑選我要帶走的蠟燭。我嗅著一根蠟燭，是金銀花，那些久已逝去的夏日。莫莉收集白色和粉色的花瓣，就像她的蜜蜂一樣忙碌。這些花瓣將為蜂蠟增添一縷芬芳，一份值得珍惜的回憶。

我回到自己的巢穴，在爐火中又放上一根原木。在黎明前的這段黑暗中，我不會入睡。我點亮新的蠟燭，拿起我的舊背包。這裡放著我的寶物：莫莉的蠟燭和蜜蜂的日記，我絕不會給別人的東西。當我將她的小日記放在她的夢境紀錄旁邊的時候，我感覺到她的兩部分生活被合併在一起。她在白天是我的孩子；在夜晚是做夢的人。我不想稱她為白色先知。我不想讓她更加屬於弄臣，而不是我。我並沒有告訴弄臣，她一直在記錄自己的夢。我知道弄臣一定會希望我為他讀這些夢，他會像我一樣希望掌握這些夢。而這些是我的孩子留給我的一切。我想要將它們留給自己。

我又回到臥室，來到衣箱前。從這只被鎖住的箱子底部的夾層中拿出毒藥、藥膏、火藥、匕首和刺客與復仇者所需要的一切。晉責已經不明智地解脫了我的約束。皇家刺客只能依從君主的言辭，只能按命令殺人。而現在，我可以隨心所欲地殺人了。

我有一條沉重的雙層皮腰帶，我有條不紊地將這條腰帶上的一個個暗袋填滿。然後是靴子裡

面和我腳踝兩側的暗袋。難看的手鐲中藏著一副絞索。腰帶釦在打開之後會變成一把短匕首。手套裡嵌著黃銅指節。這麼多巧妙而致命的小工具，在我精心的選擇之下被緊湊簡潔地組合在一起。我還必須為我從切德的舊巢穴中偷來的物資留出空間。我會做好準備的。

我帶著我整齊的包裹來到我的私人巢穴。窗外依然是一片黑暗。不過我很快就會叫醒堅韌不屈，讓他為我們備好馬匹。很快我就會向細柳林道別。我知道我應該休息，但我不能。我拿出蜜蜂的日記，坐到火旁。

蜜蜂的生活日記很難閱讀，這並不是因為她的字跡不夠清晰或是插圖不夠精美。問題在於我的反應。這其中有太多關於蜜蜂的一切，有太多曾經被我丟棄的珍寶。我又讀了一遍她日記的第一部分。那裡講述了莫莉，還有蜜蜂在母親去世的那一天為我感到痛苦。我合上日記，小心地將它放下。她的夢境日記要好一點。我在這裡再一次找到了蝴蝶男人的夢。還有關於西方之狼以及牠如何從群山而來，拯救所有人的故事。我翻過一頁。這裡有一個夢，是關於一口蕩漾著白銀的井。另一個夢是一座城市裡，統治者坐在一個巨大的骷髏王座上。在每一頁的最下面，她都仔細地評價了每個夢有多少可能是真實的，有多少可能會成為現實。關於蝴蝶男人的夢有著很大的可能。而那個關於乞丐的夢，我更是不可能不認識。

一個人在火焰旁邊，我能夠向自己承認，蜜蜂的確有一定程度的預見能力。對一些事，她的預見完全正確，比如那件蝴蝶斗篷。但也有一些事是錯誤的。披著那件斗篷的是一個女人。這是

否意味著她更多是屬於我的，而不是弄臣？我一直都覺得，弄臣很擅長篡改他怪異的夢境，讓它們變成符合事實的預言。往往是直到真實的事件出現，我才會聽到他講述相關的夢。但蜜蜂的夢在我看來幾乎是完全清晰的，即使每一個夢似乎都有不太符合現實的一部分。西方之狼。我最初是從弄臣口中聽到這個詞的。弄臣和蜜蜂看到了共同的幻象嗎？我回憶起閃耀說過的話。蜜蜂發了燒，然後褪掉一層皮，變得更加白皙了。我決定，無論蜜蜂從弄臣那裡繼承了什麼，她依然只是莫莉和我的女兒。

我看到她的一個夢裡出現了一座城市和許多清晰地雕刻著符文的石柱。我感覺這個夢顯然無關於現實，即使她認為這個夢極有可能成真。我不知道她看了多少我的私人卷軸。很可能我的一些紀錄對她的夢造成了影響。我俯下身，仔細端詳她繪製的插圖。是的。這些符文大部分是正確的。比如這一個，幾乎就是通向那座有地圖高塔的古靈城市的符文。現在這座城市有了一個名字——克爾辛拉。是的。蜜蜂一定是在我的一份卷軸中記住了這個符文，並將這個夢標記為可能發生的未來。難道她已經預見到了會被帶進一座精技石柱？儘管她的確是從我的紀錄中抄下了一個錯誤的符文。看到她預見自己的最後一刻，我不禁心如刀割，沒辦法再看下去。我合上她的日記，將這兩本簿子小心地放進我的背包裡。

隨著天光破曉，我完成了自己最後也是最艱難的任務，向細柳林道別。

我私人書房中的爐火已經將近熄滅。卷軸架空了。放在上面的東西或者被燒掉，或者將被運

去公鹿堡圖書館，書桌的祕格也被清理乾淨。如果有人現在發現它，什麼也不會找到。

我關上高大的書房門，點亮一根蠟燭，觸發了通向監視密道的暗門。在躊躇了很長時間之後，我拿起了弄臣雕刻的他、夜眼和我三位一體的雕像。我不知道這個祕密的鉸鏈在房屋修繕的過程中是否有被發現。不過在蜜蜂的小巢穴中，一切都還和她離開時一樣。在我上次走後，這裡什麼都沒有被移動過。我嗅到了一股微弱的貓味。如果那隻黑貓在這裡，牠肯定也格外小心，不讓我看到牠。我懷疑牠已經將這裡當做自己的巢穴了。所以蜜蜂放在這裡的母親的香氣蠟燭並沒有被老鼠啃食。我拒絕去思考那隻黑貓是如何在這裡進出的。我知道，貓有牠們自己的道路。我從衣袋中拿出蜜蜂臥室的鑰匙，將它放在這裡的架子上，蜜蜂的其他物品旁邊。又把雕像放到了鑰匙旁邊。至少在這裡，我們可以在一起。

我最後環顧了一周我的小女兒創造出來的藏身之地，然後永遠離開了它。這裡的孩子們也許還會記得他們是如何藏在一條祕密走廊裡的，但他們不可能再從食品室的牆壁上找到進來的路了，而我會將打開書房暗門的祕密帶進墳墓。就讓蜜蜂的小東西被安放在這裡吧。只要細柳林的牆壁還屹立著，它們就是安全的，而不會像它們的主人一樣。我沿著狹窄的走廊回到書房，將暗門關好。

完成了，一切都整理得乾乾淨淨。我吹熄了蠟燭，拿起背包，離開這個房間。

32

旅人

石頭記得自己是從什麼地方被開採出來的。當它們被安放在靠近開採源頭的地方時，總是能發揮出最好的功效。靠近開採源頭的石頭總是最可靠的。應該盡可能地使用它們，哪怕這意味著旅行者必須通過多個石面才能到達目的地。

對於那些遠離所有採石場的岔路，可以先將核心岩石運到並豎立在這裡。任其遭受日曬雨淋至少二十年。讓陽光和星光充分照耀，然後將岩石表面切割下來。這些岩石表面將會記得它們曾經站立的地方，還有曾與它們一體的石芯。

於是這塊石芯便會成為那個地方的核心，將被切削下來的岩石表面豎立在其他地方，它們便會指向石芯所在的目的地。小心地雕刻符文，確認好起點和終點，萬不可讓旅行者從岩石表面的背後進入岩石，這樣他將會面對反向洪流。要不斷重新雕鑿石面上的符文，確保它們清晰明確。這樣可以幫助岩石記住它來自於何處，必須將旅行者送到哪裡去。

一定要選擇技藝精湛的石匠。岩石必須牢固堅硬，富含魔法流動的白銀脈絡。將石芯切割成八英尺厚、八英尺寬、二十英尺高，將其穩固地植入泥土中，使其充分吸收本地魔法，並且不會傾斜和栽倒。

要耐心地培育一塊石頭的年齡。這種耐心將在數十年之後得到回報。

打開記憶石方塊二四六的紀錄，一篇關於石工的論述。我將它連同相關的記憶石收藏在記述古靈建築的書架上。

——精技學徒，書記員高遠

我在早餐前向廚房中的僕人們宣布了我的決定。對於我這麼快就返回公鹿堡，他們似乎並不感到驚訝。實際上，他們看上去都鬆了一口氣。他們還在從創傷中緩慢地恢復。而我的衛兵中有一些相貌舉止都相當粗野的人。這只會讓他們感到緊張，而不是安心。他們一定會為我們的離開感到高興。

我履行了對細柳林最後的責任——我下令，等到房屋的修繕完成之後，彩虹房間和主屋東翼的大部分家具都要用布遮蓋起來。我還告訴迪克遜，他可以直接向蕁麻女士和凱舍爾．謎語報告一切情況。對於細柳林每個部分的負責人，我也給了他們同樣的指示。我高興地看到牧羊人林恩在我任命他全權管理畜群的時候將縮起的肩膀挺直了一點。隨後我便安排將打包好的卷軸，連同

機敏和閃耀的物品，用馬車送往公鹿堡。

在中午之前，一切都安排妥當了。當我走出主屋準備離開的時候，我發現等待我的不僅是我的馬和一匹馱馬，還有堅韌不屈。「你確定不想留在這裡？」我問他。他毫無表情的臉給了我答案。狐狸手套集結好我的衛隊，我策馬衝出了細柳林。

濕寒的風表明夜晚又會有降雪，我們必須充分利用這段時間，儘快趕路。不合時令的溫暖天氣讓積雪變得濕黏，也在預示著一個早春。

正像我擔心的那樣，人們在公鹿堡地下曲折潮濕的黑暗走廊中找到了弄臣。蕁麻用精技告訴我，灰燼並沒有和他一起逃亡。得知弄臣平安回到臥室，那名年輕的侍者也是大大鬆了一口氣。蕁麻對弄臣很是擔心。我感謝蕁麻讓我知道弄臣平安無事，在隨後返家的路上，我的心中充滿了對弄臣的憂慮。

還沒到達公鹿堡大門口，我就聽見了一陣尖銳的叫聲：「小堅！小堅！小堅！」小丑從空中驟然降下，驚嚇了堅韌不屈的馬，就在堅韌不屈努力控制住坐騎的時候，牠已經平穩地落在堅韌不屈的肩膀上。我的衛兵發出一陣笑聲，他們已經習慣了這隻烏鴉，小堅也因為烏鴉的歡迎而露出笑容。彷彿很喜歡自己受到眾人的注意，小丑叼住了堅韌不屈頭上的帽子。小堅不得不一隻手按住帽子，以免被烏鴉丟到一旁。我們未受阻攔地跑過城堡大門，在馬廄附近勒住韁繩。看到灰

燼正在等我，我並不驚訝。

或許我想錯了。切德曾經的男僕其實是來迎接堅韌不屈的。烏鴉快活地在他們兩個的肩膀上跳來跳去。我把坐騎交給耐辛，她耽擱了我一會兒，告訴我飛躍的狀態很好。然後我立刻去了弄臣的房間。

我最初的敲門並沒有得到回應。我等待著，又敲了敲門。就在我要從衣領中拿出撬鎖工具的時候，一個聲音從門內傳出來：「是誰？」

「蜚滋。」我說完繼續等待著。

又過了一段時間，門鎖才被打開。停頓片刻之後，弄臣打開了門。

「你還好嗎？」我焦急地問。他的樣子顯得非常憔悴。

「你已經看見了。」弄臣沒精打采地回答道。然後他試著露出微笑。「既然你回家了，相信我一定會好起來的。」

「我聽說了你的不幸遭遇。」

「啊，這就是你的說法。」

弄臣的寓所很冷。他的早餐托盤還沒有被清理走。壁爐中的火焰很低。「為什麼房間裡這麼糟糕？我到公鹿堡的時候看見灰燼在外面。他是變得懶惰了嗎？」

「不，不。他只是變得有一些……令我惱怒。今天早晨他還在這裡。我讓他出去了，並告訴

他，整個白天我都不需要他。」

看來這裡面還有故事。我在沉默中整理了壁爐，將爐火燒旺，盡量讓這一切都顯得很平常。窗簾還低垂著。我將它們拉起，讓陽光照進房間。弄臣的樣子很凌亂。彷彿他是摸著黑穿上的衣服，又忘了梳理頭髮。我將他的食碟疊起來，用他的餐巾拭淨桌子。這樣就好一些了。「好了。我剛剛從細柳林回來，現在餓得要命。你願意下來和我一起吃飯嗎？」

「我……不。我沒有胃口。但你應該去吃些東西。」

「我可以把食物帶到這裡來和你一起吃。」即使作為一位親王，只要我願意，我還是可以去衛兵食堂搜刮美食。

「不，不過很感謝你。你應該去吃東西了，蜚滋。」

「夠了，出了什麼事？為什麼你要從房間裡消失，又為什麼會出現在地牢的走廊裡？」

弄臣緩步走過房間，摸索著坐進壁爐前的一把椅子裡。「我迷路了。」他說道，然後，彷彿是一條被大壩攔住的河流突然潰堤一樣，他開始招認，「我打開了通向密道的門，就是僕人房間中的那道門。我相信你一定還記得它。我本以為自己記得通向切德舊房間的道路。我……那裡有一件我留下的東西，灰燼不願意為我去把它取來，所以我決定自己去，但我迷了路。」

我試著想像在那些冰冷的通道中，雙目失明的弄臣找不到出路。我打了個哆嗦。

「我一直都以為我能找到一條路回房間，或者是回到外面的走廊裡。有兩次，我走進死路，

只能往回走。有一次，我遇到一條狹窄的通道，就連我也無法通過。當我試著從那裡退出來的時候，我又遇到了死路。突然間，我覺得周圍全都是牆壁。我迷路了，甚至沒有人知道該到哪裡尋找我。我高聲呼救，直到嗓音沙啞，但我覺得根本沒有人能聽見我的聲音。」

「天啊，弄臣。」我將他早晨喝剩的殘茶潑進爐火，又從壁爐臺上取下白蘭地瓶子，向杯中倒了一些酒，遞給他。

「哦，謝謝。」弄臣說了一聲，反射性地將酒杯舉到唇邊，嗅到杯中的氣味，他愣了一下。「白蘭地？」不等我回答，他已經將整杯酒灌進肚子裡。

「你是怎麼出來的？」

「我遇到一段臺階，就走了下去。我一直向下走。潮濕的氣味愈來愈重，牆上漸漸能摸到水滴，臺階也愈來愈濕滑，幾乎有些黏膩。最後，臺階消失了。我的兩隻手已經快凍僵了。我站在那裡，摸索著每一塊磚和每一道泥灰的縫隙。哦，蜚滋。我只能在那裡哭泣，我覺得我已經沒有力氣再走上那些臺階了。我覺得我有一點瘋了。我捶打面前的牆壁，讓我吃驚的是，那堵牆被我捶鬆了一些，只有一點點。於是我繼續用力砸它，直到一塊磚掉落下來，我在出現的缺口邊緣又推又拉，弄掉一塊又一塊磚，終於弄出一個可以讓我鑽過去的洞。我不知道牆對面是什麼，也不知道鑽出那個洞口之後是否會一直掉下去，落到什麼地方，但我只能鑽過去。我在洞的另一邊什麼都沒有摸到，於是我任由自己的身子掉落，卻落在一堆潮濕陳舊的稻草上，那裡面到底還有什

麼，我也不知道。當我能夠站起身，摸索周圍的時候，我發現自己正在一個非常小的房間裡。這個房間有一扇木門，一個小窗口。我那時嚇壞了。不過這間牢房的門並沒有被鎖住。我走出去，進入了一條走廊。我又摸到了其他門。然後我開始喊叫，但沒有人回答。」說到這裡，弄臣發出一陣怪異的笑聲，「晉責是一位真正的國王，他的地牢裡全是空牢房。」

我沒有說出口的是，聽到弄臣這樣說，我有多麼高興。

「於是我跌跌撞撞地走了出去。我嗅到火把的氣味，轉過一個拐角，我感覺到了一點光亮。那裡一定有人，所以才會有點亮的火把。於是我停下腳步，又把在那裡找到我的年輕衛兵嚇了一跳。不過她很快就猜出了我是誰，並告訴我，蕁麻女士正在城堡和地牢各處搜尋我。然後她帶我回到了我的房間，蕁麻也來看我是否安好。」

現在該是將他故事裡的無數個漏洞填滿的時候了。我從最明顯的問題開始：「為什麼你會生灰燼的氣？」

弄臣身子僵硬得像是一位拘謹的老公爵夫人。「他不服從我的命令。」

「你要他做什麼？」

「給我拿東西過來。」

「弄臣，這個你已經說過了。」

弄臣將臉從我面前轉開，低聲說：「是龍血。」

「大海的埃爾啊，弄臣！你瘋了嗎？它已經給你造成了這麼多改變，而且還在持續不斷地改變你，你還想要喝它？」

「我又沒有打算喝下它！」

「那你打算如何？」

弄臣抬起手，揉搓著被切掉的指尖，「這些。」

「為什麼？」

他深吸一口氣。「我告訴過你，我又開始做夢了。有時候，我在夢中是一頭龍。那些夢讓我知道了許多事。我夢到了一個地方，或許是一段時間，那裡有一條河流淌著銀色的精技。龍群痛飲著河水，變得強壯而且聰慧。」

我等待著。

「在另一些夢中，河床中的銀色消失了，被普通的水取代。龍哀傷地尋找精技，卻找到了另一個精技來源。灰燼向我描述過龍血，蜚滋。它是深紅色的，其中有絲絲縷縷的銀色在盤旋流動。我認為那些銀色就是純粹的精技。相信那就是我得到治療的原因，那幾乎就像是一種精技治療。而且它對我的作用可能還不僅於此。精技還有可能在我的指尖恢復。」

「難道你不記得惟真了嗎？他讓精技覆蓋自己的雙手，同時很清楚他將為此而付出生命。難道你忘了當你的指尖碰觸精技之後，不得不一直用手套將你的手遮住？為什麼你還想要這樣？」

弄臣的臉一直沒有向我轉回來，不過我相信自己已經猜出了他的動機。他需要能夠再一次看見。他是否想要嘗試治療自己的失明？一陣對他的憐憫湧過我的全身。他是這樣迫切地想要恢復視力。我也很希望能夠讓他得償心願，但我不能冒險讓自己瞎掉。我還需要眼睛來實現我的目標，這也是他的目標。

他沒有回答我的問題，我也沒有再追問。我將一把椅子拉近他，坐下來，不加掩飾地說道：「我需要你的說明。」就我所知，這句話能夠讓他將全部注意力轉回到我身上，但他對我的瞭解顯然出乎了我的預料。

「我們要走了，對不對？」他幾乎是有些驚奇地問，「你終於找回了你的憤怒。我們要去克拉利斯，要將他們全部殺光。」

我的憤怒一直伴隨著我。我需要用這股火焰來將自己鑄造成合用的武器。這段時間裡，我對自己的鑄煉已經完成，只是現在我還需要將鋼刃放進哀痛中去淬火。但我並沒有糾正他。「是的，不過我需要計畫。我需要知道你所知道的一切，關於你是如何到那裡去的，去那裡又需要多長時間。弄臣，我需要細節。當你重病受傷的時候，我沒有催逼你。但現在，你必須把記憶中的每一個細節都掏出來。」

弄臣在椅子裡動了一下身子。「我獨自回來所用的時間，要比我和普立卡一同去那裡的時候長得多，幾乎就像我第一次從克拉利斯來到這裡一樣久。但我認為你至少可以像普立卡一樣完成

我們的第一段旅程。」

「精技石柱。」

「是的，我們從公鹿堡直接到了艾斯雷弗嘉的地圖室。走進你們的見證石，從那裡的地圖室中走出來。然後我們去了一個我不認識的地方。那裡的石柱位於一道狂風呼嘯的懸崖上。隨後我們去了那片被遺棄的市集……你還記得嗎？那一片位於通向石龍群的大路旁的市集？我們從那裡去了克爾辛拉，隨後又去了一座有城鎮的島嶼。我和你說過那裡。我們在那裡面朝下地從石柱中走出來，鼻尖蹭著地面爬出傾倒的石柱。那座石柱和地面之間只剩下很小一點空間，還有那裡的人們對我們是多麼不友好。」

「你是否還記得那個地方叫什麼？」

「弗尼克，我相信普立卡是這樣叫它的。但……蜚滋，我們不敢再去那裡了！他們現在很有可能已經讓那塊石頭徹底傾覆了。」

「確實，」我自言自語地說道。弗尼克，我還沒有搜尋過這個名字。暫時還沒有。「那以後呢？」

「我記得我和你說過那條船。我們購買了兩個客位，但那更像是我們付錢讓他們綁架我們。我們從弗尼克揚帆航行，到了幾個地方。那艘船的航線相當曲折。他們像使用奴隸一樣讓我們做各種苦工。魚骨頭，這是那艘船去過的一個地方。那裡很小，只不過是一個村子。還有另一個地

方，一座城市。那座城中臭氣熏天，我們從那裡載運的船貨是一些生皮革，那真是臭極了。那個地方被叫做，什麼來著，大概是某種樹……沃特樹。就是這個！」

「沃特樹。」這個名字讓我有一種怪異的似曾相識的感覺。我聽說過它，或者是在某個地方讀到過它，我們應該能找到這個地方，它將成為我們的目標地點。「到那裡之後又該怎麼走？」

「前往克拉利斯，然後去白島。那裡的學院也被稱作克拉利斯。」

「白島。」我的水手朋友們知道許多港口，這也是能夠提供給珂翠肯和艾莉安娜的線索。我想要帶著剛剛得到的情報衝出房間，但我看著我的朋友，知道不能如此突然地離開他。「弄臣，我能為你做些什麼，讓你感覺好一些？」

弄臣向我轉過臉。他黃金色的眼睛讓我感到不安，儘管那雙眼睛還無法視物，卻彷彿能鑽穿我的腦殼。「跟我一起去克拉利斯吧。把他們全都殺死。」

「我會的。但我現在需要制定計畫。你認為我們要殺多少人，我們又該如何殺死他們？用毒藥、匕首，還是炸藥？」

我的問題在弄臣失明的雙眼中激起一陣可怕的喜悅。「至於說殺死他們的方法，我只能把這個問題留給專家，也就是你了。多少人？也許有四十人。肯定不超過五十。」

「五十個……弄臣，這個數字絕對不少。」我本來以為只有五、六個人，至多十來個。

「我知道，但必須阻止他們。他們必須死！」

「被派出來尋找意外之子的有哪些人？又是誰派遣他們的？」

我能聽到弄臣的呼吸。我又向他的茶杯中倒了一點白蘭地，被弄臣一口喝下。「被派出來的是德瓦利婭。她自己一定也很想接受這個任務。她不屬於頂層僕人，但她非常渴望能得到晉升！她是一名靈思拓，大概像是一種使者。他們被派出來執行各種任務，從搜集情資到製造影響，讓世界在關鍵的轉捩點按照僕人們的意願前進。」

「我不明白。」

「靈思拓就像是僕人的催化劑。僕人們並不支持真正的白色先知，更不會允許白色先知找到自己的催化劑，依照自己的願景改變世界。僕人研究了全部的預言，派遣靈思拓將世界導向對他們最為有利的軌道。例如，有一個預言表明一場瘟疫將殺死一個地區所有的羊，而那個地區的人正是依靠羊群生活的。那些羊死了，那裡人們的生活也就被毀了。如果有人知道了這些，他應該怎麼做？」

「也許應該研究一下有什麼治療方法能夠避免這場羊瘟？或者警告牧羊人隔離自己的羊群？」

「也會有人用這樣的預言牟利。他們會搶先購買羊毛和優質種羊。這樣，當瘟疫導致羊毛稀缺，羊隻嚴重減少的時候，他們就能靠出售囤積的物資來牟取暴利。」

我陷入沉默，心中感到一點震驚。

「蜚滋。你還記得我第一次來找你，請你做事嗎？」

「記得很清楚。」我低聲說。

「當我還只有七歲的時候，從夢中聽到了一首很傻的詩。那個夢讓你救活了一位孤獨的年輕女子的小狗，並給她建議，使她成功地成為了一位女大公。只是一點點改變。但如果有人先找到她，毒死了她的小狗，或者是讓她和她的丈夫之間發生齟齬，那又會如何？」

「六大公國也許就會在紅船之戰中落敗。」

「巨龍也許將永遠滅絕。」

我突然想起一個問題：「為什麼巨龍會如此重要？為什麼僕人們那樣強烈地反對巨龍的甦醒？」

「蜚滋，對這兩個問題，我沒有答案。僕人是一個極其注重恪守祕密的團體。巨龍的消失一定會為他們帶來好處。對此我可以用我的生命打賭。而我的夢一次又一次地告訴我，必須讓巨龍回到這個世界。美麗而強大的巨龍。只是我甚至不知道是哪一種龍。岩石龍？還是真正的龍？不過我們還是合力將牠們帶了回來。天啊，僅僅是這一點，僕人們就會有多麼恨我們。」

「所以他們奪走了我的孩子？」

弄臣俯過身，將手按在我的前臂上。他的動作讓我吃了一驚。「蜚滋，這是一個無數命運與未來的交叉點，一個影響力非常強大的點。如果他們發現所作所為對我們造成了多麼大的傷害，一定會樂不可支。他們已經打倒了我們，不是嗎？德瓦利婭前來尋找意外之子。她相信我知道能

夠在什麼地方找到他。我不知道，但她為了找出我不知道的祕密，很願意將我徹底摧毀。她毀掉了我們兩個人，因為她奪走了我們的孩子，又將她永遠地丟失了。他們摧毀了這個世界的希望，一個能夠讓我們走上更美好道路的肇因。我們已經不可能挽回了。但如果我們不能將希望還給世界，至少我們能夠殺死那些心中只有貪婪的人，為世界除去一些絕望。」

「和我更仔細地說說他們。」

「他們擁有極其驚人的財富。他們的腐化已經綿延了許多個世代。預言成為他們的工具，讓他們變得愈來愈富有。他們知道該收買什麼，再用更加高昂得多的價格出售。他們操縱未來，不是為了讓世界變得更加美好，而只是要增加他們的財富。白島是他們的城堡和宮殿，也是他們的大本營。在低潮的時候，那裡會有一條堤道與岸邊連通。潮水湧起的時候，那裡便是一片被海水淹沒的濕地。它被稱為白島不是因為白色先知在那裡受到庇護和教育，而是因為那座島上的築壘城市完全是用骨頭砌成的。」

「骨頭？」我驚呼道。

「遠古時代巨型海獸的骨骼。有人說，那座島本身就是一座骨殖堆。當那些海獸還存在的時候，牠們會去那個地方生育和死亡。那些骨頭，蜚滋……天啊，我根本無法想像擁有那種骨頭的生物會是多麼巨大。環繞那座城市的圍牆完全是用股骨排列而成，它們就像石柱一樣高大牢固，堅不可摧。有人說這些骨頭已經變成了岩石，只不過還保有原來的形狀。這道高牆和牆內的一些

建築，要比僕人和他們曾經侍奉的白者傳說還要古老。

「無論如何，即使僕人真的曾經侍奉白者，他們也早已忘記了自己的職責。現在的僕人們分為若干等級。其中最低一等是僕工。對於那些僕工，我們不必過分擔心。他們都希望能夠在僕人的等階中得到晉升，但其中絕大多數人一生都只能謙卑地伺候上位者。只要我們將統治他們的人消滅，他們自會四散奔逃。

「僕人們會有一些子嗣。他們是這些野心者的第二代或第三代子孫。這些人也許會成為我們的問題。向上一級是核校者。他們負責閱讀夢境紀錄，將他們進行分類、抄寫以及編纂目錄。核校者中大部分也是無害的。其中一些聰明的會被僕人們用作占卜人，通過歪曲預言來欺詐世人，賺取金錢和滿足他們的意願。如果上級僕人不存在了，他們也不會再構成什麼威脅。他們就像是狗身上的扁蝨，如果狗死了，他們也只會被餓死。

「再向上就是靈思拓，比如德瓦利婭。靈思拓在很大程度上要服從操縱者的指揮。為了完成主人的命令，靈思拓會不擇一切手段，無論那有多麼邪惡。操縱者才是那些從千百年累積下來的夢境中尋找線索，對其進行研究，竭盡全力為僕人攫取財富的人。操縱者之上是四人議會。他們是僕人墮落至今日的邪惡源頭。他們都是僕人的後裔，除了透過竊取的預言來建築自己的財富和特權，他們對其他的生活一無所知。對於利用這些預言改善這個世界更不感興趣。不計一切代價取得意外之子應該就是他們做出的決定。」

在這一刻我知道了，他們正是我應該殺死的四個人。我繼續提出疑問：「還有其他人。閃耀說德瓦利婭稱那些人為蟄伏者。」

弄臣緊緊抿住嘴唇。「可以將他們看做是一些被蒙蔽的孩子。他們過於堅定地相信他們被灌輸的一切。」他繃緊的嘴唇告訴我，他並不同意這種評價。然後，弄臣又用一種更具殺意的聲音說：「或者你可以將他們視為他們本族的叛徒。他們是白者的孩子，卻又不是自然孕育的產物。而且他們的預見天賦往往以怪異的方式體現出來。文德里亞就是一個例子。他們之中的一些人看不見未來，卻擅長於記憶他們讀到過的每一個夢。這樣的人就像是能夠行走的夢境卷軸圖書館，能夠清楚地背誦他們曾閱讀的一切，並說明某一個夢是誰做的，出自於何時。還有些人擅長解釋一個事件，將曾預言過此一事件的夢以不同的形式分項列出。那些跟隨德瓦利婭並死在這裡的人都死有餘辜。對此，你絕對可以相信我的判斷。」

「這一點你以前說過。你現在仍然對此確信無疑嗎？」

「正是我現在所說的這些人握持並遞送對我造成痛苦的工具。正是他們將長針刺進我的脊背，向我的皮膚下面注射燒灼的顏色，一絲不苟地從我的臉上切下肉片、割掉我手指尖上的皮膚。」弄臣顫抖著吸了一口氣，「他們為了自己的一點方便，寧可眼睜睜地看著其他人受苦。」

我也在顫抖，但並不像弄臣那樣嚴重。他的全身都抖動不止。我走到他身邊，將他拉起來，緊緊地擁抱他，為的是讓他和我自己都不再顫抖。我們全都知道行刑者能做出什麼來，這讓我們

擁有了旁人很難理解的共同感受。「你殺死了他們，」弄臣提醒我，「那些在帝尊的地牢中折磨你的人。當你有機會的時候，你就殺死了他們。」

「是的。」我的舌頭有些僵硬。我回憶起一個年輕人。那是他所在的小隊中最後一個人，死於毒藥。我有沒有為他感到後悔？也許吧。但如果我再次身處於那樣的環境中，我還是會那樣做。我挺起肩膀，再次向他做出承諾：「弄臣，我一有機會，就會以同樣的方式對待折磨你的人，還有那些將你交給行刑者的人。」

「德瓦利婭。」弄臣的聲音中充滿了恨意，「她就在那裡，在觀眾席中，看著我、嘲諷我的尖叫。」

「觀眾席？」我有些疑惑地問。

弄臣將手掌放在我的胸膛上，突然將我推開。我並不詫異。我知道這種突然間不想被碰觸的心境。當弄臣再開口說話的時候，聲音變得格外高亢，彷彿是要放聲大笑的樣子，但他並沒有。「哦，是的，他們有一個觀眾席。他們為了酷刑折磨而建立的舞臺要遠比你們公鹿國人能想像到的複雜得多。他們會在那裡用皮帶綁住沒有價值的孩子，割開他的胸膛，讓那些有志於學習治療師智慧的人看到跳動的心臟和收縮膨脹的肺。當然，想成為行刑者的人也可以看到這些。許多人會前來參觀用刑。一些人會記錄下行刑中的每一句對話和其他細節，以供自己打發無聊的午後時光。蜚滋，當你能夠控制大局的時候，當你能造成饑荒，或者為一座海港以及其周邊的居民帶來

大筆財富的時候，別人的痛苦對你而言就會變得愈來愈沒有意義。我們白者是他們的奴隸，可以任他們隨心所欲地配種或殺戮。是的，那裡有一個觀眾席。德瓦利婭正是從那裡俯視我流血。」

「那麼，我更希望能夠為你殺死她，弄臣。這也是為了我自己。」

「我也如此希望。而且還要殺死其他人，那些養育她、塑造她的人，那些給予她權力和許可的人。」

「好的，所以你要將他們的事情全部告訴我。」

在那天下午，弄臣告訴了我更多事情，我仔仔細細地傾聽每一個字。他說得愈多就愈平靜。他知道的一些事也許是有用的。他知道向那座宮殿供水的深泉，也知道議會成員居住的四座高塔。他知道表明堤道顯露、人們能夠進入白島築壘城市的號角聲；警告人們必須及早離開，以免被潮水困住的鐘聲。他知道白者和半白者被拘押的圍牆花園和大屋，這是他最清楚的一部分。「他們像圈養的牛一樣被養大，認為圍欄裡面就是整個世界。當我第一次前往克拉利斯的時候，僕人們一直避免讓我接觸他們的白者。這讓我真心相信我是世界上僅存的唯一，這個世代唯一的白色先知。」他在椅子裡陷入了沉默，然後又歎了口氣，「但我遇到了蒼白之女。那時她差不多還只是一個小女孩。她要求和我見面。從她看見我的那一刻開始，她就在恨我。因為我才是白色先知，而她並不是，這一點是如此無庸置疑。她認定我必須被紋身。他們做完這件事之後，便將我和其他人放在一起。蜚滋，他們希望我為他們生育新的白者。但我還很年輕，太年輕了，以至

於我對這種事情根本不感興趣。而我對那裡的白者講述了我的家鄉和親人，關於那裡的市集日、母牛和牛奶，還有壓榨葡萄做酒……哦，他們是多麼羨慕我的那些回憶，堅持這些故事一定只是故事。白天的時候，他們嘲諷我，遠離我；但是到了夜晚，他們就會聚集在我周圍，問我各種問題，傾聽我的故事。即使他們對我的故事嗤之以鼻，我還是感受到了他們的饑渴。至少暫時而言，我曾經擁有他們從不曾知道的一切。我的父母的愛、我的姐妹的親暱遊戲、一隻總是跟在我腳跟後面的白色小貓。啊，蜚滋，我曾經是多麼快樂的一個小孩啊。

「將我的故事講給他們聽卻讓我自己也變得愈來愈饑渴。最後我不得不採取行動。於是我逃走了，踏上了前往公鹿堡的漫長道路。」他聳了聳乾瘦的肩膀，「等待著發現你，開始我們的任務。」

我被弄臣的講述迷住了。他說了許多我從不知道的事情。我坐在他對面，認真聽著他說的每一個字，唯恐打斷他坦誠的言語。當他不再說話的時候，我意識到白晝已經接近結束。而我還有許多事要去做。

我說服弄臣允許我拉鈴叫來灰燼，請他送來食物，也許還要請他為弄臣準備洗浴。我猜弄臣在從那場錯誤的探險中回來之後就沒有洗過澡，也沒有換過衣服。當我起身打算離開的時候，弄臣對我露出了微笑。

「我們要去那裡，我們要阻止他們。」這聽起來就像是一種承諾。

「弄臣，我只有一個人，而你的要求需要一支軍隊才能滿足。」

「或者是一個被偷走並被殺害的孩子的父親。」

他說的正是我。片刻之間，我的痛苦和怒火融為一體。我沒有說話，但我感覺到了我們之間那種因為心意相通而引發的微微戰慄。我向弄臣回答道：

「我知道，我知道。」

那天晚些時候，我敲響了切德的屋門。沒有人應聲，我便溜了進去。切德正在火爐前的一把椅子裡打盹，穿著長襪的腳放在一個凳子上。我走到他的臥室門邊，以為能在那裡看到一個陪伴他的人，閃耀或者穩重，或者是一名學徒。

「這一次，只有我們兩個人。」

他的話讓我吃了一驚。我轉過身看著他。他並沒有睜開眼睛。「切德？」

「蜚滋。」

「聽起來，你比上一次我來看你時要好多了，幾乎像是原先的你自己了。」

切德深吸一口氣，睜開了眼睛。他在醒來的時候顯得比他昏睡時更加蒼老。「我並沒有變得更好。我不能使用精技。我的身體已經再沒有任何良好的感覺。我的關節很痛。無論我吃什麼，胃都像被火燒。」他盯著自己蹺在火前的雙腳。「我被完全困住了，我的身體，完全被這些歲月

困住了。」

我不知道是什麼讓我這樣做。我走到他的椅子前，坐到旁邊的地板上，彷彿我又變成了十一歲的男孩，他是我的師傅。他將瘦骨嶙峋的手放在我的頭上，揉搓我的頭髮。「哦，我的孩子，我的蜚滋，你來了。那麼，你會在什麼時候離開？」

他知道。此時此刻，他正是那個一直以來我心目中的切德，無所不知。能夠和一個從骨子裡懂得我的人交談，實在讓人感到欣慰。「我會儘早出發。我已經等了一個冬季，搜集情報，恢復技藝。我的肌肉已經緊實，使用武器的技巧也煥然一新。而我已經浪費了太多的時間。」

「磨礪匕首從不是浪費時間。你終於懂得了這一點。你已經不再是學徒，甚至已不是新手。明瞭這一點，你便成為了大師。」

「謝謝。」我低聲說道。他的話讓我由衷地感到驚訝，「這段旅程的一部分必須藉由精技石柱來完成。隨後，我還要乘船走過很遠的路。這將是一次漫長的旅程。」

他點點頭。他的手依然按在我的頭上。「我的兒子想要和你一起去。」他低聲說道。

「機敏？」

「是的。他經常會和我提起這件事，他以為他只是在對我空虛的軀殼傾訴。他想去，我也想讓他去，帶著他吧。讓他證明自己，然後給我帶一個男人回來。」

「切德，我不能。他不……」

「他不像我們。他缺乏我們的憎恨能力，更缺乏復仇的能力。他那個所謂的繼母的遭遇已經讓他大驚失色，儘管那個女人必須得到處置。這一點我明白，他卻看不出來。他本想去找那個女人，承諾說他不會求取機敏的產業。他相信他能夠讓那個女人平靜下來。」切德搖搖頭。「他不認得邪惡，就算邪惡已經打斷了他的肋骨，他也還是不認識。蜚滋，他是一個好人，也許比我們兩個都要好。只是他不覺得自己是一個男人。帶著他吧。」

「我不明白他為什麼想要去。」

切德發出一陣喘息的笑聲。「你幾乎就是他的一位長兄。在他之前，誰是我的孩子？我向他講述的那個無名的男孩激發了他競爭的火焰。他渴望著能夠像那個男孩一樣，也希望能得到那個男孩的喜愛。在他早期的訓練中，我讓你成為了在我心中他永遠都無法擊敗的競爭者。他決定至少要能和你並駕齊驅。他渴望著能夠成長，能夠成為我們的同伴。然後他遇到了你。他失敗了，他失敗了一次又一次。蜚滋，我無法將他想得到的給他。我知道你打算一個人去。這將是一個錯誤。相信我，帶著機敏。在他能夠得到你的尊重之前，他在自己的眼中便一無是處。所以，帶著他。讓我的兒子向你、向他證明自己是一個男人。我希望你們兩個能夠將一切競爭與嫉妒之心放到一旁。」

嫉妒？我完全不會嫉妒這樣一隻小狼！但不和切德爭論這件事可能會更容易一些。我不想帶著機敏，而且我知道，我不能帶著他。但我沒有拒絕切德。此時此刻，他是我的導師，一如既

往。我不想和他爭辯，因為我害怕這會是我最後一次和他交談。我轉移了話題。「你是不是一直在裝病？」

「不。只是有時候如此。表現出衰弱的樣子對我來說很合適。蜚滋，我不信任迷迭香。她已經說服晉責，讓晉責相信你和我這樣的刺客是不需要的。她正在任由我的所有網絡崩潰。我所有的眼線都無法再得到酬金，也不再能向我報告。這麼多年以來我建立的一切正在分崩離析。」

「切德。我還是要走。我不能留在這裡，打理你的網絡。」

「嘿！」他笑了。我抬起頭，看到他正向我露出慈愛的微笑，「你能做到嗎？有任何人能做到嗎？不，蜚滋。我正在衰亡，對此我很清楚。沒有人能夠繼承我。像我這種人的時代已經過去了。不，我並不是要求你留下來接手我的工作。去做你必須做的事吧。」

「切德。為什麼你要裝成衰弱的樣子？裝作如此魂不守舍？」

他又笑了。「哦，蜚滋。因為我正是如此。並非每一天，每個小時都是這樣。有時候我覺得自己仍然如同往昔一般鋒利。但我又找不到自己的拖鞋，我看了又看，發現它們正穿在我的腳上。」他自顧自地搖搖頭，「讓人們以為我一直在犯糊塗，總比讓他們知道真相要好一些。我不希望迷迭香將我視作她獲取權力的威脅。」

我感到難以置信，「你害怕她？」

「不要這樣說。我已經聽到你在心中思考如何為我殺死她了。慢性毒藥、從臺階上跌落，這

都不是什麼好主意。而老傢伙一直注重的都是保證安全。」

他是對的。我不由得露出了微笑。我試著對此感到慚愧，但我做不到。對於我，切德看得很精準。

「就讓她得到那些吧。我的巢穴和我的床、我的工具，甚至是我的文件。她不會找到任何關鍵的東西。沒有人能找到。也許除了你以外。等到你回來的時候。」切德深吸了一口氣，發出一聲歎息，「我現在還有另一個任務。閃耀。我耽誤她太多，必須給她補償。他們以為只有殺死她或者將她嫁給一個蠢笨殘忍的人才是對我的報復，但他們實際上做的要更加可怕。蜚滋，閃耀現在乏善可陳，她虛榮，不學無術。她本不應該如此。她有一顆聰慧的頭腦，只是從未得到善用。珂翠肯正在教導她，我很尊重她傳授給我女兒的一切。但經過了這麼多年，珂翠肯在一些地方還是過於天真。她仍然相信誠實和善良最終將贏得勝利。所以我必須親自教導我的女兒，讓她明白靴子裡的一把小匕首，和一個精心布置的避難所，也許是長久壽命的關鍵因素。

「我還想親眼看到她的盛放。當我解開她的精技時，他們全都驚訝無比。他們跑過來，幫助她豎起牆壁，將她封鎖，直到她能夠學會掌控這種魔法。蜚滋，她一定會變得非常強大。那是真真正正的強大。如果他們曾經懷疑過我體內的瞻遠血脈，那麼我的女兒就能證明他們犯下了多麼大的錯誤。」

聽到切德承認這個舊日的疑慮，我卻感到如此奇怪。「你像我一樣，都是瞻遠的子孫。」我

向他保證。

切德又揉了揉我的頭髮。「我有一件禮物要給你。」他低聲對我說，「我已經派人將它取來。它來自於遮瑪里亞，又曾路過繽城。他們在那裡將它擴大，對它進行修正。你應該帶著它。它就在我的臥室書架頂端的卷軸匣中。那只匣子被染成了藍色。它是給你的，去把它取來吧。」

我站起身，去了切德的臥室，找到那個卷軸匣，把它帶回給切德。切德對我說：「去找一把椅子，坐到我面前來。」

我照他的吩咐做了。他打開卷軸匣，拿出一張捲起的地圖。繪製這份地圖的皮革被削薄了。當它完全展開的時候，有我預料中的兩倍大。它是用小牛皮製成的，用閃爍著各種光彩的墨水繪製。上面的文字小得令人吃驚，卻又能清晰地閱讀。這上面繪製著六大公國、群山王國、恰斯國和雨野原，還有更加遙遠的天譴海岸、繽城、遮瑪里亞、海盜群島，最遠直到香料群島。「這很美麗，切德。但它和其他繪製了恰斯國或雨野原的地圖都不一樣……」

「更精確得多。」切德直白地說道，「隨著與那些地區的交流增多，我們現在能夠繪製更加清晰的地圖，進行更明確的標注。惟真根據他自己所知，和當時的資訊來源繪製了他的地圖。那時我們還不可能隨意得到關於雨野原河的資訊。惟真花重金買到的往往只是江湖騙子的贗品。我們對於恰斯國境內狀況的瞭解也有同樣的問題。當然，要瞭解繽城和其他地區也同樣困難。關於天譴海岸的地圖是出名的不堪使用，風暴和河流的入海口幾乎在每個季度都會改變那裡的海岸線

形態。不過這畢竟是六大公國的金幣能購買到的最好的地圖了。我本想保留它，但我現在要把它給你。還有這個。」

他抖動了一下已經不像以前那樣靈活的手腕。當我還在為這張地圖感到驚歎的時候，一根骨管已經滑入他的手中。他擰開做工精細的塞子，倒出一小卷幾乎是半透明的紙。「這是我的作品。」他將紙卷拿在手心裡，「我認為恰如其時的作品。我知道這其中的危險，但我認為這是有必要的。艾斯雷弗嘉不會永遠屹立不倒。正如同冰洞也會遭遇溫暖，流水總會奔湧，舊日的廳堂正在出現裂隙。綠色的苔蘚已經開始在走廊中蔓延，黴斑會在被遺棄的地圖上一點點擴大。」

他將那個小紙卷遞給我。我小心地打開它，因為敬畏，我無法發出任何聲音。終於，我在驚愕中緩緩說道：「全部細節都有。」

看到我的反應，切德發出喜悅的笑聲：「每一個精技傳送點都被標明了。古靈地圖上的雕刻符文已經消退了不少，但我抄錄了我能夠看清的每一個符文，蜚滋。它能讓你知道每一座精技石柱的表面上雕刻著什麼，讓你明瞭傳送的目的地。我本想將這些全部抄錄到我的新地圖上，但我的視力正在退化。我也不再想將我努力取得的祕密，和那些不懂得感激我為此所冒風險的人分享。如果他們願意認為我是一個傻瓜、一個莽撞的老人，就讓他們那樣去以為吧。」

「哦，切德。這……」他揮手打斷了我的感謝。他從來都不習慣接受感謝。

「這個你拿著，孩子。去完成我的工作。」

他突然發出一陣咳嗽，並用力揮手示意要喝水。但是當我將水拿給他的時候，他只是劇烈地咳嗽著，一時甚至無法將水喝入口中。總算是喝下了一口水，他卻彷彿又被水嗆到了。終於，他又能夠自如地呼吸了。「我沒事，」他喘息著說道，「不要在這裡耽擱了。帶著它走吧，不要等到閃耀回來。那個孩子好奇得就像一隻貓！現在就走。如果她看見你從這裡拿走了什麼，她會用各種問題來糾纏我，直到我無法思考。走吧，蜚滋。但在你離開之前一定要來向我道別，你回來的時候首先要來找我。」

「我會的。」因為某種我並不知曉的衝動，我俯下身，親吻了他的額頭。

切德伸出枯瘦的手，摟住我的頭，讓我靠近他。「哦，孩子。駿騎犯下的最美好的錯誤就是你。現在，走吧。」

我離開了他的房間，在手臂下面夾著地圖匣。而那只骨管在切德說要送給我的時候就消失在我的袖子裡。回到我華麗的新房間之後，我發現壁爐中的火焰正在明亮地燃燒著。我的床被鋪得非常平整，其他靴子都被擦得光彩照人，整齊地放在衣櫃旁。有人在我的壁爐臺上放了一瓶琥珀色的白蘭地，還有兩只精緻的小玻璃杯。僕人們總是讓人沒有多少私密可言。我思考了片刻才找到兩個不同的隱藏地點以避開僕人的整理和探查。我在一條掛毯後面縫了一個環帶，將切德的精技石柱地圖繫在那裡。另一份地圖的體積更大，不過我在床帳框架的頂部找到了一個地方。那裡落滿的灰塵讓我感到安心，我希望它還會一直保持這種狀態。

做好這件事，我在從細柳林回來之後第一次一個人坐了下來。我踢掉靴子，從腳上剝下潮濕的長襪，感覺到火焰的溫暖滲透全身。白蘭地的品質很好，我在倦怠中想到，在今天空著肚子喝它也許不是個好主意。

蜚滋。爸爸？我聽說你回到公鹿堡了。晉責和我都很急著要和你談談。你能來我的客廳嗎？求你。

當然，什麼時候？

現在，求你快些來。晉責一直都希望你回來之後立刻去見他。

當然。我應該去見他。只是我很擔心弄臣。

還有切德。

我發現他的狀況比我預料得更好。我承認道，同時又有一點不痛快，不知她為何會這樣清楚我回來之後的一舉一動。

他在這段日子過得不錯。但有些人就不太好了。你現在就能過來嗎？求你了。國王已經從非常忙碌的日程表中為我們擠出了時間。

我馬上過去。

烤乾襪子之後，我就換上了乾淨的靴子，又看了看我自己。襯衫褶皺不堪，長褲上盡是汙漬。我打開衣櫃，找到一排新襯衫，上面都釘著各種釦子。我一輩子都不曾擁有過這麼多新衣

服。這讓我很好奇是誰為我做的安排。灰燼？蕁麻？某個負責讓私生子穿得像是貴族的可憐僕人？

這些襯衫都很合身，不過它們都有足夠的空間裝得下一個大肚子。我挑選了一件藍色的襯衫和一條黑褲子，又穿上了和那件襯衫掛在一起的馬甲，此外還有一條緞帶一樣的東西，我不知道該如何穿戴。我希望這東西並不重要。馬甲很長，幾乎垂到了膝蓋。

襯衫和馬甲上都沒有暗兜。所以我去和他們見面的時候只是在靴子裡藏了一把匕首。這讓我覺得自己彷彿全身赤裸。我不知道如果有危險襲來，我該怎樣保護他們。我快步沿走廊向蕁麻的房間跑去，站到她的門外，又猶豫了一下，才開始敲門。

一名年輕的男僕為我打開門，並說道：「哦！蜚滋駿騎親王！」他急忙向我鞠躬，結果把頭撞在門框上。我在他倒地之前抓住他的臂肘，想要扶他站起來。他一直不停地道歉。就在我還抓著他的時候，蕁麻已經走到門前問道：「出了什麼事？」

「他的頭撞到門框。」我解釋說。那個男孩則慌亂地說道：「是的，女士，正是如此！」他的聲音顯得如此恐慌，就連我都難以相信他的解釋，更不要說是蕁麻了。

蕁麻驚駭地看了我一眼。我試著輕輕放開那個男孩。他還是坐在地板上。

「這邊請。」蕁麻說道。我一言不發地跟上了她。

「是真的，」我悄聲說道，「他鞠躬太快了，頭撞到了門上。」

蕁麻是我的女兒，但我只是在很久之前訪問公鹿堡的時候來過她的房間，而且次數很少。走近她的客廳，我發現這裡塞滿了皇家物品，就像塞滿了櫻桃的甜餡餅。國王和王后正坐在壁爐前的椅子裡，珂翠肯站在窗邊，掀起窗簾望著外面的夜色。閃耀陪在她身邊。機敏和繁盛王子站在壁爐附近。誠毅王子正在撥弄火炭。晉責的原智犬用洞察一切的目光看著走進來的我。切德是唯一沒在這裡的瞻遠成員。

這次輪到我向國王和王后深鞠一躬了。「陛下，王后陛下，很抱歉今天耽擱了……」

「沒有時間講究禮儀了。」晉責用疲憊的聲音打斷了我，「蕁麻已經告訴我們，你決意去追尋那些派遣歹徒進入公鹿公國、劫走蜜蜂和閃耀女士的人。」

直白的問題要求誠實的回答。「是的，」我說道。

「你的目的？」

「復仇！」王后代替我說道。她激動的語氣讓我吃了一驚，「對於那些偷走我們女兒的人，必須進行鮮血和正義的復仇。就像蒼白之女劫走我的母親和妹妹時，他所做的那樣！既然我們已經知道了他們在遠方有一個隱祕的巢穴，就能夠對他們發動戰爭！這本來是絕對絕對不應該發生的事！」艾莉安娜抬起一隻顫抖的手，指向誠毅，「我把我的兒子給你。他會與你並肩馳騁，為這場悲劇復仇。為了我們母屋的這個可怕的損失！我會送信給我的貴主母親和妹妹珂希，她將會召集獨角鯨族的男人來追隨你！」

誠毅士氣高漲地說：「媽媽，我發誓……」

「誠毅！不要發誓。」晉責絕望地看了我一眼，「我的妻子一直都記得小珂希被劫走的時候。到了晚上，珂希還會做噩夢，夢到她飽受折磨，並被迫成為誘餌，引誘我們進入蒼白之女的陷阱。」

哦，我從沒有在這個角度上看待過這件事，或者想一想我的悲劇會在她的心中喚醒怎樣的陰暗過往。我跪倒在艾莉安娜面前，抬起頭看著她的臉。淚水正從王后的面頰上涓涓滾落，而且能看出來，今天她已經不是第一次哭泣了。「王后陛下，求您，請擦乾淚水，相信我。我向您承諾，我會去找到那些毒蛇的窩巢，而且很快我就會出發。讓誠毅留下來，留在您的身邊。如果我需要他，我會送信給蕁麻，向他發出召喚。那時他便可來找我，並帶著您認為必須的人馬。我會為他們指明道路。但現在，艾莉安娜王后，就讓我先一個人隱祕地前去。」

要保持我現在的姿勢並不容易。我的膝蓋隱隱作痛，我需要努力抬起頭。為了看到王后的眼睛，我的面頰已經緊緊繃住。艾莉安娜咬住嘴唇，然後微微一點頭。

「一個人？」我並沒有發現謎語也在房間裡，直到他開口說話。

「一個人。」我應聲道。

「那我呢？」

蕁麻張開口，但我的速度更快。「你已經知道答案了。如果你不留下來，我就不能走。蕁麻

的孩子就要出世了。你的責任在這裡，你要守衛對我們兩個而言都無比珍貴的東西。」

謎語低下頭。「但，你不應該一個人走。」他低聲說。

「他不會一個人去的，」機敏插嘴道，「我要和他一起去。」

我轉身面對那個年輕人，卻是在對整個房間中的人說話：「切德大人已經建議我帶蜚滋機敏走。我非常感激他的提議。但我行程的第一部分必須通過精技石柱，所以恐怕我只能一個人，即使我並不希望如此。」

機敏咬緊了牙，給了一個怨恨的眼神。我無可奈何地攤開手，聳了聳肩。

「那麼弄臣呢？」晉責突兀地問道。

我並不想討論這件事。「他必須留在這裡，也是因為同樣的原因。我現在還不想對他說這件事，但我會的。我要通過精技石柱旅行，只是我一個人風險已經很大了。上次我嘗試帶弄臣通過石柱的時候吸取了謎語很大的力量。」我轉頭對所有人說，「計畫很簡單，我打算一個人快速行動。我會找到前往克拉利斯的道路，探究他們的弱點，然後送信回來告訴你們我都需要什麼人和哪些援助。」我強迫自己的臉上露出微笑，「就算是我，也不可能愚蠢到一個人去攻擊一座城市。」

片刻之間，房間裡陷入一片沉寂。我很想知道他們之中有多少人想到了我可能會這麼愚蠢。然後，反對的聲音驟然爆發出來。

「但，蜚滋駿騎……」

「蜚滋，你需要……」

「你的計畫是什麼？」站在窗邊的珂翠肯說道。她低沉的聲音讓其他人立刻恢復了沉默。

「還說不上有什麼計畫。」我站起身。我的膝蓋發出一點聲音。我的身體自癒速度很快，但還是會對我的壓迫表示抗議。「我已經搜集了一些工具和物資，並向弄臣進行了諮詢。他給了我一些港口的名字：魚骨頭、弗尼克、沃特樹。我做好了出發的準備，明天我就走。」

珂翠肯緩緩地搖著頭。我轉過頭看著晉責。「不，」晉責立刻說道，「你不能這樣，蜚滋。我們必須設宴為你餞行，你必須像親王一樣騎馬走出公鹿堡的大門，而不是悄悄溜走，就像……」

晉責正在尋找著合適的詞彙，蕁麻已經低聲說道：「一頭孤狼。」

「沒錯。」晉責表示贊同，「你已經被重新介紹給宮廷，現在你不能再簡簡單單地消失掉了。」

沮喪如同潮水一般在我的心中升起。「難道必須讓所有人都知道我要去做什麼？」

房間中陷入片刻的寂靜。晉責緩緩說道：「現在這裡一定已經有了各種謠言。衛兵們想必已經把細柳林發生的事情在這裡傳開了。我們還找到了一些屍體。很明顯，那些白皮膚的人寧可自殺也不願意被俘，或者單獨承受艱苦的生活。他們都從海邊的懸崖跳了下去。所以，人們一定有很多疑問以及恐懼。我們必須給人民一些答案。」

切德一定會為我感到高興，因為我立刻就想到了一個完美的謊言：「我們可以宣布，我要去向古靈徵詢諫言，以確定該如何對抗這個敵人，所以我必須一個人用精技石柱離開。」

「真正的古靈。」珂翠肯說。

「真正的古靈？」

「我們從繽城收到的一些通信中說，一些在克爾辛拉定居並孵育出幼龍的巨龍商人堅持說他們現在就是古靈了。在我看來，這種宣言真是既荒謬又無禮。」珂翠肯曾經親眼看到惟真融入他的岩石巨龍，但她心中依舊相信古老的傳說：睿智的古靈們永遠在其岩石廳堂中把酒言歡。他們的巨龍陷入了沉睡，但時刻準備著在六大公國的召喚聲中醒來。正是這個傳說吸引惟真去群山尋找古靈，六大公國的傳奇盟友。

「我認為這個故事完全可以被人們接受。」我繼續提著建議。環顧我的家人們，他們全都在點頭，只有謎語除外。他臉上帶著一種疲憊的表情。我記得當切德宣布他的偽裝時，我也總是一副這樣的表情。

「給我五天時間做好一切準備。」晉責建議說。

「我打算在兩天後離開。」我平靜地說。如果是一天就更好了。

「那麼，三天。」晉責做出妥協。

我還有一個難處。「我必須請你們照顧好弄臣，保護他的安全。如果知道我的計畫，他肯定

會不高興。因為他認為自己必須和我一起走。儘管他依然雙目失明，身體孱弱，卻相信能夠完成這次遠行。我則不認為當我用精技石柱快速旅行時還能照顧好他。」

珂翠肯已經站到了我身邊。她將一隻手按在我的手臂上：「蜚滋，就把我們的老朋友交給我吧。我會確保他不會被冷落，也不會受到太多打擾。我很高興能接受這個任務。」

「我會給我的兄弟們和幸運送去訊息，讓他們知道你要走了。」蕁麻說。然後她又搖了搖頭，「不過我估計他們不會有時間來為你送行。」

「謝謝。」我對蕁麻說道，同時還在尋思自己為什麼完全沒有想到這些細節。然後我知道了。道別對我來說一直都是艱難的，我只是想將最困難的事情留到最後去處理。弄臣一定不會喜歡我的計畫。

讓我從家人們中間抽身實在是一件困難的事。各種建議、設想和警告不斷從愛我的人們口中跳出來，擊中我，直到將近晚餐的時候。我們離開蕁麻的客廳時，我告訴他們，我必須再去看看弄臣。珂翠肯嚴肅地點點頭。重視實際的謎語說他會確保食物和葡萄酒被送到賢者灰白的房間去。

我拖著腳步走過公鹿堡的走廊，設想了一百種方式告訴弄臣我要丟下他，又將這一百種方式逐一否決。我在弄臣的門外站了很長時間。終於，我確認了沒有任何好方法能夠將這個訊息告知他。我再一次開始考慮一種懦夫的方法——不要告訴他，就這樣離開。

但我相信，灰燼一定知道我即將出發，而他知道的，弄臣一定也會知道。我抬手敲了敲門，

然後靜靜地等待。火星為我打開了屋門。看到我，她微微一笑。我相信，也許他們已經和解了。

「先生，是蜚滋駿騎親王。我是否應該讓他進來？」她歡快地回頭喊道。

「當然！」弄臣的聲音顯得很有精神。我越過火星，看到灰白正坐在桌邊。小丑站在桌上，身邊擺放著一些小物品。我猜測著他們在玩什麼遊戲。看到弄臣精神恢復，我感到既高興又傷心，因為我很快就會破壞掉他的愉悅心情了。但我別無選擇。

屋門剛一關上，弄臣就問我：「我們什麼時候出發？」

該說的總是要說：「我在三天之後上路。」

「我會準備好的。」

「我不能帶你走。」

弄臣向我側過頭。他臉上震驚的表情很快就被絕望的微笑所取代。「但你知道，如果沒有我，你不可能找到去那裡的路。」

「我可以。」我繞過火星，向桌邊走去，拉出另一把椅子坐到弄臣對面。弄臣開口想要說話。「不，」我堅定地說，「聽我說，我不能帶著你，弄臣。我的第一段旅行要通過精技石柱，使用那些吞噬了蜜蜂的石頭。我不敢帶著你……」

「我敢！」弄臣的聲音蓋過了我，但我繼續說道：

「你的身體還沒有恢復。而且我們都知道，這並不只是你的身體需要時間痊癒的問題。你最

好在這段時間裡留在公鹿堡休養，留在溫暖、安全和飽足的環境中，在朋友們中間。我希望你的健康能逐步恢復，這樣國王的御用精技小組就能嘗試對你進行更加全面的精技治療，甚至有可能恢復你的視力。我知道這聽起來一定對你很殘酷，但如果我帶著你，我只會被拖慢腳步，甚至有可能會殺死你。」

烏鴉和年輕的侍女都在用明亮而嚴厲的眼睛看著我。弄臣用鼻孔重重地喘息著，彷彿剛剛爬上通向一座高塔頂端的樓梯。他的兩隻手緊緊攥住了桌子邊緣。「你是認真的，」他用顫抖的聲音說，「你要把我丟在這裡。我能夠從你的聲音中聽出來。」

我深吸了一口氣：「如果我可以，弄臣，我一定會……」

「你當然可以。你可以！你需要冒險！無論那是怎樣的風險！我們有可能死在石頭裡，也可能死在一艘船上，或者死在克拉利斯。我們死了，這一切就結束了。我們要死在一起。」

「弄臣，我……」

「她不只是你的孩子！她是這個世界的希望。她也是我的，我卻只和她接觸過那樣短暫的一瞬間！為什麼你會認為我不願冒生命的危險為她復仇，不願意親手摧毀克拉利斯？你怎麼能想像我坐在這裡，喝著茶，和珂翠肯閒聊著，任由你自己一個人去那裡？蜚滋！蜚滋！你不能這樣對我！你不能！」

他的聲音愈來愈高亢。在說到最後幾個字的時候，已經開始對我喊叫了，彷彿這種聲嘶力竭

的呼吼能夠改變我的決定。當他停下來吸氣的時候，我們全都聽到了敲門聲。敲門的節律表明門外的人已經敲了一段時間。

「去開門！」弄臣向火星喝道。

火星面色蒼白，緊緊抿著嘴唇去執行弄臣的命令。弄臣坐在我的對面，胸口激烈地起伏，我則一動不動地靜靜坐著，完全沒有去聽火星和門外人的對話。火星關上門，端著一只托盤回到桌邊。「有人送食物過來了。」

「我以為我們會在晚餐時討論這件事。我希望能夠知道更多對我有幫助的事情。」

火星將托盤重重地放到我們兩個之間。烤肉的香氣彷彿來自於另一個世界。但在這個世界裡，這種令人愉悅的事情已經沒有任何意義。

看著弄臣的怒火燃燒幾乎讓我感到害怕。那彷彿來自於他的胸膛深處。我看到他的胸口一起一伏，肩膀弓了起來。他的兩隻手緊握成拳，喉頭的肌肉向外凸出。我知道他要做什麼，在下一個瞬間，他便做了。但我完全沒有動。他抓住托盤的邊緣，將盛滿食物和葡萄酒的托盤向我掀過來。肉汁很燙，酒杯撞到了我的額頭。杯子裡的酒完全潑灑在我的大腿上。隨後酒杯落在地板上，發出輕微的撞擊聲，滾了半圈。

火星驚呼一聲。烏鴉發出刺耳的鳴叫：「嘎，嘎，嘎！」隨後張開翅膀，從桌上跳到地下，毫不猶豫地開始啄食遍地的食物。我從牠的身上抬起目光，看著弄臣凍結的面孔。弄臣說道：

「更多對你有幫助的事？更多能幫助你將我丟在這裡的事？你不會再從我這裡知道任何事了。出去。出去！」

我站起身，托盤中還有亞麻餐巾。我拿起一條餐巾，揩去胸前和大腿上的食物，把食物殘渣包裹在裡面，一聲不響地放在桌上。然後我說話了。我知道自己不應該說話，我很清楚，但這些話語還是離開了我的雙唇。「這是我不能帶著你的另一個理由。你已經失去了對自己的控制，弄臣。我是來告訴你，我要一個人上路。我已經告訴你了。晚安。」

我離開了弄臣。烏鴉在吃東西，我們全都能聽到火星的哭泣聲。

隨後幾天是在一片忙亂中度過的。兩名裁縫在第二天清晨便來到我的房間，為我精確地測量了身體，以便製作「旅行服裝」。我告訴他們，衣服上不要有任何裝飾性的鈕釦。一天以後，他們將結實精緻的褐色襯衫和長褲送到我的房間裡，另外還有一件針腳細密、內襯裘皮的斗篷。另外又有人送來了輕質皮甲。我從未見過做工如此精良的甲冑。高領馬甲能夠保護我的胸腹和喉嚨，另外還有護脛甲和前臂甲，也都是褐色的，上面沒有任何標記。我很高興晉責明白這是我的一次祕密行動。但就在這時，又有人送來了一件美麗的公鹿藍斗篷、一雙被染成藍色、內襯小羊羔毛的皮手套，和一件繡滿了公鹿和獨角鯨的緊身上衣。我開始猜測，為我的旅程準備一應物品的熱心人並不止一個。

我的舊背包被一只有著牢固背帶的防雨帆布包取代了。我先放進新背包中的就是蜜蜂的日記和莫莉的蠟燭，它們將陪我一直走到世界的盡頭。

我將要離開的訊息已經流傳開來，各種道別的信件、邀請函和禮物如潮水般湧來，對於這些，我都必須予以回應並禮貌地拒絕。每一根鬆散的絲線或者要剪斷，或者要繫緊。灰燼來到我的房間時總是面色凝重，一言不發。每一天，他都會將這些函件為我整理好，整齊地堆疊起來。

每天我也都會去弄臣的房間，卻一直沒能和他說明白。我承受著弄臣的詛咒，還有他要我重新考慮的祈求。我一天天地探望他，他一天天地用憤怒、哀傷、諷刺和沉默抽打我。我只是強硬地堅持著。「沒有我，你永遠也不可能進入那裡的城牆。我是你能夠進入敵人巢穴的唯一希望。」他不止一次這樣對我說。我愈是拒絕談論這件事，他就愈是只說這一件事。這並沒有阻止我每天去看他，但我還是期待著這種探望的結束。

在我啟程前兩天，珂翠肯請我去了她的覲見室。那一天，沒有人在覲見室門外等待。求見她的人都被告知說她一整天都有事情。我立刻被引入覲見室，看到她正在伏案書寫。她的身旁有一座卷軸架，上面擺放著大約二十束卷軸。她正跪在一只軟墊上，手中握筆，低垂著頭，面前放著一張牛皮紙。

「來得正好。」她向正走進門的我說，「我剛剛完成。」然後她拿起一只小匣子，倒出細沙，吸走多餘的墨水。

我張嘴想要說話，她卻向我抬起一隻手。「許多年以前，我看到你受苦，自己也只能在痛苦中忍耐，無可奈何地等待，完全不知道我的丈夫、我的愛人的命運。」在說到「愛人」這個詞的時候，她的聲音微微有些顫抖，「當我終於能有所行動的時候，除了希望和一張地圖，沒有任何東西能夠指引我。」她撣去牛皮紙上的細沙，把它遞給我，「一張地圖。上面繪製著克拉利斯，還有魚骨頭和沃特樹，以及你尋找的其他地點。一張根據古代地圖、傳說和那個老水手的講述繪製的地圖。」

我難以置信地看著她。「就是酒館裡的那個人？他幾乎沒什麼可以告訴我的。」

珂翠肯微微一笑。「我又找到了另外幾個人。在這些年裡，我從我們的切德叔叔那裡學到了不少東西。人們都願意為了錢說出自己知道的一切。有幾個人很聰明，懂得來到我面前，向我伸出空空的手掌。只要幾枚硬幣，他們就是我的了，蜚滋，連同他們所知道的每一件事。」桌面上有一個冒著熱氣的茶壺和兩只茶杯。珂翠肯的臉上帶著一點貓一樣的微笑。她倒出一點茶水，看看顏色，然後將我們的茶杯都斟滿，將一只茶杯放到我面前，面色一紅，說道：「告訴我，你為我感到驕傲。」

「我一直都為妳感到驕傲，妳還讓我很吃驚！」

珂翠肯的字比惟真的更加纖細，但他們的筆跡一樣精細準確。我看到她特別註明了要在低潮時進入沃特樹，還有另外幾小段資訊。

我們喝完茶的時候，她突然問道：「你沒有想過會回來，對不對？」

我張口結舌地看著她。然後我問道：「妳怎麼知道的？」

「你現在的表情就和惟真雕刻巨龍時一樣。他知道他正在做一件令他一去不返的事情。」

我們全都沉默了片刻。然後她用有些沙啞的耳語說：「感謝你為我兒子所做的。」

我從地圖上抬起眼睛，看著她。

「我多年以前就知道了。知道得很清楚。」

我沒有問她是如何知道的。有可能是椋音告訴她的。也許是惟真自己。

「你的身體，惟真的心志。」

「我那時並不在，珂翠肯。那一晚，我一直待在惟真的身體裡。」

「我知道，他是惟真的兒子。」

我們沒有再說下去。她知道這件事，並且也告訴了我，我無法確定這讓我的感覺更好了一些，還是讓我感到更奇怪了。我只是問她：「妳告訴我這個，是不是因為妳認為我不會回來了？」

她看著我的眼睛。「我認為你在失去蜜蜂的時候就已經離開了。從那時起，你就沒有真正在這裡過。去完成你的任務吧，蜚滋。如果可以，就回到我們身邊來，但首先，你要去做必須做的事。」

告別宴會是在隨後一天的晚上舉行的。宴會的過程非常冗長，被端上來的食物和飲料絕不是任何人能夠在一頓飯中吃喝完的。許多人和我乾杯。臨別贈禮堆滿了一張桌子，需要一輛馬車才能運走。我接受了眾人的好意，努力吃下味道鮮美的食物，但自從我宣布要離開之後，每時每刻彷彿都變成了阻撓我最終離開的障礙。切德出席了宴會，但也可以說他並沒有真正在宴會上。弄臣沒有出現。

我們離開餐桌的時候，時間已經很晚了。隨後在晉責的客廳裡又是一輪告別。蕁麻哭了。切德打著瞌睡。艾莉安娜送給我一條手帕，請我在殺死仇人的時候將他們的血浸染在上面，這樣她就可以將這條手帕埋在她母屋的泥土之中，讓那些惡人的靈魂永遠不得安寧。我認為她有一點瘋狂，並猜測我的離去也許能幫助她恢復平靜。阿憨顯得悶悶不樂，這個小傢伙在從細柳林回來之後一直都不太好，他的精技歌曲在那一晚幾乎變成了一首輓歌。兩位王子都向我承諾，如果我向他們發出召喚，他們就會率領公鹿堡和獨角鯨氏族的大軍前去支援。閃耀和機敏也在。他們陪侍在父親身邊。機敏看著我，就像是一頭哀傷的獵犬。他在兩天前找到我，再一次要求和我一同出發。我再一次拒絕了他。「我的父親會怎麼說？」當他自己的請求失敗之後，他又換了一種努力的方式。而我始終不為所動，「我認為你能夠找到方法告訴他。」看著切德平靜的神態，我懷疑他們並沒有就此事進行過討論。這不是我的問題。等到明天，我啟程出發，機敏留下來的時候，他和切德自然可以處理這個問題。

最後，我堅持為了明天能夠早些上路，我必須去睡了。謎語陪我走到我的寓所門前。「明天，我和你的衛隊會與你一同騎馬出發。」他對我說，「現在，我希望你能夠接受這個。它一直都給我帶來好運。」他的禮物是一把匕首。比我的手長不了多少，雙側都有利刃，中脊有一道血槽。

「它刺進和拔出身體的時候都很容易，而且沒有任何聲音。」他一邊對我說，一邊將這把匕首插回到磨損嚴重的皮鞘中遞給我。我則開始懷疑，我對於謎語的瞭解是否像我相信的那樣透徹。

我發現灰燼和堅韌不屈正在我門外的走廊上徘徊，小丑站在灰燼的肩膀上。「晚安。」我對他們說。

「這樣丟下他是不對的。」灰燼直接對我說道，「他很沮喪，一直在說瘋話。我很擔心如果你不帶他走，他會做些什麼。在他所有的故事裡，你們兩個都是在一起的。你怎麼能就這樣丟下他？」

「我應該和您一起走。我們還應該帶著蜜蜂的馬。如果我們找到她，她一定想騎自己的馬回家。」

我看著他們兩個，他們都是如此真誠，我已經喜歡上這兩個孩子。

但我和他們的感情還沒有那麼深。

我看著灰燼。「我和弄臣在一起有許多年了。我相信，我比你更懂得怎樣對我們才是最好

的。他現在完全無法進行這種艱苦的長途旅行。」

然後我又看著堅韌不屈。「蜜蜂已經走了，我們再也無法找到她，她也再也不會需要一匹馬了。」

灰燼張大了嘴。堅韌不屈的面色如同一張白紙，我聽到他在竭力找回自己的呼吸。

我打開自己房間的門。走進去，把他們兩個關在外面。

33

啟程

我夢到自己變成了一粒堅果，有一個非常硬的外殼。我蜷縮在裡面，在我的殼中。我就是我，擁有著我的每一部分。我被沖進了一條大河。它想要將我融入其中，但我保持著自己的完整，拒絕了它。

說也奇怪，我突然就從大河中掉落了出來。我掉在一片綠色的草坪上，周圍是一片春色。一時之間，我依然只是緊緊地縮在殼中。然後我打開自己，完完整整地出現在那裡，全身毫無殘缺。

其他被河水沖過來的人就沒有那麼幸運了。

這個夢比絕大多數的夢都更顯真實。這是一件幾乎一定會發生的事情。我不明白它將會如何發生，我又怎麼會變成堅果，被沖進河中。但我知道一定會是這樣。那條河的嘴就像我在下面畫出的樣子。它是從一塊黑色的石頭中流淌出來的。

——《蜜蜂・瞻遠的夢境日誌》

不等我入睡，黎明已經到來了。我本就預想自己會一夜無眠，並能夠充分利用這個夜晚。我將切德給我的關於精技門石的資訊謄錄在他送我的大地圖上。我不想相信任何我不曾親眼見過的門石。這些石頭在漫長的歲月中可能已經倒塌，或者陷入了沼澤。但如果沒有別的辦法，我將不得不使用它們。至少我可以知道哪一塊石頭通向何處。我驚訝地注意到，切德標明了一些通向恰斯城的門石。我寧可戰鬥，也不會考慮使用這些門石。

我仔細查看了珂翠肯的地圖和注釋。它給了我一些我還不知道的情報。不過對於這段旅程，我的瞭解還是很模糊。我的行程必將超出切德的地圖範圍。我只能希望在那些陌生的地方能找到新的地圖。根據那名老水手的講述，我應該以香料群島為目標，然後再從那裡找到前進的路徑。當我想到他最後給我的建議時，不由得露出一絲微笑——「哦，如果我要去那裡，我可絕不會從這個地方出發。」這就是他對我說的。

惟真的劍將會陪伴我。它再一次被收進樸素的皮革劍鞘中，劍柄被用舊皮革纏裹住。我曾經考慮帶一把斧頭，那才是我更擅長的武器。但劍才是人們會經常佩戴的，哪怕只是為了炫耀和虛榮。沒有人能夠長時間忍受斧頭的重量，除非是要使用它。我需要看起來像是一個普通的旅行者，稍微帶一點冒險的氣質。但絕不能讓人們看出我一心只想著復仇。這把劍能好好地為我效勞，它一直都是如此。

隨著窗外的天色漸露灰白，我仔細地穿好衣服，用熱水刮過鬍子。不知道我下次享受這種奢

侈會是什麼時候。我的頭髮終於長到可以繫成武士髮辮了。我拿出精緻的斗篷和背包，忽然又心血來潮，一直來到衛士大廳，和他們一起吃了一頓非常早的早餐。早餐有燕麥粥和蜂蜜，粥裡還有切碎的乾蘋果；熱茶香氣撲鼻；麵包塗上了牛油，還有切成一片片的昨晚的烤肉。我的衛兵都在，另外還有許多他們在公鹿堡的朋友。他們向我歡呼，開著各種粗魯的玩笑，提出各種辦法去對付那些膽敢進入公鹿公國、襲擊民居的歹徒。他們知道的只有這些——我的家遭到襲擊，閃耀女士被劫走又被救回。只有我的一些私人衛兵知道蜜蜂。他們都明白，我不希望關於蜜蜂的事情被別人知道。

所以，在正式的早餐中，我吃得很少，並再一次接受了眾人的臨別致意。我希望能夠儘快離開這裡，但我知道，這是我欠晉責和艾莉安娜的。我需要盡量體面地還他們這個情。切德一直在打盹。不過我還是喚醒了他，向他道別。他的態度非常友善，還問我是否願意和他下一盤棋。我提醒他說，我必須前往克拉利斯了。他答應我，他會記得我遵守了諾言，並向他道過別。我有些懷疑等我關上他的屋門時，他就會把這些都忘記。

我徒勞地敲著弄臣的屋門。他不會應門。就算我將這扇門從門框裡敲出來也沒有用。發現這道門被鎖住了，我絲毫不感到驚訝。我可以撬開門鎖，這一點他很清楚。他只是用這種方式向我傳遞了一個訊息。他已經向我封鎖了自己。我穩住呼吸，帶著這一處傷痛走開。這樣也好，我如此對自己說。沉默總好過又一場吼叫爭吵。又有誰知道他這一次會向我扔什麼？

我返回我曾經的房間去拿背包。看到堅韌不屈正等在門口，我並沒有感到非常驚訝。他的表情冰冷，但固執地堅持要為我扛背包。我沒有拒絕他。

我們走到城堡的廣場上。我的衛隊已經在那裡排列成整齊的隊形，原先的鬥士們已經完全融入了我的部隊，狐狸手套率領著他們。謎語騎在馬上，機敏面色蒼白。堅韌不屈也上了馬，他沒有牽來蜜蜂的坐騎，這讓我感覺到一陣劇烈的心痛。我對他太殘酷了，難道我不曾因為這個孩子愚蠢的希望而感到高興嗎？現在看到他像我一樣絕望，我就滿意了？就不會感到心痛？

再一次，人們聚集到了這裡，向我告別。晉責、艾莉安娜和兩位王子穿上了正式的皇家禮服。蕁麻面色蒼白，雙眼通紅。我抱住她，久久不曾鬆手，還是珂翠肯將她從我的懷中拉開。

「一定要回來。」珂翠肯低聲向我祈求。我點點頭，但沒有向她做出承諾。

在一片歡呼聲中，我們策馬馳出公鹿堡的大門。小丑在我們的頭頂飛翔，偶爾會用叫聲提醒我們牠的存在。隨著大步慢跑的馬匹帶我們漸漸遠離公鹿堡，我意識到我的半個上午都被浪費在浮華的典禮儀式上了。

「這是有必要的。」謎語彷彿聽到我的心聲，給了我一個毫無幽默感的笑容。

我們的馬很快就放慢腳步，變成了輕鬆的小跑。不過我們前進的速度還算不慢。我們會在一家客棧過夜，在第二天加緊趕路。我希望到第二天黃昏的時候就能趕到閃耀看見我的女兒消失的那座精技石柱前。在那裡，我會向同伴告別，一個人踏上征途。我會先去那座圓形的古代市集廣

場，就是那個我曾經夢到弄臣發生轉變的地方。

這次的行程早已安排妥當。客棧早就收到訊息，妥善地接待了我們。我在那一晚真的睡著了。等到早晨，我與謎語、機敏和狐狸手套一同享用了一頓豐盛的早餐。我們聊著非常普通的事。早餐麵包新鮮又美味。我們希望天氣能繼續保持晴好。謎語預料春天會提前到來。狐狸手套說她覺得積雪已經變軟了。

我披上做工精美的公鹿藍斗篷，我們繼續策馬前行。我跑在衛隊的最前面。客棧老闆和他的家人都走出門外為我們歡呼送行，並準備了燕麥甜蛋糕和水果乾作為我們路上的點心。我們不停地催趕著坐騎，因為我希望能對自己的衛兵們好一些。如果我們下午就能趕到精技石柱那裡。他們就有可能回到一家客棧過夜，而不至於睡在曠野之中。我自己則不會有這種幸運。我知道，一旦我穿過那塊石頭，我就會遭遇群山中的寒冬。我只希望不要一步踏進呼號的冬季風暴裡。

我去那裡的計畫非常清楚。用送給我的一頂笨重得可笑的帳篷在野外露宿三晚，用必須的行軍補給品支撐過這段時間，直到我能夠使用下一座精技石柱。根據切德的地圖，我能夠通過那座石柱到達克爾辛拉。從那座城市，我可以找到前往雨野原河的路，直達繽城，然後到達遮瑪里亞。在遮瑪里亞，我肯定能找到前往香料群島的船。到了香料群島之後，我就要憑運氣和珂翠肯的地圖去找到通向克拉利斯的道路了。那條道路的終點將充滿鮮血。

我差一點跑過了應該轉彎的地方。謎語及時提醒了我。我們上一次在積雪的原野中留下的足

跡全變成了起伏平緩的小淺坑。彷彿在這片雪地上全速飛奔已經是數年以前的事情。彷彿在蜜蜂永遠地離開我之後又過去了很多年。歲月漫漫，卻又只是彈指之間。我們愈靠近那塊石頭，我就愈急於離開。我們沿著正在消逝的足跡進入了森林。當我們到達德瓦利婭和她的蟄伏者紮營的地方時，狐狸手套喝止隊伍，命令他們安紮營地。

「不需要，」我平靜地對她說，「我不希望再有什麼儀式之類的東西，狐狸手套，我只需要走到那塊石頭前，碰觸它，離開這裡。妳隨後就帶我們的衛兵到客棧去投宿。我希望今晚你們能睡得溫暖舒適，也許還能一同舉起酒杯祝我好運。」我清了清嗓子，又低聲說，「在我的房間裡有一只小包裹，妳要去拿到它。那裡面是給我最親愛的人們的信。如果一年之後，我還沒有任何音訊，妳就要把那些信發出去。」

狐狸手套瞪著我，僵硬地點了一下頭。

我下了馬。她撤銷了讓衛兵紮營的命令，隨後也下了馬，將坐騎交給她的孫女，自己則跟到我身後。謎語也跟了上來，還有機敏。我回頭瞥了一眼，覺得應該能看見堅韌不屈，但那個男孩消失了蹤影。烏鴉不知在什麼地方發出呱呱的叫聲，他們應該是在一起的。這樣也好。

在常綠樹的陰影中，這個冬季的下午已經像黃昏一樣幽暗了。積雪和深褐色的樹幹變成了黑色和灰白色的影子。我在微弱的光線中用了一點時間才找到那座被大樹幹頂歪的精技石柱。我毫不猶豫地走向它。蕁麻的精技小組曾通過這塊石頭到達群山，並且安然無恙地在數日之後返回。

我告訴自己，使用它是安全的，就像使用其他任何精技石柱一樣。我將上一次在精技石柱中旅行所發生的事情推出腦海，並封閉了自己的心，不再去想正是這塊石頭吞噬了蜜蜂和那些劫走她的人。

自從我上次離開到現在，這裡只下了一場小雪，而且絕大部分雪花都沒能穿透我頭頂上方的針葉樹冠。我用戴著手套的手掃去石柱表面的落雪和松針。我的腰間佩劍，背後是背包，肩頭還扛著一只大口袋。我認為自己需要的一切都在背包裡，其他人堅持認為我必須攜帶的物品都在口袋裡。我已經自行決定，不會扛著這只袋子走多遠。

「就到這裡吧，」我對謎語說道。他和我同時脫下手套，我們握住彼此的手腕，目光短暫對視，隨後便各自望向旁邊。

「一路走好。」他對我說。我回答道：「我盡力。」他的手指異常有力，我也用同樣的力量緊握住他。*蕁麻，妳選擇得很正確。*我用精技對她說。透過我的眼睛，我讓她看見了她挑選的這個男人。*照顧好他的心，那是一顆真正高貴的心。*然後我迅速豎起自己的牆壁，擋住了我所有的恐懼和擔憂。

我也向狐狸手套和機敏道別。這位老隊長用她鋼鐵一般的眼睛看著我，叮囑我說：「堅守瞻遠的榮譽。」機敏握住我手腕的手上全是汗水，他似乎在微微發抖。

「你一定能做得很好。」我平靜地對他說，「為我照顧好那位老人。沒有帶你走全都是我的

錯。」

他猶豫了一下，然後回答道：「我會盡全力達到他的期待。」

我給了他一個傷感的笑容。「祝你好運！」我是真心祝福。他努力發出一陣有些顫抖的笑聲。

他們都在看著我。我舉起一隻手，同時閉上了眼睛，儘管這並沒有必要。我要穿過門石了。

我對蕁麻和晉責說。我能感覺到阿憨正懶洋洋地看著我。謎語現在就會回去了。他應該能在明天黃昏時到家。

你從另一邊的門石中出來以後，就會用精技聯絡我們吧？

我已經答應你們了。我不會讓你們擔憂。我還在等著孩子出世的訊息。

這個我也已經答應你了。一定要小心，爸爸。

我愛你們所有人。這句話又讓我覺得太像是最後告別了，於是我又說道，告訴弄臣，不要太生我的氣。照顧好他，等我回來。

我又轉回身，看了一眼站在我身邊的人們，對謎語發出警告：「蕁麻等著你明天回家。」

「我會回去的。」謎語向我承諾。我知道他並沒有答應明天晚上一定會到家。

狐狸手套看起來有些疲憊。機敏的狀態顯得更加糟糕了，我完全能感覺到他的緊張。當我走向門石的時候，在我周圍的世界彷彿發生了一點波動。我的手心碰觸到冰冷的岩石表面，牢牢地按在那枚符文上。機敏突然向前躍起，緊抓住我的手腕並高聲喊道：「我和你一起走！」

又有一個人突然抱住了我的腰。我覺得也許是謎語要將我拉回去。但我感覺到岩石已經敞開，將我吸了進去。機敏跟隨著我。隨著黑暗在我們周圍合攏，他的喊聲一下子被打斷了。

穿過精技石柱的旅行總是會讓人無從辨別方向。這一次，我沒有看見黑暗中閃爍的繁星，倒像是有人用兜帽裹住了我的頭，又讓一匹馬不停地踢我。我完全沒有穿越遙遠距離的感覺，卻覺得自己彷彿從梯子上被猛然推了下去。我面朝下重重地落在雪地上。機敏壓在我的身上，我則壓著那只大口袋和另外一樣東西。我的眼睛裡全都是雪。吞沒我的寒冷要比公鹿公國的更加凜冽許多。我肺葉中的空氣完全被壓了出去。我在積雪中喘息著，把雪從嘴裡咳出去，然後努力想要坐起身，平復自己的呼吸。

機敏突然離開了我的身子，坐到雪中，轉開臉不再看我。他的肩膀不停地哆嗦著，但他沒有發出任何聲音。

「讓我出來！」

我從發出喊聲的口袋上撐起身子，用袖子抹了抹眼睛。隨著我在雪地中坐穩。一直在我身下掙扎的那一塊積雪顯露出一片蝴蝶翅膀。堅韌不屈突然掀起古靈斗篷的一角，愣愣地盯著我。「出了什麼事？我在哪裡？」緊接著，一團黑色的羽毛驟然暴起，拍在我的臉上，忿忿不平的小丑飛上了天空。

「發生了非常愚蠢的事！」我喊道。因為仍未能吸進足夠的空氣，我的喊聲更像是一陣喘

息。我掙扎著站起身，向周圍望去。是的。我到了目標地點。鬆軟的新雪已經覆蓋住了蕁麻的精技小組留下的足跡。在我的周圍是一片開闊的圓形廣場，正是那個古老的市集所在。我們從市場中心的一根石柱中撲倒出來。陰森的高山叢林包圍著我們，向我們投下一重重陰影。在我的腳下，我感覺到精技之路的嗡鳴聲。那是古靈在很久以前建造的，它至今還迴蕩著那些行走在上面的人們的回憶，苔蘚和青草總是很不願意覆蓋它的表面。這片森林也止步於這片廣場邊緣的裝飾性石雕。我豎起精技牆壁，擋住了這些岩石中記憶的呢喃。

我向天空瞥了一眼。夜幕很快就要落下了。這裡非常寒冷，我卻沒有預料到會帶兩個白癡一起過來。我感覺到一種難以言明的不良狀態。不是暈眩，也不是發熱。確實，我在毫無準備的情況下拖著兩個沒有精技的傢伙穿過了一座精技石柱。而精技之路的閃爍記憶正在持續不斷地攻擊我的精技障壁。我應該已經很走運了，畢竟現在我還只是有些虛弱。這兩個幸運的傢伙也都還活著，神智健全——希望他們真的是神智健全吧。

「機敏？你感覺如何？」

機敏吃力地長吸了一口氣。「就像是喝了一整晚的餿麥酒之後的早晨。」

我轉過頭瞪著堅韌不屈。「你幹了什麼？」

他倒是顯得很驚訝，彷彿我沒有理由這樣問他。「我披著斗篷藏在石塊旁邊。您知道這件斗篷能讓人隱身。在您就要過去的時候，我跳起來抱住了您，就到了這裡。」他突然站直身子，看

著我的眼睛。剛才的穿越彷彿對他完全沒有影響。他將蝴蝶斗篷披在肩頭，「我跟隨您，就是要依照我的誓言侍奉您。我還要為我的蜜蜂女士復仇，我披著她的斗篷，正如同佩戴著她的徽章。」

我想要跺腳、吼叫，用我知道的一切惡毒辭句怒罵他們。他們像兩隻小狼一樣看著我。突然間我就無法聚集怒氣了。緊緊壓迫我的寒冷對於脆弱的人體絕不會有任何耐心。我低頭看著他們兩個。「機敏，起來。那只袋子裡有一頂帳篷。在樹下雪淺的地方紮營。我去生火。」

他們都在盯著我，然後交換了一個困惑的眼神。我用眼角的餘光看到機敏站起身，踉蹌了兩步，伸出雙手捂住腦袋。精技傳送對他而言並不輕鬆。這是他自己的錯。我現在只是生氣他們讓我的行程突然變得複雜起來，這種憤怒淹沒了我的一切同情心。被包裹在蝴蝶翅膀中的堅韌不屈看上去受到的影響要小得多。我用斗篷裹緊身子，從他們身邊走開。我將那件華麗的瞻遠斗篷披在樸素的斗篷外面。突然之間，我很慶幸自己多披了這件斗篷。我找到一根掛在樹上的枯枝，小心地搖動它，在抖去積雪之後才將它拉下來，折成數段。當我回到門石前面時，發現機敏和小堅正奮力豎起那頂我本不願攜帶的小帳篷。現在我很高興自己沒有將它丟下。我沒有理會奮力工作的兩個人，而是在舊市場的鵝卵石地面上掃開一片積雪，開始準備生火。對於這項技巧，我早已生疏。剛剛的穿越又讓我感到頭重腳輕。所以我努力得愈久，只是愈發感到雙手冰冷僵硬。我一邊工作一邊喘息著，流著鼻涕——這正是寒冷對人的影響。我感覺到嘴唇發乾，只能竭力提醒自

己不要去舔嘴唇。因為我知道只要舔一下，就會立刻開始皸裂。夜晚即將到來，寒冷正在愈來愈凶狠地壓迫我，讓我愈來愈沒有耐心。我真應該帶一個火盆來。

一點火星迸起，變成枯枝上的亮光，然後又是一點火星，終於，一縷青煙從引火的枯枝上升起。「去拿柴來，」我對看著我辛苦工作的兩個人說，「我的背包裡有一把短柄斧。不要把背包裡的東西倒在雪上，伸手進去找。」

「我不是白癡。」堅韌不屈有些忿忿不平地說。

「今天你沒有向我證明你的智慧。」我對他說。他轉身走開了。

機敏又停留了片刻。「我告訴我的父親，你拒絕了我。他對我說，這個決定不應該由你來做。我應該找到自己的道路。於是我就這樣做了。」

這聽起來像是切德說的話。「要度過這個夜晚，我們需要很多木柴。天馬上就要黑了。」我向他指出。機敏踱著步走開了。

我先將小樹枝放在火苗上，然後是一些折斷的樹枝，最終才敢把一些粗枝放入火中。我向周圍的陰影中看了一眼。小丑已經落在一根光禿禿的樹枝上，正在看著我。我認為今晚我們需要很大的一堆火。堅韌不屈拖著一大堆樹枝回來了。我從上面折下一些比較小的樹枝，然後讓他將剩下的砍開。等到機敏回來的時候，篝火已經能釋放出一些熱量了。機敏找到了一棵被風暴折斷的松樹。充滿樹脂的枝葉燃燒得很快，散發出充足的熱量。我能看出來，他感覺很不好。他不停地

咬住嘴唇，彷彿是害怕自己會嘔吐。不止一次，他將掌根按在額角。但我不在乎他感覺如何。

「我們還需要更多柴火。」我對他們說。

一段時間裡，我們全都在篝火附近奔忙，帶回來被風暴吹折的柴枝。有了足夠的乾柴儲備之後，我們就蜷縮在篝火旁，讓自己暖和起來。「你先說，」我對機敏說道，「你帶著哪些補給品？」

我看到他在努力整理自己的思路。「保暖的衣服。一些乾肉和水果、麵包、蜂蜜、醃肉、乾酪。一捲小毯子。一把匕首和一只煮食鍋、一只碗、一只杯子、一把勺子。投宿客棧的錢。我的劍。」他向我們周圍的森林看了一眼，「我本以為這裡會有客棧。」

「這裡沒有。」我對他說。然後我看著堅韌不屈，「你呢？」

那個男孩正用神奇的古靈斗篷裹住全身，把兜帽也戴了起來。這件斗篷對他而言有些太大了。他從兜帽裡看著我，「我穿得很暖和。我帶著食物，大部分是煮粥的燕麥，還有一些燻製的乾肉。一只煮食罐子、一把勺子、一只杯子。我的匕首，一根投石索。並不是很多。」

「有被褥嗎？」

「我有她的斗篷，主人。這件蝴蝶斗篷。它溫暖得令人吃驚。」

我看著他。他的面頰是粉紅色的，鼻尖通紅。但他蹲在火邊的樣子顯得很舒服。我思考了一段時間——我不喜歡我的決定。「我們在這裡紮營三天。然後我帶你們回去。」這樣我將不得不

再等待三天，才能再一次穿過門石。拖延造成了更多的拖延。

「不。」機敏說。

「我們不走。」堅韌不屈回答道。他沒有看我，卻朝他放在帳篷裡的背包走去。回來的時候，他的手裡拿著一只煮食罐。他躲開被踩過的積雪，在罐子裡盛滿淨雪，放到火上。「我們要煮粥喝了。」他一邊如此宣布著，一邊望向機敏，「如果你願意，我可以在粥裡加一些你的水果乾。」

機敏正在火旁溫暖自己的雙手。「那就在我的背包裡。把它拿來，我找蘋果乾給你吃。」

「不。」我說道。他們的目光全都轉向了我。我對我的堂親說：「你自己去拿，機敏。堅韌不屈是我的人，不是你的。隨後三天裡，你的每一件事都要自己去做。然後我們再看看你是否想要回公鹿堡去。」

機敏瞪著我。然後，他一言不發地站起身，大步朝帳篷走去，很快便拿著他的背包回來。他打開背包，拿出一包蘋果乾。我不得不欽佩他的自制能力。他並沒有將心中的火氣發洩在那個男孩的頭上，只是挑選出一些蘋果乾，把它們交給小堅。堅韌不屈感謝了他。

我仔細檢查了一下他們搭起的帳篷。這頂帳篷本來只是供我一個人使用的。對於單身旅人，它很寬大，也很舒適，但如果是三個人睡就太擁擠了。帳篷是帆布的，被縫成一個大口袋的樣子，底邊用木樁固定，頂部用一根繩子掛在一棵樹上。我勒緊了幾根固定帳篷的繩子，將一根木

椿砸得更牢固一些。我本不想帶著這頂帳篷，還計畫儘快將它丟棄，但我知道，今晚我們三個都很高興能使用它。

知道身邊正有一堆熊熊燃燒的篝火，寒冷也不再那樣令人生畏了。我繞著這片曾經是熱鬧市集的圓形空地慢慢走了一圈，竭力想像古靈聚集在這裡買賣商品、交換訊息的樣子，又抬起頭，看著將我們送到這裡的石柱。在黑色的夜幕下，它變得更加黑暗。我記起自己第一次見到這個地方的情形。珂翠肯、弄臣、年邁的水壺嬸、椋音和我在漫長的旅程中來到這裡。那時我們正在尋找惟真國王，要說服他回到深陷戰火的王國去，奪回他的王座。那時弄臣爬上了這座石柱。當我抬頭看他的時候，他已經變成了別人：另一個小丑或歌手，來自於另一個時代。椋音狠狠摑了我一耳光，才將我從那場幻境中救出來。後來，弄臣和我與夜眼一同狩獵。最終在一條小溪中打起了水仗。我們都還只是男孩子，但我卻相信自己是一個男人。那已經是許多年以前的事情了。從那以後，我的世界又發生了什麼樣的變化？而我們呢？

我回頭向小堅和機敏瞥了一眼。小堅正探過身子去看他的煮粥罐，又向裡面加了一把雪。等待被放進沸水的蘋果乾和燕麥都擺在他身邊。他向機敏解釋，融化出一罐水需要遠遠超出一罐的雪，而且必須等待水沸之後才能向裡面加燕麥和蘋果乾。想到機敏連在冬天的篝火上煮燕麥粥這樣簡單的事情都不懂，我不由得感到一陣厭惡。隨後我又想到，他的人生本就不必學習這樣的技巧，就像我完全不曾學習過讓公鹿堡貴族們樂此不疲的各種不同賭博遊戲的規則。期待他會這種

事情是我對他的不公平。但生活本就是不公平的。生活不會等待我們任何人長大。也許，如果現在是夏天，這兩個孩子就會朝對方潑水了。

我看著機敏，想要不帶任何情緒地看待他。他一直咬緊了牙關，一直帶著那個尚未癒合的劍傷騎馬追在我身後。即使是現在，我還會看到他的手按在曾經折斷的肋骨上輕輕揉搓。我知道舊傷在寒冷的環境下會有多麼痛苦。他知道我不會歡迎他，但他還是跟著我。我卻依然不明白這是為什麼。機敏低聲說了幾句話，小堅咯咯地笑起來，烏鴉用牠呱呱的聲音模仿著小堅。今晚沒有任何事能讓我有笑意。我嫉妒他們的年輕，雖然他們也給我帶來了一點溫暖的火星，但他們今天還是犯了大錯，並將不得不為此付出沉重的代價。

我任由他們繼續交談。罐子的水終於沸騰了，燕麥和蘋果乾也被煮了進去。我們各自得到了一小碗粥，又等待小堅煮出更多的粥來。機敏在吃過東西以後狀態好了一點。我給了烏鴉很小一份麵包，又在我的小罐子裡注滿融化的雪水，為我們煮茶。我們每個人都有一只杯子，慢慢地喝下滾燙的茶水。我讓小堅第一個守夜，嚴格地命令他要讓篝火一直很旺。已經不再有狼會保護我度過漫長的黑夜了。這個地方和這裡的回憶在用孤獨的利刀鑿刻我的心。我像以往任何時刻一樣渴望著弄臣，渴望著夜眼，希望他們在我身邊。我幾乎能回憶起撫摸我的狼頸後皮毛的感覺。那些長毛末梢冰冷，但在靠近夜眼肌膚的地方就很溫暖。我向夜眼伸展過去，卻只能找到無盡的沉寂。

我給堅韌不屈指明一顆星星。告訴他，等到那顆星星超過一棵冷杉頂端的時候，就叫醒機敏。我又告訴機敏，等到那顆星星被一顆橡樹光禿禿的枝幹遮住的時候，就把我叫醒。

「我們要警惕什麼？」機敏向周圍寂靜的森林看了一圈。

「野生動物。大貓、熊，任何可能將我們視為獵物的野獸。」

「牠們都害怕火焰！」機敏堅持道。

「這就是為什麼我們之中必須有一個人保持清醒，不斷向篝火中添加燃料。」機敏沒有繼續追問，我也沒有必要再給出另外一些理由。比如僕人們至少有一次使用了這塊門石。比如有時候，森林中的野獸會饑餓到不再懼怕火焰。

機敏和我擁擠在帳篷裡，盡量讓自己舒服一些。當我們背對背地躺下之後，我很高興能得到他身體的熱量。我剛剛開始打盹，他忽然說道：「我知道你不想讓我跟隨你。」

「在我完全沒有準備的情況下，你和堅韌不屈跟著我走過了門石，這是極度危險的。我們真的是非常幸運。」我想到還要再次帶他們穿過這座精技石柱。這個無法逃避的事實不停地折磨著我。也許蕁麻的一名精技使用者能夠過來帶他們回去。這樣我就可以繼續趕路了。隨後，我意識到自己還沒有告訴蕁麻我們平安無事。我便急忙讓自己鎮定下來，向外伸展出去。

「為什麼你這樣不喜歡我？」

「別說話。我正在使用精技。」我將機敏魯莽的問題推到一旁，不斷向遠處伸展。*蕁麻？晉*

責？

我聽到遠方傳來的樂聲，就像是吹過樹枝的風。我將精神集中在那上面，竭力朝我拉過來。

蜚滋？蜚滋？晉責的喊聲彷彿穿過了一陣陣拍向岸邊的海浪。他的心緒隨著阿憨的精技旋律來到我心中，就像是在浪濤間載沉載浮的浮萍。我將自己的思緒推向他。我們全都很安全。機敏和堅韌不屈和我一起過來了。

堅韌不屈。

那個來自細柳林的馬僮。

出了什麼事？你沉默了這麼長時間！

我們需要立刻建立庇護所，生起篝火。這裡非常寒冷。

蜚滋。你已經離開一整天了，卻只給了我們這樣一點訊息。

哦。我的確是沉默了很長一段時間，現在我才意識到這一點，在我們看來並非如此。我們彷彿剛剛進入門石，不久之前才出來。

蜚滋？

我在這裡，我們都很好。我對那座石柱的懷疑進一步加深了。它吞噬了蜜蜂，我們又在裡面耽擱了很長時間。我不會讓蕁麻再冒險讓她的精技小組成員進入那座門石，也不會再帶著機敏和小堅從那裡回去。阿憨的旋律起伏不定，我向它伸展過去，它卻滑開了。我讓我的訊息化作一枝

箭射向他們。*不要擔心！我們在這裡不會有事。告訴切德，機敏和我在一起。*

什麼都沒有。沒有回應。只是很遠的地方還有一點旋律。沒過多久，那一點旋律也消失了。我的心神回到帳篷中，感受到機敏陰鬱的沉默。不，那是睡眠時深沉穩定的呼吸聲。我不必在今晚回答他的問題了。我還有其他的事情需要考慮。我的精技是否在某種程度上遭到了損壞？我怎麼會沒有意識到自己在精技石柱中滯留了多久？為什麼聯絡蕁麻和晉責變得如此困難？這些事本應該讓我憂心忡忡，無法成眠。但我沒有這樣。當機敏搖晃我的肩膀時，我才清醒過來。

「該你了。」機敏用嘶啞的聲音說。我在黑暗中坐起身。身邊的堅韌不屈嘟囔著說我讓冷風吹進毯子裡了。當小堅和機敏換崗的時候，我甚至沒有醒。這可不是好事。將他們拖進精技石柱對我造成的負擔，看來要比我預料的更沉重。我爬出帳篷，感覺到關節痠痛，同時回身去拿我鋪在毯子上的斗篷。「給你這個，」機敏將一小團布匹遞給我，「那個男孩讓我用這個。它很好用。」

「謝謝。」我說道。但機敏已經爬進了帳篷。這件古靈斗篷比絲綢還要輕。我將它抖開，把全身包裹在裡面，又戴上它的兜帽。起初我還在打哆嗦，但沒過多久，體溫就將我包裹住了。我走到篝火前，坐在一段原木上。這塊木頭太矮，很不舒服，但肯定比坐在積雪中要好。坐累了之後，我就站起身，圍繞著這座古老的圓形市場慢慢踱步，又回到篝火旁，添加木柴，把雪裝進罐子裡融化燒沸，放進一點松針，把它當做茶來飲用。我有兩次試圖用精技聯絡蕁麻，卻沒能成

功。我感覺到一股強大的精技洪流，還有精技之路的呢喃。這條大道灌注了成千上萬名曾走在上面的古靈的回憶。即使蕁麻聽到我的聲音，我也無法從這些噪音中分辨出她的聲音。

我的意識在漫長的歲月中穿梭，讓我能從容不迫地去思考我做出的所有愚蠢決定。在黑暗中，我為了失去莫莉而哀傷，為了浪費了蜜蜂小小的生命而痛悔不已。我任由內心充滿對德瓦利婭和她的走狗的刻骨仇恨，又因為再不能向他們復仇而躁怒欲狂。我認真審視這一場荒謬的遠征，不得不懷疑我是否能夠找到克拉利斯，以及我一個人又該如何顛覆那個邪惡殘忍的巢穴。就算是進行這種嘗試也是愚蠢的，但這已經是我能夠為人生尋找到的最後一個目標了。

我不知道我拒絕用自己的視力冒險來恢復弄臣的眼睛，是不是因為我的懦弱。不。我比弄臣更適合完成這個任務。離開他讓我感到傷心。但我很高興他能留在一個溫暖安全的地方。如果我順利完成任務，回到他身邊，他一定能原諒我。也許。也許到那時，他服用的龍血已經恢復了他的視力。我可以抱有這樣的期望。我可以期待他得到更好的生活，在隨後的歲月中感受到幸福安寧。對於我自己，我的唯一希望就是在我被殺死前成功地殺光敵人。

環繞我們的陡峭山峰延遲了黎明的到來。當晨光明亮到可以視物的時候，我燒旺了篝火，將兩只罐子裡注滿雪，融化燒熱，然後喊帳篷裡的兩個人起床。小堅首先踉踉蹌蹌地走了出來。我很不願意地將蝴蝶斗篷還給他——這讓我感到羞愧。寒冷立刻向我伸出了貪婪的利爪。但我的女兒決定要用這件斗篷保護他，這是蜜蜂送給他的，我不會奪走。機敏起來的速度要慢很多。我收

回了當做毯子的兩件斗篷，也讓他的速度一下子快了起來。

「我要去打獵，」我對他們說。「你們兩個留在篝火旁邊。要收集許多木柴，讓火焰持續燃燒。我也許要到黃昏後才會回來，或者可能要到明天早晨。」那裡有多遠？沒有馱馬和同伴的拖累，我一個人可以迅速行動。我能做到。

「你要去哪裡？」小堅懷疑地問。

「我告訴過你們，打獵。希望我會帶回肉食。這樣我們就能好好吃上一頓。」

「你沒有弓，又怎麼能打獵？」

我已經厭倦了這種交談。「就像以前那樣，就像狼一樣。」我轉身從他們身邊走開。在空地的邊緣，我停下腳步，「你們要為自己削兩根棍棒。這裡有野獸出沒，其中一些很高大，足以將你們當做獵物。機敏，你和這個男孩演練作戰技巧，將你所知道的傳授給他。」我又轉過了頭。讓他們兩個互相用棍棒擊打，就不會有空閒去想其他事，同時也能讓他們的身體保持溫暖。我逐漸走遠的時候，小丑在我身後發出嘲弄的呱呱聲，但並沒有追上我。

我不知道自己為什麼要這樣做。這不是我計畫的一部分。但小堅和機敏也不是。我向蕁麻伸展過去，想讓她知道我的打算，卻只找到一股充滿了怪異聲音的、咆哮的精技洪流。我急忙從那股洪流中撤出來，繼續前行。

這條道路比我記憶中有了更多草木。喬木和灌木已經開始侵蝕這條古老的精技之路邊緣了。

也許就連古靈魔法也不可能永遠保持效能。被風吹過來的松針和小樹枝散落在平滑的積雪上。我在寒冷中放鬆自己，接受它，感覺到我的肌肉鬆弛下來，身體在生出自己的熱量。我速度很快，卻又悄無聲息，我的感官監視著周圍的每一點動靜。如果有機會，我會殺死獵物供我們充饑，但就像小堅猜測的那樣，肉並不是我的主要目標。

我上一次走過這裡的時候，這裡的植被茂密蔥鬱。而現在，積雪壓彎了樹枝。我經過一棵樹。一頭熊曾經在這裡磨礪爪子。牠留下的足跡很陳舊，已經被落雪埋沒。鳥雀在掠過枝頭。一頭鹿的足跡穿過我的道路。不過現在這條路上沒有任何東西移動。在一片小空地上，我遇到了一叢野玫瑰，它們結出的果子已被凍結，還沉甸甸地掛在枝頭。以這種果實為食的鳥雀咒罵著將它們從多刺的莖幹上偷走的我。我將它們包在手帕中，緊緊繫好。如果沒有別的收穫，它們總能為我們的燕麥粥和茶增加一些味道。當我最後走開的時候，又摘了一把果子，放進嘴裡咀嚼著。

森林變得愈來愈茂密陰森。我繼續快速前進。儘管這一年正在向春天邁進，但現在的白天依然很短。我的雙腳變得很冷，耳朵被兜帽緊緊裹住。我開始奔跑，在積雪中吃力地拔起腿，又使勁向下跺腳，直到它們因為運動而溫暖起來。我毫無顧忌地向前飛奔，驚嚇起一隻肥大的鳥雀。牠能成為一道美味佳餚，只是我沒有獵殺牠的稱手工具。隨後我走了一段路，又開始奔跑，又走了一段。我不時吃些雪，保持口腔濕潤，但盡量避免攝入太多雪讓身體寒冷。一直向前。我看著冬季的太陽從頭頂掠過，陰影變得愈來愈長。這太愚蠢了。為什麼我要有這樣的衝動？我簡直比

機敏和小堅加在一起還要傻。當黃昏開始像水蛭一樣慢慢吸走天空中的所有色彩時，我看到了道路旁被大雪覆蓋的第一座岩堆。

它已經在這裡沉睡了許多年。但有些事情是一個人永遠不會忘記的。我從一頭石龍走向另一頭。雕刻成野豬外形的岩石、雕刻成飛龍外形的岩石，擁有藍色翅膀的公鹿雙角上盡是白雪。它們之中的每一個都讓我的心中充滿敬畏。

多年以前，夜眼和我用血和魔法將它們從沉睡中喚醒，讓它們成為惟真的盟友。惟真，我的國王。他和蒼老的水壺嬸使用精技，將他們的全部記憶，甚至是生命，灌注進一頭壯麗的巨龍中。那頭巨龍用精技岩石雕成，也就是製造精技石柱的材料。化身為巨龍的惟真騰空而起，背負著珂翠肯和椋音返回公鹿堡。這樣，懷有他兒子的王后才能延續他的血脈。隨後，他以如此代價成就的巨龍，引領了對抗紅船劫匪以及外島的戰爭。

當敵人被打敗，和平重新回到我們的海岸邊時，巨龍惟真回到了這裡，與同伴們一起還原為岩石，沉睡在幽暗的密林深處。

我找到了他。我掃去他身上的積雪，重新看到他收在身側的巨大雙翼、他氣勢洶洶的頭部、閉起的雙眼。然後，我脫下沾滿雪花的帽子，將一雙手按在他冰冷的岩石額頭上。我伸展出去，不是以精技，而是用我的原智，苦苦搜尋那位我曾經效忠又永遠失去的國王。我感覺到了這塊岩石中某種殘存生命的微弱閃爍。一有這樣的感覺，我立刻將我能控制的全部精技和原智都注入進

去。我敞開自己的內心，向這頭冰冷的岩石巨龍坦承自己的一切。這不是像惟真那樣將記憶注入岩石，來喚醒自己，這只是簡單地向我的叔叔、我的國王傾訴。我希望他能知道我所遭遇的一切，還有我希望做到的一切。我將我的全部痛苦與他分享：失去我的妻子和孩子、弄臣遭受的苦難、切德的離散，一切的一切。

當我將自己所有淚水、復仇的希望和其他一切情感都釋放出去之後，我一動不動地站在冰寒巨龍的身邊，感覺身體完全空了。真是愚蠢的行為。現在夜色已深，我沒有帳篷、沒有火。我推開積雪，露出多年堆積的落葉，坐到他伸出的前腿之間，背靠在他的頭上，在他的爪子上慢慢陷入昏睡。我蜷起雙腿，戴上兜帽，依偎在我的國王身邊，希望今夜不會太過寒冷。用精技岩石雕刻成的他貼在我的背上，如同一片嚴冰。惟真也很冷嗎？他在哪裡？或者他正和水壺嬸在另外一個世界中下棋？我再也無法找到他們了？我閉起眼睛，渴望著能和他們在一起。

哦，蜚滋。你的情緒可真激烈。

這是我的想像嗎？我繼續蜷縮著，完全不動一下。然後，我從手上摘下手套，將手掌按在我的國王被鱗片覆蓋的面頰上。

沒有什麼是會真正失去的。形體在改變，但絕不會完全消失。

惟真？

感謝你，為我的兒子、我的孫兒們所做的一切。

我的國王，你的意念溫暖了我。

也許我還能做得更多一點。

我感覺到一股升騰的暖意。雪融化了，從巨龍的軀體上滑落。他的全身閃爍著藍色和銀色的光芒。熱力注入我的手掌，流淌進我的全身。我貼緊了彷彿突然活轉過來的岩石。但隨著這股漸漸變強的溫暖，我對於國王的原智知覺也開始消退。我努力向他伸展，卻再也無法觸及他。惟真？我急切地詢問，但他沒有反應。除了溫暖以外，我發現我正在他的身體下滑動。沿著他長長的下頜，我進入了他的兩條前腿之間。我的脊背不再因為寒冷而疼痛，感覺到自己被神奇與安全包裹。我閉起了眼睛。

黎明到來，我被鳥雀的歌唱聲驚醒，現在我只能感覺到斗篷中自己的體溫。我滑落進冬季的白晝中，撣去衣服上的枯葉松針，將一隻手放在我的國王覆蓋鱗片的額頭上。

只有冰冷寂靜的岩石。細小的冰柱出現在他的眼角，就像是凍結的淚痕。因為我曾經尋覓到的溫情與安慰，在我心中升起的蕭瑟之情如同一種嚴厲的報復，但我絲毫不為這種代價感到後悔。「再見，」我對巨龍說，「希望我有好運。」

我重新戴好手套。當我轉過身，向營地走去的時候，感覺到巨龍給我的暖意依然留在體內。我的步伐穩定而迅捷，心中希望能夠在天光盡沒之前看到我們篝火的黃色光亮。烏雲密布在空中，白天只比黑夜稍暖和一點。我一直向前走，跑了一段，繼續行走，同時在思考著所有我從未

回答過的問題。

一隻邊緣是黑色的耳朵抖動了一下，暴露了蜷縮在玫瑰花叢下面的那隻兔子。這正是我昨天經過的花叢。牠本來像積雪一樣紋絲不動，帶有斑紋的冬季皮毛，和混雜著枯枝鳥糞的積雪全無差別。我沒有看牠，只是繼續向前走。就在即將走過牠的時候，我突然轉身向牠撲去。

我用張開的斗篷蓋住了牠，用戴著手套的雙手抓住牠一條拚命踢蹬的後腿。當我確定抓牢牠以後，我站起身，用另一隻手抓住牠的頭，凶狠地一擰牠的身子。牠的脖子在眨眼間便折斷了，生命也就此終止。牠一動不動地懸掛在我的手中，溫暖又柔軟，但已經死了。「死亡才能滋養生命。」我哀傷地對牠說，然後便將牠毛茸茸的屍體夾在手臂下面，同時拉緊了斗篷，繼續向營地走去。

天色漸漸黑暗，樹木彷彿正在向道路壓迫過來，寒冷更用力地攥緊了我。我深一腳淺一腳地向前邁進，指引我走完最後一段路的是金色的營火光亮。我的心中有一種奇怪的勝利感覺。我再一次見到了惟真，儘管只是很短一段時間。我知道，在某個地方，我的國王依舊以另外一種形式存在著。手帕裡的玫瑰果和沉甸甸的野兔讓我胸中洋溢著驕傲。我也許是老了，關節也許會在寒冷中疼痛，在過去幾個月中也的確犯下了幾十個嚴重的錯誤，但我還能狩獵，還可以帶回鮮肉與大家分享。這對我很有意義，甚至比很久以前更有意義。

於是，當我回到篝火的光亮中時，儘管體力消耗很大，但我並不感到疲憊。機敏和堅韌不屈

都蜷縮在篝火旁，看著火焰。我向他們叫喊，拿出獵到的兔子，扔給小堅。堅韌不屈一下子將牠抱住。但他們兩個都在盯著我。我笑著問：「出了什麼事？難道你們不知道如何把兔子放進鍋裡嗎？」

「我當然知道！」小堅高聲回答道。但機敏打斷了他的話。

「那個被你稱作『弄臣』的人？他來了，還有一個名叫火星的女孩。」

「什麼？」整個世界都在我的周圍晃動，「他在哪裡？為什麼？他怎麼來的？」

「已經走了。」機敏說。小堅又說道：「他們又走進了那塊石頭。就是我們走出來的那一塊。」

「不。」我的話音就像是在祈禱。但我知道，這是一個不會得到神明回應的祈禱。機敏想要說話。我用一根手指點中他，「你，把發生的一切都告訴我，包括每一件小事。小堅，你去處理兔子。」我蹲坐在篝火的對面，等待著。

「沒有什麼可以說的。我們一直在這裡警惕著野獸，收集乾柴，確保火焰不會熄滅。小堅用投石索獵到了一隻松鼠。我們為你留了一些松鼠肉。但你直到深夜都沒回來，我們便把松鼠肉都吃了。我們也為自己砍削了棍棒。我向那個男孩演示了他不知道的幾招。我們還交談了很久。」他一邊說，一邊搖搖頭。

「我們也沒有別的什麼事可以做，只能不停地收集木柴。然後，等到徹底天黑的時候，我們

聽到一個聲音，就好像一聲重擊。我們兩個都轉過頭，看到他們撲倒在雪中。一開始我們並不知道他們是誰。他們全身都被包裹在厚重的衣服裡面。然後，個子更加瘦小的那個人坐了起來。小堅喊道：『灰燼！』並立刻跑向了他們，扶著他站了起來。灰燼立刻說道：『幫幫我的主人。他還好嗎？』於是我們又扶起了另一個人。那是一個女人。但我又仔細看了看，才發覺那是弄臣。我們把他們帶到篝火旁。他們都穿得很暖和，不過衣服很老式，而且都是女人的衣服。那些裘皮很華麗，卻有一股發霉的氣味，顯然都是多年以前的舊衣服了。小堅稱那個女孩為灰燼，但弄臣說她的名字是火星。她還背著一只大包裹。弄臣拄著一根很長的行路手杖。

「弄臣問火星這裡都有誰。火星告訴他有小堅和我。弄臣又問我們，你為什麼不在。我們說你去打獵了。我們燒熱了水，給他們煮了熱茶，又給那個女孩煮了些松鼠湯。她的樣子看上去很糟糕。弄臣說你一定會非常生氣，但他還是會這樣做。然後他又說：『無論如何，等待不能讓這件事更容易，或者減少它的危險。火星，你準備好再次進行跳躍了嗎？』女孩說她準備好了。但我們全都能聽出她有多難受。弄臣對她說，她並不是一定要去，她可以留在這裡。但火星讓他不要犯蠢，說弄臣需要她的眼睛。他們喝完茶之後，感謝了我們，便回頭向石柱走去。我猜到他們想要幹什麼，並告訴他們這樣做很危險，你說過，我們必須等待三天才能再次使用精技門石。但弄臣只是搖著頭，說所有生命都很危險，只有死亡才是安全的。他脫下手套，那個女孩拿出一只小瓶子，在他的手中倒了幾滴瓶中的液體，然後弄臣一隻手搭在女孩的肩膀上。女孩拿起他的手

杖，弄臣伸出手掌按住了精技石柱。我向他們呼喊，問他們要去哪裡。女孩說：『龍城。』弄臣說：『克爾辛拉。』隨後他們就走進了石頭裡。」

我坐在雪裡，竭力讓自己呼吸。龍血。就是因為這個，他才想要龍血。我明白弄臣為什麼要來追我們。他一直都想要參與這個任務。但為什麼龍血能夠帶他穿過精技石柱，對此我還無法確定。而更令我大惑不解的是，他竟然不等我就繼續前行，雙目失明，身邊只有火星。

「還有一件事，」小堅說道。他俐落地剝掉了兔子皮。兔子的頭腳都連同外皮一起被剝下來，內臟堆在旁邊。他從裡面揀出心和肝，也扔進了煮食罐，深紅色的肉和白色的筋腱都已被他切割成大小合適的碎塊放了進去。小丑落下來，開始啄食那一小堆內臟。

「什麼事？」我問。

「他說，我的意思是，弄臣說：『不要讓蜚滋跟著我們。讓他等在這裡。我們會回來的。』」

「他的確是這樣說的。」機敏也表示贊同。

「還有別的嗎？其他任何事？」

他們交換了一個眼神。「嗯，他們沒有再說什麼，不過的確又做了一些事。」小堅說，「灰燼留下了裝有他們大部分補給的大包裹。當他們重新走進石柱的時候，只拿著一小部分他們帶來的東西。」小堅看上去很不安，「主人，為什麼灰燼和灰白都穿成女人的樣子？」

「也許他們能夠輕易偷到的保暖衣物只有那些。」我對他說，「那些衣服都放在一個被遺忘

的衣櫃裡，它曾經屬於一位名叫百里香女士的老婦人。」聽到這個名字，機敏抽動了一下。我有些好奇他對於父親的舊日偽裝又知道多少。

小堅搖搖頭。「嗯，也許吧。但他們的臉……灰燼塗紅了嘴唇，就像女孩一樣。您的朋友也是。他們看上去是故意那樣打扮的。」

34

龍

巨龍貿易商的女王麥爾妲和國王雷恩，向六大公國的國王晉責和王后艾莉安娜致意！

我們對於最近的貿易談判感到非常滿意。我們的使團讚揚了您們的好客、禮貌和願意和我們進行協商的殷切態度。我們都非常喜歡收到的貨物樣品，尤其是那些穀物、白蘭地和皮革。

但無論如何，我們與貿易商達成的長期協議是必須被遵守的。古靈製造的物品只能透過我們在繽城的聯絡人進行販售。相信您們也一定瞭解我們的傳統和與那裡的密切關係。我們相信，您們一定會理解我們並不願意拋棄那些綿延數代的盟約。

儘管不會用古靈物品交換六大公國的貨物，但我們承諾貨幣是統一的，並不摻雜任何劣質成分。我們明白您們還不願意接受這種相對較新的貨幣，但如

果繼續拒絕，我們就只能轉向別處建立貿易聯盟了。我們相信您們一定能明瞭這一點。至於說那些巨龍，很感謝您們的關心，但我們對於巨龍不具任何權威，牠們也絕不會服從我們的意志。儘管和巨龍之間有著深厚的友誼，而且相處融洽，但我們不能假裝能允准牠們的任何行為，也無法承認有能力影響牠們，使牠們在你們的國境內保持安穩溫和。

一些個別的巨龍的確願意就牠們的狩獵區域與人類達成協議，或者在訪問異國時接受當地居民所指定的饋贈。與巨龍進行協商的最佳時機是在牠們飽餐並熟睡後醒來的時段，我們絕不建議嘗試與饑餓的巨龍打交道或者進行談判。如果您們願意，我們將很高興與您們分享更多關於巨龍的知識。但我們也沒有任何特別的技巧，能夠確保牠們接受任何約定。

再一次感謝您們親切熱情地接待了我們的貿易使團，我們期待著兩國之間能夠建立起持久繁榮的商業往來。

「他們難道沒有提過為什麼要去克爾辛拉？他們有沒有說什麼時候會回來？為什麼他們會認為必須立刻行動？為什麼弄臣不等我回來？」

機敏和小堅都沒有回答我的這些問題。對於我問的其他問題，也同樣啞口無言。我就像籠中

的狼一樣來回踱步，從篝火走到精技石柱，再走回來。我很想去追趕他們，但我知道，如果我沒能及時趕回來，就是將機敏和堅韌不屈丟在這裡等死。然後我問自己，所謂照顧機敏和小堅的責任是不是只為了掩飾我的懦弱。對於這個問題，我沒有答案。

我們吃掉了兔子，喝光肉湯，又用我找到的漿果煮了些水果茶。在我離開的這段時間裡，機敏和小堅已經對營地做了改進。他們將一段更長的原木拖到篝火旁作為長凳，並對我們的補給品做了更加有效的安排。我看著弄臣和火星留下的大包裹。很明顯，他們是為長途旅行做了準備。但如果是為了去克爾辛拉才做的這些準備，為什麼又要將這只包裹丟在這裡？如果弄臣想和我一起旅行，為什麼他和火星又不讓我去追他們？我坐下來，盯著篝火，等待著。

「我是不是要站第一班崗？」小堅問我。

他的聲音把我嚇了一跳。我轉過身去，看著他滿是擔憂的臉。「不，小堅。我還不累。你先睡一下。輪到你的時候，我會叫醒你。」

他坐到我身邊。「你不在的時候，我睡了很久。這裡畢竟也沒有別的事情可以做。所以我也不累。」

我沒有和他爭辯。再過一段時間，等該他守夜的時候，他就會知道現在的決定很糟糕。機敏已經去睡了。我們兩個都只是盯著篝火，一言不發。

「為什麼他們要穿成女孩的樣子？」

祕密，祕密，祕密。到底是誰掌控著祕密？「這件事你應該問問他們。」

小堅又安靜了一段時間，然後又問道：「灰燼是女孩？」

「這件事你需要去問灰燼。」

「我問了。他問我為什麼要穿得像個男孩。」

「你是怎麼回答的？」我刺激了他一下。

小堅又沉默了。片刻之後，他說：「這意味著他是女孩。」

「我沒有這樣說。」

「你沒有必要這樣說。」他又向著篝火縮了縮身子，「為什麼灰燼要假裝成男孩？」

「這件事你需要去問火星。」

「火星。」這個名字顯然讓小堅感到氣惱。他皺起眉頭，用雙臂將自己抱緊，「我不要再為這種事煩心了。我不再信任他了。」他的面色變得剛硬，「我不需要一個欺騙了我的朋友。」

我深吸一口氣，又緩緩地將它歎出來。我有上百件事可以對他說，能夠向他提出上百個問題，讓他改變看待事物的眼光。但聽別人說永遠比不上自己親身經歷。我想起惟真對我說過的一切、博瑞屈嚴厲的叮囑、耐辛的勸誡，但我又是從什麼時候才真正學到的？

「和火星談談。」我說道。

小堅的沉默持續得更久了。最後他說了一聲：「也許吧。」

既然他說自己不想睡覺，我就讓他一個人坐在篝火旁。我鑽進帳篷，推開機敏，為自己弄出一點空間，然後便鑽進了毯子。我一直在咀嚼自己的問題，但我肯定還是睡著了。因為當機敏和小堅換位置的時候，我醒了過來。那個男孩的脊背頂在我的背上。他重重地歎了口氣，很快就開始打鼾了。我閉上眼睛，盡量回到睡眠中。過了一會兒，我起身去篝火旁找機敏。他正在罐子裡加熱雪水煮茶。我坐到他身邊，盯著火焰。

「為什麼你這麼不喜歡我？」

對此我完全不需要思考。「你讓我的女兒不快樂。當我不得不將她交給你照顧的時候，你不在乎她，也不關照她。是樂惟走出來，將她從那輛積雪的馬車中抱進了屋子。」

機敏沉默著。「我們那時都很混亂，閃耀和我。我們不明白你和謎語在做什麼。你幾乎什麼都沒有對我們說。我曾經試圖帶蜜蜂離開馬車，她的樣子……她的樣子就像是一個生氣的孩子。我那時很累，也很冷，還在生你的氣。所以我離開了她，讓她自己進去。如果情況不是現在這樣，這些都還重要嗎？蜚滋，我不想做一名書記員，更不要說一個教孩子寫字的教師了。我想要留在公鹿堡，和我的朋友們在一起，繼續我自己的生活。我從沒有照顧過小孩。而且就算是你也必須承認，蜜蜂並不是普通的孩子。」

「夠了。」我平和地向他建議。他剛剛在我的心中攪起了一陣愧疚感，但他最後的這句話把這種感覺完全打消了。

「我不像你！」他的話衝口而出，「我不像我的父親。我竭盡全力想成為你們，想要取悅他。但我做不到。我也不想。我來到這裡，我要跟隨你，是的，因為我辜負了你的女兒，就像我辜負了我的妹妹。我的妹妹。你知道這樣稱呼她讓我的內心多麼扭曲嗎？他們對閃耀、對我的妹妹所做的一切……一想到她受到過那樣的傷害，我就感到心痛。我想要為她復仇，我想要為蜜蜂復仇。我知道自己不能彌補已經發生的事情。我不能改變我已經做過的，只能認真去想我要做什麼。我這樣做不是為了你，甚至也不是為了我的父親。我是為了自己才會這樣做。無論未來會發生什麼，我要為我的心尋得平靜，無論那是怎樣的平靜。

「我不知道該如何幫助你，也不知道你會要求我做什麼，我又能不能做到。但我來了。我想要努力試一試。在這件事結束之前，我不能回家。其實我很想回家，在這一切結束之後，我希望能活著回家。所以你最好現在就和我談談，告訴我到底會出什麼事，或者教會我必須去做的事，或者無論對我做些什麼。因為現在我要跟著你，直到你回家，或者死在外面。我認為那個男孩也和我一樣。」

「我不想讓你們來這裡。我不想讓你們跟著我。」

「但我們還是來了。我不相信你會那麼恨我，會任由我因為自己的無知而喪命。」

他說得沒有錯。我幾乎開始思考該如何回答他了。但就在這時，我聽到了一聲模糊的尖叫。尖叫聲迅速變大，緊接著是一陣激烈掙扎的聲音——是從精技石柱那裡傳來的。機敏想到從篝火

中抓出一根著火的木棍。我首先向石柱跑過去。但是當機敏舉起燃燒的樹枝時，我喊道：「後退！不要碰弄臣，也不要讓他碰到你！」隨後我又告訴他，「把火星拖到篝火旁邊，叫醒小堅，把水燒熱。」

火星在不停地抽搐，彷彿一隻做了噩夢的狗一樣連聲哀號。但她的眼睛是睜開的。我為她感到擔心。許多年以前，我就見過在精技石柱中的穿行，會對缺乏準備的人造成什麼樣的心智影響。帝尊曾經嘗試讓一支小規模的軍隊穿過精技石柱，結果把許多年輕的精技學徒逼瘋了。火星完全沒有精技能力，而且在不到一天的時間裡就連續三次穿過精技石柱。我很氣惱弄臣讓這個孩子承受這麼大的風險，又因為自己無法救助她而感到痛心。但我更擔心的還是弄臣。我祈禱樹枝火把上的搖曳火光欺騙了我的眼睛。在這片光亮中，我看到弄臣的左手上閃耀著凌亂的精技銀絲。

弄臣躺在地上，雙眼盯著我，不住地喘息著。他失明的眼睛睜得很大，火把光芒在他的金色眼眸深處激烈地跳動。他的裙子完全攤開在身周，就像是一頂塌倒的帳篷。

我聽到小堅睏倦的詢問聲。機敏正在喊他燒旺篝火，在罐子裡裝上雪，放到火上燒融，再拿一條毯子來給火星裹上。我任由他們忙作一團。我能想到替火星做的，他們都在做：幫助她保持體溫、為她準備飲食。我小心地移到弄臣的右側，離開那隻危險的銀色左手。「弄臣，」我用盡可能平靜的聲音問：「弄臣，你能聽到我嗎？能和我說話嗎？」

「龍！」弄臣的聲音因為喘息而顫抖，「龍來了嗎？」

我抬眼望向夜空。除了在黑暗中閃爍的冰冷星星，我什麼都看不見，「我看不到有龍出現。」

「牠在追我們。我們拚命逃跑。火星抓住我的手，拉我跑過街道。他們簇擁在那裡，到處都是古靈的笑聲和說話聲。我們跑了又跑，從他們中間直接穿過去。火星叫喊著說他們不是真的，只有那頭龍是。但我相信，他們之中有一個是真實的。一位古靈。我感覺到了那枝箭。」他停頓一下，努力想要吸氣。

「你被射中了？還是火星被射中了？」

「我不知道。」弄臣用自己的右手拉扯他寬鬆上衣的肩部，「我感覺到它，彷彿有人在片刻之間緊緊抓住了我，隨後又放開了我。火星一直在奔跑，拖曳著我，我竭力跟上她。突然她喊道：『石柱！』我伸手拍在上面，我們就到了這裡。哦，我們回來了，蜚滋。不要生我的氣。請不要發火。」

「我沒有生氣。」我說了謊，「我很為你們兩個擔心。」這句話絕對是真的。我小心地說道：「弄臣。看樣子你的左手上有精技，就像惟真雕刻石龍時一樣。我要扶你站起來，走到篝火旁。不要用那隻手碰你自己，也不要碰我。」漸漸熄滅的火把光亮依然跳躍在他閃耀的銀色手指上。我從來都沒能發現惟真是從哪裡獲得了那麼多原始魔法。我的國王兩隻手都被銀色的精技包裹住了，這樣更有利於他用岩石塑造巨龍。原始精技滲透了他的皮肉，一點點偷竊他的意識。我們找

到他的時候，他幾乎已經不認識他的王后了。珂翠肯看到他這副樣子，曾經潸然淚下，但他在那一刻唯一關心的，就是雕刻他的巨龍。

「好的，」弄臣說道。他的微笑在火光中顯得幸福又令人恐慌。他舉起自己的銀色手指，我又從那隻手前退縮了一下。「我克服許多困難才得到了這些。也許這很瘋狂，但我的確一直在希望我能成功，所以我帶著一隻手套，就在我裙襬的口袋裡。」

「右邊還是左邊？」

「右邊。」他一邊說，一邊無力地拍了拍那裡。

我不想碰他的衣服。我不知道他是如何讓左手沾染上原始的精技，但我害怕精技也許會潑濺到他身上其他地方。被我舉在手中的樹枝上只剩下了一點火苗。我將它插在雪中，發現一只白手套的邊緣探出在他大裙襬的衣袋裡。我把白手套拉出來，對他說：「將你的右手放在我的腰上，這樣你就能感覺到我在做什麼。我要張開這只手套了。哦，弄臣，一定要小心。我不想讓這東西落在我身上。」

「如果你能像我一樣感覺到它，你就不會這麼害怕了，」弄臣說，「它的燃燒是這樣甜美。」

「弄臣，我求你，一定要小心我。」

「我會的。儘管我以前很少這樣為你而小心過。張開手套吧，蜚滋。」

我依言照做，同時還在叮囑他：「不要讓你的左手碰到手套外面。不要用你的右手碰左

手。」

「我知道我在做什麼。」

我低聲咒罵了一句，表達出我的懷疑。他卻發出一陣大笑，把我嚇了一跳。「把手套給我。」他說道，「我可以自己戴上。」

我憂心忡忡地看著他，很擔心他會讓自己的右手或者是手套外面也變成銀色。在愈來愈暗的火光中，我無法看清他的動作，但我認為他終究還是安全地戴上了手套。「你能站起來走路嗎？」

「我戴上了手套。這對你來說還不夠嗎？」

「我想應該是夠了。」我伸出一隻手臂抱住他，把他拉起來。我花費的力氣比預料中要多。這讓我突然意識到他身上的裙子和裘皮襯裡斗篷有多麼重。「這邊走，我們生起了篝火。」

「我能感覺到。」

弄臣的腳步不算穩定，但他還能行走。「感覺到了嗎？有沒有看到黑暗中的光亮？」

「感覺到了，也看到了。而且還不僅於此。我相信這是一種龍的感覺，來自於龍血。我能嗅到火焰，看到它釋放出的光芒，還有更多。有些事我無法形容。這種感覺並非來自於我的眼睛，蜚滋，而是一種對熱的體會。你身體的熱量，還有火焰更加強烈的熱量。我能告訴你，機敏就站在篝火的左側，堅韌不屈俯身在火星的旁邊。她還好嗎？」

「我們去看看。」我提議說。我在努力壓抑心中的恐懼。我擁有原智，所以我知道擁有與眾不同的知覺是什麼情形。如果弄臣說他能感覺到我的體溫，為什麼我要懷疑他？我知道，在這片圓形廣場的對面，一隻母狐狸正在森林邊緣的黑暗中看著我們。我的原智將她的存在告訴了我。我不會懷疑他的「巨龍知覺」告訴他的一切。

當我將弄臣扶到篝火旁邊的時候，我的心沉了下去。火星癱軟在雪地中，只能發出一點可憐的聲音，就像小貓哀鳴著尋找她的母親。她的兩隻手不停地抓撓著，穿著靴子的腳無力地來回踢蹬。小堅俯身在她旁邊。激烈的情緒在他的臉上相互衝突，隨著火光變得明暗不定——恐懼、同情、不安、困惑。

「你的身邊有一根原木。再挪動一下，坐下來。」

弄臣坐下的動作要比我預料中更加突兀。不安的漣漪在我的心中泛起。這時他小心地收攏裙襬，帶著白色手套的左手和調整斗篷兜帽的動作都充分顯示出女性的嫵媚。我看到機敏的嘴唇在抽搐，彷彿他是一隻嗅到了髒東西的貓。我對他感到一陣氣惱。「火星怎麼樣了？」我問堅韌不屈。聽到這個名字，他打了個哆嗦。

「我不知道。」

我俯身到這個女孩身邊，有意讓弄臣聽到我的聲音：「她並沒有失去知覺，還睜著眼睛，能夠發出聲音。但她的眼睛裡顯示不出意識。」我抬起眼睛看著小堅，「能給我蝴蝶斗篷嗎？我們

要盡量保持她的體溫。」

堅韌不屈毫不猶豫地站起身，脫下那件斗篷交給我。我脫下身上的一件斗篷交給了他。他感激地用那件斗篷裹住身子。同時我也將蝴蝶斗篷的邊緣塞進了火星的身下，讓她翻了個身，完全包裹在蝴蝶斗篷裡，只有一張臉露在外面。看上去，她就像是一隻色彩鮮豔的繭。她的聲音愈來愈微弱，漸漸變成了一種高亢的輕哼，抽搐也漸漸止息了。「把一切都告訴我。」我命令弄臣。

弄臣又將斗篷拉緊了一些。就算是在寒冷的冬季夜晚，我也能嗅到他衣服上的霉腐氣味。這件內襯裘皮的厚羊毛斗篷正是從百里香女士的衣櫥裡拿出來的。厚重的羊毛裙襬一直垂到他的靴子上面。那雙皮靴的樣式顯然更適合在城市街道上行走，而不是積雪的森林中。他將淺色短髮從額頭上撥開，微微歎了一口氣。「你撇下了我。你告訴我你要去做什麼，我能從你的聲音中聽出來，你是認真的。所以我立刻做了其他安排。蜚滋，我不高興這樣做，但你讓我別無選擇。我說服火星，讓她明白我必須在你的身邊，儘管這的確要冒很大的風險。迷迭香女士已經辭退了她。為了能夠在公鹿堡得到一席之地，她很快便完全成為了我的人。我說服她回到切德的舊房間，為我取得了那份龍血。」

「為什麼你會需要龍血？」

「別說話，讓我來說。」弄臣準確地轉過頭看著機敏，「在我們留下的背包中有藥草茶。前面左邊的口袋裡。」他又向煮水罐瞥了一眼。「水很快就要開了。」機敏沒有立刻動起來，但他

還是緩慢地站起身，向帳篷走去。「包裹裡還有兩個杯子。這種茶有滋補作用，應該可以幫助火星。」他朝著機敏的背影喊了這幾句話，又將注意力轉回到我身上，「弄到衣服就容易多了。沒有人會在乎我們拿走這些東西。當然，這都是放在百里香女士衣櫥裡的。火星說，那道門的鎖很牢固，不過已經很舊了。她曾經學習過撬開各種鎖。我們進去之後，用了大半個下午的時間盡情在那裡挑選我們所需的物品。火星真是有判斷衣服是否合身的本領。在這件事上，我們用的時間最長。她一次只能將一、兩件衣服拿到我的房間裡，並在那裡進行剪裁和縫補。上一次你來敲門的時候，我們已經接近完成了。我不敢讓你進來，因為我害怕你立刻就會猜出我們的計畫。」

我明白，他在迴避我關於龍血的問題。我只能以後再逼他說出事實了。機敏拿著藥草茶回來了。他向我瞥了一眼。我點點頭，他便去火邊煮茶。小堅正貼在我們身邊，想聽清我們在說些什麼。弄臣將一雙盲眼轉向那個男孩，朝他微微一笑。小堅立刻低下了頭。我沒有責備他。弄臣的金色眼眸看上去讓人有些害怕。

「你又是怎麼找到森林中的那座精技石柱的？」我無法想像盲眼的弄臣和背負重擔的女孩能完成如此艱辛的旅程。

「我們沒有。」弄臣明白地說道，「在黑夜中，我們穿得很暖和，火星肩上扛著我們的包裹。她又為我找到了一根行路手杖。我們到了公鹿堡的地牢。通過那些衛兵的確需要一些技巧，不過在他們深夜換崗的時候，我們成功地做到了。火星以前就做過那種事。那時她還跟隨著切

德。她知道該帶我去什麼地方。晉責在走廊中設立了一道鐵柵門，並將它牢牢鎖住。但火星也知道如何能把它撬開。我們通過那道鐵柵門之後，就開始了第一次大賭注——火星將龍血灑在我的手掌上，然後緊緊抓住我。我把手掌按在那座古老的精技石柱上。從古靈廢墟中建起公鹿堡的人將這座石柱當成了地基。但它依然能發揮功效。我們走出來的時候，已經到了艾斯雷弗嘉。」

我記得很清楚，所以我緊緊盯住了弄臣。「你們在那裡逗留了多久？」

「足夠我們找到那座石柱正確的一面，將我們帶來這裡。又消耗了一點龍血之後，我們來了，卻只發現機敏和堅韌不屈在這裡。我找到他們的時候非常吃驚。不過火星似乎早就預料到堅韌不屈會跟著你。只是當他看見我們的衣著時，我從他身上感覺到了一點寒意。」他又將那雙失明的眼睛轉向了小堅。小堅什麼都沒有說，只是盯著火焰。「我猜到你會去哪裡。我甚至想過要跟你一起去。我很想再一次走進那座石頭花園，碰觸一下變成巨龍的惟真。」一絲怪異的微笑出現在他的嘴角，「最後一次接觸乘龍之女。你去探望她了嗎？」

「不，我沒有。」不知為什麼，想到那頭岩石巨龍，依然會讓我的脊骨掠過一陣寒意。

弄臣的聲音變低了。「火星，她能恢復嗎？」

我很想對他發火，質問他為什麼要如此瘋狂地讓這個女孩冒險。「我不知道。在不到兩天的時間裡四次穿過精技石柱？我從沒有進行過這樣的嘗試。我們只能盡量保持她的體溫，讓她喝些熱茶，等待她的反應。我知道能做的只有這些。」我壓下即將脫口而出的責備和質疑。「我很想

搞清楚，為什麼你看上去彷彿完全不受影響。」

弄臣突然坐直身子，抬頭環顧這座古老的市場，彷彿能夠看見一樣。「蜚滋，我們以前就曾經在這裡紮營。你還記得嗎？那時我已經死了。」

「我怎麼可能不記得？」我沒有理會小堅和機敏怪異的目光。他們剛才一直都在盯著火焰，但也都在全神貫注地偷聽我們的交談。我沒有心思向他們解釋在很久以前的那個夏天，這裡發生了什麼。直到弄臣提起那段時光，它才重新活生生地回到了我的眼前。現在震撼我內心的並非是我在他死亡時成為了他，而是關於我們交換身體，讓他能夠恢復成弄臣的那一刻的回憶。那時，我們融合在一起，在那個漫長的瞬間裡，我們成為了同一個生靈，同一個存在。

那時的感覺是那樣正確，那樣完美而平衡。

「就是在這裡。」我再一次確認。

「是的，當我們離開這裡時，我們將我的東西留在了這裡。古靈斗篷、我的小煮食罐……」

「那已經是幾十年以前的事情了。」我提醒他。

「但那些東西都是古靈製造的。你在市場的磚石上紮下我們的營地。你還記得營地的具體位置嗎？你還能不能找到那些東西，就在積雪下面？」

我可以。我記得自己是在哪裡搭起帳篷，也記得是在那裡為他建起火葬堆。「也許我還能找到它們。」

「求你，蜚滋。現在就幫我找到它們。那樣我們就都能有溫暖的營帳了。即使只剩下了一些毯子，它們也會比羊毛和裘皮更保暖。」

「好的。」我知道，在我滿足他的要求以前，不可能從他口中聽到更多事情了。我找到一根合適的樹枝，插進篝火中。在我等待它變成火把的時候，我問小堅：「她情況如何？」小堅正在慢慢靠近他的朋友。

「她已經停止了呻吟和嘟囔，現在一動不動。這樣好嗎？」

「我不知道。我相信她是在很短的時間裡連續四次穿過了精技石柱。如果換做我，都不確信是否還能活下來，更不要說是像她這樣未經訓練的意識。」

「但灰賢者……您的朋友看上去完全沒有事。」

對此，我什麼都沒有說。我不想提及龍血，和弄臣喝下龍血之後，我在他身上看到的變化，更不要說他將龍血灑在手掌上。「保持她的體溫。和她說話。你要成為她留在這個世界上的錨。機敏，請跟我來。」

機敏迅速站起身。我舉起簡陋的「火把」，帶著他走進黑暗中。我以精技石柱為座標，仔細回憶了那道刻畫精緻的石牆和我們的帳篷，以及那座火葬堆相對的位置。然後我將火把舉得更高了一些。那片積雪的下面是不是有一個小隆起？那會是多年還未完全腐爛的原木和樹枝嗎？我向那裡走去。

帳篷還在火葬堆的對面。我的腳步變得更加緩慢，不停地將雙腳踢進深深的雪裡，想要讓靴底踏到岩石廣場上。突然間，我的腳趾掛在一樣東西上。那會是弄臣的大帳篷嗎？它在這麼多年以後還會完好無損嗎？我勾起腳尖，把那樣東西拖出來。是布匹。它被染成明豔的色彩，就算是在火把的微光中依然熠熠生輝。許多年以前，弄臣和我改換成冬衣，離開這座營地。我穿過精技石柱，回到艾斯雷弗嘉，找到了他。許多年以前，他的大帳篷就矗立在這裡，直到積雪將它壓垮。

「幫我把它拉出來。」我對機敏說。機敏將火把插在積雪中，彎腰抓住了這段布匹的邊緣。我們兩個一起用力。這是一樁相當費力的工作。壓在帳篷上面的不只是積雪，還有秋天的落葉和層層疊疊的苔蘚，以及從廣場鋪石和精技之路上掉落下來的細碎石塊。它慢慢被拉了出來。我不停地將離開積雪的帳篷上面的垃圾抖落。曾經支撐帳篷的柔軟立柱也漸漸豎起，讓光彩耀人的巨龍和長蛇圖案重新出現在我的眼前。

我們用了一些時間才把帳篷完全拉出來。火把已經燒盡，我們還在努力奮戰。帳篷裡還有許多物品。弄臣和我離開得實在太突然了。我很害怕會在把它拉出來的時候撕裂它，不過它承受住了我們的一切揪扯。我清楚地記得它是如何擋住了艾斯雷弗嘉的凜冽寒風，僅僅是我們的體溫就足以讓它的內部變得溫暖。就算是它沒有以前那樣緊密了，也完全可以庇護我們這麼多人。我們慢慢地把它拖拉到篝火旁。這些色彩鮮豔的布匹上依然滿是冰霜，很難找到塌陷的帳篷入口。

「我們找到它了。」我說道。弄臣像小孩子一樣，臉上煥發出光彩。

火星依然一動不動。她的眼睛睜開著，嘴唇微微歙動，凝視的目光不時會轉變方向。有一次，她向著遠處的黑暗露出微笑。她蠕動的雙唇彷彿在無聲地說著什麼。我突然想到了。

「我怎麼會這樣愚蠢？我們必須讓她離開精技之路，離開這片鋪石廣場。看看她，這些石頭正在對她說話。」

「就是那些耳語聲？」機敏警惕地問道，「昨晚我一直以為那是穿過樹梢的風聲。小堅完全沒有聽到那些聲音。」

「你也要離開這裡。」我嚴肅地說道。

在黑暗和寒冷的環境下移動營地很困難。我讓機敏和小堅在積雪比較薄的常綠樹下挖出一個小火坑。然後我抱起火星，把她放進我的帳篷裡。又抖去古靈帳篷上最後的積雪和苔蘚，將它鋪開，找到邊角。我一直在看著這頂帳篷的支柱。它們是白色的，只能讓我想起一頭巨大鯨魚的鯨鬚。我將它們放到一旁，又回到我們找到帳篷的地方，用腳踢，用手挖，在雪中找到了剩下的支柱和已經生鏽的舊火盆。它應該還能用。

我用了比預料中更長的時間搭起帳篷。將火盆放在機敏和小堅挖出的坑中，把木炭放進去。沒過多久，我們就點起了溫暖的火焰。古靈帳篷遠比我的小帳篷高大得多。在裡面鋪好毯子之後，我就將火星放了進去。隨後我們裝滿一鑵雪，在火上融化。「留在她身邊，」我對小堅說。然後我又轉向機敏，「在背包裡找一找，給我們做頓飯。」

我回到篝火堆旁。弄臣還坐在那裡。「你的帳篷已經架好了，要帶你進去嗎？」

弄臣正看著那座帳篷。一抹淡淡的微笑出現在他的臉上。「我幾乎能感覺到它的形狀，還有它內部的熱量。」他忽然歎了口氣，「那個庇護所裡保留了我那麼多回憶。我有沒有告訴過你？正是巨龍婷黛莉雅命令雨野原的貿易商援助我，送給我那頂帳篷，還有一件可愛的長袍。那件斗篷，那件你所說的蝴蝶斗篷呢？那是普立卡在克爾辛拉找到的。他一直將它留在身邊，把它疊成了很小的一團，就算是我們被迫成為奴隸的時候也不曾丟棄。他在克拉利斯的時候把蝴蝶斗篷給了我。我又把它送給茵卡露，我的信使。」說到這裡，弄臣閉上了嘴。

我感覺到一陣對他的同情。但我已經下定了決心。「不要想用別的故事讓我分心，弄臣。你和火星穿過門石去了克爾辛拉。那裡被現在自稱為巨龍商人的雨野原人佔據了。麥爾妲女王和雷恩國王是那裡的統治者。巨龍們都居住在那裡，或者是那附近。那麼，當你到達那裡的時候，發生了什麼事？」

如果我希望利用我對克爾辛拉的瞭解將弄臣推向事實，那麼我失敗了。「麥爾妲，」弄臣微笑著說道，「她有可能是我遇過最令人氣惱的年輕女性了。不過她很可愛。我把她的名字給了一匹馬。你還記得嗎？」

「我記得。蕁麻說，博瑞屈在得到那匹馬時大吃了一驚。那麼，你從門石中走出來的時候……」

弄臣抿住嘴唇，沉默了片刻之後才說道：「那時正是深夜。火星需要坐下來恢復一段時間。我很難容許她那樣做，儘管那時是深夜，儘管我感覺不到周圍有熱量，但那座城市正在被無窮無盡的光芒所照亮。我看見了被你稱作古靈的那些身穿明豔衣裝的人。我能看見了！我們恰巧撞見了他們的某種慶典。至少那是那座城市給我們的記憶。那裡的一切我都能看見。我相信你根本無法想像出那裡的樣子。在被剝奪視力那麼長時間之後，我已經習慣並接受了我的視力僅限於區分光與暗。但突然之間，各種色彩和人們的面孔，連同不斷變化的表情、牆壁旁邊移動的陰影，還有輝煌的火炬光彩！哦，蜚滋！」

隨後一段時間裡，他只是一言不發地呼吸著，彷彿一個即將餓死的人剛剛描述了一場盛宴。我繼續等待著。「聽著，我當然知道這只是幻覺，或是那座城市回憶的重現。無論你說它是什麼都好，但都不會減損我體會到的那種迷人感覺，反而只讓記憶更加鮮明清晰，我想要知道更多。說也奇怪，在火星試著與路過的人們交談時，我突然為她感到警惕，而不是為我自己。我拉起火星，我們一同走過街道。那種感覺真是神奇，蜚滋，和她手挽手地行進，卻不需要她的視力。至少是幾乎不需要。那座城市的確有一些地方需要維修。畢竟那是一個非常廣大的地方，對於它現在的人口來說實在是太大了。我要火星保持謹慎，尋找像我們一樣的活人，在那座城市所顯現出的幻影人群中穿行的人。火星說她會盡力，但她的聲音很含糊，我並不確定她是否明白我的意思。」弄臣又停頓了一下。他失明的雙眼再一次轉向了古靈帳篷。「我很冷。」他說道。

「如果我們到那頂帳篷裡去，所有人都會聽到你的故事。在這裡，我們還能有一點隱私。」

「沒關係。火星一直都和我在一起。等她恢復，我相信她會把一切都告訴堅韌不屈。他們已經變成非常好的朋友了。」

我並沒有對弄臣說，火星也許再也無法恢復了。我也沒有提到小堅對於他們之間友誼的懷疑。我只是將他扶起，引領他走過凹凸不平的雪地，來到古靈帳篷的入口處。這頂帳篷在夜色中顯得非常美麗。帳篷中的那一點火光照亮了繡在上面的巨龍和長蛇，讓它們閃耀起金色、猩紅色和蔚藍色的光澤。這種美景顯得既強大又精緻。看到它，我的心也不由得飛翔起來。我們背後的一小堆篝火還在嗶剝作響，讓森林中寒冷的空氣染上了一股松脂的芬芳。我能嗅到機敏正在熬煮的燕麥粥。弄臣在我身邊，而且還活著，儘管他真的很愚蠢。在這個殘忍自私的瞬間，我的心情忽然高漲起來——純粹的滿足感洋溢在我心中。

隨後，我就受到了羞恥心的鞭撻。蜜蜂已經永遠地走了，我又怎麼能得到片刻的安寧。我現在的任務是去一個我從未見過的地方，殺死我能找到的所有僕人。而現在正有一個女孩在前面那頂美麗的帳篷中遭受精技的折磨，隨時有可能離開人世。

「你在咬牙。」弄臣低聲說。

「我一直都在辜負我最愛的人。」

「或者不如說，你比任何其他人都更加苛責你自己。」

我們走到了帳篷入口。「低下頭。」我說道。

「我要先脫掉一些衣服。」他回應說。我脫下他沉重的裘皮和羊毛斗篷、一件填充得很厚的刺繡馬甲，然後他解開一條腰帶，脫下了幾層裙子，露出了他的羊毛長褲。

我將這些衣服收攏在一起，完全是沉甸甸的一大把。「一個女人的身子怎麼能扛得起她的衣服？」我一邊扛起這副重擔，一邊感到奇怪。

「女人要比你想像的厲害多了。」弄臣回答道。

我們進入了古靈帳篷。這裡已經被火盆中的那一點火苗烤得非常暖和。小堅鋪了一層小松枝，將火星放到上面。他盤腿坐在火旁，看上去又憂心又鬱悶。「等一下。」我對弄臣說道，然後將他的女裝都塞進斗篷裡，把它們變成一張床鋪。「這邊，」我又對他說道。他小心地坐了下去，向火盆伸出他的兩隻手，一隻手赤裸著，另一隻戴著手套。

「這樣就好多了。」他歎息了一聲。

機敏走進帳篷，手中提著冒泡的粥罐，為我們各倒了一碗粥，就連火星也不例外。粥有些被燒焦了，但不算太過。他正在學習。他又給我們分發麵包和乾酪。我認為他做得沒有錯，我們都需要一些能填飽肚子的食物。「明天，我會再為我們找些肉。」我提議說。

「明天，我們應該出發了。」弄臣反駁我。

「難道火星的生死對你一點都不重要？三天之內，我不會允許那個女孩再進入門石。就算過

了三天，我也懷疑她是否能做好準備。如果我能夠在今晚用精技和公鹿堡聯絡，我會請求蕁麻派人過來，一定是精技能力很強的人，把你們全都帶回去。」

「聽著，這樣的事情是不可能發生的。」弄臣用甜美的聲音回答我。隨後又是一陣長久的沉默。

火星向我們轉過頭說道：「那頭龍呢？那頭紅龍呢？」

「牠不在這裡。」弄臣安慰她，「我們逃出牠的追逐了。等我們回到克爾辛拉，就一定要先去找到麥爾妲。火星，她是我們的朋友。如果我先找到了她，我們就不會遭受攻擊了。」

「我認為我們應該談一談那場攻擊了。為什麼你要那麼快去克爾辛拉？為什麼你們會遭到攻擊？你又是怎麼讓自己的一隻手全部浸染上精技的？」

弄臣從喉嚨中發出一點聲音。我知道，他正在事實的邊緣跳舞。他清了清嗓子。「就像你知道的，我與麥爾妲女王和巨龍婷黛莉雅的友誼，可以追溯到許多年以前。所以我決定……」

「一頭龍和一位女王是你的朋友？」堅韌不屈驚愕地插口問道。

「這件事我也不知道，小子。只是我在多年以前約略得到過一點這方面的暗示。但是弄臣，我們不能用一個過去的故事來掩飾當前亟需討論的問題。我們接受你那些特殊的盟友，同時也保留以後要求你講述這個故事的權利。但現在，先回答我的問題。」

弄臣坐到了火星旁邊，尋找她的手。我看到火星在掙扎，便俯身過去將包裹她的蝴蝶斗篷解

開一些，讓她能夠伸出手臂。「妳想要喝些熱茶嗎？或者想吃些什麼？」火星看著我。她的眼神依舊很模糊，但還是努力點了一下頭。我試著向她伸展出一根精技的觸鬚，同時又很擔心會被她扯進門石的渦流中。但我在她的身上什麼都沒有感覺到。我覺得她的確遭受了精技的重擊，但並沒有被精技撕裂，因此心中有了她能夠恢復的希望。

弄臣吸了一口氣。「嗯，那時正是深夜，儘管那些街道都很黑，而且早就被廢棄了，但在我的眼中卻全然不同。它們看上去很寬敞，因為節日而張燈結綵。那裡的房屋全都閃爍著鮮豔的螢光，讓火把的光芒顯得狂野又明亮。不過我走在街上的時候還是會偶爾踉蹌一步，因為路面上的磚石缺損了，卻沒有在我眼中的那座城市中顯現出來。有一次，我們前進的道路被堵住了，我們不得不另覓他途。」

「但你知道自己要去哪裡。」我任由他沉默了一會兒，喘一口氣。「弄臣，你以前有沒有去過克爾辛拉？」

弄臣猶豫了一下。「沒有……我自己，作為一個人，沒有過。但我現在有了龍的知覺，蜚滋。從那一份知覺中，我做了許多夢。那些夢更像是回憶。」他的眉毛緊蹙在一起。就在此時，我才意識到他已經改變了這麼多。他的皮膚出現了和小蜥蜴肚子上一樣的紋理。他的眼睛閃爍著金光，在火盆微弱的光亮中，我能看到那雙金色的眸子裡充滿了焦慮。「我記起了一些事。飛翔在海面上。麋鹿意識到自己無法逃走，轉頭戰鬥時散發出的麝香氣味。熱血流過舌頭的味道。龍

的饑餓和貪欲遠超過人類的想像。你們其他人不可能懂得我在說些什麼，但蜚滋會懂。我夢到了銀色的精技，充滿了一口井，不斷地溢流出來。我夢到它在一場地震之後充溢進一條河流，如同一條起伏不定的銀色緞帶。但我夢到最多的還是喝下它。我的長吻伸進它裡面，眼睛幾乎要沒入，大口大口地喝下它。」弄臣發出一陣短促而壓抑的歎息，彷彿提到這些便勾起了他的饑餓，「我還記得我在哪裡喝過它。那是在克爾辛拉的一口井中。於是我去了那裡。」

他依然握著火星的手，但他轉向了我。「所以我知道龍血中蘊含著精技。所有龍都在渴求著精技，牠們全身的每一部分都在渴求著。也正因為如此，我相信龍血能夠帶我穿過精技石柱。它也的確發揮了這種功效。」

罐子裡的雪水終於慢慢沸騰了。堅韌不屈開始為我們準備茶杯。我們幫助火星坐起來，握住冒著熱氣的杯子，慢慢吸吮杯中的熱茶。帳篷中也因此而平靜了一段時間。我寬慰地看到她終於漸漸變回自己。但她成為了一個讓我頭痛的問題。我要繼續前進，旅程的下一步就是前往克爾辛拉。只是弄臣已經在那裡搗翻了馬蜂窩。火星靜靜地坐著，蝴蝶斗篷掛在她的肩頭。很快，第二杯茶就開始溫暖她的雙手。

「我要先去找麥爾妲，向她表示問候，並獲取她的幫助。我希望婷黛莉雅也會在那裡，並記得我曾經為巨龍一族所做的一切，真實地向我表達牠的感激。不過我不得不承認，這樣的希望的確有些渺茫。龍族看待我們大概就像我們看待昆蟲一樣。就像昆蟲對我們一樣，我們所做的一切

對牠們而言都無足輕重。不過，我已經下定了決心。蜚滋，當我走過克爾辛拉的街道時，我真的相信我和那裡有著密切的關係。但我在那座城市中走進了一個完全黑暗的地方。那裡沒有半點生命，沒有古靈的記憶在那裡閃耀，指引我前行的方向。不過我知道我要去哪裡。我能夠嗅到它，蜚滋。我能在每一次吸氣的時候從喉嚨深處嚐到它。突然間，除了那口溢出銀色的井，我什麼都想不到了。我只知道它能夠滿足我，讓我強壯。」

弄臣的眼睛。在那雙眼睛裡舞動的是火光，還是那種盤旋的金光？我盯著他，一語不發。

「當然，我沒有喝下它。」

「只是因為他搆不到它。」火星說道。女孩的嘴角露出很微弱的一點笑容。那是一個孩子在興奮了一整天之後倦怠的微笑。「他把我拉到那裡，就像是牽著一條狗。他知道路，而我只能任由他抓著手腕，在黑暗中跟隨他。我們來到一片開闊場地。我在黑暗中幾乎什麼都看不見。不過那裡似乎是那座城市相當粗陋的一部分，不像我們早先走過的那種宏偉大道。而且那裡有一股臭氣。我們走過了一個非常巨大的糞堆。」

「龍糞？」小堅敬畏地問。彷彿這是整個故事中最神奇的一部分。

「我想應該是。」火星說道。在火星從精技石柱中回來以後，我第一次看見這對朋友分享了一個微笑。

「那很臭。」弄臣也說道，「但奇怪的地方是，我覺得它的臭氣讓我感到很熟悉。幾乎就好

像是我應該能想起這是誰的糞便，並且應該在糞便主人的領地內小心前行。」

「噁。」機敏輕聲說道。我有一點贊同他的感受。

「我拚命想要移開井上的蓋子。」

「我們又揪又扯，又蹬又踹，還不停地咒罵它。」火星向小堅承認。小堅竭力不讓自己笑出來。

「真的。」弄臣不情願地承認道，「然後我嗅到了精技，距離我非常近。井旁邊就有一只大桶。它傾斜在地上，桶底有精技，那不過是一點殘餘，就像有人擦淨了這只桶，只錯過了那一小片。我能夠嗅到它。」

「我只能勉強看見那點精技。」火星將身子坐直了一點，也參與了我們的談話。「天空中沒有月亮。不過那一絲銀色彷彿吸收了每一點星光。它非常美麗，卻又非常可怕。我想要遠遠躲開它，但他已經俯身在那只桶的邊緣，竭盡全力把手伸了進去。」

「我把手伸到最長，終於勉強碰到了它。」弄臣舉起戴著手套的左手，露出微笑，彷彿眾神將祝福灌注給了他。「這是任何人能夠想像的最甜蜜的痛苦。」他轉過臉看著我。「蜚滋，這就是我在那時的感受。你知道我在說什麼。我感覺到自己完整了，感覺到我就是這個世界的旋律，無可匹敵，橫掃一切。我的喉頭哽咽，淚水沿著面頰滾落。巨大的喜悅讓我完全無法動彈。」

「然後，那頭龍來了！」火星繼續說道。「牠全身赤紅，甚至在黑暗的夜裡也閃耀著紅光。我幾乎在聽到牠的聲音之前便已經看見了牠。那時牠發出一陣吼聲，有如公鹿堡所有號角一齊被

吹響般，但那吼聲中更充滿了強烈的怒火。牠跑向我們。龍奔跑的動作並不優雅。牠們很可怕，但一點也不優雅。那就像是看到一頭怒不可遏的紅色母牛衝向我們！我尖叫著抓住琥珀女士，將他從桶邊拉開。我幾乎看不出我們是在朝哪裡跑，我們只是沒命地奔跑。他一點也不喜歡這樣。」

「琥珀女士？」機敏困惑地問。

火星將嘴唇咬在牙齒之間。「他……不，她要我必須將她看做是琥珀女士，這是我們偽裝的一部分。」她看了小堅一眼，彷彿是在尋求他的理解，然後她又輕聲說：「就如同有時候我是灰燼。」

機敏張開嘴，但沒有等他說話，弄臣已經繼續講述起他們的故事：「我能感覺到另外那頭龍。我說的是那頭紅龍。牠的咆哮聲中充滿了威脅和絕對的憤怒，牠還在呼喚其他龍的名字，牠忿恨我們竟然敢偷偷溜進這座城市，甚至到了白銀之井的旁邊。我能聽到其他龍向牠的示警發出回應。然後我聽到了一個人憤怒的喊聲，他正在催促那頭龍不要放過我們！」

火星搖搖頭。「龍群的聲音是那樣巨大，我甚至沒有聽到那個人的喊聲。一開始我也沒有看見他，直到他突然跳到我們面前。他有一把劍，身上披掛著某種甲冑。我拉著琥珀女士衝進一幢房子，關上屋門，衝進黑暗中。我們撞上了一道石頭臺階，便爬了上去。」

我絕望地驚呼了一聲。「上樓？敵人在追殺你們，你們卻自尋死路？」

火星氣惱地看著我。「我從不曾被拿著劍的人追趕過，更不要說是一頭龍了。所以，是的，我們跑上了樓。那時的情況很糟糕：家具因為年深日久而腐爛，散落在地上到處都是。我磕磕絆絆地逃跑著，卻聽到那個叫喊的人正在樓下搜尋我們。可能像你一樣，他不相信我們會愚蠢到跑上了樓。然後我找到一扇窗戶。從那裡能看到屋外的街巷。我判斷那條巷子足夠窄，龍應該鑽不進來。」

弄臣接過了話頭：「於是我們手牽著手跳出窗口，根本沒有想過下面會有什麼在等著我們。哦，那一跳可真是可怕！完全是因為運氣好，我們平穩地落了地。我的一側膝蓋還是撞到了地上，幸好火星扶住了我，拉著我繼續逃亡。她讓我們緊貼在牆壁上，盡可能不發出聲音地向前逃走，並一直藏身在窄巷中。當我們到了那些充滿鮮活記憶的街道上，我就能夠看清周圍，並負責引路了。我們依然能聽到龍群在我們身後吼叫，這反而讓我感覺到更安全，因為我知道，他們還在那口井旁邊尋找我們。我認為那時去求見麥爾妲或婷黛莉雅都太晚了。精技石柱才是我們最好的逃亡路線。不過我也知道火星很害怕精技石柱。

「我那時以為我再也跑不動了。我忘記了裙子有多麼沉重，更不要說還有一件裘皮襯裡的斗篷。還有這雙靴子！」他將一隻腳伸出來讓我們看。這只靴子的靴尖鋒利得就像一把劍。「它根本不是為奔跑設計的。」弄臣恨恨地說，「但就在我放慢腳步，想讓火星走上一段路的時候，我聽到身後傳來奔跑的腳步聲。這是一件很奇怪的事。慶典的幽影還圍繞在我們身邊，我卻聽到了

奔跑的腳步聲。我覺得我已經完全跑不動了。我向火星叫嚷，要她自己逃走，但她就是不放開我。然後我聽到一個聲音，同時感覺到那枝箭擦過我肩膀上的斗篷。一下子，我發現自己不僅能跑，還能拉著火星一路飛奔。」

「他是紅色的。」火星突然說道。女孩的聲音有些顫抖，和她剛才講述故事時的那種愉悅語氣截然相反，「我回過頭看了一眼。我不想進入那座石柱。我很害怕。我回頭想去看看，如果我留下來，他是不是能饒過我。但他就像是一個從噩夢中出來的怪物，又高又瘦，像他的龍一樣滿身鱗片。還有他的那雙眼睛！當我看見他停下來，將一枝箭搭在弓弦上時，我再也不想留下了。也許正是我把琥珀女士推進了門石。」

「我們就到了這裡。」弄臣最後說道。他環顧我們，失明的眼睛中露出笑意。

「的確，我們都在這裡了。」我說道。

克爾辛拉

黃色骨骼的大門露出寬大的縫隙。一條厚木板的舌頭正是我們穿過這兩排黃色牙齒、走向咽喉的路徑。在這裡，我們將被吞噬。這是真實的，幾乎在任何道路上都無法避免。我必須進入這雙顎之中。

——摘自《蜜蜂瞻遠的夢境日誌》

那一晚，我們全都睡在古靈帳篷裡，整齊得就像是裝在盒子裡的鹹魚。我面對著一側的帳篷壁，弄臣靠在我的背上。有古靈的布帛隔阻寒冷，我睡得比在那頂小帳篷裡暖和得多。到了黎明時分，守夜的小堅回到帳篷裡。「燕麥粥已經快煮好了，」他輕聲對剛剛醒來的我說，「我在裡面放了一點蜂蜜。」

我坐起身，竭力不去驚醒其他人。現在時間還早，弄臣和火星都應該盡量多睡一會兒。就在這時，我的原智突然讓我渾身打了個哆嗦。一頭猛獸，比我還要巨大，正在帳篷外面移動，探查

我們的帳篷。緊接著，小丑發出刺耳的呱呱聲。我聽到煮食罐被撞倒的聲音。

我盡可能悄無聲息地移動身體，越過弄臣，抓住機敏的肩膀。「別出聲。」我警告醒過來的機敏。「外面有東西。跟著我，把劍抽出來。」

我們從毯子下面鑽出來的時候，其他人也醒了。但他們感覺到了我們的警惕。火星的眼睛瞪得像茶碟一樣大。我邁過她的身子，手中握劍，俯身鑽出帳篷。機敏緊隨在我的身後，像我一樣光腳沒有穿鞋，手中握著出鞘的利劍。一看到闖入者，我立刻回手抓住了他的手腕，警告他說：「不要直視牠。」我對帳篷另一邊的人悄聲說道：「是熊。出來，不要穿衣服。離開帳篷。不要讓牠將我們堵在帳篷裡，也不要跑。但要做好準備，我一喊，你們就分頭逃走。」

那頭熊的個子很大，肩頭披著銀色的毛髮。灰色的口鼻顯示出牠的蒼老和智慧。如果沒有足夠的智慧，任何熊都不可能活過這麼久的歲月。但也不會有任何荒野生物在活過這麼久之後不會衰老的。牠寬闊的肩膀讓我知道，牠曾經是多麼強壯有力，但現在牠已經瘦成了一把骨頭。牠四肢著地，正嗅著昨晚留在篝火旁邊的機敏的背包。牠的興趣很明顯：食物。

隨著我們走出帳篷，牠開始察覺到了我們。於是牠從容地做出一個決定，向我們顯示牠的體型。牠後腿立起，用一雙光芒閃爍的黑眼睛從高處俯視我們。牠真的很龐大，非常龐大。牠張開嘴，吸進我們的氣味，順便炫耀一下牠尺寸可觀的牙齒。我能在寒冷的空氣中嗅到牠灼熱的呼吸，那裡面還有腐肉的臭氣。

「散開，但腳步一定要慢。」我低聲對笨拙地鑽出帳篷的眾人說道，「彼此拉遠距離。如果牠衝過來，我們就分散逃跑。不要聚在一起，以免牠把我們全抓住。」

我能夠聽到火星喘息的聲音。他們是最後出來的。弄臣和她在一起，穿著一件裙子。火星一直抓著弄臣的衣袖，將他從其他人身邊拉走。熊閃爍的目光一直在跟著他們。

*食物，我提醒牠，嗅到它吧，蘋果，也許還有醃肉或者魚？也許是一罐蜂蜜。*我只能對牠造成暗示。原智魔法讓我可以接觸一隻動物的思維，但它並不能保證動物會接受我的想法。我肯定沒有控制一頭野獸的權力。有時候，甚至試圖接觸野獸的思維都是錯的。

這一次我顯然犯了這個錯誤。我感覺到了牠的疼痛，但牠不喜歡我知道牠的弱點。熊低吼一聲，那聲音中充滿了憤怒。「站住不要動，」我警告其他人，「不要跑。」我舉起劍，第一次覺得這把劍在我的手裡這麼小。那頭熊掃視了一遍面前的眾人。我趁機瞥了一眼火星和弄臣。他們是最脆弱的兩個，沒有武器，弄臣甚至沒有視力。而且他們的腳上只有長襪。火星還披著古靈斗篷。我們其餘的人能夠逃走。機敏和我都有劍，小堅的手中有棍棒。

但熊認為我們沒有威脅。牠重新四隻腳著地，又嗅了嗅機敏的背包。牠的黑色爪子就像香腸一樣粗大，又帶著致命的鋒利爪尖。牠隨意一揮便撕裂了背包，顯示出那隻爪子非同尋常的力量。背包中的物品散落在雪地上。機敏發出一點驚慌的聲音。「站住不要動，」我對他說。他服從了命令。我的目光又轉向火星。她看上去很憔悴，但她緊咬牙關，顯示出堅定的意志。她慢慢

提起蝴蝶斗篷，試著把弄臣裹在裡面。弄臣在寒風中抱緊自己，臉上全是恐懼和悲苦。他是不是察覺到了什麼？那樣一頭巨獸肯定會散發出大量熱氣，還是弄臣聽到了牠劫掠機敏補給品的聲音？我審視這頭熊，估計著牠的體型和力量。「小堅，爬上你背後那棵樹。牠太大了，肯定爬不上去。上去。上去，快。」

令我感到驚奇的是，那個孩子服從了我的命令。他安靜而迅速地移動腳步。那棵樹不算好爬，但男孩的身手很靈巧。一個安全了。

「機敏，現在你上樹。」

「不。」機敏的聲音中帶著恐懼，卻又平靜得可怕，「兩把劍肯定好過一把。我不會攻擊牠，但如果牠衝向你，我也會竭盡全力。」

我側目瞥了他一眼。切德的兒子。這個男人又是突然從什麼地方冒出來的？「好吧，」我讓步了。那頭熊正在和一樣被裹在幾層油布中的東西戰鬥著。「我們要一步步後退，離開這裡。」

火星正拉著弄臣緩緩朝她所見到的唯一可能逃走的方向退卻。我們身後茂密的森林讓他們沒有空地可逃。她一直沿著廣場邊緣的舊石雕挪動，繞了一個弧線，漸漸靠近了精技石柱。我心中一沉，意識到現在熊已經擋在他們和我之間。我能看到火星的胸脯在恐慌中一起一伏。他們已經在一步一步靠近門石了。火星的嘴唇在歙動，雙眼看著弄臣從銀色的手上摘下手套。我聽不到火星對弄臣說了些什麼，但能看見弄臣用力點了一下頭。「不要！」我壓低聲音說道，「不要冒這

個險。牠吃光食物之後就有可能離開。站住不要動。」

熊聽到我的聲音，抬起了頭。牠剛才在嘗試將乾酪連同油布吃掉。乾酪和油布黏在牠的牙齒上。牠正氣惱地用爪子撥弄嘴，想要把黏住牙齒的東西刨掉。牠一直不停地發出不悅的低吼，突然又響亮地痛哼了一聲。有時候，老熊會有壞掉的牙齒。油布正纏繞在牠的一顆壞牙上。牠發出一陣凶猛的怒吼。火星隨之尖聲驚呼。熊猛地向火星和弄臣轉過頭，一雙黑色的小眼睛緊緊盯住他們，放射出強烈的怒意。火星在恐懼中拖著弄臣向石柱跑去。

「不！」我喊道。

熊走路的時候搖搖晃晃，顯得有些笨拙。但牠們的衝鋒非常迅速，要比一個健康男人的奔跑更快。牠的確已經衰老，但弄臣是個瞎子，而且就連我也跑不過一頭熊。弄臣和火星更不可能有機會。熊沒有理會我的呼喊，咆哮著徑直向他們撲去。兩個人和一頭熊之間的距離驟然縮短。現在沒有時間思考，沒有時間選擇更不危險的方法了。「跑！」我向弄臣和火星喊道。

熊會追上他們。但牠不得不站立起來，揚起爪子，凶野地拍打飛到牠面前的烏鴉。烏鴉則用翅膀抽打牠，用喙啄牠。這一刻正是火星所需要的。

她將弄臣推進石柱，轉頭想要逃開，但弄臣抓住了她的手腕，把她也拖了進去。她尖叫一聲便消失了。烏鴉抖動翅膀，和她一起飛走了。衝過去的熊撞在冰冷的黑色石柱上，栽倒在地，感到困惑又憤怒。他用爪子揮打石柱，長長的黑色利爪在岩石表面發出刺耳的摩擦聲。但他們已經

不見了，到底是安全了還是徹底泯滅了，我不得而知。在那頭熊轉過身尋找新的目標之前，機敏和我有了一個活下來的機會。

「樹！」我向機敏喊道。他不需要我再多說一個字。我跟隨著他跑過積雪，衝向一棵高大的常綠樹。這棵樹沒有低處的樹枝。我先將他頂了上去，然後跟著他向上爬。作為一個在城市裡長大的男孩，他爬得很好。「再高些！」我向他喊道。我們一直向上，只穿著襪子的腳蹬在粗硬的樹皮上，摳進樹幹的指甲紛紛折斷。但我們終於爬過了沒有樹枝的這一段樹幹。機敏搆到一根粗大的樹枝。「讓開！」我喘息著說。他照我的話做了。

如果那頭熊更年輕一些，或者更小一些，我們就會面對巨大的危險。即使這樣，牠也試了幾次想要追上我們。牠的爪子深深刺進樹皮裡，一次又一次挖下大塊的樹皮，然後牠又用身子狠狠撞擊樹幹，讓這棵樹不住地顫抖。看到無法觸及我們，牠又將滿腔怒火轉向了我們的帳篷。我的帳篷根本禁不住牠的破壞。牠將那頂小帳篷撕得粉碎，扔到一旁，在它的廢墟中尋找食物，然後又因為糾纏在壞牙上的纖維而不住地咆哮。沒過多久，牠就帶著纏滿了牠的大腦袋和高聳雙肩的帆布向大帳篷走去。我轉開頭，不忍看到古靈帳篷遭到損壞。

「那到底是什麼做成的？」我聽見機敏在驚歎，便鼓起勇氣向下望去。那頭熊已經推倒了帳篷，現在正和柔軟的布帛作戰，熊、龍和長蛇糾纏成一團。牠將我們還在燃燒的火盆、舖蓋和其餘物品拋撒得到處都是。牠不停地揮爪擊打古靈布帛，但我沒看到那上面有一絲劃痕。「我們什

麼都沒有了！」堅韌不屈在他的樹上喊道。我用喊聲回應他：「我們還留有一條性命。不要動，孩子！」

我認為那頭熊終於覺得牠征服了那頂帳篷。牠的興趣又轉回到我們的補給品上。牠將我們的各種物品撥開、打散，吃掉其中的食物，又因為牙痛而發出憤怒的吼聲。我痛恨牠對我們所做的一切，卻又能切身感受到牠的痛苦。牠的死亡正在這個季節等待著他，對於一個老傢伙，這肯定不是一個輕鬆的季節。

當牠撕開我的背包，我看見蜜蜂珍貴的日記掉落在雪中，便立刻發出一聲失落的吼叫，開始沿著樹幹向下滑行。機敏抓住了我頸後的衣領，高聲說道：「不。」

「放手！」

「我只是在遵循你對你的馬僮說過的話。不要為一樣東西放棄你的生命，無論那有多麼珍貴。」

他在樹枝上坐得並不很穩。在一段瘋狂的時間裡，我很想把他從樹上推下去，讓他掉落在下面的積雪中。但我只是將額頭貼在粗糙的樹皮上，巨大的失落感讓我全身顫抖，而這又讓我感到更加羞愧。機敏繼續緊抓著我。我相信他是害怕我會鬆開手掉下去。我沒有。我還緊抓著樹幹，被深深的失落不斷撞擊。我詛咒永遠不會放過我的哀傷，每當它醒來的時候都會向我發動突然襲擊，讓我失去所有勇氣。那個本子只是一樣東西，不是我的孩子。那些如同象牙一般散落在雪中

的蠟燭不是莫莉。但它們是我的妻子和孩子留給我的一切。

從非常遙遠的地方，我感覺到一陣精技的抽動。蜚滋？你還活著嗎？

是的，我遲鈍地回答晉責。我活著，狀況很不理想，但我還活著。

你們有危險？他的精技細如游絲。

我放下牆壁，這才突然意識到我已經再次豎起自己的屏障，以阻隔這片廣場和這條精技之路的回憶。精技的速度和思維一樣快。只是心跳一下的時間，他已經知道了我們遭遇的全部。

我能給你派去援軍。我能……無論他要提供什麼，他的精技已經被吹走了。

不。不要派人來。我們必須去追弄臣。我將這個想法用力推過去，但我不知道他是否能收到。我沒想到自己會做出這個決定，但現在這顯然是我們應該做的事。等到熊一離開，我們就要收拾好行囊，利用門石前往克爾辛拉。如果弄臣和火星已經到了那裡，我相信他們一定會需要幫助。如果他們不在那裡，至少我會知道。我不能將機敏和小堅丟在這裡，一個人過去。他們現在已經沒有了庇護所和補給品。而且那頭熊很可能還會回來。所以，我們只能繼續旅程。我只希望門石的另一邊不會有一頭紅龍在等待我們。

那頭老熊也許有許多天沒吃飽過了。牠不再理睬我們，就好像我們已經是一種被牠徹底除掉的麻煩。現在牠只是忙著搜掠戰利品。我們的補給品和牠的胃口很不相配，但牠已經嗅遍和撕碎了每一樣東西。吃掉那些乾酪也許只會加速牠無法避免的死亡。牠不時會停下來，發出痛苦而憤

怒的咆哮，用爪子挖牠的嘴和那塊纏繞在牠壞牙上的油布。我們坐在樹上，無處可去，只能不停地打著哆嗦。直到將近正午時分，火星帶來的那只大包裹被牠撕得粉碎，裡面的裙子、絲巾和襯裙撒了一地。弄臣的背包中裝滿了匠人視如珍寶的奇特物品。當老熊終於相信這裡再也找不到食物的時候，牠才向森林中走去。牠閒適的步伐讓我知道，這片廣場是牠規律性巡行的領地。牠肯定還會回來。

直到牠從視野完全消失，我們又等待了一段時間。當我們終於爬下樹的時候，我們全都凍僵了。「小堅，看看能不能讓火重新燒起來。機敏，我們要盡量把物品收拾好。」

我的第一個想法是找到蜜蜂的日記和莫莉的蠟燭。我找到了她的日常日記，但她的夢境日記不見了。這本日記的狀況比我預料中的要好。它的封面上有雪，但紮住它的細繩沒有斷開。我將日記上的雪抖落，小心地不讓一片雪花因為我手掌的溫度而融化。我的背包沒有剩下什麼東西。那四根蠟燭，我只找到了三根。我用雙手在雪中挖了許久，直到十指完全麻木，才不得不承認了自己的失敗。我知道，那頭熊沒有將這一切都吃掉就已經是我的幸運了。毫無疑問，牠會受到蜂蠟中花香的吸引。我扯下一片沒有沾染熊唾液的帳篷布，包裹好我的珍寶。我的心在為蜜蜂的另一本日記哭泣。熊將我們的物品一直扔到了很遠的地方，我能找到它的希望非常渺茫。

怎樣是更糟糕的？赤腳踩在雪中，還是在雪中穿著濕透的襪子？小堅決定赤腳，我只能為他的堅韌感到驚歎。他正在努力生火。火盆中的灰燼和篝火堆中最後的木炭被收聚在一起，上面漸

漸冒起了火苗。「讓火堆大一些。」我對他說。如果那頭老熊回來，帶著火焰的樹枝會是我們最好的武器。

機敏和我的動作很快，我們抖掉古靈帳篷上的雪。讓我驚愕的是，這頂花色豔麗的帳篷竟然完整無損。只是並非所有支柱都倖存了下來。我們只能盡量搜集到還可以使用的。我們把劍都插在篝火旁的泥土中，但我們知道，這些武器在對抗一頭熊的時候會是多麼微不足道。我們在篝火旁將帳篷收起，然後開始搜集一切還能用的東西。罐子和杯子、衣服、錢袋和匕首。一找到靴子和乾襪子，我們就立刻將它們穿好。很快我們又找到了斗篷和手套。

「我們的計畫是什麼？」機敏問道。我意識到，在我給他們分配任務之後，就再沒有說過話。

「收集一切有用的東西，儘快追上弄臣和火星。」

「他們說那裡有一頭紅龍，還有一名弓箭手。」

「是的，所以我們要在走出石柱的時候就準備好應對攻擊。」

機敏張了張嘴，又閉上了。

「這裡應該有一塊皮革，上面插著一根針，還纏著一些結實的線。找到它就告訴我。把我們還能使用的東西分作三堆。」

「我們要帶著灰白的東西嗎？還有灰燼的？」

「先把東西都找出來，然後再進行挑選。我們盡量帶多一點東西。要相信我們將會再會合，

而他們帶來這麼多衣服也是有理由的。」

「就連那些珠子和絲帶？那些手套也都要帶？」

我順著小堅的手望過去。弄臣散落在地上的行李中包括著五顏六色的手套，它們的材質甚至薄厚程度也各不相同。我的心中感到一點哀傷。他一直都在打算將他的手染成銀色。他沒有對我說謊。弄臣和我極少會相互欺騙，但也不是絕對沒做過這樣的事。「我們要盡量帶一切可能有用的東西。我們不知道將會遭遇到什麼。」

我們盡可能快地工作。但這並不容易。我們在小堅的口袋底找到了一些穀物。他為我們煮了粥。我們則繼續抖去衣服上的雪，並在積雪中尋找散落的物品。在博瑞屈的教導下，我小時候就學會了修理皮具。相關的縫紉技巧讓我一生都獲益良多。堅韌不屈的背包被修補好了。我的已經被撕碎，機敏的狀況更為不堪。我把被撕破的帳篷匆匆縫製成了兩只粗陋的背包。儘管時間緊迫，但我還是用了一點時間製作出一只小一點的口袋，將蜜蜂的日記和莫莉的蠟燭裝在裡面，以確保它們的安全。剛剛將口袋的蓋子縫好，我抬起頭，發現小堅正專注地看著我。蜜蜂的夢境日誌就在他的手中。他有些猶疑地把那個本子遞給我。「我想，我認得她的筆跡。她的畫可真漂亮！那真的是她畫的？」

「這是我的！」我說道。我嚴厲的語氣甚至出乎我自己的預料。當我將那個本子從小堅的手中拿走時，他眼睛裡受傷的神情在無聲地指責我。而我只能讓自己拿走日記的動作不要太凶狠。

「主人，如果還不算太晚……我還是想要學習認字。也許有一天，我能讀懂她寫的內容。」

「這是私人物品。」我說道，「不過，好的，我會教你閱讀，還有書寫。」

小堅看著我，一雙眼睛就像是不能說話的小狗。我緊皺眉頭，讓他立刻回去工作。

我們竭力加快速度，但時間還是無情地不斷流逝。當我們完成的時候，臨近黃昏時群山的陰影已經開始爬過大地。弄臣的帳篷被收疊成一個小得令人驚歎的包裹。但弄臣和火星帶來的那些厚重冬衣就完全不同了。這些羊毛裙子和圍巾要比我預料中更沉重得多。

「這些包裹太笨重了。」機敏說道。他的聲音一直保持著平靜，他並沒有在抱怨，「如果我們在走出門石的時候必須為可能發生的一切做好準備，帶著這些東西就不是一個好計畫。」

他是對的。「我們不必背著它們，只需要在穿過門石的時候抓住，確保這些東西和我們一起穿越。我們不知道會在對面遇到什麼。琥珀和火星也許在那裡，也許是安全的，或者有可能受了傷，或者是被俘虜。」然後，我用一種微弱得多的聲音說：「或者完全不在那裡。」

「就像蜜蜂一樣，」小堅低聲說。他深吸一口氣，挺起肩膀，「這樣的事情有可能發生在我們身上嗎？我們進入石柱，然後再也不會出來？」

「有可能。」我承認說。

「那我們會去哪裡？我們的身上會發生什麼？」

該如何向他形容？「我認為我們會……成為它的一部分。我曾經感覺到它，一次或者兩次。

小堅，它並不痛苦。實際上，這正是年輕的精技使用者們會遭遇的危險。它會讓你只想放開一切，讓自己完全散失，與它融為一體。」

「和什麼融為一體？」小堅的雙眉之間出現了一道深溝。機敏則面色蒼白。

「精技洪流。我不知道還能怎樣稱呼它。」

「那樣也許就能和蜜蜂在一起了？」

我深吸了一口氣。「那非常不可能，孩子。請原諒，我不想再說這種事了。如果你願意，可以留在這裡。我能夠嘗試用精技和晉責聯絡，請他派遣精技使用者穿過石柱，帶你返回公鹿堡。但我相信你還要在這裡繼續逗留兩天。這裡很冷，你幾乎沒有食物，而且那頭熊隨時可能回來。但如果你選擇如此，那麼這終究是你的選擇。恐怕我不能和你留在這裡，等待他們來找你了。我必須儘快去追弄臣和火星。」已經過去太長時間了。我現在心中充滿恐懼，只想馬上過去。

小堅猶豫了一下。機敏這時說話了：「返回公鹿堡也同樣有可能迷失，這和去克爾辛拉沒有區別。這兩條路我都不想走，但我會跟著你，蜚滋。」

「我也會跟著你。」小堅說，「我們該怎麼做？」

我們在石柱前站成一排。我給兩只簡陋的背包各匆匆加了一條繫帶。其中一只掛在我的肩膀上。小堅扛著他被塞滿的背包，抓住我的左手；機敏將一隻手放在我的右肩上，肩扛著最大的包袱。他的右手握著出鞘的劍，我讓自己平靜了一段時間。我從沒有接受過帶其他人穿過精技石柱

的訓練，但我以前做過這樣的事，雖然並非出於本願。我放鬆原智，讓自己能清楚地覺察到他們兩個，他們的形體和氣味，然後，我用精技探尋他們。我在他們的身上都沒有找到精技天賦，但幾乎所有人都會有一點精技的火苗。我無法讓他們發覺我的探尋，但我盡全力將他們包裹在精技中。我沒有給他們警告，不能讓他們有所猶豫。我的右手握緊長劍，將裸露的指節按在冰冷的石柱表面上。

黑暗。許多移動的光點，但那並不是星星。小堅在我前面，宣誓他的忠誠；機敏緊盯著我，嘴唇緊緊抿住。我握緊對他們的知覺，將他們包裹在我自己裡面。

白晝的光亮照耀著我們。寒冷將我們緊緊裹挾。突然間，我明白，我必須努力站穩，放開小堅的手，保護我們。

「小心！」有人高聲喊喝。我從小堅的身邊跳開，平端長劍。被陽光遮住的雙眼在經過片刻調整之後才看到弄臣就倒臥在我腳邊，火星正在努力從糾纏她的蝴蝶斗篷中掙脫出來。我們離開了暮色漸濃的黃昏，來到一片陽光燦爛的冬季白晝之中。時間完全混亂了。更令人困惑不解的是，我們似乎是緊跟著弄臣和火星過來的。我感覺到小堅在跳起身的時候撞上了我。然後他踉蹌著退到一旁，不住地反胃嘔吐。還沒等我回頭去看機敏的狀況，我已經聽到了一聲咆哮。

我轉過身，或者是試圖要轉過身，舉劍準備戰鬥。甚至不等我的眼睛看到衝向我們的那頭巨大綠龍，我的原智已經向我昭示了那頭猛獸的體型和氣勢。牠的速度就像風一樣快。我聽到牠的

銀爪撞擊岩石路面的聲音。牠伸出前爪，抓住地面，將大地向後甩去。牠的後腿上泛起水波一樣的銀色。這不是一頭向我們衝鋒的牛，而是一頭強大憤怒的怪獸。牠的咆哮聲再一次震撼了我。那聲音中刺出了怪異的精技和原智：「入侵者！」

我不是博瑞屈，能夠用原智的力量讓石龍跪倒。我沒有抬高聲音，但我堅定地站在這頭衝鋒的巨龍面前，握緊了我的劍。這是我向牠發起的挑戰，是我的挑釁，一種野獸對野獸的宣告。但我還是驚訝地看到牠突然撐住前腿，鋒利的爪子在黑色石板上發出一連串尖鳴，煞住了牠巨大的身體。牠的尾巴來回甩動。那根尾巴有力的一擊就有可能揮倒幾棵大樹。牠揚起頭，張大了嘴，碩大的口腔裡顯示著明亮的色彩——炫目的橙色夾雜刺眼的紅色。如果這種色彩出現在蜥蜴或蟾蜍身上，就代表著劇毒。牠深吸了一口氣，我看見了牠口中的液囊在膨脹。我知道隨後會發生什麼，那讓我異常驚恐。當然，我也只是聽說過：一股能夠消融骨肉、腐蝕岩石的淺色毒霧。但就在牠吸氣的時候，牠的表情似乎發生了某種變化。我一時還看不明白。憤怒？困惑？牠挺起身子，一圈剛硬的銀色尖刺在牠的脖頸周圍立起，彷彿一簇尖銳的鬃毛。牠將吸進體內的空氣呼出來，散發出一股腐肉的臭氣。然後牠又吸進了更多的空氣，慢慢搖擺著長脖子上的那顆頭。牠在嗅我們的氣味。

我以前見過龍這樣做。我曾經用自己的意識碰觸婷黛莉雅——首先回歸我們世界的巨龍女王。我也見到過多年被封鎖於冰川之中的冰華，在得到解放後的第一次飛翔。我見過交配的巨

龍，還有牠們撲向圍欄中供奉的牲畜。我太清楚牠們有多麼強大，能在多麼短的時間裡就讓一頭公牛變成一堆鮮血淋漓的殘骸。我知道，我的劍無論是對抗熊還是龍，都沒什麼用處。這實在是太荒謬了。機敏突然來到我身邊。他也舉起了劍，但他的劍在劇烈地抖動著。「不行啊。」他喘著氣說，但他沒有退卻。

「到下面去！」我聽到小堅在用嘶啞的聲音命令某個人。「貼著他躺下。它能遮住你們兩個。」然後他踉蹌著來到我的左側，手中舉著匕首。「我們要死了嗎？」他顫抖著問。他的聲音在這句話的最後變得格外刺耳。

「屬於一頭龍的那個在哪裡？」

龍語。聲音只是這種語言的一部分。我知道，一些人完全聽不懂龍在說些什麼。他們能聽到的只有野獸的咆哮、鼻息和吼叫。我能聽懂牠的話，但不明白牠是什麼意思。我只是一言不發地站立著。

「我嗅到了他。我嗅到了一個被龍碰觸和選擇的人。我們相信那頭龍很久以前就死了。是牠命令你來到這裡的嗎？」

我猜到牠到底嗅出了什麼。是弄臣喝下的龍血。小堅發出一陣乾嘔聲。我沒有聽到弄臣和火星的聲音。我吸了一口氣，對巨龍說道：「我們不想傷害你。」然後我轉過頭。我的原智告訴我，有人正在靠近。我看到了那個大步向我走來的人。那是我童年時的噩夢。他身材很高、皮膚

是猩紅色，有著爍爍放光的藍色眼睛，宛如正在閃耀光芒的藍寶石。他高大的身子穿著柔順飄逸的金色長外衣和寬鬆的黑色長褲，手腳也都很長，與他的身高很般配，但這樣的體型絕不是屬於人類的。他還穿戴著我從沒有見過的戰鬥護甲，但他鏗然一聲從鞘中抽出的長劍在我眼中實在是太熟悉了。古靈，就像童年時代，裝飾我的臥室牆壁的那幅掛毯上瞪視我的那些怪物。他一邊向我們大步走過來，一邊說道：「幹得好，亞布克！我就知道這些入侵者不可能躲過我們太久！現在他們要為……」

他的話音突然止住，腳步也停下來。他圓睜雙眼瞪著我們。「這不是我追趕的那些賊！你們是誰，是怎麼來到這裡的？你們想要什麼？無論用話語還是鮮血，總要給我一個回答。」他以我不認識的一種姿勢舉起武器。*禮節，永遠都要先選擇運用禮節。*

我沒有收起佩劍，也沒有用它擺出威脅的姿勢。現在我很高興將自己華麗的斗篷罩在樸素的斗篷上面。雖然手持利刃，我還是以宮廷禮儀鞠了一躬。「見到您很高興，閣下。我們是六大公國的使者，前來覲見巨龍貿易商的麥爾妲女王和雷恩國王。如果您能引領我們前往宮殿，我們將不勝感激。」

我的恭敬態度讓他感到迷惑。我看到機敏已經領會了我的意思，也垂下了手中的劍。小堅站在一旁，一副蓄勢待發的樣子。而弄臣和火星已經沒有絲毫聲息。我只能希望藏在蝴蝶斗篷下面的他們兩個，不要在這個時候露出任何馬腳。

古靈的目光從我轉向機敏，再轉向小堅。我知道我們並沒有多少作為使者的堂皇氣派，但我依舊保持著威儀，沒有低垂下眼睛。「你們是如何到這裡來的？」古靈問道。

我沒有直接拒絕回答：「閣下，您肯定明白，我們經過了艱辛的長途跋涉。我們經受了群山中的嚴寒，甚至還有一頭熊的攻擊。現在我們只請求能見到克爾辛拉最仁慈的君王。這是我們此行的目的。」

我看到這名古靈的視線轉向了城市背後的崖壁和高山。我竭力回憶自己對這座城市的瞭解。我曾經來過這裡。實際上，我第一次來到這裡還是在尋找惟真的旅途中，一不小心誤入了一座精技門石。不必轉頭，我就看見了那座高塔的所在。我正是在那裡第一次看到古靈留下的複雜細緻的地圖。根據我對這裡僅有的一點知識，我決定冒一下險。「或者，如果您還有別的使命，我們很樂意前往地圖高塔，在那裡等待您的國王和女王的接見。我們知道此行並未事前進行通告，所以我們相信，即使他們不立刻接見我們，也是合乎情理的。」

我聽到靴子碰撞地面的聲音，抬頭向遠處望去。在紅色古靈的背後，一支軍隊正向我們走來。他們都是普通人類，不是古靈。他們的武器和盔甲也要比這名古靈的裝備更讓我感到熟悉。這一隊士兵第一排是六個人，隨後每排三人。他們的人數遠超過我們。在刀劍的衝突中，我們是不可能取勝的。

我用盡全部的自制力才將我的眼睛從這個紅色的古靈身上移開。我低下頭，小心地將劍收入

鞘中，彷彿用劍對我而言是一種很生疏的技藝。然後我向他露出親切的笑容——我只是一名沒有危險的使者。

又一名古靈來到綠龍身邊。他和強大的巨獸站在一起，儘管身高遠超過凡人，卻還是顯得很矮小。這名古靈的身上能看到一些綠色和銀色的鱗片。他伸手按在巨龍的肩頭。綠色巨龍突然向前走了兩步，再一次嗅著我們的氣味說道：「他們之中的一個是被龍擁有的。我能從他的身上嗅到氣味。」他扭轉肌肉虬結的脖頸，回頭望向新來的古靈，「一頭我以前沒有嗅過氣味的龍。」巨龍彷彿正在從記憶中尋找名字，「一頭我們看不見的龍。牠還活著嗎？」映在巨龍銀色眼眸中的古靈歪過了頭，但他的目光一直固定在我身上。

裝備武器的紅色古靈瞇起閃爍的眼睛看著我們。「一頭未知的龍？你們之中誰屬於一頭龍？」

該如何回答這個問題？我只得向事實撤退。「請原諒，我不明白你們這樣說是什麼意思。如果你們願意帶我們去等待君主接見，我相信一切都能被解釋清楚。」

經過一段長時間的沉默，綠色古靈說：「我也認為是這樣。」但他的聲音沒有絲毫溫度，更毫無歡迎之意。

36

古靈的迎接

挑選精技通訊員需要注重這些品質。首先，每一名通訊員至少都有正式精技使用者的水準，能夠獨立使用精技。就此而言，傲慢和頑固應被視為良好的品行。高度發展的自我意識正是精技通訊員的優點。虛榮心有時會有助於這種品行的培養。虛榮的女人和自負的男人永遠都會以自我為中心。年輕和健壯的身體也是一種有利條件。

通訊員的服役期限不應超過三年，而且每服役一年之後都應該休息兩年再繼續服役。應該為這些通訊員安排特定的門石路線，只讓他們在同一條路線上重複往返。這樣，他們就能極佳地培養自己的方位感。當精技使用者知道自己要去什麼地方，並對自己到達的地點瞭若指掌時，他就更能保持自己的完整。

如果一名通訊員足夠強大，能護送不具備精技的人進入門石，那麼他還需要具備足夠的耐心和責任感。而被他護送的人在每兩次精技旅行之間，至少要

休息三天時間。

——羽箭，機架精技小組《關於通訊員的品質》

我一直保持著外交風範，又向他鞠了一躬。「非常感謝您。我是六大公國的蜚滋駿騎·瞻遠親王。明燈·秋星*大人陪同我前來，此外還有我們的隨從，細柳林的堅韌不屈。」

就在我介紹他們的時候，機敏收起佩劍，以遠比我更加優雅的姿勢鞠了一躬，同時還以花式動作甩起了斗篷。當堅韌不屈勇敢地嘗試模仿機敏的動作時，我只能努力壓抑自己的微笑。我隨意向我們堆放在地上的行李一揮手。「也許您能安排人將我們的攜帶的物品搬走？那頭熊殺死了我們被拴住的馬，對我們的包裹也造成了嚴重的破壞。」這是我最不願意進行的一場賭博。我知道，如果有陌生人以神祕的方式出現在公鹿堡中，我會利用一切機會搜查他們的包裹。紅色古靈不以為然地俯視著我們，眼神中幾乎流露出了鄙視。

「我們這裡沒有奴隸。既然你們已經將這些東西帶到了這麼遠的地方，再拿著他們走一點路，對你們也不會有什麼害處。」

「好吧。」我竭力隱瞞放鬆下來的心情，「閣下，我不記得我們有幸知道了您的名字？」

這句話有些微妙，我在提醒他，我要知道他是誰，並且有可能向他的女王提到他。他並沒有收起武器，看上去也沒有被我的要求嚇到。「我是拉普斯卡將軍，克爾辛拉護國軍統帥。收拾你

們的物品。我會帶你們去見我的君主。」

我回頭瞥了一眼那頭巨龍和牠的守護者。那名古靈對牠說了些什麼，然後就匆匆離開了。綠龍顯然已經失去了對我們的興趣。牠轉過身，晃動著巨大的身軀，朝另一個方向走去。在遠處，我聽到一隻烏鴉的叫聲。

我們再一次扛起沉重的包袱。我已經完全看不見蝴蝶斗篷和它所庇護的那兩個人了。我小心地不讓自己東張西望。我們剛到這裡的時候，我聽到火星在說話。也許這意味著她的狀況還不是太糟。我發覺一個臨時縫就的背包不見了，便迅速向周圍瞥了一眼，希望它是被蝴蝶斗篷蓋住了，而不是丟失在精技通道裡。不過，這樣我至少不必背負重擔，能夠在走過克爾辛拉的路途中顯示出貴族風範了。

這對我而言是一種奇怪的體驗。我築起自己的精技屏障，這座城市卻依然向我訴說著它年輕時一個陽光晴和的冬日。一群人類商人從我身邊匆匆走過。他們也許是來自於遙遠城市的貿易者。他們聚在一起，腳步匆匆，在經過我們身邊的時候不停地向四處觀望。一個年輕人額頭上帶著深深的皺紋，下頜兩側有著蜥蜴一樣的皺褶。他正從一家店鋪門前的步道上走過。在那家店裡，冒著濃煙的火上掛著許多肉塊。一個女孩手臂上挽著籃子，從我們身邊小跑了過去。在眾多

＊譯注：機敏的全名為 Lantern Fallstar。

的世俗景象中，古靈的幽靈闊步前行，高聲歡笑，彼此爭辯不休。我不知道是不是因為我的精技，他們才會顯得如此真實。一陣突然的鬥毆在兩個幽靈之間爆發，我下意識地躲開了他們。

「看來你能看見他們。」拉普斯卡說道。他沒有因為那場遠古的爭鬥而放慢腳步，我也沒有向他做出回答。

我有些想知道機敏和小堅是如何看待這裡的，更想要知道這座城市是否會對走在我們前面、後面和身邊的那些人類衛兵悄聲囈語。隨著一陣氣味隨風飄過，一頭銀綠兩色的龍從我們頭頂飛過，穩穩地向蒼穹攀升。我捕捉到了牠的心思，嚴格來說不是牠的想法，而是牠的意圖。牠要去狩獵。有那麼片刻，我非常渴望能夠和牠一起。

天氣很寒冷，從那條看不見的河流中吹出的風用潮濕的獠牙切割著我們的身體。拉普斯卡將軍絲毫沒有因為身邊的旅人身體疲憊，背負重擔而放慢腳步。即便如此，我還是有餘暇注意到這座城市的人口非常稀少。一些街道看來是有人居住的，但與它們相鄰的街道往往是一片破敗的景象，顯然在很早以前就被摧毀了。從精技之路的講述中，我知道任何用精技建造起的石砌建築，都能夠比普通人工的作品保持更長久的形態和功用。吹過這裡的風可能會將瓦礫灰塵撒落在寬闊的街道上，但任何隨風飄逸的種子都無法在這裡找到紮根的縫隙，藤蔓更無法從磚石中攀爬出來，傾覆哪怕是已經殘損的牆壁。這座城市裡有著它曾被遺棄的那無數個世代的回憶，而彷彿是在嘲諷它現在稀少的居民，它總是在更頻繁地回憶遙遠的過去，那時它還是古靈文明的中心。我

暗暗記下我見到的一切，並將它們與切德和晉責國王心目中克爾辛拉的印象相比照。除非我還沒有進入他們真正人口稠密的地區，否則克爾辛拉和巨龍商人們向世界展現出的繁榮外表，就和他們真正的情況完全不符。

就像我猜測的，我們正在走向地圖高塔。很快就踏上了那些寬闊的臺階。這座高塔的中央階梯是為巨龍的身形設計的，它頂端的高大門扇也是如此。我很害怕要爬上那麼高大的臺階，不過他們帶我們去了旁邊符合人類身材的階梯，至少在那裡還有不少人來來往往。他們之中的一些人穿著如同弄臣的帳篷以及這名將軍的外衣一樣的華美袍服；也有人的衣著只是普通的皮革和羊毛。一名木匠從我們身邊走過，他的身後跟隨著助手和三名學徒，全都拿著各種工具。我欣賞著這裡瑰麗宏偉的建築藝術。拉普斯卡將軍和他的衛兵將我們領進了一座宏偉的殿堂中。

這座無比高大的前廳要比我記憶中更加潔淨，也更空曠得多。我還覺得這裡變得更加溫暖了，並且瀰漫著一種找不到源頭的光亮。上一次我訪問這裡的時候，這裡的地面上散布著破損木製家具的木屑和灰泥。現在這些古老的殘渣都被清理掉了。許多新的桌椅被擺放在一片足可以供千百人容身的空間中。各種容貌和衣著的書記員在使用著它們。其中一些人在勤勉地統計數字，另一些人則要面對排成長隊，臉上帶著不同程度的焦急神色的人們。我有些擔心我們會被安排進這些佇列中。不過我們直接走過了這座大廳，引來了各種各樣的目光。我們被引領著穿過一道木門，進入了一個更小的房間。

對於我們這支隊伍，這裡還是顯得太大了。不過它很溫暖。我們一停下腳步，機敏和小堅就慶幸地放下了肩頭的重擔。紅色古靈一揮手，護送我們的隊伍馬上沿牆壁站好。拉普斯卡將軍來到我面前。「我會立刻向國王和女王請示，看看他們是否願意接見你們。我不會欺騙你。我很不喜歡你們的自我介紹，而且我會向我的君主建議，要對你們保持對入侵者的懷疑。這是保護我們的城市所必須的。等在這裡。」

他轉過身。我讓他走出三步，才用和藹的聲音叫住他：「我們是否能得到一些清水，並在某處整理儀容，再前去覲見他們？我們不希望用粗鄙的外表冒犯他們。」

他轉回身，雙眉已經緊皺在一起。然後他用力一揮手，一名部下走上前，和他迅速說了幾句話。他們沒有用很多時間。「我不在的時候，佩林隊長會確保你們得到照顧和監督。無論你們需要什麼，都可以告訴他。」隨後，他沒有再說任何道別的話，直接轉身向屋外走去。他緊貼雙腳的鞋子踏在岩石地板上，只發出了很小的聲音。我向那名隊長投去親切的目光，朝他露出微笑。

「許多年以前，古靈瑟丹旅居在我們那裡的時候，他說起過你們閃耀著種種奇蹟的城市。現在我能看出來，他完全沒有誇張。親愛的隊長，我們是否能麻煩您為我們準備一些熱水，也許還能給我們一些恢復體力的食物和葡萄酒？您一定能看出來，在遭受熊的攻擊之後，我們的旅行就變得異常艱辛，各種物資也很匱乏。」

我在依照切德的格言行事——永遠要將自己當做人們眼中的那個你。我是來自六大公國的使

者，一位與王室有血緣關係的親王，我有一切權利獲得這樣的招待。儘管如此，我還是有些擔心我們會被扔進監獄或地牢，等待著國王和女王對我們做出判決。至少這些人有可能不會很周到地招待我們。不過這名隊長似乎並不像他的將軍那樣忌憚我們。他分派幾個人去為我們取來食物、飲料和清洗用水，並邀請我們坐下來，還讓他的人為我們搬來了一張桌子。他為我們提供的長凳看上去又冷又硬，但我們一坐到上面，它們就變得像軟墊椅一樣舒適，而且還很溫暖。

至今為止我們經歷的一切已經足以讓我們難以忘懷了，而令我們吃驚的還不只是這些。一只裝飾著樹葉和舞蹈者花紋的容器被放在我們面前的桌上。冷水被注入其中。沒過多久，那水面上已經微微冒起了蒸氣。我們心懷感激地用這一盆水溫暖了冰冷的臉和手，又在柔軟的毛巾上把它們擦乾。端給我們的食物就沒有那麼令人驚歎了。我們吃到了肉食、根莖蔬菜、冷家禽肉和麵包，所有這些飯菜的烹製方法顯然都很普通，不過我們還是很高興能填飽空空如也的肚子。他們給我們的葡萄酒有些酸了，不過還是讓我們很高興。

我們的衛兵沒有給我們任何私人空間，但我們也對其視而不見，只是自顧自地拉直衣服，梳理頭髮。等到我們吃飽喝足，也盡力整理好儀容之後，就坐在舒服的長凳上等待著。我們等了很長時間。堅韌不屈的問題充滿了我們三個人的腦海：「你們覺得他們會發生狀況嗎？」

我故意誤解了他的問題。「古靈的國王和女王嗎？我相信他們一定會儘快接見我們的，並竭誠歡迎我們，就像我們歡迎他們派往公鹿堡的使臣一樣。」我在臉上擺出一副溫和的微笑，「你

不需要害怕他們，孩子。也許他們的裝束在你看來會有些陌生，但六大公國長久以來都和所有貿易商保持著真誠熱切的關係。」機敏不住地點著頭。小堅似乎也領會到了我的意思。我們繼續坐等訊息，卻什麼都等不到。我安慰自己，至少我在這幾個小時裡沒有聽到警號響起。我希望弄臣和火星能充分利用這段時間。

當我開始犯睏的時候，屋門終於再一次被打開了。拉普斯卡將軍出現在我們面前，他的身邊還站著一名高個子雨野原人。這個人的頭髮被風吹得很亂。儘管他明顯是一位古靈，但五官並不像拉普斯卡將軍那樣精緻纖細。他額頭上的鱗片增加了我推測他年齡的困難，但我相信他要比拉普斯卡的年紀更大。他走進房間，看看我，又轉向他的將軍。「如果能快一些就更好了，拉普斯卡。稍後我希望能和你談談。」

他向我走過來。我站起身，驚訝地發現他向我伸出了一隻手。我也伸出手。他握住我的手──並非是我預料中握住對方手腕的武士方式，而是商人的握手禮。

「你是蜚滋駿騎．瞻遠親王，來自於六大公國？」他向我問道。我嚴肅地點點頭。他並沒有放開我的手。「請你原諒我們粗魯的接待。我是雷恩．庫普魯斯。」

我竭力不顯示出驚訝的樣子。我會稱自己為親王，但我從沒有想到過克爾辛拉的國王會以平等的態度握住我的手。我費了些力氣才找到我的舌頭。「我很榮幸，雷恩國王。這位是明燈．秋星大人，還有我的侍臣，細柳林的堅韌不屈。」他們兩個也都站起身，向國王鞠躬。

國王終於放開我的手，向門口一指：「很遺憾這麼晚才來迎接你們，我的夫人麥爾妲正去應對一些意料之外的來訪者，留下我負責與我們的一名船長完成複雜的帳目工作。所以我下達了在帳目清理完畢之前不得有人來打擾的命令。而你們的到來沒有被視作必須立刻通知我的特別事件。無論如何，我也只能做出這些解釋了。請隨我來，我會帶你們去一個更舒適的地方。拉普斯卡，叫人來為他們在迎賓大廳準備房間，並將他們的物品送到那裡去。請把這些東西放下，讓他們來拿就好。我向你們承諾，他們會將這些物品安全地運送到你們的房間。請隨我來。」

國王這種不拘禮節的態度讓我感到不安。我突然開始急迫地希望我們的出現不會干擾晉責和艾莉安娜費盡心思與巨龍一族簽訂的條約或契約。跟隨在這位國王身邊時，我向周圍廣泛地伸展出精技，卻只沉陷在包圍我的這座城市的宏大合唱中。不，這沒有用。我必須非常謹慎。

國王帶我們回到了剛才經過的那座大廳裡，我們走進這座城市的黃昏之中。眼前的情景又讓我們吃了一驚。我從沒有見到過這樣的城市照明。當小堅還在為此而失聲驚呼的時候，我已經知道這並非是精技魔法，而是那些建築物真的在放射出光芒。它們都閃爍著巨龍的顏色：金色和藍色、猩紅色和翠綠色、黃色和菊芯黃。一些建築物上還有藤蔓形狀的閃亮紋路，或者是發光的水波和漩渦；另一些建築物只是在簡單地發光。我們不需要火把就能輕鬆地下樓梯走到大街上。在這裡，我努力將數不清的古靈幽靈全部排除在我的精技之外，才看到數量極為稀少的活人走在街道上。雷恩國王的腳步很快，並且會逐一向朝他致敬的人們揮手或點頭還禮。我們吸引了更多人

的目光。但國王沒有許可任何人耽擱我們，向我們提出問題。走到街道盡頭，我們看見了一幢比地圖高塔更樸素，但遠比細柳林莊園更加高大恢宏的建築。

「我們的迎賓大廳。」國王伸手指著那幢建築，宣布道：「我們發現這是一個歡迎客人的好地方。它的尺寸是為人類設計的。有著更小的門和更低的屋頂。有時候，待在這裡的一些建築物中實在是讓我覺得自己太過無足輕重。而且這裡是我們所謂的『安靜』之地。也就是說，在這裡的上層房間中，克爾辛拉的耳語聲並不是那麼大。」

他以同樣快捷的步伐走上階梯。儘管我已經很累了，但還是大步跟上了他。根據我的觀察，這座大廳的入口被布置成繽城的風格。精緻的小桌子周圍擺放著座椅。這個房間依然讓我有一種奇異的空曠感。片刻之後我才意識到，這是因為房間中缺少一個有火焰在其中燃燒的大壁爐。儘管這裡的屋頂很高，鑲著黃色厚玻璃的窗戶很大，但室內還是溫暖如春。這應該也是古靈魔法的作用。我們沒有在這個房間停留，而是進入了一條地面鋪著石板的走廊，沿著它一直向前走。我們的靴子踏在石板地面上，發出很響的聲音。而國王穿著軟鞋的雙腳幾乎沒有什麼響動。我們走過了六扇華麗的雕花木門，國王才為我們打開一扇門，招手請我們進去。

房間正中央是一張桌子，上面鋪著紋飾典雅的桌布，擺放著精美的碗碟。雕花靠背木椅上放著綠色軟墊。牆壁上的藝術裝飾對我來說完全是陌生的，但看上去很令人愉悅。各種畫面象徵著各樣景色——相互纏繞的濃重綠色是森林，寬闊的漣漪是河流，但沒有任何精確描述真實場景的

畫面。一個女人正在整理桌上的銀器。我們進門的時候，她便轉身迎接我們。

巨龍商人的麥爾妲女王。她超凡絕倫的美麗本身就是一個傳奇，所以她絕不可能被認錯。她捲曲的頭髮不像普通人那樣呈現淡金色，而是耀眼的金黃色，就如同最純粹的黃金一樣。精緻的鱗片沿著她的眉線一片片排列，也讓她的顴骨顯得更高聳，下頷更為堅毅。如同她的夫君一樣，她也穿著古靈長袍和寬鬆的長褲，腳上一雙小巧的軟鞋閃爍著金色的光澤。隨著她向我們走來，衣服放射出綠色的光亮，轉眼已變為金色，又恢復成綠色。我謹慎地單膝跪倒在她面前。機敏也依樣照做。女王發出一陣笑聲。我以為她是在笑我，但我很快就意識到出錯的是堅韌不屈。他被女王的美麗驚呆了，只是愣愣地站在我們身後，圓睜著一雙眼睛，大張著嘴。

麥爾妲的目光轉回到我身上。她的笑容變得更加燦爛。「你這樣向我表達敬意，已經超出了任何禮物。」當她說話的時候，堅韌不屈突然跪倒在地。她向我眨眨眼睛，彷彿我們在分享一個極為有趣的祕密。然後，她向我行了一個屈膝禮。「蜚滋駿騎親王，你的意外來訪讓我們感到榮幸。不過我覺得我們似乎曾經見過面。我真誠地希望你能原諒拉普斯卡將軍。他有時候會過於多慮與多疑。」她的雙眼轉向她的丈夫。「雷恩，親愛的，你一定已經看到，我在我們的桌子上增加了一些碗碟。很高興收到你的訊息。我相信我們應該邀請意外而至的客人和我們同桌進餐！」她閃閃發光的眼眸再一次望向了我。「蜚滋駿騎親王，你相信巧合嗎？」

「我知道有些事情是會出人意料。」我對女王說。一定要小心，蜚滋。我知道我已經踏入了

一片未知之地，隨時都要準備好改變我的故事。我帶著微笑，回頭看了一眼機敏和堅韌不屈，希望他們能明白我的警告。

「這就是我說的巧合。」麥爾妲女王微笑著宣布道。此時房間對面的門打開了。

火星的頭髮剛剛梳理過，被編成辮子，整齊地盤捲在頭上。她走進房間，面頰上是一片粉紅色。百里香女士精緻的黑色蕾絲罩裙穿在她的身上，要比那個壞脾氣的老婦人好看多了。走在她身後的不是弄臣，不是灰白，而是琥珀女士。我從沒有想到過琥珀女士會是這副樣子。蝴蝶斗篷優雅地披在她的肩頭。弄臣的短髮被浸濕，變成散亂的髮卷。一點胭紅點亮了他蒼白的嘴唇和雙腮。我知道他閃閃發亮的耳墜是玻璃的，但那兩點星光就像弄臣塗紅的雙唇和畫上了黑色眼線的眼睛一樣明媚動人。我的兒時玩伴消失了，黠謀國王的小丑也早已不復存在。我盯著他，再一次感覺自己遭到了背叛。他怎麼能如此徹底地變成一個我完全不知道的人？我彷彿墜入了未知的深淵，這只讓我感覺到痛苦。我覺得自己被欺騙，又遭到了排斥。

但我沒有時間這樣自怨自艾。這場戲已經開始了，我必須找到我的角色。琥珀女士伸出戴著手套的手，將指尖搭在火星的肩膀上，由火星引領她走進房間。「哦，女士，他們都來了！」火星看見我們的時候立刻驚呼道，「蜚滋駿騎親王和機敏大人，還有堅韌不屈。他們看上去並沒有受傷。」

聽到火星這樣說，琥珀的手指尖輕輕按在弄臣塗紅的嘴唇上，顯示出充滿女性魅力的驚訝和

寬慰之情。她找到我的位置，以琥珀的角色驚呼道：「哦，蜚滋！機敏還有堅韌不屈！你們沒事。知道你們沒有受傷，我實在是太欣慰了！哦，麥爾妲女王，謝謝您。感謝您找到他們並援救他們。我永遠都虧欠您。」

「妳的確是欠我的。」麥爾妲平靜地說。琥珀是否忘記她正在和一位出生於繽城的商人打交道？忘記這個女人一生中的每件事都會關係到契約、協定或交易？這時，麥爾妲又說道：「妳一定也明白我和大部分繽城人的風格。所以我相信，一筆債務也能夠相當於一個承諾。」

機敏畢竟還是繼承了切德的一些特質。他一直保持著泰然自若的神情，並沒有驚訝的表現。堅韌不屈則拚命克制著自己，用力咳嗽，以此作為理由低下了頭。我非常想知道弄臣到底和麥爾妲講了一個怎樣的故事。我已經說過，我們是六大公國的使者，從群山而來。我們的講述是否有矛盾之處？如果是這樣，我們還能不能找到可信的說辭來彌補這個矛盾？

雷恩國王完全沒有掩飾自己的困惑。麥爾妲意味深長地看了他一眼。我知道，控制我們的將是這位女王。「請到桌邊來，讓我們一同享用飲食。我們可以看看能夠為遠道而來的客人提供一些什麼樣的幫助。」

雷恩幫助他的女王坐好，然後坐到桌子一端的椅子裡。我們依次坐到桌邊。一名外表完全屬於人類的僕人帶領火星和堅韌不屈去了別的房間用餐。火星彷彿非常滿意這種安排，小堅卻在我點頭示意他離開之後又回頭瞥了我幾眼。隨著屋門在他們身後關閉，雷恩國王微笑著環顧我們，

朗聲說道：「我可是非常貪吃的！希望你們見到我缺乏禮儀的時候不要見怪。」然後他又笑著對琥珀說：「雖然已經有不少年頭了，不過『國王』和『女王』這樣的名號加在我們身上還是會有一點奇怪。」他又瞥了一眼機敏和我，繼續說道：「在繽城貿易商被沙崔甫王敲詐了多年錢財之後，我們這些成為貿易商的人一直都在奇怪，為什麼還會有人以為我們想要一個君主。不過這樣比較方便讓外在世界接受我們。我相信你們兩個都是明白的。」

我的思維在努力運轉。珂翠肯曾經和我提起過這件事。就像她一直被教育要視自己為獻身予人民之人，但外在世界的人卻會將她視作群山的公主。麥爾妲和雷恩，儘管被公認為雨野原的國王和女王，實際上卻更像是一個商人財團的首席談判官。我禮貌地點點頭，機敏露出了微笑。此時「國王」正在從一只盤子裡給自己盛出一些食物，隨後又將這只盤子遞給他的女王。隨著菜盤沿桌子傳遞過來，我們都為自己盛出一份食物，又將盤子傳遞給下一個人。一只又一只盤子被這樣傳遞著。這裡的餐點品質要優於我們先前得到的食物，但也沒有超過公鹿堡的餐桌。機敏向琥珀俯過身，為她說明每一只盤子裡盛有什麼樣的菜餚，如果琥珀想要，他就會為琥珀盛出一些。這提升了他在我心中的位置。

雷恩微笑著環顧我們所有人。「我們先盡情吃喝，談話放到以後，好不好？」

「當然！」琥珀代替我們所有人接受了他的提議。「討價還價和消化飲食可不是一對好伙伴，這一點我們一定都知道。」

「那麼你是來和我們商定契約的？」雷恩微笑著望向她，「我還以為蜚滋駿騎親王和他的同伴才是六大公國的使者。」

「他們是為了做一筆特殊交易才會到這裡來的使者。不過我們現在還是不要說這些事了，先一起來享用美食吧，就像重逢的老友那樣。」琥珀的指尖在桌面上邁動輕敲的步子，找到滿斟金黃色酒漿的酒杯，將它舉起，「敬聚首的好友！」在她的祝酒聲中，所有人都舉起了酒杯。她放下酒杯的時候又說道：「真希望能看到菲隆。他還好吧？」

剛剛將一塊肉放進嘴裡的麥爾妲停止了咀嚼。琥珀的臉上盡是天真的微笑，但我能看出來她射出的飛鏢正中靶心。我不知道弄臣為什麼要用這一招。片刻之後，雷恩平靜地說：「菲隆的健康狀況依舊不太穩定。如果他自覺能夠會客，也許在我們吃完飯之後不久，就會來見我們了。」

「聽到你這樣說，我很傷心。」琥珀輕聲回答，「我最後一次聽說他已經是多年以前的事情了。我相信他在那時已經開始好轉了。」

「那應該是多年以前了。」麥爾妲輕聲說道。有時候，當一座鐘被敲響，另一座鐘也會發出共鳴，這可以算是鐘與鐘的一種同情。我心中作為父親的那一部分感受到了女王聲音中隱藏的痛苦，並產生了共鳴。我不想讓琥珀再逼她了。她的孩子一定遭遇了很可怕的事情。我絕對不會讓這種事成為談判的籌碼，而且我也不知道琥珀到底想要將這場對話引向何方。

雷恩說話了，他的聲音有一點尖刻。「你竟然會有菲隆的訊息，這讓我感到很驚訝。」

琥珀微微一聳肩。她的手指在食物上輕盈起舞。隨後，幾乎就彷彿她能看見一樣，她從食碟中切下一小塊醃漬水果。我不認識這種水果，也小心地從自己的碟子中切下一小塊，放入口中。這時琥珀又說話了：「畢竟已經是多年前的事情了。你知道傳聞是怎樣不脛而走的，朋友和朋友之間的閒談，能夠把訊息傳播到很遠的地方。你還記得潔珂吧？和我同乘典範號的那一位。」

哦，真是乾淨利索。現在我能猜到她這個訊息的真正來源了。關於切德的間諜和情報網絡，我知道的名字幾乎沒有幾個，而潔珂正是這僅有的幾個名字之一。我懷疑，儘管菲隆的訊息已經是陳年舊事，但弄臣也是透過檢索切德的卷軸知道此事的。不，他已經失明了。一定是他透過火星知道的，或者是灰燼。看樣子，那個年輕人已經深深陷進弄臣的手心裡了，不僅會為他偷竊龍血，還有珍貴的情資。弄臣擁有了這樣一個忠誠的僕人，我不知道自己是應該感到高興，還是怨恨如此有用的資源被從切德手裡偷走了。

麥爾妲的蛾眉微微一蹙，讓她的細小鱗片上出現了一點皺紋。「我不記得她了。也許我們沒有見過面。」

「在我不得不離開繽城之後，她管理著我在這裡的許多生意。」

「哦，是了。我想起她了。償還貸款都是她經手的。」

琥珀點點頭。

「我們並沒有忘記。」雷恩說道。「在我們與恰斯國的戰爭接近尾聲的時候，現金已經變得

非常匱乏。那時妳將妳那一份伊格羅特的財富大量借貸給我們，在繽城的重建中幫了我們很大的忙。我們的很多世代商家都失去了他們的船隻和貨物，正是因為妳的貸款，讓這裡的許多紋身者能夠重新開始。」

「而這對於妳也是一種非常聰明的投資，」麥爾妲提醒在座的所有人，琥珀在這一仁心善舉中毫無疑問也獲得了一份利潤。「我們用了許多年才把這筆債還清。」

現在我知道了黃金大人在公鹿堡宮廷中歡飲豪賭的金錢來自於何方了。他在繽城的精明投資卻都被瘋狂地在公鹿堡城揮霍。因為那時他知道自己就要死了，所以完全沒有存留金錢的心思。天啊，那些回憶還真是美好。那麼多弄臣生命的碎片都被交予了我。我隔著桌子向琥珀露出微笑。她一定知道我在做什麼，所以也向我露了露白色的牙齒，然後以開朗率性的語氣說：「它幫助我度過了一段艱難的時間。」

麥爾妲則以微妙的語氣說道：「我不自覺地會注意到，自從我們上次分別之後，生活給了妳很多改變。對於妳的失明，我感到哀傷。不過我沒想到妳竟然與龍有了如此密切的牽繫，以至於經歷了一場改變。」

女王的這句話裡實際上包含了一連串的問題。我等待著弄臣的回答。弄臣說道：「我曾向您承諾過，當我前來拜訪的時候，會把我的故事講給您聽。您一直在耐心地等待著。那麼，先讓我們吃完東西，然後我就和您分享我的故事。」看樣子，我不是唯一被弄臣使用拖延戰術的人。

這頓飯剩下的時間裡沒有再發生什麼事。機敏只說了一些感謝主人招待、菜餚都很美味之類的話。我也和他差不多。我經常會感覺到雷恩的目光落在我身上。他在對我做出評估。我表現出一位瞻遠親王應有的樣子，同時心裡一直在想著琥珀到底會拋給我們一個什麼樣的故事。

吃過飯之後，一名僕人清理了桌面，又為我們放上白蘭地和酒杯，以及數種香料茶。白蘭地是六大公國的沙緣白蘭地，我有些好奇這是不是代表著這對商人君主夫婦對我們的一種致意。我高興地接過一小杯白蘭地，真誠地表達了感謝。雷恩剛剛開口打算回應我，屋門忽然被打開，一位身材細瘦的年老古靈走進來。他的步伐很慢，手中拄著一根拐杖，一名僕人隨侍在他的身邊。從他鼻子發出的喘息聲清晰可辨。當他走向桌邊的時候，步子很小，又顯得很謹慎。他的頭髮像麥爾妲一樣是純金的顏色，身上的鱗片像雷恩一樣碧藍。雖然發現了這些特徵，我還是吃驚地聽到麥爾妲用明快的聲音說：「菲隆來向我們道晚安了。」

琥珀看不見，但她也許能聽到菲隆的喘息，還有他向桌邊走來時猶豫的腳步聲，以及坐進椅子裡的聲音。那名僕人俯身到他的耳邊，問他是否想要白蘭地或者茶。「請給我茶。」這個人的話語中依然夾雜著喘息，顯示出他身體的衰弱。我重新打量他。他的眼睛呈現出湛藍色，身上銀藍兩色的鱗片顯得繁複而奇異。但這些鱗片沒有機會生長，就如同斑點小貓的皮毛一樣。他臉上和裸露雙臂上的鱗片組成了如同紋身一樣充滿藝術感的花紋。但他因為呼吸而不斷歙動的紫色嘴唇，和眼睛下面的黑圈並不是這些色彩的一部分。菲隆，麥爾妲的兒子。他不是老人，而是一個

重病體弱的年輕人。

麥爾妲已經來到了她的兒子身邊，伸手指向我們。「蜚滋駿騎王子，機敏大人，琥珀女士，也很高興向你們介紹我們的兒子，埃菲隆·庫普魯斯。」

我站起身，兩步走到他面前，向他鞠躬。距離他愈近，我的對於他的原智知覺就愈響亮。他向我伸出手，我也伸出我的手。當他以六大公國的武士禮儀握住我的手腕時，我吃了一驚，不過也立刻以同樣的方式向他還禮。我的手指一碰觸到他的皮膚，對於他的知覺就以一種我從未體驗過的方式加倍增長。這讓我感到很不舒服，但他卻彷彿全無察覺。龍和男孩，男孩和龍發出巨大的聲音，不斷撞擊我的直覺，讓我幾乎無法站穩。伴隨著這種對他的雙倍知覺，我還有一種更深的不正常的感覺。他的身體內部有錯誤，非常大的錯誤。正是這種錯誤讓他變得虛弱，氣喘吁吁，異常饑餓，又疲憊不堪。這種感覺攪鬧著我的知覺，讓我無法承受，我不假思索地伸展出去，觸及了這個錯誤。

男孩猛吸了一口氣，頭向前垂到胸前。片刻之間，他完全不動一下。我們保持著這種狀態，手腕被緊握在對方的掌心裡。我用另一隻手握住他的肩膀，他向我癱軟過來。我無法放開他，精技正湧出我的身體，通過我進入他的體內。

在很久以前，群山的一個村田，夜眼和我曾經見到一條溪流上的冰壩融解。隨著一陣雷鳴般的咆哮聲，被冰壩封鎖的水洶湧而出。只是片刻之間，曾經被積雪覆蓋的白色河床就變成一股褐

色的湍流。樹枝甚至原木都在洪水中翻滾著，落下山坡。這段時間以來一直吞沒了我，將我包裹、阻止我與蕁麻聯絡的精技洪流突然找到了一個宣洩的孔道。它凶猛地沖過我的身體，強大而且純粹，充滿了讓萬物變得完美的喜悅。這種精技喜悅在我的意識和肉體中激蕩，帶給我同樣眾多的知覺和智慧。被我握住的男孩發出一陣窒息的聲音，我也許回應了那一聲模糊的喊叫。

「菲隆！」麥爾妲警惕地喊道。眨眼間，雷恩已經站起身。

我不住地顫抖著，彷彿一陣寒風吹過了我的全身。菲隆的身體慢慢在我的視野中成形。在某個非常遙遠的地方，巨龍女王婷黛莉雅在感到吃驚。這不正是她要塑造的人類嗎？然後，婷黛莉雅離開了我，就像巨龍離開人類。我無法再感覺到她。但菲隆抬起頭，深吸一口氣，喊出他的問題：「那是什麼？那種感覺好驚人！」在突如其來的驚愕中，他又說道：「我能呼吸了！呼吸不再痛苦了。我不必再為此而費力了！我能呼吸，能說話了！」突然間，他放開我，連邁四步來到他憂心忡忡的父親面前，與父親擁抱在一起。

我則踉蹌著退向一旁。讓我驚訝的是，機敏跳過來，扶住我的手肘，幫助我站穩身形。「剛剛發生了什麼？」他悄聲問道。我只能搖搖頭。

然後，菲隆離開雷恩，又轉向我。他用嘴深深地吸了一口氣，讓空氣充滿肺部，突然帶著純粹的放鬆感覺大喊了一聲。然後他問我：「那是你嗎？我覺得那是你，但又像是婷黛莉雅來了。牠不在這裡已經多久了？五年？是的，上一次牠讓我好轉已經是五年以前了。」男孩又張開自己

頎長的手指，活動了一下。我猜婷黛莉雅五年前應該是讓菲隆的雙手恢復了功能。麥爾妲無聲地啜泣，淚水沿著她的面頰不住滑落。菲隆轉向母親，伸出雙臂抱住她，竭力想把母親舉起來，但他沒有成功。長時間的呼吸困難讓他變得衰弱，但他還是露出了微笑。「我好多了，媽媽，比這些年以來都要好！不要哭！還有食物嗎？我現在是不是能不必喘息就吞嚥食物了？有除了湯以外的飯菜嗎？能讓我咬、讓我嚼的食物。讓我好好用一下牙齒！我要把那些好吃的食物嚼得粉碎！」

麥爾妲從兒子的懷抱中掙脫出來，發出響亮的笑聲。「我這就去為你拿來！」這位高貴美豔、充滿女王威儀的古靈突然變成了一個單純的母親。她快步衝出了門口，並已經開始高聲呼喚僕人們準備肉食和新鮮溫熱的烤麵包。隨著屋門關閉，她隨後的喊聲也消失在走廊裡。

我轉回身，看到雷恩正站在身後，笑著注視兒子。然後他將目光轉向我。「我不知道你為什麼會來這裡，也不知道你到底做了什麼。儘管我也感覺到你所做之事的回音。那就像是婷黛莉雅，是牠碰觸我，讓我成為古靈。你是如何做到的？我本以為只有龍能夠如此塑造我們。」

「他是一個有許多天賦的人。」琥珀說道。她此時也站起身，推開身後的椅子，又用手指尖輕觸桌沿，指引她向我們走來。機敏為她讓出了我身邊的位置。她以一種我無比熟悉的方式握住我的手臂。莫莉。莫莉一直都是這樣握著我的手臂。當我們走過市集，她希望我注意某樣東西，或者是當她只是想碰到我的時候。這與很久以前，弄臣和我肩並肩前行，挽住我的手臂時並不一樣。這時她是琥珀。她的手佔據了我的上臂。我強迫自己站穩腳跟，接受她的手。就像一匹馬接

受陌生的騎手——我心中這樣想著，我必須控制住自己掙脫這種碰觸的衝動。我不知道她在玩什麼遊戲，唯恐會破壞她的計畫。我用很小的聲音說道：「精技治療。這次治療完全超出了我的控制。我現在需要坐下來。」

「當然，」琥珀說道。機敏已經為我搬來一把空椅子。我坐下去，好奇到底發生了什麼。

「看起來，你需要喝一杯。」我聽到雷恩對我說。他在我的酒杯中倒了適量的白蘭地，放在我面前。我有些吃力地向他道了謝。我覺得自己剛剛落進了一條深不見底的湍急河流中，被水流帶動，不斷地翻滾，最終又被沖回到岸上。那股激流還在湧動，仍然靠我非常近，讓我無法忍受，用一種強烈的喜悅沖刷著我。這不是我所知的任何嗜好能夠造成的喜悅。*把我拉回去*，惟真曾經這樣對我說。但現在我身邊沒有能幫助我的人。我也不確定自己到底是想要接受幫助，還是就此放手。精技急流在召喚我，那裡面充盈著力量和喜悅。為什麼我要排斥它？我建立起自己的屏障，卻彷彿是在用一道泥牆阻擋洪水。我真的想要把自己阻隔在體內嗎？弄臣或琥珀正站在我身後。我感覺到一雙手放在我的肩頭，讓我安穩。我深吸一口氣。我的屏障穩住了。我從誘惑面前向後退去。

麥爾姮回到房間裡。她手捧著一只大淺盤，裡面放著一些扁平的黃色蛋糕。兩名僕人跟隨在身後，捧著烤鳥肉和一堆我們在晚餐時吃過的深橘色根莖。男孩一看到它們，眼睛立時亮了起來。看到男孩急忙在餐桌邊坐好，他的父親發出一陣響亮的笑聲。男孩迫不及待地拿起一塊黃色

蛋糕，張嘴咬了下去。蛋糕表面的脆殼隨之裂開，男孩大口地將蛋糕吞進肚裡，臉上顯露出不加掩飾的喜悅和激動。一名欣喜的僕人叉了厚厚的一片肉，放到他的食碟裡，然後又在旁邊堆上蔬菜。男孩一邊大口咀嚼著一邊對我說：「我已經有超過一年時間不能輕鬆地進食了。我的喉嚨變得非常緊、非常小。我吞嚥的時候，它就會劇烈地疼痛。我只能喝湯，很稀的湯，只能這樣。」

「你本來……這本應該不是問題。在一頭龍的體內，會生長出……」我不知道該怎麼說才對。我知道，就在不久之前，我還看見過那東西，就在那頭綠龍張開的大嘴裡。「液囊。」我說道，「我認為裡面儲存著龍用來噴吐的毒液。你的喉嚨裡生出了這種器官。」

「你做了什麼？又是如何做的？」麥爾妲好奇地看著我。她的好奇中流露出恐懼。

琥珀在我身後說道：「蜚滋駿騎親王遺傳有瞻遠王室血脈的魔法。他能夠進行治療。」

「有時可以！」我急匆匆地說道：「只是有時而已。」我找到白蘭地。現在我的手已經穩定到可以拿起酒瓶了。我又給自己倒了些酒。

「我認為，」雷恩緩緩地說，「我希望我們全都坐下來。我很想聽聽琥珀女士的故事，知道你們為什麼會來這裡，以及是如何到來的。」

琥珀一捏我的肩膀，提醒我不要說話。以前只有莫莉在認為我要給一名市場商人太多錢的時候才會這樣捏我。「非常願意將一切告訴你們。」她說道。我很高興讓她來說這些事。當她放開我，我們再一次在桌邊坐好的時候，我感到了一絲寬慰。機敏坐在椅子裡，顯得異常安靜。

弄臣開始講述，聲音很穩定，完全像是一個女人。他一開始就提及他和我是老朋友。

「這一點我猜到了。」麥爾妲毫不驚訝地說道，「我第一次看見他，就覺得似曾相識。」她向我露出微笑，彷彿在和我分享一個笑話。我也用微笑回應，儘管心中不是很明白。

琥珀的故事一直在真實的邊緣跳躍起舞。她後來去了公鹿堡。潔珂從繽城寄給她的錢讓她在那裡度過了一段非常美好的時光。那實在是太美好了，有喝不完的頂級白蘭地（說到這裡，她停頓一下，吮了一口金黃色的沙緣白蘭地）和太多有意思的賭局，以至於到最後，無論是紙牌、骰子還是簽注都無法再引起她的興趣了。她也因此失去了財富，並決定返回故鄉，與家人團聚，去拜訪老友。但她遇到了一些舊日的敵人。他們曾經奪取她祖先的家園，並傷害她的親人。他們抓住了她，用種種酷刑折磨她，讓她雙目失明——而這還不是他們對她最大的傷害。她找機會逃出了他們的魔掌，一直逃回到我身邊。因為我能夠為她復仇，並幫助她解救那些還被敵人關押的人。蜚滋駿騎．瞻遠的殺人手段就像他的治療能力一樣強橫。

這個故事深深吸引住了房間裡的人，就連機敏也不例外。這才讓我想到，儘管這只是弄臣真實經歷的縮略和修改版本，但機敏應該連這些事也不曾聽說過。菲隆帶著年輕人特有的好奇眼神看著我。雷恩用臂肘撐住桌面，下巴被掌根托住，手指罩在嘴唇前。我不知道他在想什麼，但麥爾妲一直在隨著琥珀的話點頭，毫無異議地接受了她所說的一切。我控制著自己的表情，心中卻在不住地哀歎，希望她能夠不要那樣誇張地讚揚我。

當弄臣停下來啜飲白蘭地的時候。麥爾妲的話讓我感到一陣驚慌。「這裡還有其他孩子，」女王說道。她的雙眼注視著我，「不是很多。出生在克爾辛拉的孩子很少，能夠活下來的就更少了。如果你能像幫助菲隆一樣幫助他們，你就能向我提出幾乎任何……」

「麥爾妲，他是我們的客人！」女王的丈夫用責備的語氣說道。但女王沒有容她的丈夫繼續說下去。「那些孩子每天都在受苦。他們的父母也在和他們一起承受煎熬。我怎麼能不為他們提出這樣的請求？」

「我明白。」我搶在弄臣開口之前說道，「但我不能做出任何承諾。琥珀所說的治療更像是……一種調整。它的效果也許不會是永遠的。我也許無法幫助他們中的任何一個。」

「我們……」琥珀剛一開口，又被我無情地打斷了。

「救助這些孩子，我們不需要任何回報。孩子們的生命不是用來討價還價的籌碼。」

「我們，」琥珀平靜地繼續說道，「現在不需要任何契約，也沒有什麼欲望要滿足。一切都可以等到蜚滋駿騎看過孩子們以後再說。」她將失明的雙眼轉向我，「這是無庸置疑的。」

這番話其實是在提醒他們，我們可以以後再提條件。我盡量鎮定地看著麥爾妲的臉，不顯示出過於咄咄逼人的樣子。麥爾妲緩慢地點著頭，然後和雷恩交換了一個複雜的眼神。菲隆還在吃東西。我不假思索地提醒他。「慢一些，你必須給身體時間，來適應飲食習慣的改變。」

他手中正在向嘴裡送食物的叉子停了下來。「我已經餓了這麼久。」

我點點頭。「但無論你餓了多久，你的胃也只能裝下那麼多食物。」

「相信我。蜚滋駿騎說得沒有錯。」琥珀向一臉可憐神情的男孩強調。

我瞥了一眼菲隆的父母，突然明白了我剛才向他們兒子說話的神情，就好像菲隆是我的兒子。麥爾妲的神情中充滿了懇切的哀求。雷恩低下頭，彷彿是因為自己的希望而感到慚愧。

我不情願地應允了他們的懇求。難道我不知道看著自己的孩子因為身體的缺陷受苦是多麼難過？難道我不曾願意付出任何代價，只要我的孩子能活得更好一些？「我不知道我能夠幫他們什麼，甚至不知道能不能幫到他們。但我願意一試。」我竭力不讓聲音中流露出內心的恐懼。這不僅是因為我沒有信心，更是因為我體內怪異的精技魔法，它讓我感到深深的不安。現在我的精技是變得更強了嗎？還是因為克爾辛拉讓它變得更強、更集中？或者發生變化的是我？會不會是我和精技洪流之間的邊界正在消融？我碰觸過菲隆，一個我從不曾見過的男孩，並毫不費力地治好了他，就彷彿我是阿憨。這不是治療——我提醒自己。我只是對他進行了調整。我根本就不清楚年輕古靈的身體構造。突然間，我很希望自己沒有答應。如果我的下一次嘗試未能修復孩子的問題，反而在孩子的體內造成錯誤呢？如果菲隆被食物噎住，窒息著倒在我的腳邊呢？

「我的故事還沒有說完。」琥珀輕聲插口道。我驚訝地盯住了她。弄臣從不會這樣積極地講述自己的事情。琥珀真的是截然不同的另一個人嗎？

「還有更多的事情？」麥爾妲有些難以置信地問。

「我會說得很快，也許簡短的講述對於你們和蜚滋駿騎都是最好的。那些囚禁我、折磨我、偷走了我的視力的人，知道我會向我的老朋友尋求幫助。」她停頓了一下，我的心也跳了一下。他不會說，但是她會說，「他們將蜚滋駿騎從他的家中引走，然後僱用恰斯士兵攻擊了他的家。那一夥傭兵首領的名字也許你們知道。他自稱為埃里克大公。」

我聽到雷恩咬緊牙關的聲音。麥爾妲朱紅色鱗片下的面孔變得蒼白。而她白皙面頰上的每一片細鱗邊緣都變成了血紅色。那樣子既美麗，又令人膽寒。琥珀有沒有察覺到她引起的反應？無論如何，她只是繼續說道：

「他們撞碎他的家門，燒毀了他的馬廄和畜欄，殺人、強姦、掠奪。他們還偷走了他的女兒。一個九歲的小女孩，還有比那個女孩年長一些的堂親，閃耀女士。閃耀女士逃了出來，雖然身心都飽受創傷，但她總算是活下來了。但是小蜜蜂，蜚滋駿騎親王的女兒，一個對我們兩個而言都是無價之寶的孩子，被他們毀了。」

這個故事被如此直白地講述出來。我應該已經習慣了這種痛苦，我應該已經不會再因為這種痛苦而狂怒、哭泣，或者是發瘋般的攻擊周圍的一切。

「被毀了。」麥爾妲女王無力地重複著這個詞。

「永遠地離去了。」琥珀又確認了一遍。

雷恩用金黃色的沙緣白蘭地斟滿我的酒杯，小心地把它推向我。這對我的心境沒有任何益

處，但我還是竭力感謝了他的好意。我不應該喝這杯酒，我已經喝得太多、太快了。我看著它，轉動酒杯，又想起了惟真。我有多少次見他做出這個微小的動作？他在酒杯中看到了什麼？

沒有，蜚滋，什麼都沒有。飲下你虛假的勇氣，繼續向前吧。一個人只能不停地向前走。

我抬起眼睛，仔細聆聽——惟真的話只是我的想像。我拿起白蘭地，一飲而盡。

「孩子不是用來討價還價的籌碼。」雷恩重複著我的話。他望向他的王后。「但我想不出能用什麼方法讓你明白，我們對你深深的感激。」他停頓一下，又有些不安地說：「還有我們對其他孩子抱有的巨大希望。我知道，我們這樣一定顯得很貪婪，但如果你願意，還請你幫助我們。請讓我召喚孩子們的父母，今晚和他們講說清楚，告訴他們，你有可能讓他們孩子的狀況得以改善。也許，明天……」說到這裡，他的聲音低了下去。

讓我驚訝的是，我的心中也升起了強烈的期待。「我無法保證任何事。」我提醒他。

琥珀突然又開口了：「在他進行更多嘗試之前，他需要好好休息。雖然難以解釋，但這種治療的確會對他造成很重的負擔。」她停頓一下，又大著膽子提醒國王：「陛下，當你向孩子們的父母告知這件事的時候，一定要實話實說。告訴他們，這是要冒風險的，而且其中的風險不僅僅是蜚滋駿騎親王也許無法救治他們。有時候，他的治療可能會對被治療的人造成沉重的消耗。這是我的親身體驗！要確認大家明白這是一場賭博。」

「還有拉普斯卡將軍。這肯定會讓他不高興的。」麥爾妲面帶憂色地說。

「沒有什麼事能讓他高興。」雷恩笑著說道，但他的笑聲中沒有半點幽默的意味，「這也許會引起幾頭龍的興趣。現在這裡的龍並不很多。大多數龍都去了溫暖的地方，牠們可能去一個季度，或者一年，或者十年。牠們計算時間的方式和我們不同。」

「牠們不會想到孩子們需要被塑造，或者在發生變化的時候被指引。」麥爾妲語帶苦澀地說道，「當然，那些忽略了年輕古靈的巨龍也會敷衍地表示一些懊悔。」

我並不完全理解他們這番話的意思，但可以休息的宿處和獨處的時間卻對我產生了超出言語形容的誘惑。我覺得我的疲憊一定已經顯露在臉上了，因為麥爾妲說道：「我相信已經為你們和年輕的隨從備妥舒適的房間。我會盡全力確保你們香甜地睡上一夜。」她與丈夫的視線交會在一起。雷恩點點頭，又緩緩說道：「我保證，我會提醒那些父母不要抱太大的希望，並給他們一夜時間，讓他們認真考慮自己的選擇，是否接受你的治療。」

琥珀也向我點了點頭。「蜚滋駿騎親王的能力並非沒有極限。他一直都無法恢復我的視力，不過對於我身上的其他許多傷患，他都妥善進行了治療。」

麥爾妲點點頭。「當我最初看到妳雙目失明，身上也滿是傷痕的時候，我感到非常痛心。妳告訴了我們妳遭受的苦難，卻沒有說過為什麼妳會有古靈的樣貌。我知道妳在多年以前和婷黛莉雅打過交道。我相信，牠是讓妳發生改變的肇始者之一？」

我希望琥珀能看見麥爾妲的表情。她唯恐琥珀會說出錯誤的答案。不過琥珀就像弄臣一樣，

輕巧地繞過了這個問題。「我們是有些交情，那已經是多年以前的事情了。牠那時更願意信守牠欠渺小人類的債務。牠說服崔豪格的好人們為我的一次遠行提供了支援。」

「我也還記得。」麥爾妲回答道。隨後，她們兩個彷彿都因為琥珀的故事感到了安慰，女王很快想起她作為地主的責任，又說道：「請原諒，現在我要離開一下了，我會派人來為你們服務，提供一點小小的享受。」

「我也要走了。」雷恩說道，「暫時還請在這裡自便。」

他們一同走出了房間。麥爾妲的手搭在雷恩的手臂上。菲隆緩步跟隨在他們身後，手中還托著盛蛋糕的盤子。他在門口停下腳步，轉過身，雖然手托餐盤，他還是以年輕人的親切風格向我們鞠了一躬。我不由得露出微笑。而屋門這時已經關閉了。

片刻之間，我們三個人只是靜靜地坐著，深陷在各自的一連串憂慮之中。琥珀輕聲問：「為什麼你要這樣做，蜚滋？為什麼要試圖治療一個你幾乎還不認識的男孩？」她靠在椅子裡，輕輕拍了拍自己的面頰，「我知道發生了什麼的時候，完全被嚇壞了。」

「他握住我的手，那就……發生了。我們在精技中連結在一起，我完全沒想到我不應該修復他的身體。」

「這聽起來很危險。」機敏說道。琥珀壓抑住一點笑聲。

隨後，一名僕人走進來。他手中的托盤裡放著一只白銀大壺，周圍是一些白色的小杯子。火

星和小堅就跟在僕人身後。這名僕人依次為我們斟上了一小杯冒著熱氣的深色液體。「這是國王和女王的禮物。甜睡茶。」她向我們道過晚安就離開了。

我舉起茶杯嗅了嗅，然後將它遞給琥珀。「妳知道這個嗎？看起來像是濃茶，不過應該比濃茶更濃厚。」

琥珀嗅了嗅，動作優雅地吮了一口，「我以前喝過，在繽城。甜睡茶，它會讓飲用者睡得很香，而且還會做充滿喜悅的夢，還能讓你忘卻心頭的煩惱。它非常昂貴，只會被用來招待很尊貴的客人。」

「的確如此。」堅韌不屈熱心地說，「帶我們來的那名侍女在被告知要準備這種茶之後顯得非常吃驚。她說這茶來自於遮瑪里亞，是沙崔甫王親自送給國王和女王的禮物！她還說：『喝這種茶就像喝黃金一樣。』」

「很高興能好好睡一覺。」機敏低聲說，「還會有好夢做，生活終於要不一樣了。」他拿起茶杯，慢慢品了品茶。我們都看著他。他舔舔嘴唇說，「很好喝。一點苦味之後，就是不斷地回甘。」

琥珀慢慢吮著她的茶，然後她停頓一下，彷彿能看見我在盯著她。「這茶沒有問題，」她平靜地說，「商人們會在簽訂契約的時候給你設下重重困難，但毒藥不符合他們的倫理道德。我也不認為雷恩和麥爾妲會傷害拯救了他們孩子的人，更何況現在他們還希望這個人能夠拯救克爾辛

拉更多的孩子。」

火星一直在看著琥珀。現在她毫不猶豫地將茶杯舉到唇邊嚐了嚐。「我喜歡。」她一邊說，一邊又喝了一口。

「你不打算喝這杯茶，對不對？」琥珀在桌子對面向我微笑著。她的微笑中帶有一點挑戰。

「我是一個謹慎的人。」我提醒她。

「蜚滋。有時的確需要謹慎，但有時我們也應該嘗試一些新東西。一些能夠讓你好好睡上一晚的東西。」我不知道她是如何覺察到了我的猶豫。「這只是克爾辛拉主人的好客之道。」她低聲說，「不要拒絕這樣一份親切的禮物。我向你承諾，這只不過是一杯能讓你充分休息的茶水，絕對不像『帶我走』那樣有害。這樣的好意需要我們來享受。」她舉起她的小杯子，又吮了一口。

堅韌不屈看著我。我聳聳肩，嚐了嚐我的茶。的確很好喝，一點苦味之後是悠長的回甘。堅韌不屈看著我，然後也開始慢慢地一口一口吮起杯中的茶。「蜚滋，喝下它吧，」琥珀用弄臣的聲音說，「相信我的判斷。它不會傷害你，只會給你帶來很多好處。」

我喝光了杯中的茶。當另外兩名侍女前來引領我們去各自的房間時，我的體內已經湧起一種愉悅的倦怠感。這不是那種服藥之後的沉重疲累，只是一種昏昏欲睡的感覺，讓我能輕鬆地在枕頭上閉起眼睛。

這些侍女不是古靈，不過身上都穿著類似於麥爾妲的亮色衣裝，一個是一身紅色，另一個是

藍色。琥珀挽住我的手臂，我帶著她，跟隨藍衣女孩沿走廊前行。機敏跟在我們身邊。火星和堅韌不屈在我們身後。我聽到火星在和那名紅衣女孩聊天，顯然她們曾一同用餐。「我不會等到明天再過河。」女孩對火星說。看來她們是在繼續剛才的交談。「今晚我就要過去。那種耳語聲已經大到讓我無法承受了。我本來還希望有一天會得到一頭龍的青睞，得到改變。現在我只能承認，這可真傻。」她搖搖頭，「我根本忍受不了這個。整個白天，那些街道和牆壁都在向我喃喃低語。到了晚上，甚至就算在最安靜的房間裡，我的夢也不是我自己的。我會到河對岸去試試我的運氣。不過我還是會想念這座城市的光和這些房屋的溫暖與舒適。整個冬天，這裡的工人們都在清理土地。到了春天，我們就會耕耘和種植。也許這一次，莊稼會茂盛生長。」

穿紅衣的女孩在一個門口停下，看著機敏說：「我的女主人說，希望你能喜歡她為你安排的房間。不過如果你不喜歡，只需要響一下鈴，就會有人來為你把它變得舒適。哦，要讓鈴鐺發聲，你只需要碰一下門邊一棵樹的圖像。」她打開那道門，向機敏鞠了一躬，「這個房間是為機敏大人準備的。堅韌不屈已經告訴我們要將哪一只背包送到這裡。你會發現，這裡的臥床很適合你的身體。那只繪有游魚的大水壺能夠讓你的盥洗用水保持溫暖。你可以直接用它來洗浴。我告訴你這些，是為了讓你不會因為這些事而感到驚訝。」機敏認真地傾聽她的講述，平靜地向她點點頭，又向我們道過晚安，便走進了房間。我相信他很快就會入睡。

走在前面的女孩微笑著回頭瞥了我們一眼。「你們的寓所在走廊盡頭。」隨後，她帶領我們

繼續前行。我清楚地感覺到了安眠茶的功效。一直以來都在被我拒絕的疲勞感在體內升起，就像是一股無可逃避的潮湧。不過它帶給我的不是那種讓我無比熟悉的痠痛疲累，只是若隱若現的輕柔睏意。侍女在一道看上去比機敏的屋門更顯華美的門前停住腳步。這道門不像木製，也不像石製。令我感到陌生的材質上雕刻著盤繞纏捲的花紋，就像是一棵彎曲大樹的樹皮。它讓我想到了象牙，只是色調要比象牙更深沉得多。「您的房間。」侍女低聲說，「等您明天醒來時，只需要碰一下門旁的花卉圖案，就會有人為您送食物過來。」

「謝謝。」我說道。她碰了一下門，門就無聲地打開了。我走進去，發現自己正在一間客廳裡，臨時縫製的背包被放在房間正中雕花精雅的桌子上，顯得格格不入。這裡的地板是由千百個小三角形拼成，牆壁上描繪著森林的景色，這裡的氣味也很像是一座夏日的森林。客廳後面的房間裡擺放著一張大床，更往後則是一番令我難以置信的景象。我走過臥室，愣愣地看著與臥室相連的房間——一座有臥床兩倍大的水池中充滿了熱氣騰騰、洋溢著森林香草芬芳的清水。水池旁的一張桌子上擺放著厚軟的毛巾、盛皂液的矮罐子、香油壺和幾件色彩鮮亮的古靈長袍。

我聽到屋門在我的身後關閉，便走向水池，一邊脫下身上的衣服。我像孩子一樣坐在地上，脫下靴子，又彎腰脫下長褲。在水池邊，我絲毫沒有猶豫。水池的邊緣有逐級向下的臺階，我走進水中，坐在最下面的一級臺階上。熱水拍打著我生滿鬍鬚的下巴。慢慢地，溫暖滲透了我的皮膚，我感覺到全身的肌肉放鬆下來。我向後靠去，讓身體沒入水中，直到水將我托舉起來。我就

這樣半浮在水面上，慢慢捧起水揉搓面孔，然後又將頭伸入水中，從頭髮和頭上揉搓下鹽鹼的汗漬。當我起身的時候，弄臣正站在水池的邊緣。

「水有多深？」

「不超過我的頭頂。」我又將頭伸入水中，再探出頭來。熱水離開我的頭髮，沿著我的後背落下去。身在熱水中的感覺竟然是這麼好嗎？除了這種感覺，我很難再想到其他任何事了。「為什麼你不去自己的房間？」

「這裡就是我的房間。火星和我之前就在這裡。我的東西已經都放在櫥格裡了。僕人們問堅韌不屈和火星你是誰，他們說你是我的保護人。所以，他們沒有把我們分開。」

「哦，」我俯身到水裡，再次揉搓我的臉。我有些好奇當我出現在古靈國王和女王面前的時候，我的樣子有多麼髒亂。不過我根本不在乎他們對我有什麼看法。我從臉上撥開濕髮，站起身，甩掉頭上的水。睏意一下子擊中了我，那張寬大的床正向我發出召喚。「我要去床上了。如果你要洗澡，可別溺水。」

我走到水池較淺的一端，爬出來。從桌子上拿起一條毛巾，卻幾乎沒有想擦乾自己的打算，現在我只想到床上去。

「好好睡一覺，蜚滋。」弄臣說道。他又是弄臣了。

「因為那杯茶，我肯定能睡著，弄臣。我能放下所有事，停止憂慮。憂慮解決不了任何問

題。這一點我很清楚。從某一方面看，我清楚這一點，但從另一方面看，我似乎還是完全做錯了。似乎我並沒有真正去思考過那些痛心的事情，所有我做錯的事情，其實我也許並不真的在意它們。我用蜜蜂的死折磨自己，但這並不能帶她回來。為什麼我還必須一直記住這件事？」床又大又平坦。沒有枕頭，也沒有被子。我坐在床上，肩頭搭著毛巾。床表面很牢固，微微有些發熱。非常緩慢地，我的體重將它壓了下去。我躺倒在上面。「莫莉死了。蜜蜂離去了。我再也感覺不到夜眼。我應該接受這些事，繼續前行。也許吧，或許你是對的，我應該去殺死所有僕人。我的餘生中已經沒有別的事情可以做，為什麼我不去做這件事？」我閉上眼睛，繼續說著話，我能聽見自己模糊的話音。我在尋思著自己到底想要說些什麼，「現在我就像你一樣。我已經走過了我的生命盡頭，進入了一個我從沒有想到過的地方。」

弄臣的聲音很溫和。「不要對抗它，蜚滋。不要質疑它。這一晚，就將這一切都放開吧。」

我這樣做了，翻身落進熟睡之中。

37

英雄和盜賊

占卜是一種不會受到尊敬的魔法，但我卻發現它是一種非常有用的小技能。有些人會使用拋光的水晶球。對於能買得起這種道具的人，它很好，很有用。但對於一個出生在一片幾乎算不上農場的貧瘠土地上的男孩，只要在牛奶桶底放些水，能夠映出藍色的天空也就可以了。當我還是個很小的孩子時，這正是我的愛好。那時我絕大部分的時間都被雜活和各種無聊的事情佔據了。盯著牛奶桶，為我看到的事情感到驚奇，這實在是一種令人著迷的消遣方式。我的繼父發現我做這種事的時候，認為我是個瘋子。知道他和我的母親完全看不到水中那些引人入勝的景象時，我感到非常吃驚。那時我看見了一個非常像我、但更小的男孩在一座城堡中長大。

——《我的早年生活》，切德·秋星

我醒來的時候，正躺在黑暗中。我記不起自己夢到了什麼，不過有許多話語還在我的耳中迴響。惟真說你太過輕易就放棄了希望。你一直都是這樣。

蜜蜂的聲音？如果這段話音就是古靈茶會帶給我的愉快夢境，那麼關於這種茶的描述實在只是一個令人傷心的錯誤。我盯著暗灰色的天花板。許多星星被精心點綴在整個天花板上。當我透過微睜的眼睛看著它們的時候，深沉的夜色漸漸變成了青藍色。我眨眨眼。我正在看著天空。我很暖和，身下很柔軟。我嗅到了森林的氣息。有人睡在身邊。

我抬起頭，愣了一下。是弄臣。只有弄臣。他正在熟睡。那雙失明的怪異眼眸被藏在他的眼皮後面。我能看到黃金大人面頰的線條，還有我幼時好友的容顏。但隨著我們頭頂的天花板漸漸進入黎明。我開始看到他額頭上的鱗片。我很想知道這種情形是否會繼續下去，直到他完全像是一名古靈，或者龍血對他的作用已經終止了？他穿著一身白色或淡銀色的古靈長袍——長袍具體的色澤在稀微的晨光中很難辨認。他的赤手將他戴手套的手握在胸前，彷彿是要在他熟睡的時候繼續看管這隻手。他的頭低垂在手上，即使在熟睡中，他也緊蹙起了雙眉，膝蓋也收在胸口上，彷彿是要保護自己免於遭受踢踹。飽受折磨的人都很難輕鬆入睡。我以前也曾見到過他這樣緊緊蜷縮起身體。那時他已經死了，一動不動地躺在蒼白之女冰冷的廳堂中。我凝視著他，直到我相信看見他在呼吸。真是愚蠢。他現在很好。

我小心地翻過身，在床沿上坐起來，又慢慢站起。我感覺自己得到充分休息。肌肉都不再痠

痛了。這裡的氣溫冷熱適中。我向房間周圍掃視了一圈。古靈的魔法充盈在我的周圍。昨晚我竟然那樣輕易就接受了它，那麼快就失去了防備。「甜睡茶。」我喃喃地對自己說道。

我站起身，離開熟睡中的弄臣，走到浴室中。水池中的水已經自動流乾了。我脫下的衣服還在昨天的地方。一隻靴子立著，另一隻倒在一旁。我緩步走過去，收拾起自己的東西，同時竭力清理思緒。我感覺很奇怪。我一件一件拾起自己的衣服，也撿拾起自己的憂慮。就算是喝醉的時候，我也從沒有像昨晚那樣自私過。這讓我感到困擾。我從背包裡找出乾淨些的衣服，將它們穿上，又把髒衣服收拾好。大水壺中的水是溫熱的。鏡子旁邊放著幾把髮刷。我將頭髮編成武士髮辮，並決定蓄起鬍鬚，因為這比刮掉它們要更容易。然後我向左右兩側轉頭，審視著腮鬚中的灰色。就這樣吧。

「蜚滋？」

「我在。我已經穿好衣服了。」

「我……做夢了。」

「你說過。那種茶會讓人做好夢。」

我轉過身，發現弄臣正坐在床上。他身上的古靈長袍是銀色的，讓我想到了非常精緻的鎖鏈甲，或者是魚鱗。

「我夢到了我們兩個在這裡，行走在這座城市中，歡笑、聊天。但那是在很久以前的事情。

那時有很多巨龍。這座城市很漂亮，完整無缺。」他停頓了一下，雙唇微微張開。然後他輕聲說：「空氣中洋溢著花朵的芬芳。就像是我們第一次在群山中那個市場的時候。」

「我們在一座古靈城市深處。這裡的建築物都浸潤了精技和古早的回憶。你會做這樣的夢，我並不感到驚訝。」

「那是一個非常甜美的夢。」弄臣繼續輕聲說道。他站起身，非常緩慢地向我摸索過來。

「等等，我過來了。」我握住他的手，將他的手放在我的手臂上，「很抱歉昨晚把你一個人丟下，讓你只能獨力照顧自己。」

「我沒事。」

「我本來不想這樣草率。」不過，那種感覺實在很好，只需要想到我自己的需求，不必再考慮別人。但這又是多麼自私。我一邊責備自己，一邊引領他來到盥洗臺前。

「不必道歉。我知道甜睡茶會對你造成怎樣的影響。」

他的背包翻倒了，琥珀的衣服撒了一地。「你想讓我將衣服收回到背包裡嗎？」我問他。

正在洗臉的弄臣直起身，伸手摸索，找到一條毛巾。「甜美的艾達啊，不！我會讓火星重新封包好我們的東西。蜚滋，你從沒有尊重過布匹和蕾絲。我不會把這種事交給你做的。」他走向我，兩隻手在面前揮動。他的赤手碰到了我的肩膀，然後他向敞開的背包俯下身，摸索著尋找衣服，考校各種布料的紋理。沒過多久，他提起一件裙子。「這是藍色的嗎？還是綠松石色的？」

「藍色，」我說道。他將那件衣服放到一旁，我又說道：「你餓嗎？我是不是應該響鈴讓人送食物過來？」

「請。」他一邊說，一邊抖出一件白色的罩衫。

我相信他聽到了我的靴子碰到地板的聲音。我剛剛在走到客廳門口，他說道：「你能把門關上嗎？」

我關上客廳通向臥室的門，然後查看了一下這個房間。這裡沉重的烏木家具應該是來自於繽城。我在纏繞外門周圍框架的藤蔓上找到一朵花的圖案。它微微揚起，我碰觸了它。花瓣從粉色變成紅色，又變了回去。我後退一步，什麼都沒有聽見，遠處也沒有鈴聲。我走到床邊，困惑地向窗外望去。下方的花園裡一片繁花爛漫，一座噴泉中湧出清澈的水流，一隻小鳥在鳥籠中不同的橫檔間跳來跳去。我又邁出一步，窗戶中的景象便發生了變化。儘管有鳥雀在跳動，鮮花在微風中點頭，但牆上並沒有窗戶。又是古靈魔法。

我敲了敲臥室門。「我要去找些食物來。」

「可以進來了。」琥珀的聲音在回答我。當我走進臥室的時候，她正坐在她看不見的鏡子前，將髮刷在她的淺色短髮中推過，然後又輕輕拍打她的頭髮。她顯然感覺到我在看她。「這會讓你感到煩惱嗎？」她問我。

我沒有問她是什麼意思。「雖然很奇怪，但我並不感到困擾。你就是你，弄臣，黃金大人，

琥珀和小親親。你就是你，沒有任何人能比我們更瞭解彼此。」

「小親親。」她念出這個名字，臉上露出哀傷的微笑。我不知道她是在重複我的話，還是弄臣在用他自己的名字叫我。她將雙手放在桌面上，戴手套的手按住赤裸的手。「以前，」她又開口道，「你曾經很不喜歡這種化妝。」

「你說得沒錯，」我承認，「但現在不同了。」

我的話讓她又微微一笑，並點了點頭。她轉過頭，彷彿瞥了我一眼。「你……你喜歡成為昨晚那樣的蜚滋嗎？那個只會在乎自己的人？」

我沒有立刻回答。我可以將責任都推給古靈的茶，或者說自己完全記不得了。但我清楚地記得那一刻。也許真的是因為甜睡茶。但弄臣是對的。我那時真的拋棄了所有事、所有人，只想著我自己。我曾經非常渴望這樣。我想要擺脫對家族的義務、對瞻遠王座的責任：我只要做我想做的事情，只要在我喜歡的時候去做。昨天晚上，我嘗到了那種滋味。我不知道弄臣如何能在一個他不熟悉的房間中找到路徑，他是如何洗淨自己的身體，找到衣服給自己穿上，並找到臥床的。我拋棄了他，讓他只能自己去克服那一重重困難。

「我不認為你會喜歡那樣的人。」我慚愧地回答。

「恰恰相反。否則你認為我為什麼會催促你喝下它？」他慢慢向我伸出手，「蜚滋。到這裡來好嗎？」

他戴著手套的手先是摸到了我的腰，然後又找到我的手。他將我的手握緊，歎息一聲。「我痛恨我對你所做的一切，對你的人生造成的改變。我一直在依靠你，現在比以往更甚。但我一直都需要我的催化劑來完成所有目標。當我想到這其中的危險、痛苦和我讓你遭受的損失，就感到羞愧難當。我知道你一直在掛念我和我的需求，但我甚至希望自己不知道這些。」

「損失？」我困惑地問。

「如果不是因為我，你也許不會失去那麼多能夠與莫莉一同度過的歲月。」

「不。那樣我早就死了。」

弄臣的笑聲顯得格外嘶啞。「真的。但無論如何，我在剛剛認識你不久就開始喜歡你了。我還記得黠謀將那枚胸針別在你的衣服上時，當時你臉上的表情。你將你的心給了他，就像我給了他我的心。但在那個時候，我感受到了純粹的嫉妒。因為我突然很想要你。不只是作為我的催化劑，而是我的朋友。」

「我們那時已經是朋友了。」

「我還想要更多。這是僕人從來都不知道的，直到我向他們出賣了你。你對我來說絕不只是催化劑。但就算是我也沒有意識到這種親密關係是多麼重要。它讓一個同樣屬於我、你和莫莉的孩子來到了這個世界。一個被賜予我們的孩子。因為我曾那樣殘忍地使用你。一個被偷走的孩子，因為我出賣了你。」

「弄臣。停下。你給我的，絲毫不比你從我這裡拿走的要少。」他臉上哀傷的歉意讓我非常不安。

「你說得不對，蜚滋，不對。」

「你救了我的命，不止一次。」

「但你會有生命危險都是因為我，蜚滋。如果你救活一匹小馬，只是想要在以後騎著牠上戰場，那麼這種拯救就是非常自私的。」

這時傳來了一陣敲門聲。弄臣放開我的手。我只是繼續站在他身邊。他低聲說道：「昨天，你度過了一個不必扛起沉重責任的夜晚。在那個晚上，你能夠放開哀痛。我讓你解脫，只需要想到你自己。你有了一個像絕大多數人一樣的夜晚，一段短暫的喘息時間。」他拍拍我的胸口，「你應該去看看是誰在門外。」

我打開門，看到了火星。「我想，琥珀女士也許需要我的服侍。」火星說道。琥珀立刻叫她進屋幫忙。她快步從我身邊走過，將臥室門幾乎完全關上了。片刻之間，我聽到一位女士向她的女僕下達各種命令。第二陣敲門聲很快又響了起來。這次是一名僕人推著一張附車輪的小桌子走了進來。琥珀女士也在火星的陪伴下走出臥室。火星為琥珀塗了口紅和腮紅。這未能掩飾她臉上的鱗片，反而讓它們變得更加明顯。但我什麼都沒有說。

「我能為他們服務。」火星向送食物來的女僕說。那個女孩顯然很高興能把這份工作交給別

人。火星打開大淺盤上的罩子，並為我們都倒好茶。我坐下來，跟琥珀吃了一頓簡單的早餐。加了葡萄乾，用蜂蜜調味的燕麥粥、醃肉、燉杏乾。

「火星，妳吃過了嗎？」我問那個女孩。她看上去有些驚訝。

「當然。幾個小時以前我就吃過飯了，是和其他僕人一起吃的。他們非常歡迎我們。他們都很喜歡菲隆。您已經成為了這裡的英雄。」

「英雄。」我輕聲說道。這種感覺真奇怪。

「醃肉嚐起來有些奇怪。」琥珀說。

「是熊肉。醃熊肉。」我告訴她。托盤上還有一張摺疊起來的淺藍色信紙。我打開它，迅速讀了一遍。「這裡有一張紙條，是麥爾妲女王寫的。她要求我們儘快吃完早餐，然後去樓下找她。孩子們會在那裡等我們。」我在努力控制自己聲音中不祥的預感。

「你會竭盡全力，蜚滋。而且你已經警告過他們了。」

「警告不能阻止失望。」我說道。然後我又問火星：「妳知道堅韌不屈有沒有醒過來？機敏大人是否也被喚醒了？」

「兩者都是，先生。堅韌不屈這時已經在另一名年輕男僕的引領下觀賞城市風景；我相信機敏和他們在一起。」

我沒有想到會是這樣。「很好。」我無力地說道。昨天晚上我到底是有多麼糊塗，竟然沒有

警告他們留在我們身邊？我心中的恐懼一定有一些表現在臉上。所以火星又說道：「先生，我相信他們一定是安全的。昨晚您對王子做了什麼？今天早晨僕人們一直在談論這件事。他們對您的行為感佩不已，並迫不及待地要好好招待我們。」

「我只希望機敏和小堅能更謹慎一些。」我嘟囔著。琥珀稍稍提起了一側的肩膀。

火星似乎很清楚通向迎賓大廳的路。琥珀將一隻手放在我的手臂上。我依照昨晚的回憶，跟隨著火星一路前行。「這裡完全沒有窗戶。」我說，「只有畫在牆壁上，模仿窗口和窗外景色的畫面。我們停下腳步觀看的時候，它們就會像真的景色那樣發生變化。」

「我真想看看那些畫。」琥珀用弄臣的聲音充滿希冀地說道。

「我也希望你可以。」我回答道。片刻之間，弄臣握緊了我的手臂。

我們一到下面，一名僕人就迎面而來。「這邊請。雷恩國王和麥爾妲女王正在接待廳等待。」

但是當我們走到那個房間門口時，卻看到拉普斯卡將軍正站在門前，雙臂交叉抱在胸口。現在我得到了充分休息，已經從精技旅行中完全恢復過來，神智保持著完全的警醒。他看上去也不再那樣咄咄逼人了。這也可能是因為他的身邊沒有龍。琥珀又將我的手臂稍稍抓緊了一點。「出了什麼事？」

我提高自己的聲音：「拉普斯卡將軍，能在這樣愉悅的環境中見到你真是太好了。」

「你在陪著一個賊。」

我的笑容褪去了一些。「我不明白你的意思，閣下。」

他的目光向琥珀閃動了一下，在她的眼睛上停留片刻，然後才向我轉回來。「也許你沒聽懂。但你應該明白。」

一直靠在牆邊的拉普斯卡站起身，擋住了我們的去路。引領我們的僕人驚慌地輕呼一聲，快步逃走了。看來沒有人能幫助我們度過這一關。我將體重放穩在腳跟上。琥珀感覺到了我身體微小的動作，從我的手臂上抬起了手。這樣如果有必要，我就能以更快的速度行動。

「我們就直說吧。四天以前的晚上，你身邊的這個人剛剛在克爾辛拉的街道上進行過偷竊。他們竟膽敢闖入我們的城市中禁止旅行者進入的區域。」

四天以前，四天以前。我們又在門石中虛耗了時間……我用力將思緒拉回到現在。「那麼她們就應該是偷了某些東西？她們偷了什麼？」我竭力讓自己的聲音中充滿困惑。實際上，我們損失的時間要比古靈將軍指責我們盜竊更讓我感到心煩意亂。

拉普斯卡張了張嘴，又用力閉緊雙唇。他的鱗片上驟然湧起一片紅暈。我感覺到他的憤怒如同一團毫無方向的精技。不知何處，一頭巨龍發出淒厲的吼叫。他瞪視著琥珀女士。琥珀的一雙盲眼望向前方，臉上盡是困惑的神情。我聽到腳步聲從身後向我們靠近，轉過頭，我眼角的餘光恰巧捕捉到了兩名古靈。他們穿著和他們的將軍相似的戰鬥盔甲，其中一個身材矮壯，肩膀寬闊。我還從沒有見過這麼短粗的古靈。他身邊的那一個則有著我習以為常的頎長身材。也像他們

的將軍一樣，他們都在腰間佩劍。我身上沒有武器。依照公鹿堡的習俗，受召覲見國王的人是不能攜帶武器的。此時此刻，這卻可能讓我們吃大虧。我從眼角處看見火星悄然挨近到琥珀未受保護的身體另一側。謝謝妳，狐狸手套。我希望火星的靴子裡能有一把匕首。

「羈押他們。」拉普斯卡命令他的部下，「我們需要把他們帶到安全的地方去進行審訊。」

弄臣一直都是一名天才的演員，接受過隱瞞自身想法和感覺的長期訓練。但刑訊折磨能夠摧毀一個人的許多東西。他發出一點微弱的喘息聲，站在原地一動不動。

「請你原諒，拉普斯卡將軍。」我插嘴道，「我們受召在今天早晨與國王和王后見面。火星，妳是否帶著王后給我們的信？」

「是的，大人，它就在我身上。」

我沒有轉過頭去看她。我聽到她的衣服發出「窸窣」的摩擦聲，她正在從衣袋中找出那張紙條。我希望她也能趁這個機會確認我們這一行常用的小工具就在手邊。切德對她進行了多少訓練？機敏在哪裡？他們已經被抓起來了嗎？

我們面前的兩扇大門突然敞開了。拉普斯卡將軍不得不讓到一旁，以避免被門扇撞上。「不需要讓她拿出紙條，我來歡迎我們的客人了。」雷恩國王就站在敞開的大門中。那名剛剛從我們身邊逃走的僕人在他身後兩步遠的地方，雙手緊握在一起，不停地絞擰。「歡迎，請進。還有你也請進，拉普斯卡將軍。難道你不是也受到了我的邀請嗎？凱斯和博克斯特也在這裡。太好了。

相信所有的守護者都到了。」他的注意力集中在我身上。「四個孩子正在等你，就像我對你說過的那樣，這裡的孩子並不多，而他們四個是最需要你救治的。」

「陛下，這些人都很危險，尤其是這個女人。」拉普斯卡的部下移動到我們身後。雷恩歎了口氣，「拉普斯卡將軍，這個『女人』是琥珀女士，在我們與恰斯國發生戰爭之前，我們的女王就早已與她結識。那時她還是繽城的一名匠人，在雨野原街開設了她自己的店鋪，用木頭雕刻小珠子和飾物。後來，她在典範號上工作，在獲取伊格羅特寶藏的行動中發揮了很大作用。再後來，她將那份寶藏慷慨借貸給我們，幫助我們重建了繽城，讓許多紋身者在崔豪格開始了新的人生。你要對她表示尊敬。」

拉普斯卡的瞪視遭遇了雷恩冷漠的目光。我感覺到他們之間的權力爭奪。也許我們只是他們的棋子。拉普斯卡將軍絕不是第一個自認為能比他的國王更懂得治國的軍事首領。過了片刻，拉普斯卡回答道：「我當然會。」他的語氣卻和言辭完全相反。然後他又低聲說：「事實會證明，我是正確的。」隨後他便先於我們走進大廳。

雷恩的面部表情沒有變化。他閃到一旁，為將軍讓開道路，然後一擺手臂，示意我們也應該進去。我聽到身後一陣靴子快速敲擊地面的聲音，冒險回頭一瞥，看見機敏和小堅正沿走廊快步走來。他們兩個都是面頰通紅，帶著微笑。他們一定在冬日克爾辛拉的街道上玩得很高興。我沒辦法阻擋他們衝進這個已經將我們困住的陷阱。

我平靜地對琥珀說：「啊，機敏大人和堅韌不屈來找我們了。看起來，他們度過了一個充滿活力的早晨。」

「哦，主人！」快步向前的小堅興奮地喊道，「這裡到處都是魔法。今天早晨，我見到了非常奇妙的事情！」他的笑容顯得格外燦爛，「小丑也很好！我一直在為牠擔心。但牠飛過來落在我肩上。牠一直都停不下來，這座城市讓牠很不舒服。不過，哦，主人，這裡真是太神奇了！」

「等一下再說。」我用溫和的聲音警告他，「鎮定下來，保持六大公國的風度，孩子。就像狐狸手套教你的那樣。」他們兩個全都困惑地看了我一眼。只是兩隻小狼，幾乎比小狼成熟不了多少。我已經不可能讓我的警告更加明白了。我注意到，機敏和小堅也沒有武器，至少沒有我能看到的武器。我的身上藏著兩把匕首。我希望他們不會搜我的身。

當我們走進大廳的時候，拉普斯卡的衛兵落在後面。領先走進大廳的雷恩國王已經在和麥爾妲說話了。拉普斯卡將軍就站在他們不遠處，緊皺雙眉，不斷地移動著身體重心。我以最快的速度觀察過這座大廳的各處細節。這裡的兩側牆壁上有成排的假窗戶，沒有另外的出路。聚集在大廳中的人不多。我估計這裡的古靈不超過二十個，另外還有差不多相同數量的人身上有龍族變化的標記，卻沒有古靈所擁有的美麗。陪同我們前來的僕人正在大廳中快步往返，聚集起其他僕人，將他們帶出去。我領著我的一小隊人一直走到大廳中心。麥爾妲已經坐在一座樸素基臺上高大的椅子裡，帶著有些躊躇又充滿希望的微笑看著我。在雷恩的椅子右側，但不是在基臺上，菲

隆坐在一把更加簡樸的椅子裡。他也向我們露出笑容。大廳中的人群裡，一個孩子在咳嗽，然後又發出響亮的哭聲。我聽到一位父親在竭力安慰他。當大門「砰」地一聲在我們身後關閉時，大廳中立刻安靜下來。我們是這裡唯一的人類，在我們周圍，古靈沿牆壁站立，看著我們。雷恩匆匆坐進他的椅子裡。這是我們在克爾辛拉得到的正式歡迎。作為一個見識過許多皇家儀式的人，我並不覺得這樣的歡迎特別隆重。

「我看不見。」琥珀輕聲提醒我。她的手在我的臂彎裡輕輕顫抖。我不知道她在如何想像眼前的情景。一群準備將我們帶進刑訊室的武裝士兵？我並不完全確定這樣的事情不會發生。火星開始快速地向琥珀悄聲描述眼前的情景。我非常感謝她。

當我認為自己走到了能夠向王座表示足夠尊敬的距離時，我帶領小隊停住腳步。「現在，我們要向君主行禮。」我低聲對他們說。

「鞠躬不要太低，你是親王。」機敏提醒我。這個提醒是有意義的。

「歡迎來到克爾辛拉。」雷恩國王向我們問好，「我的朋友和交易伙伴們，站在我們面前的是來自於遙遠的六大公國的使者：蜚滋駿騎・瞻遠親王和明燈・秋星大人。陪同他們的有琥珀女士。你們之中一定有人認識她，因為她的名望，更因為她和你們之中一些人的友誼。你們不會忘記，正是她的貸款讓繽城得以重建，讓崔豪格曾經的奴隸得以安居。蜚滋駿騎親王對我們而言則不僅是一位使者，更是一位治療者。昨天晚上，他仁慈地使用能力，救治了我的兒子埃菲隆。你

們全都知道，菲隆一直承受著嚴重的呼吸阻塞之苦。現在，他能夠自如地呼吸、說話，並再一次痛快地吃飯飲水、自由活動。為此，麥爾妲和我都向你深表感謝。」

「還有我！」埃菲隆微笑著插口道。他的無禮招來了一些零星的笑聲。我感覺到這更像是一次商行聚會，而不是皇家接見。

「雷恩國王和麥爾妲女王，早安，」我開口道，「我們應您們的邀請來到這裡。我非常高興能夠在昨天為您們做一點事情。我們希望六大公國和克爾辛拉能夠一直都是親密的交易伙伴和堅定的盟友。」我希望這段空泛的官方陳詞不會影響到晉責計畫中的任何條約，「你們城市的神奇瑰麗讓我們全都驚歎不已，而這座大殿更是宏偉壯麗！我看到這裡還有其他古靈，還有他們的孩子。」我微笑著，目光掃過整座大廳。不知道弄臣的龍族知覺能否告訴他這裡到底有多少人。

我停頓一下，吸了一口氣。就在此時，拉普斯卡將軍從人群中走出來。「我的朋友們和巨龍守護者們，我懇請你們保持警惕。麥爾妲和雷恩過於信任這些旅行者，因為身為父母的感激之心而變得盲目。他們不是使者，而是間諜和賊！」

我當然不會忽略他沒有在麥爾妲和雷恩的名字前加上尊號。琥珀緊緊抓住了我的前臂。我面色平靜，保持著使者的威儀，心中卻在尋思雷恩和麥爾妲是否會為我們辯護，還是我必須迅速想出辯解並反擊的方式。

一名身材很高，有著淺紫和黑色鱗片的古靈走上前。他的臂彎裡抱著一個小孩子。這個孩子

看上去大約有三歲了，但他的頭只能無力地靠在成年古靈的身上，就像是剛出世的嬰兒。這名成年古靈的紫羅蘭色眼睛在他蒼白的臉上顯得非常大，嘴唇的顏色很深。他緩慢地向我眨動了一下眼睛，在他的表情中沒有懷疑，也沒有警惕，只有疲憊。「你們說夠了。我來到這裡是為了我的孩子。拉普斯卡，我不在乎他們是不是偷了冰華的後槽牙。救救我的孩子。這是我現在唯一在乎的。」他身邊的女子要比古靈更像人類，但也帶著明顯的與巨龍牽繫的印記。她的下巴上垂著蜥蜴一般的穗狀附生物。她將雙手交握在胸前，彷彿是在祈禱。一線銀鱗顯現在她分開的深褐色頭髮間。

「諾泰爾，我明白你的心情……」

「不，拉普斯卡！你不明白。你沒有孩子，不可能懂得看著自己的孩子慢慢死去是一種什麼樣的感受。你不可能明白，你根本就不明白。你們不需要在這裡，更不需要穿得像是一幫士兵。無論凱斯還是博克斯特，你們都應該離開。」

「嘿！」一名拉普斯卡的衛兵顯然受到了冒犯。他黃銅色的眼睛閃閃發光，青銅和橙色的鱗片也變得更加耀眼奪目。「我明白，我有孩子。」

諾泰爾轉向他。「不，凱斯，你不明白。斯克力姆非常寵愛你的小女兒。我每天都能看見她爬上牠的尾巴，或者坐在牠的腿上。自從她出生時起，斯克力姆就幾乎沒有離開過比一個星期更久的時間。但還在瑪烏德懷孕的時候，我的火絨就離開了，從此再沒有回來過。牠甚至沒有見過

瑞理克，更不要說塑造他了。我們已經等不及我們的龍回來照料我的兒子了。」

「他們的施政方式和我見過的任何君主都不一樣。」琥珀低聲說。她看不見我所見到的情景。諾泰爾正大步走向我，他倦怠無神的孩子隨著他的步伐微微晃動。那個孩子眼神遲鈍，彷彿對自己的命運完全不感興趣，瑪烏德跟隨在諾泰爾身後，兩隻手捂住了雙唇。「求您，殿下，如果您能救我的孩子，請一定救救他。現在就請救救他，求您了。」諾泰爾將靠在肩頭的兒子向我遞過來。這個男孩的頭和腿都低垂著，我不假思索便伸手撐住了他柔軟無力的脖子。

我向雷恩投去了詢問的眼神。但麥爾妲此時已經在不停地點頭，並且交握起雙手，彷彿在向我懇求。

「我不能做任何保證……」

「我不要求任何保證。請盡力一試，現在他每天都在變得更加衰弱。求你。救救我的孩子。我能給你的一切，我全都給你。」

「孩子的生命和健康不是用來交易的籌碼。」琥珀用清澈的嗓音說道，「他會竭盡全力。但這可能會對孩子同樣造成負擔。孩子的身體還需要自己痊癒，親王只能引導這一進程。根據我的親身體驗，這可能是一個消耗很大的過程。」

那對父母完全沒有猶豫。「請試一試。」諾泰爾懇求著。我向簇擁在周圍的古靈掃視了一眼。他們之中還有人帶來了自己的孩子。如果我失敗了，我不知道會有什麼樣的命運落在我們的

頭上。我將另一隻手也放在這個被父親遞過來的男孩身上。

然後我放下自己的精技屏障。

精技淹沒了我，彷彿我走進了一片洶湧的波濤。它充滿我，在我體內流淌，然後將我與被我碰觸的這個男孩連接在一起。我知道了這個男孩，這個古靈的孩子，知道他應該如何成長，看到了他身體所需要的修復。湧流過我的精技又流過他的身體。精技的誘惑就在我的眼前閃耀，煥發出動人心魄的美麗。但它也是這種令人神魂顛倒的魔法所蘊含的恐怖危險，是每一名精技使用者從接受訓練時起就要懂得封鎖和壓制的。我們衝進其中，在裡面遨遊。男孩的身體中受到限制的地方被打開了，過於勒緊的地方得到了鬆解。這是一次目標和手段的完美結合。我引導著能量，彷彿在一份寶貴的卷軸上謄寫文字。非常完美。他的身體將變得完美無瑕。他向我微笑，我也以微笑回應。我凝視著他，透過他，我看見這個孩子是一個多麼不可思議的神奇生物。

「我，我感覺到他被治癒了！」有人在說話。那聲音來自於非常遙遠的地方。然後，他將我修復的這份美麗從我手中拿走了。我睜開眼睛，身子晃動了一下。諾泰爾抱著他的兒子。這個孩子很虛弱，但他的確在微笑。他的脖子穩穩地撐住頭，他的一隻小手正撫摸著父親布滿鱗片的面頰。然後，他發出了響亮的笑聲。瑪烏德驚呼一聲，將他們兩個一同抱入懷中。他們並肩站在一起，一起又哭又笑。

「蜚滋？」有人在我身邊說話，還有人在搖動我的手臂。是琥珀。我轉向她。她的臉上帶著

微笑，卻又有些困惑。

「真希望你能看見。」我低聲說。

「我感覺到了。」琥珀輕聲回答，「我相信這裡的人全都感覺到了。整座大廳彷彿都在嗡嗡作響。蜚滋，這不是一個好主意。你必須停下來。這很危險。」

「是的，但你感覺到的只是一部分。這樣做是對的，非常正確。」

「蜚滋，你必須聽我的……」

「求你，請看看她的腳。它們在大約一年以前開始出了問題。她以前很喜歡奔跑和遊戲，現在她幾乎無法再走路了。」

我搖搖頭，從琥珀面前轉過身。一位肩膀隆起的古靈女子正站在我面前。但那並不是她的雙肩。定睛細看，我才發現那一對被我當做她衣服一部分的隆起，實際上是她的翅膀。那雙翅膀是藍色的，它們的頂部與這位古靈女子的耳朵平齊。垂下來的羽毛幾乎掃到她身後的地面。一個大約七歲的女孩倚靠著她。女孩的古靈父親也在另一邊扶持著自己的女兒。這位父親的標記是綠色的，母親是藍色，他們的孩子則是這兩種顏色交雜在一起。「她是我們的孩子，」那位父親說，「但一個月又一個月，我們兩個的龍都沒能擁有她，牠們兩個都很想得到她，一直在為她的成長而爭執，彷彿我們的女兒只是一件玩具。一頭龍總是會改變另一頭龍對她進行的塑造。在冬季的這幾個月，我們的龍都去了溫暖的地方。從那時起，她的成長就出現了惡化。」

「刺青、賽瑪拉，你們認為請他介入是明智之舉嗎？芬提和辛泰拉回來以後，難道不會修復這個問題？」麥爾妲女王提醒他們。

「等到牠們回來，我們再擔心吧。」賽瑪拉高聲說道，「為什麼菲麗雅要一直等到那個時候，要為被牠們忽視而付出代價？六大公國的親王，你能治好她嗎？」

我審視著這個孩子。我幾乎能看到兩頭龍在她的身體上製造的衝突。她的一隻耳朵上有穗狀附肢，另一隻耳朵則是尖的。各種不和諧的旋律在我的知覺中震盪，如同一座裂開的鐘被敲響。我必須盡可能謹慎。「我不知道。如果我進行嘗試，也許我將不得不吸取她的力量，消耗她的身體儲備。她的身體必須自行做出改變，我只能引導，卻無法向她的身體提供改變所需的能量。」

「我不明白。」刺青說。

我指了指女孩的腳。「你們能看到，她的腳正在轉化成龍的雙足。一些骨頭必須被去掉，同時必須增加一些皮肉。我不能割去她的骨骼，也不能增加她的皮肉，這些都要由她的身體自己來做。」我能聽到古靈們竊竊私語的聲音。他們在討論我的話。

綠色的古靈父親單膝跪下，認真看著女兒的眼睛。「妳必須做出決定，菲麗雅。妳想要這樣嗎？」

女孩抬起頭看著我，眼神中有恐懼，也有希望。「我想要再次奔跑，不想讓它們那麼痛。我想微笑的時候，我的臉不會變得很緊，讓我覺得嘴唇都要裂開了。」她撫摸了一下自己布滿鱗片

的頭皮，「我想要有頭髮，讓我更暖和些！」然後她又向我舉起雙手。她的指甲是藍色的，如同鋒利的爪子。「求你。」她說道。

「好的。」我回應了她，並向她伸出雙手。女孩將自己的命運放在我的手中。兩隻細瘦的小手就在我滿是用劍老繭的手掌上。當她掙扎著想要用自己扭曲變形的雙腳撐穩身體的時候，我感覺到了她的痛苦。於是我坐到地板上，她也感激地盤腿坐了下來。我體內的精技送出一根觸鬚，碰到了她的額頭。這一個，啊，這一個實在是一團亂麻。這裡有她的父親、她的母親，碰觸她並爭奪她的那兩頭龍——牠們簡直就像是兩個魯莽的孩子，為了爭奪一個布娃娃，不惜將她撕成兩半。這裡竟然有這麼多可能的方式。「妳想要怎麼樣？」我問女孩。女孩的臉煥發出光彩。她心中的自己讓我吃了一驚。她不在意如同強壯利爪的腳，只要它們能夠直起來。她希望自己有藍色的、駿馬一樣的頭；深綠色的鱗片從她的後背一直延伸到雙臂，就像是血管的紋路。她還想要黑色的頭髮，濃密粗壯，就像她的母親；一雙能夠移動的耳朵，更容易捕捉到聲音。她將這一切展示給我看。我用精技引導她的身體按照她的意願發生改變。我聽到彷彿從很遙遠的地方傳來她父母充滿憂慮的話音。但做出這個選擇的不是他們，而是她。當女孩終於從我身邊退開的時候，她已經在用高高弓起的雙腳前腳掌走路，同時還在不停地甩動著光豔如絲的鬃毛。她向她的父母喊道：「看看我！這才是我！」

他們又將一個孩子送到我面前。這個孩子的鼻孔過於扁平，讓他幾乎無法呼吸。我們找到了

他應該擁有的鼻子，並延長他的手指，修改臀部讓他能正常走路。當骨骼移位時，這孩子不停地呻吟著，我為他的痛苦深感歉意。但——「必須如此！」精技和我都在悄聲對他這樣說。當我將他交還給父母時，他已經變得有氣無力，只是痛苦地喘息。他的父母一個狠狠瞪著我，另一個不住地哭泣。但這個孩子能夠正常呼吸了，而且他伸向父母的雙手也有了可以活動的拇指。

「蜚滋，結束吧，停下來。」琥珀的聲音在顫抖。

精技湧流過我的全身，我想起這種洶湧的快樂所蘊含的危險絲毫不亞於它的甜美。對某些人，對某些人來說，它是危險的。但我有了更多的瞭解。在這一天中，我知道了這麼多。我能夠以我從不曾想到過的方法控制它。以前的我只會認為這些方法是絕不可能的。用一根觸鬚碰觸，解讀一個孩子的構造，允許另一個人指引我所操控的精技，就好像我們一同握住一枝筆作畫，現在這些我都能做到了。

我還能夠冷卻精技，讓它從沸騰轉為平靜。我能控制好它。

「求您！」一個女人突然喊道，「仁慈的親王，如果您願意，您能不能打開我的子宮！讓我懷孕，生下一個孩子！求您，我乞求您，我乞求您！」

她匍匐在我的腳前，抱住我的膝蓋，低垂下頭，不住地抽泣。她的頭髮垂在覆滿鱗片的面頰上。她不是古靈，而是一個因為與龍接觸導致身體結構發生紊亂的人。在碰觸過那些孩子之後，龍對於正在成長的人體所造成的影響對我而言愈來愈清晰了。在孩子體內，我看到了龍對他們進

行標記時的思考，甚至還有這其中的藝術。但對於這個女人，龍造成的改變是完全隨機的，讓她彷彿是一棵從崖壁岩縫中伸展出來的樹，又被巨石的陰影遮住。她和我近在咫尺，我能感覺到她內在的魔法能力。她不曾接受過訓練，而在這個瞬間，我感受到了她對孩子的渴望，當她看著歲月慢慢流逝，她的搖籃卻永遠都是空著的時候，心中又是多麼悲苦。

如此熟悉的哀傷。我又怎麼能拒絕？我深知拒絕對她將意味著什麼。為什麼我從沒有用精技探索過莫莉不能懷我們的孩子的原因？我浪費了那麼多年，卻從不曾想過答案可能就在眼前。我雙手握住她的肩頭，將她扶起，也由此和她形成了一個閉合的環。我們在那一刻連結在一起。失落的痛苦讓我們緊緊相連。她體內歪曲的地方由精技修復，封閉的地方被逐一打開。她忽然高呼一聲，向後退去，兩隻手按在肚子上。「我感覺到改變了！」她喊道，「我感覺到了！」

「夠了！」琥珀低聲喊道，「必須停下來。」

但一個男人突然來到我面前說：「求您，求您，鱗片從我的額頭上長下來，進入了我的眼皮。我幾乎看不見了。我乞求您，六大公國的親王，讓它們退回去。」他抓住我的手，放在他的臉上。他像那個女人一樣擁有精技嗎？還是我體內的精技已經如此強大，讓我完全無法拒絕？我感覺到鱗片從他的眼皮下面消失，從他的眉線退走。他高聲笑著從我面前退開。

有人抓住我的手，緊緊地握住它。我感覺到手套的質地壓在皮膚上。

「雷恩國王！麥爾妲女王，請告訴他們，他們現在必須後退！他治療他們對他自己造成了巨

大的危險。他不能再繼續下去了。現在他必須休息。看看他顫抖得多麼厲害！懇求您們，告訴他們，絕不能向他提出更多要求了。」我聽到了這些話。但它們對我毫無意義。

「諸位守護者，諸位朋友們，你們都聽到了琥珀女士的話！請後退，為親王讓出空間！」麥爾妲的聲音從大廳遠處傳來。但更靠近我的則是其他人的聲音。

「求您，仁慈的親王！」

「我的手！求您治療我的手！」

「我想要重新看上去像是一個女人，而不是一隻蜥蜴！親王殿下，求您，求您了！」

我聽到弄臣壓低聲音下達命令：「火星，小堅，站到他身前，把這些人擋開。把他們推回去！機敏，你在哪裡？機敏？」

「克爾辛拉的人們！保持秩序。從親王面前退開，給他一些空間！」雷恩的聲音中充滿焦慮，還帶著一絲恐懼。

圍繞著我的精技能流如此強大，讓我甚至很難再使用自己的眼睛。實際上，它已經遠遠超過了我的一切知覺，遠比我的原智更加強大。我的眼睛只是一雙要依賴光明才能向我顯示一點物體外形的可憐東西。我尋找機敏，發現他就站在我身邊，正拚命想要從衣袋裡掏某樣東西出來。在我面前，火星和小堅已經挽起手臂，替我擋住了洶湧而來的人潮。他們不可能一直擋住這麼多人。這些人的心中都充滿了急切的需求。我閉起眼睛，停止耳朵的功能。這些感官只會混淆我的

神智。我完全可以用精技覆蓋整座大廳，獲得更多的資訊。

琥珀戴著手套的手依然握著我的手臂。現在她的另一隻手按在我的胸口，竭力要將我向後推，讓我遠離那些人伸出的手。但這只是一種毫無希望的掙扎。這座廳堂很大，人們卻都已簇擁到我的周圍。現在對我們而言已經沒有「後」這個方位了。到處都是拚命想要撲向我們的人群。

儘管人群已經失去了秩序，不過情況還不算危險。沒有人想要傷害我。一些人渴求能靠近我，得到我的治療；一些人想要搶先得到治療；還有一些人希望能看到我還會施行什麼樣的奇蹟；也有一些人衝進人群中更是出於另一些理由：一個女人不停地推搡著，因為她不希望另一個女人來到我面前，讓我改變她的容貌，去吸引一個男人的注意——那個男人是她們兩個共同的爭奪目標。拉普斯卡也在人群中。凱斯和博克斯特都跟隨著他。他們並不想維持秩序，只是要尋找機會讓琥珀露出破綻。拉普斯卡相信琥珀一定去過白銀之井。而對於任何企圖從龍那裡偷竊白銀的人，他都恨之入骨。

「蜚滋。蜚滋！蜚滋！你必須停下來，豎起你的牆壁，恢復成你自己。蜚滋！」

我忘記了我的身體。它正包裹著我，不住地震顫。機敏的手臂環抱住我的胸膛。他在竭力將我扶穩。「退開！」機敏咆哮道。片刻之間，人群的壓力減小了一些。但能看到我癱軟下去的人還在被後面那些想要知道發生了什麼的人推擠著。我在平靜的心境中清楚地看到了眼前的一切——我會摔倒，機敏會因為抱住我而一同跌倒。那兩個面色嚴峻、全力抵擋人群進逼的年輕人

也會被人群推倒。我們全都要遭到人群的踩踏。

精技告訴我，琥珀被從我的臂彎中推開了。「蜚滋，」弄臣在我的耳邊說，「蜚滋，你在哪裡？我感覺不到你。蜚滋，豎起你的牆壁！求你，蜚滋。小親親。」

「把這個給他！」機敏向琥珀喊道。

這些都不重要了。精技如同一片四處滿溢的汪洋，我正隨同它一起向外擴張。這裡還有其他人，他們都被稀釋，與精技混和。他們喜歡我做的一切。我感覺到他們之中有一些更大、更完整。這些更大的靈魂也更清晰、更蒼老和睿智。我不可能和他們融為一體。我並不足夠。我會擴散，逐漸消解，與他們混和。我可以就這樣放手。就像是甜睡茶。停止憂慮，放棄負疚。而最可怕的正是我一直緊緊抓住的希望的利刃。我還在希望著，也許在某個地方，以某種方式，蜜蜂依然存在，能夠完整地從精技石柱中出來。但她其實更有可能就在這裡，在這一片沒有邊際的混和中。也許放棄一切，我才能最接近她，才能回到她身邊。

作為蜚滋，永遠不可能成為那個誘人的存在。

手指伸進我的唇間，按在我的牙齒上。我的嘴在狠狠咬合。洶湧澎湃地衝擊著我的精技洪流變成細浪起伏的平靜水面。我在全速退出來。

碰觸到我手腕的手指在燃燒。燃燒得精緻細膩，疼痛難忍，又使人神醉情迷——所有這些情緒糾纏在一起，無法分開。

小親親！

這個詞在我的意識中迴蕩，從正在迅速變得模糊的我的邊界彈回來，找到我，束縛住我。我就在這裡，被固定在一個筋疲力竭、不住顫抖的軀殼內。機敏從後面抱住我，支撐著我抖動不止的身子。他的一隻手按在我的嘴上，我嚐到了精靈樹皮的味道。乾粉末沾滿了我的嘴唇。小堅和火星將手臂緊扣在一起，依然面對著氣勢洶洶的人群。琥珀被人群推擠著，向我靠過來。

弄臣擁抱了我。他的頭低垂在我胸前，一隻手臂環繞在我的脖子上，和我緊貼。我的手裡抓著一只空手套。我緩慢而遲鈍地抬起手，看著這只手套。弄臣的手。他的手指閃爍著銀光，正握住我的手腕，將我自己烙印進我的體內。在極度震撼的感覺中，我們的連結完全恢復了。

「我早就告訴過你們！」拉普斯卡吼叫著，他的喉嚨深處爆發出興奮和信心，「我早就告訴過你們，他們是賊！看看，看看她的手，那就是我的證據！白銀！她偷竊了龍的白銀，她必須接受懲罰！抓住她！抓住他們！」

片刻的恐懼與驚駭之後，我聽到火星發出一聲尖叫。有人抓住了她。眨眼之間，弄臣被從我身邊扯開了。我掙扎著想要站穩腳跟。

我聽到弄臣的尖叫聲。湧動的人群徹底吞沒了我們。

38

出現

在這個夢中，我非常小，藏在一個小容器裡，就像是一只堅果殼。我漂浮在狂野湍急的河流中，非常害怕，害怕這段旅程沒有盡頭。在我的周圍還漂浮著其他人。感覺上，我能夠鑽出我的硬殼，融化掉，成為他們的一部分。

這時，一頭龍將我揀了起來。牠將我緊緊攥在爪子裡。就算是我想要從殼裡鑽出來融化也做不到了。我很害怕，但牠讓我感覺非常、非常安全。「那頭狼怎麼對我的小狼，我也會怎麼對待牠的。我會在這裡保護妳。當妳出來的時候，來找我。我會保護妳。」

我將那頭龍畫在這裡。牠是一隻恐怖的生物，但對於我，牠是一位和善的叔叔。

——《蜜蜂瞻遠的夢境日誌》

在不是那麼久之後，我不知道自己該如何存在。

伸展，狼父親命令我，妳必須在他們準備好之前做好準備，伸展，站起來。

我做不到。我試了。我知道自己有腿和手，就在某個地方。一張臉。陽光。風。慢慢地，這些詞又有了意義。陽光碰觸到我。風親吻著我的臉。我躺倒在地上，眨眨眼，正仰望著藍色的天空。太陽太明亮了。我竭力移動，但我的身體被某種東西壓住了。

我聽到一陣可怕的聲音。我向聲音傳來的地方轉過頭。是那個喜歡深隱的恰斯國人。是他發出的聲音。我記不起他的名字了。他用手腳撐住身子，正張大了嘴，發出一種特殊的嘔吐聲。我覺得他會把肚子裡的東西吐出來。但他只是重新撲倒在地上。他的臉轉向我，眼睛在看著我，但裡面已經沒有了人性。那雙瞳仁變得愈來愈大，直到它們周圍只剩下了眼白。他噘起嘴唇，彷彿是在吹響一支號角般地不斷向我吹氣。這讓他發出一種愚蠢的聲音，但聽起來又有一些嚇人。

恐懼能幫助一個人做許多事。我翻身匍匐在地上，突然知道了是什麼在壓住我——沉重鬆軟的裘皮外衣就像一塊捲住我的地毯。我竭力想要將膝蓋收到身下，但在這件衣服中跪起來之後，我卻無法再移動。恰斯人的聲音變得愈來愈奇怪，彷彿他正在努力仿效松鼠的叫聲。

我又翻身躺倒，軟綿綿的雙手找到了繫住外衣的鈕釦和繩環。我摸索著它們，竭力讓自己想明白該如何用手指斷開它們的連接。恰斯人的聲音變成了一條狗的長號。我放棄了對那些釦子用力，坐了起來。突然間，我被這些裘皮困住了。從這件衣服裡掙脫出來似乎要比擺脫這個瘋子更

重要。我努力站起身，踉蹌著走了幾步，差一點栽倒在一個人的身上。一名德瓦利婭的蟄伏者。我想不起她的名字。她死了——這也是我突然就明白的一件事。我蹣跚著躲開她，一邊繼續和衣服上的鈕釦戰鬥。我看見了德瓦利婭。她被另一個人壓住了，正努力想要從那個人身下掙脫出來。

不要看。跑。只要跑。妳在森林中要比在這些邪惡的生物中更安全。這裡有一個能幫助我們的生物，只要我能將牠喚醒。跑。照我指示的方向快跑。

一陣暈眩感掃過我。我倒下去，只能用膝蓋和手撐在雪裡。然後我又站起身，踉踉蹌蹌地走向遠處。我身上的外衣拖在雪中。我把它提起來。進入森林。盡可能快地進入森林深處。

在我身後，我聽到德瓦利婭在高喊：「抓住她！不要讓她逃走！除非帶著她，否則我們永遠都無法回家了。」

我跑了起來。

（下冊畢，敬請期待第三部完結篇《刺客命運》）

中英名詞對照表

A

Alaria　奧拉利婭

Amethyst　紫晶

Antler Island Tower　鹿角島高塔

Arbuc　亞布克

Arrow, of Gantry's Coterie
羽箭，機架精技小組

Ash　灰燼

B

Baliper　巴力佩爾

banwurt　班草

Bawdy Trout　下流鮭魚

beargrease　熊油

Bells　精技使用者鈴聲

Black Prophet　黑色先知

bloodrun　血馳

Bloody Hounds　血腥獵犬

Botter's Bay　鐵塞灣

Boxter　博克斯特

Bridgemore twins　橋增雙子

Buck Guard　公鹿衛士

Buckkeep Blue Guard
公鹿堡藍衣衛隊

Buckkeep Rousters　公鹿堡鬥士

Buffeni　卜芬尼

C

Captain Perling　佩林隊長

Captain Stout　悍勇隊長

Cardomean　卡多敏

Carter Wick　卡特・維克

Caution　慎重

Celsu Cleverhands　塞爾蘇・慧手

Chancy Bridge　冒險橋

Change　改變

Chestnut　栗子

Chriddick　克里迪克

Cinch　肚帶

Collator Pierec　核校者皮瑞斯

Collators　核校者

Commander Ellik　指揮官埃里克

Confidence Mayhen　辛祕・梅亨

Corioa　寇里奧

Council of Four　四人議會

Courage　勇氣

Crafty　狡捷

D

Diligent　勤勉

Dingyton　暗巷區

Dragon Trader　巨龍商人

Drum　樂鼓

E

Ephron Khuprus
埃菲隆・庫普魯斯

F

Fente　芬提
Fillia　菲麗雅
Fishbones　魚骨頭
Fleeter　飛躍
Foxglove　狐狸手套
Furnich　弗尼克

G

Goodhand　好手
Grand　隆盛
Greeting Hall　迎賓大廳
Grey　灰白

H

Hardy　強勇
Hardy the tinker　匠人強勇
Hawthorn　山楂
Head Servant　首僕
Heastgate　海思特門
high table　主桌
Hogen　豪根
Hoofer Webling　胡佛・網琳

I

Igrot's treasure　伊格羅特的財富
Incalu　茵卡露
Instructions　明示

J

journeyman　精技助手
Judgment Chambers　政事大廳

K

Kardef　卡戴夫
karuge root　咖蘆葛根
Kase　凱斯
keeper
Kelsingra Militia　克爾辛拉民軍
Kerf　科爾夫
Kesir Riddle　凱舍爾・謎語
Killdeer　獵鹿小組
Kindrel　金德瑞
King Regal's Burden　帝尊國王的重擔
King Reyn of the Dragon Traders
巨龍貿易商的國王雷恩
Kitney Moss　基特尼・摩斯

L

Lady Lightfoot　萊特福特女士
Lady Meticulous　細緻女士
Lantern　闌登
Lark　雲雀
Last Night for Winterfest
冬季慶告別夜
Lily　百合
Lingstra Dwalia　靈思拓・德瓦利婭
Lofty　高遠
Lord Cheery　歡愉大人
Lord Derrick　德里克大人
Lord Feldspar　長石領主

Lord Riddle of Spruce Keep　雲杉堡的謎語領主
Lord Sensible　明銳大人
lurik　蟄伏者
Lusty Buck　健壯公鹿

M

Maiden's Waist　處女纖腰
Manipulors　操縱者
Maude　瑪烏德
Motley　小丑

N

New Trader　新貿易商
Nightshade　龍葵
Nortel　諾泰爾
North Countries Gleanings　北國拾遺
Notquite Cove　不甚灣

O

Oak　橡樹
Odessa　奧黛莎
Old Rosie　老羅茜
Old Traders　舊貿易商

P

Pandow　番多
Phron　菲隆

Q

Queen Adamant　剛毅王后

R

Rampion　桔梗
Rapskal　拉普斯卡
Raven Kelder　渡鴉・科爾德
Ready　齊備
Reaper　瑞珀
Reception Hall　接待廳
Red Ross　瑞德・羅斯
Redhands Roctor　紅手・洛克托
Rellik　瑞理克
Reppin　睿頻
Ringhill Keep　鈴丘堡
Ringhill Tower　鈴丘塔
Roan　花斑
Room of the Records　典籍室

S

Sacrifice　犧牲獻祭
Salter's Deep　製鹽者深灣
Satine　塞梯恩
Satrapy　沙崔甫王
Sawyer　索耶
Scribe Tattersall　書記員塔特索爾
Scurry　快腳
seapipe　海笛
Servant Cetchua　僕人寶典
Servant Imakiahen　僕人伊梅基亞漢
Servant of the 3rd line　第三代僕人
Servitors　僕工
Sharp　鋒銳

Shaysa 廈薩
shaysim 廈思姆
Shine 閃耀
Sildwell 西德維爾
Silver Coterie 白銀小組
Sintara 辛泰拉
Skillmaster Arc 精技師傅弧光
Skillmaster Elmund 精技師傅艾蒙德
Skrim 斯克力姆
Slight 輕盈
Soar 飛翔
Soula 蘇拉
Spark 火星
Speckle 星點
Spiretop 塔峰
Spirits of wine 眾靈葡萄酒
Splintered Fid 裂木栓旅店
Springfest 春季慶
Springfoot 躍步
Spurman 司珀曼
Sweetsleep tea 甜睡茶

T

Tag 泰格
Tag the miller 磨坊主泰格
Tagson 泰格森
Tats 刺青
Tattooed 紋身者
Terubat 特魯柏特
The Assassin's Other Tool
《刺客的另一件工具》
The Charging Bucks Guard
衝鋒公鹿衛隊
Thymara 賽瑪拉
Tinder 火絨
Tower of the Map 地圖高塔
Trehaug 崔豪格
Trifton Dragon-killer's Remedies
崔夫頓屠龍者藥劑
Twelve Unfortunate Herbs
十二不良草藥

V

valerian 纈草
Verity's Tower 惟真塔
Vindeliar 文德里亞
Vital 活力

W

Weaver 織女
Welcome 迎潔
Whistle 哨兒
White Island 白島
Who Is The One 注定之人
Who May Be The One 可能之人
wolfsbane 驅狼草
Wortletree 沃特樹

Y

Yarielle, Servant 僕人亞瑞勒
Yellow Hills 黃丘

BEST嚴選 090

刺客系列〈蜚滋與弄臣〉2 弄臣遠征（下）

原著書名／The Fitz and The Fool Trilogy: Fool's Quest
作　　者／羅蘋・荷布（Robin Hobb）
譯　　者／李鐳
校　　對／金文蕙
副總編輯／王雪莉
責任編輯／楊秀真
行銷業務經理／李振東
業務主任／范光杰
行銷企劃／周丹蘋
發 行 人／何飛鵬
法律顧問／台英國際商務法律事務所　羅明通律師
出版／奇幻基地出版
　　城邦文化事業股份有限公司
　　台北市 104 民生東路二段 141 號 8 樓
　　電話：(02)25007008　傳真：(02)25027676
　　網址：www.ffoundation.com.tw
　　e-mail：ffoundation@cite.com.tw
發行／英屬蓋曼群島商家庭傳媒股份有限公司城邦分公司
　　台北市 104 民生東路二段 141 號 11 樓
　　書虫客服服務專線：(02)25007718・(02)25007719
　　24 小時傳真服務：(02)25170999・(02)25001991
　　服務時間：週一至週五 09:30-12:00・13:30-17:00
　　郵撥帳號：19863813　戶名：書虫股份有限公司
　　讀者服務信箱 E-mail：service@readingclub.com.tw
　　歡迎光臨城邦讀書花園　網址：www.cite.com.tw
香港發行所／城邦（香港）出版集團有限公司
　　香港灣仔駱克道 193 號東超商業中心 1 樓
　　電話：(852)25086231　傳真：(852)25789337
　　e-mail : hkcite@biznetvigator.com
馬新發行所／城邦（馬新）出版集團
　　【Cite(M)Sdn. Bhd】
　　41, Jalan Radin Anum, Bandar Baru Sri Petaling,
　　57000 Kuala Lumpur, Malaysia.
　　Tel: (603) 90578822　Fax:(603) 90576622
　　email:cite@cite.com.my
封面設計／黃聖文
排　　版／極翔企業有限公司
印　　刷／高典有限公司
■ 2017 年（民 106）2 月 2 日初版
■ 2023 年（民 112）8 月 16 日初版 2.8 刷
售價／ 550 元

國家圖書館出版品預行編目資料

刺客系列〈蜚滋與弄臣〉2 弄臣遠征（下）／羅蘋・荷布（Robin Hobb）著；李鐳譯. -- 初版. -- 臺北市：奇幻基地, 城邦文化出版：家庭傳媒城邦分公司發行, 民 106.2
面；　公分. --（BEST嚴選：090）
譯自：The Fitz and The Fool Trilogy: Fool's Quest
ISBN 978-986-94076-2-5（平裝）

874.57　　105023878

ISBN　978-986-94076-2-5

城邦讀書花園
www.cite.com.tw

廣　告　回　函
北區郵政管理登記證
台北廣字第000791號
郵資已付，免貼郵票

104台北市民生東路二段141號11樓

英屬蓋曼群島商家庭傳媒股份有限公司城邦分公司 收

請沿虛線對摺，謝謝

奇幻基地

每個人都有一本奇幻文學的啓蒙書

奇幻基地官網：http://www.ffoundation.com.tw

奇幻基地粉絲團：http://www.facebook.com/ffoundation

書號：1HB090　　書名：刺客系列〈蜚滋與弄臣〉2弄臣遠征（下）

15 annual

奇幻基地15周年龍來瘋慶典

集點好禮獎不完！還可抽未來6個月新書免費看！

活動期間，購買奇幻基地作品，剪下回函卡右下角點數，集滿點數，寄回本公司即可兌換獎品&參加抽獎！

集點兌換辦法

2016年6月起至2017年12月20日前（郵戳為憑），奇幻基地出版之新書，剪下回函卡右下角點數，集滿點數貼至右邊集點處，寄回奇幻基地，即可兌換贈品（兌換完為止），並可參加抽獎。

集點兌換獎品說明

5點：「奇幻龍」書擋一個（寬8x高15cm，壓克力材質）

10點：王者之路T恤一件（可指定尺寸S、M、L）

回函卡抽獎說明

1.寄回集滿5點或10點的回函卡，皆可參加抽獎活動！回函卡可累計，每張尚未被抽中的回函卡皆可參加抽獎。寄越多，中獎機率越高！

2.開獎日：2016年12月31日（限額5人）、2017年5月31日（限額10人）、2017年12月31日（限額10人），共抽三次。

回函卡抽獎贈書說明

中獎後，未來6個月每月免費提供奇幻基地當月新書一本！

(每月1冊，共6冊。不可指定品項。)

特別說明：

1.請以正楷書寫回函卡資料，若字跡潦草無法辨識，視同棄權。

2.本活動限台澎金馬。

【集點處】

1	6
2	7
3	8
4	9
5	10

（點數與回函卡皆影印無效）

個人資料：

姓名：______________________ 性別：□男 □女

地址：______________________

電話：______________________ email：______________________

想對奇幻基地說的話：______________________

____

請剪下右側點數，貼於集點處，集滿5點以上，即可寄回兌換抽獎

1p 2017